O LIVRO
DA VIDA

Deborah Harkness

O LIVRO DA VIDA

Tradução de
MÁRCIA FRAZÃO

Rocco

Título original
THE BOOK OF LIFE

Copyright © 2014 *by* Deborah Harkness

Todos os direitos reservados, incluindo o de reprodução no
todo ou em parte sob qualquer forma.

Edição brasileira publicada mediante acordo com
Viking, um selo da Penguin Group (USA) LLC,
uma Penguin Random House Company.

Direitos para a língua portuguesa reservados
com exclusividade para o Brasil à
EDITORA ROCCO LTDA.
Rua Evaristo da Veiga, 65 – 11º andar
Passeio Corporate – Torre 1
20031-040 – Rio de Janeiro – RJ
Tel.: (21) 3525-2000 – Fax: (21) 3525-2001
rocco@rocco.com.br
www.rocco.com.br

Printed in Brazil/Impresso no Brasil

preparação de originais
MAIRA PARULA

Este livro é uma obra de ficção. Nomes, personagens, lugares e incidentes
são produtos da imaginação da autora, foram usados de forma fictícia,
e qualquer semelhança com pessoas reais, vivas ou não, estabelecimentos
comerciais, acontecimentos ou localidades é mera coincidência

CIP-Brasil. Catalogação na fonte.
Sindicato Nacional dos Editores de Livros, RJ.

H245L	
	Harkness, Deborah E., 1965-
	O livro da vida / Deborah Harkness; tradução de Márcia Frazão. – 1ª ed. – Rio de Janeiro: Rocco, 2015.
	Tradução de: The book of life
	ISBN 978-85-325-2988-6
	1. Ficção norte-americana. I. Frazão, Márcia. II. Título.
15-20915	CDD– 813
	CDU– 821.111(73)-3

O texto deste livro obedece às normas do
Acordo Ortográfico da Língua Portuguesa.

Para Karen, que sabe por quê

*Não é o mais forte da espécie que sobrevive,
nem o mais inteligente. Quem sobrevive
é o que mais se adapta à mudança.*

– PHILIPPE DE CLERMONT,
EM GERAL, ATRIBUÍDO A CHARLES DARWIN

Sol em Câncer

O signo do caranguejo diz respeito a casas, terras e tesouros, e ao que está escondido. Ele é a quarta casa do zodíaco. E significa a morte e o fim das coisas.

– Anonymous English Commonplace Book, c. 1590, Gonçalves MS 4890, f. 8ʳ

1

Fantasmas não tinham muita substância. Eram todos compostos de memórias e coração. No alto de uma das torres de Sept-Tours, Emily Mather comprimiu a mão diáfana no centro do próprio peito que até então pesava de medo.

Será que um dia isso ficará mais fácil? A voz e todo o resto de Emily eram quase imperceptíveis. *Espiar? Esperar? Saber?*

Não que eu tenha reparado, retrucou secamente Philippe de Clermont. Empoleirado por perto, ele observava os próprios dedos transparentes. Dentre todas as coisas que Philippe não gostava na condição de morto – não poder tocar na esposa Ysabeau; não dispor de olfato e paladar e nem de músculos para uma boa luta –, a invisibilidade estava no topo da lista. Isso era um lembrete constante do quão insignificante ele se tornara.

O rosto de Emily se fechou e Philippe se amaldiçoou em silêncio. Desde que ele tinha falecido, a bruxa era uma companheira sempre presente, com quem podia dividir a solidão. O que ele estava pensando quando esbravejou como se ela fosse uma serva?

Talvez fique mais fácil quando eles não precisarem mais de nós, disse Philippe em tom mais suave. Se ele era o fantasma mais experiente, Emily é que compreendia a situação metafísica de ambos. O que a bruxa acabava de dizer contradizia tudo em que ele acreditava a respeito do além. Philippe achava que os vivos podiam ver os mortos *quando* precisavam de alguma coisa: assistência, perdão, retribuição. Emily insistia que isso não passava de um mito humano, e que só quando os vivos secavam as lágrimas e seguiam em frente é que os mortos apareciam para eles.

Essa informação tornou o fracasso de Ysabeau em percebê-lo um pouco mais fácil de suportar, mas não muito.

– Mal posso esperar para ver a reação de Em. Ela vai ficar tão surpresa. – A voz calorosa e alta de Diana flutuou até as ameias.

Diana e Matthew, disseram Emily e Philippe em uníssono, abaixando os olhos para o pátio pavimentado que circundava o castelo.

Lá, disse Philippe apontando para o caminho. Mesmo morto, sua visão de vampiro ainda era mais acentuada que a de qualquer ser humano. E ele continuava sendo mais bonito que qualquer ser humano, com seus ombros largos e seu sorriso diabólico. O mesmo sorriso que ele lançou para Emily que não pôde deixar de retribuir. *Formam um bonito casal, não é? Veja quanto o meu filho mudou.*

Geralmente os vampiros não mudavam com o passar do tempo, de modo que Emily esperava ver o mesmo cabelo que de tão negro brilhava azulado, os mesmos olhos verde-acinzentados que vez por outra assumiam o tom frio e distante de um mar de inverno, a mesma pele pálida e a mesma boca larga. Mas algumas diferenças sutis eram perceptíveis, como sugerira Philippe. O cabelo de Matthew estava mais curto e agora uma barba o fazia parecer ainda mais perigoso, como um pirata. Ela engasgou.

Matthew está... maior?

Está. Fui eu que o engordei quando ele esteve aqui com Diana em 1590. Os livros o estavam deixando franzino. Matthew precisava lutar mais e ler menos. Philippe sempre rejeitara o excesso de educação. Matthew era uma prova viva disso.

Diana também parece diferente. Com aquele cabelo longo e acobreado ficou parecida com a mãe, disse Em, reconhecendo a mudança mais óbvia na sobrinha.

Diana tropeçou em um seixo do calçamento e a mão de Matthew disparou para ampará-la. Um dia aquele incessante adejar de Matthew tinha sido para Emily, um sinal de superproteção vampiresca. E agora, com a perspicácia de um fantasma, ela se dava conta de que isso decorria de um conhecimento sobrenatural de cada mudança de expressão, de cada mudança de humor e de cada sinal de fadiga ou de fome de Diana. Mas a preocupação de Matthew parecia ainda mais concentrada e apurada.

Não é só o cabelo de Diana que mudou. O rosto de Philippe exprimiu divagação. *Diana está grávida... esperando um filho de Matthew.*

Emily observou a sobrinha com mais cuidado, com a compreensão aprimorada da verdade propiciada pela morte. Philippe estava certo... em parte. *Você quer dizer "os filhos". Diana está grávida de gêmeos.*

Gêmeos, disse Philippe espantado. Seus olhos se desviaram distraídos pela chegada da esposa. *Olhe lá, Ysabeau e Sarah junto a Sophie e Margaret.*

O que vai acontecer agora, Philippe? Emily estava com o coração cada vez mais pesado de expectativa.
Finais. Começos, respondeu Philippe, deliberadamente vago. *Mudanças.*
Diana nunca gostou de mudanças, replicou Emily.
Isso porque ela tem medo do que poderá se tornar, disse Philippe.

Marcus Whitmore enfrentara inúmeros horrores depois daquela noite em 1781 em que se tornara vampiro pelas mãos de Matthew de Clermont. Ninguém o preparara para a provação de contar para Diana Bishop que sua amada tia Emily Mather estava morta.

Marcus tinha recebido o telefonema de Ysabeau quando ele e Nathaniel Wilson assistiam ao noticiário da televisão na biblioteca da família. Sophie, a mulher de Nathaniel, e a bebê, Margaret, cochilavam no sofá ao lado.

– O templo. – Foi o que Ysabeau disse sem fôlego e frenética. – Venha. Rápido.

Marcus obedeceu à avó sem questionar. Enquanto saía pela porta só teve tempo para gritar pelo seu primo Gallowglass e sua tia Verin.

A meia-luz do anoitecer de verão estava um pouco mais clara quando Marcus se aproximou da clareira no alto da montanha, iluminada por um poder sobrenatural que ele vislumbrou por entre as árvores. De cabelo eriçado, ficou atento à magia no ar.

E depois farejou o odor da presença de um vampiro, Gerbert de Aurillac. E de mais alguém... uma bruxa.

Uma luz, um passo decidido soou pelo corredor de pedra, trazendo Marcus do passado ao presente. A pesada porta se abriu com um rangido, como de costume.

– Olá, meu amor. – Marcus apagou a lembrança da paisagem do campo de Auvergne e respirou fundo. O odor de Phoebe Taylor lembrava o emaranhado dos pés de lilás que floresciam no lado externo da porta vermelha da fazenda da família. Delicada e resoluta, em outros tempos era uma fragrância que simbolizava a esperança da primavera, após o longo inverno de Massachusetts, e conjurava o sorriso largo e compreensivo da mãe de Marcus. E agora isso só o fazia pensar na pequena e voluntariosa mulher à sua frente.

– Tudo vai ficar bem. – Phoebe estendeu a mão, com os olhos esverdeados de preocupação, e endireitou o colarinho de Marcus. Ele tinha trocado as camisetas pelas roupas formais depois que começou a assinar a correspondência como Marcus de Clermont e não como Marcus Whitmore, nome pelo qual ela o conhecia na época em que ele ainda não falava de vampiros, de pais de mil e quinhentos anos de idade, de castelos franceses repletos de parentes proibidos e de uma bruxa chamada Diana Bishop. Na opinião de Marcus, o fato de Phoebe ter permanecido com ele não era nada menos que um milagre.

– Não vai, não. – Ele beijou a palma da mão de Phoebe. Ela não conhecia Matthew. – Fique aqui com Nathaniel e os outros. Por favor.

– Pela última vez, Marcus Whitmore, eu estarei do seu lado quando você receber o seu pai e a esposa dele. Acho que não devemos discutir mais esse assunto. – Ela estendeu a mão. – Ou devemos?

Marcus segurou a mão de Phoebe, mas em vez de segui-la porta afora como era esperado, puxou-a para si. Ela aninhou-se no peito dele, comprimindo o próprio coração com uma das mãos e com a outra, o dele. E depois olhou para ele surpreendida.

– Está bem. Mas haverá condições se você for comigo, Phoebe. Em primeiro lugar, ficará comigo ou com Ysabeau o tempo todo.

Phoebe abriu a boca para protestar, mas o olhar sério de Marcus silenciou-a.

– Em segundo lugar, se eu lhe mandar sair da sala, você terá que sair. Sem delongas. Sem perguntas. E irá direto até Fernando. Ele estará na capela ou na cozinha. – A aceitação relutante de Phoebe não passou despercebida a Marcus. – Em terceiro lugar, sob hipótese alguma, não caia na besteira de ficar ao alcance do braço do meu pai. De acordo?

Phoebe assentiu. Como qualquer bom diplomata, ela estava preparada para seguir as regras de Marcus – por ora. Mas faria o que devia fazer se o pai de Marcus realmente fosse o monstro pintado por alguns na casa.

Fernando Gonçalves derramou os ovos batidos na frigideira quente, cobrindo as batatas douradas que estavam na panela. Sua *tortilla* espanhola era um dos poucos pratos que Sarah Bishop conseguia ingerir, e depois de todos aqueles dias a viúva precisava de substância.

Gallowglass sentou-se à mesa da cozinha e começou a catar gotículas de cera na rachadura da madeira antiga. Musculoso e com o cabelo louro à altura do pescoço, ele parecia um urso rabugento. Suas tatuagens serpenteavam em torno dos antebraços e dos bíceps em coloridos redemoinhos brilhantes cujos temas revelavam o que lhe passava pela mente naquele momento. Isso porque nos vampiros as tatuagens só duravam alguns meses, de modo que os braços de Gallowglass cobertos de nós celtas, runas e animais fabulosos extraídos dos mitos e lendas nórdicos e gaélicos indicavam que ele pensava a respeito de suas próprias raízes.

– Deixe de se preocupar. – A voz de Fernando soou tão cálida e refinada quanto um xerez envelhecido em barris de carvalho.

Gallowglass ergueu os olhos e logo os desviou para a cera.

– Gallowglass, ninguém impedirá Matthew de fazer o que deve ser feito. Vingar a morte de Emily é uma questão de honra. – Fernando afastou-se do fogo e deslizou pelas lajotas do piso com pés descalços e silenciosos para juntar-se a Gallowglass à mesa. Enquanto caminhava ele abaixou as mangas da camisa branca e ainda limpa, mesmo depois de ter passado algumas horas na cozinha. Depois, enfiou a camisa no cós da calça e passou os dedos no cabelo escuro e ondulado.

– Você sabe que Marcus vai tentar assumir a culpa – disse Gallowglass. – Mas o rapaz não é culpado pela morte de Emily.

Considerando as circunstâncias, a cena na montanha tinha sido estranhamente pacífica. Gallowglass chegara ao templo logo depois de Marcus. Não havia nada além de silêncio e da visão de Emily Mather ajoelhada dentro de um círculo marcado com pedras claras. A expressão do bruxo Peter Knox que cravava as mãos na cabeça de Emily era antecipatória – talvez até de fome. Gerbert de Aurillac, o vampiro vizinho dos De Clermont, olhava com interesse.

– Emily! – O grito angustiado de Sarah rasgou o silêncio com tanta força que até Gerbert recuou. Assustado, Knox soltou Emily que tombou ao chão inconsciente. Sarah atingiu o bruxo Knox com uma única e poderosa magia que o mandou pelos ares em direção ao lado oposto da clareira.

– Marcus não a matou – disse Fernando, chamando a atenção de Gallowglass. – Mas a negligência...

– Inexperiência – Gallowglass interpôs.

– A negligência de Marcus teve um papel na tragédia. Ele sabe disso e assume a responsabilidade por isso – acrescentou Fernando.

– Marcus não pediu para estar no comando – resmungou Gallowglass.

– Não. Fui eu que o nomeei para o posto, e Matthew também achou que era uma decisão certa. – Fernando apertou o ombro de Gallowglass de passagem e retornou ao fogão.

– Foi por isso que você veio? Por que se sentiu culpado por se recusar a liderar a irmandade quando Matthew pediu sua ajuda? – Ninguém ficara mais surpreso que Gallowglass quando Fernando apareceu em Sept-Tours. Fernando evitava esse lugar desde a morte do pai de Gallowglass, Hugh de Clermont, no século XIV.

– Estou aqui porque Matthew ficou do meu lado depois que o rei francês executou Hugh. Eu estava sozinho no mundo, só acompanhado pela minha dor. – O tom de Fernando soou duro. – E me recusei a liderar os Cavaleiros de Lázaro porque não sou um De Clermont.

– Você foi companheiro do pai! – protestou Gallowglass. – Você é um De Clermont, como o são Ysabeau e os filhos dela!

Fernando fechou a porta do forno com cuidado.

– *Eu* sou companheiro de Hugh – disse ainda de costas. – Seu pai nunca estará no pretérito para mim.

– Desculpe-me, Fernando – disse Gallowglass aflito. Fazia quase sete séculos que Hugh estava morto e Fernando ainda não se recuperara da perda. Gallowglass já duvidava de que ele pudesse se recuperar algum dia.

– Quanto a eu ser um De Clermont – continuou Fernando, ainda de olhos fixos na parede sobre o fogão –, Philippe não concordava com isso.

Gallowglass retomou a nervosa colheita dos pedacinhos de cera. Fernando encheu dois copos de vinho tinto e os levou à mesa.

– Aqui – disse, empurrando um copo para Gallowglass. – Hoje, você também vai precisar de sua força.

Marthe irrompeu na cozinha. A governanta de Ysabeau que governava essa área do castelo não estava satisfeita com intrusos em seus domínios. Depois de lançar olhares azedos para Fernando e Gallowglass enquanto farejava o ar, ela abriu o forno.

– Essa é a minha melhor panela! – disse em tom acusador.

– Eu sei. E por isso a estou usando – retrucou Fernando, tomando um gole de vinho.

– A cozinha não é o seu lugar, dom Fernando. Suba as escadas. E leve Gallowglass junto. – Marthe pegou um pacote de chá e um bule da prateleira próxima à pia. E depois fechou a carranca ao ver um bule envolto em uma toalha assentado sobre uma bandeja ao lado de xícaras, pires, leite e açúcar.

– O que há de errado com minha presença aqui? – perguntou Fernando.

– Você não é um criado – disse Marthe, puxando a tampa do bule e cheirando o conteúdo com desconfiança.

– É o favorito de Diana. Você me disse que ela gostava, lembra? – Fernando sorriu com ar tristonho. – Marthe, todo mundo nesta casa serve os De Clermont. A única diferença é que você, Alain e Victoire são muito bem pagos para fazer isso. O que se espera do restante de nós é que sejamos gratos pelo privilégio.

– Com uma boa razão. Outro *manjasang* sonhando em fazer parte desta família. Dom Fernando, trate de se lembrar disso no futuro... e do limão – disse Marthe, enfatizando o título de nobreza. Ela pegou a bandeja de chá. – De qualquer forma, os ovos estão queimando.

Fernando pulou para salvá-los.

– E quanto a você – continuou Marthe, com seus olhos negros fixos em Gallowglass –, você não nos disse tudo o que sabia a respeito de Matthew e a esposa dele.

Gallowglass olhou para o vinho com uma expressão de culpa.

– *Madame,* sua avó lidará com você mais tarde.

Após o comentário jocoso, Marthe saiu da cozinha.

– O que você fez agora? – perguntou Fernando, pondo a *tortilla* sobre o fogão... não estava queimada, *Alhamdulillah.* Por uma longa experiência ele sabia que apesar de toda a confusão, Gallowglass tinha feito tudo com boa intenção e total negligência para um possível desastre.

– Beeem! – exclamou Gallowglass, alongando as vogais como só um escocês o faria. – Eu poderia ter deixado uma ou duas coisas fora da história.

– Como o quê? – perguntou Fernando, captando uma brisa catastrófica por entre os aromas caseiros da cozinha.

– Como o fato de que a titia está grávida de ninguém menos que Matthew. E o fato de que vovô a adotou como filha. Meu Deus, ele fez um voto de sangue ensurdecedor. – Gallowglass pareceu reflexivo. – Você acha que ainda seremos capazes de ouvi-lo?

Fernando empinou-se boquiaberto e calado.

– Não olhe para mim desse jeito. Não me pareceu certo compartilhar a notícia sobre o bebê. As mulheres podem ser esquisitas quanto a essas coisas. E antes de morrer, em 1945, Philippe comentou sobre o voto de sangue para tia Verin e ela também nunca disse uma palavra! – Gallowglass pôs-se na defensiva.

Um abalo rasgou o ar como uma bomba detonada no silêncio. Algo verde e ardente passou pela janela da cozinha.

– Que diabo foi isso? – Fernando abriu a porta e protegeu os olhos da luz do sol brilhante.

– Uma bruxa irada, é o que imagino. – O tom de Gallowglass soou triste. – Talvez Sarah tenha contado a notícia sobre Emily para Diana e Matthew.

– Não, a explosão. Aquilo! – Fernando apontou para o sino da torre de Saint-Lucien, circundado por uma criatura alada de duas pernas que cuspia fogo.

Gallowglass levantou-se para observar.

– É Corra. Ela segue a titia para tudo quanto é canto – disse categoricamente.

– Mas aquilo é um *dragão*. – Fernando se voltou com olhos selvagens para o enteado.

– Bah! Aquilo não é um dragão qualquer. Não está vendo que só tem duas pernas? Corra é um dragão de fogo. – Gallowglass torceu o braço para mostrar a tatuagem de uma criatura alada parecida com aquela outra no ar. – Como isto aqui. Posso ter deixado um ou dois detalhes de fora, mas avisei a todos que tia Diana não seria a mesma bruxa de antes.

– É verdade, querida. Emily está morta. – Contar isso para Diana e Matthew era estressante demais para Sarah. Ela podia jurar que tinha visto um dragão. Fernando estava certo. Ela precisava cortar o uísque.

– Não acredito em você. – A voz de Diana soou alta e aguda de pânico. Ela percorreu o grande salão de Ysabeau, como se esperando encontrar Emily escondida atrás de algum dos sofás adornados.

– Emily não está aqui, Diana. – A voz abafada de Matthew se infundiu de pesar e ternura quando ele se pôs frente a ela. – Emily se foi.

– Não. – Diana tentou empurrá-lo para passar e continuar a busca, mas ele a puxou para seus braços.

– Sinto muito, Sarah – disse Matthew, apertando Diana contra o próprio corpo.

– Sem essa de que sente muito! – disse Diana aos gritos, lutando para se libertar do abraço inquebrantável do vampiro e depois esmurrando o ombro dele. – Em não está morta! Isso é um pesadelo. Acorde-me, Matthew, por favor! Quero acordar e descobrir que ainda estamos em 1591.

– Isso não é um pesadelo – disse Sarah. Longas semanas a tinham convencido de que a morte de Em era terrivelmente real.

– Então, ou tomei um caminho errado ou fiz um nó malfeito no feitiço para viajar no tempo. Este não pode ser o lugar onde deveríamos parar! – A dor e o choque fizeram Diana tremer da cabeça aos pés. – Em me prometeu que jamais iria embora sem dizer adeus.

– Em não teve tempo de se despedir de ninguém. Mas isso não significa que ela não a amava. – Sarah dizia isso para si mesma umas cem vezes por dia.

– É melhor Diana se sentar – disse Marcus, puxando uma cadeira para perto de Sarah. De certo modo, o filho de Matthew parecia o mesmo surfista de vinte e poucos anos que entrara na casa das Bishop no outubro anterior. Seu cordão de couro, com uma estranha variedade de objetos reunidos ao longo dos séculos, ainda se emaranhava nos cabelos louros à sua nuca. E seus amados tênis de cano alto ainda estavam em seus pés. Mas o ar de resguardo e a tristeza nos olhos eram novos.

Embora grata pela presença de Marcus e Ysabeau, a pessoa que Sarah realmente queria ao lado naquele momento era Fernando. Ele tinha sido uma rocha durante aquele período de provação.

– Obrigado, Marcus – disse Matthew, assentando Diana na cadeira. Phoebe estendeu um copo d'água até a mão de Diana, que se limitou a olhá-lo com indiferença. Matthew pegou o copo e o colocou sobre uma mesinha próxima.

Todos os olhos pousaram em Sarah.

Ela não era boa nesse tipo de coisa. Diana era a historiadora da família, ela saberia por onde começar e como desenrolar os confusos eventos da história, tornando-a coerente – com começo, meio e fim – e talvez até achando uma explicação plausível para a morte de Emily.

– Não há uma forma fácil de dizer isso. – A tia de Diana começou a falar.

– Você não precisa nos dizer nada – disse Matthew, com olhos de compaixão e simpatia. – As explicações podem esperar.

– Não. Vocês dois precisam saber. – Sarah pegou o copo de uísque que geralmente estava ao lado, mas que agora estava vazio. Olhou para Marcus com um apelo mudo.

– Emily morreu no velho templo – disse Marcus, ocupando o papel de narrador da história.

– O templo dedicado à deusa? – sussurrou Diana, com a sobrancelha vincada pelo esforço de se concentrar.

– Sim – grunhiu Sarah, tossindo para desalojar o nó na garganta. – Emily passava cada vez mais tempo naquele lugar.

– Ela estava sozinha? – A expressão de Matthew já não estava mais calorosa e compreensiva, e seu tom era gelado.

Fez-se outro silêncio pesado e desajeitado.

– Emily nunca levava ninguém – disse Sarah, esforçando-se para ser honesta. Diana também era bruxa e perceberia se ela se desviasse da verdade. – Marcus tentou convencê-la a levar alguém, mas Emily se recusou.

– Por que ela queria ficar sozinha? – perguntou Diana, flagrando o mal-estar de Sarah. – O que estava acontecendo, Sarah?

– Desde janeiro Em se dedicava a magias mais elevadas a fim de orientação. – Sarah desviou o olhar da expressão chocada de Diana. – Ela estava com terríveis premonições de morte e desastre e achei que isso poderia ajudá-la a descobrir por quê.

— Mas Em sempre dizia que essas magias mais elevadas eram sombrias demais para que as bruxas pudessem lidar com segurança — disse Diana, erguendo a voz novamente. — Ela dizia que as bruxas que se achavam imunes a tais perigos acabavam descobrindo da maneira mais difícil o quão poderosas eram essas magias.

— E dizia isso por experiência própria — disse Sarah. — Essas magias podem ser viciosas. Emily não queria que você soubesse que ela também tinha sido fisgada, querida. Durante décadas ela se absteve de tocar em pedras de clarividência ou de evocar espíritos.

— Evocar espíritos? — Os olhos de Matthew estreitaram em fendas, e sua barba escura se mostrou aterrorizante.

— Acho que ela estava tentando se aproximar de Rebecca. Se eu tivesse percebido que Emily tinha chegado muito longe nessas tentativas, eu teria feito de tudo para detê-la. — Os olhos de Sarah se marejaram. — Peter Knox deve ter sentido que ela estava trabalhando com o poder da alta magia e isso sempre o fascinou. E uma vez que a encontrou...

— Knox? — disse Matthew baixinho, mas os pelos da nuca de Sarah se arrepiaram em advertência.

— Knox e Gerbert também estavam lá quando encontramos Em — explicou Marcus, com ar miserável por admitir. — Emily sofreu um ataque cardíaco. Talvez pela enorme tensão na tentativa de resistir às investidas de Knox. Ela estava quase inconsciente. Eu e Sarah tentamos reanimá-la. Mas já não havia nada que pudéssemos fazer.

— Por que Gerbert e Knox estavam aqui? E o que Knox esperava ganhar ao matar Em? — gritou Diana.

— Não acho que Knox quisesse matá-la, querida — respondeu Sarah. — Knox estava lendo os pensamentos dela ou no mínimo tentando lê-los. Eis as últimas palavras de Emily: "Conheço o segredo do Ashmole 782 e você nunca irá possuí-lo."

— Ashmole 782? — Diana pareceu atordoada. — Você tem certeza?

— Absoluta. — Sarah desejou que a sobrinha nunca tivesse encontrado aquele maldito manuscrito na Biblioteca Bodleiana. Grande parte dos problemas daquele momento se devia ao tal manuscrito.

— Knox insistia que os De Clermont estavam com as folhas perdidas do manuscrito de Diana do qual eles conheciam os segredos — opinou Ysabeau.

– Eu e Verin argumentamos que isso era um engano, mas o único assunto que o distraía era o bebê. Margaret.

– Nathaniel e Sophie seguiram Gerbert e Knox até o templo. Levaram Margaret junto – explicou Marcus em resposta ao olhar atônito de Matthew. – Antes de Emily cair inconsciente, Knox viu Margaret e exigiu que lhe dissessem como dois demônios tinham dado à luz uma bruxinha. Knox invocou o acordo e ameaçou levar Margaret para uma investigação pendente da Congregação que ele chamou de "violações graves" da lei. Ele e Gerbert acabaram fugindo enquanto tentávamos reanimar Emily e retirar a criança em segurança.

Até algum tempo antes Sarah concebia a Congregação e o acordo como males necessários. Pois as três espécies sobrenaturais – demônios, vampiros e bruxas – tinham dificuldade de viver entre os humanos. E por terem sido alvos do medo e da violência humana em alguns momentos da história, concordaram em firmar um pacto em tempos de outrora para minimizar o risco de chamar a atenção humana para o mundo das criaturas. O pacto restringiu a confraternização entre as espécies, bem como qualquer participação na religião ou na política dos humanos. Depois de firmar o acordo, os nove membros da Congregação trataram de garantir que as criaturas respeitassem os seus termos. E agora que Diana e Matthew estavam em casa, Sarah finalmente podia desejar que a Congregação e o acordo fossem para o inferno.

Diana girou a cabeça, a descrença passou nos seus olhos.

– Gallowglass – ela disse respirando a maresia que inundou o salão.

– Bem-vinda ao lar, titia. – Gallowglass se aproximou, sua barba irradiou um brilho dourado no ponto onde incidia a luz do sol. Diana olhou espantada para ele antes de soltar um soluço.

– Aqui, aqui. – Gallowglass ergueu-a com um abraço de urso. – Já faz muito tempo que uma mulher chorou por me ver. Sem falar que eu é que deveria chorar nesse nosso encontro. E olhe que se passaram apenas alguns dias desde a última vez em que nos encontramos. Mas pelas minhas contas já faz alguns séculos.

Algo numinoso irradiou em volta de todo o corpo de Diana, como se uma vela recuperasse lentamente a luz. Sarah piscou os olhos. Ela precisava mesmo parar com a bebida.

Matthew e seu sobrinho se entreolharam. E o semblante de Matthew mostrou-se ainda mais preocupado quando as lágrimas e o brilho que circundava Diana se intensificaram.

– É melhor que Matthew a leve lá para cima. – Gallowglass enfiou a mão no bolso, tirou um lenço amarelo amassado e o estendeu para Diana, protegendo-a zelosamente da vista.

– Está tudo certo com ela? – perguntou Sarah.

– Só um pouco cansada – disse Gallowglass enquanto empurrava Diana com ajuda de Matthew em direção aos remotos aposentos da torre de Matthew.

Depois que Diana e Matthew saíram, a frágil compostura de Sarah rachou e isso a fez chorar. Se a lembrança dos acontecimentos da morte de Em ocorria diariamente, isso se tornava ainda mais doloroso junto com Diana. Fernando surgiu à frente com ar pesaroso.

– Tudo bem, Sarah. Chore – murmurou, puxando-a para mais perto.

– Onde você estava quando precisei de você? – ela perguntou quando o pranto se converteu em soluços.

– Estou aqui agora – ele respondeu, embalando-a suavemente. – E Diana e Matthew já estão em segurança em casa.

– Não consigo parar de tremer. – Os dentes de Diana batiam e seus membros sacolejavam, como se manobrados por fios invisíveis. Gallowglass apertou os lábios e deu um passo para trás enquanto Matthew envolvia a esposa com um cobertor fortemente apertado.

– É o choque, *mon coeur* – murmurou Matthew, beijando-a na bochecha. A aflição não se devia apenas à morte de Emily, mas também às lembranças do passado, à perda traumática dos pais de Diana. Ele esfregou o cobertor nos braços dela. – Você pode pegar um pouco de vinho, Gallowglass?

– Eu não devia. Os bebês... – Diana iniciou a frase. Suas feições se tornaram selvagens e as lágrimas retornaram. – Eles nunca conhecerão Em. Nossos filhos crescerão sem conhecer Em.

– Aqui. – Gallowglass estendeu um frasco de prata para Matthew que o olhou com gratidão.

– Melhor ainda – disse Matthew, puxando a rolha. – Só um gole, Diana. Isso não fará mal aos gêmeos e poderá acalmá-la. Vou pedir a Marthe que traga um chá-preto com bastante açúcar.

– Eu vou matar Peter Knox – disse Diana com ar feroz depois que tomou um gole de uísque. A luz ao redor dela tornou-se mais brilhante.

– Não hoje, não hoje – retrucou Matthew com firmeza enquanto entregava o frasco para Gallowglass.

– O *glaem* da tia passou a brilhar com mais intensidade depois que vocês retornaram? – Gallowglass não via Diana Bishop desde 1591 e não se lembrava de que isso era tão perceptível.

– Sim. É um feitiço de disfarce que ela está usando. Talvez o choque a tenha perturbado – disse Matthew, acomodando-a no sofá. – Diana queria que Emily e Sarah desfrutassem a ideia de que estavam prestes a se tornar avós, antes que começassem a lhe fazer perguntas sobre o aumento do seu poder.

Gallowglass reprimiu um impropério.

– Já está melhor? – perguntou Matthew, levando os dedos de Diana até os lábios.

Diana assentiu. Seus dentes ainda batiam, e Gallowglass percebeu. Foi doloroso pensar no esforço que ela devia estar fazendo para se controlar.

– Sinto muito sobre Emily – disse Matthew, segurando o rosto de Diana entre as mãos.

– Também somos culpados? Será que ficamos muito tempo no passado, como disse papai? – perguntou Diana tão baixinho que até mesmo Gallowglass teve dificuldade para ouvir.

– Claro que não – replicou Gallowglass em tom brusco. – Peter Knox fez isso. Ninguém mais é culpado.

– Não vamos nos preocupar com quem é culpado – disse Matthew, se bem que com os olhos faiscando de raiva.

Gallowglass fez um aceno de que tinha entendido. Matthew teria muito a dizer sobre Knox e Gerbert... mais tarde. Por ora ele se preocuparia com a esposa.

– Emily gostaria que você se concentrasse em cuidar de si mesma e de Sarah. Isso é o suficiente por agora. – Matthew afastou as mechas acobreadas coladas ao rosto de Diana com o sal das lágrimas.

– É melhor eu voltar lá para baixo – disse Diana, levando a brilhante bandana amarela de Gallowglass até os olhos. – Sarah precisa de mim.

– Fique um pouco mais aqui. Espere até que Marthe traga o chá – disse Matthew, sentando-se ao lado de Diana. Ela colou-se encolhida ao peito dele, os soluços escapavam alternadamente enquanto ela tentava conter as lágrimas.

– Vou deixar vocês dois a sós – disse Gallowglass abruptamente.

Matthew assentiu em silencioso agradecimento.

– Obrigada, Gallowglass. – Diana estendeu o lenço.

– Fique com isso – ele disse, voltando-se para a escada.

– Estamos sozinhos. Já não precisa mais ser forte – sussurrou Matthew enquanto Gallowglass descia pela escada em caracol.

Matthew e Diana continuaram entrelaçados como um nó inquebrantável, com as feições contorcidas de dor e tristeza e reconfortando um ao outro de um modo que não podiam fazer por si mesmos.

Eu não devia ter convocado você aqui. Eu devia ter encontrado outra maneira de obter respostas. Emily se voltou para sua melhor amiga. *Você devia estar com Stephen.*

Prefiro estar aqui com minha filha a estar em qualquer outro lugar, disse Rebecca Bishop. *Stephen entende.* Ela observou a imagem de Diana e Matthew ainda entrelaçados em triste abraço.

Não tenha medo. Matthew cuidará dela, disse Philippe que ainda tentava decifrar Rebecca Bishop – ela era uma criatura extraordinariamente difícil e tão hábil em guardar segredos quanto qualquer vampiro.

Eles cuidarão um do outro, retrucou Rebecca, com a mão sobre o coração, *como eu já sabia que aconteceria.*

2

Matthew se apressou pela escada de pedra espiralada que serpenteava por entre os seus aposentos na torre de Sept-Tours e o piso principal do castelo. Evitou um ponto escorregadio no trigésimo degrau e uma beirada acidentada no décimo sétimo onde a espada de Baldwin se chocara durante uma de suas brigas.

Matthew construíra a torre adicional como um refúgio privado, um lugar à parte da inesgotável agitação que sempre cercava Philippe e Ysabeau. As famílias de vampiros eram grandes e ruidosas, com duas ou mais linhagens sanguíneas desconfortavelmente unidas na tentativa de viver como um bando feliz. Isso raramente acontecia entre os predadores, nem mesmo entre os que andavam sobre duas pernas e viviam em belas casas. Como resultado, a torre de Matthew fora projetada principalmente para defesa. Sem portas para abafar abordagens furtivas de vampiros e sem caminhos de saída, exceto um único de entrada. Esses arranjos cuidadosos demonstravam claramente as relações que ele mantinha com irmãos e irmãs.

Naquela noite o isolamento da torre mais parecia um confinamento, se comparado à vida movimentada que ele e Diana tinham estabelecido na Londres elisabetana, rodeados por família e amigos. O trabalho de Matthew como espião da rainha tinha sido um desafio mais gratificante, pois no seu antigo posto na Congregação ele negociara para que bruxos e bruxas escapassem da forca. E Diana iniciara um longo processo de ampliação dos seus poderes de bruxa. Eles também tinham acolhido duas crianças órfãs e lhes propiciado a chance de um futuro melhor. A vida do casal no século XVI nem sempre era fácil, mas foram dias preenchidos pelo amor e a esperança que acompanhava Diana para onde quer que fosse. Já em Sept-Tours eles pareciam cercados por todos os lados pela morte e pelos De Clermont.

Tal combinação deixava Matthew inquieto, e a raiva que ele mantinha zelosamente sob controle sempre que Diana estava por perto se aproximava perigosamente da superfície. A ira do sangue – doença que Matthew herdara de Ysabeau, que o criara – geralmente dominava a mente e o corpo dos vampiros com muita rapidez, sem deixar espaço nem para a razão nem para o controle. No esforço de manter a ira do sangue controlada, Matthew concordara com certa relutância em deixar Diana sob os cuidados de Ysabeau para caminhar pelos terrenos que circundavam o castelo a fim de clarear a cabeça, acompanhado de seus cães Fallon e Hector.

Enquanto isso, Gallowglass cantava uma canção de marinheiro no grande salão do castelo. Por razões que Matthew não conseguia entender, cada verso era pontuado por imprecações e ultimatos. Após um momento de indecisão, a curiosidade de Matthew acabou vencendo.

– Maldito dragão de fogo. – Gallowglass lentamente agitou no ar uma lança obtida no esconderijo de armas situado próximo à entrada. – *Adeus e adieu, damas de Espanha*. Traga o seu traseiro aqui embaixo, ou vovó vai te cozinhar em vinho branco para alimentar os cães. *Pois recebemos ordens de navegar até a velha Inglaterra.* Como ousas voar em volta da casa como um periquito demente? *E jamais veremos as damas de novo.*

– Que diabos você está fazendo? – perguntou Matthew.

Gallowglass girou seus olhos azuis. O sobrinho de Matthew vestia uma camiseta preta estampada com caveira e ossos cruzados, cuja parte de trás estava rasgada do ombro esquerdo ao quadril direito. Os orifícios em sua calça jeans pareciam resultar do desgaste e não da guerra, e seu cabelo desgrenhado rompia até mesmo os padrões gallowglassianos. Ysabeau costumava chamá-lo de "*Sir Vagabond*", mas isso pouco servia para melhorar a apresentação do jovem.

– Tentando pegar a ferinha de sua esposa. – Gallowglass fez um súbito movimento com a lança para cima. Soou um guincho de surpresa seguido por uma chuva de escamas verdes esmaecidas que se espatifaram como vidro contra o piso. A penugem loura dos braços de Gallowglass brilhou com o pó iridescente esverdeado das escamas e o fez espirrar.

Corra – íntima de Diana – estalou a língua e agitou-se loucamente de garras fincadas na galeria dos menestréis. Acenou com a cauda farpada para Matthew, perfurando uma tapeçaria de valor inestimável que retratava um unicórnio dentro de um jardim. Matthew fez uma careta.

– Eu a tinha encurralado perto do altar na capela, mas Corra é uma mocinha astuta – disse Gallowglass, com um toque de orgulho. – Ela estava escondida de asas abertas no alto do túmulo do vovô, e a confundi com uma efígie. E olhe só para ela agora. Lá no alto das vigas, vaidosa como o diabo e duas vezes mais encrenqueira. Meu Deus, ela enfiou a cauda em uma das cortinas favoritas de Ysabeau. Vovó vai ter um derrame.

– Se Corra se parece mesmo com a dona dela, encurralá-la não vai acabar bem – disse Matthew docilmente. – Tente argumentar com ela.

– Oh, sim. Isso funciona muito bem com tia Diana. – Gallowglass fungou. – O que deu em você para deixar Corra fora de vista?

– Quanto mais esse dragão de fogo se ativa, mais Diana se acalma – disse Matthew.

– Talvez, mas Corra é um inferno para a decoração. Esta tarde ela quebrou um dos vasos De Sèvres da vovó.

– Desde que não tenha sido aquele de azul intenso com cabeças de leão que ela ganhou de Philippe, não tenho com que me preocupar – resmungou Matthew ao ver a expressão de Gallowglass. – *Merde*.

– Também foi essa a resposta de Alain. – Gallowglass inclinou-se sobre a lança.

– Ysabeau terá que se contentar com uma ou duas cerâmicas a menos – disse Matthew. – Corra pode ser um incômodo, mas pela primeira vez Diana está dormindo profundamente desde que voltou para casa.

– Ora, bem, isso é certo. Então, é só dizer para Ysabeau que a falta de jeito de Corra é boa para os netos. Vovó entregará os vasos como oferendas sacrificais. E de minha parte tentarei manter a megera em voo entretido para que titia consiga dormir.

– E como fará isso? – perguntou Matthew, com ceticismo.

– Cantando para ela, é claro. – Gallowglass olhou para cima. Corra silvou quando se viu observada e estendeu um pouco mais as asas para que recebessem a luz das tochas enfileiradas ao longo das paredes. Sentindo-se encorajado por isso, Gallowglass respirou fundo e começou a cantarolar outra balada.

– *Minha cabeça está virada, estou ardendo como chama. / Amo como qualquer dragão. / Saberias dizer o nome de minha amante?*

Corra estalou os dentes em aprovação. Gallowglass sorriu e moveu a lança como um metrônomo. Acenou com as sobrancelhas para Matthew antes de cantar o resto da balada.

> *Mandei bugigangas sem-fim para ela,*
> *Pedras e pérolas para deixar seu coração terno,*
> *Até que não tendo mais nada para mandar,*
> *Mandei-a... para o inferno.*

– Boa sorte – murmurou Matthew em tom sincero e torcendo para que Corra não tivesse entendido a letra.

Ele esquadrinhou os aposentos próximos, catalogando os ocupantes. Hamish lidava com documentos na biblioteca da família, concluiu isso ao ouvir o arranhar da caneta no papel enquanto farejava um débil odor de lavanda e hortelã-pimenta. Hesitou por um momento e depois abriu a porta.

– Tempo para um velho amigo? – perguntou.

– Eu já começava a pensar que você estava me evitando. – Hamish Osborne pousou a caneta e afrouxou a gravata com estamparia floral de verão que poucos homens teriam coragem de usar. Embora estivesse no campo francês, Hamish se vestia como se para uma reunião com membros do Parlamento, um terno risca de giz azul-marinho e uma camisa cor de lavanda. Isso o fazia parecer um antigo cavalheiro da época eduardiana.

Matthew percebeu que o demônio tentava provocar uma discussão. Já eram amigos desde a estada de ambos em Oxford algumas décadas antes. Era uma amizade baseada no respeito mútuo e fortalecida pela compatibilidade de seus afiados intelectos. Entre Hamish e Matthew até as mais simples trocas podiam ser tão complicadas e estratégicas quanto uma partida de xadrez entre dois mestres. Mas o diálogo mal começava para que Hamish se deixasse em desvantagem.

– Como vai Diana? – Hamish notou a deliberada recusa de Matthew em morder a isca.

– Tão bem quanto o esperado.

– Claro que eu teria perguntado para ela, mas o seu sobrinho me descartou. – Hamish pegou um copo de vinho e tomou um gole. – Vinho?

– É da minha adega ou da adega de Baldwin? – A pergunta aparentemente inócua de Matthew era um lembrete sutil de que ele e Diana já estavam de volta.

Hamish então teria que escolher entre Matthew e o resto dos De Clermont.

– É um clarete. – Ele girou o conteúdo no copo enquanto esperava pela reação do amigo. – Um vinho caro. Envelhecido. Ótimo.

Matthew fez uma careta.

– Não, obrigado. Nunca tive a mesma paixão por essa coisa como a maioria da minha família. – Ele preferia encher as fontes do jardim com o tão precioso estoque de vinho bordeaux de Baldwin a bebê-lo.

– Que história é essa de dragão? – Um músculo contraiu na mandíbula de Hamish, ou por diversão ou por raiva, Matthew não soube ao certo. –

Gallowglass disse que Diana o trouxe como lembrança, mas ninguém acredita nisso.

– O dragão pertence à Diana – disse Matthew. – Terá que perguntar para ela.

– Você sabe que todos em Sept-Tours tremem nas bases por você. – Com essa mudança abrupta de assunto, Hamish aproximou-se. – Eles ainda não perceberam que o mais aterrorizado no castelo é *você*.

– E como está William? – Matthew podia mudar vertiginosamente de assunto com a mesma eficácia de qualquer demônio.

– O doce William plantou suas afeições em outro lugar. – Hamish afastou-se com um esgar de boca, uma angústia visível que trouxe ao jogo um inesperado fechamento.

– Sinto muito, Hamish. – Matthew chegara a pensar que o relacionamento duraria. – William o amava.

– Não o suficiente. – Hamish deu de ombros, mas sem disfarçar a dor nos olhos. – Talvez seja melhor projetar suas esperanças românticas em Marcus e Phoebe.

– Eu quase não falei com a garota – disse Matthew, suspirando e servindo-se de um copo do vinho clarete de Baldwin. – O que tem a me dizer sobre ela?

– A jovem srta. Taylor trabalha em uma casa de leilão em Londres. Sotheby's ou Christie's. Sempre confundo as duas – disse Hamish, afundando na poltrona de couro em frente à lareira fria. – Marcus conheceu-a quando arrematava algo para Ysabeau. Acho que o caso é sério.

– Pois é. – Matthew percorreu as estantes que cobriam as paredes enquanto tomava o vinho. – Marcus está impregnado com o cheiro da garota. Ele está apaixonado.

– Eu já suspeitava disso. – Hamish se pôs a beber enquanto assistia aos movimentos inquietos do amigo. – Ninguém disse nada, claro. Sua família realmente poderia ensinar uma ou duas coisas sobre segredos ao MI6.

– Ysabeau devia ter impedido esse romance. Phoebe é muito jovem para se relacionar com um vampiro – disse Matthew. – Ela não deve ter mais de vinte e dois anos, e mesmo assim Marcus enredou-a nesse vínculo irrevogável.

– Oh, sim, proibir Marcus de se apaixonar teria abalado o tratado. – O sotaque escocês de Hamish se redobrou com a diversão. – Pelo que parece, quando se trata de amor Marcus é tão teimoso quanto você.

– Se ele tivesse pensado no seu trabalho como líder dos Cavaleiros de Lázaro, talvez...

– Pare aí, Matt, antes de dizer algo injusto que me faria nunca perdoá-lo por isso. – A voz de Hamish foi cortante. – Você sabe quanto é difícil ser o grande mestre da fraternidade. Esperava-se que Marcus fosse tão bom quanto o seu antecessor... vampiro ou não, ele não é muito mais velho que Phoebe.

A Ordem dos Cavaleiros de Lázaro tinha sido fundada durante as Cruzadas para proteger os interesses dos vampiros em meio a um mundo cada vez mais dominado pelos seres humanos. Philippe de Clermont, companheiro de Ysabeau, tornou-se o primeiro grande mestre da ordem. Ele era uma figura lendária não apenas entre os vampiros, mas também entre outras criaturas. Uma vida à altura do padrão definido por ele era então uma tarefa impossível para qualquer homem.

– Eu sei, mas se apaixonar... – protestou Matthew, com a raiva aumentando.

– Marcus fez um trabalho brilhante, impecável. – Hamish o interrompeu. – Recrutou novos membros e supervisionou todos os detalhes financeiros de nossas operações. E ainda exigiu que a Congregação punisse Knox por suas ações aqui em maio, e solicitou formalmente a revogação do acordo. Ninguém poderia ter feito mais. Nem mesmo você.

– Punir Knox não apaga o ocorrido. Ele e Gerbert violaram minha casa, e Knox assassinou uma mulher que era como mãe para minha esposa. – Matthew engoliu o vinho, esforçando-se para afogar a raiva.

– Emily teve um ataque cardíaco – advertiu Hamish. – Segundo Marcus não se sabe por quê.

– Já sei o suficiente – disse Matthew repentinamente furioso, arremessando o copo vazio que se chocou na borda de uma das estantes da sala, espalhando cacos de vidro pelo tapete espesso. Hamish arregalou os olhos. – Nossos filhos nunca terão a chance de conhecer Emily. E Gerbert que há séculos é amigo desta família estava presente e assistiu ao ato de Knox, mesmo sabendo que Diana era minha companheira.

– Todos na casa foram unânimes em dizer que você não deixaria a justiça da Congregação seguir seu curso. Não acreditei neles. – Hamish não gostou das mudanças que presenciava no amigo. Pelo que parecia, a estada no século XVI arrancara a casca de algumas feridas antigas e esquecidas.

– Eu devia ter lidado com Gerbert e Knox depois que eles ajudaram Satu Järvinen a raptar Diana e aprisioná-la em La Pierre. Se tivesse feito isso, Emily ainda estaria viva. – Os ombros de Matthew retesaram de culpa. – Mas Baldwin me proibiu. Ele disse que a Congregação já tinha problemas suficientes nas mãos.

– Você quer dizer os vampiros assassinos? – perguntou Hamish.

– Sim. Ele disse que eu acabaria piorando as coisas se desafiasse Gerbert e Knox.

Os assassinatos – sem evidências de sangue e com artérias cortadas e ataques quase animalescos a órgãos humanos – tinham se tornado manchetes nos jornais de Londres a Moscou. E as matérias concentradas no estranho método de execução do assassino ameaçavam expor os vampiros ao conhecimento humano.

– Não cometerei o erro de silenciar novamente – continuou Matthew. – Se os Cavaleiros de Lázaro e os De Clermont não podem proteger minha mulher e a família dela, eu posso.

– Você não é um assassino, Matt – insistiu Hamish. – Não se deixe cegar pela raiva.

Os olhos escuros de Matthew fizeram Hamish empalidecer. Mesmo sabendo que Matthew estava mais próximo do reino animal que a maioria das criaturas que andavam sobre duas pernas, Hamish ainda não tinha visto um olhar tão parecido e tão perigoso quanto o de um lobo.

– Tem certeza disso, Hamish? – Matthew piscou os olhos de obsidiana, girou o corpo e saiu da sala.

Matthew seguiu o cheiro peculiar de raiz de alcaçuz de Marcus Whitmore, mesclado ao inebriante aroma de lilases daquela noite, e rastreou o filho até os aposentos da família no segundo andar do castelo. Sua consciência se coçava com a ideia de que Marcus pudesse ter ouvido sua conversa acalorada com Hamish. Isso porque a audição vampiresca de seu filho era extremamente aguçada. Matthew apertou os lábios quando seu nariz o levou a uma porta perto das escadas, e sufocou um lampejo de raiva que acompanhou a constatação de que Marcus estava usando o antigo escritório de Philippe.

Ele bateu na pesada porta de madeira e a empurrou sem esperar pela resposta. Com exceção do laptop de prata brilhante sobre a mesa onde antes estava um mata-borrão, o aposento ainda se apresentava como no dia da morte de Philippe de Clermont em 1945. O mesmo telefone de baquelite sobre a mesa próxima à janela. Pilhas de envelopes com folhas de papel amarelecidas onde Philippe escrevia para um dos seus muitos correspondentes. Pregado à parede, um velho mapa da Europa que Philippe utilizara para localizar as posições do exército de Hitler.

Matthew fechou os olhos com uma dor súbita e aguda. O que Philippe não previra é que ele acabaria caindo nas mãos dos nazistas. Uma das inesperadas dádivas da viagem no tempo fora a chance de Matthew rever e se reconciliar com Philippe. E o preço que teve que pagar foi o recorrente sentimento de perda quando mais uma vez se viu enfrentando um mundo sem Philippe de Clermont.

Ao reabrir os olhos, Matthew se confrontou com o semblante furioso de Phoebe Taylor. Em uma fração de segundo Marcus colocou seu corpo entre Matthew e a mulher de sangue quente. O fato de Marcus não ter perdido o juízo de todo ao assumir uma companheira agradou a Matthew, pois se ele quisesse fazer alguma coisa, Phoebe já estaria morta.

– Marcus. – Matthew o cumprimentou de passagem antes de olhar para além dele. Phoebe não era o tipo habitual de Marcus, cuja preferência era pelas ruivas. – Não tivemos tempo para uma apresentação apropriada quando nos encontramos pela primeira vez. Sou Matthew Clairmont. O pai de Marcus.

– Sei quem você é. – O adequado sotaque britânico de Phoebe era comum tanto nas escolas públicas e casas de campo como nas famílias aristocráticas falidas. Por ser o idealista democrático da família, Marcus se apaixonara por uma moça de sangue azul.

– Seja bem-vinda à família, srta. Taylor. – Matthew inclinou-se para esconder um sorriso.

– Apenas Phoebe, por favor. – Em um piscar de olhos, ela contornou Marcus com a mão direita estendida. Matthew ignorou-a. – Na maioria dos círculos bem-educados, professor Clairmont, este seria o momento em que você pegaria a minha mão e a sacudiria. – Ela mostrou-se um pouco mais irritada e ainda de mão estendida.

– Você está cercada de vampiros. O que a fez pensar que encontraria civilidade aqui? – Matthew observou-a de olhos arregalados. Phoebe sentiu-se desconfortável e desviou os olhos. – Talvez você tenha considerado a minha saudação como desnecessariamente formal, mas nenhum vampiro toca a parceira ou a esposa de outro vampiro sem permissão. – Ele olhou para a grande esmeralda no terceiro dedo da mão esquerda de Phoebe. Marcus a ganhara num jogo de cartas em Paris alguns séculos antes. Tanto no passado como no presente, uma pedra que valia uma pequena fortuna.

– Oh, Marcus não me falou a respeito – ela disse com uma careta.

– Não falei, mas lhe passei algumas regras simples. Talvez seja hora de revê-las – sussurrou Marcus para a noiva. – E já que tocamos no assunto, vamos ensaiar nossos votos de casamento.

– Por quê? Não será nesses votos que você encontrará a palavra "obedecer" – disse Phoebe secamente.

Matthew tossiu novamente antes que a discussão tomasse outro rumo.

– Vim pedir desculpas pela minha explosão na biblioteca – disse. – Eu estava muito irritado naquele momento. Perdoe-me pelo mau humor.

Era mais que mau humor, mas nem Marcus nem Hamish sabiam disso.

– Que explosão? – Phoebe franziu o cenho.

– Não foi nada – disse Marcus, mas com uma expressão que sugeria o contrário.

– Eu também queria saber se você estaria disposto a examinar Diana. Como já deve saber, ela está grávida de gêmeos. Acredito que esteja no início do segundo trimestre, mas estivemos fora do alcance de cuidados médicos adequados e eu gostaria de ter certeza. – Tal como a mão de Phoebe, o ramo de oliveira oferecido por Matthew manteve-se por um longo momento no ar antes de ser reconhecido.

– Ééé claro – gaguejou Marcus. – Obrigado por confiar Diana aos meus cuidados. Não vou desapontá-lo. E Hamish está certo – acrescentou –, mesmo que eu tivesse realizado uma autópsia em Emily, o que Sarah não quis que fosse feita, não haveria como determinar se a morte tinha sido por causa mágica ou natural. Talvez nunca saibamos.

Matthew não se preocupou em discutir, pois acabaria descobrindo o papel exato que Knox desempenhara na morte de Emily, e a resposta determinaria a velocidade com que o mataria e quanto o faria sofrer antes disso.

– Foi um prazer conhecê-la, Phoebe – ele disse.

– Igualmente. – A garota mentiu de maneira educada e convincente. Ela seria útil à família De Clermont.

– Marcus, veja Diana na parte da manhã. Estaremos esperando por você.

Matthew saiu da sala sorrindo e fazendo outra reverência fascinante para Phoebe Taylor.

A ronda noturna de Matthew nos arredores de Sept-Tours não lhe aplacara a inquietude e a raiva. Pelo contrário, alargara as rachaduras de seu controle. Frustrado, ele retornou aos seus aposentos pelo caminho que atravessava a fortaleza do castelo e a capela. Lá estavam os memoriais de quase todos os De Clermont falecidos – Philippe; Louisa com o irmão gêmeo Louis; Godfrey; Hugh – e alguns dos seus filhos e amados amigos e servos.

– Bom-dia, Matthew. – Um odor de açafrão e laranja encheu o ar.

Fernando. Após uma longa pausa, Matthew se obrigou a se virar.

Geralmente a antiga porta de madeira da capela mantinha-se fechada porque apenas Matthew passava algum tempo lá. Mas nessa noite a porta estava amistosamente aberta e se via a silhueta de um homem contra a luz das velas acesas lá dentro.

– Eu esperava poder vê-lo. – Fernando abriu os braços convidativos.

E observou enquanto o cunhado caminhava com sinais de alerta nas feições que indicavam apuros: ampliação das pupilas, ondulação nos ombros semelhante ao arrepio nos pelos dos lobos e rugosidade no fundo da garganta.

– Será que passei na inspeção? – perguntou Matthew, sem conseguir disfarçar uma nota defensiva no tom.

– Claro que passou. – Fernando fechou a porta com firmeza atrás de ambos. – Por pouco.

Matthew passou os dedos levemente pelo maciço sarcófago de Philippe no centro da capela e zanzou inquietamente ao redor da câmara, seguido pelos profundos olhos castanhos de Fernando.

– Parabéns pelo seu casamento, Matthew – disse Fernando. – Embora ainda não conheça Diana, Sarah me contou tantas histórias sobre ela que chego a sentir que já somos velhos amigos.

– Desculpe-me, Fernando, é que... – Matthew iniciou a frase com ar culpado.

Fernando o deteve de mão levantada.

– Não há necessidade de desculpas.

– Obrigado por cuidar da tia de Diana – disse Matthew. – Sei que é difícil para você estar aqui.

– A viúva precisava de alguém que se preocupasse com a dor dela. Assim como você fez comigo quando Hugh faleceu – disse Fernando, simples e direto.

Quando Sarah não estava presente, todos em Sept-Tours, de Gallowglass ao jardineiro e de Victoire a Ysabeau, referiam-se a ela pelo seu estado civil em relação à Emily e não pelo seu nome. Era um título de respeito e um lembrete constante da perda de Sarah.

– Matthew, eu preciso lhe perguntar: Diana sabe a respeito da sua ira do sangue? – Fernando manteve a voz baixinha. As paredes da capela eram espessas e não deixavam passar muito som, mas era prudente precaver-se.

– Claro que sabe. – Matthew ajoelhou-se frente a uma pequena pilha de armas e armaduras dispostas em um dos nichos esculpidos da capela. O espaço era grande o bastante para abrigar um caixão, mas Hugh de Clermont fora queimado na fogueira e não restara um corpo para enterrar. E na falta de um caixão, Matthew preparara um memorial de metal e madeira pintado com o escudo, as luvas, a cota de malha, a armadura, a espada e o elmo do seu irmão favorito.

— Perdoe-me se o ofendi ao sugerir que você ocultaria algo tão importante de quem você ama — disse Fernando ao pé do ouvido de Matthew. — Estou feliz por você ter contado para sua esposa, mas você merece uma surra por não ter contado para Marcus ou Hamish... ou Sarah.

— Você tem liberdade para tentar. — A resposta de Matthew carregava uma ameaça que assustaria qualquer outro membro da família, menos Fernando.

— Você prefere um castigo simples, não é? Mas não vai escapar tão fácil. Não desta vez. — Fernando ajoelhou-se ao lado dele.

Fez-se um longo silêncio enquanto Fernando esperava Matthew baixar a guarda.

— A ira do sangue. Está piorando. — Matthew abaixou a cabeça sobre as mãos unidas como se em oração.

— Claro que sim. Você está acasalado agora. O que esperava?

As respostas emocionais e químicas que acompanhavam o acasalamento eram intensas, até mesmo os vampiros perfeitamente saudáveis tinham dificuldade de deixar os parceiros fora de vista. E nas ocasiões em que era impossível permanecer juntos, isso acarretava irritação, agressividade, ansiedade e, em casos raros, loucura. Nos vampiros com a ira do sangue, tanto o impulso de acasalamento como os efeitos da separação aumentavam ainda mais.

— Eu achava que lidaria bem com isso. — A testa de Matthew baixou até descansar nos dedos. — Achava que o amor por Diana poderia ser mais forte que a doença.

— Ora, Matthew. Talvez você seja mais idealista que Hugh, mesmo nos dias mais ensolarados dele. — Fernando suspirou e pôs a mão no ombro de Matthew para reconfortá-lo.

Fernando sempre oferecia conforto e assistência para os necessitados — mesmo quando não mereciam. Ele é que sugerira que Matthew fosse estudar com o cirurgião Albucasis para tentar superar as crises mortais de violência que o atormentaram nos seus primeiros séculos como vampiro. Era Fernando que mantinha Hugh — o irmão cultuado por Matthew — a salvo de danos quando ele saía do campo de batalha para os livros e de volta para o campo de batalha outra vez. Sem os cuidados de Fernando, Hugh teria aparecido para lutar com nada além de um volume de poesia, uma espada sem brilho e uma luva. E Fernando é que comentara com Philippe que mandar Matthew de volta a Jerusalém seria um terrível erro. Infelizmente, nem Philippe nem Matthew o tinham escutado.

– Eu mesmo me obriguei a sair do lado dela esta noite. – Os olhos de Matthew percorreram a capela como dardos. – Eu não podia ficar parado; precisava desesperadamente matar alguma coisa, e mesmo assim me foi quase impossível aventurar-me além dos limites da respiração dela.

Fernando ouviu em solidário silêncio, perguntando-se por que Matthew parecia surpreso, até que lhe ocorreu que os vampiros recentemente acasalados geralmente subestimavam a força que esse vínculo exerce sobre eles.

– Por ora Diana quer ficar perto de mim e de Sarah. Mas quando o luto pela morte de Emily se arrefecer, ela vai querer retomar sua própria vida – disse Matthew, claramente preocupado.

– Bem, ela não vai poder. Não com você grudado nela. – Nunca Fernando remoera tanto as palavras a serem ditas. Idealistas como Matthew precisavam de um discurso franco porque senão perdiam o caminho. – Se Diana o ama, ela vai se adaptar.

– Ela não vai ter que se adaptar – disse Matthew de dentes cerrados. – Não vou tirar a liberdade dela, custe o que me custar. Se eu não ficava o tempo todo com Diana no século XVI, não há razão alguma para que isso mude no século XXI.

– No passado você só conseguiu controlar seus sentimentos porque quando não estava ao lado de Diana, Gallowglass estava. Ah, ele me contou tudo sobre a vida que vocês levavam em Londres e em Praga – disse Fernando, fazendo Matthew se virar com expressão de espanto enquanto andava. – E quando ela não estava com Gallowglass, ela estava com Philippe, com Davy, com outra bruxa, com Mary ou com Henry. Você realmente acha que os celulares lhe darão o mesmo sentido de conexão e controle?

Matthew parecia ainda estar com a ira do sangue logo abaixo da superfície, mas também parecia sofrer. Fernando então se deu conta de que era um passo na direção certa.

– Ysabeau deveria tê-lo impedido de se envolver com Diana Bishop tão logo ficou claro que você estava sentindo um vínculo de acasalamento – disse Fernando, com firmeza. Se ele fosse o pai de Matthew, o teria trancado em uma torre de aço para evitar o ocorrido.

– Até que ela me detêve. – Matthew pareceu ainda mais infeliz. – Eu não me envolvi totalmente com Diana até chegarmos a Sept-Tours em 1590. Philippe nos deu a bênção.

A boca de Fernando se encheu de amargura.

– A arrogância daquele homem não conhecia limites. Sem dúvida alguma ele planejava consertar tudo depois que você voltasse para o presente.

– Philippe sabia que ele não estaria aqui. – A confidência de Matthew fez Fernando arregalar os olhos. – Não falei para Philippe sobre a morte dele. Ele descobriu por si mesmo.

Fernando soltou um impropério, convicto de que o deus de Matthew perdoaria a blasfêmia que naquele caso era perfeitamente merecida.

– E seu acasalamento com Diana ocorreu antes ou depois de Philippe marcá-la com o voto de sangue? – Mesmo após a viagem no tempo, o voto de sangue de Philippe era audível e, segundo Verin de Clermont e Gallowglass, também era ensurdecedor. Felizmente, Fernando não era um De Clermont de puro-sangue, de modo que a canção sangrenta de Philippe era registrada como nada mais que um zumbido persistente.

– Depois.

– Claro. O voto de sangue de Philippe garantiu a segurança dela. *Noli me tangere* – disse Fernando, com um aceno de cabeça. – Gallowglass estava perdendo tempo ao vigiar Diana tão de perto.

– *Não me toques porque sou de César* – ecoou Matthew, com suavidade. – É verdade. Nenhum vampiro se meteu com ela depois disso. Exceto Louisa.

– Louisa foi tão louca quanto o coelho de Alice ao ignorar os desejos do seu pai sobre isso – comentou Fernando. – E acho que por isso Philippe despachou Louisa para os confins do mundo conhecido em 1591. – A decisão sempre lhe parecera abrupta, e Philippe não mexera um dedo para vingar a morte dela. Fernando arquivou as informações para uma consideração futura.

A porta se abriu. Tabitha, a gata de Sarah, irrompeu pela capela adentro, com um rastro de pelo cinzento e uma indignação felina. Gallowglass a seguia, com um maço de cigarros na mão e um frasco de prata na outra mão. Tabitha rodeou as pernas de Matthew, implorando por atenção.

– A bichana de Sarah é quase tão problemática quanto o dragão de fogo da tia. – Gallowglass estendeu o frasco para Matthew. – Beba um pouco. Não é sangue, mas também não é uma dessas coisas francesas da vovó. O que ela serve faz boa colônia, mas não é bom para qualquer outra coisa.

Matthew recusou a oferta, com um meneio de cabeça. O vinho de Baldwin já lhe azedava o estômago.

– E você se diz um vampiro. – Fernando repreendeu Gallowglass. – Levado a beber por um *dragãozinho*.

– Tente *você* domar Corra se acha que é assim tão fácil. – Gallowglass tirou um cigarro do maço e o levou aos lábios. – Ou talvez possamos votar o que fazer com ela.

– Votar? – repetiu Matthew incrédulo. – Desde quando votamos nesta família?

– Desde que Marcus assumiu os Cavaleiros de Lázaro – respondeu Gallowglass, tirando um isqueiro de prata do bolso. – Exercemos a democracia desde o dia em que você se foi.

Fernando olhou incisivamente para ele.

– O que foi? – disse Gallowglass, balançando o isqueiro aberto.

– Este é um lugar sagrado, Gallowglass. E você sabe o que Marcus pensa a respeito de fumar quando há sangues-quentes na casa – disse Fernando, com ar de reprovação.

– E você pode imaginar o que penso a respeito, com minha esposa grávida lá em cima. – Matthew tirou o cigarro da boca de Gallowglass.

– Esta família era mais divertida quando tínhamos menos médicos – retrucou Gallowglass, com ar sombrio. – Lembro-me dos bons velhos tempos em que nos costurávamos quando éramos feridos no campo de batalha e não dávamos a mínima para níveis de ferro e de vitamina D.

– Oh, sim. – Fernando ergueu a mão, exibindo uma cicatriz irregular. – Eram dias realmente gloriosos. E suas habilidades com a agulha eram lendárias, *Bife*.

– Eu melhorei. – Gallowglass pôs-se na defensiva. – Nunca fui tão bom quanto Matthew ou Marcus, claro. Mas nem todos podiam ir para a universidade.

– Não enquanto Philippe era o chefe da família – murmurou Fernando.

– Ele preferia que os filhos e netos empunhassem espadas a ideias. E tornava tudo muito mais flexível.

Havia um grão de verdade na observação, e um oceano de dor por trás dela.

– Preciso voltar para Diana. – Matthew girou sobre os pés e apoiou a mão no ombro de Fernando por um breve instante antes de se virar para sair.

– Esperar não tornará mais fácil falar da ira do sangue para Marcus e Hamish, meu amigo – advertiu Fernando, detendo-o.

– Pensei que meu segredo estivesse a salvo depois de todos esses anos – disse Matthew.

– Segredos e mortos nem sempre permanecem enterrados – replicou Fernando, com ar tristonho. – Diga a eles. O mais rápido possível.

* * *

Matthew retornou à torre mais agitado do que quando a deixou.

Ysabeau franziu a testa ao vê-lo.

– Obrigado por tomar conta de Diana, *maman* – ele disse, beijando a face da mãe.

– E você, meu filho? – Ysabeau pôs a palma da mão no rosto dele à procura de sinais da ira do sangue, tal como fizera Fernando. – Teria sido melhor cuidar de você?

– Eu estou bem. De verdade – disse Matthew.

– É claro. – Essa frase significava muitas coisas no léxico particular da mãe Ysabeau, mas nunca significaria um assentimento ao filho. – Se precisar de mim, estarei no meu quarto.

Quando os passos silenciosos de Ysabeau se dissiparam, Matthew abriu uma janela e puxou uma cadeira para sorver os intensos aromas da silene armeria e dos últimos cravos de verão. A respiração ritmada de Diana mais acima se misturava às canções noturnas que apenas os vampiros podiam ouvir – estalidos de chifres de besouros em disputa pelas fêmeas, chiados de ratos silvestres a correr pelas ameias, guinchos de borboletas-caveiras e arranhaduras de martas a escalar as árvores. Considerando os grunhidos e chiados que ouviu, Gallowglass não tinha sido mais bem-sucedido em pegar o javali que vinha estragando a horta de Marthe do que na captura de Corra.

Geralmente Matthew usufruía as tranquilas horas equidistantes da meia-noite e da madrugada em que as corujas silenciavam o pio e nem mesmo os mais disciplinados madrugadores saíam de debaixo das cobertas. Mas nessa noite nem sequer os familiares odores e sonoridades da casa se impunham com sua magia.

Só uma coisa o faria.

Matthew subiu as escadas até o piso superior da torre, onde se pôs a observar a figura adormecida de Diana. Alisou o cabelo da esposa e sorriu quando instintivamente ela afundou o crânio na mão dele. Por mais impossível que isso fosse, os dois se encaixavam: vampiro e bruxa, homem e mulher, marido e esposa. O aperto no coração afrouxou alguns preciosos milímetros.

Silenciosamente, Matthew tirou as roupas e deslizou pela cama adentro. Os lençóis estavam emaranhados nas pernas de Diana, e ele então os puxou e os ajeitou sobre ambos os corpos. E depois dobrou os joelhos por trás dela, encaixou os quadris nos dela e sorveu o suave e agradável aroma que ela emanava – de mel e camomila e resina de salgueiro. Por fim, beijou-lhe o cabelo brilhante.

Algumas respirações depois, o coração de Matthew se aquietou, e a inquietude se foi à medida que Diana propiciava uma paz que o iludia. De repente, enlaçada por um abraço, ali estava tudo o que ele sempre quis. Uma esposa. Filhos. Uma família só dele. Isso o fez se deixar envolver no fundo da alma pela poderosa retidão que ele sempre sentia na presença de Diana.

— Matthew? — ela disse ainda sonolenta.

— Estou aqui — ele sussurrou no ouvido dela, puxando-a para mais perto de si. — Volte a dormir. O sol ainda não apareceu.

Em vez de retomar o sono, ela se virou para olhá-lo e enterrou o rosto no pescoço dele.

— O que aconteceu, *mon coeur*? — Ele franziu o cenho e recuou para observá-la melhor. Ela estava com a pele inchada e avermelhada de chorar, e as linhas finas ao redor dos olhos estavam fundas de preocupação e tristeza. Era devastador vê-la dessa maneira. — Diga-me — ele acrescentou suavemente.

— Não faz sentido algum. Ninguém pode corrigir isso — ela disse, com tristeza.

Ele sorriu.

— Pelo menos, deixe-me tentar.

— Você pode fazer o tempo parar? — sussurrou Diana depois de um segundo hesitante. — Só por pouco tempo?

Matthew era um velho vampiro e não uma bruxa viajante no tempo. Mas também era um homem e sabia como conseguir esse feito mágico. Sua cabeça disse que a morte de Emily ainda era recente, mas seu corpo enviou outras mensagens mais persuasivas.

Ele abaixou a boca de modo que ela tivesse tempo para repeli-lo. Em vez disso, ela enfiou os dedos nos cabelos curtos dele e o beijou com uma intensidade de tirar o fôlego.

A camisola de linho fino que acompanhara Diana na viagem pelo tempo a partir do passado era quase transparente, mas ainda assim fazia uma barreira entre os dois corpos. Matthew levantou o tecido, expondo o suave inchaço do ventre onde os filhos do casal se desenvolviam e também a curva dos seios que a cada dia amadureciam com a promessa de mais fertilidade. Eles não faziam amor desde Londres e o aperto adicional no abdome de Diana — indício de que os bebês continuavam se desenvolvendo — somado ao aumento do fluxo de sangue nas partes dos seios e do sexo não passaram despercebidos a Matthew.

Ele a sorveu desejoso com os olhos, os dedos e a boca. Mas a fome, em vez de se saciar, se intensificou. Então, deitou-a de costas na cama e beijou-a pelo corpo todo, até chegar às partes escondidas que só ele conhecia. Ela tentou puxá-lo para beijá-lo, e ele a beliscou na coxa em silenciosa censura.

Quando Diana passou a combater o controle de Matthew com mais firmeza, exigindo baixinho que ele a possuísse, ele a tomou nos braços e apalpou-a na espinha com mãos frias.

– Você queria tempo para se aquietar. – Ele a fez lembrar.

– Pois é. – Ela insistiu, apertando-o convidativamente contra si.

– Por que então me apressa? – Matthew acariciou a cicatriz em forma de estrela por entre as omoplatas e a lua crescente que se estendia de lado a lado pelas costelas de Diana. Franziu a testa, pois na parte inferior das costas uma sombra profunda enraizava-se na pele, um esboço cinzento perolado semelhante a um dragão de fogo com mandíbulas mordendo a lua crescente mais acima, asas cobrindo a caixa torácica e uma cauda desaparecendo em torno dos quadris.

– Por que parou? – Ela afastou os cabelos dos olhos e esticou o pescoço por cima do ombro. – Eu é que preciso de tempo para me aquietar... não você.

– Há algo nas suas costas. – Matthew traçou as asas do dragão de fogo.

– Você quer dizer algo a mais? – Diana soltou uma risada nervosa. Ainda estava preocupada com a possibilidade de manchas nas cicatrizes.

– Junto com as outras cicatrizes lembram uma pintura do laboratório de Mary Sidney, a de um dragão de fogo com a lua presa na boca. – Ele se perguntou se a tal cicatriz era visível para os outros ou apenas para os olhos de um vampiro. – É linda. Outro sinal de sua coragem.

– Você me chamou de irresponsável – ela disse sem fôlego enquanto ele descia a boca até a cabeça do dragão.

– Você é. – Com os lábios e a língua ele traçou o caminho tortuoso da cauda do dragão, descendo ainda mais baixo e mais fundo. – Isso me enlouquece.

Depois de beijá-la intensamente na boca, deixando-a com a atenção paralisada à beira do desejo, ele sussurrou um carinho ou talvez uma promessa e retomou o movimento sem permitir que ela se afastasse. Se ela queria a satisfação e a paz do esquecimento, ele queria que aquele momento repleto de segurança e intimidade durasse para sempre. Então, posicionou-se cara a cara com ela que se afigurou com lábios macios e polpudos e olhos sonhadores à medida que ele deslizava lentamente para dentro dela. Ele manteve os movimentos suaves até que os batimentos cardíacos da esposa aceleraram, como se a dizer que o clímax estava próximo.

Diana gritou o nome de Matthew, tecendo um feitiço que os colocou no centro do mundo.

Eles permaneceram deitados e entrelaçados durante os momentos tingidos de rosa da escuridão que antecede o amanhecer. A certa altura ela puxou a cabeça dele contra o próprio peito. Ele lançou um olhar de interrogação e ela assentiu. E ele então baixou a boca até a lua prateada por sobre uma proeminente veia azul.

Essa era a maneira antiga pela qual os vampiros conheciam os parceiros, um momento sagrado de comunhão e troca de pensamentos e emoções de forma honesta e sem julgamentos. Os vampiros eram criaturas que guardavam segredos, de modo que quando um vampiro sugava o sangue da veia do coração da parceira, isso gerava um momento perfeito de paz e compreensão que sossegava a constante e maçante necessidade de caçar e possuir.

A pele de Diana abriu-se sob os dentes de Matthew que sorveu uma fração preciosa do sangue da esposa. E com o sangue jorrou uma enxurrada de impressões e sentimentos: um misto de alegria e tristeza e o prazer de estar de volta aos amigos e à família, temperados com a desolação e a raiva pela morte de Emily e controlados pela preocupação de Diana para com ele e os filhos.

– Eu teria lhe poupado dessa perda se pudesse – ele sussurrou enquanto beijava a marca que deixara na pele de Diana com a boca. Eles rolaram e rolaram até que ele se viu de costas na cama, com ela estendida por cima e o olhando no fundo dos olhos.

– Sei disso. Mas não me deixe nunca, Matthew. Não sem dizer adeus.

– Nunca farei isso. – Ele prometeu.

Ela o beijou delicadamente na testa e pressionou os lábios na pele por entre os olhos. Geralmente os parceiros de sangue-quente não compartilhavam o ritual de união dos vampiros, mas Diana encontrara um jeito de contornar a limitação, como sempre fazia com a maioria dos obstáculos que lhe surgiam no caminho. Pois acabou descobrindo que quando beijava aquela parte do corpo de Matthew também tinha vislumbres dos pensamentos recônditos e espaços escuros onde se escondiam os medos e os segredos dele.

Matthew sentiu apenas um formigamento do poder de Diana quando recebeu um beijo de bruxa. Colocou-se o mais imóvel possível no intuito de tomá-la para si, e obrigou-se a relaxar para que seus sentimentos e pensamentos fluíssem livremente.

– Seja bem-vinda ao lar, "maninha". – Um odor inesperado de madeira queimada e sela de couro inundou o quarto quando Baldwin puxou o lençol da cama.

Diana soltou um grito assustado. Matthew se interpôs entre ambos para esconder a nudez da esposa, mas era tarde demais. Ela já estava à vista do outro.

– Ouvi o voto de sangue de meu pai a meio caminho de casa. Você também está grávida. – O semblante furioso sob os cabelos flamejantes de Baldwin de Clermont cravou os olhos na barriga arredondada de Diana com frieza. Ele torceu o braço dela para cheirá-la no pulso. – Só o cheiro de Matthew pelo seu corpo todo. Ora, ora.

Ele soltou-a e Matthew abraçou-a.

– Levantem-se. Vocês dois – disse Baldwin, ainda visivelmente furioso.

– Você não tem autoridade sobre mim, Baldwin! – disse Diana aos gritos, estreitando os olhos.

Ela não poderia ter calculado outra resposta que irritasse ainda mais o irmão de Matthew. Sem aviso prévio, Baldwin se pôs como um raio a centímetros de distância do rosto de Diana. Somente a pressão firme da mão de Matthew em torno da garganta de Baldwin evitou que o outro vampiro se aproximasse ainda mais.

– Bruxa, o que me autoriza é o voto de sangue do meu pai. – Baldwin olhou nos olhos de Diana na tentativa de forçá-la a desviar o olhar. E como ela não fez isso, os olhos dele faiscaram. – Sua esposa não tem boas maneiras, Matthew. Eduque-a ou eu mesmo a educarei.

– Educar-me? – Diana arregalou os olhos e, ao abrir as mãos, fez um vento circular em torno dos seus pés, pronto para responder ao seu chamado. Mais acima, Corra soltou um grito para avisar à senhora que já estava a caminho.

– Nada de magia, nada de dragão – sussurrou Matthew no ouvido da esposa, rezando para que apenas daquela vez ela o obedecesse. Ele não queria que Baldwin ou qualquer outro da família soubessem que as habilidades de Diana tinham aumentado consideravelmente enquanto os dois estavam em Londres.

Milagrosamente, Diana assentiu.

– O que significa isso? – A voz gelada de Ysabeau estalou pelo quarto adentro. – Baldwin, a única desculpa para sua presença aqui é que você enlouqueceu de vez.

– Cuidado, Ysabeau. Suas garras estão à mostra. – Baldwin caminhou até a escada. – E não se esqueça de que sou o chefe da família De Clermont. Não preciso de desculpas. Encontre-me na biblioteca da família, Matthew. E você também, Diana.

Baldwin emparelhou seus estranhos olhos castanhos dourados com os de Matthew.

– Não me deixem esperando.

3

A biblioteca da família De Clermont banhava-se sob a tênue luminosidade que anunciava o amanhecer, fazendo tudo se afigurar em suave foco: as lombadas dos livros, as sólidas fileiras das estantes de madeira que cobriam a sala, os acolhedores tons azulado e dourado do tapete Aubusson.

O que isso não podia impedir era a minha raiva.

Fazia três dias que eu pensava que nada poderia substituir o meu pesar pela morte de Emily, no entanto três minutos na companhia de Baldwin provariam que eu estava errada.

– Entre, Diana.

Baldwin sentava-se na cadeira Savonarola que mais parecia um trono perto das janelas altas. Seu cabelo avermelhado-ouro brilhava à luz do lampião, uma cor que lembrava as penas de Augusta, a águia que acompanhava o imperador Rodolfo nas caçadas em Praga. Cada centímetro do musculoso corpo de Baldwin se retesava de raiva e força contida.

Olhei ao redor da sala. Não éramos os únicos convocados para a reunião improvisada de Baldwin. Próxima à lareira, uma jovem mulher com pele cor de leite desnatado, cabelos pretos espetados e grandes olhos cinza-escuros franjados de cílios espessos. Ela inalou o ar como se sugasse o odor de uma tempestade.

– Verin. – Matthew me avisara sobre as filhas de Philippe. Eram tão terríveis que a família pediu que ele parasse de fazê-las. Mas Verin não parecia muito assustadora. O rosto era suave e sereno, a postura, sociável, e os olhos brilhavam de energia e inteligência. Se não fosse pela tradicional roupa preta, ela poderia ser confundida com um elfo.

Até que notei o cabo de uma faca dentro de sua bota negra de salto e cano alto.

– *Wölfling*. – O cumprimento gelado de Verin para o irmão tornou-se um olhar ainda mais gelado para mim. – Bruxa.

– Diana. – Eu a corrigi queimando de raiva.

– Eu lhe falei que não havia maneira alguma de confundir isso – disse Verin voltando-se para Baldwin sem tomar conhecimento de minha réplica.

– Por que você está aqui, Baldwin? – perguntou Matthew.

– Eu não sabia que precisava de um convite para vir à casa do meu pai – respondeu Baldwin. – Mas já que isso acontece, cheguei de Veneza para ver Marcus.

Os dois se encararam.

– Imagine a minha surpresa ao encontrá-lo aqui – continuou Baldwin. – Já que não esperava descobrir que agora sua *companheira* é minha irmã. Philippe morreu em 1945. Então, como poderei sentir o voto de sangue do meu pai? Cheirando-o? Ouvindo-o?

– Alguém mais pode colocá-lo a par das novidades. – Matthew me pegou pela mão e girou o corpo para que voltássemos lá para cima.

– Nenhum de vocês sairá de minha vista até que eu descubra como essa bruxa trapaceou o voto de sangue de um vampiro morto. – A voz de Baldwin soou baixa, mas ameaçadora.

– Não houve trapaça alguma – retruquei indignada.

– Foi necromancia, então? Algum feitiço de ressurreição? – ele disse. – Ou você evocou o espírito dele e o forçou a lhe dar o voto?

– O que houve entre nós não teve nada a ver com a minha magia e sim com a generosidade de Philippe. – Minha raiva ardeu ainda mais quente.

– Você faz parecer que o conhecia – continuou Baldwin. – Isso é impossível.

– Não para quem é viajante do tempo – expliquei.

– Viajante do tempo? – Ele pareceu atordoado.

– Eu e Diana fomos até o passado – disse Matthew. – Até o ano de 1590, para ser exato. Pouco antes do Natal ainda estávamos aqui em Sept-Tours.

– Você viu Philippe? – perguntou Baldwin.

– Sim. Ele estava sozinho naquele inverno e enviou uma moeda ordenando que eu retornasse para casa – respondeu Matthew. Era um código particular do pai conhecido pelos De Clermont da época: uma ordem enviada junto com uma das antigas moedas de prata de Philippe obrigava o destinatário a obedecer sem questionar.

– Dezembro? Isso significa que teremos de suportar mais cinco meses da canção de sangue de Philippe – murmurou Verin, apertando a ponta do nariz com os dedos, como se a cabeça estivesse doendo.

Franzi a testa.

— Por que cinco meses? — perguntei.

— De acordo com nossas lendas, o voto de sangue de um vampiro ecoa como uma canção por um ano e um dia. Embora todos os vampiros possam ouvi-la, é particularmente alta e clara para os que carregam o sangue de Philippe nas veias — respondeu Baldwin.

— Philippe não queria que restassem dúvidas de que eu era uma De Clermont. — Falei isso olhando para Matthew. Todos os vampiros que conheci no século XVI tinham ouvido a canção de sangue de Philippe e sabiam que eu não era apenas a companheira de Matthew, mas também a filha de Philippe de Clermont, que me protegeu a cada passo de nossa viagem pelo passado.

— Jamais uma bruxa será reconhecida como uma De Clermont. — A voz de Baldwin soou clara e conclusiva.

— Pois já o sou. — Levantei a mão esquerda para que ele visse o meu anel de casamento. — Além de acasalados, eu e Matthew já estamos casados. Seu pai sediou a cerimônia. Se os registros paroquiais da Saint-Lucien sobreviveram, você poderá ver que casamos no dia 7 de dezembro de 1590.

— Talvez possamos encontrá-los se formos até a aldeia, já que só arrancaram uma única folha do livro do padre — disse Verin baixinho. — *Atta* sempre cobriu os seus rastros.

— Mesmo que você e Matthew sejam casados, isso não traz qualquer consequência porque Matthew sequer é um verdadeiro De Clermont — disse Baldwin, com frieza. — Ele é apenas o filho da companheira do meu pai.

— Isso é ridículo — protestei. — Philippe considerava Matthew como um filho. Matthew chama você e Verin de irmãos.

— Não somos irmãos da mesma cria. Não temos o mesmo sangue, só temos o nome — disse Verin. — E agradeço a Deus por isso.

— Diana, você acabará descobrindo que casamento e acasalamento não contam muito para a maioria dos De Clermont — disse uma voz serena com um acentuado sotaque espanhol ou talvez português. Era o comentário de um estranho à soleira da porta, cujos cabelos escuros e olhos cor de café realçavam a palidez da pele dourada e a leveza da camisa.

— Sua presença não foi solicitada aqui, Fernando — disse Baldwin furioso.

— Como todos sabem, chego quando sou necessário e não quando sou chamado. — Fernando inclinou-se em ligeira reverência para mim. — Fernando Gonçalves. Fiquei muito triste por sua perda.

O nome pinicou em minha memória. Já o tinha ouvido em algum lugar.

– Você é o homem a quem Matthew incumbiu de liderar os Cavaleiros de Lázaro quando ele alçou o cargo de grão-mestre. – Finalmente o identifiquei. Fernando Gonçalves tinha a reputação de ser um dos mais formidáveis guerreiros da irmandade. A julgar pela largura dos ombros e a compleição geral não tive dúvida de que a fama condizia à verdade.

– Sim. – A voz quente e fértil de Fernando encheu a sala como se de outro mundo, como a de todos os vampiros. – Mas Hugh de Clermont é meu companheiro. Depois que ele morreu ao lado dos templários tive pouco a ver com as ordens de cavalaria, pois até aos mais bravos cavaleiros falta coragem para manter as promessas. – Fernando cravou os olhos negros no irmão de Matthew. – Não é verdade, Baldwin?

– Está me desafiando? – perguntou Baldwin pondo-se de pé.

– Preciso? – Fernando sorriu. Embora menor que Baldwin, algo me disse que não seria fácil vencê-lo. – Não pensei que você ignoraria o voto de sangue do seu pai, Baldwin.

– Não fazemos ideia do que Philippe queria da bruxa. Talvez quisesse aprender mais sobre o poder que ela tem. Ou talvez ela tenha se valido da magia para coagi-lo – disse Baldwin, com o queixo projetado em um ângulo de teimosia.

– Não seja tolo. Titia não se valeu de qualquer tipo de magia com vovô. – Gallowglass entrou na sala relaxado, como se os De Clermont sempre se reunissem às quatro da manhã para discutir assuntos urgentes.

– Agora que Gallowglass está aqui, deixarei os De Clermont por conta própria. – Fernando acenou para Matthew. – Matthew, chame se precisar de mim.

– Ficaremos bem. Apesar de tudo, afinal somos uma família. – Gallowglass piscou inocentemente para Verin e Baldwin quando Fernando saiu. – E quanto ao desejo de Philippe, é muito simples, tio: ele queria que você reconhecesse formalmente Diana como filha dele. Pergunte a Verin.

– O que ele quer dizer? – Baldwin exigiu uma explicação da irmã.

– *Atta* me convocou alguns dias antes de morrer – disse Verin baixinho e com ar miserável. Embora desconhecida, a palavra *"atta"* era claramente uma forma carinhosa de a filha se referir ao pai. – Philippe estava preocupado que você pudesse ignorar o voto de sangue e me fez jurar que você o reconheceria, acontecesse o que acontecesse.

– O voto de Philippe era privado... algo entre mim e ele. Isso não precisa ser reconhecido. Nem por você nem por qualquer outra pessoa. – Eu não queria que minhas lembranças daquele momento com Philippe fossem estragadas por Baldwin e Verin.

— Nada é mais público do que adotar uma sangue-quente no clã de um vampiro — disse Verin, voltando-se para Matthew. — Você não reservou um tempo para ensinar os costumes dos vampiros para a bruxa antes de iniciarem esse caso proibido?

— Tempo era um luxo que não tínhamos — respondi por ele. No início do nosso relacionamento Ysabeau me avisara que eu precisava aprender muita coisa sobre os vampiros. Mas depois o tema dos votos de sangue acabou ocupando o topo da minha agenda de pesquisa.

— Então, deixe-me explicar para você. — A voz de Verin soou mais cortante que a de qualquer diretora de escola. — Antes que a canção de sangue de Philippe se dissipe é preciso que um dos filhos dele reconheça o voto. Enquanto isso não acontecer, você não será de fato uma De Clermont e nenhum outro vampiro terá a obrigação de honrá-la como tal.

— Isso é tudo? Não me importo com as honras dos vampiros. Ser esposa de Matthew já é o suficiente para mim. — Quanto mais eles me explicavam como me tornar uma De Clermont, menos eu gostava.

— Se isso fosse verdade, meu pai não teria adotado você — observou Verin.

— Nós nos comprometeremos — disse Baldwin. — Claro que Philippe ficaria satisfeito se as crianças nascidas da bruxa tivessem os nomes listados entre os meus parentes na linhagem familiar dos De Clermont. — As palavras soaram magnânimas, mas certamente havia um propósito mais sombrio no que significavam.

— Meus filhos não são seus parentes. — A voz de Matthew explodiu como um trovão.

— São, sim, caso Diana seja uma De Clermont, como ela afirma — disse Baldwin sorrindo.

— Espere. Que linhagem? — Eu precisava desacelerar a discussão.

— A Congregação mantém linhagens oficiais de todas as famílias de vampiros — disse Baldwin. — Algumas já não observam a tradição. Os De Clermont, sim. As linhagens incluem informações sobre renascimentos, mortes e nomes de companheiros e proles.

Cobri automaticamente a barriga com a mão. Eu queria que a Congregação ignorasse os meus filhos por tanto tempo quanto possível. E pela expressão de cautela refletida nos olhos de Matthew, ele sentia o mesmo.

— Talvez sua viagem no tempo seja suficiente para satisfazer as questões sobre o voto de sangue, mas apenas a magia negra... ou a infidelidade podem explicar essa gravidez – disse Baldwin, saboreando o desconforto do irmão. – Essas crianças não podem ser suas, Matthew.

– Diana está carregando os *meus* filhos no ventre – disse Matthew, com os olhos perigosamente escuros.

– Impossível – afirmou categoricamente Baldwin.

– É verdade – replicou Matthew.

– Se assim for, serão as crianças mais odiadas... e mais caçadas que o mundo já conheceu. As criaturas ficarão sedentas do sangue delas. E também do seu – disse Baldwin.

Só registrei a saída repentina de Matthew do meu lado quando ouvi a cadeira de Baldwin quebrar. Ao borrão de movimento seguiu-se a imagem de Matthew atrás de Baldwin, dando-lhe uma gravata e pressionando-lhe o coração com uma faca.

Verin olhou espantada para a bota onde agora só havia uma bainha vazia. Ela soltou um palavrão.

– Baldwin, você pode ser o chefe da família, mas nunca se esqueça de que sou o assassino. – Matthew soltou um rosnado.

– Assassino? – Tentei dissimular o meu atordoamento quando o outro lado oculto de Matthew foi trazido à luz.

Cientista. Vampiro. Guerreiro. Espião. Príncipe.

Assassino.

Matthew sempre me dizia que era um assassino, mas eu sempre achava que isso era um dos aspectos da condição dos vampiros. Ele então matava por autodefesa, no campo de batalha ou para sobreviver, mas nunca imaginei que cometia crimes a mando da família.

– Você sabia disso? – A voz cheia de malícia de Verin acompanhou-se de olhos frios que me observaram de perto. – Se Matthew não fosse tão bom nisso, um de nós já teria acabado com ele.

– Verin, todos nós temos um papel nesta família. – A voz de Matthew destilou amargura. – Ernst conhece o seu... como isso começa entre lençóis macios e as coxas de um homem?

Verin partiu para cima de Matthew como um relâmpago e com os dedos curvados em garras letais.

Se os vampiros eram rápidos, a magia era muito mais rápida.

Com uma rajada de vento de bruxa empurrei Verin contra uma parede, e a mantive a distância para que Matthew tivesse tempo de extrair alguma promessa de Baldwin antes de soltá-lo.

— Obrigado, *ma lionne*. — Era o carinho habitual do meu marido quando eu fazia algo corajoso ou tremendamente estúpido. Ele me entregou a faca de Verin. — Guarde isso.

E depois Matthew levantou Verin enquanto Gallowglass se colocava ao meu lado.

— Ora, ora — ela murmurou novamente de pé. — Já sei por que *Atta* sentiu-se atraído por sua esposa, mas não achava que você tinha colhões para uma mulher assim, Matthew.

— As coisas mudam — ele disse.

— Aparentemente. — Verin lançou-me um olhar de apreço.

— E então, vai manter a promessa que fez para o vovô? — perguntou Gallowglass para Verin.

— Veremos — ela disse cautelosamente. — Ainda tenho alguns meses para decidir.

— O tempo vai passar, mas nada vai mudar. — Baldwin olhou-me com um desprezo mal disfarçado. — Verin, reconhecer a esposa de Matthew trará consequências catastróficas.

— Honrei os desejos de *Atta* enquanto ele estava vivo — ela disse. — Não posso ignorá-los agora que ele está morto.

— Só nos consola o fato de que a Congregação já está à procura de Matthew e de sua companheira — disse Baldwin. — Quem sabe? Talvez já estejam mortos antes de dezembro.

Depois de nos lançar uma última e desdenhosa olhada, Baldwin retirou-se do aposento. Verin lançou um olhar de desculpas para Gallowglass e saiu atrás.

— Então... até que isso correu bem — sussurrou Gallowglass. — Está tudo bem, tia? Você emitiu um ligeiro brilho.

— Foi o vento de bruxa que soprou o meu feitiço de disfarce para fora do lugar. — Mas o escondi em mim novamente.

— Considerando o que houve aqui esta manhã, é melhor mantê-lo assim enquanto Baldwin estiver em casa — sugeriu Gallowglass.

— Baldwin não pode saber do poder de Diana. Gostaria que me ajudasse com isso, Gallowglass. E Fernando também. — Matthew não especificou o tipo de ajuda que queria.

— Claro. Zelei pela titia durante toda a vida e não seria agora que deixaria de fazê-lo — disse Gallowglass categórico.

Ao ouvir essas palavras, fragmentos do passado que escapavam de minha compreensão deslizaram para o lugar certo, como peças de um quebra-cabeça.

Quando menina, muitas vezes me sentia observada por outras criaturas, seus olhos me cutucando, pinicando e congelando minha pele. Criaturas como Peter Knox, inimigo do meu pai, e a mesma bruxa que chegara a Sept-Tours à procura de mim e de Matthew apenas para assassinar Em. E talvez também esse urso gigante em corpo humano a quem passei a amar como um irmão, mas que só me conheceu quando viajamos de volta ao século XVI?

– Você estava tomando conta de mim? – Pisquei os olhos umedecidos para conter as lágrimas.

– Prometi ao vovô que a manteria a salvo. Pelo bem de Matthew. – Os olhos azuis de Gallowglass se suavizaram. – Isso também foi uma coisa boa. Você era endiabrada: subia em árvores, perseguia bicicletas na rua e entrava na floresta sem saber para onde estava indo. Até hoje não sei como seus pais aguentavam.

– Será que papai percebia? – fui obrigada a perguntar. Papai encontrara o grandalhão Gael na Londres elisabetana quando inesperadamente topou comigo e com Matthew em uma das viagens regulares que ele fazia no tempo. Mesmo na atual Massachusetts, papai teria reconhecido Gallowglass se o visse. O sujeito era inconfundível.

– Fiz o máximo para não me deixar ver.

– Gallowglass, não foi isso que perguntei. – Eu estava melhorando em bisbilhotar as meias verdades dos vampiros. – Papai sabia que você me vigiava?

– Tenho certeza de que Stephen me viu pouco antes da última viagem que ele fez à África com sua mãe – ele confidenciou, com pouco mais de um sussurro. – Achei que seria melhor que ele soubesse que eu estava por perto quando chegasse o fim. Você ainda era tão pequenininha. E Stephen devia estar muito preocupado só de pensar no tempo que ainda faltava para que você se encontrasse com Matthew.

Sem o conhecimento de Matthew e de mim, os Bishop e os De Clermont haviam se esforçado durante longos anos ou séculos até que estivéssemos juntos e em segurança: Philippe, Gallowglass, papai, Emily, mamãe.

– Obrigado, Gallowglass – disse Matthew, com voz rouca. Tanto quanto eu, ele também estava surpreso pelas revelações da manhã.

– Tio, não precisa agradecer. Fiz isso de bom grado. – Gallowglass limpou a emoção da garganta e se retirou.

Fez-se um silêncio constrangedor.

– Cristo. – Matthew passou os dedos nos cabelos. Era o sinal habitual de que sua paciência estava chegando ao fim.

– O que faremos? – perguntei ainda tentando recuperar o equilíbrio após o súbito aparecimento de Baldwin.

Uma tosse suave anunciou uma nova presença na sala, impedindo a resposta de Matthew.

– Sinto muito por interromper, milorde. – Alain Le Merle, o antigo escudeiro de Philippe de Clermont, encontrava-se na porta da biblioteca. Segurava um antigo cofre com as iniciais P.C. inscritas em tachas de prata no topo e um pequeno livro de contabilidade encadernado em tecido verde. Seu cabelo cor de sal e pimenta e sua expressão gentil eram os mesmos de quando o conheci em 1590. Tal como Matthew e Gallowglass, ele também era uma estrela fixa no meu universo de mudanças.

– O que é isso, Alain? – perguntou Matthew.

– Tenho negócios a tratar com madame de Clermont – ele respondeu.

– Negócios? – Matthew franziu a testa. – Isso pode esperar?

– Receio que não – disse Alain, desculpando-se. – Sei que é um momento difícil, milorde, mas *sieur* Philippe quis a garantia de que madame de Clermont receberia as coisas tão rapidamente quanto possível.

Alain conduziu-nos de volta à nossa torre. O que vi na mesa de Matthew varreu de uma vez por todas de minha mente os últimos acontecimentos, deixando-me sem fôlego.

Um pequeno livro encadernado em couro marrom.

Uma manga bordada e desgastada pelo tempo.

Joias inestimáveis – pérolas, diamantes e safiras.

Uma flecha de ouro com um longo cordão.

Um par de miniaturas com superfícies tão brilhantes e tão frescas quanto no dia em que foram pintadas.

Cartas amarradas por uma fita vermelha desbotada.

Uma ratoeira de prata com gravações manchadas.

Um instrumento astronômico dourado digno de um imperador.

Uma caixa de madeira esculpida do ramo de um pé de romã por um mago.

A coleção de objetos não impressionava, mas guardava um grande significado porque representava os últimos oito meses de nossas vidas. Peguei o pequeno livro com mãos trêmulas e o abri. Eu o tinha ganhado de Matthew logo após a nossa chegada a sua mansão em Woodstock. No outono de 1590, a capa do livro ainda estava nova e as páginas eram cor de creme. E agora o couro estava desgastado e as páginas, amarelecidas pelo tempo. No passado eu o tinha escondido em uma prateleira alta na Velha Cabana, mas um cartão dentro do livro informava que no presente pertencia a uma biblioteca em Sevilha. Uma legenda – *Manuscrito Gonçalves 4890* – impressa em tinta na folha de rosto. Alguém – Gallowglass, sem dúvida – retirara a primeira página. Um dia fora coberta com minhas tentativas para gravar meu nome. Os borrões da página perdida tinham escoado até a página abaixo, mas a minha lista das moedas elisabetanas em circulação em 1590 ainda estava legível.

Folheei as páginas restantes, lembrando-me da minha inútil tentativa de dominar uma receita de cura de dor de cabeça para parecer uma adequada dona de casa elisabetana. Meu diário de acontecimentos diários trouxe à luz lembranças agridoces de nossos tempos na Escola da Noite. Eu tinha dedicado um punhado de páginas para uma visão geral dos doze signos do zodíaco, além de ter copiado outras receitas e rabiscado uma lista de itens a serem embalados para nossa viagem de retorno a Sept-Tours. Soou uma suave campainha à medida que passado e presente se roçavam, e avistei os fios de cor azul e âmbar que eram pouco visíveis nos cantos da lareira.

– Como conseguiu isso? – perguntei concentrada no aqui e agora.

– O amo Gallowglass deu a dom Fernando muito tempo atrás. E dom Fernando me instruiu que desse para a senhora quando ele chegou a Sept-Tours em maio – explicou Alain.

– É um milagre que essa coisa tenha sobrevivido. Como conseguiu manter tudo isso escondido de mim por tantos anos? – Matthew pegou a ratoeira de prata que lhe servira de motivo de troça comigo quando contratei um dos relojoeiros mais caros de Londres para construir um mecanismo que pegasse os ratos que rondavam nosso sótão em Blackfriars. Monsieur Vallin a projetara semelhante a um gato com orelhas nas travessas e um pequeno rato empoleirado no nariz. Matthew armou o mecanismo cujos dentes afiados de gato cravaram-se em seu dedo.

– Cumprimos nosso dever, milorde. Ficamos à espera. Ficamos em silêncio. E nunca perdemos a fé de que o tempo acabaria trazendo madame de Clermont de volta para nós. – Formou-se um sorriso triste nos cantos da boca de Alain. – Se *sieur* Philippe tivesse vivido para ver este dia.

Fiquei com o coração apertado ao pensar em Philippe. Claro que ele sabia como seus filhos reagiriam ao me ter como irmã. Por que então me colocara naquela situação impossível?

– Tudo bem, Diana? – Matthew gentilmente pôs a mão sobre a minha.

– Sim. Só um pouco desarmada. – Peguei os meus retratos em finos trajes elisabetanos ao lado de Matthew. Nicholas Hilliard os pintara a pedido da condessa de Pembroke. Ela e o conde de Northumberland nos tinham presenteado aqueles retratos em miniatura quando me casei com Matthew. Ambos tinham sido os primeiros amigos de Matthew, junto a outros membros da Escola da Noite como Walter Raleigh, George Chapman, Thomas Harriot e Christopher Marlowe. Com o tempo quase todos também se tornaram meus amigos.

– Foi madame Ysabeau que encontrou as miniaturas – disse Alain. – Todo dia ela vasculhava os jornais em busca de vestígios de vocês... anomalias que se destacavam dos outros acontecimentos diários. Logo que viu isso no edital de um leilão, madame Ysabeau mandou o amo Marcus para Londres. Foi assim que ele conheceu a srta. Phoebe.

– Esta manga era do seu vestido de noiva. – Matthew apalpou o frágil tecido, traçando os contornos de uma cornucópia, símbolo tradicional da abundância. – Nunca me esquecerei de quando você desceu o monte até a aldeia, com as tochas acesas e as crianças abrindo caminho pela neve. – Ele sorriu de amor, prazer e orgulho.

– Depois do casamento muitos homens da aldeia se ofereceram para cortejar madame de Clermont, caso você se cansasse dela. – Alain sorriu.

– Obrigada por conservar todas essas lembranças para mim. – Olhei para a mesa. – É muito fácil supor que de alguma maneira imaginei tudo isso... que na realidade nunca estivemos em 1590. Isso faz o tempo parecer real novamente.

– *Sieur* Philippe achou que talvez a senhora se sentisse assim. Infelizmente, dois outros itens exigem sua atenção, madame de Clermont. – Alain segurou o livro de contabilidade. Um barbante amarrado o impedia de ser aberto e uma gota de cera selava o nó.

– O que é isso? – Fiz uma careta e peguei o livro. Era muito mais fino que os livros de Matthew com os registros financeiros da Ordem dos Cavaleiros de Lázaro.

– Suas contas, madame.

– Pensei que Hamish cuidava de minhas finanças. Ele deixou pilhas de documentos para mim, todos aguardando a minha assinatura.

– O sr. Osborne assumiu o comando do acordo de seu casamento, milorde. Estes são os fundos que a senhora recebeu de *sieur* Philippe. – Alain olhou de relance para a minha testa, onde Philippe colocara o próprio sangue para me proclamar como filha.

Curiosa, rompi o selo e abri a capa. O pequeno livro de contabilidade era refeito periodicamente à medida que exigia mais páginas. Os primeiros registros eram feitos em papel grosso do século XVI e datados do ano de 1591. Um deles representava o depósito do dote oferecido por Philippe quando me casei com Matthew: 20 mil *zecchini* venezianas e 30 mil moedas de prata Reichsthaler. Todo o investimento subsequente desse montante – a rolagem dos juros pagos sobre os fundos e as casas e terrenos adquiridos com os rendimentos – estava meticulosamente contabilizado pela escrita caprichada de Alain. Folheei as páginas finais do livro. A última entrada feita em folha branca datava de 4 de julho de 2010, dia em que tínhamos retornado a Sept-Tours. Fiquei com os olhos arregalados de espanto pelo valor indicado na coluna de ativos.

– Sinto muito por não ser mais – disse Alain às pressas, achando que minha reação era de alarme. – Investi da mesma forma que investi o meu dinheiro, as oportunidades mais lucrativas e, portanto, mais arriscadas teriam exigido a aprovação de *sieur* Baldwin, e claro que ele não podia saber de sua existência.

– Isso é muito mais do que imaginei possuir, Alain. – Matthew tinha cedido um montante substancial de bens para mim quando elaborou o acordo de nosso casamento, mas agora se tratava de uma quantia volumosa. Philippe queria que eu tivesse independência financeira, como o resto das mulheres De Clermont. E como eu já tinha aprendido naquela manhã, o meu sogro, quer vivo ou morto, sempre conseguia o que queria. Deixei o livro de contabilidade de lado. – Obrigada.

– Foi um prazer – disse Alain, fazendo uma reverência e tirando algo do bolso. – Por fim, *sieur* Philippe me instruiu que lhe desse isso.

Ele me entregou um envelope de material fino e barato, com o meu nome na parte da frente. Fazia tempo que o pobre adesivo se ressecara, mas o envelope estava selado com um redemoinho de cera preta e vermelha. Uma moeda antiga estava embutida no selo: um sinete especial de Philippe.

– *Sieur* Philippe trabalhou nesta carta por mais de uma hora. E me fez reler para ele quando terminou, para se certificar de que tinha sido claro no que queria dizer.

– Quando? – perguntou Matthew, com voz rouca.

– No dia em que ele morreu. – A expressão de Alain foi de assombro.

A letra trêmula era de alguém muito velho ou doente para manusear uma caneta de modo adequado. Um lembrete vívido do muito que Philippe sofrera. Passei os dedos no meu nome e, quando cheguei à letra final, arrastei as letras pela superfície do envelope para que se desvendassem. Primeiro surgiu um lago negro sobre o envelope, e depois a tinta traçou a imagem de um rosto humano. Ele ainda era bonito, se bem que devastado pela dor e marcado por um profundo espaço vazio onde um dia os olhos castanhos-amarelados brilharam com inteligência e humor.

– Você não me disse que os nazistas o tinham cegado. – Eu sabia que meu sogro tinha sido torturado, mas sem nunca imaginar que seus captores lhe tinham infligido tamanho dano. Esquadrinhei os outros ferimentos no rosto de Philippe. Felizmente, no meu nome não havia letras suficientes para esboçar um retrato detalhado. Acariciei as faces do meu sogro e a imagem se desfez, deixando uma nódoa de tinta no envelope. Fiz um movimento de dedos e a nódoa tornou-se um pequeno tornado escuro. E quando cessou o rodamoinho, as letras retornaram ao seu lugar.

– *Sieur* Philippe conversou diversas vezes com a senhora sobre os problemas dele, madame de Clermont – continuou Alain suavemente –, quando a dor era muito ruim.

– Conversou com ela? – repetiu Matthew entorpecido.

– Quase todos os dias – disse Alain, com um meneio de cabeça. – *Sieur* Philippe me fazia afastar todo mundo desta parte do castelo, temendo que alguém ouvisse. Madame de Clermont o confortava quando ninguém mais podia.

Virei o envelope, traçando as marcas em relevo da antiga moeda de prata.

– Philippe esperava que as moedas fossem devolvidas para ele. Em pessoa. Como posso fazer isso, se ele está morto?

– Talvez a resposta esteja dentro – sugeriu Matthew.

Introduzi um dedo debaixo do selo do envelope e soltei a moeda da cera. Com cuidado, removi a frágil folha de papel que estalou de modo assombroso quando a desembrulhei.

O tênue odor de louro, figo e alecrim de Philippe fez cócegas no meu nariz.

Olhei para o papel e agradeci por ter experiência em decifrar caligrafias complicadas. Fixei os olhos atentamente e comecei a ler a carta em voz alta.

Diana –

Não deixe que os fantasmas do passado roubem as alegrias do futuro.
Obrigado por ter segurado a minha mão.
Já pode soltá-la agora.
Seu pai, de voto de sangue,
Philippe

P.S. A moeda é para o barqueiro. Diga a Matthew que o verei a salvo do outro lado.

Engasguei com as últimas palavras que ecoaram no aposento silencioso.

– Então, Philippe não espera que lhe devolva a moeda. – Ele estaria sentado às margens do rio Estige, esperando a barca de Caronte que me levaria. Talvez Emily estivesse esperando com ele, e meus pais também. Fechei os olhos na esperança de bloquear as imagens dolorosas.

– O que ele quis dizer com "obrigado por ter segurado a minha mão?" – perguntou Matthew.

– Prometi que ele não estaria sozinho em tempos sombrios porque eu estaria ao lado. – Meus olhos se encheram de lágrimas. – Como posso ter me esquecido disso?

– Não sei, meu amor. Mas de alguma forma você conseguiu manter a promessa. – Matthew inclinou-se e beijou-me. Olhou por cima do meu ombro. – E Philippe estava certo de que a última palavra seria a dele, como sempre.

– O que quer dizer? – perguntei, enxugando a face.

– Ele deixou uma prova escrita de que por livre vontade e de bom grado queria você como filha. – O longo dedo branco de Matthew tocou na página.

– Por isso *sieur* Philippe queria que madame de Clermont tivesse isso o mais rapidamente possível – admitiu Alain.

– Não entendi – eu disse, olhando para Matthew.

– As joias, seu dote e esta carta impedem que qualquer dos filhos de Philippe ou dos membros da Congregação sugira que de alguma forma o obrigaram a conceder um voto de sangue para você – explicou Matthew.

– *Sieur* Philippe conhecia bem os filhos que tinha. Geralmente, previa o futuro deles com a facilidade de uma bruxa – disse Alain, balançando a cabeça. – Vou deixá-los com suas lembranças.

– Obrigado, Alain. – Matthew esperou que os passos de Alain se dissipassem antes de dizer algo mais. Olhou para mim preocupado. – Tudo bem, *mon coeur*?

– É claro – murmurei de olhos fixos na mesa, com um passado espalhado por cima e um futuro claro a ser encontrado em algum lugar.

– Vou me trocar lá em cima. Não demoro muito – disse Matthew, beijando-me. – E depois poderemos descer para o café da manhã.

– Fique o tempo que quiser – eu disse enquanto tentava abrir um sorriso genuíno.

Depois que Matthew saiu, peguei a flecha de ouro que Philippe me dera para usar no meu casamento. Seu peso era reconfortante e rapidamente o metal se aqueceu ao meu toque. Escorreguei o cordão sobre minha cabeça. A ponta da flecha posicionou-se entre os meus seios, as beiradas macias e desgastadas não cortariam a minha pele.

Senti uma contorção no bolso de minha calça jeans e tirei um punhado de fitas de seda. Eram fios de tecelagem que tinham viajado comigo do passado e, ao contrário da manga do vestido de noiva e da fita de seda desbotada que amarrava as cartas, ainda estavam novos e brilhantes. Eles se enroscaram, dançando em torno dos meus pulsos, e como um punhado de cobras coloridas se fundiram por um momento em novas cores, até se separarem em sua original versão de vertentes e matizes. Serpentearam pelos meus braços em direção ao meu cabelo, como se à procura de algo. Deixei-os livres.

Esperava-se de mim uma tecelã. Mas será que acabaria entendendo o emaranhado da teia que Philippe de Clermont tecera quando me fez sua filha por voto de sangue?

4.

— Alguma vez você chegou a cogitar em me dizer que era o assassino da família De Clermont? – perguntei, esticando-me para pegar o suco de *grapefruit*.

O olhar silencioso de Matthew atravessou a mesa da cozinha, onde Marthe servira minha refeição matinal. Hector e Fallon também tinham entrado furtivamente e ambos seguiam nossa conversa – e minha seleção de alimentos – com interesse.

– E o relacionamento de Fernando com seu irmão Hugh? – perguntei. – Fui criada por duas mulheres. Você não pode ter retido essa parte da informação na fonte pensando que eu reprovaria.

Hector e Fallon olharam para Matthew à espera de uma réplica. E como não houve isso, os cães olharam para mim.

– Verin parece legal – eu disse na intenção de provocá-lo.

– Legal? – Matthew ergueu as sobrancelhas.

– Bem, exceto pelo fato de que estava armada com uma faca – admiti suavemente, dando-me por satisfeita porque minha estratégia funcionara.

– Facas. – Matthew me corrigiu. – Uma na bota, outra na cintura e mais outra no sutiã.

– Verin sempre foi escoteira? – Foi minha vez de erguer as sobrancelhas.

Antes que Matthew pudesse responder, Gallowglass atravessou a cozinha como um traçado de azul e preto, seguido por Fernando. Matthew levantou-se. Os cães também se levantaram para segui-lo, mas ele apontou para o chão e os fez se sentar novamente.

– Termine o café da manhã e depois vá até a torre. Leve os cães com você. E não desça até que eu chegue para pegá-la – ordenou Matthew um instante antes de sumir.

– O que está acontecendo? – perguntei para Marthe, pestanejando para o recinto subitamente vazio.

– Baldwin está em casa – ela respondeu, como se fosse uma resposta suficiente.

– Marcus – eu disse, lembrando que Baldwin tinha voltado para ver o filho de Matthew. Eu e os cães demos um pulo. – Onde ele está?

– No escritório de Philippe. – Marthe franziu a testa. – Não acho que Matthew queira você por lá. Talvez haja derramamento de sangue.

– A história de minha vida. – Falei isso olhando por cima do meu ombro, e como resultado saí correndo e esbarrei em Verin. Junto a ela estava um altivo cavalheiro mais alto, esbelto e de olhos bondosos. Esquivei-me de ambos. – Desculpem-me.

– Aonde pensa que vai? – disse Verin, bloqueando-me o caminho.

– Ao escritório de Philippe.

– Matthew recomendou que você fosse até a torre dele. – Os olhos de Verin estreitaram. – Ele é seu companheiro, e você deveria obedecê-lo como toda boa esposa de um vampiro. – O sotaque dela era levemente germânico... nem tão germânico assim, nem austríaco, nem suíço, e sim um empréstimo dos três.

– É uma pena para todos vocês que eu seja uma bruxa. – Estendi a mão para o cavalheiro que assistia ao diálogo com velada diversão. – Diana Bishop.

– Ernst Neumann. Sou marido de Verin. – O sotaque de Ernst o colocava diretamente como originário de algum bairro de Berlim. – Por que não deixar que Diana vá atrás dele, *Schatz*? Dessa maneira, você também poderá ir atrás. Sei que você odeia perder uma boa discussão. Esperarei pelos outros lá no salão.

– Boa ideia, meu amor. Eles não poderão me culpar se a bruxa escapar da cozinha. – Verin olhou abertamente admirada para ele e deu-lhe um beijo demorado. Embora aparentemente jovem o bastante para ser neta de Ernst, era óbvio que estavam profundamente apaixonados um pelo outro.

– Eu as carrego de vez em quando – disse Ernst, com um brilho determinado nos olhos. – Mas, antes de Diana sair daqui seguida por você, diga-me se devo levar uma faca ou uma arma comigo caso algum dos seus irmãos resolva atacar?

Verin considerou a questão.

– Acho que o cutelo de Marthe deve ser suficiente. Foi suficiente para conter Gerbert cuja pele é bem mais espessa que a de Baldwin... ou de Matthew.

– Você usou um cutelo contra Gerbert? – Eu gostava cada vez mais de Ernst.

– Isso seria um exagero – ele respondeu levemente róseo de constrangimento.

– Temo que Phoebe esteja tentando a diplomacia – interrompeu Verin, girando-me em direção à confusão. – Isso nunca funciona com Baldwin. Temos que ir.

– Se Ernst levará uma faca, levarei os cães. – Estalei os dedos para Hector e Fallon e saí em passos rápidos com os dois colados nos saltos dos meus sapatos, latindo e abanando o rabo como se estivéssemos num grande jogo.

Chegamos ao patamar do segundo andar que levava aos apartamentos da família e o encontramos lotado de espectadores preocupados: Nathaniel, Sophie de olhos arregalados e com Margaret nos braços, Hamish com um esplêndido roupão de seda e apenas um lado do rosto barbeado, e Sarah aparentemente acordada pelo tumulto. Ysabeau transparecia tédio, como se a dizer que aquele tipo de coisa acontecia o tempo todo.

– Todo mundo no salão – eu disse enquanto puxava Sarah na direção da escada. – Ernst se encontrará com vocês lá.

– Não sei o que tirou Marcus do sério – disse Hamish, passando uma toalha no creme de barbear no queixo. – Baldwin o chamou e no início tudo parecia bem. Mas depois os dois começaram a gritar.

A pequena sala que Philippe usava para conduzir os negócios estava entupida de vampiros e testosterona. Matthew, Fernando e Gallowglass se empurravam para ganhar melhor posição. Baldwin sentou-se em uma cadeira Windsor inclinada para trás e cruzou os pés sobre a mesa. Marcus encostou-se no lado oposto da mesa visivelmente alterado. Ao seu lado, provavelmente sua companheira Phoebe Taylor – a jovem baixinha de quem me lembrava vagamente do primeiro dia de nosso retorno – que tentava arbitrar a disputa entre o chefe da família De Clermont e o grão-mestre dos Cavaleiros de Lázaro.

– Esta estranha família de bruxas e demônios que você recolheu precisa ser dissolvida imediatamente – disse Baldwin, tentando conter a ira sem sucesso. Sua cadeira tombou ao chão com um estrondo.

– Sept-Tours pertence aos Cavaleiros de Lázaro! O grão-mestre sou eu, não você. Eu é que digo o que acontece aqui! – retrucou Marcus aos gritos.

– Deixe disso, Marcus. – Matthew pegou o filho pelo braço.

– Se você não fizer exatamente o que digo, *não haverá* Cavaleiros de Lázaro! – Baldwin pôs-se de pé e os dois vampiros ficaram nariz com nariz.

– Pare de me ameaçar, Baldwin – disse Marcus. – Você não é nem meu pai nem meu mestre.

– Não sou, mas sou o chefe desta família. – O punho de Baldwin golpeou a mesa com um retumbante estrondo. – Marcus, ou você me ouve ou terá que assumir as consequências por sua desobediência.

– Vocês dois não podem sentar e conversar razoavelmente sobre o assunto? – disse Phoebe ao mesmo tempo em que fazia um corajoso esforço para apartar os dois vampiros.

Baldwin rosnou para adverti-la e Marcus avançou na garganta do tio.

Matthew puxou Phoebe para fora do caminho. Ela tremia mais de raiva que de medo. Fernando girou o corpo de Marcus e o agarrou com força. E Gallowglass imobilizou Baldwin pelo ombro.

– Não o desafie – disse Fernando enfaticamente quando Marcus tentou se soltar. – A não ser que esteja preparado para sair desta casa e nunca mais voltar.

Depois de um longo momento, Marcus assentiu. Fernando o soltou, mas se manteve próximo.

– Essas ameaças são absurdas – disse Marcus em tom mais comedido. – Os Cavaleiros de Lázaro e a Congregação trabalham juntos há anos, mas de pé atrás. Somos nós que supervisionamos os assuntos financeiros da Congregação e a ajudamos a restaurar a ordem entre os vampiros. Certamente...

– Certamente a Congregação não correria o risco de uma retaliação da família De Clermont? Não violaria o santuário sempre garantido a Sept-Tours? – Baldwin balançou a cabeça em negativa. – Eles já fizeram isso, Marcus. A Congregação já não está mais brincando. Faz alguns anos que procuram uma razão para dissolver os Cavaleiros de Lázaro.

– E fazem isso agora porque apresentei acusações oficiais contra Knox pela morte de Emily? – perguntou Marcus.

– Só em parte. Sua insistência em colocar o acordo de lado é que a Congregação não pode tolerar. – Baldwin estendeu um rolo de pergaminho para Marcus. Três selos de cera pendurados à base oscilavam levemente devido à aspereza do tratamento. – Nós consideramos o seu pedido... mais uma vez. E foi negado. Mais uma vez.

O termo "nós" solucionava um mistério de longa data. Depois que assinaram o acordo e formaram a Congregação no século XII, um De Clermont sempre esteve presente entre os três vampiros na mesa de reunião. E até aquele momento eu ainda não sabia a identidade dessa criatura: Baldwin.

– A interferência de um vampiro na disputa entre dois bruxos já foi ruim o suficiente – continuou Baldwin. – Mas demandar reparações pela morte de Emily Mather foi uma tolice, Marcus. E continuar desafiando o pacto foi imperdoavelmente ingênuo.

– O que aconteceu? – perguntou Matthew enquanto deixava Phoebe sob os meus cuidados, embora com um sugestivo olhar de que não estava muito feliz por me ver.

– Marcus e os outros participantes dessa pequena rebelião solicitaram o término do pacto em abril. Marcus declarou que a família Bishop estava sob a proteção direta dos Cavaleiros de Lázaro e assim envolveu a fraternidade.

Matthew lançou um olhar cortante para Marcus. Eu não sabia se dava um beijo no filho de Matthew por seus esforços para proteger minha família ou se o repreendia por seu otimismo.

– E em maio... bem, você sabe o que houve em maio – acrescentou Baldwin. – Marcus caracterizou a morte de Emily como uma hostilidade empreendida pelos membros Congregação, com o intuito de provocar um conflito aberto entre as criaturas. Ele achou que a Congregação reconsideraria seu pedido anterior de abandonar o pacto em troca de uma trégua com os Cavaleiros de Lázaro.

– Foi um pedido perfeitamente razoável. – Marcus desenrolou o documento e examinou o conteúdo.

– Razoável ou não, a medida foi derrubada: dois votos a favor e sete contra – relatou Baldwin. – Marcus, nunca permita uma votação cujo resultado você não possa prever com antecedência. A esta altura você já deve ter descoberto essa desagradável verdade sobre a democracia.

– Não é possível. Isso significa que apenas você e a mãe de Nathaniel votaram a favor de minha proposta – disse Marcus perplexo. Agatha Wilson, mãe de Nathaniel, um amigo de Marcus, era um dos três demônios que participavam como membros da Congregação.

– Outro demônio do lado de Agatha – disse Baldwin, com frieza.

– Você votou contra? – Marcus evidentemente contara com o apoio de sua família. Se minhas relações com Baldwin não fossem precárias, talvez eu pudesse ter dito para Marcus que essa esperança era para lá de remota.

– Deixe-me ver isso – disse Matthew, arrancando o pergaminho das mãos de Marcus, com um olhar que exigia explicações pelas ações assumidas por Baldwin.

– Não tive escolha – disse Baldwin para Matthew. – Você faz ideia do estrago que seu filho fez? A partir de agora haverá fofocas sobre como um jovem arrivista de um ramo inferior da árvore genealógica dos De Clermont tentou estabelecer uma insurreição contra milhares de anos de tradição.

– Inferior? – Fiquei horrorizada com o insulto a Ysabeau. Mas a minha sogra não pareceu surpresa. Pelo contrário, pareceu ainda mais entediada enquanto observava as próprias unhas compridas e bem cuidadas.

– Você foi longe demais, Baldwin. – Gallowglass soltou um rosnado. – Você não estava aqui. Os membros corruptos da Congregação que chegaram aqui em maio e mataram Emily...

– Gerbert e Knox não são membros corruptos! – Baldwin elevou a voz novamente. – Eles pertencem a uma maioria de dois terços.

– Isso não me importa. Afirmar que bruxas, vampiros e demônios devem manter distância uns dos outros não faz mais sentido, se é que um dia fez – insistiu Marcus de rosto impassível. – Abandonar o pacto é a coisa certa a fazer.

– E desde quando isso importa? – Baldwin pareceu cansado.

– Aqui está dito que censuraram Peter Knox – disse Matthew, olhando por cima do documento.

– Foi mais que isso, obrigaram Knox a renunciar. Gerbert e Satu argumentaram que o provocaram a agir contra Emily, mas a Congregação não pôde negar que ele desempenhou um papel na morte da bruxa. – Baldwin sentou-se outra vez na cadeira à mesa de seu pai. Ele tinha uma grande estatura, mas não suficiente para ocupar o lugar de Philippe.

– Então, Knox matou minha tia. – Minha raiva... e meu poder irromperam.

– Ele afirmou que se limitou a interrogá-la sobre o paradeiro de Matthew e de um manuscrito da Biblioteca Bodleiana... o qual soou muito parecido com o texto sagrado que nós vampiros chamamos de *Livro da vida* – disse Baldwin. – Knox declarou que Emily ficou agitada quando descobriu que a filha dos Wilson era uma bruxa de pais demônios. Ele atribuiu o ataque cardíaco de Emily ao estresse.

– Emily era saudável como um cavalo – retorqui.

– Que preço Knox pagará por ter matado um membro da família de minha companheira? – perguntou Matthew em voz baixa, pondo a mão no meu ombro.

– Além de terem destituído Knox do seu posto, o proibiram de servir à Congregação para sempre – respondeu Baldwin. – Pelo menos Marcus fez isso, mas ainda não sei se não nos arrependeremos no final. – De novo, ele e Matthew entreolharam-se longamente. Para mim faltava alguma coisa vital.

– Quem vai assumir o lugar dele? – perguntou Matthew.

– É muito cedo para dizer. As bruxas insistem por uma substituição escocesa, alegando que Knox não tinha terminado o seu mandato. Janet Gowdie obviamente está velha demais para retomar o posto, então eu apostaria em um dos McNiven... talvez Kate. Ou Jenny Horne – respondeu Baldwin.

– Os escoceses produzem bruxas e bruxos poderosos – disse Gallowglass em tom sombrio –, e os Gowdie, os Horne e os McNiven são as famílias mais respeitadas do norte.

– Talvez eles não sejam tão fáceis de manipular como Knox. E uma coisa está clara: as bruxas estão determinadas a ter o *Livro da vida* – disse Baldwin.

– Elas sempre quiseram isso – disse Matthew.

– Não é bem assim. Knox encontrou uma carta em Praga que segundo ele fornece provas de que você está ou já esteve com o livro das origens... ou o livro original dos feitiços das bruxas, se você quer a versão dele da história – explicou Baldwin.

– Já falei para a Congregação que isso não passava de uma fantasia, uma fome de poder daquele bruxo, mas não acreditaram em mim. Ordenaram uma investigação minuciosa.

Circulavam muitas lendas sobre o conteúdo do antigo livro agora escondido na Biblioteca Bodleiana de Oxford, e catalogado como Manuscrito Ashmole 782. Para as bruxas o livro apresentava a criação dos primeiros feitiços, e para os vampiros contava a história de como eles tinham sido criados. Os demônios também achavam que aquelas páginas guardavam segredos sobre a sua própria espécie. Como eu tinha estado com o livro por pouco tempo, era difícil saber qual das versões era verdadeira, se é que havia alguma versão. Contudo, Matthew, Gallowglass e eu sabíamos que por mais que o *Livro da vida* contivesse informações, isso ainda seria pouco comparado à informação genética contida em suas capas. Simplesmente porque se produzira o *Livro da vida* a partir de restos de criaturas outrora vivas: o pergaminho tinha sido confeccionado com pele de criaturas, as tintas continham sangue, as folhas tinham sido costuradas com cabelos de criaturas e a cola obtida de óleos extraídos dos ossos delas.

– Knox disse que um demônio chamado Edward Kelley danificou o *Livro da vida* no século XVI em Praga, removendo três folhas. Matthew, ele foi categórico quando afirmou que você sabe onde estão essas folhas. – Baldwin olhou para meu marido com nítida curiosidade. – Isso é verdade?

– Não – disse Matthew, com olhos sinceros encontrando os de Baldwin.

Como muitas outras respostas de Matthew, essa também era uma verdade apenas parcial. Embora ele não soubesse a localização de duas folhas perdidas do *Livro da vida*, uma delas estava guardada com segurança em uma gaveta trancada de sua escrivaninha.

– Graças a Deus por isso – disse Baldwin, satisfeito com a resposta. – Jurei pela alma de Philippe que tal acusação não era verdadeira.

Gallowglass olhou de relance para Fernando. Matthew olhou para fora da janela. E Ysabeau, que farejava mentiras tão facilmente quanto uma bruxa, estreitou os olhos para mim.

– E a Congregação aceitou sua palavra? – perguntou Matthew.

– Não de todo – respondeu Baldwin, com relutância.

– Que outras garantias você deu, sua pequena víbora? – perguntou Ysabeau, com ar displicente. – Você silva tão lindamente, Baldwin, mas há uma picada venenosa em algum lugar.

– Prometi à Congregação que Marcus e os Cavaleiros de Lázaro continuariam a defender o acordo. – Baldwin fez uma pausa. – Então, a Congregação selecionou uma delegação imparcial... uma bruxa e um vampiro, e os encarregou de fiscalizar Sept-Tours de cima abaixo. Eles querem se certificar de que não há bruxas nem demônios e nem sequer um fragmento do tal manuscrito dentro dos seus muros. Daqui a uma semana Gerbert e Satu Järvinen estarão aqui.

Fez-se um silêncio ensurdecedor.

– Como eu poderia saber que Matthew e Diana estavam aqui? – disse Baldwin. – Mas não importa. A delegação da Congregação não encontrará qualquer irregularidade durante a visita. Isso significa que Diana também deve partir.

– E o que mais? – perguntou Matthew.

– Abandonar nossos amigos e nossas famílias já não é suficiente? – disse Marcus. Phoebe o enlaçou com o braço pela cintura para reconfortá-lo.

– Marcus, seu tio primeiro sempre proporciona a boa notícia – retrucou Fernando. – E se a perspectiva de uma visita de Gerbert é a boa notícia, a má notícia deve ser muito ruim.

– A Congregação quer uma garantia – esbravejou Matthew. – Algo que mantenha os De Clermont e os Cavaleiros de Lázaro bem-comportados.

– Não algo. Alguém – disse Baldwin, sem rodeios.

– Quem? – perguntei.

– Eu, claro – respondeu Ysabeau aparentemente despreocupada.

– De jeito nenhum! – Matthew olhou horrorizado para Baldwin.

– Temo que sim. Primeiro ofereci Verin, mas eles recusaram – disse Baldwin. Verin pareceu ligeiramente ofendida.

– A Congregação pode ser mesquinha, mas eles não são idiotas – sussurrou Ysabeau. – Ninguém conseguiria segurar Verin como refém por mais de vinte e quatro horas.

– As bruxas argumentaram que precisava ser alguém que forçasse Matthew a não se esconder. Verin não pareceu um incentivo suficiente – explicou Baldwin.

– A última vez que me aprisionaram contra minha vontade, você foi meu carcereiro, Baldwin – disse Ysabeau, com uma voz melosa. – Vai fazer as honras de novo?

– Não desta vez – disse Baldwin. – Knox e Järvinen queriam mantê-la em Veneza, onde a Congregação pudesse ficar de olho em você, mas recusei.

– Por que Veneza? – Eu sabia que Baldwin tinha vindo de lá, mas não atinava por que a Congregação preferia aquela cidade a outros lugares.

– Veneza tornou-se sede da Congregação a partir do século XV, depois que a expulsaram de Constantinopla – explicou Matthew rapidamente. – Nada acontece em Veneza sem que a Congregação saiba. E a cidade abriga dezenas de criaturas que têm relações de longa data com o concílio... incluindo a prole de Domenico.

– Uma repulsiva reunião de ingratos e sicofantas – sussurrou Ysabeau, com um suave tremor. – Fico muito feliz por não ir para lá. Mesmo sem o clã de Domenico, Veneza é insuportável nesta época do ano. Infestada de turistas. E de mosquitos insuportáveis.

Foi profundamente perturbador imaginar o que o sangue de um vampiro poderia fazer na população de mosquitos.

– Ysabeau, seu conforto não foi motivo de preocupação para o chefe da Congregação. – Baldwin olhou-a ameaçadoramente.

– Para onde vou, então? – perguntou Ysabeau.

– Depois de expressar uma adequada relutância inicial, face à longa amizade que mantém com a família, Gerbert generosamente aceitou mantê-la na casa dele. A Congregação não poderia recusar essa oferta – respondeu Baldwin. – Isso não será um problema, será?

Ysabeau deu de ombros à maneira gaulesa.

– Não para mim.

– Não se pode confiar em Gerbert. – Matthew voltou-se para o irmão com quase tanta raiva quanto a que Marcus mostrara. – Meu Deus, Baldwin. Ele estava perto e observou enquanto Knox utilizava a magia contra Emily!

– Espero que Gerbert tenha conseguido manter o açougueiro – ponderou Ysabeau, como se o filho já não tivesse falado. – Marthe terá que ir comigo, é claro. Você tratará disso, Baldwin.

– Você não vai – disse Matthew. – Vou me oferecer como primeira opção.

Antes que eu pudesse protestar, Ysabeau interferiu.

– Não, meu filho. Eu e Gerbert já fizemos isso antes, como você sabe. Logo estarei de volta... em alguns meses, no máximo.

– Por que isso é necessário, afinal? – perguntou Marcus. – Depois que inspecionar Sept-Tours e não encontrar nada censurável, a Congregação deverá nos deixar em paz.

– A Congregação precisa de um refém para demonstrar que é maior que os De Clermont – explicou Phoebe, demonstrando um notável tino da situação.

– Mas *grand-mère* – Marcus pareceu aflito –, eu é que deveria ir e não você. Foi tudo por minha culpa.

– Posso ser sua avó, mas não sou tão velha e frágil como você pensa – disse Ysabeau, com um toque de frieza. – Por mais inferior que seja o meu sangue, não me furto ao meu dever.

– Claro que não há outro jeito – protestei.

– Não mesmo, Diana – continuou Ysabeau. – Cada um de nós cumpre um papel na família. Baldwin vai nos intimidar. Marcus vai cuidar da fraternidade. Matthew vai cuidar de você, e você vai cuidar dos meus netos. E quanto a mim, acho que me revigoro com a perspectiva de ser mantida outra vez como refém.

O sorriso selvagem da minha sogra me fez acreditar nela.

Depois que ajudamos Baldwin e Marcus a obter um frágil relaxamento, eu e Matthew retornamos aos nossos aposentos do outro lado do castelo. Matthew ligou o sistema de som quando atravessamos a porta, inundando a sala com os intricados acordes de Bach. A música impedia que os outros vampiros presentes na casa ouvissem o que conversávamos, de modo que Matthew invariavelmente a colocava ao fundo.

– Ainda bem que temos mais informações sobre o Ashmole 782 que Knox – eu disse tranquilamente. – Assim que eu o recuperar da Biblioteca Bodleiana, a Congregação deixará de enviar ultimatos de Veneza e terá que lidar com a gente diretamente. E depois apontaremos Knox como responsável pela morte de Emily.

Matthew observou-me atenta e silenciosamente e em seguida serviu-se de vinho e bebeu de um só gole. Ofereceu-me água, mas balancei a cabeça em negativa. Àquela altura meu único desejo era chá. Embora Marcus me incentivasse a evitar a cafeína durante a gravidez, a mistura de ervas era um pobre substituto.

– Sabe alguma coisa sobre as linhagens dos vampiros da Congregação? – Sentei-me no sofá.

– Não muito – disse Matthew, servindo-se de outro copo de vinho.

Franzi o cenho. Embora os vampiros não se intoxicassem facilmente por excesso de consumo de vinho, o que só era possível por via do consumo de sangue de uma fonte embriagada, o fato é que Matthew não bebia tanto assim.

— Será que a Congregação também mantém a genealogia de bruxas e demônios? — perguntei a fim de distraí-lo.

— Não sei. Nunca me preocupei com bruxas e demônios. — Ele atravessou a sala e se pôs frente à lareira.

— Bem, isso não importa. — Fui categórica. — Nossa prioridade é o Ashmole 782. Preciso ir o mais rapidamente possível para Oxford.

— E o que vai fazer em seguida, *ma lionne*?

— Descobrir um jeito de recuperá-lo. — Lembrei-me de como meu pai tecera o feitiço que ligava o livro à biblioteca. — Papai fazia questão de que o *Livro da vida* chegasse às minhas mãos se me fosse necessário. E claro que as circunstâncias de agora me qualificam para isso.

— Então, sua principal preocupação é a segurança do Ashmole 782 — disse Matthew, com perigosa suavidade.

— Claro. E também encontrar as páginas que estão faltando — retruquei. — Sem essas páginas o *Livro da vida* nunca revelará seus segredos.

Ainda no século XVI, em Praga, o demônio alquimista Edward Kelley arrancara três folhas do manuscrito, danificando com isso a magia utilizada na confecção do livro. Por autoproteção, o texto entranhara no pergaminho e engendrara um palimpsesto mágico, de modo que as palavras se perseguiam entre si através das páginas como se à procura das letras que faltavam. Não era possível ler o que restara do texto.

— Depois que eu resgatá-lo, você poderá fazer uma análise da informação genética no seu laboratório para tentar descobrir as criaturas que estão ligadas ao manuscrito, e talvez até a data — continuei. O trabalho científico de Matthew concentrava-se na questão da origem e extinção das espécies. — E quando eu localizar as duas folhas perdidas...

Matthew girou o corpo, com uma serena máscara no rosto.

— Você quer dizer depois que *nós* resgatarmos o Ashmole 782 e depois que *nós* localizarmos as outras folhas.

— Seja razoável, Matthew. Nada irritaria mais a Congregação que a notícia de que fomos vistos juntos na Bodleiana.

Ele ficou com uma voz ainda mais suave e um rosto ainda mais sereno.

— Você está com mais de três meses de gravidez, Diana. O pessoal da Congregação já invadiu minha casa e matou sua tia. Peter Knox está desesperado para ter o Ashmole 782 nas mãos, e ele sabe que você pode resgatá-lo. E de alguma forma também sabe que esse manuscrito está sem algumas páginas. Você não irá para a Biblioteca Bodleiana nem para qualquer outro lugar sem minha companhia.

— Eu preciso reconstituir o *Livro da vida*. — Elevei a voz.

— Então, nós dois faremos isso. O Ashmole 782 está a salvo na biblioteca. Deixe-o lá e espere até que esse negócio com a Congregação se acalme.

Matthew confiava — talvez até demais — na ideia de que eu era a única bruxa capaz de liberar o feitiço que papai lançara naquele livro.

— Quanto tempo vai levar isso?

— Talvez até depois do nascimento dos bebês — disse Matthew.

— Isso pode ser mais de seis meses — retruquei, reprimindo a raiva. — Então, devo esperar e gerar. E seu plano é ficar de braços cruzados e assistir ao calendário comigo?

— Farei o que Baldwin mandar — disse Matthew, bebendo o último gole de vinho.

— Você não pode estar falando sério! — exclamei. — Por que se pôs nessa absurda postura autocrática?

— Porque um bom chefe de família evita o caos e o derramamento de sangue desnecessário, e coisas piores — explicou Matthew. — Diana, você esquece que renasci num tempo muito diferente, quando a maioria das criaturas obedecia ao seu senhor, ao seu padre, ao seu pai, ao seu cônjuge sem questionar. Obedecer às ordens de Baldwin não será tão difícil para mim como para você.

— Para mim? Não sou vampiro — retorqui. — Não preciso ouvir o Baldwin.

— Precisa, sim, quando se é um De Clermont. — Matthew me pegou pelos cotovelos. — A Congregação e a tradição dos vampiros nos deixaram com pouquíssimas opções. Em meados de dezembro você se tornará um membro da família de Baldwin com plenos direitos. Conheço Verin e ela nunca renegaria uma promessa feita para Philippe.

— Não preciso da ajuda de Baldwin — eu disse. — Sou uma tecelã com meu próprio poder.

— Que Baldwin não saiba disso. — Matthew me segurou com força. — Não por enquanto. E ninguém pode oferecer para você ou para nossos filhos a segurança que Baldwin e os outros De Clermont oferecem.

— *Você* é um De Clermont. — Apontei um dedo para o peito de Matthew. — Philippe deixou isso bem claro.

— Não aos olhos dos outros vampiros. — Ele apalpou a minha mão. — Sou parente de Philippe de Clermont, mas não tenho o sangue dele. Já você tem. Por isso, farei o que Baldwin mandar.

– Inclusive matar Knox?

Matthew pareceu surpreso.

– Você é o assassino de Baldwin. Knox invadiu o território dos De Clermont e isso é um desafio direto à honra da família. Presumo que isso faz de Knox um problema seu. – Mantive o tom categórico, mas à custa de esforço. Mesmo sabendo que Matthew já tinha matado antes, de um jeito ou de outro o termo "assassino" tornava essas mortes mais perturbadoras.

– Como já disse, seguirei as ordens de Baldwin. – Os olhos acinzentados de Matthew esverdearam, tornando-se frios e sem vida.

– Não estou nem aí para os comandos de Baldwin. Você não poderá perseguir um bruxo, Matthew... e muito menos um que já foi membro da Congregação – repliquei. – Isso só vai piorar as coisas.

– Depois do que fez com Emily, Knox tornou-se um homem morto. – Ele me soltou e caminhou até a janela.

As linhas que rodeavam Matthew brilharam em tons avermelhados e escuros. Se o tecido do mundo não era visível para qualquer bruxa, era claramente visível para uma tecelã como eu – criadora de magias, como o meu pai.

Juntei-me a Matthew na janela. O sol já estava alto e salpicava as colinas verdes com centelhas de ouro. Um cenário aparentemente bucólico e sereno, mas aos meus olhos as rochas jaziam abaixo da superfície tão duras e ameaçadoras quanto o meu amado. Enlacei-o pela cintura com os braços e descansei a cabeça nele. Era assim que ele me amparava quando eu precisava sentir-me segura.

– Você não precisa sair atrás de Knox por mim ou por Baldwin – eu disse.

– Eu sei – ele disse suavemente. – Preciso fazer isso por Emily.

Em descansava em paz em meio às ruínas do antigo templo consagrado à deusa. Embora já o tivesse visitado com Philippe, acabei visitando o túmulo depois que retornamos por insistência de Matthew. Isso me convenceria de que minha tia partira – para sempre. Desde então o frequentava quando precisava de silêncio e de tempo para pensar. E agora Ysabeau me acompanhava porque Matthew sugerira que eu não saísse sozinha. Eu precisava de um tempo longe não apenas do meu marido como também de Baldwin e dos problemas que azedavam o ar de Sept-Tours.

Era um bonito lugar, tal como me diziam as lembranças, os ciprestes aprumavam-se como sentinelas ao redor de colunas quebradas e agora pouco visíveis. O terreno não estava coberto de neve, como em dezembro de 1590, mas estava exuberante e verde – afora um corte retangular amarronzado que assinalava o recanto do repouso final de Em. Na terra fofa, pegadas e uma ligeira depressão na parte superior.

– Um gamo branco tem dormido no túmulo – explicou Ysabeau, seguindo os meus olhos. – São muito raros.

– Um gamo branco também apareceu aqui quando vim com Philippe antes do meu casamento para fazer oferendas à deusa.

Na ocasião senti um poderoso influxo animalesco a se dispersar sob os meus pés. E agora sentia a mesma coisa, embora não tenha dito nada. Matthew estava convencido de que minha magia não devia chegar ao conhecimento de ninguém.

– Philippe me contou que a tinha conhecido – disse Ysabeau. – Ele me deixou um bilhete na costura de um dos livros de alquimia de Godfrey.

Então, por meio de bilhetes Philippe e Ysabeau compartilhavam pequenos detalhes da vida cotidiana que seriam esquecidos sem esse expediente.

– Você deve sentir muita falta dele. – Engoli o nó que ameaçava me sufocar. – Ele era extraordinário, Ysabeau.

– Sim – ela disse suavemente. – Jamais veremos outro como ele.

Já estávamos perto da sepultura, ambas silenciosas e reflexivas.

– O que aconteceu essa manhã vai mudar tudo – ela continuou. – Com o inquérito da Congregação teremos dificuldade em manter nossos segredos. E Matthew tem mais a esconder que a maioria de nós.

– Como o fato de ser o assassino da família? – perguntei.

– Sim – disse Ysabeau. – Muitas famílias de vampiros gostariam de saber qual é o membro do clã De Clermont que mata os seus entes queridos.

– Quando estávamos aqui com Philippe cheguei a pensar que tinha descoberto grande parte dos segredos de Matthew. Fiquei sabendo sobre a tentativa de suicídio dele. E o que ele fez pelo pai.

Matthew tinha ajudado Philippe a morrer, o segredo mais difícil que ele me revelou.

– Em se tratando de vampiros não existem limites para os segredos – disse Ysabeau. – Mas os segredos são aliados pouco confiáveis. Já que nos fazem acreditar que estamos seguros, mas sempre acabam nos destruindo.

Será que eu também era um dos segredos destrutivos que jaziam no seio da família De Clermont? Puxei um envelope do bolso e o entreguei a Ysabeau. Ela congelou o rosto ao ver a caligrafia.

– Alain me deu esse bilhete. Philippe o escreveu no dia de sua morte – expliquei. – Gostaria que o lesse. Talvez seja uma mensagem para todos nós.

Ysabeau desdobrou a folha com mãos trêmulas. Abriu-a cuidadosamente e leu as poucas frases em voz alta. Uma das frases me impressionou com renovada força: "*Não deixe que os fantasmas do passado roubem as alegrias do futuro.*"

– Oh, Philippe. – Depois de lastimar-se, ela devolveu o bilhete e estendeu a mão em direção à minha testa. Por um segundo de descuido, vislumbrei a mulher que um dia Ysabeau tinha sido: terrível, mas capaz de alegria. Ela se deteve, retraindo os dedos.

Peguei a mão dela. Era mais fria que a do filho. Encostei o dedo suavemente por entre as minhas sobrancelhas, uma permissão silenciosa para que ela examinasse o ponto onde Philippe de Clermont me marcara. A pressão dos dedos de minha sogra enquanto exploravam a minha testa era infinitesimal. Ela se afastou com movimentos visíveis de sua garganta.

– Sinto... alguma coisa. A presença, alguma coisa de Philippe. – Os olhos de Ysabeau faiscaram.

– Gostaria que ele estivesse aqui – confessei. – Ele saberia lidar com toda essa confusão: Baldwin, voto de sangue, Congregação, Knox e até mesmo o Ashmole 782.

– Meu marido *nunca* fez nada menos que o absolutamente necessário – ela disse.

– Mas ele sempre estava fazendo alguma coisa. – Pensei em como Philippe orquestrara a nossa viagem para Sept-Tours em 1590, apesar do clima e da relutância de Matthew.

– Não era assim. Ele observava. Ele esperava. E deixava que os outros corressem riscos enquanto acumulava e armazenava os segredos de todos para utilizá-los no futuro. Foi por isso que sobreviveu por tanto tempo – disse Ysabeau.

Essas palavras me lembraram a trabalheira que Philippe me dera em 1590, depois que me fez sua filha por voto de sangue: *pense – e continue viva*.

– Lembre-se disso, antes de sair correndo atrás do seu livro em Oxford – continuou Ysabeau, baixando a voz até um sussurro. – Lembre-se de que nos dias difíceis à frente os mais obscuros segredos da família De Clermont estarão expostos à luz. Lembrando-se disso você demonstrará para todos que é filha de Philippe de Clermont, muito mais do que apenas no sobrenome.

5

Passados dois dias da estada de Baldwin em Sept-Tours, além de entender por que Matthew construíra uma torre para residir, também desejei que a tivesse construído em outra província – ou em outro país.

Baldwin deixou claro que fosse quem fosse o proprietário legal do castelo, Sept-Tours era a casa dele. Assim, presidia cada refeição. Alain era o primeiro a vê-lo a cada manhã para receber ordens e periodicamente ao longo do dia para relatar os progressos feitos. O prefeito de Saint-Lucien chegou para vê-lo e ambos sentaram-se na sala para conversar sobre assuntos locais. Baldwin escarafunchou a despensa de Marthe e de má vontade reconheceu que a provisão doméstica era excelente. Ele também entrava nos quartos sem bater, infernizava Marcus e Matthew com tarefas reais e imaginárias e alfinetava Ysabeau a respeito de tudo, desde a decoração do salão ao pó no grande saguão de entrada.

Nathaniel, Sophie e Margaret acabaram sendo as primeiras criaturas sortudas a abandonar o castelo. Com um choroso adeus para Marcus e Phoebe prometeram entrar em contato tão logo estivessem instalados. Baldwin recomendou que seguissem para a Austrália e solidarizou-se com a mãe de Nathaniel, a qual além de ser um demônio também era um membro da Congregação. Nathaniel protestou a princípio, argumentando que seria melhor retornar à Carolina do Norte, mas prevaleceu a opinião dos mais sensatos – de Phoebe, em particular.

Quando a questionaram mais tarde pelo apoio dado a Baldwin, ela explicou que Marcus estava preocupado com a segurança de Margaret e que não permitiria que ele assumisse para si a responsabilidade pelo bem-estar do bebê. Ou seja, Nathaniel teria que fazer o que Baldwin achava melhor. Pelas feições de Phoebe me dei conta de que se tivesse uma opinião diferente sobre o assunto deveria mantê-la comigo mesma.

Mesmo após a onda inicial de partidas, Sept-Tours parecia lotada com Baldwin, Matthew e Marcus, sem mencionar Verin, Ysabeau e Gallowglass. Fernando era menos intrusivo porque passava grande parte do tempo com Sarah ou Hamish. Mas todos nós acabamos descobrindo esconderijos para onde nos retirávamos em busca de alguns momentos da tão necessária paz e tranquilidade. Foi então uma surpresa quando Ysabeau irrompeu no estúdio de Matthew para anunciar o paradeiro de Marcus.

– Marcus está na torre principal com Sarah – disse, com duas manchas coloridas iluminando-lhe a pele geralmente pálida. – Phoebe e Hamish também estão. Eles encontraram as antigas linhagens da família.

Nem me passava pela cabeça por que uma notícia assim faria Matthew arremessar a caneta e pular da cadeira. Ysabeau flagrou o meu olhar curioso e retribuiu com um sorriso tristonho.

– Marcus está prestes a descobrir um dos segredos do pai – ela explicou.

Isso também me colocou em movimento.

Eu nunca tinha posto os pés na torre principal situada no lado oposto à torre de Matthew, ambas separadas pela parte principal do castelo. Logo que chegamos, entendi por que ninguém a tinha incluído no meu itinerário pelo castelo.

Uma grade de metal submergia no centro do piso da torre. Um úmido e familiar odor de tempo, morte e desespero emanava do buraco profundo coberto pela grade.

– Uma masmorra – comentei temporariamente petrificada pela visão.

Matthew ouviu-me lá debaixo da escada.

– Philippe a construiu para que fosse uma prisão. Raramente a usava. – A testa de Matthew vincou-se de preocupação.

– Vá. – Acenei para ele, afastando as más recordações. – Seguiremos atrás de você.

A masmorra no térreo da torre principal era um lugar de esquecimento, mas o andar de cima era um lugar de recordação. Era recheado de caixas, papéis, documentos e artefatos e, portanto, certamente o lugar dos arquivos da família De Clermont.

– Não é de admirar que Emily passasse tanto tempo aqui – disse Sarah inclinada sobre um longo pergaminho parcialmente desenrolado sobre uma mesa de trabalho gasta, com Phoebe ao lado. Seis outros pergaminhos esperavam sobre a mesa para serem investigados. – Ela era louca por genealogia.

– Olá! – Marcus acenou risonho de uma passarela elevada que circundava a sala e suportava outras caixas e pilhas. Aparentemente, as terríveis revelações temidas por Ysabeau ainda não tinham vindo à tona. – Hamish estava prestes a chamá-los.

Marcus pulou por sobre os trilhos da passarela e pousou suavemente ao lado de Phoebe. Sem escada ou degraus à vista não se podia chegar àquele ponto de armazenamento, a não ser escalando algumas pedras brutas que serviam como calços na subida enquanto na descida não havia outro jeito senão pulando. Segurança de vampiro no seu melhor estilo.

– O que estão procurando? – perguntou Matthew, apenas com um toque certo de curiosidade. Marcus nunca suspeitaria de que tinham avisado o pai.

– Um modo de tirar Baldwin de nossa cola, é claro – respondeu Marcus enquanto entregava um velho caderno de anotações para Hamish. – São as anotações de Godfrey sobre a lei dos vampiros.

Hamish virou as páginas, claramente à procura de alguma peça útil com informações jurídicas. Godfrey era o mais jovem dos três filhos do sexo masculino de Philippe, além de conhecido pelo formidável e astuto intelecto. Uma sensação de mau agouro começou a criar raízes.

– E acabou encontrando isso? – disse Matthew, olhando para o pergaminho.

– Venham ver. – Marcus apontou para a mesa.

– Você vai adorar, Diana – disse Sarah, ajustando os óculos de leitura. – Segundo Marcus é uma árvore genealógica da família De Clermont. Parece antiquíssima.

– É mesmo! – exclamei. Era uma genealogia medieval, com imagens coloridas em miniatura de Philippe e Ysabeau encapsulados em quadrados separados no alto da página. Suas mãos se estendiam pelo espaço que os separava. Fitas coloridas os interligavam aos círculos abaixo. Cada círculo continha um nome. Alguns eram familiares para mim: Hugh, Baldwin, Godfrey, Matthew, Verin, Freyja, Stasia. Outros, não.

– Século XII. Francês. Ao estilo da oficina em Saint-Sever – disse Phoebe, confirmando minha avaliação da época do trabalho.

– Tudo começou quando reclamei com Gallowglass sobre a interferência de Baldwin. Ele então me disse que Philippe também era ruim, e que depois que Hugh se alimentou, Philippe o deixou por conta própria com Fernando – explicou Marcus. – Gallowglass também disse que às vezes a descendência da família é a única forma de manter a paz.

A fúria reprimida nas feições de Matthew indicou que a paz era a última coisa que Gallowglass desfrutaria depois de ter sido encontrado pelo tio.

– Lembrei-me de ter lido algo sobre descendentes quando vovô queria que me dedicasse à lei e assumisse os antigos deveres de Godfrey – disse Marcus.

— Achei isto aqui. — Hamish apontou para uma folha. — *"Qualquer homem cujo filho possui pureza de sangue pode estabelecê-lo como descendente, desde que tenha a aprovação do pai ou do chefe do clã. O novo descendente será considerado um ramo da família original, mas em todas as outras formas o senhor novo descendente exercerá sua vontade e seu poder livremente."* Isso soa bastante simples, mas como Godfrey estava envolvido talvez haja mais que isso.

— Estabelecer um descendente... um ramo distinto da família De Clermont sob a sua autoridade, isso resolverá todos os nossos problemas! — disse Marcus.

— Nem todos os líderes de clã recebem bem os descendentes, Marcus — advertiu Matthew.

— Uma vez rebelde sempre rebelde — acrescentou Marcus, dando de ombros. — Você sabia disso quando me fez.

— E Phoebe? — Matthew ergueu as sobrancelhas. — Será que sua noiva compartilha seus sentimentos revolucionários? Talvez ela não goste da ideia de que a expulsem de Sept-Tours sem um centavo, e muito menos depois de ter todos os bens apreendidos pelo seu tio.

— O que quer dizer? — perguntou Marcus inquieto.

— Hamish pode me corrigir se eu estiver errado, mas acredito que a próxima seção do livro de Godfrey determina as penalidades associadas ao estabelecimento de um descendente sem a permissão do pai — respondeu Matthew.

— Você é meu pai — disse Marcus, com as linhas do queixo definindo teimosia.

— Somente no sentido biológico. Forneci meu sangue para que você pudesse renascer como vampiro. — Matthew passou as mãos nos cabelos, sinal de que sua frustração aumentava. — E você sabe que detesto o termo "pai" empregado nesse contexto. Considero-me seu pai, não seu doador de sangue.

— O que peço é que você seja mais que isso — retrucou Marcus. — Baldwin está errado sobre o pacto e errado sobre a Congregação. Se você estabelecer uma descendência, poderemos traçar nosso próprio caminho e tomar nossas próprias decisões.

— Existe algum problema em você estabelecer sua própria descendência, Matt? — perguntou Hamish. — Já que Diana está grávida, achei que você estaria ansioso para sair da tutela do polegar de Baldwin.

— Não é tão simples como você pensa — disse Matthew. — E talvez Baldwin tenha reservas.

— O que é isso, Phoebe? — Sarah apontou para um trecho apagado que se referia ao nome de Matthew no pergaminho. Ela estava mais interessada em genealogia do que em complexidades jurídicas.

Phoebe olhou com mais atenção.

— É algum tipo de rasura. Geralmente usavam outro besante aí. Quase posso ver o nome. Beia... ah, deve ser Benjamin. Eles empregavam abreviaturas medievais comuns e substituíam o *j* pelo *i*.

— Riscaram do círculo, mas se esqueceram de excluir a pequena linha vermelha que o liga a Matthew. Considerando isso, esse Benjamin é um dos filhos de Matthew — disse Sarah.

A menção do nome Benjamin fez o meu sangue gelar. Era o nome de um filho de Matthew. Uma criatura assustadora.

Phoebe desenrolou outro rolo cuja árvore genealógica também parecia antiga, embora não tão antiga quanto as outras já investigadas por nós. Ela franziu a testa.

— Isso parece ser de um século depois. — Ela colocou o pergaminho na mesa. — Não há rasura nem menção a Benjamin. Ele simplesmente desaparece sem deixar vestígios.

— Quem é Benjamin? — perguntou Marcus, sem que eu atinasse por quê. Claro que ele devia conhecer a identidade dos outros filhos de Matthew.

— Benjamin não existe. — A fisionomia de Ysabeau colocou-se em guarda, sem falar nas palavras escolhidas com muito cuidado.

Meu cérebro tentou processar as implicações da questão de Marcus e da estranha réplica de Ysabeau. Se o filho de Matthew nada sabia a respeito de Benjamin...

— Por isso apagaram o nome dele? — perguntou Phoebe. — Será que alguém cometeu um erro?

— Sim, isso foi um erro — respondeu Matthew, com a voz oca.

— Então, Benjamin existe — comentei encontrando os olhos cinza-esverdeados de Matthew. Estavam cerrados e distantes. — Eu o conheci na Praga do século XVI.

— Ele está vivo agora? — perguntou Hamish.

— Não sei. Achei que estivesse morto, que tinha morrido depois que o fiz no século XII — respondeu Matthew. — Centenas de anos depois Philippe soube de alguém que se encaixava na descrição de Benjamin, mas ele saiu de cena novamente antes que pudéssemos ter certeza. Circularam rumores sobre a existência de Benjamin no século XIX, mas nunca vi nenhuma prova.

– Não entendo – disse Marcus. – Mesmo morto, Benjamin devia aparecer na árvore genealógica

– Eu o repudiei. E Philippe fez o mesmo. – Matthew preferiu fechar os olhos a encarar os olhares curiosos. – Da mesma forma que podemos integrar uma criatura à família por meio de um voto de sangue, podemos expulsá-la formalmente para que cuide de si mesma sem a família e sem a proteção da lei dos vampiros. Marcus, você sabe qual é a importância da linhagem entre os vampiros. Entre os vampiros a linhagem não reconhecida é uma nódoa tão grave quanto o enfeitiçamento entre as bruxas.

Ficou claro para mim por que Baldwin não queria incluir-me na árvore genealógica dos De Clermont como um dos filhos de Philippe.

– Então, Benjamin *está* morto – disse Hamish. – Legalmente, pelo menos.

– E às vezes os mortos levantam-se para nos assombrar – murmurou Ysabeau, recebendo um olhar sombrio do filho.

– Não consigo imaginar o que Benjamin teria feito para que você o expurgasse do seu próprio sangue, Matthew. – Marcus ainda parecia confuso. – Eu era um terror nos meus primeiros anos e nem por isso você me abandonou.

– Benjamin foi um dos cruzados alemães que marcharam com o exército do conde de Emicho em direção à Terra Santa. Depois que os derrotaram na Hungria, ele juntou-se às forças do meu irmão Godfrey – explicou Matthew. – A mãe de Benjamin era filha de um conhecido comerciante em Levant, e ele acabou aprendendo alguns rudimentos de hebraico e de árabe por conta dos negócios da família. Ele era um aliado valioso... no início.

– Então, Benjamin era filho de Godfrey? – perguntou Sarah.

– Não – respondeu Matthew. – Era meu filho. Ele começou a se meter nos segredos da família De Clermont. Jurou que deixaria a existência das criaturas exposta para os seres humanos em Jerusalém, tanto a dos vampiros como a das bruxas e dos demônios. Perdi o controle quando descobri a traição. O sonho de Philippe era criar um porto seguro na Terra Santa para que pudéssemos viver sem medo. Benjamin tinha o poder de esmagar as esperanças de Philippe, e eu é que tinha dado esse poder a ele.

Eu já conhecia o meu marido o suficiente para avaliar a profundidade de sua culpa e seu remorso.

– Por que não o matou? – perguntou Marcus.

– Matá-lo seria rápido demais. Eu queria puni-lo como um falso amigo. Ele precisava sofrer como nós as criaturas tínhamos sofrido. Se o tornei um vampiro era para que ele também se expusesse caso viesse a expor os De

Clermont. – Matthew fez uma pausa. – E depois o abandonei para cuidar de si mesmo.

– E quem ensinou Benjamin a sobreviver? – perguntou Marcus, com a voz abafada.

– Ele aprendeu sozinho. Foi parte de sua punição. – Matthew sustentou o olhar do filho. – Também parte da minha... um modo de Deus me fazer expiar pelo meu pecado. Quando o abandonei, não me passou pela cabeça que a ira do sangue que corria em minhas veias teria sido transmitida para ele. Só depois de alguns anos é que descobri que Benjamin se tornara um monstro.

– Ira do sangue? – Marcus olhou incrédulo para o pai. – Isso é impossível. Isso faz de você um assassino a sangue-frio, sem razão nem compaixão. Há milênios não há um só caso igual. Você mesmo me disse isso.

– Menti. – A voz de Matthew rachou ao admitir.

– Você não pode ter a ira do sangue, Matt – disse Hamish. – Segundo a menção nos documentos da família, os sintomas da doença incluem fúria cega, irracionalidade e um instinto incontrolável de matar. Você nunca demonstrou qualquer sinal dessa ira.

– Aprendi a controlá-la – disse Matthew. – Na maior parte do tempo.

– Se a Congregação descobrisse isso, haveria um preço pela sua cabeça. Pelo que li aqui outras criaturas teriam carta branca para destruí-lo – observou Hamish claramente preocupado.

– Não apenas a mim. – O olhar de Matthew cintilou para a minha barriga arredondada. – Meus filhos também.

Sarah contraiu o rosto.

– Os bebês...

– E Marcus? – As juntas de Phoebe pareceram embranquecer à beira da mesa, embora a voz estivesse calma.

– Marcus é apenas um portador. – Matthew tentou tranquilizá-la. – Os sintomas manifestam-se imediatamente.

Phoebe pareceu aliviada.

Matthew olhou diretamente nos olhos do filho.

– Eu realmente acreditava que já estava curado quando fiz você. Já tinha passado quase um século depois de minha crise. Já estávamos na era da razão e nos orgulhávamos de que tínhamos erradicado todos os tipos de males do passado, como a varíola e a superstição. Foi quando você partiu para Nova Orleans.

– Meus próprios filhos. – Marcus se mostrou selvagem, até que compreendeu tudo. – Você e Juliette Durand chegaram à cidade e logo eles começaram a morrer. Achei que Juliette os tinha matado. Mas a sua ira do sangue é que os matou.

– Seu pai não teve escolha – disse Ysabeau. – A Congregação sabia que havia problemas em Nova Orleans. Philippe ordenou que Matthew resolvesse isso antes que os vampiros descobrissem a causa. Se Matthew tivesse se recusado, todos teríamos morrido.

– Os outros vampiros da Congregação estavam convencidos de que o antigo flagelo da ira do sangue estava de volta – disse Matthew. – Pensavam em arrasar a cidade e varrê-la do mapa, mas argumentei que a loucura se devia à inexperiência da juventude e não à ira do sangue. Matariam todos eles. E o matariam também, Marcus.

Marcus pareceu surpreso. Ysabeau, não.

– Philippe ficou furioso comigo, mas só destruí os que apresentavam sintomas. Fiz isso rapidamente, sem dor e sem medo – disse Matthew mortificado. Eu odiava os segredos guardados e as mentiras que ele contava para encobri-los, mas ainda assim sofri sinceramente por ele. – Fiz de tudo para explicar os excessos dos meus outros netos... pobreza, embriaguez, ganância. E depois assumi a responsabilidade pelo ocorrido em Nova Orleans. Renunciei ao meu posto na Congregação e o fiz jurar que você só faria mais filhos quando estivesse mais velho e mais sábio.

– Você disse que eu era um fracassado e que envergonhava a família. – Marcus enrouqueceu pela emoção reprimida.

– Eu tinha que detê-lo. Já não sabia mais o que fazer. – Matthew confessou os próprios pecados sem pedir perdão.

– Quem mais sabe desse seu segredo, Matthew? – perguntou Sarah.

– Verin, Baldwin, Stasia e Freyja. Fernando e Gallowglass. Miriam. Marthe. Alain. – Matthew estendeu cada um dos dedos à medida que dizia os nomes. – Também Hugh, Godfrey, Hancock, Louisa e Louis.

Marcus olhou amargurado para o pai.

– Preciso saber tudo. Desde o começo.

– Matthew não pode contar o começo dessa história – disse Ysabeau suavemente. – Só eu posso.

– Não, *maman*. – Matthew balançou a cabeça. – Isso não é necessário.

– Claro que é – retrucou Ysabeau. – Eu trouxe a doença para a família. Sou uma portadora, como Marcus.

– Você? – Sarah pareceu atordoada.

– Meu senhor carregava a doença e achou que seria uma grande bênção para uma lâmia também carregar o mesmo sangue. Isso a tornaria realmente aterradora e praticamente impossível de ser morta.

O desprezo e o ódio com que Ysabeau pronunciou o termo "senhor" me fez entender por que Matthew não gostava de ouvi-lo.

– Era uma época de guerra constante entre os vampiros e aproveitava-se qualquer possível vantagem. Mas fui uma decepção – continuou Ysabeau. – O sangue do meu criador não funcionou em mim como ele esperava, embora a ira do sangue tenha se fortalecido nos outros filhos dele. Como punição...

Ysabeau respirou trêmula.

– Como punição – ela repetiu pausadamente. – Fiquei aprisionada numa gaiola como entretenimento para meus irmãos e irmãs, e também para as criaturas que poderiam ser assassinadas por eles. Meu senhor não esperava que eu sobrevivesse.

Ysabeau tocou nos lábios, momentaneamente impossibilitada de seguir em frente.

– Fiquei aprisionada por um longo tempo naquela cela com grades... imunda, faminta, ferida por dentro e por fora e sem poder morrer, mesmo ansiando por isso. Mas quanto mais lutava, mais tempo sobrevivia e mais interessante me tornava. Fui possuída contra minha vontade pelo meu senhor, meu pai, e também pelos meus irmãos. Fizeram de tudo comigo pela curiosidade mórbida de ver o que finalmente poderia me domar. Mas eu era rápida e inteligente. E depois meu pai começou a pensar que eu poderia ser útil para ele.

– Não era essa história que Philippe contava – disse Marcus entorpecido. – Vovô contava que a tinha resgatado de uma fortaleza... e que seu criador a tinha sequestrado e a transformado em vampira contra sua vontade porque você era muito bonita e ele não suportaria que ninguém a possuísse. Segundo Philippe, seu pai fez você para tê-la como esposa.

– Tudo isso era verdade, só que não toda a verdade. – Ysabeau encarou Marcus. – Fui resgatada por Philippe de uma fortaleza terrível. Mas eu não era lá essa beldade, apesar das histórias românticas que seu avô contou mais tarde. Até porque tinha raspado a cabeça com um pedaço de concha deixado por um pássaro no parapeito da janela. Isso para que eles não me agarrassem pelo cabelo. Ainda tenho as cicatrizes, se bem que quase não aparecem mais. Cheguei a quebrar uma perna. E um braço também, se não me engano – disse Ysabeau vagamente. – Marthe deve se lembrar.

Não era de admirar que Ysabeau e Marthe tivessem me tratado com tanta ternura após La Pierre. Uma sofrera tortura e a outra cuidara dos ferimentos após o calvário. Mas a história de Ysabeau ainda não tinha terminado.

– A resposta às minhas orações acabou sendo a chegada de Philippe e seus soldados – disse Ysabeau. – Eles logo mataram o meu senhor. Os homens de

Philippe exigiram a morte dos filhos do meu senhor para que a maldade venenosa do nosso sangue não se disseminasse. Eles chegaram de manhã e levaram embora os meus irmãos. Philippe me manteve atrás. Seu avô não deixaria que me tocassem. Por isso mentiu ao dizer que eu não tinha sido infectada pelo meu senhor... e que meu senhor era um outro e que eu o tinha matado apenas para sobreviver. Não havia ninguém para contestar.

Ysabeau olhou para o neto.

— Marcus, por isso Philippe perdoou Matthew por não tê-lo matado, embora tenha recebido ordem para fazê-lo. Philippe sabia o que era amar profundamente alguém para vê-lo morrer de forma injusta.

Contudo, as palavras de Ysabeau não foram suficientes para espantar a sombra dos olhos de Marcus.

— Philippe, Marthe e eu mantivemos esse segredo durante séculos. Fiz muitos filhos antes de virmos para a França, e cheguei a pensar que a ira do sangue era um horror que ficara para trás. Todos os meus filhos tiveram uma vida longa, sem nunca mostrar um traço da doença. Então, veio Matthew...

Ysabeau desconcertou-se. Uma lágrima de sangue percorreu uma pálpebra inferior e a fez pestanejar antes de cair.

— Na época em que fiz Matthew, o meu pai não passava de uma lenda sombria entre os vampiros. Ele era um exemplo do que poderia acontecer se nos entregássemos aos desejos de sangue e de poder. Qualquer vampiro suspeito de ter a ira do sangue era sumariamente eliminado junto com o pai e a descendência – ela disse com frieza. – Mas eu não mataria o meu filho e não deixaria que ninguém fizesse isso. Matthew não era culpado pela doença que tinha.

— Ninguém era culpado, *maman* – disse Matthew. – É uma doença genética... uma doença ainda não compreendida. Por conta da crueldade inicial de Philippe e de tudo que a família fez para esconder a verdade, a Congregação não sabe que a doença corre em minhas veias.

— Mesmo que a Congregação não tenha certeza disso, alguns suspeitam – advertiu Ysabeau. – Alguns vampiros achavam que a doença de sua irmã não era a loucura, conforme o alegado, e sim a ira do sangue.

— Gerbert – sussurrei.

Ysabeau assentiu com a cabeça.

— Domenico também.

— Não arrume problemas – disse Matthew, tentando confortá-la. – Sentei-me à mesa do conselho enquanto discutiam sobre a doença e ninguém sequer suspeitava de que isso me afligia. Nosso segredo estará seguro enquanto eles acreditarem que a ira do sangue está extinta.

– Nesse caso, acho que tenho más notícias. A Congregação desconfia de que a ira do sangue está de volta – disse Marcus.

– O que quer dizer? – perguntou Matthew.

– Os assassinatos do vampiro – respondeu Marcus.

Eu tinha visto os recortes de jornais do ano anterior coletados por Matthew e guardados no seu laboratório em Oxford. Anunciavam assassinatos misteriosos que se generalizaram ao longo de meses e acabaram despertando a atenção humana. Os investigadores ainda não os tinham solucionado.

– Embora os crimes tenham parado nesse inverno, a Congregação continua lidando com as manchetes sensacionalistas – continuou Marcus. – E como não pegaram o agressor, a expectativa da Congregação é de que os assassinatos voltem a acontecer a qualquer momento. Foi o que Gerbert me disse em abril quando fiz minha primeira solicitação para a revogação do pacto.

– Não é de admirar que Baldwin esteja relutando em me reconhecer como irmã – comentei. – Com toda a atenção que o voto de sangue de Philippe traria para a família De Clermont, alguém poderia começar a fazer perguntas. E vocês poderiam se tornar suspeitos de assassinato.

– A linhagem oficial da Congregação não faz qualquer menção a Benjamin. O que Phoebe e Marcus descobriram é apenas uma cópia da família – disse Ysabeau. – Philippe achava que não havia necessidade de compartilhar... a indiscrição de Matthew. Quando criaram Benjamin, as linhagens da Congregação estavam em Constantinopla. Nós estávamos no distante Outremer, lutando para manter o nosso território na Terra Santa. Quem saberá o que deixamos de fora?

– Mas os outros vampiros nas colônias dos cruzados não sabiam sobre Benjamin? – perguntou Hamish.

– Poucos desses vampiros sobreviveram. E nem mesmo esses poucos se atreveriam a questionar a história oficial de Philippe – disse Matthew.

Hamish se mostrou cético.

– Hamish está certo em se preocupar. Quando o casamento de Matthew com Diana chegar ao conhecimento comum, sem mencionar o voto de sangue de Philippe e a existência dos gêmeos... os que ainda estão calados sobre o meu passado talvez não se disponham mais a ficar de bico calado por mais tempo – disse Ysabeau.

Dessa vez Sarah é que repetiu o nome que todos pensávamos.

– Gerbert.

Ysabeau assentiu com a cabeça.

– Alguém poderá se lembrar das aventuras de Louisa. Algum outro vampiro poderá se lembrar do que ocorreu entre os filhos de Marcus em Nova Orleans. E Gerbert poderá fazer a Congregação lembrar que Matthew já mostrou sinais de loucura no passado, embora aparentemente tenha crescido imune a isso. Os De Clermont ficariam vulneráveis como nunca antes.

– E um dos gêmeos poderá ter a doença, ou ambos – disse Hamish. – Um assassino de seis meses de idade é uma perspectiva aterrorizante. Nenhuma criatura culparia a Congregação por uma ação drástica.

– Talvez de alguma forma o sangue de uma bruxa impeça o desenvolvimento da doença – disse Ysabeau.

– Esperem um pouco. – Marcus se concentrou de cara amarrada. – Quando é que Benjamin foi criado?

– No início do século XII – disse Matthew, franzindo a testa. – Após a primeira cruzada.

– E quando é que uma bruxa deu à luz um bebê vampiro em Jerusalém?

– Bebê vampiro? – A voz de Matthew disparou pelo aposento adentro.

– Foi o que Ysabeau nos disse em janeiro – comentou Sarah. – Ou seja, você e Diana não são as únicas criaturas especiais no mundo. Isso tudo já aconteceu antes.

– Sempre achei que isso fosse apenas um boato espalhado para colocar as criaturas umas contra as outras – disse Ysabeau, com a voz trêmula. – Mas Philippe acreditava nessa história. E agora Diana volta para casa grávida...

– Conte tudo, *maman* – disse Matthew. – Tudo.

– Um vampiro estuprou uma bruxa em Jerusalém. Ela concebeu um filho dele. – As palavras de Ysabeau saíram em um rompante. – Nunca soubemos quem era o vampiro. A bruxa recusou-se a identificá-lo.

Somente as tecelãs podiam carregar o filho de um vampiro no ventre, nunca as bruxas comuns. Era o que Goody Alsop tinha me dito em Londres.

– Quando? – A voz de Matthew soou abafada.

Ysabeau se pôs pensativa.

– Pouco antes da formação da Congregação e da assinatura do pacto.

– Só depois que fiz Benjamin – disse Matthew.

– Talvez Benjamin tenha herdado mais do que apenas a ira do sangue de você – disse Hamish.

– E a criança? – perguntou Matthew.

– Morreu de fome – sussurrou Ysabeau. – O bebê recusou o seio da mãe.

Matthew levantou-se.

– Muitos recém-nascidos recusam o leite da mãe – protestou Ysabeau.

– Será que esse bebê mamou sangue? – perguntou Matthew.

– A mãe alegou que sim. – Ysabeau estremeceu quando o punho de Matthew atingiu a mesa. – Mas Philippe não tinha certeza. Ele segurou a criança quando já estava à beira da morte e recusando qualquer alimento.

– Philippe devia ter me contado isso quando conheceu Diana. – Matthew apontou um dedo acusador para Ysabeau. – E você devia ter me contado quando ela chegou aqui em casa.

– E se todos nós fizéssemos o que devíamos fazer acabaríamos todos acordando no paraíso – retrucou Ysabeau visivelmente irritada.

– Parem com isso. Vocês dois. Matthew, você não pode odiar seu pai ou Ysabeau por algo que você mesmo fez – observou Sarah, com toda calma. – Além disso, já temos problemas suficientes no presente para nos preocuparmos com acontecimentos passados.

As palavras de Sarah amenizaram a tensão na sala.

– O que vamos fazer? – perguntou Marcus para o pai.

Matthew pareceu surpreso com a pergunta.

– Somos uma família – continuou Marcus –, pouco importa se a Congregação não reconhece nem a nós nem a você e Diana como marido e mulher, pouco importa o que pensam aqueles idiotas em Veneza.

– Vamos deixar Baldwin agir a sua maneira, por enquanto – disse Matthew depois de refletir. – Levarei Sarah e Diana para Oxford. Se o que você diz é verdade, se outro vampiro, possivelmente Benjamin, tornou-se pai de uma criança com uma bruxa, precisamos saber como e por que algumas bruxas e vampiros podem se reproduzir.

– Falarei com Miriam – disse Marcus. – Ela ficará feliz por tê-lo de volta ao laboratório. Você poderá tentar descobrir como funciona a ira do sangue enquanto estiver lá.

– O que você acha que venho fazendo durante todos esses anos? – disse Matthew, com tato.

– Sua pesquisa. – Pensei no estudo de Matthew sobre a evolução e a genética das criaturas. – Vocês não têm tentado descobrir apenas a origem das criaturas, mas também como a ira do sangue é contraída e como curá-la.

– Eu e Miriam sempre trabalhamos no laboratório na esperança de fazer alguma descoberta que leve a uma cura – admitiu Matthew.

– O que posso fazer? – perguntou Hamish, capturando a atenção de Matthew.

– Também sair de Sept-Tours. Preciso de você para estudar o pacto... você pode descobrir alguma coisa nos debates iniciais da Congregação, alguma coisa que lance uma luz no que aconteceu em Jerusalém entre o final da primeira cruzada e a data em que o pacto se tornou lei. – Matthew observou o entorno da torre. – É uma pena que você não possa trabalhar aqui.

– Posso ajudar na pesquisa, se você quiser – disse Phoebe.

– Claro que você vai voltar para Londres – disse Hamish.

– Vou ficar aqui com Marcus – disse Phoebe de queixo empinado. – Não sou nem bruxa nem demônio. Nenhuma regra da Congregação me impedirá de permanecer em Sept-Tours.

– São restrições temporárias – disse Matthew. – Depois que os membros da Congregação se derem conta de que tudo está como deve estar em Sept-Tours, Ysabeau irá para a casa de Gerbert em Cantal. Depois que Baldwin se entediar com esse drama, ele voltará correndo para Nova York. E só depois disso tudo é que poderemos nos encontrar aqui. Felizmente, a essa altura saberemos mais e poderemos traçar um plano melhor.

Marcus assentiu, se bem que não parecia satisfeito.

– Obviamente, se você deixou um descendente...

– Impossível – disse Matthew.

– *Impossible' n'est pas français* – disse Ysabeau em tom azedo como vinagre. – E certamente não era uma palavra no vocabulário do seu pai.

– Para mim só está fora de questão permanecer no clã de Baldwin e sob o controle direto dele – disse Marcus, assentindo para a avó.

– Depois de todos os segredos expostos aqui, ainda acha que meu nome e meu sangue são motivo de orgulho para você? – perguntou Matthew.

– Melhor você que Baldwin – respondeu Marcus, encontrando o olhar do pai.

– Não sei como você consegue suportar minha presença – disse Matthew suavemente enquanto se afastava. – Isso não importa, perdoe-me.

– Ainda não o perdoei – disse Marcus em tom firme. – Encontre a cura para a ira do sangue. Lute para que o pacto seja revogado e deixe de apoiar essa Congregação que defende leis injustas. E faça uma descendência para que possamos viver sem Baldwin respirando em nossos pescoços.

– E depois? – perguntou Matthew, com uma sardônica elevação de sobrancelha.

– Além de perdoá-lo, serei o primeiro a lhe oferecer lealdade, não apenas como meu pai, mas também como meu senhor – disse Marcus.

6

Em Sept-Tours, os jantares quase sempre eram casuais. Comíamos o que queríamos e na hora em que bem entendíamos. Mas essa seria a nossa última noite no castelo e Baldwin exigira a presença de toda a família para agradecer pela partida das outras criaturas e despedir-se de mim, Sarah e Matthew.

Baldwin me agraciara com a duvidosa honra de fazer os arranjos, mas se decepcionaria se esperava um fracasso redundante de minha parte. Depois de ter servido refeições para os moradores de Sept-Tours em 1590, claro que eu poderia fazer o mesmo nos tempos modernos. Já havia convidado todos os vampiros, bruxas e sangues-quentes ainda presentes na residência e esperava pelo melhor.

E agora me lamentava por ter pedido a todos que se vestissem formalmente para o jantar. Coloquei as pérolas de Philippe em volta do pescoço junto com a flecha de ouro que peguei para acompanhá-las, mas o cordão que se estendia até as coxas era muito longo para ser usado com uma calça comprida. Coloquei as pérolas na caixa de joias de veludo que era de Ysabeau, e peguei um par de brincos que suavizavam o meu queixo e cintilavam à luz. Enfiei os pinos nos furos de minhas orelhas.

– Nunca reparei que você se preocupa tanto com joias. – Matthew saiu do banheiro e observou-me no espelho enquanto introduzia um par de abotoaduras de ouro através das botoeiras nos pulsos das mangas. As abotoaduras exibiam o emblema da New College, um gesto de lealdade para mim e para uma das muitas universidades dele.

– Matthew, você se barbeou! – Fazia tempo que não o via sem barba e bigode elisabetanos. Embora a surpreendente aparência de Matthew independesse de época ou moda, aquele era o homem bonito e elegante por quem me apaixonara no ano anterior.

– Já que estamos retornando para Oxford, achei melhor adotar o visual de um professor universitário – ele disse passando os dedos na maciez do queixo. – É um alívio, na verdade. Barbas realmente coçam como o diabo.

– Adoro ter o meu professor bonitão de volta, no lugar do meu perigoso príncipe – eu disse suavemente.

Matthew vestiu um terno cor de carvão de lã fina e puxou os punhos cinza-perolados adoravelmente seguro de si. Seu sorriso tímido tornou-se mais sensível quando me levantei.

– Você está linda – disse com um assobio de admiração. – Com ou sem as pérolas.

– Victoire faz milagres – comentei. Victoire, esposa de Alain, era a costureira vampira que confeccionara uma calça azul-marinho e uma blusa de seda da mesma cor para mim, com um decote aberto que realçava meus ombros e descaía em pregas suaves em torno dos meus quadris. O volume da blusa ocultava o inchaço do meu ventre, sem me fazer parecer que vestia uma bata de grávida.

– Você está especialmente irresistível de azul – ele disse.

– E que doce galanteador você é. – Alisei as lapelas do terno de Matthew e ajustei-as, um gesto desnecessário porque o corte era sob medida e sem nenhuma costura fora do lugar, se bem que satisfazia os meus sentimentos possessivos. Coloquei-me na ponta dos pés para beijá-lo.

Ele retribuiu o abraço com entusiasmo e enfiou os dedos pelos fios acobreados que desciam às minhas costas. Ofeguei de prazer.

– Ah, como gosto desse som. – Ele aprofundou o beijo e sorriu quando suspirei baixinho "uhh". – Gosto desse outro ainda mais.

– Depois de um beijo desses toda mulher devia ser desculpada por atrasar-se para o jantar. – Escorreguei a mão por entre o cós da calça e a barra da camisa dele que estava impecavelmente para dentro da calça.

– Sedutora. – Ele delicadamente beliscou-me os lábios e depois se afastou.

Olhei-me no espelho uma última vez. Face às recentes atenções de Matthew, ainda bem que Victoire não tinha enrolado e torcido o meu cabelo em mais um arranjo elaborado, já que eu nunca conseguiria reproduzir o penteado. Felizmente, consegui apertar o rabo de cavalo para baixo e escovar as mechas rebeldes do cabelo.

Por fim, teci um feitiço de disfarce a minha volta. O efeito era como um abrir de cortinas de uma janela ensolarada. O feitiço atenuou o meu colorido e suavizou os meus traços. Já tinha recorrido a isso em Londres e continuava fazendo o mesmo depois que retornamos para o presente. Ninguém mais olhava para mim duas vezes – a não ser Matthew, que olhou de cara amarrada para a transformação.

– Quero que pare de usar esse feitiço de disfarce depois que chegarmos a Oxford. – Matthew cruzou os braços. – Odeio isso.

– Não posso circular toda deslumbrante pela universidade.

– E não posso sair por aí matando as pessoas, apesar de ter a ira do sangue – ele retrucou. – Todos nós carregamos uma cruz.

– Pensei que você não queria que soubessem que meu poder se fortaleceu. – A essa altura até mesmo os observadores casuais que se sentissem atraídos por mim em razão disso me preocupavam. Eu não seria tão visível nos tempos em que as tecelãs eram mais numerosas.

– Continuo não querendo que Baldwin e os outros De Clermont saibam disso. Mas informe a Sarah o mais rapidamente possível – disse Matthew. – Você não precisa esconder a sua magia em casa.

– É uma chatice tecer um feitiço de disfarce pela manhã, recolhê-lo à noite e incorporá-lo novamente no dia seguinte. Seria mais fácil apenas mantê-lo ativo. – Dessa maneira nunca seria pega de surpresa nem por visitantes inesperados nem por erupções indisciplinadas do poder.

– Nossos filhos nunca deixarão de saber quem você realmente é. Eles não serão criados no escuro como você. – Pelo tom, Matthew já estava fechado para qualquer argumento.

– E o que é bom para um não se aplica ao outro? – repliquei. – Será que os gêmeos também conhecerão a ira do sangue do pai ou os manterá no escuro como Marcus?

– Não é a mesma coisa. Sua magia é um dom. A ira do sangue é uma maldição.

– Pois é exatamente a mesma coisa, e você sabe disso. – Peguei-o pelas mãos. – Nós dois crescemos acostumados a esconder aquilo de que nos envergonhamos e precisamos acabar com isso antes do nascimento das crianças. Só depois que essa última crise com a Congregação se resolver é que poderemos sentar como uma família e discutir essa coisa de descendência. – Marcus estava certo: se constituir uma descendência significava desobedecer a Baldwin, valia a pena considerar o assunto.

– Constituir uma descendência implica, responsabilidades e obrigações. É de se esperar que você que se comporte como um vampiro e aja como minha consorte, ajudando-me a controlar o resto da família. – Matthew balançou a cabeça. – Você não está preparada para essa vida e não pedirei isso de você.

– Você não está pedindo – retruquei. – Eu é que estou oferecendo. Ysabeau vai me ensinar o que preciso saber.

– Ysabeau será a primeira a tentar dissuadi-la. Foi inconcebível a pressão que ela sofreu como companheira de Philippe – disse Matthew. – Quando o meu pai a chamava de seu general apenas os humanos riam. Só os vampiros sabiam que o que ele dizia era uma verdade bíblica. Ysabeau nos lisonjeava e nos persuadia a fazer as vontades de Philippe. Ele podia correr pelo mundo porque ela sabia conduzir a família com mão de ferro. Suas decisões eram absolutas e suas retribuições, rápidas. Ninguém cruzava no caminho dela.

– Isso parece difícil, mas não impossível – comentei calmamente.

– É um trabalho de tempo integral, Diana. – A irritação de Matthew cresceu ainda mais. – Você está pronta para deixar de ser a professora Bishop para ser a sra. Clairmont?

– Talvez tenha lhe escapado, mas *já fiz* isso.

Matthew pestanejou espantado.

– Faz mais de um ano que não oriento um aluno e não me ponho à frente de uma sala de aula, assim como não tenho lido revistas acadêmicas nem publicado artigos – continuei.

– Isso é temporário – disse Matthew bruscamente.

– Sério? – Ergui as sobrancelhas. – Você está pronto para abrir mão de sua bolsa na All Souls para dar uma de mãe? Ou teremos que contratar uma babá para cuidar de nossos filhos que certamente serão um desafio quando eu retornar ao trabalho?

O silêncio de Matthew falou por si próprio. Claro que isso não lhe passara pela cabeça. Ele simplesmente achava que arranjaria um jeito de conciliar magistério e educação das crianças sem problema algum. *Típico*, pensei comigo antes de mergulhar na questão.

– Afora aquele breve momento no ano passado em que você correu de volta para Oxford a fim de brincar de cavaleiro de armadura brilhante, e lhe perdoo por esse momento de aflição, sempre enfrentamos nossos problemas juntos. O que o faz pensar que isso mudaria? – perguntei.

– Não são problemas seus – ele respondeu.

– Passaram a ser meus quando assumi você. Se já compartilhamos... a responsabilidade para com nossos próprios filhos, por que não seus problemas também?

Matthew olhou-me em silêncio por tanto tempo que cheguei a cogitar que se tornara mudo.

– Nunca mais. – Ele finalmente murmurou e fez um aceno de cabeça. – A partir de hoje nunca mais cometerei esse erro.

– Matthew, "nunca" não consta de nosso vocabulário familiar. – Enterrei os dedos nos ombros dele, transbordando de raiva. – Ysabeau não diz que "impossível" não consta do francês? Pois é, "nunca" não existe para os Bishop-Clairmont. Nunca mais use essa palavra de novo. E quanto aos erros, como você se atreve...

Matthew roubou-me as palavras seguintes com um beijo. Esmurrei-o nos ombros até perder a força e a vontade de esmurrá-lo. Ele afastou-se com um sorriso irônico.

– Tente me deixar terminar os meus pensamentos. Nunca... – ele me pegou pelo punho antes que o esmurrasse nos ombros outra vez – ... nunca mais cometerei o erro de subestimá-la.

Ele aproveitou-se de minha surpresa para me beijar mais intensamente que antes.

– Não é de admirar que Philippe sempre aparentasse exaustão – disse com ar tristonho depois de me beijar. – É muito cansativo fingir que se está no comando quando a esposa é que realmente manda e desmanda.

– Hum – exclamei ao suspeitar dessa análise da dinâmica do nosso relacionamento.

– Já tenho sua atenção, deixe-me ser bem claro: quero que conte para Sarah que você é uma tecelã e o que aconteceu em Londres – disse Matthew em tom severo. – Depois disso, acabam-se os feitiços de disfarce em casa. De acordo?

– De acordo. – Torci para ele não perceber que eu estava de dedos cruzados.

Alain nos esperava ao pé da escada, de terno escuro e com o olhar circunspecto habitual.

– Tudo pronto? – perguntei.

– É claro – ele sussurrou, entregando-me o cardápio final.

Meus olhos dispararam pela lista.

– Perfeito. Já organizou os cartões dos lugares? Já trouxe o vinho decantado? Já encontrou as taças de prata?

A boca de Alain contraiu.

– Todas as suas instruções foram seguidas à risca, madame de Clermont.

– Aí está você. Eu já começava a achar que vocês dois me deixariam aos leões. – Os esforços de Gallowglass para se vestir para o jantar só haviam rendido um cabelo penteado e uma coisa de couro no lugar do jeans surrado, se é que as botas de caubói eram formalmente qualificadas.

Infelizmente, Gallowglass estava de camiseta, uma peça que sugestivamente nos dizia: KEEP CALM E VÁ COM HARLEY. Ele também exibia um impressionante número de tatuagens.

– Desculpe a camiseta, titia. É preta – disse acompanhando os meus olhos. – Matthew me mandou uma camisa, mas rasgou nas costas quando abotoei os botões.

– Você está muito elegante. – Percorri o salão com os olhos em busca de sinais de outros convidados. Mas só encontrei Corra empoleirada como um estranho chapéu sobre a estátua de uma ninfa. Ela voara o dia inteiro ao redor de Sept-Tours e Saint-Lucien em troca da promessa de que se comportaria depois que viajássemos no dia seguinte.

– O que vocês estavam fazendo esse tempo todo lá em cima? – Sarah irrompeu no salão e lançou uma olhadela suspeita para Matthew. Tal como Gallowglass, ela cultivava uma visão limitada da formalidade, já que vestia um longo camisão cor de lavanda que se estendia para baixo dos quadris e uma calça bege à altura dos tornozelos. – Chegamos a pensar que teríamos de enviar um grupo de busca.

– Diana não conseguia encontrar os sapatos – disse Matthew suavemente, lançando um olhar de pesar para Victoire, que carregava uma bandeja de bebidas. Claro, ela deixara os sapatos ao lado da cama.

– Isso não combina com Victoire. – Os olhos de Sarah estreitaram-se.

Corra gritou e bateu os dentes em assentimento, soltando uma chuva de faíscas pelo nariz que rolaram pelo piso de pedra. Ainda bem que não havia tapetes.

– Sinceramente, Diana, você não poderia ter trazido outra coisa da Inglaterra elisabetana que não causasse tantos problemas aqui? – Sarah olhou para Corra, com uma expressão azeda.

– Como o quê? Um globo de neve? – perguntei.

– Primeiro fui submetida à queda d'água de bruxa na torre. E agora aparece um dragão no meu corredor. É nisso que dá ter bruxas na família. – Ysabeau entrou em cena com um terninho de seda empalidecida que combinava perfeitamente com a cor do champanhe que tirou da bandeja de Victoire. – Há dias que não consigo deixar de pensar que a Congregação está certa em nos separar.

– Bebida, madame de Clermont? – Victoire se virou para mim, resgatando-me da necessidade de uma réplica.

— Obrigada — respondi. A bandeja não servia apenas vinho, mas também taças de cubos de gelo com flores azuis de borragem e folhas de hortelã, acompanhados de água mineral gasosa.

— Olá, maninha. — Verin irrompeu por trás de Ysabeau, com botas pretas de cano alto e um vestido preto sem mangas tão curto que deixava à vista alguns centímetros de suas pernas cor de pérola e a ponta de uma bainha presa à coxa.

Por que Verin teria chegado armada ao jantar?, eu me perguntei e com dedos nervosos puxei a flecha de ouro que entrara na gola de minha blusa. Era uma espécie de talismã para mim, e lembrava-me Philippe.

Os olhos frios de Ysabeau cravaram-se na flecha.

— Pensei que isso estava perdido para sempre — ela disse em voz baixa. — Ganhei de Philippe no dia do meu casamento.

Fiz menção de levantar o cordão do pescoço a fim de devolvê-lo para ela.

— Não. Philippe presenteou-a porque queria que você ficasse com isso. — Ysabeau delicadamente fechou os dedos ao redor do metal desgastado. — Mantenha isso seguro, minha criança. É um cordão muito antigo e difícil de ser substituído.

— O jantar está pronto? — Baldwin irrompeu ao meu lado com a rapidez de um terremoto e seu desprezo habitual pelos sangues-quentes com sistema nervoso.

— Está — sussurrou Alain no meu ouvido.

— Está — repeti colando um sorriso radiante no meu rosto.

Baldwin me ofereceu o braço.

— Vamos entrar logo, *Matthieu* — sussurrou Ysabeau levando o filho pela mão.

— Diana? — Baldwin estendeu o braço para mim.

Fuzilei-o com os olhos, ignorei o braço estendido e marchei em direção à porta, atrás de Matthew e Ysabeau.

— Isso é uma ordem, não um pedido. Desafie-me e entregarei você e Matthew à Congregação sem pensar duas vezes. — O tom de Baldwin era ameaçador.

Por um momento pensei em resistir e jogar as consequências para o alto. Se fizesse isso, ele venceria. *Pense*, lembrei. *E continue viva.* Então, pousei a mão na mão de Baldwin em vez de pegá-lo pelo cotovelo como uma mulher moderna. Os olhos dele arregalaram levemente.

— Por que tanta surpresa, "maninho"? — perguntei. — Você tem sido positivamente feudal desde o momento em que chegou. Se está mesmo determinado a desempenhar o papel de rei, devemos fazê-lo corretamente.

– Muito bem, "maninha". – O punho de Baldwin se contraiu sob os meus dedos. Era um lembrete de sua autoridade e seu poder.

Nós dois entramos na sala de jantar como se fôssemos o rei e a rainha da Inglaterra entrando na câmara de audiência de Greenwich. A boca de Fernando se contorceu com a visão, e Baldwin o encarou em resposta.

– Será que tem sangue nessa tacinha? – Aparentemente alheia à tensão, Sarah inclinou-se e cheirou o prato de Gallowglass.

– Eu não sabia que ainda tínhamos essas aqui – disse Ysabeau segurando uma das taças de prata gravadas. Ela sorriu para mim quando Marcus ofereceu-lhe um lugar à esquerda dele, enquanto Matthew circulava a mesa e fazia as honras para Phoebe, que estava sentada no lado oposto.

– Pedi para que Alain e Marthe as procurassem. Philippe usou-as em nossa festa de casamento. – Toquei na ponta da flecha de ouro.

Ernst elegantemente puxou a minha cadeira.

– Por favor, sentem-se todos.

– Que mesa bem-posta, Diana – comentou Phoebe, sem olhar para o cristal ou para a preciosa porcelana ou para a fina prataria, uma vez que prestava uma atenção cuidadosa na disposição das criaturas ao redor da cintilante mesa de jacarandá.

Mary Sidney já tinha me dito que a ordem de precedência à mesa dos banquetes não era menos complexa que a disposição das tropas antes de uma batalha, de modo que para minimizar o risco de uma guerra total, eu tinha observado as regras aprendidas na Inglaterra elisabetana o mais estritamente possível.

– Obrigada, Phoebe, mas o mérito da escolha da louça é de Marthe e Victoire. – Fingi que não a tinha entendido.

Verin e Fernando desviaram os olhos dos pratos à frente e entreolharam-se. Marthe optara pelo vistoso padrão azul-celeste encomendado por Ysabeau no século XVIII, e a primeira escolha de Victoire fora um pomposo serviço dourado e decorado com cisnes. Mas não consegui me imaginar fazendo a refeição em nenhum dos dois e optei por uma louça neoclássica em preto e branco, com o ouroboros circundando e coroando a letra C dos De Clermont.

– Acho que corremos um risco com a civilidade – murmurou Verin. – E com os sangues-quentes também.

– Não tão cedo – disse Fernando, pegando o guardanapo e o abrindo no colo.

– Um brinde – disse Matthew, erguendo o copo. – Para os entes queridos e perdidos. Que seus espíritos estejam conosco esta noite e sempre.

Soaram murmúrios de assentimento e ecos da primeira frase à medida que as taças eram erguidas. Dos olhos de Sarah verteu uma lágrima, e Gallowglass pegou-lhe a mão e beijou-a com delicadeza. Engoli minha própria tristeza e sorri agradecida para Gallowglass.

– Outro brinde à saúde de minha irmã Diana e à noiva de Marcus... os mais novos membros de minha família. – Baldwin ergueu a taça outra vez.

– A Diana e Phoebe. – Marcus juntou-se ao brinde.

Ergueram-se as taças ao redor da mesa, se bem que por um segundo passou por minha cabeça que Matthew poderia jogar o conteúdo de sua taça na cara de Baldwin.

Sarah sorveu um gole do vinho espumante com relutância e fez uma careta.

– Vamos comer – disse se apressando em pôr a taça sobre a mesa. – Emily odiava que deixassem a comida esfriar, e não acredito que Marthe seja mais indulgente.

O jantar prosseguiu sem problemas. Sopa fria para os sangues-quentes e minúsculas taças de prata com sangue para os vampiros. Algumas horas antes a truta servida no prato de peixe nadava despreocupadamente no rio das redondezas. Em seguida, serviu-se um frango assado em deferência a Sarah, que detestava o sabor das aves de caça. Mas alguns à mesa preferiram carne de veado. Abstive-me disso. No final da refeição Marthe e Alain serviram compotas de frutas junto a tigelas de nozes, avelãs e amêndoas e pratos de queijo.

– Excelente refeição! – exclamou Ernst, recostando-se à cadeira e se dando tapinhas na barriga magra.

Uma braçada gratificante de harmonia percorreu a sala. Apesar de um começo difícil, desfrutáramos uma noite agradável como qualquer família. Relaxei na cadeira.

– Já que estamos todos aqui, precisamos compartilhar algumas novidades – disse Marcus sorrindo para Phoebe do outro lado da mesa. – Como todos sabem, Phoebe aceitou se casar comigo.

– Já marcaram a data? – perguntou Ysabeau.

– Ainda não. Faremos as coisas à moda antiga – respondeu Marcus.

Todos os De Clermont presentes na sala voltaram-se para Matthew com feições congeladas.

– Não estou certa de que a moda antiga seja o caso – disse Sarah em tom seco –, até porque vocês dois já dividem o mesmo quarto.

— Sarah, os vampiros cultivam tradições diferentes – explicou Phoebe. – Marcus me perguntou se eu gostaria de ficar pelo resto da vida com ele. E eu disse que sim.

— Ora. – Sarah pareceu intrigada.

— Você não quer dizer que... – Cravei os olhos em Matthew.

— Decidi me tornar vampira. – Phoebe se voltou para o seu eterno marido com um brilho de felicidade nos olhos. – Marcus insiste que devo me acostumar com a ideia antes de nos casarmos, de modo que nosso noivado talvez seja um pouco mais longo do que gostaríamos.

Até parecia que Phoebe cogitava uma pequena cirurgia plástica ou uma mudança de penteado e não uma completa transformação biológica.

— Não quero que ela tenha arrependimento algum – disse Marcus brandamente, com as faces cortadas por um largo sorriso.

— Phoebe não vai se tornar vampira. Eu o proíbo de fazer isso. – A voz de Matthew soou tranquila, mas ecoou pela sala lotada.

— Você não tem direito a voto. É uma decisão nossa... minha e de Phoebe – retrucou Marcus, lançando um desafio. – E claro que de Baldwin também. Ele é o chefe da família.

Enquanto Baldwin repousava os dedos no rosto, como se considerando a questão, Matthew olhava para o filho em descrença. Marcus retribuiu o olhar ainda desafiando o pai.

— Eu sempre quis um casamento tradicional, como o de vovô e Ysabeau – continuou Marcus. – Matthew, quando se trata de amor, o revolucionário da família é você, não eu.

— Mesmo que Phoebe se torne vampira, ela nunca será tradicional. Marcus, justamente por causa da ira do sangue, ela nunca deveria beber o seu sangue – disse Matthew.

— Tenho certeza de que vovô bebeu o sangue de Ysabeau. – Marcus olhou para a avó. – Não é verdade?

— Quer mesmo correr esse risco depois de ter se inteirado sobre as doenças dos nascidos do sangue? – perguntou Matthew. – Marcus, se realmente a ama, não a transforme.

Soou o celular de Matthew e ele olhou para a tela com relutância.

— É Miriam – disse franzindo a testa.

— Ela não o chamaria a essa hora se não tivesse acontecido alguma coisa importante no laboratório – disse Marcus.

Matthew acionou o viva-voz do celular para que os sangues-quentes e os vampiros pudessem ouvir, e atendeu a chamada.

– Miriam?

– Não, pai. É seu filho, Benjamin.

A voz do outro lado da linha era estranha e familiar, como geralmente são as vozes nos pesadelos.

Ysabeau levantou-se pálida como a neve.

– Onde está Miriam? – perguntou Matthew.

– Não sei – respondeu Benjamin de um modo preguiçoso. – Talvez com Jason. Ele ligou algumas vezes. Ou então com Amira. Ela ligou duas vezes. Miriam é sua cadelinha, pai. Se você estalar os dedos, talvez ela vá correndo.

Marcus abriu a boca e Baldwin fechou as mandíbulas do sobrinho com um sibilo de alerta.

– Fiquei sabendo que havia problemas em Sept-Tours. Relacionados com uma bruxa – disse Benjamin.

Matthew recusou-se a morder a isca.

– Pelo que entendi a bruxa havia descoberto um segredo dos De Clermont, mas morreu antes que pudesse revelá-lo. Que pena... – disse Benjamin, com compaixão debochada. – Era parecida com aquela em que você andava grudado em Praga? Uma criatura fascinante.

Matthew girou a cabeça, como se para se certificar de que eu estava segura.

– Você sempre disse que eu era a ovelha negra da família, mas somos mais parecidos do que você admite – continuou Benjamin. – Também tenho o seu gosto pela companhia de bruxas.

Senti a mudança na atmosfera quando a raiva irrompeu pelas veias de Matthew. Fiquei arrepiada e meu polegar esquerdo latejou ligeiramente.

– Não me interesso por nada do que você faz – disse Matthew, com frieza.

– Nem se isso envolver o *Livro da vida*? – Benjamin esperou por alguns segundos. – Sei que você o está procurando. Será que isso tem alguma relevância para sua pesquisa? Assunto difícil, a genética.

– O que você quer? – perguntou Matthew.

– Sua atenção. – Benjamin deu uma risada.

Matthew silenciou novamente.

– Você não é de jogar conversa fora, Matthew – disse Benjamin. – Felizmente, é sua vez de ouvir. Até que enfim encontrei um jeito de destruir você e os outros De Clermont. E agora nem o *Livro da vida* e nem sua visão patética da ciência poderão ajudá-lo.

– Adorarei fazer de você um mentiroso – prometeu Matthew.

– Ora, não penso assim. – Benjamin abaixou a voz, como se para transmitir um grande segredo. – Olhe só, sei tudo o que as bruxas descobriram anos atrás. Você sabe?

Os olhos de Matthew prenderam-se nos meus.

– Entrarei em contato – acrescentou Benjamin. A linha emudeceu.

– Ligue para o laboratório. – Apressei-me em dizer, pensando apenas em Miriam.

Os dedos de Matthew fizeram a chamada rapidamente.

– Matthew, já era hora de você telefonar. O que exatamente devo procurar no seu DNA? Marcus me disse para procurar marcadores reprodutivos. O que isso quer dizer? – A voz de Miriam soou forte e irritada, exatamente como ela. – Sua caixa de entrada está transbordando, e eu já devia estar de férias.

– Você está segura? – A voz de Matthew soou rouca.

– Sim. Por quê?

– Você sabe onde está o seu celular? – perguntou Matthew.

– Não. Acho que o deixei em algum lugar. Talvez em alguma loja. Claro que quem achá-lo vai me telefonar.

– Ele preferiu telefonar para mim – esbravejou Matthew. – Foi Benjamin que pegou o seu celular, Miriam.

Fez-se silêncio na linha.

– O *seu* Benjamin? – disse Miriam horrorizada. – Pensei que estivesse morto.

– Infelizmente, não está – disse Fernando, com um pesar verdadeiro.

– Fernando? – O nome ecoou da boca de Miriam com uma lufada de alívio.

– Sim, Miriam. Tudo bem contigo? – perguntou Fernando suavemente.

– Graças a Deus você está aí. Sim, sim, estou bem. – A voz de Miriam tremeu, mas ela se esforçou para controlá-la. – Quando foi que alguém ouviu falar de Benjamin pela última vez?

– Séculos atrás – disse Baldwin. – E embora Matthew tenha retornado para casa algumas semanas atrás, Benjamin já encontrou um jeito de achá-lo.

– Isso significa que Benjamin já o observava e esperava por ele – sussurrou Miriam. – Oh, Deus.

– Havia algum registro de nossa pesquisa no seu celular, Miriam? – perguntou Matthew. – E-mails armazenados? Datas?

– Não. Você sabe que sempre deleto os meus e-mails depois que os leio. – Ela fez uma pausa. – Minha lista de endereços. Benjamin já está com os números dos seus telefones.

– Arranjaremos outros – disse Matthew rapidamente. – Não vá para casa. Fique com Amira na Velha Cabana. Não quero nenhuma de vocês sozinha. Benjamin mencionou o nome de Amira. – Matthew hesitou. – De Jason também.

Miriam prendeu a respiração.

– O filho de Bertrand?

– Está tudo bem, Miriam. – Matthew tentou reconfortá-la. Ainda bem que ela não viu o que os olhos dele diziam. – Benjamin ficou sabendo que ele ligou para você algumas vezes, isso é tudo.

– O rosto de Jason está nas minhas fotos. Benjamim poderá reconhecê-lo! – disse Miriam claramente abalada. – Jason é tudo que me resta do meu companheiro. Matthew, se alguma coisa acontecer com ele...

– Vou tratar de deixar Jason ciente do perigo. – Matthew olhou para Gallowglass, que prontamente pegou o seu próprio celular.

– Jace? – sussurrou Gallowglass saindo da sala e fechando a porta com cuidado.

– Por que Benjamin reapareceu agora? – perguntou Miriam entorpecida.

– Não sei. – Matthew olhou em minha direção. – Ele mencionou a morte de Emily, a nossa pesquisa genética e o *Livro da vida*.

Ficou claro que alguma peça crucial de um quebra-cabeça maior encaixava-se em seu lugar.

– Benjamin estava em Praga, em 1591 – comentei lentamente. – Talvez tenha ouvido falar sobre o *Livro da vida* lá. Já que o livro estava nas mãos do imperador Rodolfo.

Matthew lançou-me um olhar de advertência, e disse apressado.

– Miriam, não se preocupe. Prometo que vamos descobrir o que Benjamin pretende. – Ele insistiu para que Miriam tivesse cuidado e garantiu que ligaria para ela logo que chegasse a Oxford. E depois desligou e fez-se um silêncio ensurdecedor.

Gallowglass deslizou de volta para a sala.

– Jace não viu nada fora do comum, mas prometeu ficar em guarda. O que nós faremos agora?

– *Nós?* – repetiu Baldwin de sobrancelhas arqueadas.

– Benjamin é minha responsabilidade – disse Matthew em tom severo.

– Claro que é – assentiu Baldwin. – É hora então de reconhecer isso e lidar com o caos que você próprio causou, em vez de se esconder atrás das saias de Ysabeau e se entregar a essas fantasias intelectuais sobre a cura da ira do sangue e a descoberta do segredo da vida.

– Talvez você tenha esperado muito, Matthew – acrescentou Verin. – Teria sido mais fácil destruir Benjamin depois que ele renasceu em Jerusalém e não agora. Benjamin não teria se escondido por tanto tempo se não tivesse filhos e aliados a sua volta.

– Matthew encontrará um jeito de administrar isso. Ele não é o assassino da família? – disse Baldwin em tom irônico.

– Posso ajudá-lo – disse Marcus para Matthew.

– Marcus, você não vai a lugar nenhum. Vai ficar aqui comigo para dar boas-vindas à delegação da Congregação. E Gallowglass e Verin farão o mesmo. Precisamos de uma demonstração de solidariedade da família. – Baldwin observou Phoebe atentamente.

Ela retribuiu a atenção com um olhar indignado.

– Considerei o seu desejo de se tornar vampira, Phoebe – disse Baldwin depois de observá-la. – Estou pronto para apoiá-la, sejam quais forem os sentimentos de Matthew. O desejo de Marcus por uma companheira tradicional demonstrará que os De Clermont ainda honram os velhos costumes. Você vai ficar aqui também.

– Se Marcus me quiser aqui, terei o maior prazer de permanecer aqui na casa de Ysabeau. Tudo bem para você, Ysabeau? – Phoebe se valeu da cortesia como arma e como muleta, como só os britânicos sabem fazer.

– É claro – disse Ysabeau, finalmente sentando-se, recompondo-se e esboçando um sorriso para a noiva do neto. – Você é sempre bem-vinda, Phoebe.

– Muito obrigada, Ysabeau – disse Phoebe, com um olhar cortante para Baldwin.

Baldwin se voltou para mim.

– O que resta a decidir é o que fazer com Diana.

– Tanto minha esposa... como meu filho são da minha conta – disse Matthew.

– Você não pode voltar para Oxford agora. – Baldwin ignorou a interrupção do irmão. – Talvez Benjamin ainda esteja lá.

– Iremos para Amsterdã – retrucou Matthew prontamente.

– Também fora de questão – disse Baldwin. – A casa é indefensável. Matthew, como você não pode garantir a segurança de Diana, ela vai ficar com minha filha Miyako.

– Diana odiaria Hachiōji – afirmou Gallowglass convicto.

– Sem mencionar a própria Miyako – murmurou Verin.

– Enfim, é melhor fazer o seu dever, Matthew. – Baldwin levantou-se. – Rapidamente.

O irmão de Matthew saiu da sala com a mesma rapidez que sumiu de vista. Verin e Ernst o seguiram com um boa-noite apressado. Só depois que eles saíram é que Ysabeau sugeriu que fôssemos para o salão, onde uma vitrola antiga ao som de Brahms poderia abafar a mais longa das conversas.

– Matthew, o que você vai fazer? – Ysabeau ainda parecia abalada. – Você não pode deixar Diana ir para o Japão. Miyako a comeria viva.

– Iremos para a casa das Bishop, em Madison. – Foi difícil saber quem pareceu mais surpreso com minha revelação de que seguiríamos para Nova York: Ysabeau, Matthew ou Sarah?

– Não sei se seria uma boa ideia – disse Matthew cauteloso.

– Em descobriu algo importante aqui em Sept-Tours... algo que a fez preferir morrer a revelar. – Fiquei maravilhada com minha calma.

– O que a faz pensar assim? – perguntou Matthew.

– Sarah disse que Em tinha fuçado todos os registros da família De Clermont na torre principal. Se ela soube sobre o bebê da bruxa em Jerusalém, claro que quis saber mais – respondi.

– Ysabeau falou a respeito do bebê para nós duas – disse Sarah, olhando para Ysabeau em busca de confirmação. – E depois contamos para Marcus. Ainda não vejo por que isso significa que devemos seguir para Madison.

– Porque o que Emily acabou descobrindo a levou a convocar os espíritos – expliquei. – Sarah acha que Emily estava tentando chegar à mamãe. Talvez mamãe também soubesse de alguma coisa. Se isso for verdade, poderemos encontrar alguma coisa mais em Madison.

– Talvez isso seja um monte de hipóteses, titia – disse Gallowglass fazendo uma careta.

Olhei para o meu marido, que ainda não tinha respondido à minha sugestão e que a essa altura olhava distraído para a taça de vinho.

– O que acha disso, Matthew?

– Vamos para Madison – ele disse. – Por enquanto.

– Vou com vocês – sussurrou Fernando. – Farei companhia a Sarah. – Ela sorriu agradecida para ele.

– Há algo mais acontecendo aqui do que aparenta... algo que envolve Knox e Gerbert. Knox veio para Sept-Tours por causa de uma carta que havia encontrado em Praga e que mencionava o Ashmole 782. – Matthew pareceu sombrio. – Não pode ser coincidência que a descoberta da carta por Knox seja simultânea à morte de Emily e ao reaparecimento de Benjamin.

– Vocês estavam em Praga. O *Livro da vida* estava em Praga. Benjamin estava em Praga. Knox encontrou algo em Praga – disse Fernando pausadamente. – Você está certo, Matthew. Isso é mais que uma coincidência. É um padrão.

– Há algo mais... algo que não contamos sobre o *Livro da vida* – continuou Matthew. – Foi escrito num pergaminho feito de peles de demônios, vampiros e bruxas.

Marcus arregalou os olhos.

– Isso significa que contém informações genéticas.

– Pois é – disse Matthew. – Não podemos deixá-lo cair nas mãos de Knox nem... Deus me livre, nas de Benjamin.

– Encontrar o *Livro da vida* e as folhas perdidas ainda é nossa prioridade máxima – concordei.

– Esse livro pode nos dizer alguma coisa sobre a origem e a evolução das criaturas, e também nos ajudar a entender a ira do sangue – disse Marcus. – Mas também pode ser que não contenha informações genéticas úteis.

– A casa das Bishop devolveu uma folha com o casamento alquímico para Diana pouco antes de retornarmos – disse Matthew. A casa era conhecida entre as bruxas da região por má conduta mágica e por se apropriar de itens de valor afetivo para tê-los sob custódia, e só os devolvia para os donos em datas tardias. – Podemos analisá-la se conseguirmos um laboratório.

– Infelizmente, sua visão não é fácil para os laboratórios genéticos de primeira linha. – Marcus balançou a cabeça. – E Baldwin está certo. Você não pode ir para Oxford.

– Talvez Chris possa encontrar algo em Yale. Ele também é bioquímico. Será que o laboratório possui equipamento adequado? – Meu domínio das práticas de laboratório esgotava-se por volta de 1715.

– Não vou analisar uma folha do *Livro da vida* num laboratório de faculdade – disse Matthew. – Vou procurar um laboratório particular. Talvez possa contratar algum.

– DNA antigo é frágil. Precisaremos mais do que uma única folha se quisermos resultados confiáveis nesse trabalho – advertiu Marcus.

– Outro motivo para chegarmos ao Ashmole 782 fora da Bodleiana – comentei.

– O livro está seguro onde está, Diana. – Matthew assegurou-me.

– Por enquanto – retruquei.

– Não há mais duas folhas soltas aí pelo mundo? – perguntou Marcus. – Podemos procurá-las antes de tudo mais.

– Talvez eu possa ajudar – disse Phoebe.

– Obrigada, Phoebe. – Eu presenciara o método de pesquisa da companheira de Marcus na torre principal. Ficaria feliz em dispor das habilidades dela.

– E Benjamin? – perguntou Ysabeau. – Matthew, sabe o que ele quis dizer quando disse que tinha o mesmo gosto seu por bruxas?

Matthew balançou a cabeça.

Segundo o meu sexto sentido de bruxa a resposta à pergunta de Ysabeau poderia ser a chave para tudo.

Sol em Leão

Aquela que nasce quando o Sol está em Leão será naturalmente sutil e espirituosa, e ansiosa por aprender. Qualquer coisa que escutar ou vir e que aparentemente encerre alguma dificuldade de compreensão, ela de imediato terá vontade de compreender. As ciências da magia lhe serão muito úteis. Ela deverá ser conhecida e amada por príncipes. Seu primeiro filho será uma fêmea, e o segundo, um macho. Durante sua vida ela passará por muitos problemas e perigos.
– Anonymous English Commonplace Book, c. 1590,
Gonçalves MS 4890, f. 8^v

7

Eu estava na despensa de Sarah e olhei através da superfície do vidro empoeirado que ondulava a janela. A casa precisava de uma boa faxina e de ar puro. A dura trava de latão do caixilho resistiu às minhas primeiras tentativas, até que a moldura dilatada desistiu da luta e a janela disparou para cima com tremores de indignação pela aspereza do tratamento.

– Aprenda a conviver com isso – disse irritada enquanto me afastava para observar o ambiente à frente. Era um cômodo familiar e estranho, onde minhas tias tinham passado grande parte do tempo, e eu, quase nada. No limiar da porta, a habitual desordem de Sarah. Lá dentro, tudo limpo e arrumado, superfícies claras e frascos de vidro hermeticamente fechados que, além de alinhados nas prateleiras e gavetas de madeira, estavam etiquetados pelo conteúdo.

EQUINÁCEA, MATRICÁRIA, CARDO DE LEITE, SOLIDÉU, EUPATÓRIO, MIL-FOLHAS, LUNARIA.

Embora os ingredientes para o ofício de Sarah não estivessem organizados em ordem alfabética, as diferentes posições certamente eram governadas por algum princípio mágico. Isso porque ela sempre identificava instantaneamente um pote de erva ou de semente quando necessitava.

Sarah levara o grimório das Bishop para Sept-Tours que agora estava de volta ao lugar a que pertencia: repousado no que restava de um antigo púlpito comprado por Em numa loja de antiguidades de Bouckville. Ela e Sarah haviam serrado o pilar de sustentação, de modo que o púlpito estava assentado na antiga mesa da cozinha que chegara com os primeiros Bishop no final do século XVIII. Uma das pernas da mesa era visivelmente menor que a outra: ninguém sabia o porquê, mas pela irregularidade das tábuas a superfície era surpreendentemente plana e sólida. Quando menina aquela mesa me parecia mágica. E quando adulta me dei conta de que era pura sorte.

Diversos eletrodomésticos antigos e uma velha extensão elétrica estavam espalhados em meio ao espaço de trabalho de Sarah. Um velho fogão verde-abacate, uma venerável cafeteira, dois moedores de café e um liquidificador. Eram as ferramentas de uma bruxa moderna, se bem que Sarah mantinha um grande caldeirão preto próximo à lareira em nome dos velhos tempos. Minhas tias faziam óleos e poções naquele fogão velho e utilizavam os moedores de café e o liquidificador para preparar incensos e pulverizar ervas, e a cafeteira, para infusões de bebidas. No canto, uma geladeira desligada da tomada, um espécime branco e brilhante com uma cruz vermelha na porta.

Talvez Matthew encontre algo mais *high-tech* para Sarah, pensei em voz alta. Um bico de Bunsen. Talvez alguns alambiques. De repente, flagrei-me desejando o bem equipado laboratório de Mary Sidney do século XVI. Olhei para cima sonhando em avistar os esplêndidos murais dos processos alquímicos que decoravam as paredes do laboratório de Mary no castelo de Baynard.

Lá estavam ervas e flores secas penduradas em barbantes presos por entre as vigas expostas. Identifiquei algumas: vagens intumescidas de cabelos-de-vênus repletas de pequenas sementes; cardo de leite coberto de espinhos; verbasco de haste longa coroada de flores amarelas brilhantes que mereciam o nome de velas de bruxas; talos de erva-doce. Sarah conhecia cada uma de vista, tato, paladar e olfato. Com essas plantas lançava os feitiços e encantamentos. Já estavam ressequidas e acinzentadas de poeira, mas não podiam ser perturbadas. Sarah nunca me perdoaria se ela entrasse na despensa e se deparasse apenas com hastes.

Aquela despensa tinha sido a cozinha da casa da fazenda. Uma ampla e completa lareira com uma grande grelha e um par de fornos ocupava uma parede. Acima, um mezanino cujo armazenamento era acessível por uma escada velha e deteriorada. Ali era onde eu me enrolava e passava muitas tardes chuvosas com um livro e ouvindo o tamborilar da chuva contra o teto. E agora Corra estava lá em cima, com um olho aberto em preguiçoso interesse.

Suspirei e isso desencadeou uma dança de partículas de poeira pelo ar. Seria preciso muita água – e muita gordura no cotovelo – para tornar aquele espaço acolhedor novamente. E se mamãe sabia de algo que poderia nos ajudar a encontrar o *Livro da vida,* aquele era o lugar onde o encontraria.

Um sinal sonoro sutil. Em seguida, outro.

Goody Alsop me ensinara a discernir os fios que prendiam o mundo e puxá-los para tecer feitiços que não se encontravam em qualquer grimório. Os fios me circundavam o tempo todo e, quando se reuniam, faziam pura música. Estendi a mão e entrelacei um punhado nos dedos. Azul e âmbar – cores que ligavam o passado ao presente e ao futuro. Já tinha visto isso antes, mas apenas nos cantos onde criaturas desavisadas não seriam pegas na urdidura do tempo e da trama.

Sem nenhuma surpresa, o tempo não se comportava na casa das Bishop como deveria. Fiz um nó com os fios em azul e âmbar e tentei empurrá-los de volta ao lugar de origem, mas eles se dispersaram e pesaram o ar com memórias e arrependimentos. Um nó de tecelã não consertaria o que estava errado ali.

Fiquei empapada de suor, embora só tivesse deslocado a poeira e a sujeira de um lugar para o outro. Já tinha me esquecido de como Madison era quente naquela época do ano. Peguei um balde com água suja e empurrei a porta da despensa. Ela não se moveu.

– Sai daí, Tabitha. – Empurrei a porta um centímetro mais na esperança de desalojar a gata.

Ela miou, recusando-se a juntar-se a mim na despensa. Era um domínio de Sarah e Em e Tabitha me considerava uma invasora.

– Vou colocar Corra atrás de você – ameacei.

Tabitha se moveu. A um estalo seguiu-se uma pata esticada para frente e depois outra pata seguida por uma fuga. A gata de Sarah não estava com a menor vontade de enfrentar o meu familiar, mas a dignidade a proibia de fazer uma retirada apressada.

Abri a porta de trás. Um zumbido de insetos e um peso implacável enchiam o ar lá de fora. Joguei a água suja para fora da varanda e Tabitha saiu em disparada para juntar-se a Fernando. Ele estava com o pé apoiado em cima de um toco que usávamos para cortar madeira, observando as estacas que Matthew prendia à cerca.

– Ele ainda está nisso? – perguntei, balançando o balde vazio. Fazia alguns dias que Matthew martelava: primeiro substituindo as telhas soltas do telhado, depois arrumando as treliças do jardim e agora consertando a cerca.

– Matthew acalma a mente quando trabalha com as mãos – respondeu Fernando. – Esculpindo em pedra, lutando com espada, velejando um barco, escrevendo um poema, fazendo uma experiência... qualquer coisa que seja.

– Ele está refletindo sobre Benjamin. – Não era de admirar que Matthew estivesse buscando distrações.

A atenção fria de Fernando se voltou para mim.

– Quanto mais ele pensa no filho, mais é levado de volta a uma época em que não gostava de si mesmo e das escolhas que fazia.

– Matthew não costuma falar de Jerusalém. Mostrou-me a insígnia dos peregrinos e falou-me de Eleanor. – Não era muito, considerado o tempo que ele devia ter passado naquele lugar. Raramente essas lembranças antigas se revelavam no meu beijo de bruxa.

– Ah. A boa Eleanor. A morte dela foi outro erro evitável – disse Fernando, com amargura. – Matthew não deveria ter ido para a Terra Santa na primeira vez, e muito menos na segunda. A política e o derramamento de sangue eram demais para qualquer jovem vampiro lidar, sobretudo um com a ira do sangue. Mas Philippe precisava de todas as armas à disposição, e ainda mais porque esperava obter sucesso em Outremer.

A história medieval não era minha especialidade, mas as colônias dos cruzados trouxeram de volta memórias nebulosas dos conflitos sangrentos e do cerco mortal a Jerusalém.

– Philippe sonhava em estabelecer um reino *manjasang* naquele lugar, mas isso não aconteceu. Pela primeira vez na vida ele subestimou a avareza e o fanatismo religioso dos sangues-quentes. Philippe devia ter deixado Matthew junto comigo e Hugh em Córdoba; não havia ajuda alguma para Matthew em Jerusalém ou em Acre, nem em qualquer outro lugar para onde o pai dele o enviou. – Fernando desferiu um violento pontapé no toco, a ponto de remover o musgo agarrado à madeira velha. – Pelo que parece, a ira do sangue pode ser um trunfo quando se precisa de um assassino.

– Acho que você não gostava de Philippe – comentei serenamente.

– Com o tempo passei a respeitá-lo. Mas gostar dele? – Fernando balançou a cabeça. – Não.

Ultimamente me passavam pontadas de antipatia quando o assunto Philippe vinha à tona. Afinal, ele é que incumbira a Matthew o trabalho de assassino da família. Às vezes observava o meu marido sozinho sob as extensas sombras de verão, ou com a silhueta projetada à luz da janela, e era visível o peso da responsabilidade que ele carregava sobre os ombros.

Matthew enterrou uma estaca na terra e olhou para cima.

– Precisa de alguma coisa? – gritou para mim.

– Não. Só vim pegar um pouco d'água – gritei de volta.

– Peça a Fernando para ajudá-la. – Ele apontou para o balde vazio porque não aprovava que mulheres grávidas fizessem trabalho pesado.

– É claro – respondi evasivamente enquanto ele retornava ao trabalho.

– Você não tem intenção alguma de me deixar carregar esse balde. – Fernando levou a mão ao coração em falsa consternação. – Isso me magoa. Como posso manter a cabeça na família De Clermont, se você não me permite que a coloque num pedestal como um bom cavaleiro?

– Se você impedir que Matthew alugue aquele rolo compressor para aplainar o calçamento da entrada, você poderá usar uma armadura brilhante pelo resto do verão. – Beijei Fernando na bochecha e saí.

A inquietude pelo desconforto do calor me fez deixar o balde vazio na pia da cozinha e sair em busca de minha tia. Não foi difícil encontrá-la. Sentada na cadeira de balanço de minha avó na sala de estar, Sarah observava a árvore negra que crescia para fora da lareira. Na volta para Madison, ela se via forçada a confrontar a perda de Emily de um modo distinto. Isso a deixava suave e distante.

– Está muito quente para limpezas. Vou resolver algumas coisas na cidade. Vamos juntas? – perguntei.

– Não. Estou bem aqui – disse Sarah, balançando para frente e para trás.

– Hannah O'Neil telefonou novamente e nos convidou para a festa do Lughnasadh. – Após o nosso retorno tínhamos recebido inúmeros telefonemas dos membros do conciliábulo de Madison. Sarah tinha dito à sacerdotisa Vivian Harrison que estava se sentindo muito bem e sendo bem cuidada pela família. E depois disso não falou com mais ninguém.

Sarah ignorou a menção ao convite de Hannah e continuou observando a árvore.

– Você não acha provável que os fantasmas sejam obrigados a voltar?

Desde o nosso regresso a casa estava notavelmente livre de visitantes espectrais. Matthew atribuía isso a Corra, mas Sarah e eu sabíamos mais. Com a recente partida de Em, os outros fantasmas preferiram manter-se a distância para que não os incomodássemos com perguntas sobre ela.

– Acho, sim, mas talvez demorem um pouco – respondi.

– A casa está tão tranquila sem eles. Nunca os vi como você, mas os sentia ao redor. – Sarah balançou a cadeira com mais energia, como se isso pudesse atrair os fantasmas.

– Você já decidiu o que fazer com a árvore fantasmagórica? – Eu e Matthew topáramos com a árvore quando retornamos de 1591, o tronco preto retorcido ocupava grande parte da chaminé e as raízes e ramos se estendiam pela sala. Embora aparentemente desprovida de vida, vez por outra produzia frutos estranhos como chaves de carro e a imagem do casamento alquímico arrancada do Ashmole 782. Mais recentemente, oferecera uma receita de compota de ruibarbo de 1875 e um par de cílios postiços de 1973. Eu e Fernando achávamos que devíamos removê-la, além de reparar a chaminé e remendar e pintar os painéis. Sarah e Matthew estavam menos convencidos.

– Ainda não – disse Sarah suspirando. – Já estou me acostumando com ela. Podemos decorá-la para as festas.

– A neve vai explodir por entre essas rachaduras quando o inverno chegar – comentei enquanto pegava a minha bolsa.

– O que lhe ensinei sobre os objetos mágicos? – disse Sarah, deixando no ar um traço de sua provocação habitual.

– Não tocá-los até compreendê-los. – Entoei como uma criança de seis anos de idade.

– O corte de uma árvore produzida por mágica pode ser classificado como "tocar", concorda comigo? – Sarah espantou Tabitha que apreciava o tronco perto da lareira. – Precisamos de leite. E ovos. E Fernando quer algum tipo de arroz extravagante. Ele prometeu fazer *paella*.

– Leite. Ovos. Arroz. Entendi. – Lancei um último olhar preocupado para Sarah. – Diga a Matthew que não vou demorar muito.

As tábuas do assoalho rangeram uma rápida queixa quando caminhei até a porta. Parei, com o pé colado no assoalho. A casa das Bishop não era uma casa comum e tinha a fama de extravasar sentimentos próprios a respeito de uma grande variedade de questões, desde quem tinha o direito de ocupá-la até a aprovação ou desaprovação da nova cor das cortinas.

Mas agora a casa estava sem respostas. Tal como os fantasmas, também estava à espera.

O carro novo de Sarah estava estacionado na frente da casa. O antigo Honda Civic sofrera um acidente durante o retorno de Montreal, onde Matthew e eu o deixáramos. Um funcionário dos De Clermont se encarregara de dirigi-lo de volta para Madison, mas o motor acabou pifando em algum lugar entre Bouckville e Watertown. Para consolar Sarah, Matthew a presenteara com um Mini Cooper roxo metálico completo, com um alinhamento de listras brancas, pretas e prateadas e uma placa personalizada onde se lia VASSOURA NOVA. Matthew esperava que essa mensagem de bruxa aplacasse a mania de Sarah de cobrir o carro de adesivos, mas para mim era uma questão de tempo para que estivesse igual ao antigo.

Para que ninguém pensasse que a falta de mensagens no carro novo significava que o paganismo de Sarah estava vacilante, Matthew comprou uma bruxinha de chapéu pontudo e óculos de sol para ser acoplada à antena. Fosse qual fosse o lugar onde Sarah estacionava o carro, alguém a roubava. Por isso ele mantinha um estoque da mesma bruxinha no armário de equipamentos de jardinagem.

Esperei que Matthew martelasse uma estaca antes de pular para dentro do Mini de Sarah. Liguei a ignição e fugi de casa. Matthew não exagerara a ponto de me proibir de sair da fazenda sem companhia, e Sarah sabia onde eu estaria. Feliz por estar fugindo, abri o teto solar para pegar a brisa de julho no percurso até a cidade.

Primeiro parei na estação dos correios. A sra. Hutchinson olhou com interesse para o meu ventre proeminente sob a camiseta, mas não disse nada. As únicas outras pessoas na estação dos correios eram dois negociantes de antiguidades e Smitty, o novo melhor amigo de Matthew da loja de ferragens.

— A marreta está servindo bem ao sr. Clairmont? — ele perguntou, martelando uma maçaroca de correspondência na aba do chapéu de John Deere. — Fazia séculos que não vendia uma. Hoje em dia quase todo mundo prefere fazer cercas com bate-estaca.

— Matthew parece muito feliz com ela. — *Quase todo mundo não é um vampiro de um metro e noventa e dois de altura,* pensei comigo, jogando os folhetos de vendas e as ofertas de pneus novos do mercado local na lixeira de material reciclável.

— Você pescou um bom sujeito — disse Smitty olhando para o meu anel de casamento. — E parece que ele também está se dando bem com a srta. Bishop. — A última frase soou com um tom um tanto intimidado.

Contraí a boca. Peguei a pilha de catálogos e contas restantes e coloquei-a na bolsa.

— Cuide-se, Smitty.

— Até logo, sra. Clairmont. Diga ao sr. Clairmont para me informar quando decidir sobre o rolo compressor para o calçamento.

— Não é sra. Clairmont. Continuo usando... ah, deixa pra lá — eu disse, percebendo a expressão confusa de Smitty. Abri a porta e recuei para que duas crianças entrassem. Estavam atrás dos pirulitos que a sra. Hutchinson mantinha no balcão. Eu estava atravessando a porta quando ouvi Smitty sussurrar para a atendente.

— Annie, já conheceu o sr. Clairmont? Sujeito legal. Eu já estava achando que Diana seria uma solteirona como a srta. Bishop, se é que entende o que estou querendo dizer. — Ele deu uma piscadela significativa para a sra. Hutchinson.

Segui para oeste rumo à Rota 20, percorrendo os campos verdes e as fazendas antigas que forneciam alimento para os moradores da região nos tempos de outrora. Muitas propriedades desmembradas e terrenos utilizados para diferentes fins. Escolas e escritórios, um pátio de granito e um celeiro convertido em loja de aviamentos.

Entrei no estacionamento do supermercado próximo a Hamilton a essa altura praticamente deserto. Mesmo quando a faculdade estava em pleno funcionamento, aquele lugar sempre estava ocupado apenas pela metade.

Conduzi o carro até uma das muitas vagas nas imediações das portas, e estacionei ao lado de uma daquelas vans que as pessoas adquirem quando chegam os filhos. Portas de correr que facilitam a instalação de assentos de carro, um monte de suportes para copos e tapetes beges para esconder o cereal arremessado no piso. Uma vida futura passou diante dos meus olhos.

O pequeno e compacto carro de Sarah era um aprazível lembrete de outras opções disponíveis, se bem que provavelmente Matthew insistiria em um tanque Panzer depois do nascimento dos gêmeos. Olhei para a bruxa bobinha esverdeada na antena. Balbuciei algumas palavras e os fios da antena se enrolaram naquela boneca de espuma macia com chapéu de bruxa. Ninguém roubaria a mascote de Sarah no meu turno.

– Ótimo feitiço de amarração – disse uma voz seca atrás de mim. – Acho que não o conheço.

Girei o corpo. Era uma cinquentona com cabelo prematuramente grisalho à altura dos ombros e olhos verde-esmeralda. Estava cercada por um zumbido baixinho de um poder invisível, embora sólido. Tratava-se da alta sacerdotisa do conciliábulo de Madison.

– Olá, sra. Harrison. – Os Harrison constituíam uma antiga família de Hamilton. Eram oriundos de Connecticut e, tal como as Bishop, as mulheres mantinham o nome de família mesmo depois de casadas. Roger, o marido de Vivian, assumira uma atitude radical ao mudar o sobrenome Barker para Harrison quando se casou com ela. Tal disposição de honrar a tradição lhe valeu um lugar reverenciado nos anais do conciliábulo e muitos comentários dos outros maridos.

– Não acha que você tem idade suficiente para me chamar de Vivian? – Ela cravou os olhos no meu abdome. – Vai às compras?

– Hum... hum... – Nenhuma bruxa podia mentir para outra bruxa. Nessas circunstâncias era melhor manter respostas breves.

– Que coincidência. Também vou. – Atrás de Vivian dois carrinhos de compras soltaram-se por si próprios dos outros carrinhos engavetados uns nos outros.

– E então, está esperando para janeiro? – ela perguntou já dentro do supermercado.

Atrapalhei-me e quase deixei cair o saco de maçãs cultivadas em uma fazenda das redondezas.

– Só se me sair bem na gravidez dos bebês. Estou grávida de gêmeos.

– Gêmeos é tudo em dobro – disse Vivian consternada. – Abby que o diga. – Ela acenou para uma mulher que segurava duas caixas de ovos.

– Oi, Diana. Acho que ainda não nos conhecemos. – Abby colocou uma das caixas em um carrinho projetado para crianças e prendeu-a com o cinto de segurança. – Depois que os bebês nascerem, você terá que encontrar um jeito de manter os ovos intactos. Já tenho algumas abobrinhas para você no carro, por isso nem pense em comprar qualquer outra.

– Todos no condado já estão sabendo que estou grávida? – perguntei, sem mencionar o que pretendia comprar naquele dia.

– Somente as bruxas – disse Abby. – E qualquer outra pessoa que converse com Smitty. – Um menino de quatro anos de idade com uma camiseta listrada e uma máscara de Homem-Aranha passou correndo. – John Pratt! Pare de perseguir sua irmã!

– Não se preocupe. Encontrei Grace no corredor dos biscoitos – disse um homem bonitão que vestia uma bermuda e uma camiseta cinza e marrom da Colgate University. Segurava no colo uma criança que se contorcia com o rosto lambuzado de chocolate e migalhas de biscoito. – Oi, Diana. Sou Caleb Pratt, o marido de Abby. Leciono aqui. – Embora com uma voz calma, ele era rodeado por estalidos de energia. Será que isso era um toque de magia elemental?

A interrogação acentuou os finíssimos fios que o rodeavam, mas Vivian me distraiu antes que me certificasse da resposta.

– Caleb é professor do departamento de antropologia – ela disse com orgulho. – Faz junto com Abby uma soma bem-vinda para a comunidade.

– Prazer em conhecê-lo – balbuciei. O conciliábulo inteiro devia fazer compras no supermercado Cost Cutter nas quintas-feiras.

– Só quando precisamos falar de assuntos importantes – disse Abby, lendo a minha mente com facilidade. Talvez se pudesse dizer que tinha um talento consideravelmente menos mágico que o de Vivian e Caleb, mas claro que também tinha algum poder no próprio sangue. – Esperávamos encontrar Sarah aqui, mas ela está nos evitando. Ela está bem?

– Não muito. – Hesitei. Já tinha passado o tempo em que o clã de Madison representava tudo para mim, e com isso negava a mim mesma e a minha condição de Bishop. Mas eu havia aprendido com as bruxas de Londres que se pagava um preço por se viver afastada de outras bruxas. E a simples verdade é que eu e Matthew não conseguíamos nos guiar sozinhos. Não depois de tudo o que ocorrera em Sept-Tours.

– Quer dizer alguma coisa, Diana? – Vivian me olhou com ar astuto.

– Acho que precisamos de sua ajuda. – As palavras saíram sem dificuldade. Meu espanto deve ter sido tão evidente que os três começaram a rir.

– Bem. Por isso estamos aqui. – Ela lançou-me um sorriso de aprovação. – Qual é o problema?

– Sarah está em estado de choque – eu disse sem rodeios. – E eu e Matthew estamos em apuros.

– Eu sei. Faz alguns dias que meus polegares estão me incomodando – disse Caleb, equilibrando Grace no quadril. – Primeiro pensei que fossem apenas os vampiros.

– É mais que isso. – Minha voz soou sombria. – Também as bruxas e a Congregação. Mamãe deve ter previsto isso, mas não sei por onde começar a procurar mais informações.

– O que Sarah disse? – perguntou Vivian.

– Não muito. Continua de luto por Emily o tempo todo. Fica observando a árvore que cresce na lareira enquanto espera pelo retorno dos fantasmas.

– E seu marido? – As sobrancelhas de Caleb se ergueram.

– Matthew está substituindo a madeira da cerca. – Suspendi as mechas úmidas do meu pescoço. Se estivesse um pouco mais quente, talvez se pudesse fritar um ovo no carro de Sarah.

– Um caso clássico de agressão deslocada – comentou Caleb pensativo –, e da necessidade de estabelecer limites firmes.

– Que tipo de magia é essa? – Fiquei espantada pela compreensão que ele teve de Matthew com minhas poucas palavras.

– Antropologia. – Caleb sorriu.

– Talvez seja melhor conversarmos em outro lugar. – Vivian abriu um sorriso caloroso para os curiosos que se aglomeravam na seção de hortaliças. Os poucos humanos na loja não puderam deixar de notar. A reunião de quatro criaturas sobrenaturais não passava despercebida aos humanos presentes na loja, e alguns ouviam abertamente a nossa conversa fingindo que escolhiam melões e melancias maduros.

– Encontro vocês na casa de Sarah em vinte minutos – eu disse ansiosa para sair daquele lugar.

– O arroz arborio está no corredor cinco – disse Caleb prestativo, entregando Grace para Abby. – É o mais próximo de um bom arroz para *paella* que há em Hamilton. Se não for bom o suficiente, procure Maureen na loja de alimentos naturais. Ela poderá encomendar arroz espanhol para você. Caso contrário, terá que dirigir até Siracusa.

– Obrigada. – Agradeci com voz débil porque não haveria parada na loja de alimentos naturais, o ponto de encontro das bruxas locais quando não estavam no Cost Cutter. Girei o carrinho na direção do corredor cinco. – Boa ideia.

Abby me chamou.

– Não se esqueça do leite!

Quando cheguei em casa, Matthew e Fernando estavam tendo uma conversa profunda no quintal. Coloquei as compras em cima da bancada e peguei o balde que deixara na pia. Automaticamente, estiquei a mão para abrir a torneira e deixar a água correr.

– Que diabos há de errado comigo? – Puxei o balde vazio da pia e o carreguei até a despensa, atravessando a porta giratória.

Aquele cômodo presenciara algumas de minhas maiores humilhações como bruxa. Embora entendendo que minhas dificuldades anteriores com a magia se deviam ao fato de que eu era uma tecelã aprisionada por um encantamento, continuava sendo difícil deixar as lembranças dos fracassos para trás.

Mas era hora de tentar.

Coloquei o balde na lareira e logo uma onda conhecida fluiu pelo meu corpo. Graças ao meu pai, além do dom da tecelagem, no meu sangue corria muita água. Agachei ao lado do balde, posicionei a mão em forma de bico e concentrei-me nos desejos.

Limpa. Fresca. Nova.

Alguns segundos depois a minha mão aparentava ser de metal e não de carne, e a água que vertia dos meus dedos atingia o plástico com um baque surdo. Só depois que o balde encheu é que minha mão retomou a forma de mão. Sorri de felicidade de cócoras sobre os meus saltos porque acabara de fazer magia na casa das Bishop. O ar brilhou em linhas coloridas a minha volta. Já não estava mais espesso e pesado e sim radiante e pleno de potencialidades. Uma brisa fresca soprou a céu aberto pela janela adentro. Se eu não podia resolver todos os problemas com um único nó, teria que começar de alguma forma se quisesse descobrir o que Emily e mamãe sabiam.

– Com o nó de um, começa a magia – sussurrei enquanto agarrava um fio de prata e o atava com firmeza.

Com o canto do olho vislumbrei as saias rodadas e o corpete brilhante e bordado que pertencera à minha antepassada Bridget Bishop.

Seja bem-vinda a casa, minha neta, ela disse com uma voz fantasmagórica.

8

Matthew levantou a marreta e, quando a abaixou, o baque no alto da estaca reverberou pelos seus braços, seus ombros e suas costas. Ergueu a marreta novamente.

– Não acredito que precise bater nessa estaca pela terceira vez – disse Fernando atrás dele. – Ela ainda estará ereta e firme na chegada da próxima era glacial.

Matthew largou a marreta na terra e apoiou os braços na estaca. Ele não estava suado nem sem fôlego. Mas estava irritado com a interrupção.

– O que é agora, Fernando?

– Ouvi você conversando com Baldwin na noite passada – disse Fernando.

Matthew pegou a cavadeira, sem dizer nada.

– Se não me engano ele lhe disse para ficar aqui e não causar problemas... por enquanto – continuou Fernando.

Matthew empurrou duas lâminas cortantes pela terra adentro. Elas desceram bem mais para dentro do que teriam descido se um ser humano estivesse empunhando a ferramenta. Depois de dar uma torção na cavadeira, retirou-a do buraco e pegou uma estaca.

– Vamos lá, *Mateus*. Consertar a cerca de Sarah não é a forma mais útil de passar o tempo.

– A forma mais *útil* de passar o tempo seria encontrar Benjamin e livrar a família desse monstro de uma vez por todas. – Matthew levantou a estaca de dois metros de altura com uma das mãos, como se não pesasse mais que um lápis, e enfiou uma das extremidades na terra afofada. – E em vez disso estou esperando a permissão de Baldwin para fazer o que já deveria ter feito há muito tempo.

– Hum. – Fernando observou a estaca. – Por que então não vai atrás de Benjamin? Para o inferno Baldwin e seus modos ditatoriais. Para mim não será problema cuidar de Diana ou de Sarah.

Matthew o encarou com olhos mordazes.

– Não vou deixar minha companheira grávida no meio do nada... nem mesmo com você.

– Seu plano então é ficar aqui e consertar tudo que estiver quebrado, até chegar o momento feliz em que Baldwin pegará o telefone para autorizá-lo a matar o seu próprio filho. E depois você arrastará Diana até algum buraco esquecido por Deus, que serve de esconderijo para Benjamin, e o estripará na frente de sua mulher? – Fernando jogou as mãos para cima em sinal de desgosto. – Não seja ridículo.

– Baldwin não vai tolerar nada que não seja obediência, Fernando. Ele deixou isso bem claro em Sept-Tours.

Baldwin arrastara Fernando e os homens da família De Clermont para fora da casa no meio da noite, a fim de explicar com termos brutais e detalhados o que aconteceria a todos, caso ele sequer ouvisse um sussurro de protesto ou vislumbrasse uma insurreição. E depois dessa noite até Gallowglass parecia abalado.

– Já se foi o tempo em que você gostava de desafiar Baldwin. Desde a morte do seu pai você permite que seu irmão o trate de forma abominável. – Fernando apoderou-se da marreta antes que Matthew a pegasse.

– Eu não podia perder Sept-Tours. *Maman* não teria sobrevivido, não depois da morte de Philippe. – Nessa ocasião a mãe de Matthew estava longe de ser invencível. Era tão frágil quanto uma bolha de vidro. – Embora tecnicamente o castelo pertença aos Cavaleiros de Lázaro, todos sabem que a irmandade pertence aos De Clermont. Se Baldwin quisesse desafiar a vontade de Philippe reivindicando Sept-Tours, ele teria conseguido e Ysabeau seria jogada ao relento frio.

– Pelo que parece Ysabeau já se recuperou da morte de Philippe. Qual é sua desculpa agora?

– Agora, minha mulher é uma De Clermont. – Matthew olhou para Fernando de igual para igual.

– Entendo. – Fernando bufou. – O casamento confundiu sua cabeça e inclinou sua coluna como um galho de salgueiro, meu amigo.

– Não farei nada que comprometa a posição de Diana. Ela ainda não entende o que significa isso, mas eu e você sabemos como é importante estar entre os filhos de Philippe – disse Matthew. – O sobrenome De Clermont vai protegê-la de todas as ameaças.

– E por esse tênue apoio da família, você venderia a alma ao diabo? – Fernando mostrou-se genuinamente surpreso.

– Pelo bem de Diana? – Matthew se virou. – Eu faria qualquer coisa. Pagaria qualquer preço.

– Esse amor por ela beira a obsessão. – Fernando manteve-se firme quando Matthew girou o corpo novamente, agora com os olhos escuros. – Isso não é saudável, Mateus. Nem para você. Nem para ela.

– Sarah já andou enchendo os seus ouvidos com os meus defeitos? As tias de Diana nunca me aprovaram. – Matthew olhou para a casa. Ainda que pudesse ser um truque de luz, a casa parecia tremer nas bases de tanto rir.

– Agora que o vejo com a sobrinha delas, entendo o porquê – retrucou Fernando suavemente. – A ira do sangue sempre o deixou propenso aos excessos. E o casamento o deixou pior.

– Só terei uns trinta anos com ela, Fernando. Quarenta ou cinquenta, se tiver sorte. Por quantos séculos você ficou com Hugh?

– Seis – respondeu Fernando amargurado.

– E foi o suficiente? – Matthew explodiu. – Antes de me julgar porque quero o bem-estar de minha companheira a todo custo, coloque-se no meu lugar e imagine como você agiria se soubesse que seu tempo com Hugh seria tão breve.

– Matthew, uma perda é sempre uma perda, e a alma de um vampiro é tão frágil quanto a de qualquer sangue-quente. Seiscentos anos ou sessenta ou seis... isso não importa. Quando seu companheiro morre, uma parte de sua alma morre junto. Com ele ou com ela – disse Fernando em tom sereno. – E você terá seus filhos... Marcus e os gêmeos o consolarão.

– Que importância isso terá se Diana não estiver aqui comigo? – Matthew pareceu desesperado.

– Não me admira que você tenha sido tão duro com Marcus e Phoebe – disse Fernando, com uma compreensão crescente. – Fazer de Diana vampira é seu maior desejo...

– Nunca. – Matthew o interrompeu, com uma voz selvagem.

– E seu maior horror – concluiu Fernando.

– Se ela se tornasse vampira deixaria de ser a minha Diana – disse Matthew. – Ela seria... outra... pessoa.

– Você poderia amá-la do mesmo jeito – argumentou Fernando.

– De que forma, se a amo por tudo que ela é agora? – retrucou Matthew.

Fernando não tinha resposta para isso. Já que não podia imaginar Hugh a não ser como vampiro. Isso o definira: uma combinação única de coragem feroz e idealismo sonhador que levou Fernando a se apaixonar por ele.

– Seus filhos transformarão Diana. O que vai acontecer com seu amor quando eles nascerem?

– Nada – disse Matthew secamente enquanto tentava pegar a marreta.

Com muita facilidade Fernando jogou a ferramenta pesada de um lado para o outro a fim de mantê-la fora do alcance.

– Isso é a ira do sangue falando. Posso ouvi-la em sua voz. – A marreta voou pelo ar a cento e cinquenta quilômetros por hora e pousou no quintal dos O'Neil. Fernando pegou Matthew pela garganta. – Temo pelos seus filhos. Dói dizer isso, até mesmo pensar nisso... mas já o vi matar alguém que você amava.

– Diana... não... é... Eleanor. – Matthew emitiu as palavras uma de cada vez.

– Claro que não. O que você sentia por Eleanor não é nada se comparado ao que sente por Diana. Mas bastou um toque casual de Baldwin, a mera sugestão de que Eleanor poderia concordar com ele e não com você, e você já estava pronto para estripar ambos. – Fernando procurou o rosto de Matthew. – O que fará se Diana atender às necessidades dos filhos antes das suas?

– Já estou sob controle agora, Fernando.

– A ira do sangue intensifica todos os instintos do vampiro, a ponto de afiá-los como uma lâmina. Sua possessividade já é perigosa. Como pode ter certeza de que a manterá sob controle?

– Cristo, Fernando. Não posso ter certeza. É isso que quer que eu diga? – Matthew passou os dedos pelo cabelo.

– O que quero é que ouça Marcus em vez de construir cercas e inspecionar calhas – disse Fernando.

– Você também, não. É loucura pensar nas minhas ramificações genealógicas com Benjamin à solta e a Congregação em pé de guerra – retrucou Matthew.

– Não me refiro à formação de descendência. – Fernando achava a ideia de Marcus excelente, mas era preciso se manter de boca fechada.

– Ao que então? – perguntou Matthew, com uma careta.

– Seu trabalho. Se você se concentrar na ira do sangue, poderá deter o plano que Benjamin está pondo em prática sem dar um único sopro. – Fernando deixou a ideia assentar antes de continuar. – Até Gallowglass acha que você devia fazer análises de laboratório daquela folha do *Livro da vida* que está em suas mãos, e olhe que ele não entende nada de ciência.

– Nenhum laboratório das faculdades locais está à altura de minhas necessidades – disse Matthew. – Não estou apenas comprando calhas novas, entenda isso. Também estou fazendo perguntas. E você está certo. Gallowglass não tem a menor ideia do que seja a minha pesquisa.

Nem Fernando. Não completamente. Mas ele sabia quem tinha.

– Claro que Miriam fez *alguma coisa* enquanto você estava fora. Ela não é de ficar sentada e de braços cruzados. Você não poderia dar uma olhada nas últimas descobertas dela? – perguntou Fernando.

– Falei para ela que isso esperasse – disse Matthew em tom ríspido.

– Talvez os dados previamente recolhidos sejam úteis, ainda mais agora com Diana e os gêmeos a serem considerados. – Fernando usaria qualquer coisa como isca de anzol, até mesmo Diana, caso isso fizesse Matthew agir em vez de simplesmente reagir. – Talvez não seja apenas a ira do sangue que explique a gravidez. Talvez Diana e a bruxa de Jerusalém tenham herdado a capacidade de conceber filhos de um vampiro.

– É possível – disse Matthew pausadamente, desviando a atenção para o Mini Cooper de Sarah que derrapava ao longo do caminho de cascalhos soltos.

Os ombros de Matthew abaixaram e a escuridão se dissipou aos poucos de seus olhos.

– Realmente preciso endireitar esse calçamento – ele disse distraído enquanto assistia à progressão do carro.

Diana saiu do carro e acenou. Matthew sorriu e acenou de volta.

– Você precisa repensar tudo isso – disse Fernando.

Soou o telefone de Matthew.

– O que é agora, Miriam?

– Estive pensando. – Miriam nunca se preocupava com gentilezas. Nem mesmo o recente susto com Benjamin mudara isso.

– Que coincidência – disse Matthew secamente. – Fernando agora mesmo insistia que eu devia fazer isso.

– Lembra-se da invasão do apartamento de Diana em outubro passado? Na ocasião, temíamos que qualquer que fosse o invasor, ele estaria à procura de informações genéticas sobre ela, em cabelos, lascas de unhas, pedaços de pele.

– Claro que lembro – disse Matthew, limpando a mão no rosto.

– Você estava certo de que tinha sido Knox e Gillian Chamberlain, a bruxa americana. E se *Benjamin* estivesse envolvido? – Miriam fez uma pausa. – Matthew, eu estou com uma péssima sensação sobre tudo isso... como se tivesse acordado de um sonho agradável apenas para descobrir que uma aranha me enlaçou em sua teia.

— Ele não esteve no apartamento dela. Eu teria sentido o cheiro. — Matthew pareceu convicto, embora com um traço de preocupação na voz.

— Benjamin é esperto demais e não se envolveria pessoalmente. Ele mandaria um lacaio... ou um dos filhos. Como seu pai, você pode farejá-lo, mas sabe muito bem que a assinatura do odor é praticamente indetectável nos netos. — Miriam suspirou exasperada. — Benjamin mencionou as bruxas e sua pesquisa genética. Lembra que você não acredita em coincidências?

Matthew lembrou que já tinha dito algo parecido – muito antes de conhecer Diana. Ele esquadrinhou involuntariamente a casa. Foi um misto de instinto e reflexo para proteger a esposa. Logo ele apagou da cabeça o comentário de Fernando a respeito de sua obsessão.

— Você já teve a oportunidade de aprofundar um pouco mais o DNA de Diana? — Ele próprio recolhera amostras de sangue e saliva de Diana no ano anterior.

— O que acha que tenho feito esse tempo todo? Crochê, cobertores para o caso de você chegar aqui em casa com os bebês? Chorando por sua ausência? Por enquanto sei tanto sobre os gêmeos quanto sobre o resto... isso quer dizer que ainda não sei o suficiente.

Matthew balançou a cabeça com ar pesaroso.

— Senti falta de você, Miriam.

— Não sentiu, não. E na próxima vez que estiver com você o morderei com tanta força que você vai carregar a cicatriz durante anos. — A voz de Miriam oscilou. — Você já devia ter matado Benjamin há muito tempo. Você sabia que ele era um monstro.

— Até mesmo os monstros podem mudar – disse Matthew calmamente. – Olhe para mim.

— Você nunca foi um monstro – disse Miriam. – Isso era uma mentira que você contava para manter todos nós a distância.

Matthew não pensava o mesmo, mas deixou o assunto morrer.

— Soube alguma coisa mais sobre Diana?

— Soube que tudo o que pensamos sobre sua mulher é minúsculo se comparado com o que não sabemos. O DNA nuclear dela é como um labirinto: se você se guiar por isso, provavelmente se perderá. — Ela referia-se à impressão digital genética singular de Diana. — E o mtDNA dela é igualmente desconcertante.

— Por enquanto é melhor deixar de lado o mtDNA. Isso só vai nos dizer o que Diana tem em comum com seus ancestrais do sexo feminino. — Matthew voltaria ao DNA mitocondrial de Diana posteriormente. — Quero entender o que a torna original.

– O que o está preocupando? – Miriam conhecia Matthew o suficiente para ouvir o que ele não estava dizendo.

– A capacidade de Diana para conceber filhos meus, para começar. – Ele suspirou profundamente. – E ela passou a ser acompanhada por uma espécie de dragão desde que esteve no século XVI. Corra é um dragão de fogo. É um familiar dela.

– Familiar? Eu achava que esse negócio de bruxas com familiares era um mito dos humanos. Não é de admirar que o gene de transmogrificação de Diana seja tão estranho – sussurrou Miriam. – Um dragão de fogo. É o que precisamos. Espere um pouco. Ele está na coleira ou algo parecido? Podemos obter uma amostra de sangue?

– Talvez. – Matthew pareceu cético. – Não sei se Corra se deixaria ser tocada por um *swab*.

– O que me pergunto é se esse dragão e Diana estão geneticamente relacionados... – comentou Miriam intrigada com as possibilidades.

– Você já encontrou alguma coisa no cromossomo de bruxa de Diana que indique controle de fertilidade? – perguntou Matthew.

– Essa é uma solicitação que você só me faz agora, e você sabe que geralmente os cientistas não encontram nada que não esteja sendo observado – respondeu Miriam com ar mordaz. – Dê-me alguns dias, verei o que posso descobrir. Há tantos genes não identificados no cromossomo de bruxa de Diana que às vezes me pergunto se ela *é* mesmo uma bruxa. – Miriam deu uma risada.

Matthew permaneceu em silêncio. Ele não poderia afirmar se Diana era uma tecelã quando nem mesmo Sarah sabia.

– Você está escondendo alguma coisa de mim – disse Miriam, com uma nota de acusação na voz.

– Envie-me um relatório sobre tudo mais que já conseguiu identificar – ele disse. – Aprofundaremos isso em poucos dias. Também dê uma olhada no perfil do meu DNA. Concentre-se nos genes ainda não identificados, especialmente nos que estão próximos ao gene da ira do sangue. Veja se alguma coisa desperta a sua atenção.

– Oook! – exclamou Miriam de propósito. – Você tem uma conexão de internet segura?

– Tão segura quanto o que o dinheiro de Baldwin pode comprar.

– Extremamente segura, então – ela disse baixinho. – Falo com você mais tarde. E... Matthew?

– Sim? – Ele franziu a testa.

– Ainda vou mordê-lo por não ter matado Benjamin quando teve uma chance.

– Primeiro você vai ter que me pegar.

– Isso será fácil. Só preciso pegar Diana. Você virá direto atrás de mim – ela disse antes de desligar.

– Miriam de volta a sua melhor forma – disse Fernando.

– Ela sempre se recuperou das crises com uma velocidade espantosa – disse Matthew carinhosamente. – Lembra quando Bertrand...

Um carro desconhecido aproximou-se da casa.

Matthew saiu correndo em sua direção, com Fernando nos calcanhares.

A mulher de cabelo grisalho que estava no Volvo azul-marinho amassado não pareceu surpresa ao ser confrontada por dois vampiros, um deles excepcionalmente alto.

Pelo contrário, ela abriu a janela.

– Você deve ser Matthew – disse. – Sou Vivian Harrison. Diana me pediu para que desse uma olhada em Sarah. Ela está preocupada com a árvore na sala de estar.

– Que cheiro é esse? – perguntou Fernando.

– Bergamota – respondeu Matthew, estreitando os olhos.

– É um cheiro comum! Além do mais, sou contadora – disse Vivian indignada. – Não apenas sacerdotisa do conciliábulo. Esperavam que eu cheirasse... a fogo e enxofre?

– Vivian? – Sarah postou-se na porta da frente e olhou para o sol. – Alguém doente?

Vivian saiu do carro.

– Ninguém está doente. Encontrei com Diana no supermercado.

– Vejo que já conheceu Matthew e Fernando – disse Sarah.

– Conheci. – Vivian olhou para os dois. – Que Deus nos preserve dos vampiros bonitos. – Saiu caminhando em direção à casa. – Diana disse que você está passando por maus pedaços.

– Nada que não possa se resolver – disse Matthew, com uma carranca.

– Ele sempre diz isso. E às vezes realmente está certo. – Sarah acenou para Vivian. – Vamos entrar. Diana tem um chá gelado pronto.

– Está tudo bem, sra. Harrison – disse Matthew caminhando ao lado da bruxa.

Diana surgiu atrás de Sarah. Olhou furiosa para Matthew e pôs as mãos nos quadris.

– Tudo bem? – disse. – Peter Knox assassinou Em. Uma árvore está crescendo para fora da lareira. Estou grávida dos seus filhos. Fomos despejados de Sept-Tours. E a Congregação pode aparecer a qualquer minuto e nos separar. Isso soa bem para você, Vivian?

– Aquele Peter Knox que tinha uma queda pela mãe de Diana? Ele não é membro da Congregação? – perguntou Vivian.

– Não mais – respondeu Matthew.

Vivian apontou o dedo para Sarah.

– Você me disse que Em teve um ataque cardíaco.

– E teve – disse Sarah na defensiva. Vivian crispou os lábios de desgosto. – É verdade! Foi isso que o filho de Matthew me disse.

– Sarah, você é muito boa em contar verdade e mentira ao mesmo tempo. – Vivian amenizou o tom. – Emily era uma parte importante de nossa comunidade. Assim como você. Precisamos saber o que realmente aconteceu na França.

– Saber se a culpa é ou não de Knox não vai mudar nada. Emily ainda estará morta. – Os olhos de Sarah se encheram de lágrimas. Ela enxugou-as. – E não quero o conciliábulo envolvido. É muito perigoso.

– Somos suas amigas. Já estamos envolvidas. – Vivian esfregou as mãos de Sarah. – Domingo é Lughnasadh.

– Lughnasadh? – repetiu Sarah desconfiada. – O conciliábulo de Madison não comemora o Lughnasadh há décadas.

– Não costumamos fazer uma grande festa, é verdade, mas este ano Hannah O'Neil está passando por cima de tudo só para recebê-la de volta a casa. E para nos dar a todos a chance de nos despedirmos de Em.

– Mas... Matthew... Fernando. – Sarah abaixou a voz. – O pacto.

Vivian soltou uma risada.

– Diana está grávida. É um pouco tarde para se preocupar com a quebra de regras. Sem falar que o conciliábulo sabe tudo sobre Matthew, e sobre Fernando também.

– Já sabem? – disse Sarah assombrada.

– Sabem, sim – disse Diana, com firmeza. – Smitty fez amizade com Matthew durante a compra de ferramentas, e você sabe que ele é um fofoqueiro obstinado. – O sorriso indulgente que ela deu para Matthew tirou o toque veemente de suas palavras.

– Somos conhecidos como um conciliábulo progressista. Se tivermos sorte, talvez Diana nos confie o que está embrulhado no feitiço de disfarce que ela assumiu. Vejo vocês no domingo. – Depois de um sorriso para Matthew e um aceno para Fernando, Vivian entrou no carro e se foi.

– Vivian Harrison é um trator – resmungou Sarah.

– Observadora também – disse Matthew pensativo.

– Pois é. – Sarah estudou Diana. – Vivian está certa. Você está usando um feitiço de disfarce... dos bons. Quem o lançou para você?

– Ninguém. Eu... – Sem poder mentir e ainda não querendo dizer a verdade para a tia, Diana fechou a boca. Matthew fez uma careta.

– Tudo bem. Não me diga. – Sarah fez menção de voltar para a sala de estar. – E não vou a essa festa. O conciliábulo todo está numa onda vegetariana. Não haverá nada para comer, a não ser abobrinha e a célebre e intragável torta de limão cremosa da Hannah.

– A viúva está mais segura de si – sussurrou Fernando erguendo o polegar para Diana enquanto seguia Sarah pela casa. – Foi uma boa ideia voltar para Madison.

– Você prometeu que contaria para Sarah que é uma tecelã depois que nos instalássemos aqui na casa das Bishop – disse Matthew agora a sós com Diana. – Por que não contou?

– Não sou a única a guardar segredos. E não me refiro apenas a esse negócio de voto de sangue ou ao fato de que os vampiros matam os vampiros portadores da ira do sangue. Você deveria ter me contado que Hugh e Fernando eram um casal. E definitivamente deveria ter me contado que durante muito tempo Philippe usou sua doença como arma.

– Sarah sabe que Corra é seu familiar e não uma lembrancinha? E quanto ao encontro de seu pai em Londres? – Matthew cruzou os braços.

– Não era o momento certo – disse Diana fungando.

– Ah, sim, o indescritível momento certo. – Matthew bufou. – Isso nunca vem, Diana. Às vezes só precisamos jogar a precaução para o alto e confiar nas pessoas que amamos.

– Confio em Sarah. – Diana mordeu o lábio, sem dizer mais nada.

Matthew sabia que o verdadeiro problema é que ela não confiava em si mesma e tampouco na magia que fazia. Não completamente.

– Vamos dar uma caminhada – ele disse estendendo a mão. – Falaremos disso mais tarde.

– Está muito quente. – Apesar do protesto, ela já estava de mãos dadas.

– Vou refrescá-la – ele prometeu sorrindo.

Ela olhou para ele com interesse. Ele ampliou o sorriso.

Matthew desceu da varanda com sua esposa, seu coração, sua companheira, sua vida nos braços. Os olhos de Diana estavam azuis e dourados como o céu de verão, e o único desejo dele era mergulhar de cabeça naquelas profundidades brilhantes. Não para se perder, mas para se encontrar.

9

— Não admira que não comemorem o Lughnasadh – sussurrou Sarah empurrando a porta da frente. – Com aquelas músicas horrorosas sobre o fim do verão e o início do inverno, sem falar no acompanhamento do pandeiro de Mary Bassett.

— A música não estava *tão* ruim – protestei. A careta de Matthew indicou que Sarah tinha o direito de reclamar.

— Fernando, ainda tem aquele vinho temperamental? – Sarah acendeu as luzes do saguão de entrada. – Preciso de uma bebida. Minha cabeça está latejando.

— Vinho Tempranillo. – Fernando jogou as toalhas de piquenique no banco do saguão. – Tempranillo. Lembre-se: é espanhol.

— Francês, espanhol, tanto faz... preciso de uns goles – ela disse ansiosa.

Dei passagem para Abby e Caleb cruzarem a porta. John estava apagado nos braços de Caleb, mas Grace estava acordada e se contorcia para sair do colo da mãe.

— Deixe-a descer, Abby. Não há perigo algum – disse Sarah indo para a cozinha.

Depois de ser deixada no chão, Grace seguiu direto para a escada. Matthew sorriu.

— Ela tem um instinto surpreendente para os problemas. Nada de escada, Grace. – Abby agarrou a filha e girou-a no ar antes de abaixá-la e apontar na direção da sala de estar.

— Por que não coloca John na sala de estar? – sugeri. John tinha trocado a máscara do Homem-Aranha pela camiseta do super-herói.

— Obrigado, Diana – balbuciou Caleb. – Só agora vejo o que você quis dizer sobre a árvore, Matthew. Está mesmo ramificando para fora da lareira?

— Talvez por conta do fogo e de um pouco de sangue – explicou Matthew sacudindo um cobertor atrás de Caleb.

Eles haviam conversado a noite toda sobre a política acadêmica, o trabalho de Matthew no hospital em John Radcliffe e o destino dos ursos-polares. Matthew estirou o cobertor no chão, improvisando uma caminha para John, enquanto Caleb corria os dedos pela casca da árvore fantasmagórica.

É disso que Matthew precisa, pensei comigo. *Lar. Família. Bando.* Sem outras pessoas para cuidar refugiava-se naquele recanto escuro onde o passado o assombrava. Mas após o ressurgimento de Benjamin, ele estava particularmente propenso para uma ninhada.

Eu também precisava disso. Depois de ter vivido num lar do século XVI, e não simplesmente numa casa, eu tinha me acostumado com outras pessoas a minha volta. Já não tinha tanto medo de que minha identidade se revelasse e o que mais desejava era me integrar.

Justamente por isso a festa do conciliábulo me parecera surpreendentemente agradável. Se antes as bruxas de Madison ocupavam um lugar intimidador na minha imaginação, agora essas mesmas bruxas me eram reconfortantes e, se não fosse pelas más lembranças dos tempos de colégio, até que Cassie e Lydia me pareciam acolhedoras. Mas também me pareciam impotentes se comparadas com as bruxas que conhecera na Londres do passado. Uma ou duas praticavam a magia elemental, mas não eram extraordinárias como as bruxas de fogo e de água do passado. Além do mais, as bruxas de Madison *capazes* de desenvolver a arte não segurariam uma vela para Sarah.

— Vinho, Abby? – Fernando ofereceu-lhe um copo.

— Claro. – Abby soltou uma risada. – Estou surpresa por vê-lo ileso depois da festa. Já estava certa de que alguém lançaria um feitiço de amor em você.

— Bem que Fernando as encorajou – comentei com simulada severidade. – Não era preciso tanta mesura *e* tanto beijo na mão de Betty Eastey.

— O pobre marido da mulher não vai ouvir outra coisa durante dias senão "Fernando isso" e "Fernando aquilo" – disse Abby, soltando outra risada.

— As senhoras ficarão bastante desapontadas quando descobrirem que estão colocando a sela no cavalo errado – disse Fernando. – Suas amigas me contaram inúmeras histórias encantadoras, Diana. Sabia que os vampiros são extremamente fofinhos quando encontram seu verdadeiro amor?

— Matthew não se transformou exatamente em ursinho de pelúcia – retruquei em tom seco.

— Ah, diz isso porque não o conhecia antes. – Fernando sorriu com ar matreiro.

— Fernando! — Sarah chamou da cozinha. — Ajude-me a acender esse fogo estúpido. Não consigo fazê-lo pegar.

Por que Sarah tentava acender a lareira naquele calorão, isso estava além do meu entendimento, mas ela argumentava que Em sempre acendia a lareira no Lughnasadh e ponto final.

— O dever me chama — sussurrou Fernando, com uma pequena reverência para Abby que ruborizou tal como Betty Eastey.

— Nós também vamos. — Caleb pegou Grace pela mão. — Vamos lá, brotinho.

Com um sorriso brincando no canto da boca, Matthew observou a tropa dos Pratt a caminho da cozinha.

— Isso vai acabar logo — comentei, enlaçando-o com os braços.

— Era exatamente o que eu estava pensando. — Ele me beijou. — Já está pronta para revelar sua condição de tecelã a sua tia?

— Assim que os Pratt forem embora. — A cada manhã eu prometia que contaria o que tinha aprendido no conciliábulo de Londres para Sarah, mas à medida que os dias passavam tornava-se cada vez mais difícil compartilhar a notícia.

— Não precisa contar tudo de uma vez — disse Matthew, acarinhando os meus ombros. — Diga que é uma tecelã para deixar de usar essa mortalha.

Chegamos à cozinha. O fogo de Sarah que crepitava jubiloso na despensa somava-se ao calor da noite de verão. Sentamos à mesa onde trocamos impressões sobre a festa e fofocamos sobre os últimos acontecimentos no conciliábulo. A certa altura a conversa descambou para o beisebol. Fiquei sabendo que Caleb era torcedor dos Red Sox como meu pai.

— O que há entre os homens de Harvard e os Red Sox? — Levantei-me para fazer um chá.

Um vislumbre embranquecido me chamou a atenção. Sorri ao pensar que era um dos fantasmas ausentes da casa e coloquei a chaleira no fogão. Sarah ficaria feliz se soubesse que um dos fantasmas estava prestes a reaparecer.

Mas não era um fantasma.

Grace cambaleou sobre as duas perninhas instáveis de seus dois anos de idade frente à lareira da despensa.

— *Buito* — murmurou.

— Grace!

Ela assustou-se com o grito e, ao girar a cabeça, desequilibrou-se perigosamente em direção ao fogo.

Era impossível alcançá-la a tempo – tanto pela ilha da cozinha como pelos sete metros de distância entre nós. Enfiei a mão no bolso da bermuda e puxei algumas linhas de tecelã que serpentearam por entre os meus dedos e se enrolaram nos meus pulsos ao mesmo tempo em que o grito de Grace cortava o ar.

Mas também não restava mais tempo para feitiços. Agi por puro instinto e enraizei os pés no chão. Água era tudo o que nos rodeava, escorrendo pelas artérias profundas que cruzavam a terra das Bishop. Ela também estava dentro de mim e, num esforço para concentrar o seu poder cru e elemental, isolei os filamentos de azul, verde e prata que iluminavam tudo na cozinha e na despensa que estava ligado à água.

Com um movimento mercurial arremessei um jato de água até a lareira. Logo o vapor entrou em jorros de erupção, fazendo o carvão assobiar e acolhendo Grace na lama de cinzas com um baque.

– Grace! – Abby passou correndo por mim, seguida por Caleb.

Fui abraçada por Matthew. Sentia-me molhada até os ossos e tremia dos pés à cabeça. Ele esfregou as minhas costas na tentativa de me aquecer.

– Graças a Deus você tem esse poder sobre a água, Diana – disse Abby, segurando Grace, que choramingava.

– Ela está bem? – perguntei. – Ela estendeu a mão para se apoiar pertinho das chamas.

– Está com a mãozinha rosada – disse Caleb ao examinar os dedinhos da menina. – O que acha disso, Matthew?

Matthew afagou a mão de Grace.

– *Buito* – ela disse, com um tremor no lábio inferior.

– Eu sei. O fogo é muito bonito. Mas também muito quente – ele sussurrou, soprando os dedos da menina e fazendo-a rir. Fernando entregou-lhe um pano úmido e um cubo de gelo.

– Dá. – Grace estendeu a mão até o rosto de Matthew.

– Sem bolhas e aparentemente sem dano algum – ele disse depois de obedecer à ordem e soprar os dedinhos da pequena tirana novamente. Enrolou o pano na mãozinha com cuidado e pressionou o cubo de gelo. – Ela parece bem.

– Eu não sabia que você dominava jatos de água. – Sarah olhou-me bruscamente. – Você está bem? Você está diferente, brilhante.

– Estou bem. – Afastei-me de Matthew, livrando-me dos restos esfarrapados do feitiço de disfarce a minha volta. Comecei a procurar possíveis fios de tecelagem caídos no piso que circundava a ilha da cozinha porque talvez precisasse de algum remendo furtivo.

– Você conseguiu tudo isso sozinha? – Sarah pegou-me e virou a palma de minha mão para cima. Engasguei com o que vi.

Filetes coloridos no centro de cada dedo. No dedo mindinho, uma nódoa marrom, no dedo anular, amarela. Um vívido azul marcava o dedo médio, e um vermelho reluzia no dedo indicador com imperiosa centelha. Os fios coloridos uniam-se na palma da mão e estendiam-se em um cordão trançado e multicolorido até o monte carnudo da base. E ali o cordão reunia-se a um fio verde que saía do polegar – uma ironia face ao destino de grande parte de minhas experiências com as plantas de casa. A trança de cinco cores percorria a curta distância até o pulso, onde fazia um nó com cinco cruzadas – o pentagrama.

– Fios do meu tear. Eles... estão dentro de mim. – Olhei incrédula para Matthew.

Acontece que a maioria dos tecelões usava nove fios e não cinco. Girei a palma da mão esquerda e lá estavam os fios que faltavam: preto no dedo polegar, branco no dedo mindinho, dourado no dedo anular e prata no dedo médio. O dedo indicador não tinha cor. E as cores que retorciam até o pulso esquerdo reproduziam um ouroboros, um círculo sem começo nem fim em forma de uma serpente com a cauda na boca. Era o emblema da família De Clermont.

– Diana... está cintilante? – disse Abby.

Continuei de olho em minhas mãos e flexionei os dedos. Uma explosão de fios coloridos iluminou o ar.

– O que foi isso? – Sarah arregalou os olhos.

– Fios. Ligam os mundos e governam a magia – expliquei.

Nesse mesmo momento Corra retornou de sua caça. Mergulhou pela chaminé da despensa e caiu no amontoado úmido de madeira, tossindo com chiados no peito e equilibrando-se nos pés.

– Isso... é um dragão? – perguntou Caleb.

– Não, é uma lembrancinha – disse Sarah. – Diana trouxe da Inglaterra elisabetana.

– Corra não é uma lembrancinha. É minha familiar – balbuciei.

Sarah bufou.

– As bruxas não têm familiares.

– As tecelãs têm – retruquei. Matthew pôs a mão em minhas costas em apoio silencioso. – É melhor chamar Vivian. Preciso contar uma coisa.

* * *

– Então, o dragão... – Vivian iniciou a frase apertando as mãos em torno de uma caneca fumegante de café.

– Dragão de fogo – corrigi.

– Então, ele...

– Ela. Corra é uma fêmea.

– ... é seu familiar? – Vivian terminou a frase.

– Sim. Corra apareceu quando teci o meu primeiro feitiço em Londres.

– E todos os familiares são dragões... quer dizer, dragões de fogo? – Abby puxou as pernas de cima do sofá da sala. Estávamos todos reunidos ao redor da televisão, menos John, que caíra num sono pacífico depois de tanta emoção.

– Não. Minha mestra Goody Alsop tinha uma criada... uma sombra projetada por ela mesma. Goody tinha afinidade com o ar; quer dizer, o familiar da bruxa tecelã sempre assume uma forma associada à predisposição elemental que ela apresenta.

Era provavelmente o enunciado mais longo sobre a magia já feito por mim. Isso soou em grande parte incompreensível para as bruxas presentes que não sabiam nada sobre os tecelões.

– Eu tenho uma afinidade com a água e o fogo – continuei aprofundando o tema. – Ao contrário dos dragões comuns, os dragões de fogo sentem-se tão confortáveis nas águas como nas chamas.

– E também podem voar – acrescentou Vivian. – Na verdade, os dragões de fogo representam uma triplicidade do poder elemental.

Sarah olhou para ela com espanto.

Vivian deu de ombros.

– Eu tenho mestrado em literatura medieval. Os *wyverns*, ou dragões de fogo, se preferem, eram comuns nas mitologias e lendas da Europa.

– Mas você... você é minha contadora – Sarah gaguejou.

– Você já pensou que muitos ingleses de peso são contadores? – disse Vivian, erguendo as sobrancelhas e voltando-se para mim. – Diana, você também voa?

– Sim – admiti com relutância. Voar não era um talento comum entre as bruxas. Embora espetaculoso, era indesejável quando se queria viver tranquilamente entre os seres humanos.

– Os outros tecelões também brilham como você? – perguntou Abby de cabeça inclinada.

– Não sei se *há* outros tecelões. Não restaram muitos, nem mesmo no século XVI. Depois que executaram a tecelã escocesa, só restou Goody Alsop nas Ilhas Britânicas. Falava-se de um tecelão em Praga. E papai também era tecelão. O dom é passado nas famílias.

– Stephen Proctor não era um tecelão – disse Sarah, com sarcasmo. – Ele nunca brilhou e não tinha familiar. Seu pai era um bruxo perfeitamente normal.

– Os Proctor não produziram uma genuína bruxa de primeira linha ao longo de algumas gerações. – Vivian desculpou-se.

– É raro encontrar um tecelão de primeira linha seja lá do que for... de acordo com os padrões tradicionais. – Isso era verdadeiro até mesmo em nível genético, onde os testes de Matthew revelavam tipos de marcadores contraditórios no meu sangue. – Por isso nunca fui boa com a arte. Sarah conseguia ensinar a prática dos feitiços para qualquer um, menos para mim. Eu era um desastre. – Soltei uma risada instável. – Papai dizia que para mim era melhor deixar o feitiço entrar por um ouvido e sair pelo outro, e depois fazer um apenas meu.

– Quando Stephen lhe disse isso? – A voz de Sarah rachou do outro lado da sala.

– Em 1591, em Londres. Ele também estava lá. Foi de papai que herdei a habilidade de viajar no tempo. – Apesar da recomendação de Matthew de não contar tudo de uma vez para Sarah, a história estava saindo dessa maneira.

– Você viu Rebecca? – Sarah arregalou os olhos.

– Não. Apenas papai. – O reencontro com meu pai acabou sendo um presente inesperado em nossa jornada, e o mesmo aconteceu quando conheci Philippe de Clermont.

– Serei condenada – murmurou Sarah.

– Ele não permaneceu em Londres por muito tempo, só por alguns dias. E como éramos três tecelões na cidade nos tornamos objeto de muitos falatórios. – E não apenas porque papai se meteu na trama e nos versos dos diálogos de William Shakespeare.

Sarah abriu a boca para disparar outra pergunta, mas Vivian ergueu a mão e calou-a.

– Se a tecelagem é transmitida no seio das famílias, por que há tão poucas tecelãs? – perguntou Vivian.

– Já faz muito tempo que as outras bruxas nos destroem. – Apertei a toalha que Matthew colocara nos meus ombros.

– Goody Alsop nos disse que assassinaram famílias inteiras para que nenhuma criança perpetuasse o legado. – Matthew pressionou os dedos nos músculos tensos do meu pescoço. – Os sobreviventes esconderam-se. Guerra, doença e mortalidade infantil teriam estressado consideravelmente as poucas linhagens remanescentes.

– Por que erradicar os tecelões? Feitiços novos teriam uma grande acolhida em qualquer conciliábulo – disse Caleb.

– Eu mataria por um feitiço que destravasse o meu computador quando John brinca com o teclado – acrescentou Abby. – Já tentei de tudo: encantamento para rodas presas, feitiço para fechaduras quebradas, bênção para novos empreendimentos. Nada parece funcionar com esses aparelhos eletrônicos modernos.

– Os tecelões eram muito poderosos, e talvez isso despertasse inveja nos outros bruxos e bruxas. Ou talvez fosse apenas medo. E nesse aspecto não acho que as criaturas sejam mais abertas ou diferentes dos seres humanos... – Minhas palavras esvaneceram em silêncio.

– Novas magias. – Caleb assobiou. – Por onde começa?

– Isso depende do tecelão. Comigo é por uma pergunta ou por um desejo. Concentro-me nisso e os cordões fazem o resto. – Ergui as mãos. – Acho que os meus dedos precisam fazer isso agora.

– Deixe-me ver suas mãos, Diana – disse Sarah.

Levantei-me e estendi as palmas das mãos.

Ela observou atentamente as cores. Seus dedos traçaram um nó em forma de pentagrama com cinco cruzamentos no meu pulso direito.

– Esse é o quinto nó – expliquei enquanto Sarah me examinava. – As tecelãs o utilizam em feitiços para superar os desafios ou para tornar as experiências mais consistentes.

– O pentagrama representa os elementos. – Sarah bateu com a palma da mão nas estrias marrons, amarelas, azuis e vermelhas que estavam entrelaçadas. – Essas quatro cores expressam tradicionalmente a terra, o ar, a água e o fogo. E o verde no seu polegar simboliza a deusa... especialmente no aspecto de mãe.

– Sua mão é um verdadeiro manual mágico, Diana – comentou Vivian. – Os quatro elementos, o pentagrama, a deusa, tudo inscrito aí. É tudo que uma bruxa precisa para operar a arte.

– E este aqui deve ser o décimo nó. – Sarah delicadamente largou a minha mão direita e pegou a esquerda. Esquadrinhou o laço em torno do meu pulso. – Isso se parece com o símbolo da bandeira hasteada em Sept-Tours.

– Pois é. Nem todos os tecelões conseguem fazer o décimo nó, embora pareça muito simples. – Respirei profundamente. – É o nó da criação. E da destruição.

Sarah fechou os meus dedos e dobrou a mão em torno da minha. Ela e Vivian entreolharam-se preocupadas.

– Por que está faltando uma cor em um dos meus dedos? – perguntei, sentindo-me subitamente desconfortável.

– Falaremos disso amanhã – disse Sarah. – Já está tarde. Foi uma longa noite.

– Preciso colocar as crianças na cama. – Abby levantou-se com cuidado para não perturbar a filha. – Espere até que o resto do clã saiba que Diana pode fazer novos feitiços. Cassie e Lydia vão ter um ataque.

– Não podemos dizer nada para o conciliábulo – disse Sarah, com firmeza. – Não até descobrirmos o que isso significa.

– Diana realmente está muito brilhante. – Abby apontou para mim. – Não percebi isso antes, mas até mesmo os seres humanos poderão perceber.

– Eu estava usando um feitiço de disfarce. Posso usar outro. – Olhei de relance para o olhar proibitivo de Matthew e acrescentei apressadamente. – Claro que não faria isso aqui em casa.

– Com ou sem feitiço de disfarce, precisamos informar alguma coisa para os O'Neil – disse Vivian.

Caleb olhou-a com ar sombrio.

– Sarah, o conciliábulo inteiro não precisa ficar sabendo, mas também não podemos manter todos no escuro. O melhor é escolher para quem dizer e o que dizer.

– Será bem mais difícil explicar a gravidez de Diana do que arrumar uma boa razão para que ela esteja brilhando assim. – Sarah acentuou o óbvio. – Embora a gravidez ainda não esteja visível, com os gêmeos muito em breve será impossível ignorá-la.

– E é exatamente por isso que precisamos ser totalmente honestos – argumentou Abby. – As bruxas farejam as meias verdades da mesma forma que farejam as mentiras.

– Isso será um teste de lealdade e de abertura para o conciliábulo – acrescentou Caleb pensativo.

– E se falharmos nesse teste? – perguntou Sarah.

– Isso nos dividirá para sempre – ele respondeu.

– Talvez seja melhor sairmos daqui. – Eu tinha experimentado em primeira mão o que esse tipo de divisão ocasionava, sem mencionar os meus constantes pesadelos com as bruxas que se voltaram umas contra as outras na Escócia, iniciando assim os julgamentos em Berwick. Eu não queria ser responsável pela destruição do conciliábulo de Madison, forçando-o a abandonar casas e fazendas possuídas pelas famílias ao longo de gerações.

– Vivian? – Caleb dirigiu-se à líder do conciliábulo.

– Sarah é que deve decidir – disse Vivian.

– Já se passou o tempo em que acreditei que todo esse negócio de tecelagem devia ser compartido. Mas depois as bruxas fizeram coisas terríveis umas com as outras, e não me refiro apenas ao que aconteceu com Emily. – Sarah olhou para mim, mas sem dar mais detalhes.

– Posso manter Corra dentro de casa... a maior parte do tempo. Posso deixar de ir à cidade. Mas não posso esconder minhas diferenças para sempre, nem mesmo com os melhores feitiços de disfarce. – Fiz um alerta para as bruxas ali reunidas.

– Entendo – disse Vivian em tom sereno. – Mas isso não é apenas um teste... também é uma oportunidade. Quando as bruxas de outrora se determinaram a destruir os tecelões, além das vidas perdidas também se perderam linhagens, experiências e conhecimentos... e tudo porque temíamos um poder que não entendíamos. Essa é então a nossa chance de começar tudo de novo.

– *As tempestades se enfurecerão e oceanos rugirão* – sussurrei. – *Quando Gabriel estiver no mar e na terra. / E quando ele soprar o seu maravilhoso chifre / Fenecerão velhos mundos e nascerá o novo.* – Estávamos apenas em meio a tal mudança?

– Com quem aprendeu isso? – A voz de Sarah soou afiada.

– Com Goody Alsop. É uma profecia que ela ouviu da mestra... Mãe Ursula.

– Sei de quem é a profecia, Diana – disse Sarah. – Mãe Ursula foi uma mulher conhecida pela astúcia e uma poderosa vidente.

– Foi mesmo? – Fiquei intrigada porque Goody Alsop não tinha me contado.

– Foi sim. Para uma historiadora, você é uma completa ignorante da tradição das bruxas. Serei condenada. Você aprendeu a tecer feitiços com uma bruxa aprendiz de Ursula Shipton. – O tom de Sarah soou com uma nota de respeito verdadeiro.

– Então, nem tudo está perdido – disse Vivian suavemente –, contanto que não acabemos perdendo você.

Abby e Caleb colocaram as crianças na camionete, junto com cadeiras e restos de comida. Acenei da calçada e de repente Vivian aproximou-se com um recipiente de salada de batata na mão.

– Se quiser que Sarah não se preocupe tanto e pare de olhar para aquela árvore, conte tudo sobre tecelagem para ela. Mostre como se faz isso... na medida do possível.

– Ainda não sou muito boa nisso, Vivian.

– Outra razão para recorrer à ajuda de Sarah. Ela pode não ser uma tecelã, mas conhece a arquitetura dos feitiços como nenhuma outra bruxa conhece. Com isso ela terá um propósito, agora que Emily se foi. – Vivian apertou a minha mão para me encorajar.

– E o conciliábulo?

– Segundo Caleb isso é um teste – disse Vivian. – Vamos tentar passar por isso.

Ela seguiu caminho abaixo, com os faróis do carro varrendo a velha cerca. Entrei em casa, apaguei as luzes e subi a escada ao encontro do meu marido.

– Trancou a porta da frente? – perguntou Matthew deixando um livro de lado, sem sair da cama, que era pequena para ele.

– Não pude. Sarah perdeu a chave do ferrolho. – Desviei os olhos para a chave da porta do nosso quarto que a casa amavelmente nos entregara em outra ocasião. Os meus lábios abriram um sorriso com as lembranças daquela noite.

– Dra. Bishop, sente-se devassa? – O tom de Matthew era tão sedutor quanto uma carícia.

– Já estamos casados. – Desvencilhei-me dos sapatos e levei a mão ao botão superior de minha blusa. – Meu dever de esposa é manter os seus desejos carnais.

– E meu dever de marido é satisfazê-los. – Matthew moveu-se da cama à cômoda na velocidade da luz, e gentilmente apressou-se em substituir meus dedos para abrir com seus próprios dedos o botão de minha blusa. E depois outro e depois mais outro. Cada centímetro de carne à vista ganhava um beijo e uma suave pressão de dentes. Cinco botões depois o meu corpo tremia sob a umidade do ar de verão.

– Que estranho você tremer assim – ele sussurrou enquanto abria o fecho do meu sutiã. Em seguida roçou os lábios na cicatriz em forma de lua crescente próxima ao meu coração. – Você não sente frio.

– Tudo é relativo, vampiro. – Peguei-o pelo cabelo, fazendo-o sorrir. – E então, vai me amar ou só quer tomar a minha temperatura?

Mais tarde, ergui a minha mão esquerda e, ao girá-la sob a luz prateada, o dedo médio e o anular exibiam uma linha colorida; o primeiro, a sombra de um raio de lua, e o segundo, dourado como o sol. Embora os outros fios estivessem esmaecidos, ainda podia ser visto um nó perolado na palidez da carne de cada pulso.

– O que será que tudo isso significa? – perguntou Matthew deslizando os lábios pelo meu cabelo e traçando com os dedos desenhos de oito círculos no meu ombro.

– Que você se casou com uma dama tatuada... ou com uma mulher possuída pelos alienígenas. – Eu já começava a me sentir repleta dentro de meu corpo, com as novas vidas que se enraizavam dentro de mim junto a Corra e ao meu recente tear.

– Fiquei orgulhoso de você hoje à noite. Pela rapidez com que pensou em salvar Grace.

– Não pensei em nada. O grito de Grace é que ligou um interruptor dentro de mim. Foi puro instinto. – Eu me retorci nos braços de meu marido. – Isso aí nas minhas costas ainda é a coisa do dragão?

– Sim. E está mais escuro que antes. – Ele acariciou minha cintura e me virou para me encarar. – Alguma teoria a respeito disso?

– Ainda não. – A resposta continuava fora do meu alcance, mas podia senti-la à minha espera.

– Talvez tenha a ver com seu poder. Está mais forte do que nunca. – Matthew levou meu pulso à boca, sorveu meu cheiro e comprimiu os lábios em minhas veias. – Você continua cheirando a relâmpago de verão, mas com uma nota que lembra dinamite quando o pavio aceso toca a pólvora.

– Já tenho poder suficiente. Não quero mais nada – comentei aconchegando-me a ele.

Contudo, um obscuro desejo revolvia-me o sangue desde que tínhamos retornado a Madison.

Mentirosa, sussurrou uma voz conhecida.

Fiquei toda arrepiada, como se milhares de bruxas me observassem. Mas agora quem me observava era um único ser: *a deusa*.

Olhei ao redor do quarto, e nenhum sinal da deusa. Se Matthew percebesse a presença dela, começaria a fazer perguntas que eu não queria responder. E ele poderia descobrir um segredo ainda guardado por mim.

– Graças a Deus – balbuciei.

– Disse alguma coisa? – perguntou Matthew.

– Não. – Menti novamente, achegando-me a ele. – Você deve estar ouvindo coisas.

10

Na manhã seguinte, tropecei no térreo de tão exausta que estava após o encontro com a água de bruxa e os sonhos vívidos que se seguiram.

– A casa estava muito quieta na noite passada – disse Sarah por trás do velho púlpito, com os óculos de leitura empoleirados na ponta do nariz, os rebeldes cabelos vermelhos em volta do rosto e o grimório das Bishop aberto à frente. Uma visão semelhante à de Cotton Mather, um puritano ancestral de Emily.

– Sério? Não notei. – Aos bocejos arrastei os dedos pelo velho tabuleiro de madeira com lavandas recém-colhidas.

Logo as ervas estariam penduradas de cabeça para baixo para secar no varal estendido entre as vigas. Uma aranha acrescentava a sua própria versão de seda a essa teia.

– Claro que você está ocupada esta manhã – acrescentei, mudando de assunto.

As hastes do cardo de leite na peneira estavam prontas para as sacudidelas que libertariam as sementes de seu invólucro felpudo. Os ramos de matricária e de flores de arruda amarelas amarrados em barbante seriam pendurados em seguida. Sarah arrastara a pesada prensa de flores, as folhas aromáticas dentro de uma bandeja esperavam para serem prensadas. Em cima do balcão, ervas e buquês de flores recém-colhidas cuja finalidade ainda não era muito clara.

– Há muito trabalho a fazer – disse Sarah. – Enquanto estávamos fora alguém cuidou da horta com seus próprios métodos, e as sementes de inverno e de primavera ainda não foram semeadas.

Alguns anônimos deviam estar envolvidos nesse "alguém", face ao tamanho da horta de bruxa na casa das Bishop. Pensando em ajudar, ergui a mão para pegar um ramo de arruda. Aquele odor sempre me lembrava Satu e os horrores que ela me infligiu depois que me sequestrou na horta em Sept-Tours e levou-me para La Pierre. Fui interceptada pela rapidez da mão de Sarah.

– Mulheres grávidas não tocam em arruda, Diana. Se quiser me ajudar, corte algumas lunárias na horta. Use aquilo. – Ela apontou para a faca de cabo branco. Eu a tinha utilizado pela última vez para abrir a minha própria veia e salvar Matthew. Nenhuma de nós se esquecera disso. Nenhuma de nós mencionara isso.

– Lunária é aquela planta com vagens?

– Flores roxas. Hastes longas. Aparência de discos planos. – Ela explicou com mais paciência que de costume. – Corte as hastes na base da planta. Vamos separar as flores do restante antes de pendurá-las para secar.

A horta de Sarah ocultava-se em um canto distante do pomar, onde nem as macieiras destroçadas nem os ciprestes e carvalhos da floresta ofuscavam o solo. Cercava-se de paliçadas feitas com estacas de metal, telas de arame, piquetes e outras engenhocas – tudo isso para repelir coelhos, ratazanas e gambás. Para maior segurança, o perímetro era incensado duas vezes por ano e preservado com magias de proteção.

Lá dentro, Sarah recriara um pedaço do paraíso. Os caminhos mais amplos da horta levavam a vales obscuros, onde samambaias e outras plantas abrigavam-se à sombra de árvores mais altas. Os canteiros de legumes e verduras mais próximos da casa eram mantidos com divisórias, grades e suportes de trepadeiras. Embora geralmente cobertos de vagens, ervilhas e diversos tipos de feijões, estavam subnutridos naquele ano.

Contornei a pequena horta onde Sarah ensinava as associações elementares das diferentes flores, plantas e ervas para as crianças do conciliábulo – e algumas vezes para os pais delas. Os jovens alunos haviam demarcado o seu próprio espaço sagrado em meio à horta maior com varinhas de tinta, galhos de salgueiro e palitos de picolé. As plantas de fácil cultivo como helênio e mil-folhas os ajudavam a compreender o ciclo sazonal de nascimento, crescimento e decadência que orientava o ofício das bruxas. A menta e outras plantas invasivas eram mantidas no vão de um toco.

Duas macieiras pontificavam no centro da horta, e uma rede delimitava a distância entre elas. Era ampla o bastante para armazenar as plantas de Sarah e de Em, e antes era o lugar onde elas sonhavam e conversavam longamente nas noites quentes de verão.

Passei pelas macieiras e atravessei um segundo portão que levava à horta de Sarah, cuja finalidade para uma bruxa profissional era a mesma que as bibliotecas tinham para mim: fonte de inspiração e de refúgio, e ainda de informações e de ferramentas para o trabalho.

Encontrei as hastes de quase um metro de altura cobertas de flores roxas. Como Sarah pedira, enchi a cesta de vime e deixei o suficiente para a autossemeadura do ano seguinte e depois voltei para a casa.

Eu e minha tia trabalhamos em sociável silêncio. Ela picava as flores de lunária que seriam usadas para preparar um óleo perfumado, e eu amarrava as hastes – já sem cachos para não danificar as vagens – com barbante e as pendurava para secar.

– O que fará com as vagens? – perguntei enquanto amarrava.

– Encantos de proteção. Haverá uma demanda para isso com o início das aulas daqui a algumas semanas. As vagens de lunária são muito eficazes porque afastam os monstros e os pesadelos das crianças.

Corra, que dormia no sótão da despensa, olhou de soslaio para Sarah, expelindo fumaça do nariz e da boca.

– Eu tenho outra coisa em mente para *você*. – Ela apontou a faca para o dragão de fogo.

Corra se virou de costas, com ar despreocupado. Sua cauda dependurou-se como um pêndulo na borda do mezanino, com a extremidade em forma de pá movendo-se suavemente de um lado para outro. Esquivei-me para passar e amarrei outra haste de lunária no teto, de modo que não pudesse se agitar e perder algumas de suas vagens ovais.

– Levam quanto tempo dependuradas antes de secarem? – perguntei ao retornar à mesa.

– Uma semana – disse Sarah, olhando-a de relance. – Enquanto isso nós esfregaremos a pele das vagens. Tem um disco de prata por dentro.

– Como uma lua. Como um espelho – comentei, balançando a cabeça em assentimento. – O reflexo faz o pesadelo se voltar para si mesmo e ele deixa de perturbar a criança.

Sarah se mostrou feliz com minha observação.

– Algumas bruxas utilizam a casca da lunária como instrumento de vidência – continuou depois de alguns instantes. – Segundo uma bruxa de Hamilton que ensinava química no ensino médio, os alquimistas recolhiam o orvalho das lunárias em maio para usá-lo como base do elixir da vida.

– Isso exigiria um bocado de lunária – comentei sorrindo e pensando na quantidade de água utilizada por Mary Sidney e eu em nossos experimentos. – Acho que é melhor nos atermos aos amuletos de proteção.

– Está bem, então. – Sarah sorriu. – Coloquei os amuletos em travesseiros de sonho para as crianças. Não são assustadores como os bonecos vodus ou os pentagramas feitos de varas de amora. Com quais ingredientes você os faria?

Respirei fundo e concentrei-me. Os travesseiros de sonhos não precisavam ser grandes, o ideal... seria então do tamanho da palma de minha mão.

A palma de minha mão. Eu geralmente corria os dedos por meus fios de tecelã à espera de inspiração – e orientação – para acertar. Mas agora os fios estavam dentro de mim. Girei as mãos, abri os dedos e brilhantes nós irromperam pelo rendilhado das veias de meu pulso enquanto o polegar e o mindinho de minha mão direita faiscavam em verde e marrom, as cores da arte.

Os frascos de vidro de Sarah cintilaram à luz das janelas. Fui até lá e passei o dedo mindinho pelos rótulos até sentir uma resistência.

– Agrimônia. – Viajei ao longo da plataforma. – Artemísia.

Inclinei o dedo mindinho para trás, como se fosse o ponteiro de um tabuleiro Ouija.

– Anis. – O dedo moveu-se para baixo. – Lúpulo. – E depois traçou uma linha diagonal para o lado oposto. – Valeriana.

O que cheira assim? Tão pungente?

Meu dedo polegar vibrou.

– Uma folha de louro, algumas pitadas de alecrim e um pouquinho de tomilho – acrescentei.

E se a criança acordasse e agarrasse o travesseiro?

– E cinco feijões secos. – Era uma adição estranha, mas, segundo o meu instinto de tecelã, isso faria toda a diferença.

– Bem, serei amaldiçoada. – Sarah empurrou os óculos para cima da cabeça. Olhou-me espantada e sorriu. – Parece um velho amuleto de sua avó, com a diferença de que tinha verbasco e verbena... e não tinha feijão.

– Eu colocaria feijões no travesseiro – eu disse. – Pois se entrechocam quando agitados. Diga para as crianças que o barulho pode assustar os monstros.

– Um bom toque – Sarah admitiu. – E as lunárias... seriam moídas ou as deixaria inteiras?

– Inteiras e costuradas na frente do travesseiro – respondi.

Mas as ervas eram apenas uma parte dos amuletos de proteção. Era preciso adicionar palavras. E palavras embaladas com potencialidades, caso outra bruxa quisesse utilizá-lo. Embora eu tivesse aprendido muita coisa com as bruxas de Londres, geralmente os meus feitiços ficavam na página e assim mantinham-se inertes em línguas alheias. Grande parte das magias era escrita em rimas, isso as tornava mais fácil de serem lembradas e animadas. Acontece que eu não era poeta como Matthew e os amigos dele. Hesitei.

– Algo errado? – perguntou Sarah.

– Minha *gramarye* é uma porcaria – confessei em voz baixa.

– Se eu soubesse o que é isso, poderia sentir pena de você – retrucou Sarah em tom seco.

– *Gramarye* é a forma pela qual os tecelões introduzem a magia nas palavras. Posso construir feitiços e executá-los, mas sem a *gramarye* não funcionarão com outras bruxas. – Apontei para o grimório das Bishop. – Centenas e centenas de tecelãs criaram palavras para esses feitiços que perduraram através dos tempos com outras bruxas. Até hoje esses feitiços são potentes. Será uma baita sorte se meus feitiços permanecerem potentes por uma hora.

– Qual é o problema? – perguntou Sarah.

– Não concebo feitiços em palavras e sim em formas e cores. – O lado inferior dos meus dedos polegar e mindinho ainda estava levemente descolorido. – A tinta vermelha ajudou-me no feitiço de fogo. Assim que arrumei as palavras na página para que formassem uma espécie de imagem.

– Mostre-me. – Sarah estendeu-me um pedaço de papel e um galho carbonizado. – Hamamélis. – Esclareceu-me quando ergui o galho. – Utilizo-o como lápis quando copio um feitiço pela primeira vez. Quando algo dá errado, os efeitos colaterais são menores... e isso perdura mais que a tinta. – Ela ruborizou levemente por conta de um ciclone causado no banheiro da casa por uma de suas magias indisciplinadas. Durante semanas encontramos salpicos de loção bronzeadora e de xampu em lugares inimagináveis.

Concebi e escrevi um feitiço para iluminar as coisas, sem dizer as palavras comigo mesma e, portanto, sem executar a magia. Na ocasião em que o tinha criado, o dedo indicador de minha mão direita assumira um vermelho brilhante.

– Foi minha primeira tentativa de *gramarye*. – Observei-o com olhos críticos antes de entregá-lo para Sarah. – Talvez um aluno da terceira série tivesse feito um trabalho melhor.

Fogo
Oh, acenda
Goela brilhante a rugir
Onde a noite irá extinguir

— Não está *tão* ruim assim – disse Sarah. Olhei-a cabisbaixa e ela rapidamente acrescentou. – Já vi piores. Um feitiço com a primeira letra de cada linha formando a palavra fogo. Foi inteligente. Mas por que um triângulo?

— Pela própria estrutura da magia. Muito simples, na verdade... somente um nó cruzado três vezes. – Foi minha vez de analisar o trabalho. – O engraçado é que para muitos alquimistas o triângulo era o símbolo do fogo.

— Um nó cruzado três vezes? – Sarah olhou por cima dos óculos. – Foi um dos seus momentos Yoda. – Dessa maneira, ela retirava o ar do meu vocabulário.

— Fiz isso o mais claro possível, Sarah. Seria mais fácil mostrar o que quero dizer se meus fios não estivessem dentro de minhas mãos. – Segurei-as e balancei os dedos para ela.

Sarah murmurou alguma coisa e uma bola de barbante rolou por cima da mesa.

— Será um barbante comum, Yoda?

Falei o meu próprio feitiço e o movimento da bola se deteve com o poder da terra e o emaranhado de nós cruzados três vezes em volta. Sarah contraiu-se surpreendida.

— É claro – respondi satisfeita com a reação de minha tia. Com uma faca cortei aproximadamente nove centímetros do barbante. – Cada nó tem um número diferente de cruzamentos. Na sua arte você só utiliza dois, o simples nó corrediço e o duplo nó corrediço, os dois nós de tecelagem conhecidos por todas as bruxas. Mas as coisas se complicam quando chegamos ao terceiro nó.

Mas aquele barbante de cozinha demonstraria o que eu queria dizer? Se os nós feitos com meus fios de tecelã eram tridimensionais, com um barbante comum seria melhor trabalhar no plano. Segurando uma das extremidades com a mão esquerda, fiz uma laçada para a direita, passando o barbante por baixo de um lado e por cima do outro da laçada, e juntei as extremidades. E disso resultou um nó em forma de trevo semelhante a um triângulo.

— Olhe só, três cruzamentos – eu disse. - Tente você.

Quando tirei as mãos, o barbante ergueu-se em forma de pirâmide com as extremidades fundidas em um nó inquebrável. Sarah engasgou.

— Excelente! – exclamei. – O velho barbante funciona muito bem.

— Você parece o seu pai. – Ela cutucou o nó com o dedo. – Cada feitiço esconde esse mesmo nó?

— Pelo menos um. Na verdade, os feitiços complicados podem ter dois ou três nós, amarrando os fios como aqueles que apareceram ontem à noite na sala de estar... os fios que ligam o mundo. – Sorri. – Talvez a *gramarye* seja um tipo de feitiço de disfarce... que oculta o funcionamento interno da magia.

– E o feitiço se revela quando você entoa as palavras – disse Sarah pensativa.

– Faça o seu agora.

Antes que pudesse alertá-la, Sarah leu as palavras do meu feitiço em voz alta. O papel pegou fogo e ela o largou sobre a mesa. Apaguei o fogo com uma chuveirada de água conjurada.

– Pensei que fosse um feitiço para acender velas... e não para atear fogo na casa! – ela disse observando aquela bagunça carbonizada.

– Desculpe. É um feitiço muito novo. Talvez acabe se ajustando. À *gramarye* não cabe conservar os feitiços para sempre, e por isso a magia enfraquece ao longo do tempo. E também por isso os feitiços deixam de funcionar – expliquei.

– Sério? Nesse ritmo você acabará descobrindo a idade relativa dos feitiços. – Os olhos de Sarah brilharam. Por ser uma grande adepta da tradição, quanto mais antiga a magia, mais ela gostava.

– Talvez. Mostrei-me cética. – Existem outras razões para que os feitiços não funcionem. Primeiro porque as habilidades dos tecelões são diferentes. E depois porque as palavras alteradas ou deixadas de fora pelas bruxas posteriores que copiam os feitiços acabam por comprometer a magia.

A essa altura Sarah já folheava as páginas do seu livro de feitiços.

– Olhe este aqui. – Ela fez um sinal para que me aproximasse. – Sempre achei que este feitiço é o mais antigo do grimório Bishop.

– *"Um grandíssimo encantamento para limpar o ar e colocar tudo no lugar."* – Li em voz alta. – *"Passado pela velha Maude Bishop e comprovado por mim, Charity Bishop, no ano de 1705."* – À margem algumas notas de outras bruxas, incluindo a minha avó, que mais tarde dominara o feitiço. Uma anotação cáustica de Sarah proclamava, *"totalmente sem valor"*.

– E então? – disse Sarah.

– Está datado de 1705. – Apontei.

– Sim, mas a genealogia remonta para mais além. Em nunca descobriu quem foi Maude Bishop... parente de Bridget da Inglaterra, talvez? – Esse projeto de pesquisa genealógica inacabado era a primeira oportunidade de Sarah mencionar o nome de Em sem tristeza. Vivian estava certa. Sarah precisava de mim na despensa tanto quanto eu precisava estar lá.

– Talvez. – Mostrei-me cética outra vez para não levantar esperanças irrealistas.

– Faça o mesmo que você fez com os frascos. Leia com os dedos. – Sarah empurrou o púlpito em minha direção.

Rocei os dedos por cima das palavras do feitiço e minha pele formigou ao reconhecer os ingredientes ali tecidos: um sopro de ar ao redor do dedo anular, uma sensação líquida sob a unha do dedo médio e uma explosão de aromas agarrada ao dedo mínimo.

– Hissopo, manjerona e muito sal – eu disse pensativa. Eram ingredientes comuns encontrados na casa e na horta de toda bruxa.

– Por que então não funcionou? – Sarah olhou para a minha mão direita, que estava erguida como um oráculo.

– Não sei ao certo – admiti. – E você sabe que mesmo que o repetisse mil vezes nunca funcionaria para mim. – Sarah e seus amigos do conciliábulo teriam que descobrir o que havia de errado com o feitiço de Maude Bishop. Isso ou comprar uma lata de purificador de ar.

– Talvez você possa costurar novamente ou tecer um remendo ou fazer alguma outra coisa que bruxas como você fazem.

Bruxas como você. Mesmo sem intenção, as palavras de Sarah me deixaram inquieta e solitária. Olhei para a página do grimório me perguntando se a incapacidade de operar magia sob comando tinha sido uma das razões que tornaram os tecelões alvos de suas comunidades.

– Não é assim que funciona. – Cruzei as mãos em cima do livro aberto e apertei os lábios, retirando-me como um caranguejo em sua concha.

– Você disse que a tecelagem começa com uma pergunta. Pergunte ao feitiço o que há de errado – sugeriu Sarah.

Desejei nunca ter visto o feitiço de limpeza de Maude Bishop. E mais ainda, desejei que Sarah nunca o tivesse visto.

– O que está fazendo? – Ela apontou horrorizada para o grimório Bishop.

Debaixo de minhas mãos, a escritura desenrolava a partir de puros arabescos. Respingos de tinta marcavam a página agora em branco. Alguns segundos depois não restavam vestígios da magia de Maude Bishop, exceto um minúsculo e apertado nó azul e amarelo. Enquanto o observava fascinada, me deu uma súbita vontade de...

– Não toque! – gritou Sarah, despertando Corra do sono. Quando pulei para trás, Sarah debruçou-se no livro e prendeu o nó debaixo de um frasco.

Ambas esquadrinhamos o OMD – objeto mágico desconhecido.

– O que faremos agora? – Sempre concebi os feitiços como seres vivos, como respiração de criações. Parecia cruel contê-lo.

– Não sei se há muito que *possamos* fazer. – Sarah pegou minha mão esquerda e, quando a virou, o polegar estava preto.

– Isso é tinta – eu disse.

Ela balançou a cabeça.

– Isso não é tinta. É a cor da morte. Você matou o feitiço.

– O que quer dizer com matou? – Puxei a mão e a mantive atrás de mim, como uma criança flagrada ao surrupiar um pote de biscoitos.

– Não entre em pânico – disse Sarah. – Rebecca aprendeu a controlar isso. Você também pode.

– Mamãe? – Lembrei de Sarah e Vivian entreolhando-se longamente na noite anterior. – Você sabia que isso poderia acontecer.

– Só depois que vi na sua mão esquerda as cores da alta magia, como os exorcismos e os augúrios, assim como vi na sua mão direita as cores da arte. – Ela fez uma pausa. – E também as cores da magia negra.

– Ainda bem que sou destra. – Foi uma tentativa de humor, desmascarada pelo tremor de minha voz.

– Você não é destra. É ambidestra. Só usa a sua mão direita porque aquela professora horrorosa da primeira série disse que as crianças canhotas eram demoníacas. – Sarah providenciara uma censura formal para a tal mulher. Depois de um primeiro Dia das Bruxas em Madison, a srta. Somerton requereu demissão do cargo.

Pensei em dizer que não me interessava apenas pela alta magia, mas não disse nada.

Sarah olhou-me com tristeza.

– Diana, você não pode mentir para outra bruxa, muito menos uma baita mentira como essa.

– Sem essa de magia negra. – Emily morrera tentando atrair e incorporar um espírito... provavelmente o de minha mãe. Peter Knox era outro que se interessava pelos aspectos mais sombrios da arte. E a magia negra também estava ligada ao Ashmole 782... sem mencionar a importância de outros dedos polegares da morte.

– Negro não significa necessariamente o mal – disse Sarah. – Por acaso a lua nova é má?

Balancei a cabeça.

– A lua negra é uma época de novos começos.

– E as corujas? As aranhas? Os morcegos? Os dragões? – Sarah soou com voz professoral.

– Não – admiti.

– Claro que não. Os humanos inventaram essas histórias porque a lua e as criaturas noturnas representam o desconhecido. Não por coincidência também simbolizam a sabedoria. Nada é mais poderoso que o conhecimento. Por isso somos tão cuidadosos quando ensinamos magia negra. – Sarah pegou minha mão. – O preto é a cor da deusa enquanto anciã, além de ser a cor do oculto, dos maus presságios e da morte.

– E estas? – Mexi os outros três dedos.

– Esta aqui é a cor da deusa enquanto donzela e caçadora. – Ela dobrou o meu dedo médio prateado. Isso me fez saber por que a voz da deusa soara de um jeito particular. – Esta outra é a cor do poder mundano. – Ela dobrou o meu dedo anular dourado. – E o branco do dedo mindinho é a cor da adivinhação e da profecia. Também usada para quebrar maldições e banir espíritos indesejáveis.

– Exceto a morte, isso não parece tão terrível.

– Como disse antes, negro não significa necessariamente o mal – disse Sarah. – Pense no poder mundano. Em mãos beneficentes é uma força para o bem. Mas pode ser terrivelmente destrutivo quando usado para benefício pessoal ou para prejudicar os outros. A escuridão depende da bruxa que a manipula.

– Você disse que Emily não era muito boa com magias mais elevadas. E mamãe?

– Rebecca era excelente com essas magias. Foi direto do sino ao livro e depois à vela e à invocação da lua – respondeu Sarah melancolicamente.

Só então algumas coisas que mamãe fazia durante a minha infância fizeram sentido, como em certa noite em que conjurou fantasmas de uma bacia d'água. Por isso Peter Knox se preocupava com ela.

– Mas Rebecca perdeu o interesse pela alta magia depois que conheceu o seu pai. Só se interessava por antropologia e Stephen. E por você, claro – acrescentou Sarah. – Já não trabalhava tanto com alta magia depois que você nasceu.

Não onde papai ou eu pudéssemos ver, pensei comigo.

– Por que não me contou isso? – perguntei em voz alta.

– Lembra que você queria distância da magia? – Sarah cravou os seus olhos avelãs nos meus. – Salvei algumas coisas de Rebecca, já que você poderia demonstrar alguma habilidade. A casa levou o resto.

Sarah murmurou um feitiço de abertura cujos fios subitamente iluminaram o espaço em tons de vermelho, amarelo e verde. Surgiu um armário de gavetas à esquerda da velha chaminé incorporado à velha alvenaria. O perfume de lírio-do-vale impregnou a sala com uma nota pesada e exótica que revolveu sentimentos afiados e desconfortáveis dentro de mim: vazio e saudade, familiaridade e pavor. Sarah abriu uma gaveta e tirou um pedaço de algo vermelho e resinoso.

— Sangue de dragão. Nunca cheiro isso sem pensar em Rebecca. — Ela o inalou. — Os itens de hoje em dia já não são tão bons quanto antes e eles custam uma fortuna. Pensei em vendê-lo para consertar o telhado que desmoronou na nevasca de 1993, mas Em não me deixou fazer isso.

— O que mamãe fazia com isso? — perguntei com um nó na garganta.

— Fazia tinta. Cada vez que ela copiava um encantamento com essa tinta, gerava uma força que sugava a energia de metade da cidade. Houve um monte de apagões em Madison durante a adolescência de sua mãe. — Sarah sorriu. — O livro de feitiços de Rebecca deve estar em algum lugar por aqui, a não ser que a casa o tenha comido enquanto eu estava fora. Esse livro vai lhe dizer muito mais.

— Livro de feitiços? — Fiz uma careta. — O que havia de errado com o grimório das Bishop?

— A maioria das bruxas que praticam magias superiores ou secretas possui o seu próprio grimório. É tradição — disse Sarah, remexendo no armário. — Não está aqui.

Fiquei aliviada ao mesmo tempo em que senti uma pontada de decepção pelo anúncio de Sarah. Já bastava um livro misterioso em minha vida, mesmo que outro livro trouxesse à luz o que levara Emily a invocar o espírito de minha mãe em Sept-Tours.

— Oh, não. — Sarah afastou-se do armário, com olhos horrorizados.

— Algum rato? — Minha passagem em Londres me condicionara a acreditar que em cada canto empoeirado escondia-se um rato. Mas no fundo do armário só havia uma coleção de frascos sujos com ervas, raízes e um velho rádio-relógio. Da prateleira pendia um fio marrom, como a cauda de Corra que acenava com a suavidade de uma brisa. Espirrei.

Soou um estranho tilintar metálico nas paredes como uma pista, como moedas rolantes introduzidas numa jukebox. Seguiu-se um rangido musical, reminiscência de uma vitrola antiga de 33 rotações e não de 45, que depois afigurou uma canção reconhecível.

Levantei a cabeça.

— É... o Fleetwood Mac?

— Não. De novo não! — Sarah parecia ter visto um fantasma. Olhei ao redor, mas as únicas presenças invisíveis na sala eram Stevie Nicks e uma bruxa galesa chamada Rhiannon. A canção tornara-se um hino para muitos bruxos e bruxas nos anos 1970.

– Acho que a casa está acordando. – Talvez isso tivesse aborrecido Sarah.

Ela correu até a porta e levantou a trava, mas a trava não se moveu. Ela então esmurrou os painéis de madeira. A canção soou mais alta.

– Não é minha música favorita e muito menos de Stevie Nicks – comentei tentando acalmá-la. – E não vai tocar para sempre. Talvez a música seguinte seja melhor.

– A música seguinte é "Over My Head". Conheço de cor todo esse maldito álbum. Rebecca o ouvia sem parar quando estava grávida de você. Isso durou meses. E quando parecia que tinha superado essa obsessão, saiu outro álbum do Fleetwood Mac. Foi um inferno. – Sarah puxou o cabelo.

– Sério? – Eu sempre estava sequiosa por mais detalhes sobre os meus pais. – Fleetwood Mac faz mais o tipo de banda do meu pai.

– Vou acabar com isso. – Sarah mexeu no painel, mas não entrou a faixa seguinte. Frustrada, golpeou a estrutura.

– Deixe-me tentar. – Quanto mais eu tentava mudar a faixa, mais alta soava aquela mesma canção. Fez-se uma pausa momentânea depois que o gorjeio de Stevie Nicks sobre Rhiannon se deteve. Alguns segundos depois, Christine McVie nos informou que era bom estar na cabeça de alguém. A janela continuava trancada.

– Isso é um pesadelo! – Sarah pôs as mãos nos ouvidos para bloquear o som, e depois correu até o grimório e folheou as páginas. – Cura para mordida de cão de Prudence Willard. Método de Patience Severance para adoçar leite azedo. – Ela continuou folheando o livro. – Feitiço de Clara Bishop para deter correntes de ar nas chaminés! Isso pode funcionar.

– Mas é música, não fumaça – argumentei enquanto olhava as linhas do texto por cima do ombro de Sarah.

– Ambas são transportadas pelo ar. – Sarah arregaçou as mangas. – Se não der certo, tentaremos outra coisa. Talvez trovão. Sou boa com trovões. Isso pode interromper a energia e levar o som para longe.

Comecei a cantarolar a canção. Era bem legal, à maneira dos anos 1970.

– Pare com isso. – Os olhos de Sarah faiscaram selvagens e retornaram ao grimório. – Pegue eufrásia, por favor. E ligue a cafeteira.

Segui obedientemente até a tomada e liguei o fio da cafeteira. A eletricidade pipocou da tomada em arcos alaranjados e azulados. Saltei para trás.

– Você precisa de um isolante de eletricidade, de preferência da última década, ou vai queimar a casa toda – disse Sarah.

Ela continuou resmungando enquanto colocava um filtro de papel na cafeteira, acompanhado de uma extensa seleção de ervas.

Já que estávamos presas na despensa e Sarah parecia não querer minha ajuda, talvez pudesse me valer de palavras para reforçar um feitiço antipesadelos para crianças. Fui até o armário de mamãe e peguei um pouco de tinta preta, uma caneta de pena e um pedaço de papel.

Matthew bateu na vidraça.

– Vocês estão bem? Senti cheiro de queimado.

– Um probleminha elétrico! – gritei, acenando com a caneta de pena, e logo lembrei que Matthew era vampiro e ouvia perfeitamente através de pedra, tijolo, madeira e vidraça de janela. Abaixei a voz. – Nada para se preocupar.

– "Over My Head" saiu de cena e entrou "You Make Loving Fun".

Ótima escolha, pensei, sorrindo para Matthew. Com um rádio mágico em casa, quem precisaria de um DJ?

– Oh, Deus! – exclamou Sarah. – A casa colocou o segundo álbum da banda. Odeio o *Rumours*.

– De onde vem essa música? – Matthew franziu a testa.

– Do velho rádio-relógio da mamãe. – Apontei com a caneta. – Ela gostava do Fleetwood Mac. – Olhei para minha tia que recitava as palavras do feitiço de Clara Bishop com as mãos nos ouvidos. – Sarah não gosta.

– Ah. – O semblante de Matthew se descontraiu. – Fique então com a música. – Ele pressionou a mão na vidraça em silenciosa despedida.

Fiquei com o coração apertado. Se meu amor por Matthew não era *tudo* que me definia, definitivamente ele era o meu par perfeito e seria uma lástima se aquela vidraça me impedisse de dizer isso a ele.

Um vidro é apenas areia e fogo. Uma nuvem de fumaça seguida de um monte de areia assentada no peitoril da janela. Caminhei até a janela e pressionei a mão na dele.

– Obrigada por verificar se há algo errado com nós duas. Foi uma tarde interessante e tenho um monte de coisas para lhe contar.

Matthew pestanejou, de olho em nossas mãos espalmadas.

– Você sabe que me deixa muito feliz.

– Eu tento – ele disse, com um sorriso tímido.

– E com sucesso. Será que Fernando poderia resgatar Sarah? – Abaixei a voz. – A casa encravou as portas da despensa e trancou as janelas, e Sarah está prestes a explodir. Ela vai precisar de um cigarro e de uma bebida forte quando sair daqui.

– Faz tempo que Fernando não resgata uma mulher de um perigo, mas claro que ainda se lembra de como fazer isso. Será que a casa o impedirá? – ele disse.

– Espere cinco minutos ou até a música parar, o que acontecer primeiro. – Afastei-me e soprei um beijo carregado de um pouco mais de fogo e água e de ar suficiente para pousar decidido no rosto de Matthew.

Retornei à mesa de trabalho e mergulhei a caneta de pena de mamãe na tinta. Cheirava a amoras e nozes. Graças à minha experiência com instrumentos elisabetanos de escrita pude escrever um encantamento para os travesseiros de sonho sem uma única mancha.

Espelho
Brilha
Monstros tremem
Pesadelos são banidos
Até nós
Acordarmos

Soprei suavemente para fixar a tinta. Muito respeitável, pensei comigo. Muito melhor que o outro feitiço para conjurar o fogo, e simples o bastante para ser lembrado pelas crianças. Só depois que as vagens secassem e a cobertura semelhante a papel desaparecesse é que eu escreveria o encantamento em letras minúsculas na superfície prateada.

Levantei-me ansiosa para mostrar o trabalho para Sarah. Ela me convenceu a desistir com um olhar, e a só mostrá-lo depois que tivesse tomado um uísque e fumado um cigarro. Fazia algumas décadas que ela esperava que me interessasse pela magia. Eu poderia esperar mais vinte minutos pela nota que teria para o "Encantamento de dormir 101".

Um leve formigamento às minhas costas alertou-me para uma presença fantasmagórica um segundo antes de me sentir delicadamente abraçada nos ombros.

– *Bom trabalho, amendoim* – sussurrou uma voz familiar. – *Excelente gosto musical também.*

Girei a cabeça e nada, a não ser uma leve névoa esverdeada, mas nem era preciso ver para saber que papai estava ali.

– Obrigada, pai – sussurrei.

11

Matthew recebeu a notícia sobre a aptidão de mamãe para a alta magia melhor do que o esperado. Ele já vinha suspeitando que havia algo entre o trabalho caseiro da arte e os brilhantes espetáculos da magia elemental. E se por um lado não se surpreendeu quando soube que nesse entremeio também pratiquei o mesmo tipo de magia, por outro intrigou-se quando soube que tal talento se transmitira através do sangue de minha mãe.

– Terei que dar uma olhada mais atenta no seu teste de mtDNA – disse-me enquanto fungava as tintas de mamãe.

– Parece bom.

Era a primeira vez que ele se interessava em retomar a pesquisa genética. Já tinham se passado muitos dias sem que fizesse qualquer menção a Oxford, a Baldwin, ao *Livro da vida* ou à ira do sangue. E se já tinha se esquecido da informação genética ligada ao Ashmole 782, o mesmo não acontecia comigo. Além do mais, seriam imprescindíveis as habilidades científicas de Matthew para decifrar o manuscrito depois que ele chegasse às nossas mãos.

– Você está certa. Feito com sangue, resina e acácia – ele disse rodopiando a tinta.

Eu tinha aprendido naquela manhã que a goma arábica era extraída da acácia, o que deixava a tinta menos fluida.

– Refleti bastante. As tintas utilizadas no Ashmole 782 também continham sangue. Talvez seja uma prática mais comum do que eu pensava – retruquei.

– Aqui também tem um pouco de incenso – ele continuou, ignorando a menção anterior ao *Livro da vida*.

– Ah. Isso é o que produz um odor exótico. – Vasculhei os frascos restantes na esperança de encontrar alguma outra coisa que lhe despertasse a curiosidade bioquímica.

— E também sangue, claro — ele acrescentou em tom seco.

— Se for o sangue de mamãe, poderá trazer mais luz ao meu DNA — comentei. — E também a esse meu talento para a alta magia.

— Hum — ele exclamou, sem se comprometer.

— E isto aqui? — Retirei a rolha de um frasco com um líquido azul-esverdeado, e um perfume de jardim de verão encheu o ar.

— Isso é feito de íris — disse Matthew. — Lembra que você procurou tinta verde em Londres?

— Então, a tinta extremamente cara de mestre Platt era isso! — Soltei uma risada.

— Feita com raízes importadas da Florença. Foi o que ele disse. — Matthew esquadrinhou a mesa onde estavam frascos com líquidos de cor azul, vermelha, preta, verde, roxa e magenta. — Pelo visto há tinta suficiente para mantê-la ocupada durante um bom tempo.

Ele estava certo. Era o suficiente para as semanas seguintes. E ultrapassava de longe o que eu estaria disposta a projetar, se bem que meu dedo mindinho esquerdo *já* latejava antecipando o futuro.

— Isso deve ser suficiente, mesmo com todas as tarefas que Sarah me incumbiu.

Cada frasco aberto sobre a mesa tinha uma etiqueta por baixo, com uma nota da caligrafia esparramada de Sarah. "*Mordida de mosquito*", dizia uma. "*Melhor recepção de celular*", dizia outra. Com essas designações me senti como uma atendente de restaurante fast-food.

— Obrigada por sua ajuda.

— Sempre que quiser — disse Matthew, dando-me um beijo de despedida.

As rotinas da vida doméstica ao longo dos dias seguintes nos ancoraram uns aos outros e à casa das Bishop, mesmo sem a presença estabilizadora de Em, que antes era o centro de gravidade da casa.

Fernando era um tirano do lar — muito pior do que fora Em — que fazia mudanças radicais e inflexíveis nas dietas e nos exercícios de Sarah. Além de inscrever minha tia no programa do CSA que a cada semana entregava uma caixa de verduras exóticas como couve e acelga, ele a obrigava a caminhar ao longo da cerca da propriedade sempre que ela tentava roubar um cigarro. Fernando também cozinhava, cuidava da limpeza e estofava almofadas — tudo isso me fez lhe perguntar que tipo de vida ele levava com Hugh.

– Quando não tínhamos empregados, o que era uma constante, eu é que mantinha a casa – ele respondeu enquanto pendurava as roupas no varal. – Nós teríamos vivido na miséria se eu esperasse que Hugh fizesse isso. Hugh não prestava atenção em questões mundanas como lençóis limpos ou falta de vinho. Sempre estava escrevendo poesia ou planejando algum cerco de três meses. Não lhe sobrava tempo para as tarefas domésticas.

– E Gallowglass? – perguntei entregando-lhe um prendedor de roupa.

– Gallowglass era pior. Nem mesmo os móveis, ou a falta de móveis, importavam para ele. Certa noite nós chegamos e encontramos a casa arrombada enquanto Gallowglass dormia sobre a mesa como um guerreiro viking prestes a partir para o mar. – Fernando sacudiu a cabeça em negativa. – De todo modo, eu gosto de trabalhar. Cuidar da casa é como preparar armas para a batalha. É repetitivo e reconfortante. – Essa confissão me deixou menos culpada por deixá-lo a cargo de todas as refeições.

Além da cozinha, o outro domínio de Fernando era o galpão de ferramentas. Ele dispensou o que estava quebrado, limpou e afiou o que restava e comprou os itens que faltavam como, por exemplo, uma foice. Os podadores de rosa ficaram tão afiados que poderiam cortar um tomate. Lembrei-me de todas as guerras travadas com utensílios domésticos comuns e me perguntei se Fernando estaria discretamente nos armando para um combate.

Sarah resmungava com o novo regime imposto, mas acabou se acostumando. Quando chegava irritada, o que quase sempre acontecia, ela deixava a irritação lá fora. Embora a casa ainda não estivesse totalmente desperta, ruídos periódicos de atividade indicavam que aquela hibernação autoimposta estava chegando ao fim. A energia da casa era dirigida em grande parte para Sarah. Certa manhã acordamos e vimos todo o estoque de bebidas despejado na pia e um móbile improvisado de talheres e garrafas vazias fixado na luminária da cozinha. Eu e Matthew demos muitas risadas, mas, no que dizia respeito a Sarah, aquilo era guerra. A partir daquele momento minha tia e a casa passaram a travar uma batalha pela supremacia.

A casa saiu ganhando, graças a sua arma principal: Fleetwood Mac. Sarah reagiu despedaçando o velho rádio de mamãe, e só nos demos conta disso dois dias depois durante um interminável concerto do "The Chain". A casa retaliou substituindo todos os rolos de papel higiênico dos armários do banheiro por dispositivos eletrônicos que ecoavam música. Eram alarmes matinais estrondosos.

Sem se intimidar, a casa continuou selecionando faixas dos dois primeiros álbuns da banda, e sequer se importou quando Sarah jogou pela janela três toca-discos, um gravador de oito canais e um ditafone antigo. A casa simplesmente desviou a música para sistema de aquecimento, as notas graves reverberando pela tubulação e as agudas flutuando pelas saídas de ar.

Embora enraivecida com a casa, Sarah mostrava-se surpreendentemente paciente e gentil comigo. Já tínhamos revirado a despensa à procura do livro de feitiços de mamãe, e chegáramos ao ponto de remover todas as gavetas e prateleiras do armário. Já tínhamos encontrado algumas cartas de amor surpreendentemente gráficas da década de 1820, escondidas sob o fundo falso de uma gaveta, e uma coleção macabra de crânios de roedores pregados em fileiras ordenadas atrás de um painel de correr na parte traseira das prateleiras, mas nenhum livro de feitiços. A casa só apresentaria o livro quando estivesse pronta.

Quando a música e as lembranças de Emily e de meus pais tornavam-se avassaladoras, eu e Sarah escapávamos ora para o jardim ora para o bosque. E agora titia se prontificava a me mostrar onde estavam as plantas venenosas. Com a lua totalmente escura, isso significava o início de um novo ciclo de crescimento. Ou seja, um momento propício para reunir os materiais de alta magia. Matthew nos seguiu como uma sombra enquanto perambulávamos pelo terreno e os canteiros de ensino. Chegamos à horta de bruxa e Sarah continuou andando. Uma gigantesca trepadeira dama-da-noite demarcava a fronteira entre a horta e o bosque, esparramando-se em todas as direções e obscurecendo o muro e o portão.

– Permita-me, Sarah. – Matthew apressou-se em soltar o trinco. Até então passeava atrás de nós aparentemente interessado nas flores. Mas eu sabia que a retaguarda o colocava em perfeita posição de defesa. Ele entrou pela porta na certeza de que nenhum perigo nos espreitava, e afastou a trepadeira para que eu e Sarah atravessássemos para outro mundo.

Eram muitos os recantos mágicos dedicados à deusa nos bosques de carvalho da propriedade rural Bishop, além de longas alamedas por entre teixos que antes eram velhas estradas que exibiam os sulcos profundos dos vagões que carregavam madeira e produtos para os mercados, inclusive para o velho cemitério Bishop. Mas o meu favorito era o pequeno bosque entre a horta e a floresta.

Raios de sol rompiam ao centro, movendo-se através do cipreste que circundava uma área talvez chamada em épocas passadas de anel de fada. Isso porque o solo estava repleto de cogumelos. Quando criança eu era proibida de pegar qualquer coisa que ali brotasse. E agora entendia por quê: aquelas plantas ou eram venenosas ou estavam associadas aos aspectos mais sombrios da arte. Dois caminhos cruzavam-se no meio do bosque.

– Uma encruzilhada. – Congelei.

– As encruzilhadas daqui são mais antigas que a casa. Alguns dizem que esses percursos foram feitos pelos índios oneida antes da chegada dos ingleses aqui. – Sarah acenou para que me aproximasse. – Veja esta planta. É beladona ou pretinha?

Sequer ouvi porque estava completamente hipnotizada pelo X no meio do bosque.

Era um lugar de poder. E de conhecimento. Senti o conhecido empurrão do desejo e do medo ao me esclarecer com os olhos a respeito dos que tinham andado por aqueles caminhos no passado.

– O que é isso? – perguntou Matthew, alerta aos próprios instintos, que captavam alguma coisa errada.

Outras vozes, no entanto, as vozes tênues de mamãe, Emily, papai, vovó e de algumas outras que me eram desconhecidas capturaram a minha atenção. *Acônito*, elas sussurraram. *Solidéu. Escabiosa. Língua-de-serpente. Retama negra.* Era um canto pontuado de avisos e sugestões, uma ladainha de feitiços com as plantas encontradas nos contos de fadas.

Colher cinco-em-rama na lua cheia amplia o alcance do seu poder.

Heléboro torna mais eficaz qualquer magia de disfarce.

Visco atrai o ser amado e as crianças.

Meimendro-negro torna mais clara a visão do futuro.

– Diana? – Sarah aprumou-se com as mãos nos quadris.

– Já vou – murmurei, desviando a atenção das vozes tênues e colocando-me obediente ao lado de minha tia.

Sarah passou-me inúmeras instruções sobre as plantas daquele bosque. As palavras entraram por um ouvido e saíram pelo outro em fluxos que teriam deixado o meu pai orgulhoso. Embora recitasse os nomes comuns e botânicos e os usos benignos e funestos tanto das flores silvestres e das ervas daninhas como das raízes e das outras ervas, a maestria de minha tia se devia à leitura e ao estudo. Mas eu tinha aprendido no laboratório alquímico de Mary Sidney que o conhecimento baseado em livros era limitado, isso quando confrontada pela primeira vez com os desafios de pôr em prática o que havia lido e escrito por anos a fio como pesquisadora. Eu já sabia então que a citação de textos alquímicos não era nada quando comparada com a experiência. Contudo, mamãe e Emily não estavam mais presentes para me ajudar, de modo que, se quisesse trilhar os caminhos escuros da alta magia, teria que fazer isso sozinha.

Fiquei aterrorizada com essa perspectiva.

A lua estava prestes a aparecer quando Sarah sugeriu que voltássemos para que colhêssemos as plantas que seriam necessárias ao trabalho daquele mês.

Fiz de tudo para não sair com ela, alegando que estava cansada demais para isso. Mas o chamado insistente das vozes na encruzilhada é que me fez recusar.

– Sua relutância em ir à mata à noite tem algo a ver com sua ida lá essa tarde? – perguntou Matthew.

– Talvez – respondi olhando pela janela. – Sarah e Fernando já estão de volta.

Sarah carregava uma cesta cheia de plantas. A tela da cozinha fechou-se e em seguida a porta da despensa abriu-se. Alguns minutos depois Sarah subia a escada junto com Fernando. Ela estava menos ofegante que na semana anterior. O regime de saúde de Fernando estava funcionando.

– Venha para a cama – disse Matthew sob as cobertas.

Era uma noite escura iluminada apenas pelas estrelas. Logo seria meia-noite, o interlúdio entre a noite e o dia. As vozes na encruzilhada tornaram-se mais altas.

– Eu tenho que ir. – Passei por Matthew e desci a escada.

– *Nós* temos que ir – ele disse, seguindo-me. – Não vou impedi-la nem interferir. Mas você não vai para a mata sem mim.

– Lá tem poder, Matthew. Poder das trevas. Foi o que senti. Isso está me chamando desde o pôr do sol!

Ele pegou-me pelo cotovelo e levou-me pela porta da frente afora. Ninguém podia ouvir o resto da conversa.

– Responda então ao chamado – retrucou-me. – Diga sim ou diga não, mas não pense que ficarei calmamente aqui até você voltar.

– E se eu disser sim? – perguntei.

– Enfrentaremos. Juntos.

– Não acredito nisso. Você disse antes que não queria que eu me envolvesse com a vida e a morte. Esse é o tipo de poder que me espera onde os caminhos se cruzam na mata. Eu quero isso! – Puxei o cotovelo e apontei um dedo no peito dele. – Eu me odeio por querer isso, mas não consigo evitar!

Esquivei-me da reação que certamente estaria nos olhos de Matthew, que por sua vez colocou-me cara a cara com ele.

– Eu já sabia que a escuridão estava em você desde que a encontrei na Bodleiana, escondendo-se das outras bruxas durante o Mabon.

Fiquei com a respiração presa. E com os olhos presos nos olhos dele.

– Fui seduzido por você e minhas próprias trevas responderam às suas. Eu deveria detestá-las? – A voz de Matthew tornou-se um sussurro quase inaudível. – E você também?

– Mas você disse...

– Eu disse que não queria que você se metesse com a vida e a morte e não que você não poderia fazer isso. – Matthew pegou minhas mãos. – Fui coberto de sangue. Fiquei com o futuro de um homem em minhas mãos. E decidi se o coração de uma mulher bateria novamente. Algo em sua própria alma morre. Cada vez que você faz uma escolha por outra pessoa, algo em sua própria alma fenece. Sei muito bem o que a morte de Juliette fez com você, e a de Champier também.

– Não tive escolha nesses casos. Não tive mesmo. – Champier teria roubado as minhas memórias e machucado os que estavam tentando me ajudar. E Juliette estava tentando matar Matthew e teria conseguido se a deusa não tivesse me ajudado.

– Você teve, sim. – Matthew beijou meus dedos. – Você escolheu a morte para eles e a vida para mim, da mesma forma que escolheu a vida para Louisa e Kit que tentavam prejudicá-la, e também a vida para Jack quando o trouxe para nossa casa em Blackfriars, impedindo-o de morrer de fome na rua, e a vida para o bebê Grace quando a salvou do fogo. Quer perceba ou não, você paga um preço cada vez que faz uma escolha.

Eu sabia que pagara um preço pela sobrevivência de Matthew, mas ele não sabia que esse preço era entregar a minha vida à deusa pelo tempo que ela bem entendesse.

– Philippe foi o único homem que conheci que tomava decisões de vida ou morte tão rápida e instintivamente quanto você. Ele pagou o terrível preço da solidão que cresceu ao longo do tempo. Nem mesmo Ysabeau conseguiu dissipá-la. – Matthew descansou a testa na minha. – Não quero que você tenha o mesmo destino.

Mas o meu destino já não era meu e já era hora de dizer isso a Matthew.

– Lembra-se daquela noite em que o salvei? – perguntei.

Ele balançou a cabeça porque não gostava de falar da noite em que nós dois quase perdemos a vida.

– A donzela e a anciã estavam lá... as duas faces da deusa. – Fiquei com o coração descompassado. – Chamamos Ysabeau depois que você me ajudou e falei para ela que as tinha visto. – Ele pareceu desnorteado e sem qualquer sinal de entendimento no rosto. – Eu não o salvei, Matthew. A deusa fez isso. E fui eu que pedi para que ela fizesse isso.

Ele cravou os dedos no meu braço.

– Diga-me que não barganhou com ela em troca.

– Você estava morrendo e eu não tinha poder para curá-lo. – Peguei-lhe pela camisa. – Eu não tinha sangue suficiente. Mas a deusa chamou um velho carvalho à vida que me ajudou a alimentá-lo através de minhas veias.

– E em troca? – Matthew apertou meus braços, a ponto de quase levantar meus pés do chão. – Seus deuses e suas deusas não concedem bênçãos sem receber algo em troca. Philippe me disse isso.

– Pedi para que ela levasse qualquer um, qualquer coisa, menos você.

Matthew soltou-me abruptamente.

– Emily?

– Não. – Balancei a cabeça. – A deusa queria uma vida por uma vida e não uma morte por uma vida. Ela escolheu a minha. – Meus olhos lacrimejaram quando o semblante de Matthew estampou traição. – Só fiquei sabendo que a deusa tinha decidido isso quando teci o meu primeiro feitiço. Foi quando ela me disse que eu ainda tinha trabalho a fazer.

– Vamos corrigir isso. – Ele praticamente me arrastou em direção ao portão da horta. Sob o céu escuro apenas as lunárias acima de nós indicavam o caminho. Chegamos à encruzilhada rapidamente. Matthew empurrou-me para o centro.

– Não podemos – protestei.

– Se você pode tecer o décimo nó, também pode anular a promessa que fez à deusa – ele disse asperamente.

– Não! – Meu estômago apertou e meu peito ardeu. – Não posso simplesmente anular o acordo com um aceno de mão.

Os galhos ressequidos do velho carvalho que a deusa sacrificara pela sobrevivência de Matthew já não eram tão numerosos. A terra parecia transmutar sob meus pés. Abaixei os olhos e notei que estava no centro da encruzilhada. A queimação no meu coração se estendeu pelos braços e os dedos.

– Você não vai comprometer seu futuro com nenhuma divindade caprichosa. Não por minha causa – ele disse, com a voz trêmula de raiva.

– Não fale mal da deusa aqui – alertei-o. – Nunca vou a sua igreja para zombar do seu deus.

– Já que não vai quebrar sua promessa à deusa, invoque-a com sua magia. – Ele juntou-se a mim onde os caminhos convergiam.

– Saia da encruzilhada, Matthew. – O vento rodopiou ao redor dos meus pés como uma tempestade mágica. Corra soltou um grito através do céu noturno que arrastou um fogaréu como um cometa. E depois circulou acima de nós com gritos de aviso.

– Não antes de você invocá-la. – Ele permaneceu com os pés firmes no solo. – Você não vai pagar pela minha vida com a sua.

– Foi minha escolha. – Meu cabelo crepitou em torno do meu rosto, e gavinhas de fogo contorceram-se no meu pescoço. – Escolhi você.

– Não permitirei.

– Já está feito. – Os pulos do meu coração ecoaram no dele. – Se a deusa me quiser para cumprir algum propósito, farei isso... com prazer. Já que você é meu e ainda não terminei com você.

Essas últimas palavras eram quase idênticas às que a deusa já tinha dito para mim. Soaram com poder, acalmando o vento e silenciando os gritos de Corra. O fogo arrefeceu em minhas veias, e a queimação tornou-se um calor ardente que me conectou a Matthew, os laços que nos ligavam brilharam intensamente.

– Não me arrependerei do que pedi para a deusa e não deixarei de pagar um preço por isso – continuei. – Não quebrarei a promessa que fiz para ela. Já pensou no que poderia acontecer se eu fizesse isso?

Matthew continuou ouvindo em silêncio.

– Sem você eu nunca teria conhecido Philippe e recebido o voto de sangue dele. Eu não estaria carregando os seus filhos. Eu não teria visto o meu pai e sabido que sou uma tecelã. Não entende isso? – Acariciei o rosto dele. – Ao salvar a sua vida também salvei a minha.

– O que ela quer que você faça? – A voz de Matthew tornou-se áspera e emotiva.

– Não sei. Mas sei que a deusa precisa de mim viva para fazê-lo.

Matthew pousou a mão entre os meus quadris, onde nossos filhos dormiam.

Senti uma suave vibração. Depois, outra. Olhei para ele alarmada.

Ele flexionou a mão sobre a minha pele e comprimiu-a levemente. Fez-se um intenso lampejo de movimento em meu ventre.

– Alguma coisa errada? – perguntei.

– De modo nenhum. Os bebês. Eles se mexeram. – A expressão de Matthew refletiu admiração e alívio.

Esperamos juntos pela próxima onda de atividade dentro de mim. E sorrimos quando isso aconteceu, apanhados por uma alegria inesperada. Inclinei a cabeça para trás. As estrelas pareciam mais brilhantes, equilibrando a escuridão da lua nova com a luminosidade.

Fez-se silêncio na encruzilhada, dissipando minha necessidade aguda de sair a céu aberto sob a lua escura. Não era a morte que me levara até ali e sim a vida. Eu e Matthew voltamos para casa de mãos dadas. E quando acendi a luz da cozinha, o inesperado esperava por mim.

– É um pouco cedo para alguém me deixar um presente de aniversário – comentei olhando para um pacote embrulhado de modo estranho. Matthew avançou para examiná-lo mais de perto e o detive com a mão. – Não toque nisso.

Ele me olhou confuso.

– Isso tem proteções mágicas suficientes para repelir um exército – expliquei.

Era um pacote fino e retangular, coberto por uma variedade ímpar de papel de embrulho remendado: papel rosa com cegonhas, papel de cores primárias com lagartinhas formando o número quatro, papel de embrulho de cor berrante com árvore de Natal e uma folha prateada com sinos de casamento em relevo. Um buquê de arcos brilhantes se estendia sobre a superfície.

– De onde isso veio? – perguntou Matthew.

– Da casa, acho eu. – Encostei um dedo. – Reconheço algumas folhas de papel de embrulho de aniversários passados.

– Tem certeza que é para você? – Ele olhou duvidoso.

Balancei a cabeça. Claro que o pacote era para mim. Peguei-o com cautela. Os arcos já tinham sido utilizados, e sem adesivo escorregaram e caíram na ilha da cozinha.

– Chamo a Sarah? – perguntou Matthew.

– Não. Tenho tudo sob controle. – Minhas mãos formigaram quando removi o papel de embrulho, deixando à vista os arcos coloridos de um arco-íris.

Era um livro de composição com capa em preto e branco e folhas costuradas em fios grossos. Alguém colara uma margarida de cor magenta sobre a caixa branca para designar o próprio nome, editando REGRAS GERAIS para REGRAS DAS BRUXAS.

– *Livro das sombras de Rebecca Bishop.* – Li em voz alta as palavras escritas em tinta preta sobre a margarida. – Era o livro de feitiços desaparecido que mamãe usava para alta magia.

Abri a capa. Depois de todos os nossos problemas com o Ashmole 782, preparei-me para possíveis ilustrações misteriosas e textos codificados. Em vez disso, topei com a caligrafia redonda e infantil de minha mãe.

– *Para invocar e questionar um espírito recentemente morto.* – Era a primeira passagem do livro.

– Mamãe certamente pensou em começar com um estrondo. – Mostrei as palavras na página para Matthew. As notas abaixo do feitiço registravam as datas e os resultados das primeiras tentativas mágicas de mamãe e Emily. Nas três primeiras tentativas, fracasso. Na quarta tentativa, êxito.

Na ocasião, ambas tinham treze anos idade.

– Cristo – disse Matthew. – Elas ainda eram crianças. O que será que elas queriam com os mortos?

– Talvez quisessem saber se Bobby Woodruff gostava de Mary Bassett – respondi olhando para a escrita apertada.

– Por que simplesmente não perguntaram para Bobby Woodruff? – disse Matthew.

Folheei as páginas. Feitiços de amarração, encantamentos de banimento, feitiços de proteção e invocações dos poderes elementais, tudo isso junto a magias de amor e outros encantos coercitivos. Meus dedos pararam. Matthew fungou.

Alguma coisa fina e quase transparente pressionou dentro de uma folha inserida na parte de trás do livro. Rabiscado acima disso em uma versão mais madura da mesma caligrafia redonda, as seguintes palavras:

Diana:

Feliz Aniversário!
Guardei isso para você. Foi nossa primeira indicação de que você seria uma grande bruxa.
Talvez você precise disso um dia.
                    Muito amor, mamãe

– É minha coifa. – Olhei para Matthew. – Será significativo isso ter retornado para mim no mesmo dia em que os bebês se mexeram?

– Não – disse Matthew. – O mais provável é que a casa tenha lhe devolvido isso esta noite porque finalmente você deixou de fugir daquilo que sua mãe e seu pai sabiam desde o começo.

– Daquilo o quê? – Fiz uma careta.

– De que você estava destinada a possuir uma extraordinária combinação das diferentes habilidades mágicas dos seus pais – respondeu Matthew.

O décimo nó ardeu no meu pulso. Girei a mão e lá estava a sua forma contorcida.

– Por isso posso amarrar o décimo nó – comentei ao entender pela primeira vez de onde vinha tal poder. – Posso criar porque papai era um tecelão, e posso destruir porque mamãe tinha o dom para a magia negra.

— A união dos opostos — acrescentou Matthew. — Seus pais também fizeram um casamento alquímico. Um casamento que gerou uma criança maravilhosa.

Fechei o livro de feitiços com muito zelo. Eu levaria meses — talvez anos — para aprender com os erros de minha mãe e criar os meus próprios feitiços até alcançar os mesmos fins. Com uma das mãos comprimi o livro de feitiços de mamãe no meu esterno e com a outra comprimi o meu abdome, e ao me recostar ouvi as batidas lentas do coração de Matthew.

— *Não me recuse porque sou trevoso e sombrio* — sussurrei ao me lembrar de uma passagem de um texto alquímico que eu tinha lido na biblioteca de Matthew. — Essa frase do *Aurora Consurgens* sempre me fez pensar em você, mas agora me faz pensar em meus pais, em minha própria magia e em como eu resistia a isso.

Matthew acariciou-me o pulso com o polegar, trazendo uma vida colorida e brilhante ao décimo nó.

— Isso me faz lembrar de outro trecho do *Aurora Consurgens* — ele murmurou. — *Eu sou o fim, o meu ser amado é o começo. Em mim se esconde a obra inteira da criação.*

— O que acha que isso significa? — Girei a cabeça para observar o que ele expressava no rosto.

Matthew sorriu, enlaçou-me pela cintura com os braços e pousou a mão no meu ventre. Os bebês se mexeram como se reconhecendo o toque do pai.

— Que sou um homem de muita sorte — ele disse por fim.

12

Acordei com Matthew deslizando as mãos frias sob a blusa do meu pijama e beijando com lábios macios o meu pescoço suado.

– Feliz aniversário – sussurrou-me.

– Meu ar-condicionado particular. – Aconcheguei-me a ele. Um marido vampiro era um alívio bem-vindo em condições tropicais. – Que presente delicioso!

– Há mais. – Ele me deu um beijo matreiro e lento.

– Fernando e Sarah? – Fiquei preocupada com a possibilidade de nos ouvirem fazendo amor, mas nem tanto assim.

– Lá fora. Na rede do jardim. Lendo o jornal.

– Então, precisamos ser rápidos. – Os jornais locais eram breves em notícias e repletos de propagandas. Eram lidos em dez minutos... ou quinze se você quisesse comprar artigos de volta às aulas ou saber qual das três cadeias de supermercados oferecia o melhor preço para a água sanitária.

– Comprei o *New York Times* esta manhã – disse Matthew.

– Sempre preparado, não é? – Abaixei e o toquei. Ele soltou uma expressão em francês. – Você é igual à Verin. Um autêntico escoteiro.

– Nem sempre. – Ele fechou os olhos. – E muito menos agora.

– E além do mais terrivelmente seguro de si. – Rocei a boca na dele a fim de provocá-lo. – *New York Times*? E se eu estivesse cansada? Irritada? Atiçada pelos hormônios? O jornal de Albany teria sido mais do que suficiente para mantê-los ocupados.

– Contei com meus presentes para adoçá-la.

– Não sei, não. – Com uma torção sinuosa da mão o fiz soltar outra expressão em francês. – Por que não acabo de desembrulhar este presente? E depois você mostra o que tem a mais.

* * *

Ali pelas onze horas da manhã do meu aniversário o mercúrio marcava quase trinta e três graus. A onda de calor de agosto não mostrava sinais de esmorecimento.

Preocupada com a horta de Sarah, utilizei um novo feitiço e uma fita adesiva para ligar quatro mangueiras a todos os canteiros de flores. Coloquei os fones de ouvido para ouvir Fleetwood Mac. Mas a casa andava estranhamente silenciosa, como se à espera de algum acontecimento, de modo que acabei perdendo o ritmo da banda favorita dos meus pais.

Enquanto arrastava a mangueira pelo gramado, um grande cata-vento de ferro no alto do celeiro me chamou a atenção de relance. Aquele cata-vento não estava lá no dia anterior. Por que então a casa teria mexido nos anexos? Eu me fazia essa pergunta quando da cumeeira emergiram dois outros cata-ventos que estremeceram como plantas recém-brotadas e depois giraram loucamente. Quando o movimento se deteve, apontaram para o norte. Felizmente, uma posição que indicava que a chuva estava a caminho. De todo modo, a mangueira ainda seria útil.

Ainda estava regando as plantas quando me senti envolvida por um abraço.

– Graças a Deus! Eu estava muito preocupado com você.

Reconheci aquela voz grave, embora abafada pelo som das guitarras e da bateria. Puxei os fones de ouvido e, ao me virar, topei com os olhos castanhos profundamente perturbados do meu melhor amigo.

– Chris! – Abracei os ombros largos dele. – O que está fazendo aqui? – Procurei sinais de mudança no meu amigo, mas ele ainda estava com os mesmos cabelos crespos e curtos, a mesma pele morena, as mesmas maçãs do rosto altas e inclinadas sob sobrancelhas retas e a mesma boca larga.

– Procurando você! – ele respondeu. – Que diabo está acontecendo? Você sumiu de vista no último novembro. Não atendia o telefone nem respondia aos e-mails. Não a encontrei nem mesmo no programa de aulas do outono! Fui obrigado a embebedar o presidente do departamento de história para que ele soltasse a língua e dissesse que você estava de licença médica. Pensei que você estava morta... não grávida.

Já era uma coisa a menos para dizer a ele.

– Desculpe, Chris. Não havia recepção de telefonia celular onde eu estava. Nem internet.

– Poderia ter me chamado daqui – ele retrucou, ainda sem querer me desobrigar de explicações. – Enviei mensagens para suas tias, enviei cartas. Nenhuma resposta.

Senti o olhar frio e exigente de Matthew. E também senti a atenção de Fernando.

– Quem é esse, Diana? – perguntou Matthew em voz baixa, já ao meu lado.

– Chris Roberts.

– Quem é *você*? – perguntou Chris.

– Este é Matthew Clairmont, *fellow* da All Souls College, Universidade de Oxford. – Hesitei. – Meu marido.

O queixo de Chris quase caiu.

– Chris! – Sarah acenou da varanda dos fundos. – Venha me dar um abraço!

– Olá, Sarah! – Chris ergueu a mão para saudá-la. Girou o corpo e me olhou com reprovação. – Você se casou?

– Você vai passar o fim de semana aqui? – disse Sarah aos gritos.

– Isso depende, Sarah. – O olhar perspicaz de Chris deslocou-se repetidamente de mim para Matthew.

– De quê? – A testa de Matthew ergueu-se em desdém aristocrático.

– De quanto tempo levarei para descobrir por que Diana se casou com alguém como você, Clairmont, e se você merece. E não desperdice comigo esses seus maneirismos de lorde. Eu venho de uma longa linhagem de lavradores. Isso *não* me impressiona – Chris disse e se voltou para a casa. – Onde está Em?

Sarah congelou de rosto empalidecido. Fernando pulou os degraus da varanda e juntou-se a ela.

– Por que não entramos? – sussurrou, tentando afastá-la de Chris.

– Posso ter uma palavra? – disse Matthew, tocando o braço de Chris.

– Está tudo bem, Matthew. Se eu pude dizer para Diana, também posso dizer para Chris. – Sarah engoliu em seco. – Emily teve um infarto. Faleceu em maio.

– Meu Deus, Sarah. Sinto muito. – Chris envolveu-a com um abraço menos apertado do que dera em mim. Oscilou ligeiramente sobre os pés e fechou os olhos. Ela acompanhou o gesto, descontraindo o corpo da tristeza. Ainda não tinha superado a morte de Emily. Tal como Fernando, minha tia nunca poderia superar essa terrível perda, mas pequenos sinais indicavam que ela já começava o lento processo de aprendizagem para retomar a vida.

Os olhos escuros de Chris se abriram e me procuraram por cima dos ombros de Sarah. Transpareciam raiva e mágoa contida, e também tristeza e perguntas sem resposta. *Por que você não me contou? Onde você estava? Por que você não me deixou ajudar?*

— Eu gostaria de falar com Chris — eu disse suavemente. — A sós.

— Isso será mais confortável na sala de estar. — Sarah afastou-se de Chris e enxugou os olhos, e com um aceno encorajou-me a revelar o segredo de nossa família para ele.

Pela tensão da mandíbula, Matthew não pareceu tão generoso.

— Chame se precisar de mim. — Ele levou a minha mão aos lábios, e a isso se seguiu um aperto de alerta e um pequeno beliscão na junta do meu dedo anular, como se para lembrar a mim... e a ele que éramos marido e mulher. E depois me soltou com certa relutância.

Eu e Chris atravessamos até a sala de estar. Lá dentro, fechei as portas de correr.

— Você se casou com Matthew Clairmont? — ele explodiu. — Desde quando?

— Cerca de dez meses. Foi tudo muito rápido.

— Preciso alertá-la! — Chris abaixou a voz. — Sobre a reputação de Clairmont com as mulheres. Ele pode ser um grande cientista, mas também é um notório babaca! Além do mais, é muito velho para você.

— Ele só tem trinta e sete anos, Chris. — Mais ou menos mil e quinhentos anos. — E preciso alertá-lo de que ele e Fernando estão ouvindo cada palavra que dizemos. — Com vampiros por perto, portas fechadas não eram garantia de privacidade.

— Como? Seu namorado... seu marido grampeou a casa? — disse Chris em tom cortante.

— Não. Ele é um vampiro. E os vampiros têm uma audição excepcional. — Às vezes a sinceridade era realmente a melhor política.

Uma panela pesada caiu na cozinha.

— Vampiro. — Chris me olhou como se eu tivesse perdido a razão. — Como na TV?

— Não exatamente. — Fui mais cautelosa. Explicar para os seres humanos como os mundos realmente funcionam quase sempre os perturba. Eu tinha feito isso apenas uma vez... e acabou sendo um grande erro. Melanie, minha colega de quarto na faculdade, simplesmente desmaiou.

— Vampiro — ele repetiu lentamente, como se já pensasse a respeito.

— É melhor sentar-se. — Apontei para o sofá. Eu não queria que ele batesse com a cabeça se desmaiasse.

Chris ignorou minha sugestão e sentou-se na poltrona. Claro que o sofá era mais confortável, mas também era conhecido por ejetar visitantes indesejáveis. Olhei para o móvel com cautela.

– E você também é vampira? – ele perguntou.

– Não. – Empoleirei-me com cuidado na beira da cadeira de balanço de minha avó.

– Você tem certeza absoluta de que Clairmont é vampiro? Ele é mesmo o pai do seu filho? – Chris inclinou-se para frente, como se um grande negócio dependesse da resposta.

– Filhos. – Ergui dois dedos ao ar. – Gêmeos.

Chris jogou as mãos ao ar.

– Bem, nunca um vampiro engravidou uma garota no seriado *Buffy*. Nem mesmo Spike. E Deus sabe que ele nunca faz sexo seguro.

Se *A feiticeira* tinha sido a iniciadora sobrenatural da geração de minha mãe, *Buffy, a caça-vampiros,* fazia o mesmo para a minha geração. Quaisquer que tivessem sido as criaturas que introduziram Joss Whedon em nosso mundo, elas ainda tinham muito a responder. Suspirei.

– Tenho certeza absoluta de que Matthew é o pai.

Chris desviou os olhos para o meu pescoço.

– Não é aqui que ele me morde.

Chris arregalou os olhos.

– Onde...? – Balançou a cabeça. – Não, não me diga.

Pensei comigo que seria insólito articular uma frase para o ponto em questão. Mas em geral ele não era muito escrupuloso ou pudico. De todo modo, não tinha desmaiado e isso era animador.

– Você está encarando isso muito bem. – Agradeci pela equanimidade.

– Sou um cientista. Sou treinado para suspender o descrédito e manter a mente aberta até que surja o contraditório. – Ele olhou para a árvore fantasmagórica. – Por que uma árvore em frente à lareira?

– Boa pergunta. Nós realmente não sabemos. Mas talvez você tenha outras perguntas que eu possa responder. – Era um convite estranho, mas a possibilidade de que ele pudesse desmaiar ainda me preocupava.

– Algumas. – Chris me encarou com olhos escuros novamente. Embora ele não fosse um bruxo, durante todos aqueles anos eu sempre sentia dificuldade de mentir para ele. – Se Clairmont é vampiro e você não é, o que *você* é então, Diana? Sei muito bem que você não é como as outras pessoas.

Fiquei sem resposta. Como explicar para alguém que se ama que você se esqueceu de mencionar uma característica que o define?

– Sou o seu melhor amigo, ou pelo menos era até Clairmont aparecer. Certamente você confia em mim o bastante para me contar – disse Chris. – Seja lá o que for, isso não mudará nada entre nós dois.

Uma nódoa verde passou por cima do ombro de Chris em direção à árvore fantasmagórica, onde tomou a forma indistinta de Bridget Bishop com corpete bordado e saias rodadas.

Seja prudente, filha. O vento sopra do norte, sinal de batalha a caminho. Quem ficará com você e quem ficará contra você?

Eu tinha muitos inimigos. E não poderia me dar ao luxo de perder um único amigo.

– Talvez você não confie em mim o bastante – acrescentou Chris suavemente ainda sem minha resposta.

– Sou uma bruxa. – Minhas palavras soaram quase inaudíveis.

– Ok. – Ele continuou esperando. – E?

– E o quê?

– Era isso? Era isso que você tinha medo de me falar?

– Não estou falando que sou neopagã, Chris, embora eu seja pagã, é claro. Estou falando de abracadabras, feitiços, bruxas que fazem poções. – Nesse caso, o amor de Chris pelo horário nobre da TV poderia ser útil.

– Você tem uma varinha?

– Não. Mas tenho um dragão de fogo. Uma espécie de dragão.

– Tudo bem. – Chris sorriu. – Muito, muito bem. E por isso você se afastou de New Haven? Para dar aula de boas maneiras ao dragão ou o que seja?

– Eu e Matthew tivemos que sair da cidade rapidamente, isso é tudo. Desculpe-me por não ter dito a você.

– Para onde você foi?

– Para 1590.

– Conseguiu fazer alguma pesquisa? – Chris pareceu pensativo. – Suponho que isso causaria muitos problemas quanto a citações. O que você colocaria nas notas de rodapé? Conversa pessoal com William Shakespeare? – Ele deu uma risada.

– Não conheci Shakespeare. Os amigos de Matthew não o aprovavam. – Fiz uma pausa. – Mas tive um encontro com a rainha.

– Melhor ainda – disse Chris, balançando a cabeça. – No entanto, uma nota de rodapé igualmente impossível.

– Você deveria estar chocado! – Era o que eu esperava. – Não quer uma prova?

– Deixei de me chocar desde que a Fundação MacArthur me requisitou. Se isso pôde acontecer, tudo é possível. – Chris balançou a cabeça. – Vampiros e bruxas. Uau.

– E também demônios. Mas esses não têm olhos brilhantes e não são malvados. Bem, não mais que outras espécies.

– Outras espécies? – O tom de Chris aguçou de interesse. – Existem lobisomens?

– Claro que não! – gritou Matthew ao longe.

– Assunto delicado. – Lancei um sorriso hesitante para Chris. – Você está realmente bem com tudo isso?

– Por que não estaria? O governo gasta milhões em busca de alienígenas no espaço sideral, e acontece que você está bem aqui. Pense em todos os financiamentos que isso pode liberar. – Chris estava sempre procurando um jeito de diminuir a importância do departamento de física.

– Você não pode contar nada a ninguém – retruquei apressadamente. – Poucas pessoas sabem sobre nós e precisamos manter as coisas assim.

– Seremos obrigados a nos encontrar eventualmente – disse Chris. – Além do mais, a maioria das pessoas ficaria encantada.

– Acha mesmo? O reitor da Yale College ficaria encantado em saber que eles tinham uma bruxa docente? – Levantei as sobrancelhas. – Os pais dos meus alunos ficariam encantados em saber que seus amados filhos aprendem sobre a revolução científica com uma bruxa?

– Bem, talvez não o reitor. – Chris abaixou a voz. – Matthew vai me morder para me manter quieto?

– Claro que não – assegurei.

Fernando meteu o pé por entre as portas da sala e abriu-as.

– Por outro lado eu ficaria feliz em mordê-lo, mas só se você pedisse com muito jeito. – Fernando colocou uma bandeja em cima da mesa. – Sarah achou que você gostaria de um café. Ou de algo mais forte. Chame-me se precisar de qualquer outra coisa. Não precisa gritar.

Ele lançou para Chris o mesmo sorriso deslumbrante que concedera às mulheres do conciliábulo na festa do Lughnasadh.

– Sela no cavalo errado, Fernando – alertei-o quando ele saiu.

– Ele também é vampiro? – sussurrou Chris.

– Sim. Cunhado de Matthew. – Ergui a garrafa de uísque e o bule de café. – Café? Uísque?

– Ambos. – Chris pegou uma caneca e me olhou alarmado. – Você não escondeu esse negócio de bruxa para sua tia, escondeu?

– Sarah também é bruxa. E Em também era. – Servi uma generosa dose de uísque para ele, coberta por um pouquinho de café. – É o terceiro ou quarto bule do dia, ainda bem que é descafeinado. Caso contrário, teríamos que resgatar Sarah no teto.

– O café a faz voar? – Ele tomou um gole, pensou um pouco e acrescentou mais uísque.

– No sentido figurado – respondi enquanto destampava a água e tomava um gole. Os bebês se agitaram e dei umas batidinhas na minha barriga.

– Não consigo acreditar que você esteja grávida. – Chris finalmente pareceu espantado.

– Acabei de lhe dizer que passei grande parte do ano passado no século XVI e que tenho um dragão de estimação e que você está cercado de demônios, vampiros e bruxas, e você só considera implausível a minha gravidez?

– Confie em mim, querida – disse Chris, puxando o seu melhor sotaque do Alabama. – É o mais implausível.

13

Quando o telefone tocou, ainda estava um breu lá fora. Sacudi o sono e me arrastei na cama para acordar Matthew. Ele não estava ao lado.

Rolei pela cama e peguei o celular na mesa de cabeceira. Surgiu o nome de Miriam junto com a hora. Três da manhã de uma segunda-feira. Meu coração acelerou alarmado. Somente uma emergência a faria ligar a essa hora.

– Miriam?

– Onde ele está? – A voz dela oscilou. – Preciso falar com Matthew.

– Vou procurá-lo. Ele deve estar lá embaixo ou caçando lá fora. – Afastei as cobertas. – Algum problema?

– Sim – ela disse abruptamente. E depois passou para outro idioma ininteligível para mim. Apesar disso, a cadência era inconfundível. Miriam Shephard rezava.

Matthew irrompeu pela porta, seguido por Fernando.

– Matthew acabou de chegar. – Cliquei o botão de viva-voz e entreguei-lhe o telefone. Ele não teria essa conversa em particular.

– O que foi, Miriam? – perguntou Matthew.

– Encontrei um bilhete. Na caixa de correio. Com um endereço da web digitado. – Seguiram-se um palavrão e um soluço irregular, e depois Miriam retomou a oração.

– Envie-me o endereço por mensagem de texto, Miriam – disse Matthew, com toda calma.

– É ele, Matthew. É Benjamin – ela sussurrou. – E sem nenhum selo no envelope. Ele ainda deve estar aqui. Em Oxford.

Pulei tremendo da cama na escuridão da madrugada.

– Envie o endereço – repetiu Matthew.

Acendeu-se uma luz no corredor.

– O que está havendo? – Chris juntou-se a Fernando no limiar da porta, ainda esfregando o sono dos olhos.

– É Miriam Shephard, uma das colegas de Matthew em Oxford. Aconteceu alguma coisa no laboratório – disse Fernando.

– Ora. – Chris bocejou, balançou a cabeça para desanuviá-la e depois franziu a testa. – Não é a Miriam Shephard que escreveu o clássico artigo sobre a forma pela qual a consanguinidade entre os animais do jardim zoológico gera uma perda de heterozigose? – Embora eu sempre estivesse à volta dos cientistas, raramente isso me ajudava a compreender o que eles falavam.

– Ela mesma – sussurrou Matthew.

– Pensei que estava morta – disse Chris.

– Não é bem assim – disse Miriam em tom de soprano. – Com quem estou falando?

– Chris, Christopher Roberts. Universidade de Yale. – Ele soou gaguejante como um estudante graduado apresentando-se em sua primeira conferência.

– Oh. Adorei o seu último artigo na revista *Science*. Seu modelo de pesquisa é impressionante, mesmo com as conclusões todas erradas. – Miriam soou como ela mesma porque criticava um colega pesquisador. Matthew também percebeu essa mudança positiva.

– Continue falando – disse Matthew para Chris antes de emitir um comando sereno para Fernando.

– É a Miriam? – perguntou Sarah, enfiando os braços nas mangas de um roupão de banho. – Vampiros não têm relógios? São três da manhã!

– O que há de errado com minhas conclusões? – perguntou Chris, elevando a voz.

Fernando retornou e entregou o laptop a Matthew. O brilho da tela do computador ligado iluminou o quarto. Sarah tateou a moldura da porta e ligou o interruptor, dissipando a escuridão remanescente. Mesmo assim, as sombras pressionavam a casa.

Matthew sentou-se na extremidade da cama, com o laptop no joelho. Fernando jogou-lhe outro celular e Matthew o conectou ao computador.

– Já viu a mensagem de Benjamin? – Miriam pareceu mais calma do que antes, mas com a voz ainda afiada de medo.

– Farei isso agora – disse Matthew.

– Não use a conexão da internet de Sarah! – Ela pareceu visivelmente agitada. – Ele está monitorando o tráfego do site. Poderá localizá-lo a partir do seu IP.

– Está tudo bem, Miriam – disse Matthew suavemente. – Estou usando o celular do Fernando. E os técnicos de informática de Baldwin garantiram que ninguém poderá me rastrear a partir dele.

Só então entendi por que Baldwin nos guarnecera com novos celulares quando saímos de Sept-Tours, mudando todos os nossos planos de telefonia e cancelando o serviço de internet de Sarah.

Surgiu na tela a imagem de uma sala com azulejos brancos. Lá dentro, apenas uma pia velha com encanamento exposto e maca para pacientes, além de um dreno no piso. No canto inferior esquerdo, data e hora, os números do relógio zumbiam para frente à medida que passavam os segundos.

– O que é aquela massa? – Chris apontou para uma pilha de trapos no chão. A pilha se mexeu.

– Uma mulher – disse Miriam. – Está ali desde que entrei no site dez minutos atrás.

Ao ouvir isso vislumbrei os braços finos, as pernas, a curva do peito e a barriga da mulher. Os trapos não a protegiam do frio. Ela estremecia e gemia.

– E Benjamin? – perguntou Matthew de olhos grudados na tela.

– Ele atravessou a sala e disse alguma coisa para ela. E depois olhou diretamente para a câmera e sorriu.

– E disse mais alguma coisa? – perguntou Matthew.

– Disse olá, Miriam.

Chris inclinou-se sobre o ombro de Matthew e clicou no laptop para ampliar a imagem.

– Há sangue no chão. Ela está acorrentada à parede. – Chris olhou para mim. – Quem é Benjamin?

– Meu filho. – Os olhos de Matthew desviaram para Chris e retornaram para a tela.

Chris cruzou os braços no peito e olhou fixamente para a imagem, sem pestanejar.

Soaram notas suaves de música dos alto-falantes do computador. A mulher encolheu-se de olhos arregalados contra a parede.

– Não, de novo não. Por favor. Não. – Ela soltou um gemido e olhou diretamente para a câmera. – Socorro.

Minhas mãos brilharam coloridas e os nós em meus pulsos arderam. Senti um leve formigamento, porém inconfundível.

– Ela é uma bruxa. Essa mulher é uma bruxa. – Toquei na tela e, quando puxei o dedo, um delgado fio verde estava anexado a ele.

O fio estalou.

– Ela pode nos ouvir? – perguntei para Matthew.

– Não – disse Matthew com ar severo. – Não acredito que possa. Benjamin quer ser ouvido por mim.

— Não converse com nossos convidados. — Embora sem a imagem, a frieza da voz do filho de Matthew era reconhecível. A mulher acedeu e abraçou o próprio corpo.

Benjamin aproximou o rosto da câmera e preencheu grande parte da tela, deixando a mulher ainda visível por cima do ombro. Uma cena desempenhada com muito esmero.

— Sem dúvida outro visitante juntou-se a nós, Matthew. Você camuflou sua localização com grande sagacidade. E vejo que a querida Miriam ainda está entre nós. — Benjamin sorriu novamente.

Não era de espantar que Miriam estivesse abalada. Era uma visão horrível: os lábios curvados e os olhos sem vida me faziam lembrar de Praga. Mesmo passados mais de quatro séculos, Benjamin fora reconhecido pelo rabino Loew como o homem chamado *Herr* Fuchs.

— Matthew, como é que você prefere o meu laboratório? — O braço de Benjamin varreu o espaço em volta. — Não é tão bem equipado quanto o seu, mas não preciso de muito. O melhor professor é a experiência. Só preciso de um tema de pesquisa cooperativa. E os sangues-quentes são bem mais reveladores que os animais.

— Cristo — sussurrou Matthew.

— Pensei que poderíamos dialogar sobre o sucesso do meu mais recente experimento. Mas as coisas não saíram conforme o planejado. — Benjamin virou a cabeça e disse em tom ameaçador. — Não é?

A música soou mais alta e a mulher ainda no chão soltou um gemido e tentou bloquear os ouvidos.

— Antes ela adorava Bach — continuou Benjamin, com tristeza fingida. — Sobretudo a *Paixão segundo São Mateus*. Eu sempre colocava essa música quando pegava essa bruxa. Mas agora ela sempre se angustia assim que ouve os primeiros acordes. — Ele cantarolou junto com os compassos seguintes da música.

— Ele quer dizer aquilo que estou pensando que ele quer dizer? — perguntou Sarah, com inquietude.

— Benjamin não para de estuprar essa mulher — disse Fernando, com uma fúria mal controlada. Era a primeira vez que eu via o vampiro sem uma fachada serena.

— Como assim? — perguntou Chris.

Antes que alguém respondesse, Benjamin seguiu em frente.

— A música para cada vez que ela mostra sinais de gravidez. É uma recompensa para uma bruxa que faz o seu trabalho e me agrada. Mas às vezes a natureza tem outras ideias.

As implicações das palavras de Benjamin se fizeram entender. Essa bruxa da Jerusalém do passado devia ser uma tecelã. Cobri a boca quando a bile subiu.

O brilho nos olhos de Benjamin se intensificou. Ele ajustou o zoom da câmera sobre o sangue que escorria das pernas da mulher até o chão.

– Infelizmente, a bruxa abortou. – A voz de Benjamin soou com o desapego de um cientista que relata uma descoberta. – Estava no quarto mês... a gravidez mais longa que ela conseguiu manter. Até agora. Já tinha sido engravidada em dezembro passado pelo meu filho, mas daquela vez ela abortou na oitava semana.

Eu e Matthew também tínhamos concebido nosso primeiro filho em dezembro. E eu também tinha abortado no início da gravidez, como a bruxa de Benjamin. Essa outra ligação entre mim e aquela mulher no chão me fez tremer dos pés a cabeça. Matthew pregou o braço nos meus quadris, mantendo-me firme.

– Eu estava convencido de que minha capacidade para gerar filhos tinha a ver com a ira do sangue que herdei de você e compartilhei com meus próprios filhos. Após o primeiro aborto da bruxa, nós tentamos engravidar demônios e seres humanos, mas sem sucesso. Cheguei à conclusão de que talvez houvesse alguma afinidade reprodutiva especial entre bruxas e vampiros com ira do sangue. Mas com esses erros terei que reavaliar a minha hipótese. – Benjamin puxou um banquinho até a câmera e sentou-se, alheio à crescente agitação da mulher mais atrás.

Bach ainda soava ao fundo.

– Seu casamento é outro fragmento de informação que também terei que considerar nos meus trabalhos. Sua nova esposa substituiu Eleanor em suas afeições? A louca Juliette? A pobre Celia? Aquela bruxa fascinante que conheci em Praga? – Benjamin estalou os dedos, como se tentando lembrar de alguma coisa. – Qual era mesmo o nome dela? Diana?

Fernando sibilou. A pele de Chris arrepiou-se. Ele olhou arregalado para Fernando e afastou-se.

– Ouvi dizer que sua nova mulher também é bruxa. Por que você nunca partilha suas ideias comigo? Você sabe que posso entendê-las. – Benjamin aproximou-se ainda mais da câmera, como se para dividir confiança. – No fim das contas, ambos somos impulsionados pelas mesmas coisas: desejo de poder, sede insaciável de sangue e desejo de vingança.

O clímax da música fez a mulher balançar para trás e para frente na tentativa de acalmar-se.

– Sempre me pergunto se nos tempos de outrora você sabia sobre esse poder que carregamos no sangue. As bruxas certamente sabiam. Que outro segredo o *Livro da vida* pode conter? – Benjamin fez uma pausa, talvez à espera de uma resposta. – Não vai me dizer, hein? Bem, então não tenho outra escolha senão me voltar para a minha própria experiência. Não se preocupe. Acabarei descobrindo como engravidar essa bruxa... ou acabarei matando-a nas tentativas. E serei obrigado a procurar outra bruxa. Talvez a sua seja adequada.

Benjamin soltou uma risada. Afastei-me para que Matthew não percebesse o meu temor. Mas ele me disse com os olhos que tinha percebido.

– Tchau, por enquanto. – Benjamin acenou com ar jovial. – Às vezes permito que os outros me assistam trabalhando, mas hoje não estou no clima para audiências. Farei com que você saiba se alguma coisa interessante acontecer. Enquanto isso, talvez você pense em compartilhar o que sabe. Isso me impedirá de solicitar o mesmo a sua esposa.

Benjamin desligou a lente e o som, mas no canto da tela escura o relógio ainda marcava os segundos.

– O que faremos? – perguntou Miriam.

– Salvar essa mulher – disse Matthew visivelmente furioso. – Antes de tudo.

– Benjamin quer apressá-lo a abrir a guarda e expor-se – advertiu Fernando. – Sua investida terá que ser planejada e executada com perfeição.

– Fernando está certo – disse Miriam. – Você não pode ir atrás de Benjamin sem a certeza de que pode destruí-lo. Caso contrário, colocará Diana em risco.

– Aquela bruxa não vai sobreviver por muito mais tempo! – retrucou Matthew.

– Se você se precipitar e atrair Benjamin ao seu calcanhar, ele simplesmente pegará outra criatura desavisada e o pesadelo recomeçará – disse Fernando, apertando o braço de Matthew.

– Você está certo. – Matthew desviou os olhos da tela. – Miriam, você pode avisar Amira? Ela precisa saber que Benjamin sequestrou uma bruxa e talvez faça isso de novo.

– Amira não é uma tecelã. Ela não poderia conceber um filho de Benjamin – observei.

– Não acho que Benjamin reconheça uma tecelã. Por enquanto. – Matthew esfregou a própria mandíbula.

– O que é uma tecelã? – perguntaram Miriam e Chris ao mesmo tempo. Abri a boca para responder, mas um aceno de cabeça de Matthew me fez fechá-la.

– Respondo isso mais tarde, Miriam. Fará o que lhe pedi?

– Claro, Matthew – disse Miriam.

– Ligue mais tarde e fique atenta. – O olhar preocupado de Matthew se voltou para mim.

– Sufoque Diana com sua atenção excessiva, caso precise, mas não preciso de uma babá. Além do mais, tenho trabalho a fazer. – Miriam desligou.

Um segundo depois, Chris desfechou um poderoso direto no queixo de Matthew. Seguiu-se um gancho de esquerda interceptado por Matthew com a palma da mão erguida.

– Fui esmurrado por amor a Diana. – Matthew fechou o punho em torno da mão de Chris. – Se minha esposa traz à tona os instintos protetores das pessoas, não desperdice a sua sorte.

Chris manteve-se imóvel. Fernando suspirou.

– Deixa pra lá, Roberts. Você não vai ganhar um concurso de força física com um vampiro. – Fernando pôs a mão no ombro de Chris, pronto para puxá-lo se fosse necessário.

– Se aquele filho da puta se aproximar a uma distância de oitenta quilômetros de Diana, você não verá um novo amanhecer... sendo vampiro ou não. Fui claro? – disse Chris olhando fixamente para Matthew.

– Como cristal – disse Matthew, soltando o braço de Chris.

– Ninguém vai conseguir dormir essa noite. Não depois disso – disse Sarah. – Precisamos de uma conversa. E de muito café. E não se atreva a fazer o descafeinado, Diana. Mas primeiro vou fumar um cigarro lá fora, pouco importa o que Fernando diga. Vejo vocês na cozinha. – Ela disparou por cima do ombro enquanto saía da sala.

– Mantenha o site de Benjamin aberto. Talvez a gente possa localizá-lo quando ele ligar a câmera e fizer ou disser alguma coisa. – Matthew estendeu o celular e o laptop ainda ligados para Fernando. Lá estavam uma tela escura e aquele terrível relógio que marcava a passagem do tempo. Matthew acenou com a cabeça para a porta e Fernando seguiu Sarah.

– Deixe-me ver então se entendi. A Semente Maldita de Matthew está fazendo uma pesquisa genética que envolve uma doença hereditária, uma bruxa sequestrada e algumas ideias mal amarradas sobre eugenia. – Chris cruzou os braços no peito. Faltavam alguns detalhes e ele rapidamente avaliou a situação. – Você deixou de fora algumas reviravoltas importantes no conto de fadas que me contou ontem, Diana.

– Ela não sabia sobre os interesses científicos de Benjamin. Nenhum de nós sabia – afirmou Matthew.

– Você devia saber que esse Semente Maldita era tão louco quanto você. Ele é seu filho. – Chris estreitou os olhos. – Segundo ele, vocês dois compartilham essa merda de ira do sangue. Isso significa que você também é perigoso para Diana.

– Sim, eu sabia que ele era desequilibrado. E o nome dele é Benjamin. – Matthew optou por não responder à segunda parte da afirmação de Chris.

– Desequilibrado? O cara é um psicopata. Pretende projetar uma raça superior de vampiros-bruxas. Então, por que o Semente... Benjamin não está preso? Isso o impediria de sequestrar e estuprar, e de entrar na lista de cientistas malucos como Sims, Verschuer, Mengele e Stanley.

– Vamos para a cozinha. – Insisti para que ambos seguissem em direção à escada.

– Depois de você – sussurrou Matthew, pondo a mão na base de minha espinha. Aliviada pela tranquila aquiescência, comecei a descer.

Seguiram-se um baque e um palavrão abafado.

Chris tinha sido jogado contra a porta, a mão de Matthew estava em volta de sua traqueia.

– Levando em conta as profanações que saíram de sua boca nas últimas vinte e quatro horas, só posso concluir que você considera Diana um de seus coleguinhas. – Matthew lançou-me um olhar de aviso quando procurei intervir. – Ela não é isso. Ela é minha esposa. Eu agradeceria se você limitasse a sua vulgaridade na presença dela. Fui claro?

– Como cristal. – Chris olhou para ele, com desprezo.

– Fico feliz em ouvir isso. – Matthew colocou-se ao meu lado em um segundo e recolocou a mão na base de minha espinha, onde o dragão de fogo sombrio aparecera. – Cuidado com os degraus, *mon coeur* – ele murmurou.

Chegamos ao térreo e sorrateiramente olhei para trás. Lá estava Chris observando Matthew como uma nova e estranha forma de vida – o que supostamente o meu marido era para mim. Meu coração apertou. Se Matthew tinha vencido as primeiras batalhas, a guerra entre ele e o meu melhor amigo estava longe de terminar.

Sarah juntou-se a nós na cozinha. Seus cabelos exalavam a tabaco e a damada-noite cultivada contra as grades da varanda. Abanei o nariz com a mão – a fumaça de cigarro ainda provocava náuseas em minha gravidez avançada

— e fiz o café. E depois derramei o conteúdo fumegante do bule nas canecas de Sarah, Chris e Fernando. Eu e Matthew nos restringimos à água. Chris foi o primeiro a quebrar o silêncio.

— Então, Matthew, por décadas você e a dra. Shephard pesquisam a genética dos vampiros num esforço para entender a ira do sangue.

— Matthew conheceu Darwin. Faz algumas décadas que ele investiga a origem e a evolução das criaturas. — Eu não queria dizer o quanto mais de décadas, mas também não queria que Chris fosse pego de surpresa pela idade de Matthew, como tinha acontecido comigo.

— Pesquisamos, sim. E meu filho tem nos ajudado. — Matthew lançou-me um olhar significativo.

— Claro, percebi isso – disse Chris, com um músculo movendo-se na face. — Não é algo de que me gabaria.

— Não me refiro a Benjamin e sim ao meu outro filho, Marcus Whitmore.

— Marcus Whitmore. — Chris emitiu um ruído divertido. — Pelo que vejo, cobrindo todas as bases. Você lida com biologia evolutiva e neurociência; Miriam Shephard é especialista em genética populacional; Marcus Whitmore é conhecido por seus estudos de morfologia funcional e sua luta para desmistificar a plasticidade fenotípica. Você montou uma equipe de pesquisa infernal, Clairmont.

— Fico muito feliz – disse Matthew, com leveza.

— Espere um instante. — Chris olhou espantado para Matthew. — Biologia evolutiva. Fisiologia evolutiva. Genética populacional. O objeto de sua pesquisa não se limita à transmissão da ira do sangue. Você está tentando fazer um diagrama da descendência evolutiva. Seu trabalho é com a Árvore da Vida... e não apenas com os ramos humanos.

— Essa árvore é aquela que está em frente à lareira? – perguntou Sarah.

— Não penso assim. — Matthew acariciou a mão dela.

— Evolução. Serei condenada.

Chris afastou-se da ilha da cozinha.

— Você então descobriu o ancestral comum dos humanos e seus camaradas? — Ele acenou em nossa direção.

— Se você se refere a criaturas, demônios, vampiros e bruxas com o termo camaradas... não é o caso. — A testa de Matthew arqueou.

— Tudo bem. Quais são as diferenças genéticas cruciais que nos separam?

— Vampiros e bruxas têm um par extra de cromossomos – explicou Matthew. — Demônios têm um único cromossomo extra.

— Você tem um mapa genético dos cromossomos dessas criaturas?

— Sim — disse Matthew.

— Então, você provavelmente começou a trabalhar nesse projeto pouco antes de 1990, apenas para manter-se com os seres humanos.

— Isso mesmo — disse Matthew. — E desde 1968 investigo a forma pela qual a ira do sangue é herdada, se quer saber.

— Claro. Você adaptou o emprego das árvores genealógicas de Donahue para determinar a transmissão de genes entre as gerações — Chris assentiu. — Boa sacada. E o seu sequenciamento chega a que altura? Já localizou o gene da ira do sangue?

Matthew olhou para ele sem responder.

— E então? — Chris insistiu.

— Uma vez tive um professor como você — disse Matthew, com frieza. — Ele me deixava maluco.

— E tenho alunos como você. Eles não duram muito tempo no meu laboratório. — Chris debruçou-se na mesa. — Entendo que nem todos os vampiros do planeta têm o seu problema. Já determinou exatamente como se herda a ira do sangue e por que alguns a contraem e outros não?

— Não inteiramente — Matthew admitiu. — É um pouco mais complicado com os vampiros, considerando que temos três pais.

— Você precisa pegar o ritmo, meu amigo. Diana está grávida. De gêmeos. — Chris me olhou incisivamente. — Suponho que elaborou perfis genéticos completos para vocês dois e fez previsões para os padrões de herança entre a sua descendência, incluindo a ira do sangue, ainda que sem se limitar a isso?

— Estive no século XVI por quase um ano. — Matthew realmente não gostava de ser questionado. — Não tive a oportunidade.

— Então, já devíamos ter começado — comentou Chris suavemente.

— Matthew estava trabalhando em algo. — Olhei para Matthew em busca de confirmação. — Lembra? Achei aquele papel coberto de letras X e O.

— X e O? Senhor Deus Todo-Poderoso. — Isso parecia confirmar os piores medos de Chris. — Você me diz que tem três pais, mas permanece casado com um modelo de hereditariedade mendeliana. Pelo visto isso acontece quando se é tão antigo quanto a poeira. E você conheceu Darwin.

— Também conheci Mendel. — Matthew soou seco e irritado, como um professor. — Além do mais, talvez a ira do sangue seja uma característica mendeliana. Não podemos descartar essa possibilidade.

— Altamente improvável — retrucou Chris. — E não apenas devido a esses três pais... uma questão que terei que considerar com mais detalhes. Isso pode gerar um caos nos dados.

– Explique-se. – Matthew apoiou o rosto na mão.

– Preciso dar uma visão geral da herança não mendeliana para um *fellow* da All Souls? – Chris arqueou as sobrancelhas. – Alguém precisa examinar a política de nomeações da Universidade de Oxford.

– Consegue entender alguma palavra do que eles estão dizendo? – sussurrou Sarah.

– Uma em cada três – respondi em tom de desculpa.

– Refiro-me à conversão gênica. Hereditariedade infecciosa. Impressão genômica. Mosaicismo. – Chris assinalou cada termo com os dedos. – Isso lembra alguma coisa, professor Clairmont, ou gostaria de continuar ouvindo a palestra que dou para os meus alunos de graduação?

– O mosaicismo não é uma forma quimérica? – Era a única palavra que eu tinha reconhecido.

Chris assentiu com um aceno.

– Sou uma quimera... se isso ajuda.

– Diana – Matthew rosnou.

– Chris é o meu melhor amigo, Matthew – eu disse. – E se ele vai ajudá-lo a descobrir como vampiros e bruxas se reproduzem... sem falar na descoberta de uma cura para a doença, ele precisa saber tudo. O que aliás inclui os resultados dos meus testes genéticos.

– Uma informação pode ser mortal em mãos erradas – disse Matthew.

– Matthew está certo – disse Chris.

– Fico muito feliz que você pense assim. – As palavras de Matthew destilaram ácido.

– Não seja condescendente comigo, Clairmont. Conheço os perigos do objeto da pesquisa humana. Sou um negro do Alabama que cresceu à sombra da Tuskegee. – Chris virou-se para mim. – Não entregue a sua informação genética para ninguém que não esteja nesta sala, mesmo que esteja vestindo um jaleco branco. E especialmente se estiver vestindo um jaleco branco, não se esqueça disso.

– Obrigado pela contribuição, Christopher – disse Matthew em tom seco. – Passarei essa ideia para o resto de minha equipe.

– O que faremos então com tudo isso? – perguntou Fernando. – Talvez não tenha havido alguma urgência antes, mas agora... – Ele olhou para Matthew em busca de orientação.

– O programa de aprimoramento do Semente Maldita transforma tudo – proclamou Chris antes que Matthew respondesse. – Primeiro precisamos descobrir se a ira do sangue é o que torna possível a concepção ou se isso se deve a uma combinação de fatores. E também precisamos saber qual é a probabilidade de transmissão da doença para os filhos de Diana. E para isso serão necessários os mapas genéticos da bruxa e do vampiro.

– Você também vai precisar do meu DNA – comentei serenamente. – Nem todas as bruxas conseguem se reproduzir.

– É preciso ser uma bruxa boa? Uma bruxa má?

Geralmente as piadas bobas de Chris me faziam sorrir, mas não naquela noite.

– A bruxa precisa ser uma tecelã – respondi. – Você terá que sequenciar o meu genoma e compará-lo ao de outras bruxas. E terá que fazer o mesmo com Matthew e os vampiros que não têm a ira do sangue. Teremos que entender a ira do sangue muito bem para curá-la. Só assim Benjamin e filhos deixarão de ser uma ameaça.

– Tudo bem. – Chris deu uma palmada nas coxas. – Precisamos de um laboratório. E de ajuda. O máximo possível de dados e um bom tempo no computador. Posso colocar o meu pessoal na pesquisa.

– De jeito nenhum – Matthew levantou-se abruptamente. – Também tenho um laboratório. Faz algum tempo que Miriam pesquisa os problemas da ira do sangue e os genomas das criaturas.

– Que ela então traga todas essas pesquisas para cá imediatamente. Meus alunos são bons, Matthew. Os melhores. São capazes de enxergar o que você e eu não estamos condicionados a enxergar.

– Sim. Como os vampiros. E as bruxas. – Matthew ajeitou o cabelo, deixando Chris atônito com essa nova aparência arrumada. – Não me agrada a ideia de outros seres humanos saberem de nós.

As palavras de Matthew lembraram-me de *quem* precisava saber da última mensagem de Benjamin.

– Marcus. Temos que contar para Marcus.

Matthew discou o número dele.

– Matthew? Está tudo bem? – perguntou Marcus assim que atendeu a chamada.

– Na verdade, não. Surgiu um imprevisto. – Matthew rapidamente contou que Benjamin mantinha uma bruxa como refém e explicou por quê. – Se eu lhe enviar o endereço do site, será que Nathaniel descobre como o monitor de Benjamin se mantém ativo 24 horas e de onde provém o sinal? Isso pouparia muito tempo – disse Matthew.

– Considere feito – respondeu Marcus.

Matthew mal acabara de desligar quando o meu celular tocou.

– Quem será agora? – Fiz a pergunta olhando para o relógio. O sol mal acabara de ressuscitar.

– Alô?

– Graças a Deus você está acordada – disse Vivian Harrison.

– O que houve? – Meu polegar escureceu e arrepiou.

– Problemas – ela disse em tom grave.

– Que tipo de problemas? – perguntei. Sarah encostou o ouvido no meu celular. Tentei afastá-la.

– Recebi uma mensagem de Sidonie von Borcke – disse Vivian.

– Quem é Sidonie von Borcke? – Eu nunca tinha ouvido esse nome antes.

– Uma das bruxas da Congregação – responderam Vivian e Sarah em uníssono.

14

— O conciliábulo foi reprovado no teste. – Vivian pôs a sua enorme bolsa na ilha da cozinha e serviu-se de uma xícara de café.

– Ela também é bruxa? – perguntou Chris com um sussurro.

– Sou, sim – respondeu Vivian, reparando em Chris pela primeira vez.

– Oh. – Ele a avaliou. – Posso recolher material seu com um *swab*? É indolor.

– Talvez mais tarde. – Vivian fez cara de espanto. – Desculpe-me, mas quem é você?

– Chris Roberts, Vivian, meu colega de Yale. Biólogo molecular. – Passei o açúcar e belisquei o braço de Chris para silenciá-lo. – Podemos conversar na sala da família? Minha cabeça está me matando... e meus pés estão inchando como balões.

– Queixaram-se à Congregação sobre a violação do pacto no condado de Madison – disse Vivian quando nos acomodamos confortavelmente nos sofás e nas poltronas em frente à TV.

– Quem fez isso? – perguntou Sarah.

– Cassie e Lydia. – Vivian olhou com ar melancólico para o café.

– As "líderes de torcida" nos sacanearam? – Sarah indignou-se.

– Típico – exclamei.

Elas eram inseparáveis desde a infância, insuportáveis desde a adolescência e indistinguíveis desde o colegial, com seus olhos azuis e cabelos louros ondulados. Nem Cassie nem Lydia se deixavam colocar à margem por sua ascendência de bruxa. Juntas, haviam liderado a equipe da torcida e recebido das bruxas o crédito pela temporada de futebol mais bem-sucedida da história de Madison, introduzindo feitiços e encantamentos de vitória em cada canto e cada rotina.

– E quais são as acusações... exatamente? – perguntou Matthew no seu modo advogado.

– Que Diana e Sarah se consorciaram com vampiros – sussurrou Vivian.

– *Consorciaram?* – A indignação de Sarah tornou-se mais clara.

Vivian jogou as mãos para cima.

– Eu sei, eu sei. Parece lascivo, mas foram essas as palavras exatas de Sidonie. Felizmente, Sidonie está em Las Vegas e não pôde vir para investigar pessoalmente. Os conciliábulos do condado de Clark estão investindo fortemente no mercado imobiliário, e valendo-se de feitiços para tentar reforçar esse mercado.

– E o que acontece agora? – perguntei para Vivian.

– Preciso replicar. Por escrito.

– Graças a Deus. Isso significa que você pode mentir – comentei aliviada.

– De jeito nenhum, Diana. Ela é muito inteligente. Eu vi Sidonie questionar o conciliábulo do SoHo dois anos atrás, quando eles abriram uma casa mal-assombrada na Spring Street, bem onde começa o desfile de Halloween. Foi magistral. – Vivian encolheu-se. – Ela chegou lá e descobriu como é que eles tinham mantido um caldeirão borbulhante suspenso sobre o desfile por seis horas. Após a visita de Sidonie, colocaram o conciliábulo de castigo por um ano... sem voos, sem aparatos e definitivamente sem exorcismos. Eles ainda não se recuperaram.

– Que tipo de bruxa é ela? – perguntei.

– Poderosa – disse Vivian bufando.

Mas não era isso que eu queria saber.

– Ela tem poder elemental ou ele se baseia na arte?

– Ela tem uma boa noção de feitiços, pelo que fiquei sabendo – disse Sarah.

– Sidonie pode voar e também é uma vidente respeitada – acrescentou Vivian.

Chris ergueu a mão.

– Sim, Chris? – Sarah soou como uma professora.

– Inteligente, poderosa, voadora, não importa. Ela não pode ficar sabendo sobre os filhos de Diana, até porque todos vocês desse conciliábulo estão preocupados com o mais recente projeto de pesquisa do Semente Maldita.

– Semente Maldita? – Vivian olhou para Chris sem entender.

– O filho de Matthew envolveu-se com uma bruxa. Parece que a capacidade reprodutiva faz parte da família Clairmont. – Chris olhou para Matthew. – E sobre esse pacto que todos vocês estabeleceram. Pelo que presumo, não se permite que as bruxas se envolvam com vampiros, não é?

– Nem com demônios. Isso é desconfortável para os humanos – disse Matthew.

– Desconfortável? – Chris pareceu duvidar. – Como quando os negros sentam ao lado dos brancos nos ônibus. Segregação não é a resposta.

– Os humanos notam as criaturas quando elas estão em grupos mistos – respondi para tranquilizá-lo.

– Notamos você, Diana, mesmo quando você passeia sozinha às dez horas da manhã pela Temple Street – disse Chris, quebrando a minha última e frágil esperança de que parecia igual a todo mundo.

– Fundaram a Congregação para fazer cumprir o pacto, para nos manter a salvo das interferências e atenções humanas – continuei, colocando as minhas armas. – Em contrapartida, ficaríamos fora da política e da religião humanas.

– Pense o que quiser, mas segregação forçada... ou pacto, se preferem, geralmente indica preocupações com pureza racial. – Chris apoiou os pés na mesinha de centro. – Talvez esse pacto tenha surgido porque as bruxas estavam concebendo bebês vampiros. Deixar os seres humanos mais *confortáveis* não passa de uma desculpa conveniente.

Fernando e Matthew se entreolharam.

– Eu pensava que a capacidade de Diana para a concepção era singular, e que isso se devia ao trabalho da deusa e não parte de um padrão mais amplo. – Vivian se horrorizou. – Seria terrível uma multidão de criaturas com poderes sobrenaturais de vida eterna.

– Não seria se ninguém quisesse projetar uma super-raça. E um tipo de criatura assim seria um golpe genético perfeito – observou Chris. – Por acaso conhecemos algum megalomaníaco interessado em genética vampírica? Ora, espere. Conhecemos dois.

– Prefiro deixar essas coisas para Deus, Christopher. – Pulsou uma veia escura na testa de Matthew. – Não tenho interesse algum em eugenia.

– Esqueci. Você é obcecado pela evolução da espécie... em outras palavras, história e química. Os mesmos interesses de pesquisa de Diana. Que coincidência. – Chris estreitou os olhos. – Pelo que ouvi, tenho duas perguntas, professor Clairmont. São apenas vampiros que estão morrendo ou bruxas e demônios também correm o risco de extinção? E qual dessas supostas espécies se preocupa mais com a pureza racial?

Chris *era* realmente um gênio. A cada pergunta perspicaz se aprofundava ainda mais nos mistérios ligados ao *Livro da vida*, aos segredos da família De Clermont e às questões do meu sangue e de Matthew.

– Chris está certo – respondeu Matthew, com uma velocidade suspeita. – Não podemos permitir que a Congregação descubra a gravidez de Diana. Se você não tiver alguma objeção, *mon coeur*, acho que devemos ir o mais rapidamente possível para a casa de Fernando, em Sevilha. Sarah pode ir com a gente, é claro. E assim a reputação do conciliábulo não será posta em descrédito.

– Sugeri que vocês não permitissem que a bruxa má soubesse de Diana e não que vocês fugissem – disse Chris impaciente. – Já se esqueceu de Benjamin?

– Travaremos esta guerra em uma frente de cada vez, Christopher. – Certamente a expressão facial de Matthew acompanhou o tom porque Chris acalmou-se de imediato.

– Tudo bem. Iremos para Sevilha. – Eu não queria ir, mas também não queria que as bruxas de Madison sofressem alguma punição.

– Não está tudo bem, não – disse Sarah, elevando a voz. – A Congregação quer respostas? Bem, eu também quero respostas. Diga a Sidonie von Borcke que estou *consorciada* com vampiros desde outubro do ano passado, desde que Satu Järvinen sequestrou e torturou minha sobrinha com a aquiescência de Peter Knox. Se isso significa que violei o pacto, que se dane. Sem os De Clermont, Diana estaria morta ou coisa pior.

– São acusações graves – disse Vivian. – Quer mesmo fazê-las?

– Sim – retrucou Sarah teimosamente. – Já baniram Knox da Congregação. Também quero que Satu leve um pé na bunda.

– Eles estão à procura de um substituto para Knox – relatou Vivian. – Segundo os rumores, Janet Gowdie deixará a aposentadoria para preencher a cadeira.

– Janet Gowdie está com uns noventa anos – disse Sarah. – É bem provável que não dê conta do trabalho.

– Knox insiste que precisa ser uma bruxa hábil para lançar feitiços, tal como ele o era. Ninguém... nem mesmo Janet Gowdie jamais o superou em lançamento de feitiços – disse Vivian.

– Até agora – retrucou Sarah sucintamente.

– Tem mais uma coisa, Sarah... o que poderá fazê-la pensar duas vezes antes de sair atrás das bruxas da Congregação. – Vivian hesitou. – Sidonie pediu um relatório sobre Diana. Alegou que é procedimento padrão para avaliar as bruxas que não desenvolveram talentos mágicos que poderão se manifestar ao longo da vida à frente.

– Se a Congregação está mesmo interessada no meu poder, o pedido de Sidonie não tem nada a ver com o fato de que eu e Sarah nos consorciamos com vampiros – comentei.

– Sidonie afirma que uma avaliação da infância de Diana não indicava que ela manifestaria quaisquer poderes normais tradicionalmente associados às bruxas – continuou Vivian aparentemente inconsolável. – Foi Peter Knox que fez a avaliação. Rebecca e Sthephen concordaram e assinaram.

– Diga à Congregação que a avaliação de Rebecca e Stephen das habilidades mágicas da filha estava absolutamente correta até o último detalhe. – Os olhos de Sarah brilharam de raiva. – Os poderes de minha sobrinha não são normais.

– Muito bem, Sarah – disse Matthew, com uma evidente admiração pelo zelo dela. – Uma resposta digna do meu irmão Godfrey.

– Obrigada, Matthew – disse Sarah acenando.

– Knox sabe... ou suspeita de alguma coisa a meu respeito. Desde a minha infância. – Eu esperava que Matthew argumentasse, mas ele não o fez. – Pensei que havíamos descoberto que meus pais ocultavam a minha condição de tecelã, como a de papai. Mas agora sei que mamãe se interessava pela alta magia e me pergunto se isso também tem alguma coisa a ver com o interesse de Knox.

– Ele é um profissional dedicado à alta magia – ponderou Vivian. – E se você fosse capaz de desenvolver novos feitiços de magia negra? Suponho que Knox estaria disposto a fazer quase qualquer coisa para se apropriar deles.

A casa gemeu ao som de uma guitarra que encheu a sala com uma melodia reconhecível. De todas as canções do álbum favorito da minha mãe, "Landslide" era a que mais atraía o meu coração. Quando a ouvia me lembrava de mamãe cantarolando-a comigo no colo.

– Mamãe adorava essa canção – eu disse. – Ela sabia que a mudança estava a caminho e temia isso, como a mulher na canção. Mas não podemos mais nos permitir o medo.

– O que está falando, Diana? – perguntou Vivian.

– A mudança que mamãe esperava? Já chegou – respondi laconicamente.

– E há mais mudanças a caminho – disse Chris. – Você não vai conseguir esconder a existência das criaturas dos seres humanos por muito tempo. Você é uma autópsia, uma sessão de consultoria genética, um kit de testes genéticos ainda distantes de serem descobertos.

– Bobagem – disse Matthew.

– Evangelho. Só há duas opções. Matthew, você quer estar no controle de tudo quando isso acontecer, ou vai preferir levar uma paulada na cabeça? – Chris esperou. – Considerando o limitado conhecimento de que dispomos, suponho que você vai preferir a opção A.

Matthew passou os dedos no couro cabeludo e olhou fixamente para Chris.

– Achei que sim. – Chris inclinou a cadeira para trás. – Considerando a sua situação difícil, o que a Universidade de Yale pode fazer por você, professor Clairmont?

– Não. – Matthew balançou a cabeça. – Você não vai usar estudantes de pesquisa e pós-graduados para analisar o DNA das criaturas.

– Tão assustador quanto o inferno, sei disso – continuou Chris em tom mais ameno. – Todos preferimos nos esconder em algum lugar seguro e que alguém tome as decisões difíceis. Mas alguém terá que se levantar e lutar pelo que é certo. Fernando me disse que você é um guerreiro impressionante.

Matthew olhou para Chris, sem piscar.

– Ficarei com você, se isso ajuda – acrescentou Chris –, desde que me encontre no meio do caminho.

Além de um guerreiro impressionante, Matthew era experiente. Sabia reconhecer uma derrota.

– Você ganhou, Chris – ele admitiu calmamente.

– Ótimo. Então, vamos começar. Quero ver os mapas genéticos das criaturas. Depois quero sequenciar e reordenar os três genomas das criaturas para que possam ser comparados com o genoma humano. – Chris sublinhou cada item em particular. – Quero me certificar se você identificou corretamente o gene responsável pela ira do sangue. E quero isolar o gene que torna possível Diana conceber um filho seu. Não acho que você tenha começado essa procura por conta própria.

– Posso ajudá-lo em alguma coisa? – Matthew arqueou as sobrancelhas.

– Na verdade, pode. – A cadeira de Chris bateu no chão. – Diga a Miriam Shephard que quero que ela esteja no Kline Biology Tower na segunda-feira de manhã. Fica em Science Hill. Não tem como errar. Meu laboratório fica no quinto andar. Ela terá que me explicar por que minhas conclusões na *Science* estavam erradas antes de se juntar a nós em nossa primeira reunião de equipe às onze.

– Direi a ela. – Matthew olhou para Fernando que por sua vez deu de ombros, como se dissesse, *Problema dele.* – Apenas um lembrete, Chris. A pesquisa que esbocei até agora levará anos para ser concluída. E não ficaremos em Yale por muito tempo. Eu e Diana teremos que estar de volta à Europa em outubro, se realmente quisermos que os gêmeos nasçam lá. Diana não poderá fazer viagens longas depois disso.

– Outra razão para que muitas pessoas estejam trabalhando no projeto. – Chris levantou-se e estendeu a mão. – Combinado?

Após uma longa pausa, Matthew respondeu ao aperto de mão.

– Decisão inteligente – disse Chris enquanto os dois apertavam as mãos. – Espero que tenha trazido o seu talão de cheques, Clairmont. O Centro de Análise de Genoma de Yale e o Laboratório de Análise de DNA cobram caro, mas são rápidos e precisos. – Ele olhou para o relógio. – Já estou com a mochila no carro. Vocês levarão quanto tempo para pegar a estrada?

– Estaremos algumas horas atrás de você – disse Matthew.

Chris beijou Sarah no rosto e me deu um abraço. Em seguida ergueu um dedo de advertência.

– Onze horas da manhã de segunda-feira, Matthew. Não se atrase.

Depois disso, ele saiu.

– O que foi que eu fiz? – sussurrou Matthew quando a porta da frente se fechou com um baque. Ele parecia um tanto chocado.

– Tudo vai ficar bem, Matthew – disse Sarah, com um surpreendente otimismo. – Tenho um bom pressentimento sobre tudo isso.

Algumas horas depois entramos no carro. Acenei para Sarah e Fernando do banco do passageiro, reprimindo as lágrimas. Sarah sorriu, mas com os braços tão apertados contra o próprio corpo que os dedos esbranqueceram. Fernando e Matthew trocaram algumas palavras com um ligeiro abraço, mão ao cotovelo, o conhecido estilo De Clermont.

Matthew deslizou para trás do volante.

– Tudo pronto?

Balancei a cabeça. Ele apertou a ignição e o motor roncou.

Ecoaram teclado e bateria do sistema de som, acompanhados por perfurantes guitarras. Matthew atrapalhou-se com os controles na tentativa de abaixar o som. Sem êxito, tentou desligá-lo. Mas a despeito do que pudesse fazer, Fleetwood Mac nos alertava a não pensar no amanhã. Finalmente, ele ergueu as mãos em sinal de derrota.

– Pelo visto, a casa está nos despejando em grande estilo – disse balançando a cabeça e pondo o carro no caminho.

– Não se preocupe. A música silenciará quando sairmos daqui.

Seguimos aos solavancos pelo extenso caminho em direção à estrada, mas seguros graças aos imperceptíveis amortecedores do Range Rover.

Sacolejei no banco quando Matthew acendeu a lanterna para deixar a fazenda Bishop, se bem que as últimas palavras da canção me fizeram olhar para frente novamente.

– Não olhe para trás – sussurrei.

Sol em Virgem

Quando o Sol estiver em Virgem, mande as crianças para a escola.
Este signo significa mudança de lugar.
— *Anonymous English Commonplace Book, c. 1590,*
Gonçalves MS 4890, f. 9ʳ

15

— Mais chá, professora Bishop?
— Hein? — Olhei para o rapaz formal que me aguardava com expectativa. — Ah. Sim. Claro. Obrigada.
— É pra já. — Ele pegou o bule de porcelana branca da mesa.
Olhei para a porta e nenhum sinal de Matthew. Enquanto o esperava na atmosfera rarefeita do New Haven Lawn Club, ele recebia o crachá de identificação no setor de Recursos Humanos nos arredores. Os confins silenciosos do edifício principal amorteciam o distintivo quique das bolas de tênis e os gritos das crianças que curtiam a piscina na última semana de férias de verão. Três futuras noivas entraram escoltadas pelas respectivas mães para examinar as instalações onde possivelmente se casariam.
Se aquele era o New Haven, não era mais o meu New Haven.
— Aqui está, professora. — O atencioso garçom estava de volta, acompanhado pelo aroma fresco das folhas de hortelã. — Chá de hortelã-pimenta.
A vida em New Haven junto com Matthew exigiria alguns ajustes. Minha pequena casa geminada na rua arborizada de pedestres, no perímetro da Court Street, era bem mais espartana que qualquer outra ocupada por nós ao longo do último ano, tanto no tempo presente como no tempo passado. Era uma casa decorada com simplicidade: achados no mercado das pulgas, mobiliário em pinho barato e prateleiras de livros e revistas dos meus dias de estudante de graduação. A cama não tinha estribo nem cabeceira ou dossel. Mas tinha um colchão grande que nos acolheu quando chegamos com gemidos de alívio da longa viagem de Madison.
Como qualquer casal normal de New Haven, passáramos grande parte do fim de semana estocando a casa com itens essenciais: vinho da loja da Whitney Avenue para Matthew e mantimentos para mim, e apetrechos eletrônicos suficientes para equipar um laboratório de informática. Matthew não se con-

formou com o fato de eu só ter um laptop. Saímos da loja de computadores na Broadway com produtos em dobro – para ele e para mim. E depois passeamos pelas veredas residenciais da faculdade enquanto o carrilhão badalava na Harkness Tower. Faculdade e cidade começavam a inchar com os alunos que retornavam das férias, urrando saudações por todo o campus e reclamando das listas de leituras e dos horários de aulas.

– É bom estar de volta – sussurrei agarrada ao braço dele, com a impressão de que estávamos embarcando em outra aventura, só nós dois.

Agora, no entanto, sentia-me diferente. Fora de sintonia.

– Aí está você. – Matthew irrompeu ao meu lado e me deu um longo beijo. – Senti sua falta.

Sorri.

– Só estivemos separados uma hora e meia.

– Exatamente. Muito tempo. – Ele passou os olhos na mesa, onde estavam o bule de chá intocado, um bloco amarelo e branco e um exemplar ainda lacrado da última *American Historical Review* que apanháramos na caixa de correio entupida do meu departamento enquanto seguíamos para Science Hill. – Como foi o seu dia?

– Cuidaram de mim muito bem.

– Como deveriam. – No percurso até o grande prédio de tijolinhos, Matthew explicara para Marcus que ele tinha sido um dos membros fundadores daquele clube privado, cujas instalações tinham sido construídas em terras que um dia lhe pertenceram.

– Posso lhe trazer alguma coisa, professor Clairmont?

Apertei os lábios. Surgiu uma pequena ruga na pele sem asperezas entre os aguçados olhos do meu marido.

– Obrigado, Chip, mas já estamos de saída.

Já era hora. Levantei-me, juntei as coisas e as empurrei para a grande mochila aos meus pés.

– Isso pode ser colocado na conta do dr. Whitmore? – sussurrou Matthew enquanto puxava a minha cadeira.

– É claro – disse Chip. – Sem problema. É sempre um prazer receber um membro da família do dr. Whitmore.

Fui eu que apressei Matthew na saída.

– Onde está o carro? – Procurei o estacionamento.

– Estacionado à sombra. – Matthew retirou a mochila do meu ombro. – Vamos para o laboratório a pé, não de carro. Os membros podem deixar os carros aqui. Fica bem perto do laboratório. – Ele pareceu simpático. – Isso nos é estranho, mas essa estranheza vai passar.

Respirei fundo e balancei a cabeça. Matthew segurou a mochila pela alça curta na parte superior.

– Vou melhorar quando chegar à biblioteca – eu disse, tanto para o meu bem quanto para o dele. – Vamos começar o trabalho?

Ele estendeu a mão livre. Dei-lhe a mão e a fisionomia dele desanuviou.

– Mostre o caminho – ele disse.

Atravessamos a Whitney Avenue através de um jardim repleto de arbustos podados em forma de dinossauros, e depois cortamos o caminho por trás do Museu Peabody de Yale e nos aproximamos da torre, o prédio onde ficava o laboratório de Chris. Retardei os passos. Matthew olhou para cima e em seguida ainda mais acima.

– Não. Por favor, não nesse lugar. É pior que a biblioteca Beinecke. – Ele grudou os olhos nos desagradáveis contornos do Kline Biology Tower, ou KBT, como era conhecido no campus. Ele comparava as paredes esculpidas em cavidades quadradas de mármore branco da Beinecke a uma bandeja de cubos de gelo gigantescos. – Isso aqui me lembra...

– Seu laboratório em Oxford, se bem me lembro não era uma beleza. – Eu o cortei antes que ele fizesse outra analogia viva que ficaria comigo para sempre. – Vamos.

E depois chegou a vez de Matthew relutar. Resmungou enquanto caminhávamos pelo edifício e recusou-se a colocar o cordão azul e branco da Yale com um cartão magnético de identificação em volta do pescoço quando o segurança assim solicitou. Continuou queixando-se no elevador e amarrou a cara quando chegamos à porta do laboratório de Chris.

– Vai ficar tudo bem, Matthew. Os alunos de Chris ficarão felizes por atendê-lo – assegurei para ele. Além de um estudioso de renome internacional, Matthew era um membro do corpo docente da Universidade de Oxford. Pouquíssimas instituições impressionavam Yale como a Universidade de Oxford.

– A última vez que estive com estudantes foi quando eu e Hamish estávamos na All Souls. – Matthew desviou os olhos para disfarçar o nervosismo. – Fico mais à vontade em laboratórios de pesquisa.

Puxei o braço dele, obrigando-o a parar. Finalmente, nossos olhos se encontraram.

– Você ensinou todo tipo de coisa para Jack. E para Annie também. – Eu o fiz lembrar ao lembrar-me de como ele acompanhava as duas crianças que tinham vivido conosco na Londres elisabetana.

– Aquilo foi diferente. Eles eram... – Matthew se deteve, uma sombra adejou nos olhos dele.

– Família?

Esperei pela resposta. Ele assentiu com relutância.

– Os alunos querem as mesmas coisas que Annie e Jack queriam: atenção, franqueza e confiança. Você será brilhante nisso. Prometo.

– Espero me adaptar – ele murmurou, observando o corredor. – Lá está o laboratório de Christopher. Vamos. Se eu chegar atrasado, talvez ele me ameace de reaver minha identificação.

Chris abriu a porta, visivelmente aborrecido. Matthew percebeu e manteve a porta aberta com o pé.

– Um minuto mais e eu teria começado sem você, Clairmont. Olá, Diana – disse Chris, beijando-me no rosto. – Não a esperava aqui. Por que não está na Beinecke?

– Entrega especial. – Apontei para a mochila e Matthew entregou-a. – A folha do Ashmole 782, lembra?

– Ah. Certo. – Chris não pareceu nem um pouco interessado. Ele e Matthew estavam claramente concentrados em outras questões.

– Vocês dois prometeram – eu disse.

– Certo. Ashmole 782 – Chris cruzou os braços. – Onde está Miriam?

– Transmiti o seu recado e lhe pouparei da resposta. Ela estará aqui quando quiser... e... se assim quiser. – Matthew ergueu o cartão de identificação. Nem mesmo a central de emprego tirava uma foto ruim dele. Ele parecia um modelo. – Sou funcionário, ou pelo menos é o que eles dizem.

– Ótimo. Vamos. – Chris tirou um jaleco branco de uma arara e o jogou nos ombros. E depois pegou outro para Matthew.

Matthew olhou para o jaleco e relutou.

– Não vou usar um desses.

– Fique à vontade. Sem jaleco, nenhum contato com o equipamento. Você decide. – Chris girou o corpo e saiu andando.

Uma mulher aproximou-se com um maço de papéis. Usava um jaleco de laboratório no qual se liam os nomes CONNELLY em bordado, e mais acima, escrito em marcador vermelho, "Béquer".

– Obrigado, Béquer. – Chris olhou para os papéis. – Ótimo. Ninguém se recusou.

– O que é isso? – perguntei.

– Formulários de confidencialidade. Chris disse que vocês não precisam assiná-los. – Béquer saudou Matthew com um aceno de cabeça. – Estamos honrados em tê-lo aqui, professor Clairmont. Sou Joy Connelly, assistente de Chris. No momento estamos sem um gerente de laboratório, de modo que estou preenchendo o posto até Chris encontrar Madre Teresa ou Mussolini. Pode passar o cartão para registrar a hora de sua chegada? E também passe na saída. Isso mantém os registros corretos. – Ela apontou para o leitor ao lado da porta.

– Obrigado, dra. Connelly. – Matthew obedeceu e passou o cartão. Mas ainda estava sem o jaleco.

– A professora Bishop também precisa passar. Protocolo de laboratório. E por favor me chame de Béquer. Todo mundo me chama assim.

– Por quê? – perguntou Matthew enquanto eu procurava o meu cartão de ID na bolsa. Como sempre, estava lá no fundo.

– Chris acha que é mais fácil lembrar os apelidos – disse Béquer.

– Ele tinha dezessete Amys e doze Jareds na sua primeira palestra de graduação – acrescentei. – Acho que ele nunca vai se recuperar.

– Felizmente, minha memória é excelente, dra. Connelly. Então, seu trabalho é em RNA catalítico. – Matthew sorriu. A dra. Connelly pareceu satisfeita.

– Béquer! – gritou Chris.

– Já vou! – Béquer gritou de volta. – Tomara que ele encontre logo a Madre Teresa – ela sussurrou para mim. – Não precisamos de outro Mussolini.

– Madre Teresa já morreu – sussurrei enquanto passava o cartão.

– Eu sei. Quando Chris redigiu a descrição do cargo para o novo gerente de laboratório, ele listou "Madre Teresa ou Mussolini" sob as qualificações. Claro que reescrevemos tudo. De outra forma, o setor de Recursos Humanos não teria aprovado.

– Como Chris chamava o último gerente de laboratório? – Quase não perguntei de medo.

– Calígula – Béquer suspirou. – Nós realmente sentimos falta dela.

Matthew esperou que entrássemos antes de soltar a porta. Béquer pareceu perplexa com a cortesia. A porta fechou-se atrás de nós.

Pesquisadores de todas as idades e perfis nos esperavam de jaleco branco lá dentro, incluindo pesquisadores seniores como Béquer, alguns pós-doutorados aparentemente exaustos e um bando de alunos da pós-graduação. A maioria estava sentada nos bancos do laboratório, e uns poucos, encostados em pias e armários.

Uma placa escrita à mão sobre uma das pias dizia ameaçadoramente PIA RESERVADA PARA HAZMAT. Tina, a assistente administrativa de Chris perpetuamente atormentada, estava tentando retirar os formulários de confidencialidade de debaixo de uma lata de refrigerante sem esbarrar no laptop ligado de Chris. O zum-zum-zum emudeceu assim que entramos.

– Oh. Meu. Deus. Esse é... – Uma mulher olhou para Matthew e levou a mão à boca. Ela o reconhecera.

– Olá, professora Bishop! – Um aluno da pós-graduação levantou-se alisando o jaleco. Parecia mais nervoso que Matthew. – Jonathan Garcia. Lembra de mim? História da Química? Dois anos atrás?

– Claro. Como vai, Jonathan? – Senti a cutucada dos muitos olhares que se voltaram para mim. Havia demônios no laboratório de Chris. Olhei ao redor na tentativa de descobrir quem eram eles. Até que flagrei o olhar frio de um vampiro que estava perto de um armário fechado, junto a Béquer e outra mulher.

Matthew também reparou nele.

– Richard – disse Matthew com um aceno frio de cabeça. – Eu não sabia que você tinha deixado Berkeley.

– No ano passado. – Richard mostrou-se impassível.

Nunca me passaria pela cabeça que podia haver criaturas no laboratório de Chris. Só o tinha visitado uma ou duas vezes quando ele estava trabalhando sozinho. De repente, minha mochila pesou com segredos e um possível desastre.

– Shotgun, depois você terá tempo para um reencontro com Clairmont – disse Chris conectando o laptop a um projetor. Seguiu-se uma onda de risos de apreciação. – As luzes, por favor, Béquer.

O riso se desfez quando a luz diminuiu. A equipe de pesquisa de Chris inclinou-se à frente para ver a projeção no quadro branco. Barras em preto e branco cruzaram o alto da página e alinharam-se para baixo. Cada barra ou ideograma, conforme Matthew me explicara na noite anterior, representava um cromossomo.

– Temos um novíssimo projeto de pesquisa para este semestre. – Chris encostou-se no quadro branco. Sua pele escura e seu jaleco branco o fizeram parecer um novo ideograma. – Eis o tema em questão. Alguém quer me dizer o que é?

– Está vivo ou morto? – perguntou uma agradável voz feminina.

– Boa pergunta, Scully. – Chris sorriu.

– Por que perguntou isso? – Matthew olhou bruscamente para Scully, fazendo-a se contorcer.

– Porque se estiver morto... ah, pelo jeito o tema é do sexo masculino, a causa da morte pode ter um componente genético – ela respondeu.

Ansiosos para provar o seu valor, os alunos da pós-graduação começaram a falar de distúrbios genéticos raros e mortais com uma rapidez que os tornava impossíveis de serem registrados nos laptops.

— Tudo bem, tudo bem. — Chris ergueu a mão. — Nosso zoológico não tem mais espaço para zebras. Voltemos ao básico, por favor.

Os olhos de Matthew dançaram divertidos. Eu o olhei com ar confuso e ele me esclareceu.

— Os alunos tendem a explicações exóticas e se esquecem das óbvias... como se um paciente tivesse contraído SARS e não um resfriado comum. Eles são chamados de "zebras" porque ouvem cascos e concluem que são zebras e não cavalos.

— Obrigada. — Era compreensível que me sentisse desorientada em meio aos apelidos e animais selvagens.

— Parem de tentar impressionar os outros e observem a tela. O que estão vendo? — perguntou Chris, dando uma pausa na crescente concorrência.

— É do sexo masculino — disse um jovem magricela aparentemente tímido que utilizava um tradicional caderno de anotações de laboratório e não um computador. Shotgun e Béquer reviraram os olhos um para o outro, balançando a cabeça em negativa.

— Scully já deduziu isso. — Chris olhou para os alunos com impaciência e estalou os dedos. — Não me *envergonhem* na frente da Universidade de Oxford, senão todos vocês terão que levantar pesos comigo durante todo o mês de setembro.

Todos gemeram. O nível de aptidão física de Chris era lendário, como também o hábito de usar uma velha camisa do time de futebol de Harvard sempre que Yale jogava. Ele era o único professor que era pública e rotineiramente vaiado em sala de aula.

— O que quer que seja, ele não é humano — disse Jonathan. — Ele tem vinte e quatro pares de cromossomos.

Chris olhou para o relógio.

— Quatro minutos e meio. Dois minutos mais do que pensei que seria necessário, mas bem mais rápido do que o professor Clairmont esperava.

— *Touché*, professor Roberts — disse Matthew suavemente. A equipe de Chris se voltou para ele ainda sem saber o que um professor de Oxford estava fazendo em um laboratório de pesquisa de Yale.

— Espere um instante. O arroz tem vinte e quatro cromossomos. Estamos pesquisando *arroz*? — perguntou uma garota que eu tinha visto jantando na Branford College.

— Claro que não estamos pesquisando arroz — disse Chris exasperado. — Desde quando o arroz tem sexo, Hazmat? — Devia ser a proprietária da pia especialmente reservada para ela.

– Chimpanzé? – sugeriu um jovem que era bonito de um modo estudado com seus cabelos castanhos ondulados e sua camisa azul de Oxford.

Chris circulou um dos ideogramas na parte superior da tela com um marcador vermelho.

– Isso se parece com o cromossomo 2A de um chimpanzé?

– Não – respondeu o jovem cabisbaixo. – O braço é muito longo. – Isso parece o cromossomo 2 humano.

– É o cromossomo 2 humano. – Chris apagou a marca vermelha e começou a numerar os ideogramas. Quando chegou ao vigésimo quarto, fez um círculo em volta. – É neste que vamos nos concentrar neste semestre. Cromossomo 24, de agora em diante CC para que a equipe que está pesquisando o arroz geneticamente modificado em Osborn não tenha calafrios. Temos muito trabalho a fazer. O DNA foi sequenciado, mas com pouquíssimas funções dos genes identificadas.

– Quantos pares de bases? – perguntou Shotgun.

– Algo em torno de quarenta milhões – respondeu Chris.

– Graças a Deus – sussurrou Shotgun, olhando diretamente para Matthew. Isso soou um monte de coisas para mim, mas fiquei feliz por vê-lo satisfeito.

– O que significa CC? – perguntou uma mulher asiática baixinha.

– Antes de responder, quero lembrar-lhes que todos aqui entregaram um acordo de confidencialidade assinado para Tina – disse Chris.

– Vamos trabalhar em algo que vai resultar numa patente? – Um aluno de pós-graduação esfregou as mãos. – Excelente.

– Vamos trabalhar num projeto de pesquisa altamente confidencial, altamente secreto, com implicações de longo alcance. O que acontecer neste laboratório permanecerá neste laboratório. Nada de conversinhas com amigos. Nada de conversinhas com os pais. Nada de se gabar na biblioteca. Quem abrir a boca, cai fora. Entenderam?

As cabeças assentiram.

– Nenhum laptop pessoal, nenhum celular, nenhuma fotografia. Um terminal do laboratório terá acesso à internet, mas somente Béquer, Shotgun e Sherlock terão o código de acesso – acrescentou Chris apontando para os pesquisadores seniores. – Vão trabalhar no laboratório com cadernos à moda antiga, escritos à mão em papel, que serão entregues para Béquer antes de vocês saírem daqui. Para os que não sabem mais usar uma caneta, Bones mostrará como se faz.

O tímido Bones do caderno de papel assumiu um ar presunçoso. Com certa relutância os alunos se separaram dos celulares, colocando-os em um recipiente de plástico deixado por Béquer na sala. Enquanto isso, Shotgun recolhia os laptops e os trancava em um armário. Uma vez que o laboratório já não tinha mais aparelhos eletrônicos, Chris continuou.

– No tempo certo levaremos nossas descobertas ao público... sim, professor Clairmont, um dia serão publicadas porque é isso que os cientistas fazem. – Chris lançou um olhar acentuado para Matthew – ... e nunca mais nenhum de vocês terá que se preocupar com a carreira.

Eclodiram sorrisos por toda parte.

– CC significa "cromossomo de criaturas".

Os rostos antes sorridentes embranqueceram.

– Cri...cri...criaturas? – repetiu Bones.

– Eu falei que era um alienígena – disse um homem sentado ao lado de Hazmat.

– Ele não é do espaço sideral, Mulder – disse Chris.

– Bom nome – comentei com Matthew, que pareceu não entender. Afinal, ele não tinha uma TV. – Depois lhe direi por quê.

– Um lobisomem? – perguntou Mulder esperançoso. Matthew fez uma careta.

– Chega de suposições – disse Chris apressadamente. – Pois bem, equipe. Mãos para cima quem é demônio.

O queixo de Matthew caiu.

– O que você está fazendo? – sussurrei para Chris.

– Pesquisa – ele respondeu olhando ao redor da sala. Depois de um breve e atordoado silêncio, ele estalou os dedos. – Vamos lá. Não sejam tímidos.

A mulher asiática ergueu a mão, seguida por um jovem que parecia uma girafa com seu cabelo cor de gengibre e seu pescoço comprido.

– Eu devia ter adivinhado que seriam Game Boy e Xbox – balbuciou Chris. – Mais alguém?

– Daisy – disse a asiática apontando para uma criatura que vestia uma roupa amarela e branca brilhante e cantarolava com olhos sonhadores para fora da janela.

– Tem certeza, Game Boy? – Chris pareceu incrédulo. – Ela é tão... hum, organizada. E precisa. Não é nada parecida com você e Xbox.

– Daisy ainda não sabe – sussurrou Game Boy, com a testa franzida de preocupação. – Então, vá devagar. Ela pode pirar quando descobrir o que realmente é.

– Perfeitamente compreensível – disse Chris.

– O que é um demônio? – perguntou Scully.

– Um membro altamente valorizado desta equipe de pesquisa cujas cores estão fora de linha – respondeu Chris como um relâmpago. Shotgun apertou os lábios divertindo-se.

– Ora – Scully reagiu com suavidade.

– Então, também sou um demônio – afirmou Bones.

– Outro que quer ser – sussurrou Game Boy.

Matthew contraiu os lábios.

– Uau. Demônios. Eu sabia que Yale era uma escolha melhor que a Johns Hopkins – disse Mulder. – Esse é o DNA do Xbox?

Xbox olhou para Matthew em silenciosa súplica. Daisy parou de cantarolar e passou a prestar muita atenção na conversa.

Matthew, Shotgun e eu éramos os adultos nessa situação. Explicar para os seres humanos o que eram as criaturas não era coisa para ser deixada para os alunos. Quando abri a boca para responder, Matthew pôs a mão no meu ombro.

– Não é o DNA do seu colega – disse. – É o meu.

– Você também é um demônio? – Mulder observou Matthew com interesse.

– Não, sou um vampiro. – Matthew juntou-se a Chris sob a luz do projetor. – E antes que me pergunte, posso sair durante o dia e meu cabelo não pega fogo à luz do sol. Sou católico e tenho um crucifixo. Quando durmo, o que raramente acontece, prefiro a cama ao caixão. E se você tentar enterrar uma estaca em mim, provavelmente a madeira lascará antes de penetrar na minha pele. – Ele mostrou os dentes. – Não tenho presas. E uma última coisa: nunca, nunca cintilei. – Ele enfatizou esse ponto com o rosto escurecido.

Eu já tinha me orgulhado de Matthew em muitas ocasiões anteriores. Já o tinha visto resistir a uma rainha, a um imperador mimado e ao seu próprio pai controlador. Sua coragem – tanto em lutas com espadas como em lutas com seus próprios demônios – era profunda até os ossos. Mas nada se comparava com aquela cena onde ele assumia sua condição diante de um grupo de estudantes e seus pares cientistas.

– Quantos anos você tem? – perguntou Mulder sem fôlego. Tal como o seu xará, Mulder acreditava em coisas maravilhosas e estranhas.

– Trinta e sete.

Soaram exclamações de decepção. Matthew então se compadeceu.

– Cerca de 1.500 anos.

– Puta merda! – exclamou Scully, como se o mundo racional tivesse virado do avesso. – Isso é mais velho que o velho. Simplesmente não consigo acreditar que haja um vampiro em Yale.

– Obviamente, você nunca foi ao departamento de astronomia – disse Game Boy. – Há quatro vampiros da faculdade lá. E a nova professora de economia... a que foi contratada vinda do MIT, é definitivamente uma vampira. Segundo os rumores também há alguns no departamento de química, mas eles abafam.

– Também há bruxas em Yale. – Soei serena, mas evitei o olhar de Shotgun. – Nós temos vivido ao lado dos humanos por milênios. Certamente você vai querer estudar os três cromossomos das criaturas, não é professor Roberts?

– Claro. – O sorriso de Chris abriu-se lenta e sinceramente. – Você está oferecendo o seu DNA, professora Bishop?

– Vamos pegar o cromossomo de uma criatura de cada vez. – Matthew lançou um olhar de advertência para Chris. Embora estivesse disposto a permitir que os alunos pesquisassem a sua informação genética, ainda não estava convencido de deixá-los fazer o mesmo com a minha.

Jonathan esquadrinhou-me de um modo avaliador.

– Então, são as bruxas que brilham?

– É mais um reflexo – expliquei. – Nem todas as bruxas brilham. Acho que sou uma das sortudas. – A confidência me deixou com uma intensa sensação de liberdade, e como ninguém saiu correndo aos gritos da sala, senti uma onda de alívio e esperança. E também senti uma vontade louca de rir.

– Luzes, por favor – disse Chris.

As luzes se acenderam gradualmente.

– Você disse que vamos trabalhar em vários projetos? – perguntou Béquer.

– Vocês também terão que analisar isto aqui. – Enfiei a mão na mochila e tirei um enorme envelope endurecido com inserções de papelão para que o conteúdo não fosse dobrado e danificado. Depois de desamarrá-lo, tirei a folha do *Livro da vida*. A ilustração em cores vívidas da união mística entre o Sol e a Lua cintilou em luzes fluorescentes pelo laboratório adentro. Alguém assobiou. Shotgun endireitou-se de olhos fixos na folha.

– Ei, isso é o casamento químico de mercúrio e enxofre – disse Jonathan. – Lembro de ter visto algo parecido em sala de aula, professora Bishop.

Concedi a minha aprovação ao meu ex-aluno.

– Isso não deveria estar na Beinecke? – perguntou Shotgun para Matthew. – Ou em outro lugar seguro? – A ligeira ênfase em "seguro" me fez pensar que eu poderia ter imaginado. Mas o semblante de Matthew me disse o contrário.

– Aqui também é seguro, não é, Richard? – O príncipe-assassino estava de volta ao sorriso de Matthew. A *persona* letal de Matthew em meio a frascos e tubos de ensaio me deixou desconfortável.

– O que faremos com isso? – perguntou Mulder visivelmente curioso.

– Análise do seu DNA – respondi. – A iluminura é feita de pele. Preciso saber a idade exata da pele... e o tipo de criatura de onde veio.

– Acabei de ler algo sobre esse tipo de pesquisa – disse Jonathan. – Já estão fazendo análises do mtDNA em livros medievais. Os pesquisadores esperam que isso os ajude a datá-los e determinar onde foram feitos. – O DNA mitocondrial registra aquilo que um organismo herda dos ancestrais maternos.

– Talvez você possa trazer esse artigo para os seus colegas, caso eles ainda não tenham lido. – Matthew pareceu feliz com a leitura atualizada de Jonathan. – Mas além do mtDNA também vamos extrair o DNA nuclear.

– Isso é impossível – protestou Shotgun. – O pergaminho passou por um processo químico para ligar a pele à superfície da escrita. Tanto a idade como as mudanças a que foi submetido durante a fabricação prejudicariam o DNA... caso você realmente pudesse extrair o suficiente para trabalhar com ele.

– É difícil, mas não impossível – corrigiu Matthew. – Tenho trabalhado intensamente com DNA antigo, frágil e danificado. Meus métodos também devem funcionar com esse exemplar.

Pipocaram olhares excitados por toda a sala à medida que as implicações dos dois planos de pesquisa eram assimiladas. Ambos os projetos eram o trabalho dos sonhos de todos os cientistas, qualquer que fosse a fase da carreira em que estivessem.

– Você acha que arrancaram a pele de alguma vaca ou de alguma cabra para fazer essa folha, dra. Bishop? – A inquietude no tom de Béquer apaziguou a atmosfera.

– Talvez tenha sido ou de um demônio ou de um humano ou de um vampiro ou de uma bruxa. – Eu estava certa de que não era pele humana, mas não podia descartá-la inteiramente.

– Humano? – Scully arregalou os olhos com a ideia. A perspectiva do esfolamento de outras criaturas para fazer um livro não pareceu assustá-la.

– Encadernação antropodérmica – sussurrou Mulder. – Eu achava que isso era um mito.

– Tecnicamente, não é encadernação antropodérmica – eu disse. – Não é um livro confeccionado com algumas partes de uma criatura... mas sim com ela inteira.

– Por quê? – disse Bones.

– Por que não? – disse Daisy enigmaticamente. – Tempos de desespero pedem medidas desesperadas.

– Não vamos ficar à frente de nós mesmos – disse Matthew, puxando a folha de minha mão. – Nós somos cientistas. Primeiro como e depois por quê.

– Acho que já é o suficiente por hoje – disse Chris. – Parece que todos estão precisando de uma pausa.

– O que eu preciso mesmo é de uma cerveja – sussurrou Jonathan.

– É um pouco cedo, mas entendo. Apenas lembrem-se: quem abrir a boca, cai fora – disse Chris em tom severo. – Isso também significa não falar uns com os outros fora destas paredes. Ninguém pode ouvir nada.

– Se alguém nos ouvir falando sobre bruxas e vampiros, só poderá concluir que estávamos jogando D & D – disse Xbox. Game Boy assentiu.

– Nada disso. Nada de falar – insistiu Chris.

A porta abriu-se. Uma mulher baixinha com minissaia roxa, botas vermelhas e uma camiseta preta onde se lia SAI DA FRENTE – FAÇO CIÊNCIA entrou na sala.

Miriam Shephard acabara de chegar.

– Quem é você? – perguntou Chris.

– O seu pior pesadelo e a nova gerente de laboratório. Oi, Diana. – Miriam apontou para uma lata de refrigerante. – De quem é isso?

– Meu – disse Chris.

– Nada de alimentos ou bebidas no laboratório. Isso vale em dobro para você, Roberts – disse Miriam de dedo em riste para Chris.

– O pessoal de Recursos Humanos não me falou que mandaria um candidato – disse Béquer, confusa.

– Eu não sou um candidato. Já preenchi a papelada pela manhã. Fui contratada e tenho credenciais. – Miriam ergueu um cartão de identidade preso a um cordão, como mandava a regra.

– Mas preciso entrevistar... – Chris se deteve. – Quem você disse que é?

– Miriam Shephard. E o pessoal do RH dispensou a entrevista depois que mostrei isso para eles. – Ela puxou o celular da cintura. – Abre aspas: "Que ela sente a bunda no meu laboratório às nove da manhã, e preparada para explicar os meus erros em duas horas... sem desculpas." Fecha aspas. – Ela retirou duas folhas de papel da mochila repleta de laptops e arquivos de papel. – Quem é Tina?

– Sou eu. – Tina avançou sorrindo. – Olá, dra. Shephard.

— Olá. Aqui está meu documento de contratação ou concessão de seguro-saúde ou sei lá o quê. E minha repreenda formal para sua inadequada mensagem de texto, Roberts, é a seguinte: arquive-a. — Ela entregou a papelada e depois tirou a mochila do ombro e jogou-a para Matthew. — Eu trouxe tudo que você pediu, Matthew.

Todos no laboratório observaram boquiabertos enquanto a mochila repleta de laptops navegava pelo ar. Matthew pegou-a sem danificar um único laptop, e Chris olhou para o braço de arremesso de Miriam com nítida admiração.

— Obrigado, Miriam — murmurou Matthew. — Espero que tenha tido uma viagem sem incidentes. — O tom e a escolha das palavras eram formais, mas não disfarçavam o alívio que ele sentia ao vê-la.

— Estou aqui, não estou? — disse Miriam em tom cáustico enquanto tirava outro pedaço de papel do bolso traseiro da minissaia. Depois de observá-lo, acrescentou olhando por alto. — Qual de vocês é Béquer?

— Aqui. — Béquer caminhou de mão estendida até ela. — Joy Connelly.

— Oh, desculpe. Só disponho de uma lista de apelidos ridículos dos restos da cultura popular e mais algumas siglas. — Miriam apertou a mão de Béquer, puxou uma caneta da bota e anotou alguma coisa. E depois rabiscou uma segunda nota ao lado. — Prazer em conhecê-la. Aprecio o seu trabalho com o RNA. Tem lastro. Muito útil. Vamos tomar um café e descobrir o que faremos para chicotear este lugar conforme as circunstâncias.

— O café decente mais próximo exige uma caminhada — disse Béquer se desculpando.

— Inaceitável. — Miriam fez outra anotação no papel. — Precisamos de um café no subsolo o mais rapidamente possível. Percorri o edifício antes de chegar aqui em cima e notei que desperdiçam aquele espaço.

— Também vou com você? — perguntou Chris impaciente sobre os pés.

— Não agora — respondeu Miriam. — Certamente você tem algo mais importante a fazer. Estarei de volta à uma hora. E vou querer ver... — Ela deu uma pausa para examinar a lista. — Sherlock, Game Boy e Scully.

— E quanto a mim, Miriam? — perguntou Shotgun.

— Nos veremos mais tarde, Richard. É bom ver um rosto conhecido. — Ela olhou para a lista. — Como Roberts o chama?

— Shotgun. — A boca de Richard se contraiu.

— Talvez seja por causa de suas sequências rápidas e não porque você resolveu caçar à moda dos humanos. — Miriam estreitou os olhos. — O que faremos aqui vai ser um problema, Richard?

– Não imagino por quê. – Richard deu de ombros. – A Congregação e suas preocupações estão fora de minha ordem de pagamento.

– Ótimo. – Miriam esquadrinhou a visível curiosidade de seus novos encarregados. – Bem? O que estão esperando? Se querem algo para fazer, talvez possam tratar de algum gel. Ou desempacotar caixas de suprimentos. Há muitas empilhadas no corredor.

Todos no laboratório se dispersaram.

– Como pensei. – Ela sorriu para Chris que parecia nervoso. – Quanto a você, Roberts, eu o verei em duas horas. Discutiremos seu artigo. E seus protocolos para revisão. Depois, você poderá me levar para jantar. Em algum lugar agradável, com bife e uma boa carta de vinhos.

Chris balançou a cabeça aparentemente atordoado.

– Vocês podem nos dar um minuto? – perguntei para Chris e Béquer. Os dois se colocaram de lado, ela sorrindo de orelha a orelha e ele beliscando a ponte do próprio nariz. Matthew juntou-se a nós.

– Você parece surpreendentemente bem para quem fez uma viagem de ida e volta ao século XVI, Matthew. E Diana está obviamente *enceinte* – disse Miriam, empregando a palavra francesa para "grávida".

– Obrigado. Você está onde Marcus está? – perguntou Matthew.

– Aquela monstruosidade em Orange Street? Sem chance. É um local conveniente, mas me dá arrepios. – Miriam estremeceu. – Excesso de mogno.

– Você é bem-vinda para ficar conosco na Court Street. – Fiz a oferta. – Temos um quarto de hóspedes no terceiro andar. Você terá privacidade.

– Obrigada, mas estou na esquina. No condomínio de Gallowglass – retrucou Miriam.

– Condomínio? – Matthew franziu a testa.

– O que ele comprou na Wooster Square. Alguns convertidos da igreja. Muito agradável... um pouco dinamarquês na decoração, mas de longe muito melhor que a decoração sombria de Marcus. – Miriam olhou abruptamente para Matthew. – Gallowglass não lhe contou que viria comigo?

– Não contou, não. – Matthew passou os dedos pelo cabelo.

Eu sabia exatamente como meu marido se sentia: os De Clermont tinham mudado para o modo superprotetor. Mas agora eles não estavam protegendo somente a mim. Eles também estavam protegendo Matthew.

16

— Más notícias. – Os lábios de Lucy Meriweather se torceram em simpática careta. Ela era uma bibliotecária da Beinecke que anos antes me ajudara tanto na minha própria pesquisa como nas ocasiões em que eu levava os meus alunos para consultar os livros raros de lá. – Se quiser olhar o Manuscrito 408, terá que fazê-lo numa sala privada com um curador. E há um limite de trinta minutos. Eles não a deixarão sentar-se na sala de leitura com a obra.

— Trinta minutos? Com um curador? – Fiquei espantada com as restrições depois de ter passado os últimos dez meses com Matthew que nunca prestava atenção em regras e regulamentos. – Sou professora de Yale. Por que um curador teria que tomar conta de mim?

— São regras para todos, até mesmo para nosso próprio corpo docente. Está tudo on-line – Lucy lembrou-me.

Acontece que a informação que me era necessária não estava na imagem de um computador, nem mesmo de alta resolução. Eu tinha visto o manuscrito Voynich – agora na biblioteca Beinecke como MS 408 – pela última vez em 1591, quando Matthew o levara da biblioteca do dr. Dee para a corte do imperador Rodolfo em Praga, na esperança de que poderíamos trocá-lo pelo *Livro da vida*. E agora a minha esperança é que se derramasse luz sobre o que Edward Kelley tinha feito com as folhas perdidas do *Livro da vida*.

Eu estava em busca de pistas do paradeiro desse livro desde nossa ida para Madison. Uma das folhas perdidas estampava a imagem de duas criaturas escamosas de cauda longa que sangravam para dentro de um recipiente redondo. A outra imagem era uma reprodução magnífica de uma árvore com os galhos carregados de uma impossível combinação de flores, frutas e folhas e com o tronco delineado por formas humanas contorcidas. Eu achava que seria fácil localizar as duas folhas na era das pesquisas pela internet e das imagens digitalizadas. Mas isso ainda não tinha acontecido.

– Talvez se você pudesse explicar por que precisa ver o livro físico... – Lucy se deteve.

Como é que eu poderia explicar para Lucy que precisava do livro para fazer magia?

Pelo amor de Deus, tratava-se da biblioteca Beinecke.

Se alguém descobrisse, isso arruinaria a minha carreira.

– Olharei o Voynich amanhã. – Felizmente, acabaria me ocorrendo um novo plano, já que não me seria possível teletransportar o livro de sombras de mamãe e elaborar magias novas na frente de um curador. Seria difícil fazer malabarismo com o meu eu de bruxa e o meu eu de pesquisadora. – Já chegaram os outros livros que solicitei?

– Chegaram. – Lucy arqueou as sobrancelhas quando a coleção de textos mágicos medievais esparramou-se na mesa, junto a vários livros impressos do início da modernidade. – Mudando o foco da pesquisa?

Na tentativa de me preparar para possíveis eventualidades mágicas quando finalmente chegasse o momento de reconvocar o Ashmole 782 para reuni-lo às folhas que lhe faltavam, eu tinha solicitado livros que pudessem me inspirar na tessitura de novos tipos de alta magia. O livro de feitiços de mamãe era um recurso valioso, mas eu sabia por experiência própria que as bruxas modernas estavam defasadas em relação às bruxas do passado.

– Alquimia e magia não são totalmente distintas – disse a Lucy na defensiva. Isso era o que Sarah e Em tinham tentado me fazer ver durante anos. Finalmente, eu acreditava nelas.

Já acomodada na sala de leitura, os manuscritos mágicos se afiguraram tão intrigantes quanto o esperado, com sigilos que lembravam os nós das tecelãs e a precisa e potente *gramarye*. Por outro lado, os primeiros livros de feitiçaria da modernidade, a maioria conhecida por mim apenas pelo título e a reputação, aterrorizavam e destilavam ódio – pelas bruxas e pelos rebeldes e diferentes, os que se recusavam a obedecer às expectativas da sociedade.

Algumas horas depois, ainda sob a fervura insistente e cáustica de Jean Bodin, segundo a qual todas as opiniões sobre as bruxas e suas maldades eram justificadas, devolvi livros e manuscritos para Lucy e marquei para as nove da manhã seguinte a pesquisa sobre o manuscrito Voynich com o curador chefe.

Subi a escada até o nível principal da biblioteca, onde livros resguardados por estantes envidraçadas constituíam a coluna vertebral da Beinecke, núcleo de conhecimentos e ideias em torno dos quais girava a coleção. Fileiras e fileiras de livros raros alinhavam-se em prateleiras banhadas à luz. Era uma visão de tirar o fôlego e isso me fez lembrar do meu propósito enquanto historiadora: redescobrir as verdades esquecidas naqueles velhos volumes empoeirados.

Matthew me aguardava lá fora. Recostado de pernas cruzadas à altura dos tornozelos no muro baixo com vista para o gritante jardim de esculturas da Beinecke, ele verificava as mensagens no celular. E ao perceber a minha presença ergueu os olhos e sorriu.

Nenhuma criatura viva resistiria ao sorriso e ao olhar concentrado daqueles olhos cinza-esverdeados.

– Como foi o seu dia? – perguntou-me depois de me beijar. Ele tinha sido extraordinariamente cooperativo com o meu pedido de não me enviar mensagens de texto constantes. E por consequência, realmente não sabia como tinha sido o meu dia.

– Um pouco frustrante. Acho que minhas habilidades de pesquisa enferrujaram depois de todos esses meses. Além do mais... todos aqueles livros me pareceram estranhos – acrescentei, com um pingo de voz. – Já estão velhos e desgastados em relação ao que eram no século XVI.

Matthew jogou a cabeça para trás sorrindo.

– Não pensei nisso. O contexto também mudou se o compararmos à época em que você trabalhou pela última vez com alquimia no castelo de Baynard. – Ele olhou por cima do ombro para a Beinecke. – Sei que essa biblioteca é um tesouro arquitetônico, mas ainda acho que parece uma bandeja de cubos de gelo.

– E parece mesmo – concordei com um sorriso. – Acho que se você a tivesse construído, a Beinecke seria parecida com uma fortaleza normanda ou um claustro românico.

– Eu estava pensando em alguma coisa gótica... bem mais moderna. – Era uma brincadeira de Matthew. – Pronta para ir para casa?

– Mais do que pronta – respondi ansiosa para deixar Jean Bodin para trás.

Ele apontou para a minha mochila.

– Posso?

Geralmente ele não perguntava. Isso era uma tentativa de não me sufocar e de controlar seu instinto superprotetor. Recompensei-o com um sorriso e entreguei a mochila sem dizer uma palavra.

– Onde está Roger? – perguntei para Lucy olhando para o meu relógio. Eu estava autorizada a pesquisar o manuscrito Voynich exatamente por trinta minutos, e o curador estava longe de ser visto.

– Roger disse que está doente, como ele sempre faz no primeiro dia de aulas. Ele odeia histeria e calouros pedindo direções. Você está presa a mim. – Lucy pegou a caixa que guardava o Beinecke MS 408.

– Parece bom. – Procurei conter o entusiasmo da voz. Poderia ser justamente o intervalo de que eu precisava.

Ela me levou para uma pequena sala privada, com janelas de frente para a sala de leitura, iluminação rarefeita e um apoiador de espuma surrado. Câmeras de segurança no alto das paredes dissuadiriam o leitor de roubar ou danificar as inestimáveis obras da Beinecke.

– Só vou acionar o relógio depois que o desembrulhar. – Lucy entregou-me a caixa do manuscrito. Era tudo que ela carregava. Sem papéis, sem material de leitura e sem telefone celular que pudessem distraí-la do trabalho de monitorar-me.

Eu geralmente folheava os manuscritos para olhar as imagens, mas era preciso aproveitar o tempo com o Voynich. Passei os dedos pelo pergaminho de velino – equivalente antigo da brochura moderna – do manuscrito. Imagens inundaram-me a mente, com meu toque de bruxa a capa revelou-se como inserida no livro alguns séculos depois de sua redação e pelo menos cinquenta anos depois que o guardei na biblioteca de Dee. Quando toquei na lombada, pude ver o rosto e o penteado do encadernador do século XVII.

Cuidadosamente, coloquei o Voynich no apoiador de espuma e o abri. Abaixei o nariz até quase tocar na primeira página manchada.

– O que está fazendo, Diana? Cheirando-o? – Lucy sorriu discretamente.

– Na verdade, estou. – Eu precisava ser o mais honesta possível para que Lucy cooperasse com os meus estranhos pedidos naquela manhã.

Visivelmente curiosa, Lucy contornou a mesa e também deu uma boa cheirada no Voynich.

– Para mim cheira a manuscrito velho. Cheio de traças. – Ela ajeitou os óculos de leitura e olhou com mais atenção.

– Robert Hooke observou as traças pelo microscópio no século XVII. Chamou-as de "dentes do tempo". – Examinando a primeira página do Voynich, concluí por quê. Havia muitos orifícios no canto direito superior e na margem inferior, ambos estavam manchados. – Talvez as traças tenham sido atraídas para o óleo que os dedos dos leitores deixaram no pergaminho.

– Por que diz isso? – perguntou Lucy. Era justamente a reação que eu esperava.

– O dano é pior na parte onde o leitor tocava para passar para a próxima folha. – Levei o dedo ao canto da página, como se apontando para alguma coisa.

Esse breve contato ocasionou uma nova explosão de rostos, uns transformando-se em outros: a fisionomia avarenta do imperador Rodolfo; diversos homens desconhecidos com trajes de diferentes épocas, dois deles clérigos; uma mulher tomando notas com muito zelo; outra mulher arrumando uma caixa de livros. E o demônio Edward Kelley introduzindo furtivamente alguma coisa na capa do Voynich.

– Também está danificado na borda inferior, talvez porque o manuscrito apoiava-se no corpo dos que o carregavam. – Alheia aos slides exibidos para o meu terceiro olho de bruxa, Lucy observou a parte inferior da página. – As roupas da época deviam ser muito oleosas. A maioria das pessoas usava lã?

– Lã e seda. – Hesitei e logo decidi arriscar tudo... meu cartão da biblioteca, minha reputação e talvez até meu trabalho. – Posso lhe pedir um favor, Lucy?

Ela me olhou com cautela.

– Isso depende.

– Preciso espalmar a mão na página. Só por um instante.

Observei-a atentamente na expectativa de que ela pudesse chamar os guardas de segurança.

– Você não pode tocar nas páginas, Diana. Você sabe disso. Se eu permitisse, eu seria demitida.

Balancei a cabeça.

– Eu sei. Desculpe por tê-la constrangido.

– Por que precisa tocá-lo? – perguntou Lucy depois de um breve silêncio, com a curiosidade nitidamente despertada.

– Eu tenho um sexto sentido em relação a livros antigos. Às vezes detecto informações que não são visíveis a olho nu. – Isso soou mais estranho que o previsto.

– Você é uma espécie de bruxa de livro? – Lucy estreitou os olhos.

– É exatamente o que sou. – Dei uma risada.

– Eu gostaria de ajudá-la, Diana, mas há câmera aqui, embora não haja microfone, graças a Deus. Tudo que acontece aqui é gravado, e certamente alguém vigia o monitor quando esta sala está ocupada. – Ela balançou a cabeça. – É muito arriscado.

– E se ninguém pudesse me ver?

– Se você cortasse a câmera ou grudasse chiclete na lente... sim, alguém já tentou isso, o segurança estaria aqui em cinco segundos – disse Lucy.

– Não seria chiclete, mas algo assim. – Eu me envolvi com o feitiço de disfarce que tornaria qualquer magia que operasse praticamente invisível. Em seguida girei a mão direita e toquei no polegar com a ponta do dedo anular, pinçando fios verdes e amarelos que fizeram da sala um pequeno pacote. Juntas, as duas cores misturadas em um verde-amarelo incomum eram ideais para feitiços de desorientação e engano. Eu planejava amarrá-los ao quinto nó – já que as câmeras de segurança eram definitivamente um desafio. A quinta imagem do nó queimou no meu pulso direito em antecipação.

– Boas tatuagens – comentou Lucy, olhando para minhas mãos. – Por que escolheu a tinta cinza?

Cinza? Quando a magia estava no ar, minhas mãos apresentavam todas as cores do arco-íris. O feitiço de disfarce devia estar funcionando.

– Porque cinza combina com tudo. – Foi a primeira coisa que passou pela minha mente.

– Ah. Bem pensado. – Ela ainda parecia confusa.

Voltei-me para o feitiço. Também precisava de um pouco de preto, e de verde e amarelo. Pincei as finas linhas pretas que rodeavam o meu polegar esquerdo e as enlacei com o polegar direito e o dedo anular. O resultado parecia um incomum mudrá – uma postura das mãos na ioga.

– Com o nó de cinco, o feitiço vai dar certo – murmurei visualizando a tecelagem completa com o meu terceiro olho. O trançado de verde-amarelo e preto amarrou-se com cinco cruzadas em um nó inquebrantável.

– Você acabou de enfeitiçar o Voynich? – sussurrou Lucy alarmada.

– Claro que não. – Depois de minhas experiências com manuscritos enfeitiçados, eu não faria uma coisa dessas sem motivo. – Enfeiticei o ar ao redor dele.

Para mostrar o que quis dizer, pairei a mão a uns dois centímetros acima da superfície da primeira página. O feitiço criou a ilusão de que os meus dedos tinham parado na parte inferior do livro.

– Hum, Diana? O que estava tentando fazer não funcionou. Você apenas tocou na borda da página como deveria – disse Lucy.

– Na verdade, minha mão está aqui. – Mexi os dedos de modo que pudessem espreitar ao longo da borda superior do livro. Parecia aquele velho truque do mágico que coloca uma mulher dentro de uma caixa e a serra ao meio. – Experimente. Mas sem tocar na página... apenas mova a mão de modo a cobrir o texto.

Puxei a mão para dar mais espaço. Lucy seguiu as instruções e levou a mão por entre o Voynich e o feitiço de disfarce. Sua mão pareceu se deter quando alcançou a borda do livro, mas olhando-se atentamente percebia-se que seu antebraço estava mais curto. Ela rapidamente puxou a mão, como se tivesse tocado em panela quente, e se voltou para mim de olhos arregalados.

– Você é uma bruxa. – Lucy engoliu em seco e sorriu. – Que alívio. Sempre suspeitei que você escondia alguma coisa, e temia que pudesse ser inconveniente... ou até mesmo ilegal. – Tal como Chris, ela não parecia nem um pouco surpresa ao descobrir que bruxas realmente *existiam*.

– Vai me deixar quebrar as regras? – Olhei para o Voynich.

– Só se me disser o que ficar sabendo. Esse maldito manuscrito envenena a nossa existência. Geralmente recebemos dez pedidos por dia dos que querem vê-lo e descartamos quase todos. – Ela retomou o seu lugar e assumiu uma posição vigilante. – Mas tenha cuidado. Se alguém notar, perderá seus privilégios na biblioteca. E acho que você não sobreviveria se fosse banida da Beinecke.

Respirei fundo e olhei para o livro aberto. A curiosidade era a chave para ativar a minha magia. Mas se eu quisesse mais do que uma exibição vertiginosa de rostos, teria que formular uma pergunta cuidadosa antes de pôr a mão no pergaminho. Eu estava mais certa do que nunca que o Voynich continha importantes pistas sobre as folhas perdidas do *Livro da vida*. Mas só teria uma chance para descobrir quais eram.

– O que Edward Kelley introduziu no Voynich e o que resultou disso? – sussurrei antes de abaixar os olhos e delicadamente pousei a mão no primeiro fólio do manuscrito.

Uma das folhas perdidas do *Livro da vida* surgiu à minha frente: a iluminura da árvore com o tronco repleto de formas humanas contorcidas. Ela era cinzenta, fantasmagórica e tão transparente que se podiam ver do outro lado a minha mão e o texto do primeiro fólio do Voynich.

A segunda folha sombria apareceu no topo da primeira: o sangue de dois dragões escoando para um vaso abaixo.

Em camadas sobre as duas anteriores, a terceira folha insubstancial: a iluminura do casamento alquímico.

A imagem e as camadas de texto empilharam-se por um instante em um mágico palimpsesto por cima do pergaminho manchado do Voynich. Logo o casamento alquímico dissolveu-se, seguido pela imagem dos dois dragões. Mas a folha com a árvore permaneceu.

Na esperança de que a imagem se tornasse real, ergui a mão e afastei-a da página. Retirei o nó do centro da magia e o prendi acima do meu lápis-borracha, deixando-o temporariamente invisível e revelando o Beinecke MS 408. Meu coração apertou. Nenhum sinal das folhas perdidas do *Livro da vida*.

– Não é o que esperava ver? – Lucy me olhou com simpatia.

– Não. Algumas folhas de outro manuscrito já estiveram aqui, mas se foram. – Belisquei a ponte do meu nariz.

– Talvez sejam mencionadas pelos registros de venda. Ainda temos as caixas de documentos sobre a aquisição do Voynich. Quer vê-las? – ela perguntou.

As datas de compra dos livros e os nomes dos compradores e vendedores constituíam uma genealogia descritiva da história e da descendência de cada livro até aquele momento. Sendo assim, talvez também pudessem fornecer pistas sobre os que tinham possuído as imagens da árvore e dos dragões que Kelley retirara do *Livro da vida*.

– É claro! – respondi.

Lucy embalou o Voynich e o levou de volta ao porão trancado. Em seguida retornou com um carrinho carregado de pastas, caixas, cadernos de anotações e um tubo.

– Tudo sobre o Voynich está aqui, em toda a sua confusa glória. Embora pesquisado milhares de vezes, ninguém jamais mencionou as três folhas perdidas do manuscrito. – Ela seguiu para a sala privada. – Venha. Vou ajudá-la a pesquisar tudo isso.

Só foram precisos trinta minutos para organizar o material sobre a longa mesa. Parte disso não serviria para nada: tubo, caderno com recortes de jornal, fotocópias antigas, palestras e artigos sobre o manuscrito posterior à compra do colecionador Wilfrid Voynich em 1912. Algumas pastas repletas de correspondência, notas escritas à mão e um maço de notas mantidas por Ethel, esposa de Wilfrid.

– Aqui está uma cópia da análise química do manuscrito, uma cópia impressa do catálogo de informações e uma lista dos que tiveram acesso ao manuscrito nos últimos três anos. – Lucy entregou-me um maço de papéis. – Fique com você. Mas ninguém pode saber que lhe dei essa lista de usuários da biblioteca.

Matthew poderia repassar a química comigo – as tintas utilizadas no manuscrito era um assunto que interessava a nós dois. A lista dos que tinham visto o manuscrito era surpreendentemente curta. Eram pouquíssimos. Os que o tinham acessado eram principalmente acadêmicos – um historiador de ciência da Universidade do Sul da Califórnia e outro da Cal State Fullerton, um matemático-criptógrafo de Princeton e outro da Austrália. Antes de partir para Oxford eu tinha tomado um café com um visitante, um popular escritor de ficção interessado em alquimia. Contudo, um nome saltou para fora da página.

Peter Knox tinha visto o Voynich no último mês de maio, antes da morte de Emily.

– Aquele desgraçado. – Meus dedos formigaram e os nós queimaram-me os pulsos em advertência.

– Algum problema? – perguntou Lucy.

– Um nome na lista que eu não queria ver.

– Ah. Rivalidade acadêmica. – Ela balançou a cabeça com ar sábio.

– Talvez seja isso. – Mas a dificuldade com Knox não se resumia a uma rivalidade entre interpretações históricas. Era uma guerra. E se eu quisesse ganhá-la, teria que tomar a dianteira para ter uma chance.

O problema era a minha pouca experiência em rastrear manuscritos e estabelecer de onde provinham. Os documentos mais conhecidos por mim tinham pertencido ao químico Robert Boyle. Eram setenta e quatro volumes apresentados para a Royal Society em 1769, e meticulosamente catalogados, indexados e referendados, como todos os outros arquivos da Royal Society.

– Se eu quiser rastrear o elo de propriedade do Voynich, por onde começo? – pensei em voz alta enquanto observava o material.

– Ficará mais rápido se uma começar pela origem do manuscrito e seguir para frente e a outra começar pelo momento em que Beinecke o adquire e seguir para trás. Com sorte acabaremos nos encontrando no meio da empreitada. – Lucy entregou-me uma pasta. – Você é a historiadora. Você fica com as coisas antigas.

Abri a pasta esperando encontrar alguma coisa associada a Rodolfo II. Mas acabei encontrando uma carta de Johannes Marcus Marci, um matemático de Praga. Era uma carta escrita em latim e datada de 1665 que mencionava o destinatário em Roma como *"Reverende et Eximie Domine in Christo Pater"*. Ele então era um clérigo, talvez um dos rostos que avistei quando toquei no canto da primeira página do Voynich.

Enquanto percorria às pressas o resto do texto, observei que o clérigo era o padre Athanasius e que à carta de Marci acompanhara um livro misterioso que precisava ser decifrado. Talvez o *Livro da vida*?

Segundo Marci, a despeito das tentativas para entrar em contato com o padre Athanasius, as cartas tinham sido recebidas com silêncio. Continuei lendo excitada. Mas a excitação tornou-se desânimo quando o terceiro parágrafo revelou a identidade do padre Athanasius.

– O manuscrito Voynich pertenceu a Athanasius Kircher? – Se as folhas perdidas tinham caído em mãos de Kircher, elas poderiam estar em qualquer lugar.

– Acho que sim – respondeu Lucy. – Esse homem era... muito abrangente em seus interesses.

– Que eufemismo – retruquei. O modesto objetivo de Athanasius Kircher era nada menos que o conhecimento universal. Além de ter sido um autor de renome internacional com quarenta livros publicados, ele também fora um inventor. O museu de objetos raros e antigos de Kircher era uma parada obrigatória no início das grandes viagens europeias, tanto pelo extenso leque de correspondências como pela vasta biblioteca. Eu não tinha aptidões linguísticas suficientes para me aventurar na obra de Kircher. Mais importante, não tinha tempo.

O celular vibrou no meu bolso, fazendo-me dar um salto.

– Desculpe-me, Lucy. – Observei a tela do celular e lá estava uma mensagem de texto de Matthew.

Onde está você? Gallowglass está esperando por você. Nós temos uma consulta com o médico daqui a noventa minutos.

Xinguei mentalmente.

Estou acabando de sair da Beinecke, digitei em resposta.

– Eu e meu marido temos um compromisso, Lucy. Amanhã vejo isso de novo. – Fechei a pasta que guardava a carta de Marci para Kircher.

– Ouvi de uma fonte confiável que você estava no campus com um moreno alto e bonito – ela disse sorrindo.

– Sem problema, é meu marido. Posso ver esse material amanhã?

– Deixe tudo comigo. As coisas andam muito devagar aqui nesse momento. Verei que peças posso juntar.

– Obrigada pela ajuda, Lucy. Estou com um prazo apertado... e inegociável. – Peguei o lápis, o laptop, o bloco de papel e saí apressada para me encontrar com Gallowglass. Matthew destacara o sobrinho para atuar na minha equipe de segurança e para monitorar o tráfego da internet de Benjamin, mas até então a tela estava em branco.

– Olá, tia. Você está com uma ótima aparência. – Ele beijou-me na bochecha.

– Desculpe pelo atraso.

– Claro que está atrasada. Você estava com seus livros. Cheguei a pensar que a esperaria por mais uma hora, no mínimo – disse Gallowglass, descartando o meu pedido de desculpas.

Quando chegamos ao laboratório, Matthew estava tão absorto na imagem do casamento alquímico do Ashmole 782 à frente que nem se mexeu quando a porta se abriu. Chris e Sherlock também o observavam mais atrás. Scully estava sentada num banquinho de rodinhas ao lado. Game Boy segurava perigosamente um pequeno instrumento próximo à folha do manuscrito.

– Você sempre está desarrumado, Gallowglass. Quando foi que seu cabelo viu um pente pela última vez? – Miriam passou o cartão de VISITANTE no leitor da porta. Chris estava levando a segurança a sério.

– Ontem. – Gallowglass ajeitou os lados e a parte de trás da cabeça. – Por quê? Tem algum pássaro aninhado nele?

– Bem que podia ter. – Miriam balançou a cabeça e se voltou para mim. – Olá, Diana. Logo, logo Matthew estará com você.

– O que ele está fazendo? – perguntei.

– Tentando ensinar como remover amostras de DNA do pergaminho para um aluno de pós-graduação sem conhecimentos de biologia e de procedimentos laboratoriais adequados. – Ela olhou para o grupo em torno de Matthew com desaprovação. – Não sei por que Roberts financia criaturas que nem sequer sabem manipular um gel de agarose, mas sou apenas a gerente do laboratório.

Do outro lado da sala, Game Boy soltou um palavrão de frustração.

– Puxe um banquinho. Isso pode demorar um pouco. – Miriam revirou os olhos.

– Não se preocupe. É preciso prática – disse Matthew para Game Boy com toda calma. – Meus polegares não se igualam aos de vocês no videogame. Tente de novo.

De novo? Fiquei de boca seca. Golpes repetidos na folha do Ashmole 782 poderiam danificar o palimpsesto. Saí em direção ao meu marido e Chris me avistou.

– Olá, Diana. – Ele me interceptou com um abraço e olhou para Gallowglass. – Sou Chris Roberts. Amigo de Diana.

– Gallowglass. Sobrinho de Matthew. – Gallowglass girou os olhos e franziu o nariz. – Que fedor.

– Os estudantes de graduação pregaram uma peça em Matthew. – Chris apontou para o terminal dos computadores que estava enfeitado com guirlandas de bulbos de alho. Uma ventosa anexava um crucifixo de painel de carro ao *mouse pad*. E depois ele fixou os olhos no pescoço de Gallowglass com uma intensidade digna de um vampiro. – Você luta?

– Bemmm... sou conhecido por fazer isso por esporte – disse Gallowglass, com olhos tímidos e covinhas nas bochechas.

– Luta greco-romana? – perguntou Chris. – Meu parceiro machucou o joelho e ficará em reabilitação por alguns meses. Estou procurando um substituto temporário.

– Talvez grega. Não sei ao certo sobre a parte romana.

– Onde você aprendeu? – perguntou Chris.

– Aprendi com meu avô. – Gallowglass franziu a testa ao se concentrar ainda mais. – Acho que uma vez ele lutou com um gigante. Era um lutador feroz.

– Esse avô era vampiro? – perguntou Chris.

Gallowglass assentiu com a cabeça.

– Uma luta entre vampiros deve ser divertida de assistir. – Chris sorriu. – Como uma luta de crocodilos, mas sem caudas.

– Nada de lutas. Estou falando sério, Chris. – Eu não queria ser responsável, nem mesmo indiretamente, por danos corporais a um gênio MacArthur.

– Desmancha-prazeres. – Chris soltou um assobio cortante. – Homem-lobo! Sua esposa está aqui.

Homem-lobo?

– Eu sei, Christopher – disse Matthew em tom gelado, mas com um sorriso para mim que fez meus dedos dobrarem. – Olá, Diana. Falo com você assim que terminar com Janette.

– Game Boy se chama Janette? – sussurrou Chris. – Quem sabia?

– Eu sabia. E Matthew também. Você pode me dizer por que ela está no meu laboratório? – disse Miriam. – Janette tem PhD em bioinformática computacional. Ela devia estar numa sala com muitos terminais e não com tubos de ensaio.

– Gosto de como o cérebro dela funciona – disse Chris, dando de ombros. – Por ser uma jogadora ela vê padrões nos resultados de laboratório que o resto de nós não consegue ver. Ela nunca fez trabalhos avançados em biologia. Quem se importa? Estou até aqui nos meus globos oculares com os outros biólogos.

Chris balançou a cabeça em direção a Matthew e Game Boy, que trabalhavam juntos.

– O que há de errado? – perguntei.

– Que desperdício Matthew nesse laboratório de pesquisa. Seu marido devia estar numa sala de aula. Ele é um professor nato. – Chris bateu no braço de Gallowglass. – Telefone para mim se quiser me encontrar na academia. Diana tem meu número.

Chris retornou ao trabalho e me voltei para Matthew. Eu tinha alguns flashes desse lado do meu marido dos tempos em que ele interagira com Annie e Jack em Londres, mas Chris estava certo. Matthew se valia de todos os instrumentos da mala de truques de um professor: modelagem, reforço positivo, paciência, dose certa de elogio e um toque de humor.

– Por que não podemos apenas limpar a superfície de novo? – perguntou Game Boy. – Sei que isso chegou com DNA de rato, mas pode ser diferente se escolhermos uma nova perspectiva.

– Talvez – disse Matthew. – Mas havia um monte de ratos nas bibliotecas medievais. Mesmo assim, sinta-se livre para pincelá-lo novamente depois de pegar essa amostra.

Game Boy suspirou e firmou a mão.

– Respire fundo, Janette. – Matthew acenou para encorajá-la. – Leve o tempo que quiser.

Com todo cuidado Game Boy inseriu uma agulha que de tão fina era quase invisível na borda do pergaminho.

– Vamos lá – disse Matthew brandamente. – Devagar e sempre.

– Consegui! – gritou Game Boy. Até parecia que ela dividira o átomo. Seguiram-se gritos de apoio, gestos de comemoração e o murmúrio de Miriam, "já estava na hora". Mas a reação de Matthew é que importava. Game Boy olhou para ele com expectativa.

– Eureca – disse Matthew de mãos bem abertas. Ela sorriu de orelha a orelha. – Muito bem, Janette. Ainda vamos fazer de você uma geneticista.

– De jeito nenhum. Prefiro construir computadores com peças de reposição a fazer isso de novo. – Game Boy retirou as luvas rapidamente.

– Olá, querida. Como foi o seu dia? – Matthew levantou-se e beijou-me no rosto. Ergueu uma sobrancelha quando olhou para Gallowglass que transmitiu sem palavras que tudo estava bem.

– Vejamos... fiz um pouco de magia na Beinecke.

– Devo me preocupar? – perguntou Matthew, obviamente pensando no estrago que o vento e o fogo de bruxa podiam causar.

– Não – respondi. – E tenho uma pista sobre uma das folhas perdidas do Ashmole 782.

– Que rapidez. Conte-me durante o caminho até o consultório médico – ele disse enquanto passava o cartão pelo leitor.

– De todo modo, leve o tempo que quiser com Diana. Não há pressão alguma aqui. Cento e vinte e cinco genes vampíricos identificados e apenas quatrocentos ainda por identificar – gritou Miriam enquanto saíamos. – Chris estará contando os minutos.

– Quinhentos genes ainda por identificar! – gritou Chris.

– Sua previsão de genes está por fora – retrucou Miriam.

– Aposto em dólares que não está. – Chris deu uma olhadela por cima de um relatório.

– É o melhor que você pode fazer? – Miriam fez um trejeito com os lábios.

– Vou esvaziar o meu cofrinho quando chegar em casa e a deixarei saber, Miriam – disse Chris. Os lábios dela se contraíram.

– Vamos – disse Matthew –, antes que eles comecem a discutir sobre outra coisa.

·– Ora, eles não estão discutindo – disse Gallowglass abrindo a porta para nós. – Só estão flertando.

Fiquei de queixo caído.

– Por que diz isso?

– Chris sempre coloca apelidos nos outros. – Gallowglass olhou para Matthew. – Ele o chamou de Homem-lobo. Como é que ele chama Miriam?

Matthew pensou por um segundo.

– Miriam.

– Exatamente. – Gallowglass sorriu de orelha a orelha.

Matthew soltou um impropério.

– Não se preocupe, tio. Miriam não dá bola para nenhum homem desde que Bertrand foi morto.

– Miriam... e um ser humano? – Matthew pareceu atordoado.

– Isso não vai dar em nada – disse Gallowglass suavemente quando as portas do elevador se abriram. – Ela vai partir o coração de Chris, é claro, mas não há nada que se possa fazer a respeito.

Fiquei profundamente grata a Miriam. Já que agora Matthew e Gallowglass tinham alguém para se preocupar além de mim.

– Pobre rapaz. – Gallowglass suspirou e apertou o botão que fechava as portas do elevador. E estalou os dedos quando o elevador começou a descer. – Pensando bem, acho que vou lutar com ele. Uma boa surra sempre limpa a mente.

Alguns dias antes a minha preocupação era se os vampiros sobreviveriam em Yale com alunos e professores ao redor.

E agora me perguntava se Yale sobreviveria aos vampiros.

17

Fiquei frente à geladeira, coloquei as mãos em concha ao redor do meu ventre e observei as imagens de nossas crianças. Para onde tinha ido o mês de setembro? As imagens do ultrassom tridimensional do bebê A e do bebê B eram estranhas – eu e Matthew optáramos por não saber o sexo de nossos dois filhos. Em vez da conhecida silhueta fantasmagórica avistada nas imagens de amigas grávidas, aquelas imagens detalhadas revelavam rostos de sobrancelhas enrugadas, polegares enfiados à boca e lábios perfeitamente definidos. Estendi um dedo e toquei no nariz do bebê B.

Fui acariciada por mãos frias atrás de mim, e um corpo alto e musculoso postou-se como um sólido pilar onde me recostei. Matthew apertou-me levemente a poucos centímetros acima de meu osso púbico.

– O nariz de B está justamente nessa foto – ele disse baixinho, descansando a outra mão um pouco mais para cima de minha barriga. – O bebê A estava aqui.

Ficamos em silêncio enquanto a corrente que sempre nos unia se estendia e acomodava aqueles dois elos brilhantes e frágeis. Claro que durante aqueles meses eu *sabia* que os filhos de Matthew – os nossos filhos – cresciam dentro de mim. Mas eu não *sentia* isso. E agora era diferente. Eu podia ver aqueles rostinhos amassados de tanto se concentrarem no duro trabalho de se formar.

– Em que está pensando? – perguntou Matthew curioso a respeito do meu prolongado silêncio.

– Não estou pensando. Estou sentindo. – E o que estava sentindo era impossível de descrever.

Ele deu uma risada contida, como se para não perturbar o sono dos bebês.

– Os dois estão bem – assegurei para mim mesma. – Normais. Perfeitos.

– Eles são perfeitamente saudáveis. Mas nenhum filho nosso jamais será normal. E graças a Deus por isso. – Ele beijou-me. – O que há na sua agenda para hoje?

– Mais trabalho na biblioteca. – A direção inicial de minha magia que prometia revelar o destino de pelo menos uma das folhas perdidas do *Livro da vida* transformara-se naquelas semanas de árdua pesquisa acadêmica. Na esperança de encontrar uma pista da misteriosa imagem da árvore que havia se sobreposto ao Voynich por alguns preciosos segundos, Lucy e eu trabalhávamos sem trégua para descobrir como é que o manuscrito Voynich acabara nas mãos de Athanasius Kircher e depois na posse de Yale. Montáramos acampamento naquela mesma salinha privada, onde a magia nos permitia conversar sem perturbar o número crescente de alunos e professores que circulavam na sala de leitura adjacente da Beinecke. Lá nos debruçávamos sobre as listas da biblioteca e os índices da correspondência de Kircher, e já tínhamos escrito dezenas de cartas para diversos especialistas tanto nos Estados Unidos como no exterior – sem resultados concretos.

– Lembra-se do que a médica disse sobre as pausas? – disse Matthew. Se não fosse pelo ultrassom, nossa ida ao consultório médico teria sido decepcionante. A médica me bombardeara com advertências tanto sobre os perigos do trabalho prematuro de parto e da pré-eclâmpsia como sobre a necessidade de manter o corpo hidratado e descansado.

– Minha pressão arterial está bem. – O que eu tinha entendido é que a soma de desidratação, fadiga e estresse era um grande risco porque podia elevar a minha pressão arterial subitamente.

– Eu sei. – Matthew, o meu marido vampiro, levava a sério a responsabilidade de monitorar a minha pressão arterial. – Mas não vai continuar assim se você se esforçar demais.

– É minha vigésima quinta semana de gestação, Matthew. Já estamos em outubro.

– Também sei disso.

A médica já vinha me freando desde 1º de outubro. Se ficássemos em New Haven, onde poderíamos continuar trabalhando, a única maneira de chegar à Biblioteca Bodleiana seria por meio de uma combinação de barco, avião e automóvel. E agora os voos de mais de três horas me eram interditados.

– Ainda podemos levá-la para Oxford de avião. – Matthew sabia de minhas preocupações. – O avião faria escalas em Montreal, Terra Nova, Islândia e Irlanda, mas daríamos um jeito se você *precisasse* chegar a Londres. – Pelo que ele exprimiu com o rosto talvez tivéssemos ideias diferentes sobre as circunstâncias que justificariam a minha travessia do Atlântico dessa maneira. – Claro que se você preferisse poderíamos ir para a Europa agora mesmo.

– Não vamos arrumar problemas. – Afastei-me dele. – Fale-me do seu dia.

— Chris e Miriam acham que têm uma nova abordagem para compreender o gene da ira do sangue – disse Matthew. – Eles planejam rastrear o meu genoma baseados em uma teoria de Marcus sobre o DNA não codificante. E partem da hipótese de que talvez existam gatilhos nesse DNA que possam controlar a forma pela qual a ira do sangue se transmite para determinados indivíduos.

— É o DNA lixo de Marcus, os noventa e oito por cento do genoma que não codificam proteínas? – Peguei uma garrafa de água na geladeira e abri a tampa para mostrar que estava comprometida em me hidratar.

— Isso mesmo. Ainda estou resistente à ideia, mas eles estão reunindo evidências convincentes. – Matthew olhou torto. – Como disse Chris, sou realmente um velho fóssil mendeliano.

— Sim, mas é o *meu* fóssil mendeliano – comentei e o fiz rir. – Mas se a hipótese de Marcus estiver correta, o que isso poderá significar para se encontrar uma cura?

O sorriso de Matthew feneceu.

— Poderá significar que não existe cura... que a ira do sangue é uma doença genética hereditária desenvolvida a partir de múltiplos fatores. Talvez seja muito mais fácil curar doenças com causas únicas e inequívocas, como germes ou simples mutações genéticas.

— O conteúdo do meu genoma pode ajudar? – Depois que tínhamos recebido o ultrassom, além das muitas discussões sobre os bebês, muito se especulou sobre os possíveis efeitos do sangue de uma bruxa – especialmente uma tecelã – sobre o gene da ira do sangue. Eu não queria que meus filhos se tornassem experimentos científicos, sobretudo depois de ter visto o nefasto laboratório de Benjamin, mas não fazia qualquer objeção em relação ao progresso científico.

— Não quero que seu DNA seja objeto de outra pesquisa científica. – Matthew caminhou até a janela. – Eu nunca deveria ter extraído aquela amostra de você em Oxford.

Sufoquei um suspiro. Apesar de toda a liberdade duramente conquistada por mim e concedida por Matthew, e de todo o esforço consciente que ele fazia para não me sufocar com superproteção, ele acabou encontrando uma nova saída para o seu lado autoritário. Era como assistir a alguém que tentava represar um rio caudaloso. E a incapacidade de Matthew para localizar Benjamin e libertar a bruxa mantida em cativeiro só piorava as coisas. Cada informação recebida sobre o paradeiro de Benjamin transformava-se em um beco sem saída, e o mesmo ocorria com minhas tentativas de rastrear as folhas perdidas do Ashmole 782. Antes que pudesse tentar argumentar com ele, o meu telefone tocou. Era um toque peculiar – os acordes de abertura de "Sympathy for the Devil" – que eu ainda não tinha conseguido mudar. Quem programara o telefone o ligara irrevogavelmente a um dos meus contatos.

– Seu irmão está chamando. – O tom de Matthew seria capaz de congelar até mesmo um gêiser.

– O que você quer, Baldwin? – Não era necessário um preâmbulo educado.

– Sua falta de fé me magoa, irmã. – Baldwin deu uma risada. – Estou em Nova York. Pensei em dar um pulo em New Haven para ver se os alojamentos de vocês são adequados.

A audição vampírica de Matthew tornava a minha conversa com Baldwin totalmente audível. Foi cáustico o xingamento que ele pronunciou em resposta às palavras do irmão.

– Matthew está comigo. Gallowglass e Miriam estão a um quarteirão de distância. Não precisa se preocupar. – Afastei o telefone do ouvido, ansiosa para desligar.

– Diana. – A voz de Baldwin reverberou alta até mesmo para a minha limitada audição humana.

Colei o telefone no ouvido.

– Há outro vampiro que trabalha no laboratório de Matthew... Richard Bellingham é o nome que ele está usando.

– Sim. – Olhei para Matthew postado enganosamente descontraído frente à janela... com as pernas um pouco abertas e as mãos cruzadas às costas. Era uma postura de prontidão.

– Tenha cuidado com ele. – A voz de Baldwin tornou-se fria. – Você não vai querer que eu peça para Matthew se livrar de Bellingham, mas farei isso sem hesitar. Acho que ele possui informações que podem ser... difíceis... para a família.

– Ele sabe que sou uma bruxa. E que estou grávida. – Era evidente que Baldwin sabia de muitos detalhes de nossa vida em New Haven. Não fazia sentido esconder a verdade.

– Todos os vampiros dessa cidade provinciana sabem disso. E eles fazem muitas viagens a Nova York. – Baldwin fez uma pausa. – Na minha família, se você faz alguma confusão, você limpa tudo... ou Matthew se encarrega de limpar. São essas as suas opções.

– É sempre um prazer ouvi-lo, *irmão*.

Baldwin limitou-se a rir.

– É só isso, *milorde*?

– É *sieur*. Precisa de mim para refrescar a memória sobre a lei e a etiqueta dos vampiros?

– Não – cuspi a palavra.

– Ótimo. Diga a Matthew para não bloquear as minhas chamadas e não repetiremos essa conversa. – A linha emudeceu.

– Que pu... – comecei.

Matthew arrancou o celular de minha mão e o arremessou na sala. O aparelho bateu no mantel da lareira apagada seguido por um aprazível som de vidro estilhaçado. Logo as mãos de Matthew seguraram o meu rosto, como se a violência anterior tivesse sido uma miragem.

– Agora terei que arranjar outro celular. – Olhei nos olhos tempestuosos de Matthew. Isto dava uma indicação segura do estado de espírito dele: cinza-claro quando ele estava à vontade e verde quando as pupilas dilatavam de emoção reprimida, embora com um aro brilhante em torno da íris. Naquele momento, cinza e verde lutavam pela supremacia.

– Sem dúvida Baldwin estará aqui antes do fim do dia. – Os olhos de Matthew se fixaram na pulsação de minha garganta.

– Vamos torcer para que seu irmão não sinta que precisa se encarregar disso sozinho.

Os olhos de Matthew se desviaram para os meus lábios.

– Ele não é meu irmão. Ele é *seu* irmão.

– Ó de casa! – Era a voz estrondosa e alegre de Gallowglass no saguão do térreo.

O beijo de Matthew foi intenso e exigente. Concedi o que ele precisava, afrouxando a coluna e a boca para que pudesse sentir que estava no comando, pelo menos naquele instante.

– Oh. Desculpe. Devo voltar depois? – disse Gallowglass da escada. Logo ele abriu as narinas e captou o irresistível odor de cravo de meu marido. – Algo errado, Matthew?

– Nada que a morte súbita e aparentemente acidental de Baldwin não possa consertar – disse Matthew, com ar sombrio.

– Então, negócios, como de costume. Achei que talvez você quisesse que eu caminhasse com titia até a biblioteca.

– Por quê? – disse Matthew.

– Miriam telefonou. Está nervosinha e quer que você "saia do pé de Diana e esteja no laboratório". – Gallowglass consultou a palma da mão que estava toda rabiscada. – Sim. Foi exatamente isso que ela disse.

– Vou pegar minha bolsa – sussurrei, afastando-me de Matthew.

– Olá, Apple e Bean. – Gallowglass olhou inebriado para as imagens coladas na porta da geladeira. Ele achava que chamá-los de bebê A e bebê B estava abaixo da dignidade que mereciam e assim concedera-lhes tais apelidos. – O Bean tem as mãos da vovó. Notou isso, Matthew?

Gallowglass manteve a atmosfera leve e as brincadeiras fluíram em nossa caminhada até o campus. Matthew nos acompanhou até a Beinecke, como se esperando que Baldwin aparecesse na calçada com outro celular e outro terrível aviso para nós.

Foi com alívio que deixei os De Clermont para trás e abri a porta da sala de pesquisa.

– Nunca vi uma proveniência tão confusa! – exclamou Lucy tão logo apareci. – Então, John Dee *foi* proprietário do Voynich?

– Isso mesmo. – Larguei o bloco de papel e o lápis. Eram os únicos itens que estavam comigo, sem mencionar a magia. Felizmente, o meu poder não acionava os detectores de metais. – Dee deu o Voynich para o imperador Rodolfo em troca do Ashmole 782. – Na verdade, o processo tinha sido um pouco mais complicado que isso, como frequentemente acontecia quando Gallowglass e Matthew estavam envolvidos em transferências de propriedade.

– O manuscrito da Biblioteca Bodleiana do qual faltam três folhas? – Lucy segurou a cabeça entre as mãos, observando as notas, os recortes e a correspondência espalhados na mesa.

– Edward Kelley retirou as folhas antes do retorno do Ashmole 782 para a Inglaterra. Guardou-as temporariamente em custódia dentro do Voynich. Em algum momento descartou duas folhas. Mas manteve uma consigo... com a iluminura de uma árvore. – De fato, era um emaranhado.

– Então, talvez tenha sido Kelley quem deu o manuscrito Voynich, junto com a imagem da árvore, para o botânico do imperador Rodolfo, o mesmo Jacobus de Tepenecz cuja assinatura está na parte de trás do primeiro fólio. – Lucy me mostrara fotografias tiradas sob luz ultravioleta, se bem que com a tinta esmaecida pelo passar do tempo.

– Pode ser – retruquei.

– E depois do botânico chegou às mãos de um alquimista? – Ela fez algumas anotações no cronograma do Voynich. Um cronograma a essa altura confuso por nossas constantes exclusões e adições.

– Georg Baresch. Não descobri muito sobre ele. – Examinei minhas anotações. – Baresch era amigo de Tepenecz. Foi dele que Marci adquiriu o Voynich.

– Certamente as estranhas ilustrações da flora do manuscrito Voynich intrigariam um botânico... sem mencionar a iluminura de uma árvore do Ashmole 782. Mas por que um alquimista se interessaria por elas? – perguntou Lucy.

– Porque algumas ilustrações do Voynich assemelham-se ao aparato alquímico. Os ingredientes e processos necessários à feitura da pedra filosofal eram segredos guardados com muito zelo, e muitas vezes os alquimistas os ocultavam sob símbolos: plantas, animais e até pessoas. – O *Livro da vida* também fazia uma poderosa mistura entre real e simbólico.

– E Athanasius Kircher também se interessava por palavras e símbolos. Por isso você acha que ele teria se interessado pela iluminura da árvore e também pelo Voynich – disse Lucy pausadamente.

– Sim. E por isso a carta perdida que Georg Baresch afirma que enviou para Kircher em 1637 é tão significativa. – Empurrei uma pasta para ela. – Conheço uma especialista em Kircher de Stanford que está em Roma. Ela se ofereceu para pesquisar com mais profundidade os arquivos da Pontifícia Universidade Gregoriana, onde está grande parte da correspondência de Kircher. Enviou-me a transcrição de uma carta tardia de Baresch para Kircher, escrita em 1639, que de novo se refere à troca entre ambos, mas os jesuítas lhe disseram que a carta original não pôde ser encontrada.

– Sempre que os bibliotecários dizem que um documento se perdeu, me pergunto se isso é realmente verdade – ela resmungou.

– Eu também. – Pensei ironicamente comigo mesma sobre minhas experiências com o Ashmole 782.

Lucy abriu a pasta e gemeu.

– Está em latim, Diana. Você terá que traduzir para mim.

– Baresch achava que Kircher poderia decifrar os segredos do Voynich. Kircher investigava hieróglifos egípcios. Isso o tornou uma celebridade internacional e ele recebia textos misteriosos oriundos do mundo inteiro – expliquei. – Para melhor atiçar o interesse de Kircher, Baresch encaminhou transcrições parciais do Voynich para Roma em 1637 e novamente em 1639.

– Mas não há qualquer menção específica à imagem de uma árvore – disse Lucy.

– Pois é. Mas continua sendo possível que Baresch tenha enviado essa imagem para Kircher, como atrativo adicional. Sua qualidade é bem maior que a das imagens do Voynich. – Sentei-me na cadeira. – Temo que seja praticamente impossível obtê-la. O que você descobriu sobre a venda do manuscrito e de quem Wilfrid Voynich o adquiriu?

Justamente quando Lucy abriu a boca para responder, um bibliotecário bateu à porta e entrou.

– Seu marido ao telefone, professora Bishop. – Ele me olhou com ar desaprovador. – Por favor, diga-lhe que aqui não é uma recepção de hotel e que geralmente não atendemos chamadas para nossos usuários.

– Desculpe – eu disse levantando-me da cadeira. – Houve um problema com meu celular essa manhã. Meu marido é um pouco... superprotetor. – Apontei para minha barriga de grávida.

O bibliotecário pareceu ligeiramente amolecido e apontou para um telefone na parede cuja única luz piscava.

– Use aquele.

– Como é que Baldwin chegou aqui tão rápido? – perguntei para Matthew tão logo peguei o telefone. Só isso faria Matthew ligar para o número principal da biblioteca. – Ele veio de helicóptero?

– Não é Baldwin. Descobrimos algo estranho sobre a imagem do casamento alquímico do Ashmole 782.

– Estranho como?

– Venha aqui e veja. Prefiro não falar sobre isso por telefone.

– Já estou indo. – Desliguei e voltei-me para Lucy. – Sinto muito, mas tenho que ir. Meu marido quer me ajudar com um problema no laboratório dele. Que tal continuarmos mais tarde?

– Tudo bem – ela disse.

Hesitei.

– Quer vir comigo? Você poderia conhecer Matthew... e ver uma folha do Ashmole 782.

– Uma das fugitivas? – Lucy saiu da cadeira em um segundo. – Dê-me um minuto e a encontro lá em cima.

Saímos de lá correndo e demos de cara com meu guarda-costas.

– Devagar, titia. Você não quer sacudir os bebês. – Gallowglass agarrou-me pelo cotovelo, deixando-me firme sobre os pés, e depois olhou para minha companheira baixinha. – Você está bem, senhorita?

– E... eu? – Lucy gaguejou enquanto esticava o pescoço para fazer contato visual com o grande Gael. – Estou bem.

– Só para confirmar – disse Gallowglass gentilmente. – Sou tão grande quanto um galeão sob as velas. Trombadas comigo têm machucado homens bem maiores que você.

– Este é Gallowglass, sobrinho do meu marido. Gallowglass, Lucy Meriweather. Ela vai com a gente. – Após a rápida apresentação, apressei-me em direção ao Kline Biology Tower com a bolsa batendo contra o meu quadril. E depois de alguns passos desajeitados, Gallowglass pegou a bolsa e colocou-a no próprio braço.

– Ele carrega os seus livros? – sussurrou Lucy.

– E os mantimentos – sussurrei de volta. – E também me carregaria, se eu deixasse.

Gallowglass bufou.

– Depressa – eu disse, com meus tênis desgastados rangendo no piso polido do edifício onde trabalhavam Matthew e Chris.

Passei o cartão de identidade na porta de entrada para o laboratório de Chris e a porta abriu. Miriam nos esperava lá dentro, olhando para o relógio.

– Tempo! – ela gritou. – Ganhei. Mais uma vez. Passe os dez dólares, Roberts.

Chris resmungou.

– Eu tinha certeza de que Gallowglass iria atrasá-la.

O laboratório estava silencioso, apenas algumas poucas pessoas trabalhavam. Acenei para Béquer. Scully também estava lá, ao lado de Mulder e de uma balança digital.

– Desculpe pela interrupção de sua pesquisa, mas eu queria que você soubesse imediatamente o que descobrimos. – Matthew olhou para Lucy.

– Matthew, esta é Lucy Meriweather. Achei que ela deveria ver a folha do Ashmole 782 porque está gastando muito tempo à procura das folhas perdidas – expliquei.

– É um prazer, Lucy. Venha ver o que você está ajudando Diana a encontrar. – O semblante de Matthew passou de cauteloso para acolhedor. Ele acenou para Mulder e Scully. – Miriam, você pode colocar Lucy como convidada?

– Já está feito. – Miriam bateu no ombro de Chris. – Ficar olhando para esse mapa genético não vai levá-lo a lugar algum, Roberts. Faça uma pausa.

Chris largou a caneta.

– Precisamos de mais dados.

– Somos cientistas. Claro que precisamos de mais dados. – O ar entre Chris e Miriam cantarolava tenso. – De qualquer forma, vá e veja aquela imagem bonita.

– Ah, está bem – resmungou Chris, lançando um sorriso tímido para Miriam.

A iluminura do casamento alquímico descansava sobre um apoiador de livro. Fossem lá quantas vezes a visse, a imagem sempre me surpreendia – e não apenas porque as personificações de enxofre e mercúrio se assemelhavam a mim e a Matthew. Inúmeros detalhes cercavam o casal alquímico: a paisagem rochosa, os convidados do casamento, as bestas míticas e simbólicas que testemunhavam a cerimônia e a Fênix que englobava a cena com asas flamejantes. Ao lado da folha estava algo que parecia uma balança postal de metal com uma folha de pergaminho na bandeja.

– Scully vai nos dizer o que descobriu. – Matthew deixou a aluna falar.

– Esta folha com a iluminura é muito pesada. – Scully piscou os olhos por trás das grossas lentes. – Quer dizer, mais pesada do que uma única folha deveria ser.

– Eu e Sarah também a achamos pesada. – Olhei para Matthew. – Lembra de quando a casa de Madison nos deu a folha pela primeira vez? – sussurrei para ele.

Ele assentiu com a cabeça.

– Talvez isso seja imperceptível para um vampiro. Mesmo agora com a evidência de Scully, a folha me parece completamente normal.

– Encomendei um pergaminho de velino pela internet, de um fabricante de pergaminho tradicional – disse Scully. – Chegou essa manhã. Cortei a folha do mesmo tamanho... vinte e três centímetros por vinte e oito centímetros, e pesei. Você pode ter as sobras, professor Clairmont. Todos nós podemos praticar um pouco com essa sonda que o senhor desenvolveu.

– Obrigado, Scully. Boa ideia. E vamos pegar algumas amostras do núcleo do velino moderno para efeitos de comparação – disse Matthew sorrindo.

– Como vocês podem ver – Scully retomou a exposição –, o novo pergaminho pesava quase quarenta e três gramas. Quando pesei a folha da professora Bishop pela primeira vez, pesava trezentos e setenta gramas... ou seja, mais de nove folhas de pergaminho comum de velino. – Scully removeu a folha nova de pelica e colocou a folha do Ashmole 782 no lugar.

– O peso da tinta não explica essa discrepância. – Lucy colocou os óculos para observar mais de perto na leitura digital. – E além disso o pergaminho utilizado no Ashmole 782 parece mais fino.

– Mais ou menos metade da espessura do papel vegetal. Já medi. – Scully ajeitou os óculos.

– Mas o *Livro da vida* tinha mais de cem folhas, talvez quase duzentas. – Fiz alguns cálculos rápidos. – Se uma única folha pesa trezentos e setenta gramas, o livro inteiro pesaria quase sessenta e oito quilos.

– Isso não é tudo. A folha não apresenta sempre o mesmo peso – disse Mulder, apontando para a leitura digital da balança. – Olhe, professor Clairmont. O peso caiu de novo. Agora, marca pouco mais de cento e noventa e oito gramas. – Ele pegou uma prancheta e anotou a hora e o peso.

– O peso flutuou aleatoriamente durante toda a manhã – disse Matthew. – Felizmente, Scully teve o bom senso de deixar a folha na balança. Se a tivesse removido imediatamente, teríamos perdido esses dados.

– Isso não foi intencional. – Scully ruborizou e abaixou a voz. – Precisei ir ao banheiro e, quando voltei, o peso tinha subido para quase meio quilo.

– Qual é sua conclusão, Scully? – perguntou Chris, com voz de professor.

– Não concluí nada – ela disse visivelmente frustrada. – Um velino não pode perder peso e ganhá-lo de novo. Ele está morto. Nada do que estou observando é possível!

– Bem-vinda ao mundo da ciência, minha amiga – disse Chris, soltando uma risada e voltando-se para o companheiro de Scully. – E você, Mulder?

– Claro que essa folha é algum tipo de recipiente mágico. Abriga várias páginas dentro de si. O peso muda porque de alguma forma ela ainda está ligada ao resto do manuscrito. – Mulder deslizou um olhar em minha direção.

– Acho que Mulder está com a razão – eu disse sorrindo.

– Devemos deixá-la onde está e registrar o peso a cada quinze minutos. Talvez haja um padrão – sugeriu Mulder.

– Soa como um plano. – Chris lançou um olhar de aprovação para Mulder.

– Então, professora Bishop – disse Mulder cautelosamente –, você acha que essa folha realmente abriga outras páginas?

– Se assim for, isso faria do Ashmole 782 um palimpsesto – disse Lucy, com a imaginação faiscando. – Um palimpsesto mágico.

Concluí dos eventos daquele dia no laboratório que os seres humanos eram muito mais inteligentes do que nós as criaturas achávamos.

– É um palimpsesto – confirmei. – Mas nunca concebi o Ashmole 782 como... como você o chama, Mulder?

– Recipiente mágico – ele repetiu aparentemente feliz.

Já sabíamos que o Ashmole 782 era valioso tanto pelo texto como pela informação genética. Se Mulder estivesse correto, não haveria como saber o que mais o manuscrito poderia conter.

– Matthew, já recebeu os resultados de DNA obtidos da amostra que você pegou algumas semanas atrás? – Se soubéssemos de qual criatura o velino era oriundo, talvez isso lançasse alguma luz sobre a situação.

– Espere. Você removeu um pedaço do manuscrito e fez uma análise química dele? – Lucy pareceu horrorizada.

– Apenas um pequeno fragmento do núcleo da folha. Inserimos uma sonda microscópica pela borda, de modo que não se consegue enxergar o orifício... nem mesmo com uma lupa – assegurou Matthew.

– Nunca ouvi falar de tal coisa – disse Lucy.

– Isso porque o professor Clairmont desenvolveu a tecnologia e não compartilhou com o resto da classe. – Chris lançou um olhar de desaprovação para Matthew. – Mas vamos mudar isso, não vamos, Matthew?

– Aparentemente – disse Matthew.

Miriam deu de ombros.

– Desista, Matthew. Faz alguns anos que utilizamos isso para extrair o DNA de todo tipo de amostras de tecido mole. Já é hora de outras pessoas se divertirem com isso.

– Deixaremos a folha com você, Scully. – Chris acenou a cabeça para a outra extremidade do laboratório, em pedido claro por uma conversa.

– Posso tocar? – perguntou Lucy de olhos grudados na folha.

– Claro. Afinal, ela sobreviveu por todos esses anos – disse Matthew. – Mulder, Scully, vocês podem ajudar a srta. Meriweather? Lucy, avise-nos quando estiver pronta para sair, que a levaremos de volta ao trabalho.

Pela expressão ávida de Lucy, nós teríamos muito tempo para conversar.

– O que foi? – perguntei para Chris quando já estávamos distantes dos alunos. Ele parecia ter más notícias.

– Se quisermos entender um pouco mais sobre a ira do sangue, precisaremos de mais dados – ele disse. – E antes que diga alguma coisa, Miriam, não é uma crítica ao que você e Matthew conseguiram descobrir. Foi tão bom quanto talvez pudesse ser, uma vez que vocês obtiveram a maioria das amostras de DNA de mortos... ou mortos-vivos de longa data. Mas o DNA se deteriora com o tempo. E precisamos desenvolver os mapas genéticos e sequenciar os genomas de demônios e bruxas para obter conclusões precisas sobre o que os torna distintos.

– Então, já temos mais dados – ponderei aliviada. – Pensei que fosse algo sério.

– E é – disse Matthew em tom severo. – Uma das razões pelas quais os mapas genéticos de bruxas e demônios são menos completos é que ainda me falta um bom método para adquirir amostras de DNA de doadores vivos. Claro que Amira e Hamish colocaram-se como voluntários sem qualquer objeção, e também alguns frequentadores das aulas de ioga de Amira na Velha Cabana.

– Mas se você solicitar amostras de um leque mais amplo de criaturas, você terá que resolver questões em relação à utilização desse material. – Acabei entendendo.

– Ainda temos outro problema – disse Chris. – Nós simplesmente não temos DNA suficiente da consanguinidade de Matthew para estabelecer uma linhagem que possa explicar como a ira do sangue é herdada. Só dispomos das amostras de Matthew, da mãe dele e de Marcus Whitmore... mais nada.

– Por que não mandar Marcus para Nova Orleans? – perguntou Miriam para Matthew.

– O que há em Nova Orleans? – perguntou Chris bruscamente.

– Os filhos de Marcus – disse Gallowglass.

– Whitmore tem filhos? – Chris olhou incrédulo para Matthew. – Quantos?

– Só alguns – disse Gallowglass, inclinando a cabeça para o lado. – Netos, muitos. E Mad Myra tem um grande quinhão de ira do sangue, não é? Claro que você vai querer o DNA dela.

Chris bateu numa bancada do laboratório, o rack de tubos de ensaio vazios chacoalhou como ossos.

– Porra, Matthew! Você me disse que não tinha outros filhos vivos. Fiquei perdendo tempo com resultados baseados em três amostras da família enquanto seus netos e bisnetos zanzavam para cima e para baixo da Bourbon Street?

– Eu não queria incomodar o Marcus – disse Matthew sucintamente. – Ele tem outras preocupações.

– Como o quê? Outro irmão psicótico? Faz duas semanas que não acontece nada no vídeo do Semente Maldita, mas isso não vai continuar indefinidamente. Quando Benjamin reaparecer, vamos precisar de mais do que planos e palpites para ser mais espertos que ele! – exclamou Chris.

– Calma, Chris – disse Miriam, pondo a mão no braço dele. – O genoma dos vampiros apresenta dados melhores que os do genoma das bruxas e demônios.

– Mas ainda é instável em alguns pontos – argumentou Chris –, especialmente agora que estamos investigando o DNA lixo. Preciso de mais DNA das bruxas, demônios e vampiros... estatísticas.

– Game Boy, Xbox e Daisy se ofereceram para ter material coletado – disse Miriam. – Isso viola os protocolos da pesquisa moderna, mas não acho que será um problema insuperável, se você for transparente sobre isso mais tarde, Chris.

— Xbox mencionou um clube na Crown Street, um ponto de encontro dos demônios. — Chris limpou os olhos cansados. — Vou até lá para recrutar alguns voluntários.

— Você não pode ir. Será descartado pelo fato de ser humano e professor — disse Miriam, com firmeza. — Farei isso. Sou muito mais assustadora.

— Só depois que escurece. — Chris lançou-lhe um sorriso lento.

— Boa ideia, Miriam. — Apressei-me em dizer. Eu não queria mais informações sobre o que Miriam podia ser depois que o sol se punha.

— Você pode colher o meu material — disse Gallowglass. — Não sou da linhagem de Matthew, mas isso poderia ajudar. E existem muitos outros vampiros em New Haven. Dê um anel para Eva Jäeger.

— A Eva do Baldwin? — Matthew pareceu atordoado. — Não a vejo desde que ela descobriu o papel de Baldwin na quebra do mercado de ações alemão de 1911 e o abandonou.

— Não creio que ninguém aqui gostaria de ouvir essa indiscrição, Matthew — Gallowglass o repreendeu.

— Deixe-me adivinhar: ela é a nova contratada pelo departamento de economia — eu disse. — Maravilhoso. Uma ex do Baldwin. Era exatamente do que precisávamos.

— E você já esteve com esses outros vampiros de New Haven? — perguntou Matthew.

— Com poucos — disse Gallowglass vagamente.

Quando Matthew abriu a boca para continuar perguntando, Lucy nos interrompeu.

— A folha do Ashmole 782 mudou três vezes de peso enquanto eu estava ali em pé. — Ela balançou a cabeça espantada. — Se não tivesse visto com meus próprios olhos, eu não teria acreditado. Sinto muito por ter interrompido, mas preciso voltar para a Beinecke.

— Vou com você, Lucy — eu disse. — Você ainda não me contou o que descobriu sobre o Voynich.

— Depois de toda essa ciência, nada de tão emocionante — ela disse desculpando-se.

— Isso é para mim. — Beijei Matthew. — Vejo você em casa.

— Devo chegar pelo final da tarde. — Ele me puxou pelo braço e pressionou a boca em minha orelha. Suas palavras seguintes foram tão baixinhas que os outros vampiros teriam que se esforçar para ouvi-las. — Não fique muito tempo na biblioteca. Lembre-se do que a médica disse.

— Pode deixar, Matthew — prometi para ele. — Tchau, Chris.

– Vejo você em breve. – Chris abraçou-me e soltou-me rapidamente. Olhou para a minha barriga saliente com ar de censura. – Um dos seus filhos acabou de me dar uma cotovelada.

– Ou então uma joelhada. – Sorri alisando a minha barriga. – Ultimamente eles andam muito ativos.

Matthew pousou os olhos em mim orgulhoso, sensível e um tanto preocupado. Era como se tivesse pousado sobre um monte de neve que acabara de cair – ao mesmo tempo crocante e macia. Se estivéssemos em casa, ele teria me puxado para os seus braços para também poder sentir aqueles chutes, ou se ajoelhado à minha frente para sentir aquela saliência de pés, mãos e cotovelos.

Sorri timidamente para ele. Miriam limpou a garganta.

– Tome cuidado, Gallowglass – sussurrou Matthew. Não era uma despedida casual, era uma ordem.

O sobrinho dele balançou a cabeça.

– Como se sua esposa fosse minha.

Retornamos à Beinecke em passos lentos, conversando sobre o Voynich e o Ashmole 782. Lucy mostrou-se ainda mais presa ao mistério. Gallowglass insistiu que devíamos fazer uma parada para comer, e então paramos em uma pizzaria na Wall Street. Acenei para uma colega historiadora que estava sentada em uma das mesas, com pilhas de fichas espalhadas e um copo duplo de refrigerante light, mas ela estava tão absorvida no trabalho que quase não me reconheceu.

Deixamos Gallowglass no seu posto fora da Beinecke e seguimos para a sala da equipe com nosso almoço tardio. Todos já tinham comido e pegamos um lugar sem dificuldade. Entre mordidelas, Lucy passou-me uma visão geral de suas descobertas.

– Os jesuítas venderam o misterioso manuscrito da Yale para Wilfrid Voynich em 1912 – ela disse mastigando um pepino de uma saudável salada. – Eles discretamente liquidaram as coleções na Villa Mondragone, fora de Roma.

– Mondragone? – Balancei a cabeça, pensando em Corra.

– Sim. Um nome inspirado no dispositivo heráldico do papa Gregório XIII... o cara que reformou o calendário. Mas provavelmente você sabe mais sobre isso que eu.

Balancei a cabeça. Cruzar a Europa no final do século XVI me exigira familiaridade com as reformas de Gregório quando precisávamos saber em que dia estávamos.

– Lá pelo final do século XIX foram transferidos mais de trezentos volumes do Colégio dos Jesuítas de Roma para a Villa Mondragone. Ainda estou um pouco confusa sobre os detalhes, mas ocorreu algum tipo de confisco de propriedade da Igreja durante a unificação italiana. – Lucy garfou um anêmico tomate cereja. – Os volumes enviados para a Villa Mondragone eram sabidamente os mais preciosos da biblioteca dos jesuítas.

– Humm. Será que posso obter uma lista? – Eu ficaria devendo ainda mais para a minha amiga de Stanford, mas isso poderia me levar a uma das folhas perdidas.

– Vale a pena tentar. Claro que Voynich não era o único colecionador interessado. A venda na Villa Mondragone tornou-se um dos maiores leilões privados de livros do século XX. Voynich quase perdeu o manuscrito para dois outros compradores.

– Sabe quem eram eles? – perguntei.

– Ainda não, mas estou trabalhando nisso. Um deles era de Praga. Foi tudo que descobri.

– Praga? – Eu me senti fraca.

– Você não parece bem – disse Lucy. – Vá descansar em casa. Continuarei trabalhando nisso e nos encontramos amanhã. – Ela fechou o recipiente de isopor vazio.

– Tia. Chegou adiantada – disse Gallowglass quando saí do edifício.

– Esbarrei num obstáculo de pesquisa – suspirei. – Um dia inteiro resumido a pedaços de progresso entre duas grossas fatias de frustração. Tomara que Matthew e Chris façam novas descobertas no laboratório porque estamos correndo contra o tempo. Se é que não seja *eu* que estou correndo contra o tempo.

– No final, dá tudo certo – disse Gallowglass, com um sábio meneio de cabeça. – Sempre dá.

Cortamos caminho pelos jardins e o espaço por entre o fórum e a prefeitura. Atravessamos os trilhos de trem da Court Street e seguimos para minha casa.

– Gallowglass, quando é que você vai comprar o seu apartamento na Wooster Square? – perguntei finalmente referindo-me a uma das muitas questões sobre os De Clermont e suas relações com New Haven.

– Depois que você chegou aqui como professora, eu precisei me assegurar de que estava tudo bem no seu novo emprego – ele disse. – E Marcus sempre reclamava que tinham roubado a casa dele ou que tinham vandalizado o carro dele.

– Presumo que nessa época Marcus ainda não morava na casa dele. – Levantei uma sobrancelha.

– Por Deus, não. Há décadas que ele não aparece em New Haven.

– Bem, estamos perfeitamente seguros aqui. – Olhei para o caminho de pedestres ao longo da Court Street, um enclave residencial arborizado no coração da cidade. Como de costume, deserto, exceto por um gato preto e alguns vasos de plantas.

– Talvez – disse Gallowglass em dúvida.

Acabávamos de chegar à escada que leva à porta da frente quando um carro escuro entrou na interseção das ruas Court e Olive, por onde passáramos pouco antes. Estacionou e um jovem magro de cabelo louro esmaecido desceu do banco do passageiro. Aquelas pernas e braços com ombros surpreendentemente largos eram demais para um tipo tão magro como ele. Talvez fosse um aluno da graduação porque vestia um dos uniformes estudantis padronizados de Yale: calça jeans escura e camiseta preta. Ele se inclinou com seus óculos escuros e falou com o motorista.

– Bom Deus. – Gallowglass parecia ter visto um fantasma. – Não pode ser. Observei o aluno e não o reconheci.

– Você o conhece?

Os olhos do jovem encontraram os meus. Nem as lentes espelhadas podiam bloquear o efeito do olhar gelado de um vampiro. Ele tirou os óculos e lançou-me um sorriso torto.

– Você é uma mulher difícil de se encontrar, sra. Roydon.

18

Aquela voz. Quando a ouvi da última vez era mais alta, sem aquele ronco baixo no fundo da garganta.

Aqueles olhos. Castanho-dourados raiados de dourado e verde. Ainda pareciam mais velhos que os anos que ele tinha.

Seu sorriso. O canto esquerdo sempre levantava mais que o direito.

– Jack? – Engasguei de coração apertado ao dizer o nome.

Um cachorro branco de uns cinquenta quilos pulou do banco de trás do carro, passando por cima da alavanca de câmbio e saindo pela porta aberta com os pelos ao vento e a língua rosada pendurada para fora da boca. Jack o agarrou pela coleira.

– Quieto, Lobero. – Jack eriçou o topo da cabeça peluda do cão, deixando à vista olhos de botão preto. O cão o olhou com adoração, balançou a cauda e sentou ofegante à espera de outras instruções.

– Olá, Gallowglass – disse Jack caminhando lentamente em nossa direção.

– Jackie. – A voz de Gallowglass soou emocionada. – Pensei que vocês estavam mortos.

– Eu estava. E depois já não estava mais. – Jack olhou para mim sem saber se seria bem-vindo.

Sem dar margem a dúvidas, joguei os braços em torno dele.

– Oh, Jack.

Ele cheirava a carvão queimado e manhã de nevoeiro. Não cheirava mais a pão quente como nos tempos de menino. Após um momento de hesitação, abraçou-me com braços magros e longos. Embora mais velho e mais alto, ainda parecia frágil, como se aquela aparência madura não passasse de uma concha.

– Senti saudade de você – ele sussurrou.

– Diana! – Matthew estava a mais de dois quarteirões de distância, mas tinha avistado um carro que bloqueava a entrada da Court Street e um homem desconhecido que me segurava. Da perspectiva de onde estava, talvez tenha pensado que tinham me capturado, mesmo com Gallowglass por perto. Ele então assumiu o instinto e disparou como um borrão.

Lobero postou-se em posição de alerta e começou a latir. Os cães da raça Comodoro são muito parecidos com os vampiros: criados para proteger os seres amados, leais à família, grandes o bastante para derrubar lobos e ursos e determinados a morrer sem entregar-se a outras criaturas.

Jack pressentiu o perigo, mas sem saber de onde vinha transformou-se em uma criatura de pesadelos, dentes à vista e olhos vidrados e negros. Agarrou-me e abraçou-me com firmeza, protegendo-me de uma possível ameaça que irromperia pelas minhas costas. Mas com isso também restringiu o fluxo de ar nos meus pulmões.

– Não! Você também, não. – Engasguei ao desperdiçar o último ar de respiração, de modo que não pude avisar a Matthew que alguém tinha transmitido a ira do sangue para o nosso brilhante e vulnerável garoto.

Matthew estava prestes a se chocar contra o capô do carro quando um homem saiu do banco do motorista e o agarrou. Talvez também seja um vampiro, pensei na mesma hora, se tem força para deter Matthew.

– Pare, Matthew. É o Jack. – Aquela voz profunda e retumbante com acentuado sotaque londrino conjurou memórias indesejáveis de uma gota de sangue escoando na boca de espera de um vampiro.

Andrew Hubbard. O vampiro rei de Londres estava em New Haven. Estrelas cintilaram à beira dos meus olhos.

Matthew rosnou e se contorceu. E Hubbard se chocou de costas na estrutura metálica do carro com um baque esmagador.

– É o Jack – repetiu Hubbard agarrado ao pescoço de Matthew, forçando-o a ouvir.

Dessa vez, mensagem recebida. Matthew arregalou os olhos e olhou em nossa direção.

– Jack? – A voz dele soou rouca.

– Mestre Roydon? – Sem se virar Jack tombou a cabeça para o lado quando a voz de Matthew penetrou na escura névoa da ira do sangue, e depois afrouxou o aperto em mim.

Puxei uma golfada de ar, lutando para repelir as estrelas que enchiam as trevas. Levei a mão à barriga por instinto, onde senti um puxão reconfortante seguido por outro mais. Lobero cheirou-me os pés e as mãos, como se para descobrir o que me relacionava ao seu mestre, e em seguida sentou-se a minha frente e rosnou para Matthew.

– Isso é outro sonho? – Do fundo da voz grave de Jack ecoou o vestígio de um menino perdido em outros tempos, e assim ele preferiu apertar os olhos a correr o risco de despertar.

– Não é sonho, Jack – disse Gallowglass suavemente. – Afaste-se agora da sra. Roydon. Matthew não representa perigo para a esposa dele.

– Oh, Deus. Eu toquei nela. – Jack pareceu horrorizado quando girou o corpo lentamente e ergueu as mãos em sinal de rendição, disposto a aceitar qualquer punição que Matthew quisesse lhe infligir. Seus olhos que já voltavam ao normal escureceram novamente. Mas não de raiva. Por que então a ira do sangue ressurgia?

– Calma – eu disse enquanto abaixava o braço dele. – Você já me tocou muitas vezes. Matthew não se importa.

– Eu não era... isso... antes. – A tensão na voz de Jack era aversão por si mesmo.

Matthew aproximou-se devagar para não assustá-lo. Andrew Hubbard bateu a porta do carro e o seguiu. Os séculos quase não tinham mudado as maneiras sacerdotais do célebre vampiro de Londres que adotava ninhadas de criaturas de todas as espécies e idades. Hubbard parecia o mesmo: barbeado, rosto pálido e cabelo louro. Somente os olhos cor de ardósia e os trajes sombrios introduziam notas contrastantes com a palidez de sua outra aparência. Seu corpo ainda era alto e magro e um tanto curvado, e seus ombros continuavam largos.

Quando os dois vampiros se aproximaram, o rosnado do cão tornou-se ameaçador, os lábios afastaram-se ainda mais dos dentes.

– Vem, Lobero – ordenou Matthew, esperando pacientemente agachado enquanto o cão considerava as opções.

– Ele é um cão de um homem só – Hubbard o alertou. – Jack é a única criatura que ele ouve.

Lobero enfiou o focinho molhado em minha mão e depois cheirou a do mestre. Ergueu o focinho para captar os outros odores e voltou-se para Matthew e Hubbard. Logo reconheceu o padre, mas fez uma avaliação mais completa de Matthew. Quando terminou, deslocou a cauda da esquerda para a direita. Não era propriamente um balançar de rabo, mas um reconhecimento instintivo do alfa da matilha.

– Bom garoto. – Matthew levantou-se e apontou para o próprio calcanhar. Lobero se virou e seguiu obediente atrás enquanto Matthew juntava-se a Jack, a Gallowglass e a mim.

– Tudo bem, *mon coeur*? – sussurrou Matthew.

– É claro – respondi ainda sentindo falta de ar.

– E você, Jack? – Matthew descansou a mão no ombro de Jack. Não era um típico abraço De Clermont. Era o cumprimento de um pai ao filho depois de uma longa separação, um pai que temia que o filho tivesse atravessado o inferno.

– Agora estou melhor. – Jack sempre dizia a verdade quando se fazia uma pergunta direta. – Sempre exagero quando sou pego de surpresa.

– Eu também. – O abraço de Matthew tornou-se mais apertado. – Sinto muito. Você estava de costas e nunca me passou pela cabeça que o veria de novo.

– Foi... difícil. Ficar longe. – Pela débil vibração na voz de Jack tinha sido mais que difícil.

– Posso imaginar. Por que não entramos e você nos conta a sua história? – Isso não era um convite casual; Matthew pedia que Jack desnudasse a alma. E Jack pareceu preocupado com a perspectiva.

– Fica por sua conta o que dizer, Jack – assegurou Matthew. – Conte-nos tudo ou nada, mas vamos fazer isso dentro de casa. Esse seu Lobero de agora não é tão silencioso quanto o primeiro. Os vizinhos chamarão a polícia se ele continuar latindo.

Jack balançou a cabeça.

Matthew tombou a cabeça para o lado, um gesto que o fez se parecer com Jack, e sorriu.

– Cadê aquele nosso garoto? Já não preciso mais me agachar para olhar nos seus olhos.

A tensão restante abandonou o corpo de Jack com as provocações amenas de Matthew.

– Padre Hubbard também vai com a gente. Gallowglass, você pode estacionar o carro em algum lugar onde não bloqueie a rua? – disse Matthew sorrindo acanhado e coçando as orelhas de Lobero.

Gallowglass estendeu a mão e Hubbard entregou-lhe as chaves do carro.

– Pegue a mala que está no porta-malas – disse Hubbard.

Gallowglass balançou a cabeça e pressionou os lábios em uma linha fina. Lançou um olhar fulminante para Hubbard antes de seguir até o carro.

– Ele nunca gostou de mim. – Hubbard ajeitou a lapela de um austero paletó preto sobre uma camisa também preta. Mesmo passados mais de seiscentos anos, o vampiro ainda era um clérigo de coração. Só então ele se deu conta de minha presença e acenou para mim. – Sra. Roydon.

– Meu nome é Bishop. – Pensei em fazê-lo lembrar do nosso último encontro, do acordo que ele tinha feito e quebrado... com base nas evidências à minha frente.

– Dra. Bishop, então. – Os estranhos olhos multicores de Hubbard se estreitaram.

– Você não manteve a promessa – sibilei.

O olhar agitado de Jack cravou na minha nuca.

– Que promessa? – ele perguntou mais atrás.

Droga. Embora Jack sempre tivesse mostrado excelente audição, acabei esquecendo que agora ele também era dotado de sentidos sobrenaturais.

– Jurei para a sra. Roydon que cuidaria de você e Annie – respondeu Hubbard.

– Padre Hubbard manteve a palavra, senhora – disse Jack calmamente. – Eu não estaria aqui de outra forma.

– E somos gratos a ele. – Matthew pareceu dizer o oposto. Ele atirou as chaves da casa para mim. Gallowglass ainda estava com minha bolsa e eu não teria como abrir a porta.

Hubbard pegou as chaves no ar e abriu a fechadura.

– Jack, dê água para Lobero lá em cima. A cozinha fica no primeiro andar. – Matthew arrancou as chaves da mão de Hubbard que passava ao lado e colocou-as na tigela que estava sobre a mesa da sala.

Obediente, Jack chamou Lobero e subiu os degraus desgastados e pintados.

– Você é um homem morto, Hubbard... por ter feito de Jack um vampiro. – A voz de Matthew não passou de um murmúrio oco. Mas Jack ouviu.

– Você não pode matá-lo, mestre Roydon. – Jack estava no alto da escada, com a coleira de Lobero enrolada nos dedos. – O padre Hubbard é seu neto. Ele também é meu criador.

Jack se virou e em seguida as portas de um armário se abriram. Soou a água escorrendo de uma torneira. Sons estranhamente corriqueiros se considerado o diálogo bombástico que acabara de eclodir.

– Meu neto? – Matthew olhou para Hubbard em estado de choque. – Mas isso significa...

– Que Benjamin Fox é meu pai.

As origens de Andrew Hubbard sempre estiveram envoltas em obscuridade. As lendas de Londres diziam que ele era sacerdote quando a peste negra visitou a Inglaterra pela primeira vez em 1349. E que depois que todos os paroquianos sucumbiram à doença, ele se enfiara na sepultura que cavara com as próprias mãos. Algum vampiro misterioso teria resgatado Hubbard da quase morte – mas ninguém sabia que vampiro era esse.

– Fui apenas uma ferramenta para o seu filho... ele só me fez para alcançar os seus próprios objetivos na Inglaterra – continuou Hubbard. – Benjamin esperava que eu também tivesse a ira do sangue para ajudá-lo a organizar um exército que combateria os De Clermont e seus aliados. Mas ficou desapontado em ambos os casos, e consegui mantê-lo longe de mim e de minhas ovelhas. Até agora.

– O que aconteceu? – perguntou Matthew abruptamente.

– Benjamin quer Jack. Não deixarei que pegue o garoto novamente – respondeu Hubbard de modo igualmente abrupto.

– Novamente? – Aquele louco tinha pegado Jack. Girei o corpo às cegas em direção à escada, mas Matthew pegou-me pelos pulsos e prendeu-me contra o próprio peito.

– Espere – ordenou para mim.

Gallowglass entrou pela porta com minha bolsa e uma grande mala preta. Observou a cena e deixou a bagagem cair.

– O que aconteceu agora? – perguntou, olhando para Matthew e para Hubbard.

– Padre Hubbard fez de Jack um vampiro – respondi, tentando ser o mais neutra possível. Afinal, Jack estava ouvindo.

Gallowglass arremessou Hubbard contra a parede.

– Seu desgraçado. Senti o cheiro do seu perfume nele. Achei...

Era a vez de Gallowglass ser arremessado, e ainda estava no chão quando se viu pressionado no grande esterno pelo sapato preto polido de Hubbard. Fiquei espantada que alguém aparentemente esquelético pudesse ser tão forte.

– Achou o quê, Gallowglass? – O tom de Hubbard era ameaçador. – Que violei uma criança?

A agitação de Jack no andar de cima azedou o ar. Ele aprendera desde cedo que às vezes as brigas comuns se tornavam violentas com muita rapidez. Quando menino, se angustiava com qualquer indício de desacordo entre mim e Matthew.

– Corra! – gritei por instinto em busca de apoio.

No instante em que meu dragão de fogo saiu de nosso quarto e pousou no corrimão, Matthew já tinha evitado um possível derramamento de sangue ao agarrar Gallowglass e Hubbard pelo pescoço, separando-os e sacudindo-os até fazê-los bater os dentes.

Corra soltou um berro irritado e lançou um olhar malévolo para o padre Hubbard, com a justa suspeita de que ele era o culpado pela interrupção de seu cochilo.

– Olha só. – A bonita cabeça de Jack espiou por cima da grade. – Não lhe disse que Corra sobreviveria à viagem no tempo, padre H? – Jack gritou de felicidade e bateu na madeira pintada, um comportamento que me fez lembrar dos seus tempos de menino alegre e que quase me levou às lágrimas.

Corra soltou um grito de boas-vindas, seguido por uma corrente de fogo e música que inundou a entrada de felicidade. Levantou voo, deu uma volta rasante e trancou as asas ao redor de Jack. E depois encostou a cabeça na cabeça do amigo e começou a cantarolar, abraçando-o pelas costelas e acariciando-o pelas costas com a extremidade da cauda em forma de pá. Lobero pulou no peito de seu dono e deu uma fungada de suspeita em Corra. Aparentemente, identificou o cheiro como da família e por isso uma criatura a ser incluída no seu rol de responsabilidades. Logo o cachorro se postou ao lado de Jack e descansou a cabeça nas patas com os olhos ainda vigilantes.

– Sua língua continua sendo mais comprida que a de Lobero – disse Jack reprimindo o riso enquanto Corra lhe fazia cócegas no pescoço. – Ainda não acredito que ela se lembre de mim.

– Claro que ela se lembra de você! Como poderia se esquecer de quem a mimava com pãezinhos de passas? – eu disse sorrindo.

Quando nos acomodamos na sala de estar com vista para a Court Street, a ira do sangue não estava mais nas veias de Jack. Consciente da baixa posição que ocupava na hierarquia da casa, ele esperou que todos se sentassem antes de escolher o seu próprio assento. Já estava prestes a se juntar ao cachorro no chão quando Matthew deu uma palmada na almofada do sofá.

– Sente-se aqui comigo, Jack. – O tom do meu marido era de comando.

Jack então puxou os joelhos da calça jeans e sentou-se.

– Você parece estar com uns vinte anos – observou Matthew, na esperança de atraí-lo para uma conversa.

– Vinte, talvez vinte e um – disse Jack. – Eu e Leonard... lembra dele? – Matthew assentiu com a cabeça. – Concluímos isso por causa de minhas lembranças da Armada. Nada específico, entende, apenas o medo da invasão espanhola nas ruas, a iluminação dos faróis e as celebrações de vitória. Eu devia ter pelo menos uns cinco anos em 1588 para lembrar disso.

Fiz alguns cálculos rápidos. Isso significava que Jack se tornara vampiro em 1603.

– A peste.

Naquele ano a doença varrera Londres como uma vingança. Notei uma nódoa mosqueada no pescoço de Jack logo abaixo da orelha. Parecia uma contusão, mas devia ser um sinal deixado pelas feridas da peste. E para ter permanecido visível, mesmo depois de Jack ter sido feito vampiro, isso indicava que ele estava muito próximo da morte quando Hubbard o transformou.

– Sim – disse Jack, observando as próprias mãos e virando-as de um lado para o outro. – Annie morreu com a peste dez anos antes, logo depois que mestre Marlowe foi morto em Deptford.

Perguntei como tinha sido a vida de nossa Annie. Eu a imaginava como uma próspera costureira, dona do seu próprio negócio, casada com um homem bom e com muitos filhos. Mas ela falecera ainda adolescente, de modo que sua vida apagara antes mesmo de começar.

– Foi terrível aquele ano de 1593, sra. Roydon. Eram mortos por toda parte. Já era muito tarde quando eu e o padre Hubbard soubemos que ela estava doente – disse Jack, com um olhar desolado.

– Você já está com idade suficiente para me chamar de Diana – comentei, com tato.

Jack puxou as barras da calça jeans sem responder e continuou.

– O padre Hubbard tomou conta de mim quando você... partiu. *Sir* Walter estava com problemas e lorde Northumberland estava muito ocupado na corte para cuidar de mim. – Jack sorriu para Hubbard com flagrante carinho. – Foram bons tempos, zanzando por Londres com a turma.

– Fiquei muito próximo do xerife durante esses seus famosos bons tempos – disse Hubbard em tom seco. – Você e Leonard se metiam em mais encrencas que qualquer outra dupla de garotos que conheci.

– Não – disse Jack sorrindo. – A encrenca só ficou realmente séria quando entramos sorrateiramente na Torre para pegar os livros de *sir* Walter e entregar uma carta dele para lady Raleigh.

– Você fez... – Matthew estremeceu, balançando a cabeça em negativa. – Cristo, Jack. Você nunca conseguiu distinguir um pequeno delito de um crime sujeito à forca.

– Agora consigo – disse Jack a princípio alegre e logo com uma expressão nervosa nos olhos. Lobero ergueu a cabeça e descansou o focinho no joelho do dono.

– Mestre Roydon, não fique com raiva do padre Hubbard. Ele só fez o que pedi. Leonard já tinha me explicado o que eram as criaturas muito antes de me tornar uma delas, de modo que eu já sabia que você, Gallowglass e Davy também eram. Tudo fez mais sentido depois disso. – Jack fez uma pausa. – Mesmo que tivesse tido a coragem de enfrentar e aceitar a morte, eu não poderia baixar sepultura sem vê-los novamente. Era como se minha vida estivesse...inacabada.

– E como sente a vida agora? – perguntou Matthew.

– Longa. Solitária. E dura, mais difícil do que imaginava. – Jack torceu e revirou os pelos de Lobero até fazê-los parecer uma corda. Em seguida limpou a garganta. – Mas tudo valeu a pena só por causa de hoje – continuou em voz baixa. – Cada pedacinho de minha vida.

O longo braço de Matthew se estendeu até o ombro de Jack. Apertou-o e rapidamente o deixou de lado. Por um segundo o rosto do meu marido estampou desolação e tristeza e logo recompôs a máscara de antes. Era uma versão vampiresca de um feitiço de disfarce.

– Mestre Roydon, o padre Hubbard me disse que o sangue dele podia me fazer mal. – Jack deu de ombros. – Mas eu já estava doente. Faria alguma diferença mudar de uma doença para outra?

Nenhuma diferença, pensei comigo, só que uma o mataria e possivelmente a outra o tornaria um assassino.

– Andrew agiu certo ao avisá-lo – disse Matthew. O padre Hubbard pareceu surpreendido pela admissão. – Imagino que seu avô não teve a mesma consideração por ele. – Matthew teve o cuidado de usar o termo usado por Hubbard e Jack para descrever a relação que mantinham com Benjamin.

– Não teve, não. Meu avô acha que não deve explicações de seus atos para ninguém. – Jack levantou-se e zanzou pela sala, seguido por Lobero. Examinou as molduras da porta, correndo os dedos ao longo da madeira. – Você também tem a doença no seu sangue, mestre Roydon. Lembro-me dela em Greenwich. Mas ela não o controla, como controla o meu avô. E a mim.

– Houve um tempo em que me controlou. – Matthew fez um leve aceno de cabeça para Gallowglass.

– Lembro-me de quando Matthew era selvagem como o diabo e invencível com uma espada na mão. Até os homens mais corajosos fugiam aterrorizados. – Gallowglass inclinou-se para frente, com as mãos unidas e os joelhos bem abertos.

– Meu avô me falou do passado de mestre... Matthew. – Jack estremeceu. – Falou que o talento de Matthew para matar também estava em mim, e que eu teria que ser fiel a isso senão você nunca me reconheceria como do seu sangue.

Eu tinha presenciado no vídeo a inqualificável crueldade de Benjamin, distorcendo esperanças e medos como arma para destruir a autoestima de uma criatura. E o que ele tinha feito com os sentimentos de Jack em relação a Matthew me deixou cega de fúria. Fechei os punhos, apertando os fios nos meus dedos de tal modo que a magia quase explodiu em minha pele.

– Benjamin não me conhece tão bem quanto ele pensa. – A raiva também irrompeu em Matthew, seu odor picante ganhou mais nitidez. – Eu o reconheceria com muito orgulho como meu antes de qualquer outro, mesmo que você não tivesse o meu sangue.

Hubbard pareceu desconfortável, olhando ora para Matthew, ora para Jack.

– Você me tornaria seu filho por voto de sangue? – Jack se voltou lentamente para Matthew. – Como Philippe fez com a sra. Roydon... quer dizer, com Diana?

Matthew arregalou ligeiramente os olhos quando assentiu com a cabeça, tentando absorver o fato de que Philippe conhecera os netos quando ele ainda não os tinha conhecido. Uma expressão de traição cortou-lhe o rosto.

– Philippe sempre me visitava quando vinha a Londres – explicou Jack alheio às mudanças em Matthew. – Ele me aconselhou a ouvir o voto de sangue dito em voz alta porque assim eu poderia ouvi-la, sra. Roydon, antes mesmo de vê-la. E você tinha razão, sra.... quer dizer, Diana. O pai de Matthew era realmente tão grande quanto o urso do imperador.

– Se você conheceu o meu pai, certamente ouviu muitas histórias nas quais eu era malcomportado. – O músculo da mandíbula de Matthew tremeu quando a expressão de traição virou amargura, e as pupilas ampliaram quando a raiva ganhou terreno.

– Não – disse Jack confuso e de testa franzida. – Philippe só falou que o admirava e que você me ensinaria a ignorar as solicitações da minha ira do sangue.

Matthew se sacudiu, como se tivesse sido atingido.

– Philippe sempre me fazia me sentir mais perto de você e da sra. Roydon. E também mais calmo. – Jack pareceu nervoso outra vez. – Mas já se passou muito tempo desde que vi Philippe.

– Ele foi capturado na guerra – disse Matthew. – E morreu em consequência dos sofrimentos.

Era uma cuidadosa meia verdade.

– Padre Hubbard me disse. Fico feliz por Philippe não ter vivido para ver... – Desta vez o tremor emergiu da medula dos ossos à superfície da pele de Jack. Seus olhos escureceram de horror e pavor sem qualquer aviso.

O sofrimento de Jack era muito pior do que o suportado por Matthew. Com Matthew apenas a fúria amarga trazia a ira do sangue à superfície. Com Jack um amplo espectro de emoções a desencadeava.

– Está tudo bem. – Em uma fração de segundo Matthew estava com uma das mãos em volta do pescoço de Jack e a outra pousada na face. Lobero pulou e pôs as patas no peito de Matthew, como se dissesse, *Faça alguma coisa*.

– Não me toque quando estou assim. – Jack rosnou e empurrou o peito de Matthew. Mas bem que poderia ter empurrado uma montanha. – Você só vai piorar a coisa.

– Acha mesmo que pode me dar ordens, filhote? – Matthew arqueou a sobrancelha. – Limite-se a dizer tudo que você acha terrível. Você só vai se sentir melhor depois que disser.

Com o incentivo de Matthew, a confissão escoou de algum recanto escuro de dentro de Jack, onde ele armazenava tudo que era ruim e aterrorizante.

– Benjamin me encontrou alguns anos atrás. Falou que estava esperando por mim. Prometeu me levar até você, mas só depois que eu provasse que realmente portava o sangue de Matthew de Clermont.

Gallowglass soltou um palavrão. Os olhos de Jack se estenderam até ele, seguidos por um rosnado.

– Mantenha os olhos em mim, Jack. – O tom de Matthew deixava claro que qualquer resistência seria recebida com uma represália rápida e dura. Ele assumia um ato de equilíbrio impossível que exigia um amor incondicional e uma afirmação constante de dominância. A dinâmica do bando era sempre preocupante. E com a ira do sangue eles poderiam se tornar letais em um segundo.

Jack desviou a atenção de Gallowglass, abaixando uma fração de ombros.

– O que houve, então? – perguntou Matthew.

– Eu matei. Uma vez e outras vezes. E quanto mais matava, mais queria matar. O sangue além de me alimentar também alimentava a ira do sangue.

– Foi inteligente ao entender isso tão rapidamente – disse Matthew em aprovação.

– Às vezes eu recuperava a razão a tempo de perceber que o que estava fazendo era errado. E assim tentava salvar os sangues-quentes, mas não conseguia parar de beber – confidenciou Jack. – Cheguei a transformar duas presas em vampiros. Benjamin ficou satisfeito comigo.

– Só duas? – Uma sombra cruzou o semblante de Matthew.

– Benjamin queria que eu salvasse outras, mas isso demandava muito controle. A despeito do que fazia, a maioria morria. – Os olhos manchados de tinta de Jack lacrimejaram de sangue, e as pupilas brilharam avermelhadas.

– Onde ocorreram essas mortes? – Matthew só pareceu curioso, mas segundo o meu sexto sentido era uma questão crucial para entender o que tinha acontecido com Jack.

– Em todos os lugares. Eu precisava estar em movimento. Era muito sangue derramado. Eu precisava fugir da polícia, e os jornais... – Jack estremeceu.

vampiro solto em londres. Lembrei-me da manchete sensacionalista e dos recortes dos "assassinatos de vampiros" que Matthew coletara do mundo inteiro. Abaixei a cabeça para que Jack não percebesse que eu sabia que ele era o assassino procurado pelas autoridades europeias.

– Mas os que viviam eram os que mais sofriam – continuou Jack, com a voz ainda mais amortecida a cada palavra. – Meu avô tirou os meus filhos de mim, alegando que precisavam ser criados de maneira adequada.

– Benjamin usou você. – Matthew olhou no fundo dos olhos de Jack a fim de fazer uma conexão. O rapaz balançou a cabeça.

– Quando fiz esses filhos, quebrei a minha promessa ao padre Hubbard, que me dizia que o mundo não precisava de mais vampiros... porque já havia muitos. Ele também me dizia que se eu me sentisse sozinho poderia cuidar das criaturas rejeitadas pelas famílias. Tudo que o padre Hubbard me pedia era para que não fizesse filhos, mas fracassei inúmeras vezes. Depois disso, não pude mais voltar a Londres... não com tanto sangue nas mãos. E eu não podia ficar com meu avô. Quando falei para Benjamin que queria ir embora, ele se enraiveceu tanto que matou um dos meus filhos em retaliação. Os filhos dele me seguraram e me forçaram a assistir. – Jack engoliu a aspereza da voz. – E minha filha. Minha filha. Eles...

Jack vomitou. Embora tenha tapado a boca, era tarde demais para impedir o fluxo de sangue enquanto vomitava. O sangue escorreu pelo queixo e encharcou a camisa escura. Lobero pulou latindo forte e arranhando-lhe as costas.

Já impossibilitada de me manter distante, corri para o lado de Jack.

– Diana! – gritou Gallowglass. – Você não pode...

– Não me diga o que fazer. Preciso de uma toalha! – retruquei.

Jack caiu de joelhos e apoiado nas mãos, uma queda suavizada pelos braços fortes de Matthew. Fiquei de joelhos ao lado enquanto ele expelia o conteúdo do estômago. Gallowglass entregou-me uma toalha. Limpei o rosto e as mãos ensanguentadas de Jack. Logo a toalha ficou encharcada e gelada pelos meus frenéticos esforços para estancar o fluxo, o contato com tanto sangue de vampiro deixou minhas mãos dormentes e pesadas.

– A força do vômito deve ter rompido alguns vasos sanguíneos do estômago e da garganta – disse Matthew. – Andrew, pode pegar um jarro d'água? Coloque bastante gelo dentro.

Hubbard foi à cozinha e retornou em um instante.

– Aqui – disse entregando o jarro para Matthew.

– Levante a cabeça dele, Diana – disse Matthew. – Segure-o, Andrew. O corpo dele está gritando por sangue, e ele vai lutar para não beber água.

– O que posso fazer? – perguntou Gallowglass, com a voz rouca.

– Limpe as patas do Lobero antes que ele deixe rastros de sangue por toda a casa. Jack não vai se lembrar de nada. – Matthew segurou o queixo do rapaz. – Jack!

Os olhos negros e vidrados de Jack giraram em direção a Matthew.

– Beba isso – disse Matthew levantando alguns centímetros o queixo de Jack, que por sua vez cuspiu no jarro e o socou a fim de descartá-lo. Mas Hubbard o manteve imobilizado até que ele esvaziou o jarro.

Só depois que Jack soluçou é que Hubbard afrouxou o aperto.

– Muito bem, Jackie – disse Gallowglass.

Afastei o cabelo da testa de Jack quando de novo ele se inclinou ofegante para frente e pressionou o estômago.

– Sujei você de sangue – sussurrou. Minha blusa estava manchada.

– Sujou, sim – eu disse. – Não é a primeira vez que um vampiro sangra em cima de mim, Jack.

– Agora, tente descansar – disse Matthew. – Você está exausto.

– Não quero dormir. – Jack engoliu em seco quando o vômito subiu outra vez para a garganta.

– Shh. – Esfreguei a nuca dele. – Prometo que você não terá pesadelos.

– Como pode ter certeza? – ele perguntou.

– Magia. – Tracei o padrão do quinto nó na testa de Jack e sussurrei bem baixinho. – O espelho brilha e os monstros tremem, e os pesadelos são banidos até ele acordar.

Os olhos de Jack fecharam-se lentamente. E alguns minutos depois ele dormia pacificamente enrolado de lado.

Eu teci outro feitiço – feito apenas para ele. Isso não requereu palavras porque ninguém jamais o utilizaria além de mim. Os fios que rodeavam Jack rosnavam furiosos em vermelho, preto e amarelo. Puxei os fios verdes de cura que me rodeavam e os fios brancos que ajudavam a quebrar maldições e estabelecer novos começos. Depois de torcê-los juntos e amarrá-los em torno do pulso de Jack, fixei o trançado com um nó seguro de seis cruzamentos.

– Vamos colocar Jack na cama do quarto de hóspedes lá em cima – eu disse. – Corra e Lobero se encarregarão de nos fazer saber se ele se agitar.

– Tudo bem para você? – perguntou Matthew para Hubbard.

– Quando se trata de Jack, você não precisa de minha permissão – respondeu Hubbard.

– Preciso, sim. Você é o pai dele – disse Matthew.

– Sou apenas o criador – disse Hubbard suavemente. – Você é o pai de Jack, Matthew. Sempre foi.

19

Matthew carregou Jack até o terceiro andar, como se estivesse carregando o corpo de um bebê. Lobero e Corra nos acompanharam conscientes do trabalho que tinham a fazer. Enquanto Matthew tirava a camisa encharcada de sangue de Jack, eu remexia no armário do nosso quarto à procura de outra camisa para vesti-lo. Jack devia ter um metro e oitenta e três de altura, mas era bem mais magro que Matthew. Peguei uma camiseta larga do time masculino de Yale que às vezes me servia de pijama esperando que coubesse nele. Matthew deslizou os braços aparentemente desossados de Jack pelas mangas da camiseta e enfiou-a pela cabeça pendente. Meu feitiço o nocauteara.

Juntos o colocamos na cama, falando apenas o absolutamente necessário. Estiquei o lençol até os ombros de Jack, com Lobero observando os meus movimentos do chão. Empoleirada na lâmpada, Corra também observava sem piscar, seu peso fazia sua sombra dobrar a um grau alarmante.

Depois de afagar o cabelo cor de areia e a mancha escura no pescoço de Jack, levei a mão ao coração dele. Mesmo dormindo, transpirava um combate entre corpo, alma e mente pelo controle. Embora Hubbard tivesse assegurado que Jack teria vinte e um anos para sempre, o rapaz mostrava um cansaço que o fazia parecer um homem com o triplo dessa idade.

Jack tinha passado por muitas coisas. Muitas coisas, graças a Benjamin. Desejei que aquele louco varrido desaparecesse da face da terra. Os dedos de minha mão esquerda abriram estendidos, e o pulso ardeu onde o nó o circulava. A magia que sempre realiza o desejo e o poder respondeu em minhas veias aos meus calados desejos por vingança.

– Jack era nossa responsabilidade e não estávamos juntos com ele. – Minha voz soou baixa e feroz. – E Annie...

– Agora estamos aqui com Jack. – Os olhos de Matthew estamparam a tristeza e a raiva também presentes em mim. – Não podemos fazer mais nada por Annie, a não ser rezar para que a alma dela tenha encontrado descanso.

Balancei a cabeça, reprimindo as emoções com dificuldade.

– Tome um banho, *ma lionne*. O toque de Hubbard e o sangue de Jack... – Matthew não suportava quando eu cheirava a outra criatura. – Fico com ele enquanto você estiver no banho. Depois, nós dois descemos e conversamos sobre... o meu neto. – Essas últimas palavras foram lentas e deliberadas, como se a língua estivesse presa ao dizê-las.

Apertei a mão dele, beijei levemente a testa de Jack e me dirigi relutante para o banheiro. Seria um esforço inútil para limpar-me dos eventos da noite.

Trinta minutos depois encontramos Gallowglass e Hubbard sentados frente a frente na mesa de jantar de pinho. Encaravam-se. Olhavam-se no fundo dos olhos. Rosnavam. Ainda bem que Jack não estava acordado para presenciar aquilo.

Matthew soltou a minha mão, entrou na cozinha e pegou uma garrafa de água com gás para mim e três garrafas de vinho. Depois de distribuí-las, retornou para pegar um saca-rolha e quatro copos.

– Você pode ser meu primo, mas ainda não gosto de você, Hubbard. – O rosnado de Gallowglass alcançou uma nota desumana que era muito mais preocupante.

– É recíproco. – Hubbard colocou uma pasta preta em cima da mesa.

Matthew manuseou uma garrafa com o saca-rolha, observando a disputa de posição entre o sobrinho e Hubbard sem fazer comentários. Serviu-se de um copo de vinho e o bebeu em dois goles.

– Você não está apto para ser pai – disse Gallowglass estreitando os olhos.

– Quem está? – rebateu Hubbard.

– Chega. – Matthew não levantou a voz, mas articulou-a com um timbre que arrepiou os pelos do meu pescoço e silenciou Gallowglass e Hubbard de imediato. – Andrew, a ira do sangue sempre afetou Jack dessa maneira ou piorou depois que ele conheceu Benjamin?

Hubbard recostou-se na cadeira, com um sorriso sarcástico.

– É por aí que você quer começar?

– Que tal *você* começar explicando por que tornou Jack vampiro quando sabia que poderia transmitir a ira do sangue para ele! – Minha raiva explodiu em detrimento de qualquer cortesia que pudesse ter concedido a ele algum dia.

– Dei a ele uma escolha, Diana – disse Hubbard –, para não dizer uma chance.

– Jack estava morrendo de peste! - gritei. – Estava impossibilitado de elaborar uma decisão clara. Você era o adulto. Jack era uma criança.

– Jack tinha vinte anos completos. Era um homem e não o menino que vocês deixaram com lorde Northumberland. E já tinha passado um inferno ao esperar em vão pelo retorno de vocês! – disse Hubbard.

Temendo acordar Jack, abaixei a voz.

– Deixei-lhe muito dinheiro para manter Jack e Annie fora do caminho do mal. Não deveria faltar nada para os dois.

– Você acha que cama quente e comida na barriga consertariam o coração partido de Jack? – Os olhos sobrenaturais de Hubbard tornaram-se frios. – Durante *doze anos* ele procurou vocês a cada dia. Doze anos esperando navios europeus nas docas, na esperança de que vocês estivessem a bordo; doze anos perguntando a todo estrangeiro que encontrava em Londres se vocês tinham sido vistos em Amsterdã ou em Lübeck ou em Praga; doze anos interpelando suspeitos de serem bruxos para mostrar uma imagem que ele desenhara da conhecida feiticeira Diana Roydon. Foi um milagre que a peste o tivesse pegado e não os juízes da rainha!

Empalideci.

– Você também teve uma escolha. – Hubbard me lembrou. – Então, se quiser culpar alguém por Jack ter se tornado vampiro, culpe a si mesma ou a Matthew. Jack era responsabilidade sua. E você passou-a para mim.

– Não foi isso que barganhamos, e você sabe muito bem! – As palavras escapuliram de minha boca antes que eu pudesse detê-las. Congelei com uma expressão de horror no rosto. Era outro segredo escondido de Matthew que supostamente estava em segurança no passado.

A respiração de Gallowglass assobiou de surpresa. O olhar gelado de Matthew estilhaçou em minha pele. E depois, absoluto silêncio na sala.

– Gallowglass, eu preciso conversar com minha esposa e meu neto. Em particular – disse Matthew. A ênfase colocada em "minha esposa" e "meu neto" era sutil, mas inconfundível.

Gallowglass levantou-se, com rugas de desaprovação no rosto.

– Estarei lá em cima com Jack.

Matthew balançou a cabeça.

– Vá para casa e espere por Miriam. Ligo quando Andrew e Jack estiverem prontos para se juntar a vocês.

– Jack vai ficar aqui conosco. – Elevei a voz novamente. – Este lugar também pertence a ele.

O olhar proibitivo de Matthew silenciou-me de imediato, embora o século XXI não fosse o lugar para um príncipe renascentista. Um ano antes eu teria protestado contra a sua prepotência, mas agora eu sabia que o controle do meu marido estava pendurado por um fio muito tênue.

– Não ficarei sob o mesmo teto com um De Clermont, especialmente com ele – disse Hubbard apontando para Gallowglass.

– Andrew, já esqueceu que *você* é um De Clermont? Assim como Jack – disse Matthew.

– Nunca fui um De Clermont – disse Hubbard agressivamente.

– Depois que você bebeu o sangue de Benjamin, você nunca foi outra coisa. – A voz de Matthew soou cortante. – Nesta família, você faz o que eu digo.

– Família? – retrucou Hubbard em tom irônico. – Você fazia parte do bando de Philippe, e agora obedece a Baldwin. Você não tem sua própria família.

– Aparentemente, tenho. – A boca de Matthew se torceu pesarosa. – Hora de ir, Gallowglass.

– Muito bem, Matthew. Deixarei que me coloque para fora... desta vez, mas não estarei distante. E se meus instintos me disserem que surgiu algum problema, voltarei e mandarei a lei e a etiqueta dos vampiros para o inferno. – Gallowglass levantou-se e beijou-me no rosto. – Grite se precisar de mim, tia.

Matthew esperou que a porta se fechasse e depois se voltou para Hubbard.

– Qual foi exatamente a barganha que você fez com minha companheira? – ele perguntou.

– Foi minha culpa, Matthew. Fui eu que o procurei. – Confessei para acabar logo com aquilo.

A mesa reverberou sob a força do golpe de Matthew.

– Responda-me, Andrew.

– Concordei em proteger qualquer um que pertencesse a ela, inclusive você – disse Hubbard sucintamente. Nesse sentido ele era um De Clermont até os ossos... prestativo por nada, despojado até certo ponto.

– E em troca? – perguntou Matthew abruptamente. – Você não faria um voto desses sem receber algo igualmente precioso em troca.

– Sua *companheira* deu-me uma gota de sangue... somente uma gota – disse Hubbard em tom rancoroso. Eu o tinha enganado ao seguir à risca o pedido e não a intenção. E pelo visto Andrew Hubbard se ressentira.

– Então, você sabia que eu era o seu avô? – perguntou Matthew. Não entendi que importância isso tinha.

– Sim – disse Andrew esverdeando.

Matthew o puxou por cima da mesa para que ficassem nariz com nariz.

– E o que você soube com essa gota de sangue?

– O verdadeiro nome dela... Diana Bishop. Nada mais, juro. A bruxa se valeu de magia para garantir isso. – Na língua de Hubbard o termo "bruxa" soou sujo e obsceno.

– Nunca mais tire proveito dos instintos protetores de minha mulher, Andrew. Se fizer isso de novo, terei sua cabeça. – O golpe de Matthew foi mais retumbante. – Por conta de sua lascívia, nenhum vampiro vivo me culparia por isso.

– O que vocês dois fazem a portas fechadas não me importa, se bem que importa para outros porque sua companheira está visivelmente grávida e não há resquícios do cheiro de outro homem nela. – Hubbard franziu os lábios em sinal de desaprovação.

Finalmente, entendi a pergunta anterior de Matthew. Ao pegar o meu sangue em busca dos meus pensamentos e minhas memórias, Andrew Hubbard tornava-se uma espécie de um voyeur vampiro das relações sexuais entre seu avô e sua avó. Se eu não tivesse encontrado um jeito de reduzir o fluxo de sangue a nada mais que uma gota conforme Hubbard solicitara, ele nos teria visto em nossa vida privada e talvez até conhecido os segredos de Matthew e os meus. Fechei os olhos bem apertados ao pensar no prejuízo que isso teria dado.

Ecoou um murmúrio da pasta de Andrew que nos distraiu. Lembrei que às vezes o ouvia durante uma palestra e algum aluno desligava o celular repentinamente.

– Você deixou o celular no viva-voz – comentei com a atenção voltada para aquele rumorejar. – Alguém está deixando uma mensagem.

Matthew e Andrew franziram a testa.

– Não ouvi nada – disse Matthew.

– Eu não tenho telefone celular – disse Hubbard.

– Então, de onde está vindo isso? – perguntei olhando ao redor. – Será que alguém ligou o rádio?

– Só tenho isto aqui na minha pasta. – Hubbard abriu os dois fechos de bronze e retirou alguma coisa.

O burburinho soou mais alto e uma poderosa energia entrou pelo meu corpo, intensificando todos os meus sentidos. De repente, os fios que prendiam o mundo se agitaram, enrolando e retorcendo no espaço entre mim e a folha de velino que estava pendurada nos dedos de Andrew Hubbard. O meu sangue ressoou os tênues vestígios de magia agarrados à folha solitária do *Livro da vida*, e enquanto os meus pulsos queimavam, um frágil e conhecido odor de bolor e velhice enchia a sala.

Hubbard posicionou a folha à minha frente, mas eu já sabia que estampava dois dragões alquímicos acoplados, o sangue de seus ferimentos escoava até uma bacia de onde emergiam figuras pálidas e desnudas. Isso retratava a fase do processo alquímico posterior ao casamento entre a rainha lua e o rei sol: *conceptio*, a eclosão de uma nova e poderosa substância a partir da união dos opostos – masculino e feminino, luz e sombra, sol e lua.

Depois de algumas semanas à procura das folhas perdidas do Ashmole 782 na Beineck, de repente uma delas aparecia na minha sala de jantar.

– Edward Kelley enviou-me no outono depois que vocês partiram, recomendando-me que a deixasse fora de minha vista. – Hubbard entregou-me a folha.

Eu e Matthew tínhamos apenas entrevisto a iluminura no palácio de Rodolfo. E mais tarde chegamos a especular que na verdade os dois dragões poderiam ser um dragão de fogo e um ouroboros. De fato, um dos dragões alquímicos era um dragão de fogo com duas pernas e asas, e o outro, uma serpente com a cauda na boca. O ouroboros se contorceu no meu pulso em reconhecimento, em cores brilhantes de possibilidades. Era uma imagem hipnotizante e, agora que tinha tempo para observá-la melhor, alguns pequenos detalhes me impressionaram: a expressão extasiada dos dragões, a maneira pela qual se olhavam nos olhos, o êxtase com que contemplavam os descendentes à medida que nasciam da bacia, e o impressionante equilíbrio entre essas duas poderosas criaturas.

– Jack se encarregou de garantir que a imagem de Edward estivesse a salvo sob qualquer circunstância. Peste, fogo, guerra... o garoto não permitia que nada a tocasse. Alegava que pertencia a você, sra. Roydon – disse Hubbard, interrompendo os meus devaneios.

– A mim? – Toquei no canto do pergaminho e um dos gêmeos deu um chute forte. – Não. Pertence a todos nós.

– Mesmo assim, você tem algum tipo de ligação especial com essa folha. Você é a única que consegue ouvi-la – disse Andrew. – Há muito tempo um bruxo sob os meus cuidados disse que essa folha pertencia ao primeiro livro de feitiços das bruxas. Mas um velho vampiro de passagem por Londres disse que pertencia ao *Livro da vida*. Peço a Deus que nenhuma das versões seja verdadeira.

– O que você sabe sobre o *Livro da vida*? – A voz de Matthew soou como o estrondo de um trovão.

— Sei que Benjamin o quer – disse Hubbard. – Meu pai cansou de dizer isso para Jack. Mas ele já mencionava o livro muito antes. Fazia tempo que o procurava em Oxford, antes mesmo do dia em que me fez vampiro.

Isso significava que Benjamin já procurava o *Livro da vida* na primeira metade do século XIV – já se interessava pelo livro muito antes de Matthew.

— Benjamin achou que o encontraria na biblioteca de um bruxo de Oxford. Chegou a levar um presente para trocar pelo livro: uma cabeça de bronze que supostamente servia de oráculo. – Hubbard assumiu um ar triste. – É uma pena que um homem seja levado pela superstição. *Não vos volteis para os ídolos e não mandeis fundir deuses de metal*, diz o Senhor.

Pelo que se dizia Gerbert de Aurillac possuíra um artefato milagroso como esse. E eu que pensava que Peter Knox era o membro da Congregação que mais se interessava pelo Ashmole 782. Será que Gerbert ligou-se a Benjamin por todos aqueles anos e acabou pedindo ajuda a Peter Knox?

— O bruxo de Oxford ficou com a cabeça de bronze, mas não em troca do livro – continuou Hubbard. – Algumas décadas depois, o meu senhor ainda o amaldiçoava pela dissimulação. Nunca descobri o nome desse bruxo.

— Talvez Roger Bacon... alquimista, filósofo e bruxo. – Matthew olhou para mim. Bacon possuíra o *Livro da vida* e o chamava de "o verdadeiro segredo dos segredos".

— A alquimia é uma das muitas bobagens das bruxas – disse Hubbard a princípio desdenhoso e em seguida ansioso. – Meus filhos me disseram que Benjamin está de volta à Inglaterra.

— Está, sim. Andou espionando o meu laboratório em Oxford. – Matthew não mencionou que naquele momento o *Livro da vida* encontrava-se a poucos quarteirões do laboratório. Não confiava em Hubbard, mesmo sendo o neto dele.

— Se Benjamin está na Inglaterra, como o manteremos longe de Jack? – perguntei aflita para Matthew.

— Jack vai voltar para Londres. Lá, meu senhor é tão pouco bem-vindo quanto você, Matthew. – Hubbard levantou-se. – Jack estará a salvo enquanto estiver comigo.

— Ninguém está a salvo de Benjamin. Jack não vai voltar para Londres. – A nota de comando retornou à voz de Matthew. – Nem você, Andrew. Ainda não.

— Nós temos nos saído muito bem sem a sua interferência – retrucou Hubbard. – É um pouco tarde para querer dominar os filhos como um antigo pai romano.

– *Pater familias*. Tradição fascinante. – Matthew recostou-se na cadeira, envolvendo a taça de vinho com as mãos. Já não parecia mais um príncipe e sim um rei. – Imagine um homem com poder de vida e morte sobre esposa, filhos e servos, e também sobre os adotados pela família e os parentes próximos carentes de um pai forte. Isso me lembra o que você tentou realizar em Londres.

Matthew tomou um gole do vinho. A cada momento Hubbard parecia mais desconfortável.

– Meus filhos me obedecem de boa vontade – disse Hubbard rigidamente. – Eles me honram, como fazem os filhos piedosos.

– Que idealista – disse Matthew em dócil zombaria. – Você sabe quem introduziu o *pater familias*, é claro.

– Os romanos, como eu acabei de dizer – disse Hubbard rispidamente. – Sou culto, Matthew, apesar de suas dúvidas a respeito.

– Não. Foi Philippe. – Os olhos de Matthew brilharam divertidos. – Philippe achou que a sociedade romana se beneficiaria com uma boa dose da conhecida disciplina dos vampiros, o que seria um lembrete da importância do pai.

– Philippe de Clermont tornou-se culpado pelo pecado do orgulho. Deus é o único Pai verdadeiro. Você é um cristão, Matthew. Certamente concorda com isso. – O olhar de Hubbard espelhava o fervor de um crente verdadeiro.

– Talvez – disse Matthew, como se considerando seriamente o argumento do neto. – Mas enquanto Deus não nos chamar, eu mesmo terei que bastar. Goste ou não, Andrew, aos olhos dos outros vampiros eu sou o seu *pater familias*, o chefe do seu clã, o seu alfa... chame como quiser. Sob a lei do vampiro, todos os seus filhos... incluindo Jack e todos os outros vira-latas adotados por você, sejam demônios, vampiros ou bruxas... todos eles são *meus*.

– Nada disso. – Hubbard balançou a cabeça. – Eu jamais quis alguma coisa da família De Clermont.

– O que você quer não importa. Não mais. – Matthew deixou o vinho de lado e pegou a minha mão.

– Para comandar a minha lealdade, você teria que reconhecer o meu senhor, Benjamin, como seu filho. E você *nunca* fará isso – disse Hubbard, com ar selvagem. – Como chefe dos De Clermont, Baldwin leva a sério a honra e a posição da família. Ele não permitirá que você ramifique o flagelo de seu sangue ao seu bel-prazer.

Antes que Matthew pudesse responder ao desafio de Andrew, Corra soltou um grito de alerta. Concluí que Jack tinha acordado e me levantei da cadeira para vê-lo. Quartos desconhecidos o aterrorizavam quando menino.

– Fique aqui – disse Matthew, apertando a minha mão.
– Ele precisa de mim! – protestei.
– Jack precisa de mão forte e limites consistentes – disse Matthew docilmente. – Ele sabe que você o ama. Mas ainda não consegue lidar com sentimentos muito intensos.
– Eu confio nele. – Minha voz tremeu de raiva e mágoa.
– E eu não – disse Matthew bruscamente. – Além da raiva, a ira do sangue também gera amor e lealdade.
– Não me peça para ignorá-lo. – Eu queria que ele deixasse o papel de *pater familias* de lado e se comportasse como um verdadeiro pai.
– Sinto muito, Diana. – Uma sombra instalou-se nos olhos de Matthew, uma sombra que me parecia extinta para sempre. – Preciso colocar as necessidades de Jack em primeiro lugar.
– Que necessidades são essas? – Jack apareceu à porta bocejando, com tufos de cabelo arrepiados em aparente alarme. Lobero passou pelo seu dono em direção a Matthew, em busca de reconhecimento pelo trabalho bem-feito.
– Você precisa caçar. Infelizmente, a lua está brilhante e não posso controlar o céu. – A mentira fluiu da língua de Matthew como mel. Ele afagou as orelhas de Lobero. – Vamos todos juntos... eu, você, seu pai e Gallowglass. Lobero também pode ir.
Jack franziu o nariz.
– Não estou com fome.
– Então, não se alimente. De qualquer forma, você vai caçar. Esteja pronto à meia-noite. Vou buscá-lo.
– Buscar-me? – Jack olhou para mim e para Hubbard. – Achei que eu ficaria aqui.
– Ficará depois que virar a esquina com Gallowglass e Miriam. Andrew estará com você – disse Matthew. – Esta casa não é grande o bastante para uma bruxa e três vampiros. Somos criaturas de hábitos noturnos, e Diana e os bebês precisam dormir.
Jack olhou para a minha barriga com ar melancólico.
– Eu sempre quis ter um irmão mais novo.
– Em vez disso você pode muito bem ter duas irmãs – disse Matthew rindo.
Abaixei a mão por instinto quando um dos gêmeos me chutou forte no ventre. Eles estavam extraordinariamente ativos desde a chegada de Jack.
– Estão se mexendo? – perguntou Jack ansioso. – Posso tocá-los?
Olhei para Matthew. O olhar de Jack deslizou até ele.

– Vou mostrar como se faz – disse Matthew em tom sereno, mas com um olhar afiado. Ele pegou a mão de Jack e apertou-a ao lado de minha barriga.

– Não senti nada – disse Jack, franzindo a testa concentrado.

Um fortíssimo pontapé, seguido por uma cotovelada aguda, chocou-se na parede do meu útero.

– Uau! – O rosto admirado de Jack postou-se a centímetros do meu. – Eles chutam assim o dia todo?

– Parece que sim. – Pensei em ajeitar o cabelo desgrenhado de Jack. Pensei em pegá-lo nos braços com a promessa de que ninguém mais iria feri-lo. Mas não pude lhe oferecer nenhum desses confortos.

Matthew sentiu a virada maternal do meu humor e retirou a mão de Jack, que por sua vez recebeu o gesto como rejeição e amarrou a cara. Fiquei furiosa com Matthew e tentei puxar a mão de Jack. Antes que pudesse fazer isso, Matthew me puxou pela cintura ao encontro dele. Era um inconfundível gesto de posse.

Os olhos de Jack escureceram.

Hubbard projetou-se para frente a fim de intervir, e Matthew o congelou com um olhar.

No espaço de cinco batidas do coração, os olhos de Jack retornaram ao normal. Quando reassumiram o tom castanho-esverdeado, Matthew lançou um sorriso de aprovação para ele.

– Seu instinto de proteção a Diana é inteiramente apropriado – disse Matthew para Jack. – Mas achar que precisa protegê-la de mim não o é.

– Perdão, Matthew – sussurrou Jack. – Isso não vai acontecer novamente.

– Aceito suas desculpas. Infelizmente, isso vai acontecer novamente. Não será fácil aprender a controlar essa doença... nem rápido. – O tom de Matthew mudou com muita rapidez. – Jack, dê um beijo de boa-noite em Diana, e se acomode na casa de Gallowglass. É uma igreja antiga ao virar da esquina. Você vai se sentir em casa.

– Ouviu isso, padre H? – Jack sorriu. – Será que ela tem morcegos no campanário como a sua?

– Já não tenho problemas com morcegos – disse Hubbard, com amargura.

– Padre H ainda vive numa igreja na cidade. – Jack animou-se de repente – Não é aquela que você visitou. Aquela velha pilha incendiada. Essa outra também é quase toda assim, imagine só.

Sorri. Jack gostava de contar histórias e tinha talento para isso.

– Só a torre se manteve de pé. Padre H caprichou tão bem que quase não se nota que é apenas um monte de lixo. – Jack sorriu para Hubbard e beijou-me ligeiramente no rosto. Seu humor oscilava da ira do sangue à felicidade em um lapso de tempo. Ele saiu correndo escada abaixo. – Venha, Lobero. Vamos lutar com Gallowglass.

– À meia-noite – disse Matthew aos gritos. – Esteja pronto, Jack. E seja bom para Miriam. Se não agir assim, ela o fará desejar nunca ter renascido.

– Não se preocupe, já estou acostumado a lidar com mulheres difíceis! – disse Jack. Lobero latiu emocionado e rodeou as pernas de Jack para encorajá-lo a sair.

– Mantenha a folha consigo, sra. Roydon. Se Matthew e Benjamin a cobiçam, quero estar o mais longe possível disso – disse Andrew.

– Como você é generoso, Andrew. – A mão de Matthew disparou e fechou ao redor da garganta de Hubbard. – Mantenha-se em New Haven até que lhe diga para sair.

Os olhos de ambos se colidiram em ardósia e cinza-esverdeado. Andrew foi o primeiro a desviar o olhar.

– Vamos, padre H! – Quero ver a igreja de Gallowglass, e Lobero precisa de uma caminhada – gritou Jack.

– À meia-noite, Andrew. – As palavras de Matthew soaram cordiais, porém impregnadas de aviso.

Depois que a porta se fechou, os latidos de Lobero diminuíram aos poucos. Quando sumiram por inteiro, voltei-me para Matthew.

– Como você pôde...

A visão de Matthew com a cabeça enterrada nas mãos levou-me a uma parada abrupta. A raiva antes ardente esfriou. Ele ergueu os olhos, com o rosto devastado pela culpa e a tristeza.

– Jack... Benjamin... – Matthew estremeceu. – Deus me ajude, o que foi que eu fiz?

20

Sentado na poltrona oposta à cama onde Diana dormia, Matthew analisava um novo conjunto de testes que apresentavam resultados inconclusivos. Ele e Chris teriam que reavaliar a estratégia de pesquisa na reunião do dia seguinte. Face ao adiantado da hora, ele foi pego de surpresa pelo brilho da tela do celular.

Movendo-se com cuidado para não acordar a esposa, saiu do quarto em silêncio e desceu as escadas até a cozinha, onde poderia falar sem ser ouvido.

– Você precisa vir aqui – disse Gallowglass, com a voz rouca e baixa. – Agora.

A pele de Matthew arrepiou e os olhos subiram até o teto, como se pudessem ver através da argamassa o piso do quarto do andar de cima. Seu primeiro instinto sempre era o de protegê-la, mas estava claro que agora o perigo encontrava-se em outro lugar.

– Deixe a titia em casa – disse Gallowglass categoricamente, como se estivesse vendo as ações de Matthew. – Miriam está a caminho. – O telefone emudeceu.

Matthew continuou olhando para a tela, as cores brilhantes trouxeram uma nota de falsa alegria para as primeiras horas da manhã e logo se desvanecerem no pretume.

A porta da frente se abriu.

Matthew estava no alto da escada quando Miriam entrou. Ele a observou atentamente. Nenhuma gota de sangue, graças a Deus. Mas ela estava de olhos arregalados e com uma expressão de assombro. Sua velha amiga e colega de profissão, que não se assustava com quase nada, estava visivelmente aterrorizada. Ele soltou um palavrão.

– O que há de errado? – Diana desceu do terceiro andar. Seu cabelo cor de cobre capturou toda a luz disponível na casa. – É Jack?

Matthew balançou a cabeça. Do contrário, Gallowglass não teria chamado.

– Só demoro um minuto – disse Diana, pensando em se vestir.

– Não, Diana – disse Miriam serena.

Diana petrificou e agarrou-se ao corrimão. Girou o corpo e encontrou os olhos de Miriam.

– Ele está m... morto? – sussurrou Diana entorpecida.

Matthew colocou-se ao lado da esposa no espaço de um batimento cardíaco humano.

– Não, *mon coeur*. Não está morto. – Ele sabia que o pior pesadelo de Diana era não poder dizer um adeus apropriado para um ser amado que se fosse. Mas o que quer que estivesse acontecendo na casa de Wooster Square, talvez pudesse ser pior.

– Fique com Miriam. – Matthew beijou os lábios enrijecidos da esposa. – Estarei de volta o mais rápido possível.

– Ele está se saindo muito bem – disse Diana. Fazia uma semana que Jack estava em New Haven, e sua ira do sangue diminuíra tanto em frequência como em intensidade. Os limites estritos de Matthew somados às consistentes expectativas já tinham feito uma diferença.

– Nós sabíamos que haveria retrocessos – disse Matthew, ajeitando uma sedosa mecha de cabelo atrás da orelha de Diana. – Sei que você não vai dormir, mas pelo menos tente descansar. – Claro que ela não faria nada senão andar de um lado para o outro e olhar pela janela até que ele voltasse com a notícia.

– Leia isto enquanto espera. – Miriam tirou uma espessa pilha de artigos da bolsa, esforçando-se para soar leve e trivial e emanando um intenso odor agridoce de gálbano e romã. – Isto é tudo que você pediu. Acrescentei alguns outros artigos que talvez lhe interessem: estudos de Matthew sobre os lobos e algumas peças clássicas sobre a paternidade entre os lobos e o comportamento de matilha. É basicamente um dr. Spock para um pai vampiro moderno.

Matthew olhou espantado para Diana. Sua esposa o surpreendia mais uma vez. Ela ruborizou e pegou os artigos entregues por Miriam.

– Preciso entender como funciona essa coisa de família de vampiros. Vá logo. Diga a Jack que o amo. – A voz de Diana embargou. – Se for possível.

Matthew apertou a mão dela sem dizer nada. Não faria promessas a esse respeito. Jack teria que entender que seu acesso a Diana dependia do seu comportamento e da aprovação de Matthew.

– Prepare-se – sussurrou Miriam quando Matthew passou ao lado. – Não estou nem aí se Benjamin é seu filho. Se não matá-lo depois que vir a cena, eu o matarei.

Apesar do adiantado da hora, a casa de Gallowglass não era a única do bairro que ainda estava iluminada. Afinal, New Haven era uma cidade universitária. A maioria dos notívagos da Wooster Square procurava estranhas companhias, à vista de todos e com cortinas e persianas abertas. O que distinguia a casa dos vampiros eram as cortinas bem fechadas, apenas as frestas de luminosidade ao redor das janelas indicavam que alguém ainda estava acordado.

No interior da casa, lamparinas projetavam um brilho quente em alguns pertences pessoais. De resto, a decoração se reduzia a um mobiliário moderno dinamarquês em madeira clara, acentuado com antiguidades dispersas c salpicos de cor. Uma das mais bem guardadas de Gallowglass estava enrolada no chão – uma esfarrapada bandeira vermelha do século XVIII que ele e Davy Hancock haviam surrupiado do seu amado navio de carga *Earl of Pembroke*, o mesmo que após uma reforma recebeu o nome de *Endeavour*.

Matthew farejou o ar. O odor agridoce que Diana comparava ao fogo de carvão impregnava a casa, e os acordes quase inaudíveis de Bach enchiam o ar. *Paixão segundo São Mateus* – a música que Benjamin colocara para tocar no seu laboratório enquanto torturava a bruxa mantida em cativeiro. O estômago de Matthew se trançou em um nó pesado.

Ele percorreu a sala de estar e se deteve abruptamente. Cada centímetro das paredes coberto por murais sombrios em tons de preto e cinza. Jack empunhava um lápis macio de artista em cima de um andaime improvisado com algumas peças do mobiliário. No piso, tocos de lápis e pedaços de papel com esboços em carvão deixados de lado.

Os olhos de Matthew varreram as paredes do piso ao teto. Detalhes de paisagens, estudos de animais e plantas quase microscópicos pela precisão e impressionantes retratos ligados uns aos outros em linhas e formas de tirar o fôlego que desafiavam a lógica pictórica. O efeito geral era ao mesmo tempo belo e perturbador, como se sir Anthony van Dyck tivesse pintado *Guernica* de Picasso.

– Cristo. – Matthew automaticamente fez o sinal da cruz com a mão direita.

– Faz duas horas que Jack ficou sem papel – disse Gallowglass com ar severo, apontando os cavaletes na janela da frente. Cada cavalete com uma única folha, mas as pilhas de folhas que cercavam os tripés sugeriam que as folhas apoiadas em seus suportes tinham sido selecionadas de uma série maior de desenhos.

– Matthew. – Chris saiu da cozinha tomando uma caneca de café preto, o aroma dos grãos torrados se misturou ao amargo cheiro de Jack.

– Aqui não é lugar para um sangue-quente, Chris – disse Matthew, mantendo um olhar cauteloso em Jack.

– Prometi a Miriam que ficaria aqui. – Chris sentou-se e apoiou a caneca de café no braço largo de uma velha poltrona de fazenda. E quando se virou, o tecido do assento rangeu como a vela de um barco. – Quer dizer que Jack é mais um neto seu?

– Agora não, Chris. Onde está Andrew? – disse Matthew de olho em Jack, que continuava desenhando.

– Foi pegar mais lápis lá em cima. – Chris tomou um gole de café e fixou os olhos escuros nos detalhes do desenho de Jack: uma mulher nua com a cabeça jogada para trás em agonia. – Estou louco que ele retorne aos desenhos de narcisos.

Matthew passou a mão na boca para remover a acidez que emergia do estômago. Graças a Deus Diana não o tinha acompanhado. Jack nunca mais a olharia nos olhos se ela tivesse visto aquilo.

Logo depois Hubbard retornou à sala de estar e deixou uma caixa com mais suprimentos na escadinha onde Jack se equilibrava. Absorto no trabalho, ele não reagiu à presença de Hubbard mais do que reagira à chegada de Matthew.

– Vocês deviam ter me chamado mais cedo. – Matthew manteve a voz deliberadamente calma. Apesar do esforço, Jack se voltou com olhos vítreos para ele à medida que a ira do sangue captava a tensão no ar.

– Jack já fez isso antes – disse Hubbard. – Desenhou nas paredes do quarto dele e nas paredes da cripta da igreja. Mas nunca fez tantas imagens assim e com tanta rapidez. E nunca... – Ele olhou para cima.

Os olhos, o nariz e a boca de Benjamin ocupavam uma parede e ele olhava para Jack mais abaixo com uma expressão dividida em partes iguais de cobiça e maldade. Eram traços inconfundíveis de crueldade, e sinistros demais para se abrigarem nos contornos de um rosto humano.

Jack se moveu alguns metros ao longo do retrato de Benjamin e começou a fazer um esboço na última parede vazia. As imagens ao redor da sala seguiam uma sequência aproximada dos eventos transcorridos desde os tempos de Jack em Londres, antes de ter sido feito vampiro por Hubbard, até o momento presente. Os cavaletes na janela eram o ponto de partida de Jack para aquele ciclo de imagens perturbadoras.

Matthew examinou-as. Espelhavam aquilo que os artistas chamam de estudo – um único elemento de uma cena maior que os ajuda a entender os problemas específicos de composição e perspectiva. O primeiro desenho era a mão de um homem cuja pele rude e sulcada indicava pobreza e trabalho manual. No outro cavalete, a imagem cruel de uma boca sem dentes. No terceiro desenho, cadarços amarrados de um calção masculino junto a um dedo prestes a desamarrá-los. No último, a ponta de uma faca pressionando o osso proeminente do quadril de um menino, como se a deslizar pela pele.

Enquanto Matthew unia mentalmente as imagens solitárias – mão, boca, calção, faca – a *Paixão segundo São Mateus* trovejava ao fundo. Ele soltou um palavrão perante uma cena abusiva que saltou à mente.

– Uma das primeiras lembranças de Jack – disse Hubbard.

Matthew lembrou que teria puxado a orelha de Jack no primeiro encontro que tiveram se Diana não tivesse interferido. Isso o tornava igual às outras criaturas que ao se relacionarem com Jack faziam uso da violência e não da compaixão.

– Jack já teria se destruído se não fosse pela arte e a música. Nós sempre agradecemos a Deus pelo presente de Philippe. – Andrew apontou para um violoncelo apoiado no canto.

Matthew reconheceu o instrumento de imediato. Ele e o *signor* Montagnana, o veneziano que confeccionara o instrumento, haviam se referido ao violoncelo como "a duquesa de Marlborough", pelas generosas e elegantes curvas. Matthew aprendera a tocar com a duquesa quando os alaúdes caíram em desuso e foram substituídos por violinos, violas e violoncelos. A duquesa desaparecera misteriosamente durante uma viagem que Matthew fez a Nova Orleans para disciplinar a ninhada de filhos de Marcus. Na volta perguntou a Philippe sobre o paradeiro do instrumento, mas o pai deu de ombros murmurando algo sobre Napoleão e um inglês, uma explicação sem sentido algum.

– Jack sempre escuta Bach enquanto desenha? – perguntou Matthew baixinho.

– Ele prefere Beethoven. Só começou a ouvir Bach depois... você sabe. – A boca of Hubbard crispou-se.

– Talvez esses desenhos ajudem a encontrar Benjamin – disse Gallowglass.

Os olhos de Matthew percorreram os rostos e lugares ali estampados em busca de pistas significativas.

— Chris já tem fotos disso — assegurou Gallowglass.

— E um vídeo. Já que ele retratou... argh, aquele cara — acrescentou Chris, evitando pronunciar o nome de Benjamin enquanto acenava para Jack, que continuava desenhando e cantando baixinho.

Matthew ergueu a mão pedindo silêncio.

— *Todos os cavalos do rei e todos os homens do rei / Não puderam juntar os cacos de Jack.* — Jack estremeceu e soltou um cotoco de lápis. Andrew entregou-lhe outro lápis e ele iniciou um novo estudo detalhado de uma mão masculina erguida em gesto de súplica.

— Graças a Deus. O frenesi de Jack está chegando ao fim. — Hubbard descontraiu os ombros. — Logo ele estará de volta ao bom senso.

Matthew aproveitou o momento e seguiu silencioso até o violoncelo e o segurou pelo braço. Pegou o arco que Jack deixara descuidadamente no chão, sentou-se na beirada de uma cadeira, aproximou o ouvido do instrumento e feriu as cordas com o arco. Ele ainda conseguia ouvir os tons do violoncelo acima dos acordes de Bach que soavam nos alto-falantes sobre uma estante ao lado.

— Desligue essa música — disse para Gallowglass enquanto ajustava as cravelhas para afinar o instrumento antes de tocá-lo. O som do violoncelo confrontou-se com coro e orquestra durante alguns compassos, até que a grande obra do coral de Bach emudeceu. Matthew derramou outra música no vácuo, como um passo intermediário entre os acordes histriônicos da *Paixão* e algo que talvez pudesse ajudar Jack a recuperar a estabilidade emocional.

Foi uma peça escolhida a dedo: *Lacrimosa*, Réquiem de Johann Christian Bach. Surpreendido pela mudança do acompanhamento musical, Jack repousou a mão na parede e se deixou penetrar pela música, respirando lenta e regularmente. E quando retomou os esboços preferiu desenhar os contornos da Abadia de Westminster ao sofrimento de alguma outra criatura.

Matthew tocou de cabeça inclinada em súplica. Se um coro estivesse presente, conforme o projeto do compositor, a missa estaria sendo cantada em latim para os mortos. Mas Matthew estava sozinho e por isso imprimiu a tristeza das vozes humanas ausentes nos tons do violoncelo.

Lacrimosa dies illa, entoou o violoncelo de Matthew. *Dia de lágrimas/ Aquele em que o homem pecador/ renasça da sua cinza para ser julgado.*

Tende, pois, piedade dele, ó Deus, orou Matthew enquanto executava o acorde seguinte, pondo fé e angústia em cada curso do arco.

Ao final da *Lacrimosa* seguiram-se os acordes da *Sonata n.º 1 para violoncelo em fá maior*, de Beethoven. Embora o compositor a tivesse composto para piano e violoncelo, Matthew esperava que Jack estivesse familiarizado com a peça a ponto de poder preencher as notas que faltavam.

À medida que a música era executada, os traços do lápis de carvão vegetal de Jack tornavam-se cada vez mais suaves. E nesses traços Matthew reconheceu a tocha da Estátua da Liberdade e o campanário da Igreja Central de New Haven.

Embora a loucura temporária de Jack pudesse diminuir à medida que ele se deslocasse para os dias presentes, Matthew sabia que ele ainda não estava livre dela.

Faltava uma imagem.

Para ajudar Jack a se envolver, Matthew optou por uma de suas peças favoritas: o inspirador e esperançoso *Réquiem* de Fauré. Muito antes de ter conhecido Diana, uma das grandes alegrias de Matthew era ouvir o coro da New College executando-o. Foi somente nos acordes da última seção, *In Paradisum*, que a expectativa de Matthew tomou forma sob a mão de Jack. A essa altura Jack já desenhava em sintonia com a imponente peça musical. Seu corpo balançava ao sabor da sonoridade pacífica que ecoava do violoncelo.

– *Que um coro de anjos te receba, e com Lázaro, / O que fora pobre, tenhas o descanso eterno.* – Matthew sabia os versos de cor porque acompanharam o corpo da igreja à sepultura... um lugar de paz geralmente negado a criaturas como ele. Matthew cantara essas mesmas palavras por sobre o corpo de Philippe, e com elas pranteara a morte de Hugh e se punira com a morte de Eleanor e Celia, além de tê-las repetido durante quinze séculos cada vez que chorava por Blanca e Lucas, sua esposa e seu filho sangue-quente.

Naquela noite, no entanto, as familiares palavras levaram Jack – acompanhado por Matthew – a um lugar de segundas chances. Matthew observou fascinado enquanto Jack trazia o lindo e conhecido rosto de Diana à vida na superfície cremosa da parede. Com os olhos bem abertos e cheios de alegria, ela entreabria os lábios de espanto ao iniciar um sorriso. Matthew perdera aqueles preciosos momentos em que Diana conheceu Jack pela primeira vez. E agora ele os testemunhava.

O retrato só confirmava aquilo que Matthew já suspeitava: Diana é quem tinha o poder de trazer o círculo completo da vida para Jack. Se ele fazia Jack se sentir seguro como qualquer pai o faria, Diana era quem o fazia se sentir amado.

Matthew continuou burilando as cordas com o arco, os dedos pressionavam agilmente e atraíam a música para fora. Finalmente, Jack se deteve, o lápis tombou de suas mãos desfalecidas e atingiu ruidosamente o chão.

– Você é um artista danado, Jack – disse Chris, inclinando-se no assento para visualizar melhor a imagem de Diana.

Os ombros de Jack caíram esgotados e ele girou os olhos à procura de Chris. Seus olhos estavam nebulosos de exaustão, mas sem nenhum sinal da ira do sangue. Logo reassumiram um tom castanho-esverdeado.

– Matthew. – Jack pulou do andaime e, depois de cruzar o ar, pousou silencioso como um gato.

– Bom-dia, Jack. – Matthew deixou o violoncelo de lado.

– Era você que estava tocando? – perguntou Jack com ar confuso.

– Achei que você se beneficiaria com algo menos barroco. Talvez o século XVII seja um pouco floreado para os vampiros. É melhor tomá-lo em pequenas doses – respondeu Matthew levantando-se e olhando para a parede.

Jack passou a mão trêmula na testa quando se deu conta do que tinha feito.

– Sinto muito – disse aflito. – Vou pintá-la, Gallowglass. Hoje mesmo. Eu prometo.

– Não! – exclamaram em uníssono Matthew, Gallowglass, Hubbard e Chris.

– Mas as paredes. – Jack protestou. – Arruinei tudo.

– Não mais do que Da Vinci ou Michelangelo fizeram – disse Gallowglass docilmente. – Ou Matthew, que chegou a cogitar isso com seus rabiscos no palácio do imperador em Praga.

O humor iluminou os olhos de Jack e um segundo depois a luz apagou.

– Um cervo correndo é uma coisa. Mas ninguém vai querer ver imagens como essas... nem mesmo eu – ele disse enquanto observava o desenho de um cadáver em decomposição flutuando de barriga para cima nas águas de um rio.

– A arte e a música afloram do coração – disse Matthew, pegando o bisneto pelo ombro. – Mesmo os recônditos mais escuros devem ser trazidos à luz do dia, senão acabam crescendo e engolem um homem inteiro.

Jack se mostrou desconsolado.

– E se já tiverem feito isso?

– Você não teria tentado salvar aquela mulher se estivesse completamente entregue às sombras. – Matthew apontou para uma figura desolada que olhava para uma mão estendida. Essa mão parecia a de Jack, até no detalhe da cicatriz na base do polegar.

– Mas não pude salvá-la. Ela ficou com medo de me deixar ajudá-la. Medo de mim! – Jack tentou se afastar, mas seu cotovelo estalou com o esforço. Matthew o impediu de sair.

— A escuridão *dela* é que a deteve... o medo *dela própria*, não de você – insistiu Matthew.

— Não acredito em você – disse Jack, agarrando-se teimosamente à noção de que a ira do sangue o tornava culpado fosse do que fosse. Matthew tinha assim uma pequena amostra do que Philippe e Ysabeau haviam padecido com as firmes recusas dele próprio para aceitar a absolvição.

— Isso porque tem dois lobos lutando dentro de você. Todos nós temos. – Chris juntou-se a Matthew.

— O que quer dizer? – perguntou Jack, agora cauteloso.

— É de uma antiga lenda cherokee... que minha avó Nana Bets aprendeu com a avó dela.

— Você não parece um cherokee – disse Jack, estreitando os olhos.

— Você ficaria surpreso com o que tenho no meu sangue. Sou mais francês e africano, com pitadas de inglês, escocês, espanhol e indígenas americanos na mistura. Sou realmente muito parecido com você. O fenótipo pode ser enganoso – disse Chris sorrindo. Jack pareceu confuso e Matthew anotou mentalmente a compra de um livro básico de biologia para o rapaz.

— Buuu – exclamou Jack com ar cético, fazendo Chris rir. – E os lobos?

— Segundo o povo de minha avó existem dois lobos dentro de cada criatura: um mau e o outro bom. Passam o tempo todo tentando se destruir mutuamente.

Era a melhor descrição da ira do sangue, pensou Matthew consigo mesmo, feita por alguém que não apresentava a doença.

— O lobo mau em mim está ganhando. – Jack pareceu triste.

— Não precisa ser assim – disse Chris. – Nana Bets dizia que o lobo que ganha é o lobo que você alimenta. O lobo mau se alimenta de raiva, culpa, tristeza, mentira e arrependimento. Já a dieta do lobo bom é de amor e honestidade, temperados com grandes colheradas de compaixão e fé. Ou seja, se quiser que o lobo bom vença, você terá que deixar o outro passar fome.

— E se eu não conseguir parar de alimentar o lobo mau? – Jack pareceu preocupado. – E se eu falhar, o que acontece?

— Você não vai falhar – disse Matthew, com firmeza.

— Não deixaremos você falhar – disse Chris balançando a cabeça. – Somos cinco nesta sala. Sem chance para o lobo mau.

— Cinco? – sussurrou Jack, passando os olhos por Matthew, Gallowglass, Hubbard e Chris. – Vocês vão me ajudar?

— Cada um de nós – disse Chris, pegando a mão de Jack e balançando a cabeça em afirmativa.

Matthew pousou a mão em cima das outras mãos em obediência.

– Todos por um e tudo mais. – Chris voltou-se para Gallowglass. – O que está esperando? Junte-se a nós.

– Bah. Os mosqueteiros eram todos idiotas. – Gallowglass caminhou em direção ao grupo de cenho franzido. Apesar das palavras de desprezo, o sobrinho de Matthew pôs mão em cima das outras mãos. – Não diga nada para Baldwin, jovem Jack, ou darei a esse seu lobo mau uma dose dupla de jantar.

– E você, Andrew? – Chris o interpelou no outro lado da sala.

– Acho que o ditado diz *"un pour tous, tous pour un"* e não "todos por um e tudo mais".

Matthew fez uma careta. Embora corretas, as palavras de Hubbard com o sotaque de East End de Londres tornava-as praticamente ininteligíveis. Philippe deveria ter enviado um tutor francês junto com o violoncelo.

A mão esquálida de Hubbard foi a última a juntar-se à pilha. Matthew considerou o movimento do polegar do padre de cima para baixo e depois da direita para a esquerda como se concedendo uma bênção para aquele estranho pacto. Formavam um bando improvável, pensou Matthew: três criaturas associadas pelo sangue, uma quarta, pela lealdade, e uma quinta que se juntava às outras sem nenhum motivo aparente senão o de ser um bom homem.

O que ele esperava é que juntos pudessem ajudar na cura de Jack.

No rescaldo de sua atividade furiosa, Jack quis falar. Sentou-se com Matthew e Hubbard na sala de estar e, cercado do passado, transferiu o peso de algumas de suas experiências angustiantes para os ombros de Matthew. A respeito de Benjamin, no entanto, não disse uma única palavra. Isso não surpreendeu Matthew. De que forma as palavras poderiam expressar o horror que Jack sofrera nas mãos de Benjamin?

– Vamos, Jackie – Gallowglass o interrompeu, segurando a coleira de Lobero. – O Esfregão precisa de uma caminhada.

– Eu também quero um pouco de ar fresco. – Andrew se desenrolou de uma insólita poltrona vermelha que mais parecia uma peça de escultura moderna, se bem que Matthew achava que era surpreendentemente confortável.

Depois que a porta da frente se fechou, Chris chegou à sala de estar com uma xícara de café. Matthew se perguntou como alguém poderia sobreviver com tanta cafeína nas veias.

– Falei com seu filho esta noite, seu outro filho, Marcus. – Chris sentou-se na cadeira de fazenda, como sempre. – Cara legal. Inteligente também. Você deve ter um baita orgulho dele.

– Tenho, sim – disse Matthew cauteloso. – Por que Marcus telefonou?

– Nós é que telefonamos para ele. – Chris tomou um gole do café. – Miriam achou que ele precisava ver o vídeo. Ele viu e concordou que devemos ter um pouco mais de sangue do Jack. Pegamos duas amostras.

– Vocês *o quê*? – Matthew ficou horrorizado.

– Hubbard me deu permissão. É o parente mais próximo de Jack – respondeu Chris com toda calma.

– Acha mesmo que esse tipo de consentimento me preocupa? – Matthew quase não conseguiu manter seu temperamento sob controle. – Tirar sangue de um vampiro no auge de uma crise da ira do sangue, você podia ter morrido.

– Foi uma ótima oportunidade para acompanhar as mudanças químicas no corpo de um vampiro no início de uma crise da ira do sangue – disse Chris. – Uma informação necessária se quisermos ter uma chance de conseguir um medicamento que possa atenuar os sintomas.

Matthew franziu o cenho.

– Atenuar os sintomas? Nós estamos à procura de uma cura.

Chris se abaixou, pegou uma pasta e estendeu para Matthew.

– Últimas descobertas.

Tanto Hubbard como Jack tinham cedido saliva e amostras de sangue. Embora tivessem se apressado em participar do processo, a data para o relatório do genoma de ambos ainda estava incerta. Matthew pegou a pasta com a ponta dos dedos por temer o que poderia encontrar lá dentro.

– Sinto muito, Matthew – disse Chris, com pesar sincero.

Matthew correu os olhos nos resultados enquanto virava as páginas.

– Marcus identificou. Ninguém mais conseguiria. Não estávamos procurando no lugar certo – explicou Chris.

Matthew não conseguiu absorver o que estava vendo. Aquilo mudava... tudo.

– Jack tem mais gatilhos no DNA não codificante que você. – Chris fez uma pausa. – Preciso lhe perguntar, Matthew. Você tem certeza de que pode confiar em Jack perto da Diana?

Antes que Matthew pudesse responder, a porta da frente se abriu, sem a zoeira habitual que acompanhava a aparição de Jack, nem o assobio alegre de Gallowglass e nem o sermão piedoso de Andrew. Só se ouviu um ganido baixinho de Lobero.

As narinas de Matthew se abriram e ele se pôs de pé, os resultados dos testes espalharam-se ao redor. E ele disparou até a porta de entrada como um raio.

– Que diabos? – disse Chris seguindo-o.

– Encontramos alguém enquanto estávamos caminhando – disse Gallowglass conduzindo um Lobero relutante para dentro de casa.

21

— Mexa-se – ordenou Baldwin, segurando Jack pelo cangote. Matthew já tinha visto aquela mão arrancar a cabeça de outro vampiro.

Jack não testemunhara o episódio brutal, mas sabia que se encontrava do mesmo jeito sob a misericórdia de Baldwin. Além de pálido e de olhos arregalados, o rapaz estava com as pupilas negras e dilatadas. E não surpreendeu que tivesse obedecido a Baldwin sem hesitação.

Lobero também pressentiu isso. Embora ainda seguro pela coleira, o cachorro rodeava os pés de Gallowglass de olhos fixos no seu dono.

— Está tudo bem, Esfregão – sussurrou Jack para o seu cachorro, sem convencê-lo disso.

— Algum problema, Matthew? – Chris se aproximou tanto que sentiu a respiração de Matthew.

— Sempre há problemas – disse Matthew amarrando a cara.

— Vá para casa – disse Jack para Chris. – Leve o Esfregão com você e ... – Jack se deteve estremecido. O sangue escorreu do hematoma escuro deixado no pescoço dele pelos dedos de Baldwin.

— Eles ficam – afirmou Baldwin sibilando.

Jack cometera um erro estratégico. O prazer de Baldwin era destruir aquilo que outros amavam. Talvez alguma experiência do passado tivesse moldado esse impulso, embora Matthew não fizesse ideia do que poderia ter sido. Baldwin nunca deixaria Chris sair junto com Esfregão naquela hora. Nunca faria isso até que obtivesse o que pretendia.

— E aqui você não dá ordens. Você as acata. – Baldwin teve o cuidado de manter o rapaz entre ele e Matthew enquanto o empurrava para a sala de estar. Era uma tática devastadoramente simples e eficaz que trazia de volta dolorosas lembranças.

Jack não é Eleanor, disse Matthew para si mesmo. Jack também era um vampiro. Mas era sangue de Matthew, e Baldwin poderia usá-lo para obter a obediência de Matthew.

– Essa sua proeza na praça será seu último desafio a mim, seu vira-lata. – Nos ombros da camisa de Baldwin se viam marcas de dentes, além das gotas de sangue por todo o tecido rasgado.

Cristo. Jack tinha mordido Baldwin.

– Mas eu não sou seu. – Jack se desesperou. – Diga a ele que pertenço a você, Matthew!

– E a quem você acha que Matthew pertence? – sussurrou Baldwin no ouvido de Jack em silenciosa ameaça.

– A Diana. – Jack rosnou enquanto girava em torno do seu captor.

– Diana? – A risada de Baldwin era de zombaria, e o golpe que Jack recebeu teria nocauteado um sangue-quente com o dobro do tamanho e do peso dele. Isso o levou a dobrar os joelhos sobre o piso de madeira dura. – Venha aqui, Matthew. E cale esse cachorro.

– Repudie Jack na frente do senhor De Clermont e o verei no inferno pessoalmente – sussurrou Hubbard agarrando Matthew pela manga de passagem.

Matthew o olhou com frieza e o fez abaixar o braço.

– Deixe-o ir. Ele é meu sangue – disse Matthew, postando-se na sala. – E depois volte para Manhattan que é seu lugar, Baldwin.

– Oh! – exclamou Chris, com um tom que sugeria que finalmente ele via a luz. – É claro. Você vive no Central Park, não é?

Baldwin não respondeu. Na realidade, ele era proprietário de grande parte daquele trecho da Quinta Avenida e sempre estava de olho atento em seus investimentos. Inclusive expandira recentemente o seu terreno de caça no Meatpacking District, incrementando discotecas para complementar os açougues, mas via de regra preferia não residir onde se alimentava.

– Não é à toa que você é esse filho da puta cheio de títulos – acrescentou Chris. – Bem, amigo, agora você está em New Haven. E aqui jogamos com regras diferentes.

– Regras? – disse Baldwin. – Em New Haven?

– Sim. Todos por um e tudo mais. – Era o chamado de Chris às armas.

Matthew estava tão próximo que sentiu a dilatação dos músculos de Chris e já estava de sobreaviso quando a pequena faca passou por sua orelha. Além de fina a lâmina era tão insignificante que mal teria danificado a pele de um ser humano e muito menos a pele dura de Baldwin. Matthew interceptou-a no ar e apertou-a entre as pontas dos dedos antes que pudesse atingir o alvo. Chris fez uma careta de censura e Matthew sacudiu a cabeça em negativa.

– Não. – Matthew podia ter deixado Chris desferir uma boa porrada na cara do outro, mas Baldwin tinha uma vista estreita em relação aos privilégios cedidos para os sangues-quentes. Ele então se voltou para Baldwin. – Saia daqui. Jack é meu sangue, e meu problema.

– E perder toda a diversão? – Baldwin inclinou a cabeça de Jack para o lado. E Jack o fulminou com um olhar negro e mortal. – Quanta semelhança, Matthew.

– Ainda bem que sim – disse Matthew em tom frio e sorrindo apertado para Jack enquanto assumia a guia de Lobero, tirando-a de Gallowglass. O cão se acalmou na mesma hora. – Baldwin deve estar com sede. Ofereça-lhe uma bebida, Gallowglass.

Talvez isso adoçasse o humor de Baldwin e deixasse Jack a uma distância segura. Matthew poderia mandá-lo para a casa de Marcus junto com Hubbard. Essa alternativa era melhor que a casa de Diana na Court Street. Se sua esposa sentisse a presença de Baldwin, ela se municiaria com um dragão de fogo e um raio na Wooster Square.

– A despensa está abarrotada – disse Gallowglass. – Café, vinho, água, sangue. Mas posso providenciar um pouco de cicuta e mel, se você preferir, tio.

– Apenas esse rapaz pode saciar a minha sede. – Sem aviso ou preâmbulo, Baldwin enfiou os dentes no pescoço de Jack. Uma mordida selvagem e deliberada.

Era uma justiça entre vampiros – rápida, inflexível, sem remorsos. Pelas infrações menores, a punição do senhor consistia apenas em uma exibição pública de submissão. Por intermédio do sangue o senhor recebia um filete dos pensamentos e lembranças íntimas de seu descendente. O ritual despia a alma do vampiro submetido e o deixava vergonhosamente vulnerável. Da mesma forma que a caça, a aquisição de segredos de outra criatura pelos meios à mão alimentava a parte da alma do vampiro que sempre estava à procura de mais.

Pelas ofensas mais significativas, o ritual de submissão era seguido de morte. O assassinato de outro vampiro, além de ser física, emocional e espiritualmente desgastante, também era devastador. Por isso, a maioria dos reprodutores de outros vampiros nomeava um dos parentes para fazer isso. Embora ao longo dos séculos Philippe e Hugh tivessem polido a fachada dos De Clermont com raro brilho, Matthew era quem realizava todo o trabalho sujo da casa.

Ele conhecia as centenas de maneiras de matar um vampiro. Podia beber o vampiro todo até secá-lo, como tinha feito com Philippe. Podia levar o vampiro ao enfraquecimento físico, liberando-o lentamente de todo o sangue até deixá-lo no temido estado de suspensão conhecido como escravidão. Impossibilitado de reagir, o vampiro podia ser torturado para confessar ou receber a misericordiosa permissão de morrer. Ainda havia a decapitação e a evisceração, mas alguns preferiam o método mais antigo de perfuração da caixa torácica e extração do coração. Podia-se também cortar a carótida e a aorta, um método que a adorável assassina Juliette tentara sem êxito com Gerbert.

Matthew orou para que a tomada do sangue e das memórias de Jack fosse suficiente para Baldwin naquela noite.

Tarde demais, ele lembrou que as memórias de Jack guardavam contos ainda não contados.

Tarde demais, ele sentiu o odor de madressilva e de tempestades de verão.

Tarde demais, ele viu Diana soltar Corra.

O dragão de fogo ergueu-se dos ombros de Diana e alçou voo. Mergulhou aos gritos em direção a Baldwin, com as garras estendidas e as asas em chamas. Com a mão livre, Baldwin pegou o dragão de fogo pelo pé e o arremessou contra uma parede a certa distância. O impacto amassou a asa de Corra e fez Diana se dobrar agarrada ao próprio braço em dor súbita, mas isso não abalou a determinação dela.

– Tire suas mãos. Tire. Do meu filho. – A pele de Diana brilhou e o imperceptível nimbo que se tornava perceptível sem o feitiço de disfarce se afigurou em luz prismática. Um arco-íris colorido emergiu da pele de Diana – não apenas das mãos, mas também dos braços e retorcendo-se em espiral ao longo dos tendões do pescoço, como se cordas tivessem se estendido dos dedos pelo corpo inteiro.

Lobero se precipitou até a extremidade da guia na tentativa de alcançar o dragão de fogo e Matthew então soltou a guia. Lobero se agachou sobre Corra, lambendo-lhe o rosto e empurrando-a com o focinho a fim de ajudá-la a se levantar e ajudar Diana.

Mas Diana não precisava de ajuda – nem de Matthew nem de Lobero e nem mesmo de Corra. A esposa de Matthew aprumou-se e estendeu a mão esquerda com a palma e os dedos virados para baixo. As tábuas de madeira se fragmentaram e reassumiram a forma de grossas estacas que se ergueram e se enroscaram em torno dos pés de Baldwin, mantendo-o no mesmo lugar. Espinhos longos, afiados e letais emergiram dos brotos, cavando através das roupas e da carne dele.

Diana olhou fixamente para Baldwin, estendeu a mão direita e puxou. O pulso de Jack moveu-se para fora e para o lado, como se preso a ela. O resto do corpo acompanhou o movimento e um segundo depois ele estava deitado sobre um montículo no solo, fora do alcance de Baldwin.

Adotando uma postura semelhante à de Lobero, Matthew debruçou-se sobre o corpo de Jack para protegê-lo.

– Chega, Baldwin. – A mão de Matthew cortou o ar.

– Sinto muito, Matthew. Ele chegou do nada e seguiu direto até Gallowglass. Quando sou surpreendido... – sussurrou Jack ainda no chão, estremecendo em seguida com os joelhos encolhidos no peito. – Eu não sabia quem era ele.

Miriam entrou na sala. Esquadrinhou a cena e assumiu o comando. Apontou para Gallowglass, Hubbard e Jack, e depois olhou preocupada para Diana, que estava imóvel e sem piscar, como se tivesse criado raízes na sala de estar.

– Jack está bem? – perguntou Chris, com a voz tensa.

– Ele vai ficar bem. Todo vampiro vivo é mordido pelo dono ao menos uma vez – disse Miriam, tentando aquietar a mente. Chris não pareceu reconfortado com essa revelação sobre a vida familiar da criatura.

Matthew ajudou Jack a se levantar. A marca da mordida no pescoço era superficial e a cura seria rápida, mas naquele momento parecia horrível. Matthew acariciou-a para garantir a Jack que ele ficaria bem, como Miriam prometera.

– Você está vendo Corra? – perguntou Matthew para Miriam enquanto entregava Jack para Gallowglass e Hubbard.

Miriam assentiu com a cabeça.

Matthew atravessou a sala em segundos e agarrou Baldwin pela garganta.

– Eu quero sua palavra de que sairá daqui, se Diana permitir, sem encostar um só dedo nela pelo que aconteceu aqui esta noite. – Os dedos de Matthew apertaram ainda mais a garganta. – Do contrário o matarei, Baldwin. Não tenha dúvida sobre isso.

– Ainda não terminamos aqui, Matthew – disse Baldwin.

– Eu sei. – Matthew olhou no fundo dos olhos do irmão até receber um aceno afirmativo de cabeça.

Depois, voltou-se para Diana cuja pele ainda pulsava de cores. Isso o fez se lembrar da bola brilhante de energia presenteada por ela em Madison, antes que ambos soubessem que ela era uma tecelã. As cores brilhavam intensamente nos dedos dela, como se a magia estivesse prestes a ser lançada. Matthew sabia o quão imprevisível era a sua própria ira do sangue quando estava perto de vir à tona e por isso tratou a esposa com cautela.

– Diana? – Ele delicadamente puxou o cabelo dela para trás, em busca dos olhos azuis e dourados daquele rosto como sinal de reconhecimento. Em vez disso, aqueles olhos fixavam algum ponto invisível do infinito. Ele mudou de tática, tentando trazê-la de volta para o aqui e agora.

– Jack já está com Gallowglass e Andrew, *ma lionne*. Baldwin não irá feri-lo esta noite. – Matthew escolheu as palavras com muito cuidado. – É melhor levá-lo de volta para casa.

Chris deu um passo à frente a fim de protestar.

– Talvez Chris vá com você – continuou Matthew suavemente. – Corra e Lobero também.

– Corra – balbuciou Diana com um brilho nos olhos, mas nem mesmo a preocupação com o dragão de fogo quebrou aquele olhar hipnotizado.

Matthew perguntou se ela estava vendo alguma coisa que os outros não viam, e por que isso exercia uma atração tão poderosa sobre ela. Isso o fez sentir uma perturbadora pontada de ciúme.

– Miriam está com Corra. – Ele se viu incapaz de desviar os olhos do azul-marinho profundo dos olhos da esposa.

– Baldwin... machucou-a. – Diana pareceu confusa, como se tivesse esquecido que os vampiros não eram como as outras criaturas. Ela distraidamente esfregou o braço.

Justamente quando Matthew pensava em alguma coisa que pudesse trazê-la à razão, a ira de Diana tomou-a novamente. Ele pôde sentir o cheiro disso... prová-lo.

– Ele machucou Jack. – Os dedos de Diana se abriram em espasmos repentinos.

Já não mais preocupado com a ideia de que estava entre uma tecelã e o poder que ela exercia, Matthew segurou os dedos dela antes que pudessem operar a magia.

– Baldwin permitiu que você leve Jack para casa. Em troca, você tem que liberá-lo. Não podemos ter vocês dois em guerra. A família não sobreviveria a isso. – Pelo que ele tinha visto naquela noite, Diana era tão persistente quanto Baldwin quando se tratava de destruir obstáculos no caminho.

Matthew ergueu as mãos de Diana e beijou-lhe docemente os dedos.

– Lembra de quando falamos de nossos filhos em Londres? Falamos do que iriam precisar.

Isso chamou a atenção de Diana. *Finalmente*, ela olhou para ele.

– Amor – sussurrou. – Um adulto para assumir a responsabilidade por eles. Um lugar macio para pousar.

– Isso mesmo. – Matthew sorriu. – Jack precisa de você. Libere Baldwin do seu feitiço.

A magia de Diana cedeu após um tremor que a atravessou dos pés à cabeça. Ela sacudiu os dedos em direção a Baldwin. Os espinhos se desprenderam da pele do vampiro e as estacas afrouxaram e se retraíram de volta ao assoalho estilhaçado ao redor. Logo ele estava livre e a casa de Gallowglass devolvida a sua normalidade desencantada.

O feitiço ainda se desfazia lentamente quando Diana seguiu até Jack e o segurou pelo rosto. A pele do pescoço já cicatrizava, mas levaria dias para se curar por inteiro. Os lábios carnudos de Diana tornaram-se uma linha fina.

– Não se preocupe – disse-lhe Jack, cobrindo o ferimento com recato.

– Vamos lá, Jackie. Eu e Diana o levaremos para Court Street. Você deve estar faminto. – Gallowglass pôs a mão no ombro de Jack a essa altura exausto, embora disfarçando para não preocupar Diana.

– Corra. – Diana acenou. O dragão de fogo saiu mancando em direção a ela e readquirindo as forças enquanto se aproximava. Quando a tecelã e o dragão de fogo estavam prestes a se tocar, ele desapareceu na invisibilidade à medida que ambos se fundiam.

– Deixe Chris levá-la para casa – disse Matthew, interpondo-se com seu corpanzil entre a esposa e as imagens perturbadoras nas paredes. Felizmente, ela estava muito cansada para mais do que uma rápida olhadela.

Matthew sentiu-se feliz quando viu que Miriam reunira todos da casa, menos Baldwin. Chris, Andrew, Lobero e Miriam amontoavam-se na entrada à espera de Diana, Gallowglass e Jack. Quanto mais criaturas apoiassem o rapaz, melhor.

Assistir a eles partirem tomou cada grama do controle de Matthew. Foi preciso muita força para encorajar Diana com um aceno quando ela se virou para olhá-lo outra vez. Só depois que o grupo desapareceu em meio às casas da Court Street é que ele se voltou para Baldwin.

Seu irmão observava a última seção dos murais, com a camisa salpicada de manchas escuras onde os dentes de Jack e as estacas de Diana haviam-lhe perfurado a pele.

– Jack é o vampiro assassino. Vi nos pensamentos dele, e agora vejo ali nas paredes. Nós o procuramos por mais de um ano. Como ele conseguiu escapar da Congregação por todo esse tempo? – perguntou Baldwin.

– Ele estava com Benjamin. Ou seja, fugindo. – Matthew se esquivou de olhar para as terríveis imagens que cercavam os descarnados traços de Benjamin. Não eram mais hediondas, pensou consigo, que muitos outros atos brutais perpetrados pelos vampiros ao longo dos anos. O que as tornava insuportáveis era o fato de que tinham sido feitas por Jack.

– Jack tem que ser detido. – O tom de Baldwin soou incisivo.

– Deus me perdoe. – Matthew abaixou a cabeça.

– Philippe estava certo. Seu cristianismo realmente o deixa perfeito demais para o seu trabalho – Baldwin bufou. – Que outra fé promete lavar os pecados com uma simples confissão?

Infelizmente, Baldwin nunca entendera o conceito de expiação. Ele tinha uma visão puramente transacional sobre a fé de Matthew – vai-se à igreja, confessa-se e sai-se como um homem limpo. Mas a salvação era mais complicada. Philippe só entendera isso no final, se bem que passou muito tempo achando que a constante busca de Matthew pelo perdão era irritante e irracional.

– Você sabe muito bem que não há lugar para ele entre os De Clermont... e muito menos se a doença dele é tão grave quanto essas imagens sugerem. – Baldwin viu em Jack o que Benjamin também via: uma arma perigosa passível de ser moldada e torcida até se tornar o mais letal possível. Ao contrário de Benjamin, Baldwin tinha uma consciência, de modo que não usaria a arma que lhe chegara inesperadamente às mãos, nem permitiria que fosse usada por outro.

Matthew permaneceu de cabeça baixa, sobrecarregado de lembranças e arrependimentos. Já esperava as palavras seguintes de Baldwin, mas sentiu-as como um golpe.

– Mate-o – ordenou o chefe da família De Clermont.

Quando Matthew voltou para casa, a porta vermelha com acabamento branco e frontão preto estava completamente aberta.

Diana o esperava de roupa trocada, usando um dos seus velhos cardigãs que além de empacotá-la contra o frio atenuava o cheiro das pessoas com quem tinha entrado em contato naquela noite. Mesmo assim, Matthew beijou-a de maneira rude e possessiva e afastou-se um tanto relutante.

– O que há de errado? – Os dedos de Diana seguraram a ponta da flecha de Philippe. Um gesto que era um sinal seguro de que a ansiedade dela estava subindo. As manchas coloridas na ponta dos dedos confirmavam isso, tornando-se cada vez mais visíveis a cada momento que passava.

Matthew olhou para o alto na esperança de encontrar alguma orientação. Mas o céu estava totalmente desprovido de estrelas. Sua parte razoavelmente humana sabia que isso se devia às luzes brilhantes da cidade e à lua cheia daquela noite. Contudo, sem nada para orientá-lo naquele lugar e sem placas para indicar o caminho, o vampiro dentro dele se alarmou por instinto.

– Vamos. – Matthew puxou o casaco de Diana da cadeira do saguão, pegou-a pela mão e a fez descer os degraus da entrada.

– Para onde vamos? – ela perguntou, lutando para não sair.

– Para algum lugar onde a gente possa ver as estrelas – respondeu Matthew.

22

Matthew seguiu de carro rumo norte e oeste e saiu da cidade com Diana ao lado. Estranhamente, dirigiu com muita rapidez e em menos de quinze minutos os dois estavam numa rua tranquila enfiada à sombra dos picos conhecidos na região como o Gigante Adormecido. Matthew entrou por uma alameda igualmente escura em busca de um lugar para estacionar e desligou a ignição do veículo. A luz de uma varanda acendeu-se e um homem idoso estreitou os olhos para a escuridão.

– É você, sr. Clairmont? – A voz do homem era debilitada e aguda, mas os olhos mostravam uma inteligência aguçada.

– Sou eu, sim, sr. Phelps – disse Matthew, balançando a cabeça e circulando o carro para ajudar Diana a descer. – Eu e minha esposa vamos para a casa de campo.

– Prazer em conhecê-la, senhora – disse Phelps, levando a mão à testa. – O sr. Gallowglass me ligou para avisar que talvez vocês parassem aqui para verificar as coisas. Era para que não me preocupasse se ouvisse alguém aqui fora.

– Sinto muito por termos acordado o senhor – disse Diana.

– Sou um homem velho, sra. Clairmont. Hoje em dia quase não fecho mais os olhos. Acho que só vou dormir quando estiver morto – disse Phelps, com uma risada ofegante. – Vocês encontrarão tudo de que precisam na montanha.

– Obrigado por cuidar do lugar – disse Matthew.

– É uma tradição de família – disse o sr. Phelps. – Vocês encontrarão o Ranger do sr. Whitmore estacionado perto do galpão, se não quiserem usar o meu velho Gator. Não acredito que sua esposa vai querer andar até lá. Os portões do parque estão fechados, mas o senhor sabe como entrar. Tenham uma boa noite.

O sr. Phelps voltou para dentro e a porta de tela que bateu no batente da porta principal soou como um encaixe de alumínio e malha.

Matthew conduziu Diana pelo braço em direção ao que parecia ser um misto de carrinho de golfe com insólitos pneus robustos e um buggy próprio para atravessar dunas. Ele só a soltou quando cortornou o veículo e entrou.

O portão do parque era tão bem escondido que parecia quase invisível, e a trilha de terra que servia de estrada estava apagada e sem sinalização, porém Matthew encontrou ambos com facilidade. Fez algumas curvas fechadas e depois uma subida progressiva que ladeava a montanha, passou pela margem de uma floresta densa e depois chegou a um campo aberto com uma casinha de madeira enfiada sob as árvores. As luzes acesas lá dentro deixavam-na dourada e convidativa, como a cabana de um conto de fadas.

Matthew estacionou o Ranger de Marcus, puxou o freio e respirou fundo, nutrindo-se dos odores noturnos do pinheiro e do orvalho no gramado. Abaixo, um vale aparentemente sombrio o fez se perguntar se era o seu próprio humor ou o luar prateado que o deixava tão pouco acolhedor.

– O terreno é irregular. Não quero que você caia. – Matthew estendeu a mão para Diana, deixando-lhe a escolha de pegá-la ou não.

Depois de um olhar preocupado, ela o segurou pela mão. Ele observou o horizonte sem pensar em novas ameaças. E em seguida desviou os olhos para o céu.

– A lua está brilhante esta noite – meditou. – Mesmo daqui é difícil ver as estrelas.

– Isso porque é Mabon – disse Diana calmamente.

– Mabon? – Matthew olhou assustado.

Ela balançou cabeça.

– Faz um ano que você entrou na Biblioteca Bodleiana e atingiu direto o meu coração. Embora ainda não nos conhecêssemos, logo que essa sua boca perversa sorriu e que nossos olhos se reconheceram, eu soube que minha vida nunca mais seria a mesma.

As palavras de Diana aliviaram momentaneamente a implacável agitação que a ordem de Baldwin e as notícias de Chris haviam causado em Matthew, e por um breve instante o mundo colocou-se entre ausência e desejo, entre sangue e medo e entre calor de verão e profundeza gelada de inverno.

– O que há de errado? – Diana tentou decifrar o rosto de Matthew. – Jack? A ira do sangue? Baldwin?

– Sim. Não. De certa forma. – Matthew passou as mãos no cabelo e girou o corpo para evitar o olhar afiado de Diana. – Baldwin sabe que Jack matou aqueles sangues-quentes na Europa. Já sabe que Jack é o vampiro assassino.

— Certamente não é a primeira vez que a sede de sangue de um vampiro resulta em mortes inesperadas — ela disse, tentando apaziguar os ânimos.

— Dessa vez é diferente. — Não havia maneira fácil de dizer o que foi dito. — Baldwin ordenou que eu matasse Jack.

— Não. Eu o proíbo. — As palavras de Diana ecoaram e um vento soprou do leste. Ela se virou e, quando se viu agarrada, fez força para se soltar, lançando um redemoinho de ar cinzento amarronzado que uivou ao redor de seus pés.

— Não se afaste de mim. — Ele não sabia se conseguiria se controlar se ela agisse assim. — Você precisa ouvir a razão.

— Não. — Ela ainda tentou evitá-lo. — Você não pode desistir de Jack. Ele não vai ter a ira do sangue para sempre. Você vai encontrar uma cura.

— A ira do sangue não tem cura. — Matthew teria dado a vida para mudar esse fato.

— O quê? — O choque de Diana era evidente.

— Estamos trabalhando com novas amostras de DNA. Só agora conseguimos traçar uma linhagem das diversas gerações que se estendem para além de Marcus. Chris e Miriam rastrearam o gene da ira do sangue a partir de Ysabeau e passando por mim e Andrew até chegar em Jack.

Finalmente, Matthew conseguia a atenção completa de Diana.

— A ira do sangue é uma anomalia de desenvolvimento — ele continuou. — Há um componente genético, mas aparentemente o gene da ira do sangue se desencadeia de alguma coisa em nosso DNA não codificante. Eu e Jack temos essa coisa. *Maman*, Marcus e Andrew, não.

— Não entendi — ela sussurrou.

— Durante o meu renascimento alguma coisa no meu DNA não codificante humano reagiu à nova informação genética inundando o meu sistema — disse Matthew pacientemente. — Sabemos que os genes dos vampiros são brutais... eles deixam de lado o que é humano para dominar as células recém-modificadas. Mas não substituem tudo. Se o fizessem, eu e Ysabeau teríamos genomas idênticos. Em vez disso, sou filho dela... uma combinação dos ingredientes genéticos que herdei dos meus pais humanos e também de Ysabeau.

— Então, você tinha a ira do sangue *antes* de Ysabeau fazê-lo vampiro? — Diana pareceu compreensivelmente confusa.

— Não. Mas tinha os gatilhos do gene da ira do sangue necessários para se expressar — disse Matthew. — Marcus identificou o DNA não codificante específico que segundo ele desempenha um papel.

— Naquilo que ele chama de DNA lixo? — ela perguntou.

Matthew assentiu.

– Então, a cura ainda é possível – insistiu Diana. – Em poucos anos...

– Não, *mon coeur*. – Matthew não podia alimentar a esperança de Diana. – Quanto mais compreendermos o gene da ira do sangue e os genes não codificantes, mais chances de tratamento haverá. Mas não é uma doença que possa ser curada. Nossa única esperança é obstruí-la e, se Deus quiser, atenuar os sintomas.

– Até que vocês consigam isso, você pode ensinar para Jack como controlá-la. – O rosto de Diana permaneceu riscado por linhas de teimosia. – Não é necessário matá-lo.

– Os sintomas de Jack são bem piores que os meus. Ele possui os fatores genéticos que desencadeiam a doença em níveis muito mais elevados. – Matthew piscou os olhos, talvez para repelir as lágrimas de sangue que estavam se formando. – Ele não vai sofrer. Eu prometo.

– Mas *você* vai. Você não diz que eu pago um preço por lidar com questões de vida e morte? Pois é, você também. Jack vai morrer, mas você continuará vivendo e vai odiar a si mesmo – disse Diana. – Pense no que a morte de Philippe lhe custou.

Matthew pensou em outra coisa. Ele matara outras criaturas depois da morte do pai, mas apenas por conta própria. Até aquela noite Philippe fora o último De Clermont a lhe ordenar que matasse. E a morte de Philippe fora ordenada pelo próprio Philippe.

– Jack está sofrendo, Diana. A morte seria um fim para isso. – Matthew usou as mesmas palavras que Philippe usara para convencer a esposa a admitir o inevitável.

– Para ele, talvez. Não para nós. – Diana levou a mão ao ventre. – Os gêmeos podem ser portadores da ira do sangue. Você vai matá-los também?

Ela esperou que ele negasse, que dissesse que ela estava louca por pensar numa coisa dessas. Mas ele não o fez.

– Quando a Congregação descobrir o que Jack fez... e isso é uma questão de tempo, eles o matarão. E não darão a mínima para o quão assustado ele esteja ou para a dor que poderão causar. Antes de chegar a esse ponto, Baldwin tentará matá-lo para manter a Congregação fora dos negócios da família. Se Jack tentar fugir, poderá cair nas mãos de Benjamin. Se isso acontecer, Benjamin exigirá uma terrível vingança pela traição de Jack. E nesse caso a morte seria uma bênção. – O rosto e a voz de Matthew se mostraram impassíveis, mas a agonia que cruzou os olhos de Diana o assombraria para sempre.

– Então, Jack vai sumir. Vai para muito longe, para onde ninguém possa encontrá-lo.

Matthew sufocou a impaciência. Ele sabia que Diana era teimosa desde o primeiro instante em que a conheceu. Essa era uma das razões que o levavam a amá-la, embora às vezes isso o perturbasse.

– Nenhum vampiro consegue sobreviver solitário. Tal como os lobos, nós enlouquecemos quando não fazemos parte de uma matilha. Pense em Benjamin, Diana, e no que aconteceu quando o abandonei.

– Nós iríamos com ele. – Ela estava fazendo de tudo para salvar Jack.

– Isso apenas facilitaria a caçada de Benjamin ou da Congregação.

– Então, você precisa estabelecer uma descendência imediatamente, como sugeriu Marcus – disse Diana. – Jack terá uma família inteira para protegê-lo.

– Se eu fizesse isso, teria que reconhecer Benjamin, deixando tanto a minha ira do sangue como a de Jack expostas. Isso colocaria Ysabeau e Marcus em terrível perigo... e também os gêmeos. E não seriam apenas eles a sofrer, caso ficássemos contra a Congregação sem o apoio de Baldwin. – A respiração de Matthew tornou-se irregular. – Pelo fato de você estar comigo... como minha consorte, a Congregação exigiria a sua rendição e a minha.

– Rendição? – repetiu Diana debilmente.

– Isso é uma guerra, Diana. Isso é o que acontece com as mulheres que lutam. Você ouviu a história de minha mãe. Acha mesmo que seu destino seria diferente nas mãos dos vampiros?

Ela balançou a cabeça em negativa.

– Você tem que acreditar em mim; estaremos bem melhor como membros da família de Baldwin do que da nossa – ele insistiu.

– Você está errado. Nem os gêmeos nem eu estaremos totalmente seguros sob o comando de Baldwin. Nem Jack. A única maneira possível de seguirmos em frente é sob o nosso próprio teto. Qualquer outra alternativa só nos leva de volta ao passado – afirmou Diana. – E sabemos por experiência própria que o passado nunca é mais do que um alívio temporário.

– Se eu fizesse isso, nem tente imaginar as forças que se reuniriam contra nós. Qualquer coisa que meus filhos e meus netos fizeram ou vierem a fazer baterá à minha porta sob a lei dos vampiros. Assassinatos de vampiros? Eu é que os cometi. Maldades de Benjamin? Eu é que sou culpado. – Matthew tinha que fazer Diana entender o que uma decisão como aquela poderia custar.

– Eles não podem culpá-lo por aquilo que Benjamin e Jack fizeram – Diana protestou.

– Podem, sim. – Matthew embalou as mãos dela entre as suas. – Fui eu que fiz Benjamin. Se não o tivesse feito, nenhum desses crimes teria ocorrido. Como pai de Benjamin e avô de Jack, era meu dever controlá-los, se fosse possível, ou matá-los, se não conseguisse controlá-los.

– Isso é barbárie. – Diana puxou as mãos, deixando-lhe sentir o poder que lhe queimava sob a pele.

– Não, isso é honra de vampiro. Os vampiros conseguem sobreviver entre os sangues-quentes por conta de três sistemas de crença: direito, honra e justiça. Hoje à noite você testemunhou como a justiça dos vampiros atua – disse Matthew. – É rápida... e brutal. Se eu ficar como senhor de minha prole, também terei que administrá-la.

– Melhor você do que Baldwin – ela retrucou. – Com ele no comando sempre me perguntarei quando é que ele vai se cansar de proteger a mim e aos gêmeos e ordenar nossas mortes.

Diana tinha razão. Mas isso deixava Matthew em uma situação insustentável. Para salvar Jack, ele teria que desobedecer a Baldwin. Se fizesse isso, ele não teria outra escolha senão tornar-se senhor de sua própria prole. Consequentemente, teria que impor sua liderança a um bando de vampiros rebeldes. Isso os levaria ao risco do seu próprio extermínio e deixaria exposta a ira do sangue em suas fileiras. Seria um processo sangrento, violento e complicado.

– Por favor, Matthew – ela sussurrou. – Eu lhe imploro: não siga a ordem de Baldwin.

Ao observar a dor e o desespero nos olhos da esposa, seria impossível para ele dizer não.

– Muito bem – ele disse ainda relutante. – Vou para Nova Orleans... com uma condição.

O alívio de Diana era evidente.

– Qualquer coisa. Diga.

– Você não vai comigo. – Matthew manteve a voz firme, mas a simples menção a colocar-se distante de sua companheira já foi suficiente para ativar o fluxo da ira do sangue em suas veias.

– Não se atreva a me pedir para ficar aqui! – Ela queimou de raiva.

– Você não poderá ficar comigo enquanto eu estiver fazendo o que farei. – Séculos de prática possibilitavam o controle dos sentimentos a Matthew, a despeito da inquietude da esposa. – Claro que não quero ir para onde quer que seja sem você. Cristo, eu mal consigo deixá-la fora de vista. Mas você correria um tremendo perigo se estivesse comigo em Nova Orleans enquanto eu estivesse combatendo meus netos. E não seria Baldwin ou a Congregação que colocariam sua segurança em risco. Seria eu.

– Você nunca me machucaria. – Diana se agarrara a essa convicção desde o início do relacionamento entre ambos. Era hora de dizer a verdade.

– Eleanor pensou isso... um dia. E depois a matei num momento de loucura e ciúme. Jack não é o único vampiro desta família cuja ira do sangue é desencadeada por amor e lealdade. – Matthew encontrou os olhos da esposa. – Isso também acontece comigo.

– Você e Eleanor eram apenas amantes. Nós somos companheiros. – Os olhos de Diana expressaram o despontar de uma compreensão. – O tempo todo você me recomendou que não confiasse em você. Jurou que me mataria antes de deixar que outra pessoa me tocasse.

– Falei a verdade. – Os dedos de Matthew traçaram o contorno da maçã do rosto de Diana, acariciando-o para pegar a lágrima que estava prestes a cair do canto do olho.

– Mas não toda a verdade. Por que não me disse que o vínculo de nosso acasalamento pioraria sua ira do sangue? – gritou Diana.

– Eu achava que poderia encontrar uma cura. E também achava que poderia administrar meus sentimentos – disse Matthew. – Mas você se tornou tão vital para mim quanto a respiração e o sangue. Meu coração já não sabe onde eu termino e você começa. Soube que você era uma bruxa poderosa desde o momento em que a vi, mas como poderia saber que você exerceria tanto poder sobre mim?

Diana não respondeu com palavras, mas com um beijo de surpreendente intensidade. Matthew correspondeu ao beijo e, quando se separaram, ambos estavam agitados. Ela tocou nos lábios dele com os dedos trêmulos. Ele apoiou a cabeça na dela com o coração disparado de emoção.

– Fundar uma nova descendência vai exigir de mim atenção e controle totais – disse Matthew quando finalmente conseguiu falar. – Se me sair bem...

– Você tem que se sair bem – disse Diana, com firmeza. – Você vai se sair bem.

– Muito bem, *ma lionne*. *Quando* isso acontecer, ainda terei que lidar com meus próprios problemas – explicou Matthew. – Isso não porque não confio em você, mas porque não confio em mim.

– Como você ajudou Jack – disse Diana.

Matthew assentiu com a cabeça.

– Ficar longe de você será um inferno, mas uma distração seria indescritivelmente perigosa. E quanto ao meu controle... bem, acho que ambos sabemos o quão pouco o tenho quando você está por perto. – Ele roçou os lábios em outro beijo sedutor. As faces de Diana se avermelharam.

– O que farei quando você estiver em Nova Orleans? – ela perguntou. – Deve haver algum jeito de poder ajudá-lo.

– Encontrar a folha perdida do Ashmole 782 – ele respondeu. – Vamos precisar do *Livro da vida* para alavancar... a despeito do que possa acontecer entre mim e os filhos de Marcus. – O fato de que a busca de Diana a afastaria de um envolvimento direto com o possível fracasso do plano era um benefício adicional. – Phoebe vai ajudá-la a procurar a terceira iluminura. Siga para Sept-Tours e me espere lá.

– Como saberei que você está bem? – perguntou Diana. A realidade de uma iminente separação começava a ser apreendida.

– Encontrarei um jeito. Mas sem telefonemas. Nada de e-mails. Não podemos deixar rastros de evidência para a Congregação, caso Baldwin... ou alguém do meu próprio sangue resolva me seguir – disse Matthew. – Você precisa ficar nas boas graças dele, pelo menos até ser reconhecida como uma De Clermont.

– Mas isso ainda está a meses de distância! – O rosto de Diana assumiu o desespero. – E se as crianças nascerem mais cedo?

– Marthe e Sarah cuidarão de tudo – disse Matthew suavemente. – Não se pode dizer quanto tempo isso vai levar, Diana. – *Pode levar anos*, ele pensou consigo.

– Como farei as crianças entenderem a ausência do pai? – ela perguntou, talvez ouvindo as palavras que ele não pronunciou.

– Diga aos gêmeos que tive que me afastar porque amo a ambos com todo o meu coração... e também a mãe deles. – A voz de Matthew embargou. Ele enlaçou-a com os braços e segurou-a, como se isso pudesse atrasar a sua inevitável partida.

– Matthew? – ecoou uma voz familiar da escuridão.

– Marcus? – Diana não o tinha ouvido se aproximar, embora Matthew tivesse farejado primeiro o cheiro e depois os passos suaves do filho enquanto subia a montanha.

– Olá, Diana. – Marcus saiu das sombras iluminado pelo luar.

Ela franziu a testa preocupada.

– Algo errado em Sept-Tours?

– Tudo bem na França. Achei que Matthew precisava de mim aqui – disse Marcus.

– E Phoebe? – perguntou Diana.

– Está com Alain e Marthe. – Marcus parecia cansado. – Não pude deixar de ouvir seus planos. Não haverá como voltar atrás, uma vez que os coloquemos em movimento. Já está mesmo certo em formar uma descendência, Matthew?

– Não – disse Matthew, sem poder mentir. – Mas Diana, sim. – Ele olhou para a esposa. – Chris e Gallowglass estão esperando por você no caminho. Vá agora, *mon coeur*.

– Agora? – Por um instante Diana pareceu assustada com a grandeza do que eles estavam prestes a fazer.

– Isso não será mais fácil em nenhum outro momento. Você precisa se afastar de mim. Não olhe para trás. E pelo amor de Deus não corra. – Matthew não poderia controlar a si mesmo se ela o fizesse.

– Mas... – Ela apertou os lábios, balançando a cabeça e enxugando as lágrimas repentinas da face com o dorso da mão.

Matthew imprimiu mais de mil anos de desejo no último beijo.

– Eu nunca... – Diana iniciou a frase.

– Pare – ele a interrompeu com outro toque de lábios. – Lembra que não existe nunca para nós?

Matthew afastou-a alguns centímetros que pareceram mil léguas. Isso fez o sangue dele uivar. Ele girou o corpo para que ela pudesse ver os dois círculos de luz esmaecida das lanternas de seus amigos.

– Não torne isso mais difícil para ele – disse Marcus docilmente para Diana. – Vá agora. Devagar.

Por um segundo Matthew desconfiou que ela não seria capaz de sair do lugar. E percebeu os fios de ouro e prata que brilhavam pendurados na ponta dos dedos de Diana, como se na tentativa de fundir alguma coisa quebrada de um modo terrível e repentino. Ela deu um primeiro passo hesitante, seguido por outro com um visível tremor nos músculos das costas enquanto lutava para manter o autocontrole. Em seguida, tombou a cabeça, endireitou os ombros e saiu andando lentamente no sentido oposto.

– Eu sabia desde o maldito começo que você partiria o coração dela – disse Chris aos gritos para Matthew quando acolheu Diana nos braços.

Mas era o coração de Matthew que estava ferido, levando consigo sua compostura, sua sanidade e seus últimos vestígios de humanidade.

Marcus o observou profundamente enquanto Gallowglass e Chris saíam com Diana. Quando sumiram de vista, Matthew deu um salto à frente e Marcus o agarrou.

– Você vai fazer o que tiver que fazer sem ela? – perguntou Marcus para o pai. Fazia umas doze horas que ele estava longe de Phoebe e já se sentia desconfortável com a separação.

– Preciso fazer – disse Matthew, embora ainda não tivesse ideia de como o faria.

– Diana sabe o que a separação vai fazer com você? – Marcus ainda tinha pesadelos com o que Ysabeau sofrera durante a captura e morte de Philippe. Ele se sentia como se tivesse assistido a alguém passar por um tenebroso e inimaginável afastamento... abalo, comportamento irracional, dor física. E os avós dele estavam entre os poucos vampiros afortunados que mesmo acasalados conseguiam ficar separados por um bom período de tempo. A ira do sangue de Matthew tornava isso impossível. Mesmo antes de Matthew e Diana terem se acasalado completamente, Ysabeau avisara a Marcus que Matthew deixaria de ser confiável se acontecesse alguma coisa com Diana.

– Será que ela sabe? – repetiu Marcus.

– Não inteiramente. Mas sabe o que vai acontecer comigo se eu ficar aqui e obedecer ao meu irmão. – Matthew sacudiu o braço do filho. – Você precisa participar disso... comigo. Ainda lhe resta uma escolha. Baldwin o acolherá, se você implorar pelo perdão dele.

– Fiz minha escolha em 1781, lembra? – Os olhos de Marcus pratearam sob o luar. – Hoje à noite você provou que foi a escolha certa.

– Nada garante que isso vai funcionar – advertiu Matthew. – Baldwin pode se recusar a sancionar a descendência. E a Congregação pode nos deter antes mesmo de começarmos. Deus sabe que até seus próprios filhos têm razão para se opor.

– Meus filhos não tornarão as coisas fáceis para você, mas farão o que eu lhes ordenar. Acabarão fazendo. Além do mais, agora você está sob a minha proteção – disse Marcus.

Matthew o olhou surpreendido.

– Tanto a sua segurança como a de sua companheira e dos gêmeos que ela carrega são agora prioridade dos Cavaleiros de Lázaro – explicou Marcus. – Baldwin pode ameaçar quem ele bem entender, mas tenho mais de mil vampiros, demônios e até mesmo bruxas sob o meu comando.

– Eles jamais irão obedecê-lo se descobrirem a razão pela qual terão que lutar – disse Matthew.

– Em primeiro lugar, como acha que os recrutei? – Marcus balançou a cabeça. – Acha mesmo que apenas você e uma segunda criatura do planeta têm razão suficiente para contestar as restrições do pacto?

Matthew, porém, estava distraído demais para responder. Já sentia a inquietude do primeiro impulso para sair atrás de Diana. Logo não seria mais capaz de se manter quieto sequer por um segundo antes que os instintos lhe exigissem que fosse com ela. E isso só iria piorar dali em diante.

– Vamos lá. – Marcus pôs o braço sobre os ombros do pai. – Jack e Andrew nos esperam. Suponho que o maldito cão também terá que ir para Nova Orleans.

Matthew continuou sem responder. Ele estava ouvindo a voz, os passos inconfundíveis e o ritmo dos batimentos cardíacos de Diana.

Só havia silêncio e estrelas desbotadas demais para indicar o caminho de casa.

Sol em Libra

*Quando o Sol passa por Libra, é
um bom momento para viagens. Cuidado com inimigos
declarados, guerra e oposição.*
— Anonymous English Commonplace Book, c. 1590,
Gonçalves MS 4890, f. 9r

23

— Miriam, deixe-me entrar, senão arrombo esta maldita porta. – Gallowglass não estava no clima para joguinhos.

Miriam abriu a porta.

— Matthew se foi, mas não tente nada de engraçado. Ainda estou de olho em você.

Isso não surpreendeu Gallowglass. Jason o alertara que a aprendizagem de como ser vampiro, sob a direção de Miriam, era uma prova de que realmente existia uma divindade onisciente e vingativa que tudo vê. Mas contrariamente aos ensinamentos bíblicos, era uma divindade feminina e sarcástica.

— Será que Matthew e os outros saíram com segurança? – perguntou Diana em voz baixa no alto da escada. Ela estava fantasmagoricamente pálida e tinha uma pequena mala aos pés.

Gallowglass pulou os degraus praguejando.

— Claro que sim. – Ele pegou a mala antes que ela fizesse a besteira de tentar carregá-la sozinha. A cada hora que passava ele achava ainda mais misterioso que Diana simplesmente não sucumbisse com o peso dos gêmeos.

— Por que arrumou a mala? – perguntou Chris. – O que está havendo?

— Titia vai viajar. – Gallowglass continuava achando que era má ideia sair de New Haven, mas Diana o informara de que partiria... com ou sem ele.

— Para onde? – perguntou Chris. Gallowglass deu de ombros.

— Chris, prometa-me que você vai continuar trabalhando nas amostras de DNA do Ashmole 782 e no problema da ira do sangue – disse Diana enquanto descia a escada.

— Você sabe que não deixo pesquisa alguma inacabada. – Chris virou-se para Miriam. – Você sabia que Diana estava indo embora?

— Como não poderia? Fez tanto barulho tirando a mala do armário e telefonando para o piloto. – Miriam pegou o café de Chris, tomou um gole e fez uma careta. – Muito doce.

– Pegue o seu casaco, tia. – Gallowglass não soube o que Diana planejava, uma vez que ela se limitou a dizer que só o revelaria quando eles estivessem no ar, mas provavelmente não iriam para uma ilha do Caribe com palmeiras e cálidas brisas.

Diana não protestara pela bisbilhotice de Gallowglass.

– Tranque a porta quando sair, Chris. E lembre-se de desligar a cafeteira da tomada. – Ela ficou na ponta dos pés e beijou o amigo no rosto. – Tome conta de Miriam. Esqueça que ela é um vampiro e não a deixe perambular por New Haven Green à noite.

– Aqui – disse Miriam, entregando um envelope grande. – Como me foi solicitado.

Diana espiou o interior do envelope.

– Tem certeza que não precisa dessas amostras?

– Já temos muitas – respondeu Miriam.

Chris olhou fundo nos olhos de Diana.

– Chame se precisar de mim. Não importa por quê, não importa quando, não importa onde... estarei no primeiro avião.

– Obrigada – ela sussurrou. – Ficarei bem. Gallowglass está comigo.

Para a surpresa de Gallowglass, essas palavras não o deixaram feliz.

E como poderiam, se tinham sido proferidas com tanta resignação?

O jato De Clermont decolou do aeroporto de New Haven. Enquanto observava pela janela, Gallowglass batia o celular contra a própria perna. E quando o avião inclinou, ele cheirou o ar. Norte a nordeste.

Diana estava sentada ao lado, de olhos fechados e lábios brancos. Sua mão descansava levemente sobre Apple e Bean, como se a confortar os bebês. Suas faces exibiam um traço de umidade.

– Não chore. Não consigo suportar isso – disse Gallowglass de um modo desajeitado.

– Desculpe. Não consigo evitar. – Diana virou-se no assento e olhou para o lado oposto da cabine. Seus ombros tremeram.

– Que inferno, tia. Não é bom olhar para o outro lado. – Gallowglass soltou o cinto de segurança, agachou-se ao pé da poltrona de couro reclinável da tia e deu-lhe uma leve palmada no joelho. Ela apertou-lhe a mão. O poder de Diana pulsava sob a pele. Embora tivesse diminuído depois do surpreendente momento em que ela fez o chefe da família De Clermont se enredar no espinheiro, ainda era muito visível e Gallowglass tinha visto isso no feitiço de disfarce usado por ela antes de embarcar no avião.

– Como Marcus agiu com Jack? – ela perguntou, ainda com os olhos fechados.

– Cumprimentou-o como um tio, e depois o distraiu com as histórias das palhaçadas de seus filhos. Deus sabe que eles são um bando divertido – ele respondeu.

Mas não era o que Diana realmente queria saber.

– Matthew lidou bem com a coisa, como se esperava – continuou Gallowglass, com mais suavidade. A certa altura pareceu que Matthew estrangularia Hubbard, mas claro que Gallowglass não se preocuparia com o que era uma excelente ideia.

– Estou feliz por você e Chris terem chamado Marcus – sussurrou Diana.

– Foi ideia de Miriam – ele admitiu. Fazia alguns séculos que ela protegia Matthew, da mesma forma que ele cuidava de Diana. – Assim que viu os resultados dos testes, Miriam se deu conta de que Matthew precisava da companhia do filho.

– Pobre Phoebe – disse Diana, com uma nota preocupada rastejando na voz. – Marcus não devia ter tido tempo de explicar para ela.

– Não se preocupe com Phoebe. – Gallowglass tinha passado dois meses com a moça e a conhecia bem. – Ela tem uma estrutura de aço e um coração forte, como você.

Ele insistiu para que Diana dormisse. A cabine do avião era equipada com poltronas que se convertiam em leitos. Só depois que ela dormiu é que ele se dirigiu à cabine de comando e perguntou qual era o destino deles.

– Europa – respondeu o piloto.

– Europa, como assim? – Isso podia significar qualquer lugar, desde Amsterdã e Auvergne a Oxford.

– Madame de Clermont não escolheu um destino final. Só me disse Europa. Então, rumo à Europa.

– Ela deve estar indo para Sept-Tours. Para Gander – disse Gallowglass.

– Esse é meu plano, senhor – retrucou o piloto em tom seco. – Quer pilotar?

– Sim. Não. – O que Gallowglass queria era bater em alguma coisa. – Para o inferno, cara. Faça o seu trabalho e eu faço o meu.

Algumas vezes Gallowglass desejava de todo o coração que alguém que não fosse Hugh de Clermont o tivesse tombado no campo de batalha.

Após o seguro pouso no aeroporto de Gander, Gallowglass ajudou Diana a descer a escada para que ela esticasse as pernas, conforme a recomendação médica.

– Você não está vestida para a Terra Nova – ele observou, colocando uma jaqueta de couro surrada nos ombros dela. – O vento vai rasgar essa desculpa patética de um casaco de fitas.

– Obrigada, Gallowglass – disse Diana, tremendo.

– Qual é seu destino final, tia? – ele perguntou após uma segunda volta pela pequena pista de pouso.

– Isso importa? – A voz de Diana passou de resignada para cansada e depois para algo pior.

Desesperança.

– Não, tia. Isso é uma caminhada em Nar-SAR, não em NUR-sar – disse Gallowglass, cobrindo o ombro de Diana com um cobertor. No extremo sul da Groenlândia, Narsarsuaq era ainda mais fria que Gander. De todo modo, Diana insistira em fazer uma rápida caminhada.

– Como sabe disso? – ela perguntou irritada, com os lábios ligeiramente azulados.

– Apenas sei. – Gallowglass acenou para a comissária de bordo que lhe trouxe uma caneca de chá fumegante. Ele serviu-se de uma dose de uísque.

– Nada de cafeína. Nem álcool – disse Diana, recusando o chá.

– Enquanto estava grávida de mim mamãe bebia uísque todo dia... e olhe como fiquei forte – ele disse estendendo a caneca para ela e assumindo um tom de adulação. – Vamos lá. Um golinho não vai fazer mal algum. Além do mais, para Apple e Bean não poderá ser tão ruim quanto o congelamento.

– Eles estão bem – disse Diana bruscamente.

– Oh, sim. Tão bem quanto cabelo em sapo. – Gallowglass estendeu a mão um pouco mais, esperando que o aroma do chá a fizesse aceitar. – É o chá do café da manhã escocês. Um dos seus favoritos.

– Sai, Satanás – sussurrou Diana, pegando a caneca. – E sua mãe não poderia ter bebido uísque enquanto estava grávida de você. Não há nenhuma evidência de destilação de uísque na Escócia ou na Irlanda antes do século XV. Você é mais velho que isso.

Gallowglass sufocou um suspiro de alívio face às picuinhas históricas de Diana.

Ela pegou o celular.

– Para quem vai ligar, tia? – ele perguntou cauteloso.

– Hamish.

O melhor amigo de Matthew atendeu a chamada exatamente com as palavras esperadas por Gallowglass.

– Diana? O que há de errado? Onde você está?

– Não lembro onde fica minha casa. – Ela ignorou a pergunta.

– Sua casa? – Hamish pareceu confuso.

– Minha casa – ela repetiu paciente. – A que ganhei de Matthew em Londres. Você me fez assinar os documentos quando estávamos em Sept-Tours.

Londres? Ser vampiro não ajudava muito naquela situação, pensou Gallowglass. Teria sido bem melhor se ele tivesse nascido bruxo. Assim, talvez pudesse adivinhar como a mente daquela mulher trabalhava.

– Fica em Mayfair, numa pequena rua perto de Connaught. Por quê?

– Preciso da chave. E do endereço. – Diana se deteve ponderando algo mais antes de continuar. – Também vou precisar de um motorista para percorrer a cidade. Os demônios gostam de metrô e os vampiros possuem as principais empresas de táxi.

Claro, eles possuíam empresas de táxi. Quem mais teria tempo para memorizar trezentas e vinte rotas e ainda vinte e cinco mil ruas e vinte mil marcos, ao longo dos nove quilômetros e meio da Charing Cross, que eram necessários para obter uma licença?

– Um motorista? – Hamish gaguejou.

– Sim. E também preciso daquela conta no Coutts. Eu tenho um cartão de crédito... com limite elevado?

Gallowglass resmungou. Ela o olhou com frieza.

– Tem, sim. – A desconfiança de Hamish aumentou.

– Ótimo. Preciso comprar alguns livros. A obra completa de Athanasius Kircher. Primeiras ou segundas edições. Você poderia pesquisar isso antes do fim de semana? – Diana evitou o olhar inquiridor de Gallowglass.

– Athanasius de quê? – perguntou Hamish. Gallowglass pôde ouvir uma caneta riscando o papel.

– Kircher. – Ela soletrou letra por letra. – Será melhor procurar negociantes de livros raros. Talvez haja alguns exemplares sobrando em Londres. Não me importa quanto possam custar.

– Você parece a vovó – balbuciou Gallowglass. Só isso já era motivo de preocupação.

– Se não puder me conseguir os livros até o final da próxima semana, acho que terei que ir à Biblioteca Britânica. Mas já iniciou o período letivo e talvez a sala de livros raros esteja cheia de bruxas. Seria melhor se eu pudesse ficar em casa.

– Posso falar com Matthew? – perguntou Hamish, um tanto sem fôlego.

– Ele não está aqui.

– Você está sozinha? – Ele pareceu chocado.

– Claro que não. Gallowglass está comigo – disse Diana.

– E Gallowglass sabe que você pretende sentar-se na sala de leitura da Biblioteca Britânica para ler esses livros escritos por esse... Athanasius Kircher? Você está completamente louca? Toda a Congregação está à sua procura! – A voz de Hamish aumentava a cada frase.

– Estou ciente do interesse da Congregação, Hamish. Por isso, peço-lhe para comprar os livros – disse Diana amavelmente.

– Onde está Matthew? – ele perguntou.

– Não sei. – Diana cruzou os dedos ao contar a mentira.

Fez-se um longo silêncio.

– Encontro-a no aeroporto. Ligue-me quando estiver a uma hora de distância – ele disse.

– Isso não será necessário – ela disse.

– Ligue-me uma hora antes de desembarcar. – Hamish fez uma pausa. – Diana? Não sei que diabo está acontecendo, mas de uma coisa tenho certeza: Matthew a ama. Mais do que a própria vida.

– Eu sei – ela sussurrou antes de desligar.

Agora Diana passava da desesperança para quase morta.

O avião virou para o sul e para o leste. O vampiro nos controles agiu conforme a conversa que acabara de ouvir.

– O que esse idiota está fazendo? – Gallowglass rosnou e, ao estirar as pernas, acabou derrubando a bandeja de chá e espalhando os tradicionais biscoitos por todo o piso. – Você não pode ir direto para Londres – ele disse aos gritos para a cabine de comando. – Isso será um voo de quatro horas e ela não pode ficar no ar por mais de três horas.

– Para onde, então? – veio a resposta abafada do piloto enquanto o avião mudava o curso.

– Para Stornoway. É um tiro certeiro de menos de três horas. De lá será um pulo fácil até Londres – respondeu Gallowglass.

Isso resolvia a questão. O passeio de Marcus com Matthew, Jack, Hubbard e Lobero, embora infernal, não se comparava a isso.

– É lindo. – Diana afastou o cabelo do rosto.

Era madrugada e o sol nascia sobre Minch. Gallowglass encheu os pulmões com o ar familiar de casa e lembrou-se de uma visão que tinha muitas vezes em sonho: Diana Bishop de pé naquele lugar, na terra dos antepassados dele.

– Sim. – Ele se virou e seguiu em direção ao jato que com as luzes acesas na pista esperava pronto para partir.

– Estarei lá em um minuto. – Ela esquadrinhou o horizonte. O outono pintara as colinas com pinceladas de ûmero e ouro em meio ao verde da vegetação. O vento despenteara o cabelo ruivo da bruxa cujas mechas brilhavam como brasas.

Gallowglass se perguntou sobre o que teria capturado a atenção de Diana. Não se via nada além de uma garça cinzenta perdida, cujas pernas longas, amarelas e brilhantes eram insubstanciais demais para segurar o resto do corpo.

– Vamos, tia. Você vai congelar até a morte aqui fora. – Desde que se separara da jaqueta de couro, Gallowglass só vestia o habitual uniforme de camiseta e jeans rasgado. Ele não sentia mais o frio, mas ainda se lembrava de como o ar do amanhecer cortava os ossos naquela parte do mundo.

A garça olhou de relance para Diana, ergueu a cabeça, abaixou-a, abriu as asas e soltou um grito. Em seguida levantou voo e tomou altitude em direção ao mar.

– Diana?

Ela se virou com olhos azuis dourados. A curiosidade de Gallowglass aumentou. Um toque sobrenatural naquele olhar o fazia recordar de sua própria infância, de um quarto escuro onde seu avô jogava runas e fazia profecias.

Mesmo depois que o avião decolou, Diana continuou de olhos fixos em algum ponto distante e invisível. Gallowglass olhou pela janela e rezou por um forte vento de cauda.

– Você acha que algum dia nós deixaremos de correr? – A voz de Diana assustou Gallowglass.

Ele não sabia a resposta e não suportava mentir para ela. Então, permaneceu em silêncio.

Ela enterrou o rosto nas mãos.

– Não, não. – Ele a embalou contra o peito. – Tia, não pense o pior. Isso não combina com você.

– Estou tão cansada, Gallowglass.

– Com uma boa razão. Entre o passado e o presente, você teve um ano infernal. – Ele aconchegou a cabeça da tia debaixo do próprio queixo. Ela podia ser a leoa de Matthew, mas de vez em quando até mesmo os leões tinham que fechar os olhos e descansar.

– Isto aqui é a Corra? – Os dedos de Diana traçaram o contorno do dragão de fogo no antebraço de Gallowglass, fazendo-o estremecer. – Onde foi parar a cauda?

Ela levantou a manga da camiseta de Gallowglass antes que pudesse ser detida e arregalou os olhos.

— Isso não é o tipo de coisa que você possa ver – ele disse, soltando-a e recompondo o tecido macio da camisa.

— Mostre-me.

— Tia, talvez seja melhor...

— Mostre-me – ela insistiu. – Por favor.

Ele segurou a barra da camiseta e começou a puxá-la sobre a cabeça. As tatuagens no corpo dele refletiam um conto complicado, mas apenas alguns capítulos interessavam à esposa de Matthew. Ela levou a mão à boca.

— Oh, Gallowglass.

Sobre o coração, uma sereia sentada em uma pedra com o braço esticado e a mão alcançando o bíceps esquerdo dele. Ela segurava um punhado de fios que serpenteavam pelo braço dele, descendo e se torcendo até se transformarem na cauda sinuosa de Corra, que se enrolava em torno do cotovelo até se encontrar com o corpo do dragão de fogo.

A sereia tinha o rosto de Diana.

— Você é uma mulher difícil de se encontrar, mas ainda mais difícil de se esquecer. – Gallowglass acabou de puxar a camiseta por cima da cabeça.

— Quanto tempo? – Os olhos de Diana azularam de pesar e simpatia.

— Quatro meses. – Ele não comentou que era a última imagem de uma série de imagens semelhantes tatuadas sobre o coração.

— Não foi o que eu quis dizer – disse Diana suavemente.

— Ah. – Gallowglass olhou para o piso acarpetado por entre os joelhos. – Quatrocentos anos. Mais ou menos.

— Estou tão...

— Não precisa se lastimar por algo que você não podia evitar. – Ele a silenciou com um sinal. – Eu sabia que você nunca seria minha. Mas isso não importava.

— Eu era sua antes de ser de Matthew – disse Diana.

— Só porque a assisti enquanto você crescia para se tornar esposa de Matthew – ele retrucou. – Vovô sempre foi diabolicamente exímio em nos dar tarefas que não podíamos recusar nem executar sem perder algum pedaço de nossa alma.

Gallowglass respirou fundo.

— Até que vi no jornal a história do livro sobre o laboratório de lady Pembroke – ele continuou –, uma pequena parte de mim esperou que o destino pudesse ter outra surpresa na manga. E me perguntei se você poderia voltar diferente, ou sem Matthew, ou sem amá-lo tanto quanto ele a ama.

Diana ouviu sem dizer uma palavra.

– Depois, fui para Sept-Tours e esperei por você, como prometi para o vovô. Emily e Sarah sempre comentavam sobre as mudanças que sua viagem no tempo poderia causar. Miniaturas e telescópios à parte, sempre só houve um homem para você, Diana. E Deus sabe que sempre só houve uma mulher para Matthew.

– Que estranho ouvir você dizer o meu nome – disse Diana suavemente.

– Enquanto lhe chamar de tia, jamais me esquecerei de quem realmente é o dono do seu coração – disse Gallowglass rispidamente.

– Philippe não deveria ter esperado que você cuidasse de mim. Isso foi cruel – disse Diana.

– Não mais cruel do que ele esperava de você – rebateu Gallowglass. – E muito menos do que exigia de si mesmo.

Notando que ela estava confusa, ele seguiu em frente.

– Philippe sempre colocou suas próprias necessidades por último. Os vampiros são criaturas governadas pelo desejo, com um instinto de autopreservação muito mais forte do que o de qualquer sangue-quente. Mas Philippe sempre foi diferente do resto de nós. Ficava de coração partido toda vez que vovó se inquietava e ia embora. Naquele tempo eu não entendia por que Ysabeau sentia necessidade de se afastar. E agora que sei da história dela, acho que o amor de Philippe a assustava. Ele era tão profundo e altruísta que ela simplesmente não podia confiar nele... não depois do que o senhor dela fez com ela. Uma parte de vovó sempre desconfiou que um dia vovô exigiria alguma coisa que ela não poderia lhe dar.

Diana pareceu pensativa.

– Cada vez que vejo Matthew lutando para que você tenha a liberdade de que necessita... deixando-a fazer alguma coisa por conta própria que para você acaba sendo uma coisa menor, embora a preocupação e a espera por ele sejam agonizantes... isso me faz lembrar de Philippe – acrescentou Gallowglass, arrematando a história.

– E o que faremos agora? – Ela não se referiu à chegada em Londres, mas sim ao que ele pretendia que ela fizesse.

– Agora, vamos esperar por Matthew. – Gallowglass foi categórico. – Você queria que ele estabelecesse uma família. Ele se foi para fazer isso.

A magia pulsou novamente sob a pele de Diana em iridescente agitação. Isso fez Gallowglass se lembrar das longas noites em que observava a aurora boreal de uma faixa de areia na costa abaixo dos penhascos, onde um dia o pai e o avô dele tinham vivido.

– Não se preocupe. Matthew não conseguirá ficar longe por muito tempo. Uma coisa é vaguear na escuridão quando não se conhece nada diferente, outra coisa bem diferente é usufruir a luz que só emana de você – disse Gallowglass.

– Você parece tão convicto – sussurrou Diana.

– E estou. Marcus tem muitos filhos, mas ele os colocará nos trilhos. – Gallowglass abaixou a voz. – Suponho que você escolheu Londres por uma boa razão?

Os olhos de Diana cintilaram.

– Parece que sim. Você não está apenas atrás da última folha perdida do Ashmole 782, mas sim do manuscrito inteiro. E sei que esse comentário não é uma bobagem. – Gallowglass levantou a mão quando Diana abriu a boca para protestar. – Isso quer dizer que você vai querer pessoas ao seu redor. Pessoas em quem possa confiar até a morte, como vovó, Sarah e Fernando. – Ele pegou o celular.

– Sarah já sabe que estou a caminho da Europa. Falei para ela que a deixaria saber onde eu estaria quando já tivesse resolvido. – Diana franziu o cenho de olho fixo no celular. – E Ysabeau ainda é prisioneira de Gerbert, sem contato algum com o mundo exterior.

– Ora, vovó tem os seus jeitinhos – disse Gallowglass sereno, correndo os dedos pelo teclado do celular. – Só vou mandar uma mensagem para ela, dizendo para onde estamos indo. Depois, contarei para Fernando. Você não pode fazer isso sozinha, tia. Muito menos o que planejou.

– Você está levando isso muito bem, Gallowglass – disse Diana agradecida. – Matthew estaria tentando me convencer do contrário.

– Isso é o que você ganha por se apaixonar pelo homem errado – ele disse baixinho, deslizando o telefone de volta ao bolso.

Ysabeau de Clermont pegou o seu elegante celular vermelho e olhou a hora no visor iluminado. Eram 7:37 da manhã. Em seguida leu a esperada mensagem que se limitava a três repetições de uma única palavra:

Mayday
Mayday
Mayday

Ela esperava pelo contato de Gallowglass desde que Phoebe lhe noticiara que Marcus partira misteriosa e subitamente no meio da noite para juntar-se a Matthew.

Fazia muito tempo que Ysabeau e Gallowglass tinham decidido que precisavam de uma forma de se comunicar entre si quando as coisas estivessem "de mal a pior", conforme o neto se expressou. O sistema de comunicação mudara ao longo dos anos, desde as balizas e mensagens secretas escritas com suco de cebola aos códigos e cifras, e depois, objetos enviados pelo correio sem qualquer explicação. Agora, eles recorriam ao celular.

A princípio ela relutara em possuir uma dessas engenhocas chamadas de celular, mas depois dos últimos acontecimentos sentiu-se feliz em tê-lo recuperado. Gerbert o confiscara logo após a chegada de Ysabeau em Aurillac, na vã esperança de que sem o celular ela se tornaria mais maleável.

Gerbert o devolvera algumas semanas antes. Ysabeau o usara como refém para satisfazer as bruxas e fazer uma demonstração pública do poder e influência da Congregação. Gerbert tinha a doce ilusão de que a prisioneira forneceria alguma informação que os ajudaria a encontrar Matthew. Mas agradecia pela disposição de Ysabeau em continuar com a charada. Desde a chegada na casa de Gerbert ela se tornara uma prisioneira exemplar. Ele alegou que a devolução do celular era uma recompensa pelo bom comportamento dela, mas ela sabia que em grande parte isso se devia ao fato de que ele não sabia como silenciar os muitos alarmes que soavam do aparelho durante o dia inteiro.

Ysabeau se aprazia com lembretes de eventos que alteraram o seu mundo: pouco antes do meio-dia, quando Philippe e seus homens explodiram a prisão que a aprisionava, fazendo-a sentir os primeiros sinais de esperança; duas horas antes do nascer do sol, quando Philippe admitira pela primeira vez que a amava; três da tarde, hora em que ela encontrara o corpo estraçalhado de Matthew na igreja inacabada em Saint-Lucien; 13:23, quando Matthew tirou as últimas gotas de sangue do corpo de Philippe. Outros alarmes indicavam o momento da morte de Hugh e Godfrey, a hora em que Louisa apresentara pela primeira vez os sinais da ira do sangue, a hora em que Marcus demonstrou de uma vez por todas que não contraíra a doença. E outros alarmes diários eram reservados para eventos históricos significativos, como o nascimento de reis e rainhas que tinham sido amigos de Ysabeau, guerras que ela combatera e vencera e batalhas perdidas de maneira inexplicável, depois de terem sido bem planejadas.

Os alarmes soavam dia e noite, com diferentes canções escolhidas a dedo. Gerbert se opunha particularmente ao alarme que soava "Chant de Guerre pour l'Armée du Rhin" às 17:30 – momento exato em que a multidão revolucionária derrubou os portões da Bastilha em 1789. Eram canções que estimulavam a memória ao evocar rostos e lugares muitas vezes desaparecidos ao longo do tempo.

Ysabeau acabou de ler a mensagem de Gallowglass. Para qualquer outra pessoa a mensagem não passaria de uma combinação ilegível de previsão de envio, sinal de socorro aeronáutico e horóscopo, com referências a sombras, Lua, Gêmeos, Libra e a uma série de coordenadas de longitude e latitude. Ysabeau leu a mensagem duas vezes: a primeira para se certificar de que tinha apreendido corretamente o significado e a segunda para memorizar as instruções de Gallowglass. Depois, digitou a resposta.

Je Viens

– Receio que seja hora de ir, Gerbert – disse Ysabeau sem qualquer arrependimento. Ela esquadrinhou o aparente horror gótico de uma sala onde o carcereiro sentava-se diante de um computador ao pé de uma mesa talhada e ornamentada. Na extremidade oposta, uma pesada bíblia descansava sobre um pedestal ladeado por espessas velas brancas, como se o espaço de trabalho de Gerbert fosse um altar. Os lábios de Ysabeau crisparam-se pela pretensão que combinava com o pesado mobiliário de madeira do século XIX, os bancos convertidos em sofás e a parede coberta por um escandaloso papel de parede de seda azul e verde enfeitado com escudos de cavalaria. Os únicos itens autênticos na sala eram a enorme lareira de pedra e o monumental tabuleiro de xadrez à frente dela.

Gerbert olhou para a tela do computador e gemeu ao pressionar uma tecla no teclado.

– Jean-Luc virá de Saint-Lucien e poderá ajudá-lo, se você ainda estiver tendo problemas com o computador – disse Ysabeau.

Gerbert contratara um homem jovem e bonito para configurar uma rede de computadores em casa depois que Ysabeau compartilhara duas fofocas de Sept-Tours recolhidas de conversas em torno da mesa de jantar: a convicção de Nathaniel Wilson de que as guerras futuras seriam travadas na internet e o plano de Marcus para lidar com a bancada majoritária dos Cavaleiros de Lázaro através de canais on-line. Embora Baldwin e Hamish tenham ignorado a extraordinária ideia do neto de Ysabeau, Gerbert não precisava saber disso.

Ao instalar os componentes do sistema comprado às pressas por Gerbert, Jean-Luc teve que telefonar inúmeras vezes para se consultar com o escritório. Nathaniel, o querido amigo de Marcus, criara a pequena empresa em Saint-Lucien a fim de trazer os moradores para a era moderna. Nathaniel estava na

Austrália, mas ficava feliz em ajudar seu ex-funcionário sempre que sua vasta experiência era exigida. Nessa ocasião ele orientara Jean-Luc nas diversas configurações de segurança solicitadas por Gerbert.

Nathaniel também acrescentou algumas modificações por sua própria conta.

E disso resultou que ele e Ysabeau sabiam mais a respeito de Gerbert de Aurillac do que ela sonhara ser possível ou sequer quisera saber. Era impressionante o quanto os hábitos das compras on-line revelavam o caráter e as atividades de uma pessoa.

Ysabeau tratou de fazer com que Jean-Luc inscrevesse Gerbert em diversos serviços da rede social para manter o vampiro ocupado e fora do caminho. Ela não fazia ideia de por que todas aquelas empresas escolhiam tons de azul para os seus logotipos. A cor azul sempre a remetia a um estado de serenidade, ao passo que as redes sociais proporcionavam um interminável estado de espírito agitado e exibicionista. Era pior que a corte de Versalhes. Pensaremos sobre isso, refletiu Ysabeau, Louis-Dieudonné também gostava do azul.

A única reclamação de Gerbert em relação a sua nova existência virtual é que ele não tinha conseguido se registrar com o nome de usuário "Pontifex Maximus". Ysabeau argumentou que talvez tivesse sido melhor assim porque esse apelido podia se constituir em uma violação do pacto aos olhos de algumas criaturas.

Infelizmente para Gerbert, se bem que felizmente para Ysabeau, o vício em internet e o conhecimento de como usá-la melhor nem sempre andam de mãos dadas. Por conta das páginas que frequentava, o computador de Gerbert era assolado por vírus. Ele também tendia a escolher senhas excessivamente complexas e acabava perdendo a noção de quais sites tinha visitado e como os tinha encontrado. Isso levava a muitas chamadas telefônicas para Jean-Luc que infalivelmente solucionava as dificuldades e assim mantinha a atualização de acesso a todas as informações on-line de Gerbert.

Com Gerbert assim ocupado, Ysabeau se via livre para passear pelo castelo, vasculhando os pertences e copiando surpreendentes dados nas muitas agendas de endereço do vampiro.

A vida como refém de Gerbert tinha sido muito esclarecedora.

– É hora de ir – repetiu Ysabeau quando Gerbert finalmente desviou os olhos da tela. – Não há razão alguma para me manter aqui por mais tempo. A Congregação ganhou. Acabo de receber uma notícia da família de que Matthew e Diana não estão mais juntos. Imagino que a pressão tenha sido grande, grande demais para ela, pobre menina. Você deve estar feliz da vida.

– Não fiquei sabendo disso. E você? – A expressão de Gerbert era de suspeita. – Está feliz?

– Claro. Sempre desprezei as bruxas. – Gerbert não precisava saber que os sentimentos de Ysabeau tinham mudado radicalmente.

– Hum. – Ele ainda pareceu desconfiado. – A bruxa de Matthew foi para Madison? Certamente Diana Bishop vai querer estar com a tia depois de deixar o seu filho.

– Tenho certeza de que ela anseia por sua própria casa – disse Ysabeau vagamente. – É típico, após um desgosto buscamos aquilo que nos é familiar.

Ysabeau achava promissor o fato de que Diana tivesse optado por voltar para o lugar em que tinha desfrutado uma vida junto com Matthew. Quanto ao desgosto, havia muitas maneiras de aliviar a dor e a solidão decorrentes do acasalamento com o senhor de um grande clã de vampiros – o que Matthew logo se tornaria. Ysabeau ansiava pelo momento de compartilhar com a nora, a qual aliás era feita de um material mais resistente do que a maioria dos vampiros esperava.

– Você precisa esclarecer a minha partida para alguém? Domenico? Satu, talvez? – perguntou Ysabeau solícita.

– Ysabeau, eles dançam conforme a minha música – disse Gerbert, com uma carranca.

Era pateticamente fácil manipulá-lo quando o ego dele estava envolvido. E o ego de Gerbert sempre estava envolvido. Ysabeau dissimulou o sorriso de satisfação.

– Se eu libertá-la, você vai voltar para Sept-Tours e ficar lá? – perguntou Gerbert.

– Claro – ela respondeu prontamente.

– Ysabeau – ele rosnou.

– Não deixo o território De Clermont desde o pós-guerra – ela disse, com um toque de impaciência. – A menos que a Congregação decida me fazer prisioneira de novo, ficarei no território De Clermont. Só Philippe poderia me convencer a fazer o contrário.

– Felizmente, nem mesmo Philippe de Clermont é capaz de nos dar ordens da sepultura, mas certamente ele adoraria fazê-lo – disse Gerbert.

Você ficaria surpreso, seu sapo, pensou Ysabeau.

– Muito bem, então. Você está livre para ir. – Gerbert suspirou. – Mas tente se lembrar de que estamos em guerra, Ysabeau. Mantenha as aparências.

– Ora, Gerbert, nunca me esqueceria de que estamos em guerra. – Impossibilitada de manter o comedimento por mais tempo e temendo que pudesse encontrar um uso criativo para o atiçador de ferro que estava encostado ao lado da lareira, Ysabeau saiu ao encontro de Marthe.

Sua fiel companheira estava sentada junto à lareira na impecável cozinha abaixo, com um exemplar surrado do *Tinker Tailor Soldier Spy* e uma xícara fumegante de vinho quente. Mais ao lado, o açougueiro de Gerbert desmembrava um coelho para o café da manhã do seu mestre. Os azulejos de Delft nas paredes propiciavam uma nota estranhamente alegre.

– Estamos indo para casa, Marthe – disse Ysabeau.

– Finalmente. – Marthe levantou-se gemendo. – Odeio Aurillac. O ar aqui é ruim. *Adiu siatz*, Theo.

– *Adiu siatz*, Marthe – resmungou Theo, ainda desmembrando o infeliz coelho.

Gerbert encontrou-as na porta da frente para se despedir. Beijou Ysabeau nas duas faces, supervisionado por uma cabeça de javali abatido por Philippe que fora preservada e montada sobre uma placa colocada na lareira.

– Peço para Enzo levá-las?

– Acho que vamos caminhar. – Assim, ela e Marthe poderiam fazer planos. Após tantas semanas de espionagem sob o teto de Gerbert, seria difícil deixar de lado a excessiva cautela.

– Mas são cento e trinta quilômetros – ressaltou Gerbert.

– Vamos parar em Allanche para almoçar. Uma grande manada de veados habita os bosques de lá. – Elas não iriam tão longe porque Ysabeau já tinha enviado uma mensagem para que Alain fosse ao encontro delas fora dos limites de Murat. De lá Alain as levaria para Clermont-Ferrand, onde elas embarcariam em uma das máquinas voadoras infernais de Baldwin rumo a Londres. Marthe abominava viagens aéreas porque as considerava antinaturais, mas elas não podiam permitir que Diana chegasse a uma casa fria. Ysabeau passou o cartão de Jean-Luc para a mão de Gerbert.

– Até a próxima vez.

Ysabeau e Marthe saíram de braços dados pela madrugada fria. As torres do Château des Anges Déchus tornaram-se cada vez menores mais atrás, até que sumiram de vista.

– Eu preciso definir um novo alarme, Marthe. Sete e trinta e sete da manhã. Não me deixe esquecer. – Talvez a "Marcha de Henrique IV" seja mais apropriada para isso – sussurrou Ysabeau enquanto seus pés se moviam ágeis para o norte, rumo aos picos de antigos vulcões adormecidos e ao seu próprio futuro.

24

— Esta não pode ser a minha casa, Leonard. – Situada em um dos bairros mais aristocráticos de Londres, a mansão palaciana de tijolinhos com quatro andares e uma imponente fachada de cinco janelas tornava o fato inconcebível. Contudo, senti uma pontada de arrependimento. As janelas altas pintadas de branco se contrapunham ao calor dos tijolos com suas antigas vidraças que cintilavam sob o sol do meio-dia. Imaginei que o interior da casa estaria inundado de luz. E que estaria quente porque ela não tinha as duas chaminés habituais e sim três. O bronze polido na porta da frente era suficiente para montar uma banda marcial. Chamá-la de lar seria uma história um tanto gloriosa.

— Foi para este lugar que me mandaram ir, madame.... hum, senhora, hum... Diana. – Leonard Shoreditch, velho amigo de Jack e também da má reputada gangue dos meninos perdidos de Hubbard, nos esperara junto com Hamish na área de desembarque privado do aeroporto London City, em Docklands. E agora Leonard estacionava o Mercedes e esticava o pescoço por cima do banco à espera de novas instruções.

— Prometo a você que é sua casa, titia. Se não gostar, podemos trocá-la por outra. Mas, por favor, é melhor discutir as possíveis transações imobiliárias lá dentro e não sentados aqui na rua, onde qualquer criatura pode nos ver. Pegue a bagagem, rapaz. – Gallowglass saiu do banco do carona e bateu a porta atrás de si. Ainda estava com raiva por não ter sido o único a nos levar até Mayfair. Mas ele já tinha me transportado de barco ao longo de Londres e preferi me arriscar com Leonard.

Lancei outro olhar indeciso para a mansão.

— Não se preocupe, Diana. Clairmont House não é tão grande por dentro quanto por fora. Tem a escadaria, claro. E parte do reboco tem ornamentos – disse Hamish enquanto abria a porta do carro. – Pensando bem, a casa toda *é* muito grande.

Leonard postou-se frente ao porta-malas do carro e tirou a minha mala pequena e a grande placa escrita à mão que ele segurava quando se apresentou a nós. Ele alegara que gostava de fazer as coisas direito e por isso a placa tinha o nome CLAIRMONT escrito em maiúsculas. Quando Hamish argumentou que precisávamos ser discretos, Leonard riscou o nome com uma linha e rabiscou ROYDON embaixo em caracteres ainda mais escuros, usando um marcador com ponta de feltro.

– Como você conseguiu chamar Leonard? – perguntei para Hamish enquanto ele me ajudava já fora do carro. Leonard tinha sido visto pela última vez em 1591 na companhia de outro garoto com o nome estranhamente apropriado de Amen Corner. Pelo que me lembro, Matthew lançara uma adaga em direção a ambos simplesmente para entregar uma mensagem do padre Hubbard. Não me passara pela cabeça que meu marido tivera mantido contato com um dos jovens.

– Gallowglass enviou-me o número dele por mensagem de texto. Ele disse que devíamos fazer todo o possível para resguardar os assuntos de família. – Hamish lançou-me um olhar curioso. – Eu não sabia que Matthew era dono de uma empresa particular de locação de automóveis.

– A empresa pertence ao neto de Matthew e orgulha-se de ser o meio de transporte mais eficiente de Londres desde 1917. – Durante o percurso desde o aeroporto não tinham me passado despercebidos, no compartimento atrás do banco do motorista, os folhetos promocionais que anunciavam os serviços da Hubbards de Houndsditch, Ltda.

Antes que eu pudesse explicar melhor, uma senhora baixinha de quadris largos com uma carranca familiar abriu a porta azul em arco. Olhei em choque.

– Você parece ótima, Marthe. – Gallowglass inclinou-se e beijou-a. Em seguida virou-se e franziu a testa para o pequeno lance de escadas que se estendia até a calçada. – Por que ainda está na calçada, tia?

– Por que Marthe está aqui? – Com minha garganta ressecada, a pergunta soou como se eu estivesse coaxando.

– É a Diana? – Soando como um sino, a voz de Ysabeau cortou o tranquilo burburinho da cidade. – Marthe e eu estamos aqui para ajudar, é claro.

Gallowglass assobiou.

– Ficar confinada contra a própria vontade lhe fez bem, vovó. Nunca a vi tão jovial desde que a rainha Vitória foi coroada.

– Seu adulador. – Ysabeau afagou a face do neto. E depois me olhou suspirando. – Diana está branca como a neve, Marthe. Leve-a de uma vez para dentro, Gallowglass.

– Você ouviu, tia. – Ele conduziu meus pés ao degrau mais alto.

Ysabeau e Marthe me empurraram por uma entrada arejada com seu reluzente piso de mármore preto e branco, e a esplêndida escada em curva me fez arregalar os olhos. Eram quatro lances de escada encimados por uma claraboia abobadada através da qual a luz do sol realçava os detalhes nas molduras.

De lá me conduziram até uma tranquila sala de recepção. Longas cortinas de seda cinzenta penduradas nas janelas contrastavam agradavelmente com o creme das paredes. Os estofados em tons de azul-ardósia, terracota, creme e preto acentuavam o cinza, e a tênue fragrância de cravo e canela impregnava a atmosfera. O gosto de Matthew estava em toda parte: no pequeno planetário com seus fios de latão reluzentes, numa peça de porcelana japonesa e no aconchegante tapete colorido.

– Olá, Diana. Achei que você gostaria de um chá. – Era Phoebe Taylor que chegava seguida pelo aroma de lilases e o suave ruído de prata e porcelana.

– Por que você saiu de Sept-Tours? – perguntei também surpresa ao vê-la.

– Ysabeau me disse que eu seria necessária aqui. – Os saltos do sapato preto de Phoebe clicaram na madeira polida. Ela olhou para Leonard e colocou a bandeja de chá sobre uma graciosa mesa tão bem lustrada que pude ver o reflexo dela. – Desculpe, mas acho que não nos conhecemos. Gostaria de um chá?

– Leonard Shoreditch ao seu dispor, ma... madame – disse Leonard gaguejando levemente e inclinando-se em rígida mesura. – Sim, obrigado, eu adoraria um chá. Puro. Quatro cubos de açúcar.

Phoebe derramou o líquido fumegante na xícara e só colocou três cubos de açúcar antes de entregá-la a Leonard. Marthe bufou e sentou-se na cadeira de encosto reto ao lado da mesa de chá, obviamente com a intenção de supervisionar Phoebe e Leonard – como um falcão.

– Isso vai apodrecer os seus dentes, Leonard – comentei, sem conseguir conter a maternal intervenção.

– Vampiros não se preocupam muito com cáries dentárias, madame... hum, senhora... hum, Diana. – A mão de Leonard oscilou perigosamente, de modo que a pequena taça e o pires vermelho ao estilo japonês estrepitaram.

Phoebe empalideceu.

– Isso é uma porcelana Chelsea muito antiga. Tudo nesta casa devia estar exposto em vitrines no museu V&A. – Ela entregou-me uma xícara e um pires idênticos, com uma linda colher de prata equilibrada na borda. – Jamais me perdoarei se alguma coisa quebrar. São insubstituíveis.

Se Phoebe se casasse com Marcus como planejava, ela teria que se acostumar com objetos de qualidade de museu a sua volta.

Suspirei de prazer depois de tomar um gole daquele escaldante chá doce e leitoso. Fez-se silêncio. Tomei outro gole e olhei ao redor da sala. Gallowglass estava acomodado na cadeira Queen Anne de canto, com as pernas musculosas estendidas e abertas. Ysabeau estava entronizada na cadeira mais ornamentada da sala, de espaldar alto, estrutura folheada a prata e estofamento em damasco. Hamish dividia um sofá de mogno com Phoebe. Leonard estava inquietamente empoleirado em uma das cadeiras que ladeavam a mesa de chá.

Todos esperavam. Uma vez que Matthew não estava presente, os amigos e a família me olhavam à espera de orientação. Com todo o peso da responsabilidade sobre os ombros, senti o desconforto previsto por Matthew.

– Ysabeau, quando é que a Congregação a libertou? – perguntei ainda com a boca ressequida, apesar do chá.

– Eu e Gerbert chegamos a um acordo logo depois que você chegou à Escócia – ela respondeu despreocupadamente, embora o sorriso sugerisse que havia mais na história.

– Phoebe, Marcus sabe que você está aqui? – Suspeitei que ele nem desconfiava disso.

– Minha demissão da Sotheby's só entra em vigor na segunda-feira. Ele sabia que eu tinha que esvaziar a minha mesa. – Phoebe escolheu as palavras com muito cuidado, mas a resposta subjacente a minha pergunta era claramente um não. Marcus achava que a noiva ainda estava em um castelo fortificado na França e não naquela casa arejada na cidade de Londres.

– Demissão? – Fiquei surpresa.

– Se eu quiser voltar a trabalhar na Sotheby's, vou dispor de séculos para isso. – Phoebe olhou ao redor. – Se bem que eu poderia levar inúmeras vidas para catalogar os bens da família De Clermont de maneira adequada.

– Isso quer dizer que você ainda está determinada a se tornar vampira? – perguntei.

Phoebe balançou a cabeça. Eu teria que sentar com ela para tentar convencê-la a desistir. Se alguma coisa desse errado, Matthew teria as mãos sujas de sangue. E alguma coisa sempre dava errado naquela família.

– Quem vai torná-la vampira? – sussurrou Leonard para Gallowglass. – Padre H?

– Acho que o padre Hubbard já tem muitos filhos. Não acha, Leonard? – Ao pensar nisso também pensei que precisava saber quantos eram o mais rapidamente possível... o número de bruxas e demônios.

– Acho que sim, madame... hum, senhora... hum...

– A forma adequada de se dirigir à companheira de *sieur* Matthew é "madame". De agora em diante use esse título quando falar com Diana – disse Ysabeau, com vivacidade. – Isso simplifica as coisas.

Marthe e Gallowglass se voltaram para Ysabeau, com um registro de surpresa no rosto.

– *Sieur* Matthew – repeti em voz baixa. Até então Matthew era "milorde" para a família. Mas Philippe era chamado de *"sieur"* em 1590. *"Todos aqui me chamam de 'sire' ou de 'pai'."* Foi o que Philippe me respondeu quando lhe perguntei como devia tratá-lo. Na ocasião cheguei a pensar que a expressão não passava de um antiquado título honorífico francês. E agora eu entendia melhor. O tratamento de *"sieur"* (o vampiro senhor) para Matthew o designava como chefe de um clã de vampiros.

Até onde Ysabeau sabia, a nova linhagem de Matthew era um fato consumado.

– Madame de quê? – perguntou Leonard confuso.

– Só madame – respondeu Ysabeau, com toda calma. – Você pode me chamar de madame Ysabeau. Quando Phoebe se casar com milorde Marcus, ela será madame de Clermont. Por enquanto você pode chamá-la de srta. Phoebe.

– Oh. – O olhar de intensa concentração de Leonard indicava que ele estava mastigando aqueles pedaços da etiqueta vampírica.

Fez-se silêncio novamente. Ysabeau levantou-se.

– Marthe instalou-a no Quarto da Floresta, Diana. Fica ao lado do quarto de dormir de Matthew. Assim que terminar com o chá a levarei lá para cima. Você precisa descansar durante algumas horas antes de nos dizer o que necessita.

– Obrigada, Ysabeau. – Coloquei a xícara e o pires sobre a pequena mesa redonda à altura do meu cotovelo. Ainda não tinha terminado o chá, mas o calor se dissipara rapidamente através da frágil porcelana. Quanto ao que me era necessário, por onde começar?

Eu e Ysabeau atravessamos o saguão, subimos a graciosa escada até o primeiro andar e continuamos andando.

– Você terá privacidade no segundo andar – ela explicou. – Só existem dois quartos nesse pavimento, afora o estúdio de Matthew e uma pequena sala de estar. Agora que a casa é sua, claro que você pode organizar as coisas como bem entender.

– E vocês todos, onde irão dormir? – perguntei quando Ysabeau se virou para o patamar do segundo andar.

– Eu e Phoebe temos quartos no andar acima do seu. Marthe prefere dormir no térreo, na ala dos empregados. Se você achar que a casa está lotada, eu e Phoebe podemos nos mudar para a casa de Marcus. Fica perto do Palácio de St. James, e pertencia a Matthew.

– Acho que isso não será necessário – eu disse pensando no tamanho da casa.

– Vamos ver. Seu quarto. – Ysabeau abriu uma porta ampla e entalhada com uma maçaneta de latão reluzente. Engoli em seco. Tudo no quarto era em tons de verde, prata, cinza-claro e branco. As paredes eram forradas com pinturas à mão de ramos e folhas contra um fundo cinza-claro. Tons prateados geravam um efeito de luar, a lua espelhada no centro do teto de gesso aparentava ser a fonte da luz. Um rosto feminino fantasmagórico olhava do espelho com um sorriso sereno. Quatro representações de Nyx, a personificação da noite, ancoravam-se nos quatro quadrantes do teto do aposento, com véus que ondulavam em meio a uma cortina preta esfumaçada retratada à maneira realista, fazendo-a parecer de tecido real. Estrelas de prata enredadas em dissimulação captavam a luz das janelas e o reflexo do espelho.

– É extraordinário, concordo – disse Ysabeau satisfeita com minha reação. – Matthew queria criar o efeito de uma floresta sob um céu iluminado pela lua. Depois que acabaram de decorar este quarto, ele disse que era muito bonito para ser usado e passou para o quarto ao lado.

Ysabeau se dirigiu às janelas e abriu as cortinas. O brilho da luz revelou uma antiga cama de dossel que estava em um recesso da parede minimizada pelo grande tamanho da cama. As cortinas da cama eram de seda e combinavam com o padrão do papel de parede. Outro espelho de grande dimensão acima da lareira refletia as imagens das árvores no papel de parede, mandando-as de volta para o aposento. A superfície brilhante também refletia a mobília do quarto: o pequeno aparador entre as amplas janelas, o canapé perto da lareira e as flores e folhas brilhantes incrustadas na madeira de nogueira das gavetas. A decoração do quarto e o mobiliário deviam ter custado uma fortuna para Matthew.

Corri os olhos até uma grande tela onde uma feiticeira desenhava símbolos mágicos sentada no chão. A tela estava pendurada entre as janelas altas na parede em frente à cama. Uma mulher com véu interrompia o trabalho da feiticeira, a mão estendida sugeria que ela pedia ajuda à feiticeira. Era uma estranha escolha de tema para a casa de um vampiro.

– De quem era este quarto, Ysabeau?

— Se não me engano Matthew o fez para você... só que não percebeu isso na ocasião. — Ysabeau abriu outro par de cortinas.

— Alguma outra mulher dormiu aqui? — Eu nunca descansaria em um quarto que tivesse sido ocupado por Juliette Durand.

— Matthew levava as amantes para outro lugar — respondeu Ysabeau, igualmente contundente. Ao ver a minha expressão, ela suavizou o tom. — Ele possui muitas casas. A maioria não significa nada para ele. Algumas, sim. Esta aqui é uma delas. Ele não teria dado de presente para você se não a valorizasse.

— Nunca pensei que me separar dele seria tão difícil.

Ysabeau me silenciou, dizendo com um sorriso triste.

— Nunca é fácil ser consorte em uma família de vampiros. E às vezes a distância é a única maneira de estar junto com o outro. Matthew não tinha outra escolha a não ser deixá-la por um tempo.

— Algum dia Philippe baniu você do lado dele? — Observei a minha impecável sogra com visível curiosidade.

— Claro que sim. Sobretudo quando Philippe me considerava uma indesejada distração. Em outras ocasiões para impedir o meu envolvimento, caso surgisse alguma catástrofe... e na família dele isso acontecia com muita frequência. — Ela sorriu. — Meu marido sempre me afastava quando eu tentava me intrometer porque se preocupava com minha segurança.

— Isso quer dizer que Matthew aprendeu a ser superprotetor com Philippe? — perguntei pensando nas muitas vezes que ele me afastava do perigo para ele próprio enfrentá-lo.

— Matthew era mestre na arte de superproteger a mulher amada muito antes de se tornar vampiro — respondeu Ysabeau, com suavidade. — Você sabe disso.

— E você sempre obedecia às ordens de Philippe?

— Não mais do que você obedece as de Matthew. — A voz de Ysabeau soou em tom conspiratório. — E você logo vai descobrir que nunca estará livre para tomar suas decisões com todo esse patriarcalismo de Matthew. Tal como eu, talvez você acabe passando por cima desses momentos.

— Duvido. — Pressionei o punho na base de minha coluna para endireitar-me. Era o que Matthew normalmente fazia. — Preciso lhe dizer o que aconteceu em New Haven.

— Você nunca deve explicar os atos de Matthew a ninguém — disse Ysabeau acentuadamente. — Vampiros não contam histórias à toa. Em nosso mundo, saber é poder.

– Você é mãe de Matthew. Claro que não devo guardar segredos de você. – Rememorei os acontecimentos dos últimos dias. – Matthew descobriu a identidade de um dos filhos de Benjamin... e conheceu um bisneto que até então ele não conhecia. – De todas as estranhas voltas e mais voltas que nossa vida tomara, o encontro com Jack e o pai dele tinha que ser o mais importante, até porque agora estávamos na cidade do padre Hubbard. – Ele se chama Jack Blackfriars e viveu em nossa casa em 1591.

– Então, finalmente o meu filho sabe sobre Andrew Hubbard – disse Ysabeau, sem qualquer emoção no rosto.

– Você *sabia*? – gritei.

O sorriso de Ysabeau teria me aterrorizado – em outros tempos.

– E você ainda acha que mereço sua completa honestidade, filha?

Matthew me avisara que eu não estava preparada para liderar um bando de vampiros.

– Você é consorte de um senhor, Diana. Você precisa aprender a dizer para os outros apenas o que eles precisam saber e nada mais – ela instruiu-me.

Embora com minha primeira lição aprendida, certamente havia mais.

– Você vai me ensinar, Ysabeau?

– Sim. – A resposta de uma única palavra era mais confiável que qualquer longo voto. – Diana, em primeiro lugar você deve ser cuidadosa. Mesmo sendo companheira e consorte de Matthew, você é uma De Clermont e deve permanecer assim até que essa questão da linhagem esteja resolvida. Seu status na família de Philippe vai proteger Matthew.

– Matthew disse que a Congregação vai tentar matá-lo... e a Jack também, depois que ficar sabendo sobre Benjamin e a ira do sangue – eu disse.

– Eles vão tentar. Mas não vamos deixar que façam isso. Por ora, você deve descansar. – Ysabeau puxou a colcha de seda da cama e arrumou os travesseiros.

Circulei a enorme cama, passando a mão em torno de um dos postes que sustentavam o dossel. A escultura sob os meus dedos me era familiar. *Eu tinha dormido naquela cama antes*, caí em mim. Aquela cama não era de outra mulher. Era minha. Era a cama de nossa casa em Blackfriars, no ano de 1590, que de alguma forma sobrevivera aos séculos anteriores até chegar à câmara que Matthew consagrara ao luar e ao encantamento.

Depois de uma palavra de agradecimento sussurrada para Ysabeau, descansei a cabeça nas almofadas macias e adormeci em um sono conturbado.

* * *

Dormi por cerca de vinte e quatro horas, e poderia ter sido mais se o alarme estridente de um carro não tivesse me tirado dos sonhos, fazendo-me mergulhar em uma escuridão desconhecida e esverdeada. Só então os outros sons penetraram em minha consciência: a azáfama do tráfego na rua do outro lado de minhas janelas, uma porta fechando em algum lugar na casa e uma conversa logo abafada no corredor.

Na esperança de que um fluxo de água quente pudesse descontrair a rigidez dos meus músculos e clarear a minha cabeça, explorei um labirinto de pequenos cômodos depois de atravessar uma porta branca. Encontrei não apenas um chuveiro, mas também a minha mala dentro de um armário com uma dobradura projetada para peças de bagagem. Retirei da mala as duas folhas do Ashmole 782 e o meu laptop. O resto da bagagem deixava muito a desejar. Afora algumas roupas íntimas, alguns tops, calças de ioga que não cabiam mais em mim, um par de sapatos que não combinavam e calças pretas de grávida, não havia mais nada na mala. Felizmente, encontrei muitas camisas dobradas no armário de Matthew. Enfiei uma camisa de casimira cinza pelos braços e os ombros e desviei da porta fechada que certamente levaria ao quarto dele.

Cheguei ao primeiro andar de pés descalços, com o laptop e o enorme envelope que guardava as folhas do *Livro da vida* nos braços. As grandes salas daquele andar estavam vazias – um salão de baile ecoava com cristal e ouro suficiente para pintar e reformar o Versailles, uma salinha de música com um piano e outros instrumentos, um salão de beleza formal que parecia decorado por Ysabeau, uma sala de jantar igualmente formal com uma infindável mesa de mogno com capacidade para vinte e quatro pessoas, uma biblioteca abarrotada de livros do século XVIII e uma sala de jogos com mesas cobertas de feltro verde que pareciam tiradas de um romance de Jane Austen.

Eu estava ansiosa por uma atmosfera caseira e resolvi descer para o andar térreo. Na sala de estar, nenhuma alma viva. Segui em meio a espaços de escritórios, salas de estar e salas íntimas até encontrar uma sala de jantar mais aconchegante que a do andar de cima. Localizada na parte de trás da casa, a janela curvava-se para um pequeno jardim privado. A pintura das paredes se assemelhava a tijolos, o que emprestava calor ao ambiente e convidava o ar. Outra mesa de mogno redonda e não retangular como a primeira era cercada por apenas oito cadeiras e tinha em cima uma variedade de livros antigos cuidadosamente arranjados.

Phoebe entrou na sala e colocou uma bandeja com chá e torradas sobre um pequeno aparador.

– Marthe avisou-me que você acordaria a qualquer momento. Ela me disse que lhe servisse isso primeiro e que se você estivesse com fome teria ovos e linguiça na cozinha. Geralmente não comemos aqui. Quando a comida retorna pela escada, vira pedra fria.

– O que é tudo isso? – Apontei para a mesa.

– Os livros que você pediu a Hamish – disse Phoebe, endireitando um volume que estava ligeiramente desarrumado. – Ainda estamos esperando outros. Como você é historiadora, coloquei-os em ordem cronológica. Espero que esteja tudo bem.

– Mas pedi para quinta-feira – retruquei perplexa.

O pedido ocorrera na manhã de domingo. Como ele conseguira tal façanha? Uma das folhas de papel estampava um título e uma data – *Arca Noë 1675* – em elegante letra feminina junto ao preço e ao nome e endereço do livreiro.

– Ysabeau conhece cada negociante de Londres. – A boca de Phoebe ergueu-se com um sorriso maroto, transformando um rosto atraente em bonito. – O que não é de espantar. A frase "o preço não é importante" mobiliza qualquer casa de leilão, independentemente de hora e de finais de semana.

Peguei outro volume – *Obeliscus Pamphilius*, de Kircher – e abri a capa. A extensa assinatura de Matthew estava na folha em branco.

– Primeiro vasculhei as bibliotecas aqui de Pickering Place. Não faria sentido comprar alguma coisa que você já tinha – explicou Phoebe. – Matthew tem um gosto amplo quando se trata de livros. Encontrei na Pickering Place uma primeira edição do *Paradise Lost* e uma primeira edição do *Poor Richard's Almanack* assinado por Franklin na parte superior.

– Pickering Place? – Continuei traçando as letras da assinatura de Matthew com o dedo.

– A casa de Marcus perto do Palácio de St. James. Suponho que tenha sido um presente de Matthew. Ele viveu lá antes de construir a Clairmont House – disse Phoebe de lábios franzidos. – Mesmo que Marcus seja fascinado por política, não acho apropriado que a Magna Carta e uma das cópias originais da Declaração de Independência permaneçam em mãos de particulares. Tenho certeza que você concorda.

Levantei o dedo da página. O semblante de Matthew pairou por um segundo acima do espaço em branco onde ele tinha assinado. Phoebe arregalou os olhos.

– Desculpe – eu disse, fazendo a tinta retornar ao papel, rodopiando pela superfície e recolocando a assinatura do meu marido. – Eu não devia fazer magia na frente de sangues-quentes.

– Mas você não disse palavra alguma nem escreveu encantamentos. – Phoebe pareceu confusa.

– Algumas bruxas não precisam recitar encantamentos para fazer magia. – Lembrei das palavras de Ysabeau e expliquei o mais sucintamente possível.

– Ah. – Ela balançou a cabeça. – Ainda tenho muito que aprender sobre as criaturas.

– Eu também. – Sorri calorosamente e Phoebe me deu um sorriso hesitante em troca.

– Ainda está interessada nas imagens de Kircher? – ela perguntou enquanto abria um tomo grosso do autor com todo zelo. Era um livro sobre o magnetismo: *Magnes sive De Arte Magnetica*. A página com o título gravado mostrava uma árvore alta cujos ramos largos ostentavam os frutos do conhecimento encadeados para sugerir uma ligação comum. No centro, o olho divino contemplava o mundo eterno dos arquétipos e da verdade. Uma fita serpenteava por entre os ramos e frutos da árvore, apresentando um lema em latim: *Omnia nodis arcanis connexa quiescunt*. A tradução de lemas era tarefa complicada, uma vez que os significados eram propositalmente enigmáticos, mas a maioria dos estudiosos o interpretava como se referindo às influências magnéticas ocultas que segundo Kircher davam unidade ao mundo: "Todas as coisas estão em repouso, interligadas por nós secretos."

– *Eles todos esperam em silêncio, interligados por nós secretos* – murmurou Phoebe. – Quem são "eles"? E o que esperam?

Sem um conhecimento detalhado das ideias de Kircher sobre o magnetismo, Phoebe extraíra um significado bem diferente do que estava inscrito.

– E por que esses quatro discos maiores? – Ela apontou para o centro da página, onde três discos estavam dispostos de forma triangular em torno de um quarto que continha um olho aberto.

– Não sei ao certo – confessei enquanto lia as descrições em latim que acompanhavam as imagens. – O olho representa o mundo dos arquétipos.

– Oh. A origem de todas as coisas. – Ela olhou a imagem mais de perto.

– O que você disse? – Meu terceiro olho se abriu, subitamente interessado no que Phoebe Taylor tinha a dizer.

– Arquétipos são padrões originais. Veja aqui, o mundo sublunar, o céu e o homem – ela disse tamborilando em cada um dos três discos ao redor do olho arquetípico. – Cada um deles está ligado ao mundo dos arquétipos... o seu ponto de origem e ainda algum outro. O lema sugere que as cadeias devem ser vistas como nós, apesar de tudo mais. Não sei se isso é relevante

– Ora, acho que é relevante – comentei baixinho, na certeza de que Athanasius Kircher e a venda da Villa Mondragone tinham sido eles cruciais na série de eventos que levavam de Edward Kelley em Praga à última folha que faltava. De alguma forma o padre Athanasius deve ter conhecido o mundo das criaturas. Se é que ele próprio não era uma criatura.

– A Árvore da Vida é um arquétipo poderoso por si mesma, é claro – continuou Phoebe. – Ela também descreve as relações entre as partes distintas do mundo criado. Por isso mesmo, os genealogistas utilizam as árvores genealógicas para mostrar as linhagens de descendência.

Uma historiadora da arte na família seria um acontecimento inesperado – tanto no sentido da pesquisa como das conversações. Finalmente, eu podia conversar com alguém sobre as imagens arcanas.

– E você sabe qual é a importância das árvores do conhecimento na imagética científica. Mas nem todas são representadas como o são aqui – disse Phoebe pesarosa. – Quase todas são simples diagramas de ramificação, como a Árvore da Vida na *Origem das espécies* de Darwin. Serviu apenas de imagem para o livro inteiro. É uma pena que Darwin não tenha pensado em se unir a um bom artista como fez Kircher... alguém que pudesse produzir alguma coisa realmente maravilhosa.

Os fios atados que esperavam silenciosamente a minha volta começaram a brilhar. Mas ainda faltava alguma coisa. Alguma conexão poderosa que estava quase ao meu alcance, se apenas...

– Onde estão todos? – Hamish enfiou a cabeça na sala.

– Bom-dia, Hamish – disse Phoebe, com um sorriso caloroso. – Leonard saiu para pegar Sarah e Fernando. Todos estão em algum lugar por aí.

– Olá, Hamish. – Gallowglass acenou da janela do jardim. – Sentindo-se melhor depois do sono, tia?

– Muito melhor, obrigada. – Mas eu estava atenta em Hamish.

– Ele não ligou – disse Hamish docilmente em resposta à minha pergunta silenciosa.

Isso não me surpreendeu. Mas olhei para os novos livros a fim de ocultar a decepção.

– Bom-dia, Diana. Olá, Hamish. – Ysabeau deslizou para dentro da sala e ofereceu a face para o demônio que a beijou obediente. – Phoebe já localizou os livros que você precisa, Diana, ou ela deve continuar procurando?

– Phoebe fez um trabalho incrível... e com muita rapidez. Mas talvez eu ainda precise de ajuda.

– Bem, para isso estamos aqui. – Ysabeau chamou o neto e olhou-me com determinação. – Seu chá esfriou. Marthe vai trazer mais, e depois você nos dirá o que deve ser feito.

Só depois que Marthe obedeceu à ordem (com algo mentolado e descafeinado e não com o chá-preto e forte que Phoebe preparara) e que Gallowglass juntou-se a nós é que mostrei as duas folhas do Ashmole 782. Hamish assobiou.

– São duas iluminuras retiradas do *Livro da vida* no século XVI... o manuscrito conhecido atualmente como Ashmole 782. Ainda precisamos encontrar uma terceira: a imagem de uma árvore. Um pouco parecida com isto. – Mostrei o frontispício do livro de Kircher sobre o magnetismo. – Precisamos encontrá-la antes que outro a encontre, e refiro-me a Knox, a Benjamin e à Congregação.

– Por que todos querem tanto o *Livro da vida*? – Os astutos olhos cor de oliva de Phoebe eram sinceros. Perguntei-me por quanto tempo ficariam assim depois que ela se tornasse uma De Clermont e uma vampira.

– Nenhum de nós realmente sabe – admiti. – É um grimório? A história de nossas origens? Algum tipo de registro? Já o segurei duas vezes: uma vez na Bodleiana em Oxford, em estado danificado, e outra vez no gabinete de curiosidades do imperador Rodolfo, ainda inteiro e completo. Ainda não sei por que tantas criaturas o procuram. O que sei com certeza é que o *Livro da vida* guarda muito poder... poder e segredos.

– Não é à toa que bruxas e vampiros estejam tão interessados em adquiri-lo – comentou Hamish em tom seco.

– Demônios também, Hamish – acrescentei. – É só perguntar para Agatha Wilson, a mãe de Nathaniel. Ela também o quer.

– Onde achou esta segunda folha? – Ele tocou na imagem dos dragões.

– Alguém a levou para New Haven.

– Quem? – perguntou Hamish.

– Andrew Hubbard. – Após os avisos de Ysabeau, fiquei em dúvida se devia ter revelado isso. Mas Hamish era nosso advogado, não podíamos guardar segredos para ele. – Ele é um vampiro.

– Ora, sei muito bem quem é Andrew Hubbard e o que ele é. Afinal, sou um demônio e trabalho na cidade – disse Hamish, dando uma risada. – Mas estou surpreso por Matthew deixá-lo se aproximar. Ele despreza esse homem.

Eu poderia ter explicado que as coisas tinham mudado bastante e o porquê disso, mas a história de Jack Blackfriars teria que ser contada por Matthew.

– O que a imagem desaparecida da árvore tem a ver com Athanasius Kircher? – perguntou Phoebe, trazendo o assunto em pauta para a nossa atenção.

– Durante a minha estada em New Haven, a minha colega Lucy Meriweather ajudou-me a rastrear o paradeiro do *Livro da vida*. Um dos manuscritos misteriosos de Rodolfo acabou nas mãos de Kircher. Pensamos então que a iluminura da árvore poderia estar entre esses manuscritos. – Fiz um gesto frente ao frontispício de *Magnes sive De Arte Magnetica*. – Estou mais certa do que nunca de que no mínimo Kircher viu a imagem, apenas baseada nessa ilustração.

– Você não pode apenas investigar os livros e artigos de Kircher? – perguntou Hamish.

– Posso – respondi sorrindo –, desde que os livros e os papéis também possam ser localizados. Transferiram a coleção pessoal de Kircher para uma antiga residência papal por segurança... a Villa Mondragone, na Itália. No início do século XX os jesuítas começaram a vender discretamente alguns livros para aumentar a receita. Eu e Lucy achamos que talvez tenham vendido a folha nessa ocasião.

– Nesse caso, não deve haver registros de venda – disse Phoebe pensativa. – Você já contatou os jesuítas?

– Já. – Balancei a cabeça. – Eles não têm registros de vendas... ou o venderam ou não querem compartilhá-lo. Lucy também escreveu para as principais casas de leilões.

– Bem, ela não teria ido muito longe. Informação de vendas é um assunto confidencial – disse Phoebe.

– Foi o que nos disseram. – Hesitei apenas o tempo suficiente para que Phoebe oferecesse o que eu temia pedir.

– Hoje mesmo mandarei um e-mail para Sylvia, dizendo que não poderei limpar a minha mesa amanhã como planejava – disse Phoebe. – Não posso segurar a Sotheby's por tempo indeterminado, mas existem outros recursos que posso verificar e pessoas que poderão se abrir comigo se forem abordadas de maneira adequada.

Antes que eu pudesse responder, a campainha tocou. Após uma pequena pausa, tocou novamente. E mais uma vez. Na quarta vez, um toque insistente, como se o visitante tivesse deixado o dedo no botão.

– Diana! – soou o grito de uma voz familiar. Ao toque seguiram-se batidas.

– Sarah! – Soltei um grito e coloquei-me de pé.

Uma brisa fresca de outubro entrou na casa, levando consigo os odores de enxofre e açafrão. Corri até o corredor. Lá estava Sarah com seu rosto branco e seus cabelos agitados em louco emaranhado avermelhado ao redor dos ombros. Mais atrás, Fernando carregava duas malas como se não pesassem mais do que uma simples carta.

Os olhos vermelhos de Sarah encontraram os meus. Ela soltou a caixa de Tabitha que tombou no piso de mármore com um baque e estendeu os braços.

Corri para eles. Quando criança Em sempre me oferecia conforto quando me sentia sozinha e assustada, mas agora Sarah era exatamente de quem eu precisava.

— Vai ficar tudo bem, querida – ela sussurrou, dando-me um abraço apertado.

— Acabei de falar com padre H, que me disse para seguir à risca as suas instruções, senhora... madame – disse Leonard Shoreditch satisfeito enquanto passava por Sarah e por mim para dentro da casa. Ele me cumprimentou com desenvoltura.

— Andrew disse mais alguma coisa? – perguntei, afastando-me de minha tia. Talvez Hubbard tivesse passado alguma notícia de Jack... ou de Matthew.

— Deixe-me ver. – Leonard puxou a ponta de seu longo nariz. – Padre H disse para que me certificasse se a senhora sabe onde Londres começa e termina; se houver problemas, seguir direto para a St. Paul, onde terá ajuda.

Saudáveis tapinhas nas costas indicavam que Fernando e Gallowglass tinham se reunido.

— Algum problema? – sussurrou Gallowglass.

— Nenhum, a não ser quando tive que convencer Sarah a não desativar o detector de fumaça do banheiro da primeira classe para que ela pudesse fumar furtivamente – disse Fernando em tom amável. – Da próxima vez que ela precisar fazer um voo internacional, mande um avião dos De Clermont. Nós esperamos.

— Obrigada por trazê-la com tanta rapidez, Fernando. – Sorri agradecida. – Você deve estar desejando nunca nos ter conhecido. Tudo que nós as Bishop fazemos é enredá-lo ainda mais com os De Clermont e seus problemas.

— Pelo contrário – ele disse amavelmente –, você está me libertando deles. – Para o meu espanto, Fernando largou as malas e ajoelhou-se a minha frente.

— Levante-se. Por favor. – Tentei levantá-lo.

— A última vez que caí de joelhos diante de uma mulher foi quando perdi um dos navios de Isabel de Castela. Dois guardas me forçaram a fazê-lo na ponta da espada, para implorar pelo perdão dela – disse Fernando, com ironia nos lábios. – Mas agora faço isso voluntariamente e só me levantarei quando tiver feito tudo.

Marthe apareceu e se mostrou surpresa pela visão de Fernando em abjeta posição.

— Não tenho mais amigos nem parentes. Aquele que me fez se foi. Meu companheiro se foi. E não tenho filhos. – Fernando mordeu o punho e o cerrou. O sangue que brotou do ferimento correu pelo braço e salpicou o piso preto e branco. – Dedico meu sangue e meu corpo ao serviço e à honra de sua família.

– Caramba – exclamou Leonard. – Padre H não faz assim. – Eu tinha visto Andrew Hubbard empossar uma criatura em seu rebanho e, mesmo sendo duas cerimônias distintas, o tom e a intenção eram similares.

Mais uma vez, todos na casa esperaram pela minha resposta. Talvez houvesse regras e precedentes a seguir, mas naquele momento, além de desconhecê-los, não me importava quais eram. Segurei a mão ensanguentada de Fernando.

– Obrigada por confiar em Matthew. – Fui lacônica.

– Sempre confiei nele – disse Fernando, olhando-me com firmeza. – Agora é hora de Matthew confiar em si mesmo.

25

— Encontrei. – Phoebe colocou o e-mail impresso na superfície de couro da escrivaninha georgiana à minha frente. Como ela não tinha batido educadamente na porta da sala de estar antes de entrar, deduzi que havia acontecido alguma coisa emocionante.

— Já? – Olhei para ela espantada.

— Falei com o meu ex-supervisor que estava em busca de um item para a família De Clermont... a imagem de uma árvore desenhada por Athanasius Kircher. – Phoebe olhou ao redor da sala com olhos de especialista, fixando-se no tabuleiro de xadrez chinês em preto e dourado dentro de uma vitrine, na cadeira talhada de bambu falso e nas almofadas de seda coloridas espalhadas na espreguiçadeira próxima à janela. E depois ela olhou para as paredes murmurando o nome de Jean Pillement e as palavras "impossível", "impagável" e "museu".

— Mas as ilustrações do *Livro da vida* não foram feitas por Kircher. – Peguei o endereço do e-mail com a testa franzida. – E não é uma imagem. É uma folha arrancada de um manuscrito.

— Atribuição e proveniência são cruciais para uma boa venda – explicou Phoebe.

— A tentação de vincular a imagem a Kircher acabou sendo irresistível. E se as bordas do pergaminho estivessem limpas e o texto, invisível, isso teria elevado o preço ao de um desenho ou uma pintura.

Li a mensagem. Começava com uma referência ao pedido de demissão de Phoebe e ao seu futuro estado civil. Mas as linhas seguintes é que me chamaram a atenção:

> Eu posso encontrar o registro de venda e compra de "uma alegoria da Árvore da Vida que se acredita ter sido exibida um dia no museu de Athanasius

Kircher, SJ, em Roma". Isso pode ser a imagem que os De Clermont estão procurando?

— Quem a comprou? — sussurrei quase sem fôlego.

— Sylvia não quis me dizer — disse Phoebe, apontando para as linhas finais do e-mail. — Foi uma venda recente, e os detalhes são confidenciais. Ela revelou o preço de compra: 1.650 libras.

— Isso é tudo? — exclamei. A maioria dos livros que Phoebe comprara para mim custara muito mais que isso.

— A eventual procedência Kircher não foi o bastante para convencer os potenciais compradores a gastar mais — ela disse.

— Não existe mesmo nenhuma maneira de descobrir a identidade do comprador? — Cogitei a possibilidade de usar a magia para saber mais.

— A Sotheby's não pode se dar ao luxo de contar segredos dos seus clientes. — Phoebe balançou a cabeça. — Imagine como Ysabeau reagiria se tivesse sua privacidade violada.

— Você me chamou, Phoebe? — Minha sogra colocou-se na porta em arco antes que a semente do meu plano pudesse germinar os seus primeiros rebentos.

— Phoebe descobriu que o registro de uma venda recente na Sotheby's descreve uma imagem muito parecida com a que estou procurando — expliquei para Ysabeau. — Eles não vão nos revelar quem comprou.

— Sei onde os registros de vendas são mantidos — disse Phoebe. — Talvez eu pudesse dar uma olhada quando fosse entregar as chaves na Sotheby's.

— Não, Phoebe. É muito arriscado. Se você puder me dizer exatamente onde estão, talvez eu consiga descobrir um jeito de acessá-los. — Isso seria feito pela combinação de minha magia com a quadrilha dos ladrões e dos meninos perdidos de Hubbard. Mas a minha sogra tinha suas próprias ideias.

— Ysabeau de Clermont chamando lorde Sutton. — Sua voz clara ecoou nos tetos altos da sala.

Phoebe ficou chocada.

— Você não pode simplesmente chamar o diretor da Sotheby's e esperar que ele faça o que lhe pedir.

Aparentemente, Ysabeau podia — e fez.

— Charles. Quanto tempo! — Ysabeau recostou-se na cadeira e rolou suas pérolas por entre seus dedos. — Você tem andado tão ocupado e tive que contar com Matthew por notícias suas. E o refinanciamento que ele o ajudou a fazer... teve o alcance que você esperava?

Ysabeau suavizou com exclamações de interesse e expressões de apreço à inteligência do lorde. Se eu tivesse que descrever seu comportamento, seria tentada a chamá-lo de manhoso como uma gatinha – desde que essa gatinha fosse um filhote de tigre de Bengala.

– Oh, fico muito feliz, Charles. Matthew sabia que funcionaria. – Ysabeau correu um dedo pelos seus delicados lábios. – Eu estava pensando que talvez você pudesse me ajudar com um pequeno problema. Marcus vai se casar, você sabe, com uma de suas funcionárias. Eles se conheceram quando Marcus arrematou aquelas miniaturas que você adquiriu tão amavelmente para mim em janeiro.

A resposta de lorde Sutton era inaudível, mas o caloroso sussurro de satisfação na voz dele era inconfundível.

– A arte casamenteira. – O riso de Ysabeau soou cristalino. – Como você é espirituoso, Charles. Marcus colocou seu coração na compra de um presente especial para Phoebe, algo que ele se lembrou de que já tinha visto antes... a imagem de uma árvore de família.

Arregalei os olhos.

– Psiu! – Acenei. – Não é uma árvore genealógica. É...

A mão de Ysabeau fez um gesto de dispensa enquanto os murmúrios do outro extremo da linha se tornavam ansiosos.

– Se não me engano Sylvia acompanhou a venda recente de um lote. Mas claro que a discrição a impediria de me dizer quem o comprou. – Ysabeau balançou a cabeça em assentimento ao ouvir a resposta de desculpas. Mas logo a gatinha atacou. – Charles, entre em contato com o proprietário para mim. Não suportarei um desapontamento do meu neto neste momento tão feliz.

Lorde Sutton foi reduzido a um profundo silêncio.

– Os De Clermont são afortunados por terem uma relação tão longa e feliz com a Sotheby's. A torre de Matthew teria despencado sob o peso dos próprios livros, se ele não tivesse encontrado Samuel Baker.

– Meu Deus. – Phoebe estava de queixo caído.

– E você conseguiu esvaziar a maior parte da casa de Matthew em Amsterdã. Nunca gostei daquele sujeito nem dos quadros dele. Você sabe de quem estou falando. Qual é mesmo o nome dele? Aquele cujas pinturas parecem inacabadas?

– Frans Hals – sussurrou Phoebe, girando os olhos.

– Frans Hals. – Ysabeau balançou a cabeça em aprovação a sua futura nora e neta. – E agora você e eu teremos que convencê-lo a se desfazer do retrato daquele ministro sombrio que está pendurado sobre a lareira na sala de estar do andar de cima.

Phoebe fez um muxoxo. Suspeitei que uma viagem para Amsterdã seria incluída nas suas próximas aventuras de catalogação.

Lorde Sutton fez algumas garantias, mas Ysabeau não quis saber de nada.

– Confio em você plenamente, Charles. – Ela o interrompeu, se bem que era claro para todos, particularmente para lorde Sutton, que ela não confiava. – Podemos discutir isso durante o café de amanhã.

Lorde Sutton fez um muxoxo. Seguiu-se um rápido fluxo de explicações e justificativas.

– Você não precisa ir à França. Estou em Londres. Na verdade, pertinho do seu escritório na Bond Street. – Ysabeau tamborilou no próprio rosto. – Onze horas? Ótimo. Dê meus cumprimentos a Henrietta. Até amanhã.

Ela desligou o telefone.

– O que foi? – perguntou olhando tanto para Phoebe como para mim.

– Você só destratou lorde Sutton! – exclamou Phoebe. – Você não disse que a diplomacia era necessária?

– Diplomacia, sim. Esquemas elaborados, não. O simples é frequentemente melhor. – Ysabeau sorriu como um tigre. – Charles deve muito a Matthew. Com o tempo, você também terá muitas criaturas em dívida com você, Phoebe. E acabará entendendo que é fácil satisfazer seus desejos. – Ela me olhou abruptamente. – Você está pálida, Diana. Não se sente feliz pelo fato de que logo, logo terá as três folhas perdidas do *Livro da vida*?

– Claro – retruquei.

– Qual é o problema, então? – A sobrancelha de Ysabeau arqueou.

O problema? Quando as três folhas perdidas chegassem às minhas mãos, não haveria mais nada entre mim e a necessidade de roubar um manuscrito da Biblioteca Bodleiana. Eu estava prestes a me tornar uma garota que roubava livros.

– Nenhum – respondi debilmente.

De volta à escrivaninha da Sala Chinesa, assim chamada com muita propriedade, examinei as gravuras de Kircher outra vez, sem pensar no que poderia acontecer se Phoebe e Ysabeau encontrassem a última folha perdida. Incapaz de me concentrar nos meus esforços para localizar as diferentes gravuras de uma árvore no corpo substancial da obra de Kircher, eu me levantei e fui até a janela. A rua abaixo estava tranquila, apenas com um pai ocasional que passeava com uma criança pela calçada e um turista que segurava um mapa.

Matthew sempre me tirava das preocupações com um trecho de uma canção ou com uma piada, ou (melhor ainda) com um beijo. Com saudade de Matthew perambulei pelo corredor do segundo andar vazio até chegar ao estúdio dele. Após um momento de indecisão com a mão sobre a maçaneta, girei-a e entrei.

O aroma de cravo e canela tomou conta de mim. Embora Matthew não pudesse ter estado ali nos últimos 12 meses, sua ausência e minha gravidez tornaram-me mais sensível ao cheiro dele.

Fosse qual fosse o decorador que tivesse projetado o meu opulento quarto e a sala de estar onde eu tinha passado a manhã, ele não teve permissão de entrar naquele estúdio que, além de masculino, era arrumado demais, as paredes alinhavam-se com estantes e janelas. Esplêndidos globos – um, celeste, outro, terrestre – dispostos em uma estante de madeira, prontos para serem consultados para eventuais questões de astronomia ou de geografia. Curiosidades naturais dispersas aqui e ali sobre mesinhas. Caminhei no sentido horário ao redor do aposento, como se tecendo um feitiço para trazer Matthew de volta, detendo-me ocasionalmente para observar um livro ou girar o globo celeste. Uma cadeira estranhíssima me fez dar uma pausa mais longa. No encosto alto e profundamente curvo imbricava-se uma prateleira de couro com livros, o assento era moldado à semelhança de uma sela. Só se poderia sentar na cadeira montando-a, como Gallowglass fazia quando revirava uma cadeira na mesa da sala de jantar. Quem montasse no assento de frente para a prateleira de livros teria a engenhoca na altura perfeita para segurar um livro ou algum equipamento de escrita. Experimentei a teoria balançando a perna por sobre o assento acolchoado. Era surpreendentemente confortável e imaginei Matthew sentado naquela cadeira, lendo por horas a fio sob a ampla luz das janelas.

Desmontei da cadeira, girei o corpo e me deparei com algo sobre a lareira que me fez suspirar: um retrato em tamanho natural de Philippe e Ysabeau. Mãe e pai de Matthew com roupas admiráveis de meados do século XVIII, um período feliz da moda em que os vestidos das mulheres ainda não se pareciam com gaiolas e os longos cachos e saltos altos dos homens do século anterior já estavam para trás. Meus dedos coçaram para tocar a superfície da pintura, convencidos de que seriam recebidos com sedas e rendas e não com a tela.

O mais marcante naquele retrato não era a vivacidade dos traços (embora fosse impossível não reconhecer Ysabeau), mas a forma com que o artista capturara a relação entre Philippe e a esposa.

Em um terno de seda creme e azul Philippe de Clermont encarava o espectador, com os ombros largos e quadrados voltados para a tela e a mão direita estendida para Ysabeau, como se para apresentá-la. Um sorriso brincava nos lábios de Philippe, um toque suave acentuava as linhas duras do seu rosto e a longa espada que pendia do seu cinto. Mas os olhos de Philippe não encontravam os meus, como a posição do corpo sugeria, pois olhavam de soslaio para Ysabeau. Pelo que parecia, nada podia desviar sua atenção da mulher amada. Representada quase que de perfil, Ysabeau descansava levemente uma das mãos na mão do marido enquanto a outra segurava as dobras de um vestido de seda creme e dourado, como se prestes a se aproximar de Philippe. Mas em vez de olhar para o marido, ela corajosamente olhava de lábios entreabertos para o espectador, como se surpreendida por ser interrompida em um momento tão íntimo.

Ouvi passos atrás e senti o formigamento do olhar de uma bruxa sobre mim.

– Esse é o pai de Matthew? – perguntou Sarah, apoiando-se no meu ombro e de olho na grande tela.

– Sim. Que semelhança incrível – eu disse balançando cabeça.

– Imaginei que era pela perfeição com que o artista capturou Ysabeau. – Sarah se voltou para mim. – Você não parece bem, Diana.

– Isso não surpreende, não é? – retruquei. – Matthew se foi para unir a família. Isso pode levá-lo à morte e fui eu que lhe pedi para que fizesse isso.

– Nem mesmo você poderia fazer com que Matthew fizesse algo que não quisesse fazer – disse Sarah sem rodeios.

– Sarah, você não sabe o que aconteceu em New Haven. Matthew descobriu que tinha um neto de quem não sabia nada, filho de Benjamim, e também um bisneto.

– Fernando me contou tudo sobre Andrew Hubbard, Jack e a ira do sangue – disse Sarah. – Ele também me disse que Baldwin ordenou a Matthew que matasse o menino, mas que você não o deixaria fazer isso.

Olhei para Philippe, querendo entender por que ele nomeara Matthew como carrasco oficial da família De Clermont.

– Jack era como um filho para nós, Sarah. E se Matthew o matasse, o que o impediria de também matar os gêmeos, caso apresentassem a ira do sangue?

– Baldwin nunca pediria a Matthew para matar sua própria carne e sangue – disse Sarah.

– Pediria, sim – eu disse melancólica. – Ele faria isso.

— Isso soa como se Matthew tivesse que fazer o que tem que fazer – ela retrucou em tom firme. – Você também precisa fazer o seu trabalho.

— Estou fazendo – soei na defensiva. – Meu trabalho é encontrar as folhas perdidas do *Livro da vida*, juntá-las e usá-las como alavancagem... com Baldwin, com Benjamin e até mesmo com a Congregação.

— Você também tem que cuidar dos gêmeos. – Sarah gesticulou. – Perambular pela casa sozinha não fará bem algum nem para você nem para eles.

— Não se atreva a me manipular com essa história de gravidez – repliquei furiosa, mas com frieza. – Já estou me esforçando demais para não odiar os meus próprios filhos, sem falar de Jack... agora. – Não era justo nem lógico, mas os culpava pela separação do meu marido, mesmo tendo sido a única a insistir nisso.

— Odiei você por um tempo. – O tom de Sarah tornou-se incisivo. – Se não fosse por você, Rebecca ainda estaria viva. Era o que pensava comigo mesma.

Essas palavras não me surpreenderam. As crianças sempre sabem o que os adultos estão pensando. Com Em nunca me sentira culpada pela morte dos meus pais. Claro, ela sabia o que eles estavam planejando – e por quê. Mas com Sarah era uma história diferente.

— Depois, superei isso – continuou Sarah calmamente. – Você também vai superar. Um dia você vai olhar os gêmeos e vai perceber que Matthew estará olhando para você nos olhos de uma criança de oito anos de idade.

— Minha vida não faz sentido sem ele – eu disse.

— Matthew não pode ser todo o seu mundo, Diana.

— Ele já é – sussurrei. – E quando ele conseguir se libertar dos De Clermont, vai precisar de mim ao lado como Philippe precisava de Ysabeau. Mas jamais chegarei aos pés dela.

— Bobagem. – Sarah pôs as mãos nos quadris. – Você está louca se pensa que Matthew quer que você seja como a mãe dele.

— Você ainda tem muito a aprender sobre os vampiros. – Por alguma razão a frase não soou tão convincente na boca de uma bruxa.

— Ah. Só agora vejo o problema. – Os olhos de Sarah se estreitaram. – Em disse que você voltaria diferente para nós... completamente. Mas você ainda está tentando ser o que você não é. – Ela me apontou um dedo acusador. – Você está toda vampira de novo.

— Pare com isso, Sarah.

— Se Matthew quisesse uma noiva vampira, ele próprio a escolheria. Que inferno, ele poderia tê-la transformado em vampira no último outubro em Madison – ela disse. – Você daria o seu sangue de bom grado para ele.

– Matthew se negou a me transformar – expliquei.

– Eu sei. Ele me prometeu isso antes de sair pela manhã. – Sarah me olhou furiosa. – Se Matthew não se importa que você seja uma bruxa, por que a transformaria em vampira? – Sem minha resposta, ela me pegou pela mão.

– Para onde vamos? – perguntei quando minha tia arrastou-me escada abaixo.

– Lá para fora. – Ela parou em frente aos vampiros que estavam no saguão de entrada. – Diana precisa se lembrar de quem ela é. Você também vem, Gallowglass.

– *Ooo... kaaay.* – Ele arrancou as duas sílabas com inquietude. – Vamos muito longe?

– Como diabos eu vou saber? – respondeu Sarah. – É minha primeira vez em Londres. Nós vamos para a velha casa de Diana, onde ela morou com Matthew no período elisabetano.

– Minha casa se foi... queimou no Grande Incêndio – eu disse tentando escapar.

– Nós vamos de qualquer maneira.

– Oh, Cristo. – Gallowglass jogou as chaves do carro para Leonard. – Pegue o carro, Lenny. Vamos sair para um passeio de domingo.

Leonard sorriu.

– Tudo bem.

– Por que é que esse menino está sempre por perto? – perguntou Sarah, observando o vampiro que corria desengonçado para a parte de trás da casa.

– Ele pertence a Andrew – expliquei.

– Em outras palavras, pertence a você – ela disse balançando a cabeça. Fiquei de queixo caído. – Ora, claro. Sei tudo a respeito de vampiros e de maneiras loucas. – Pelo que parecia Fernando não tivera a mesma relutância de Matthew e Ysabeau para contar histórias de vampiros.

Leonard estacionou o carro na frente da casa com os pneus cantando. Colocou-se para fora do carro e abriu a porta traseira em um piscar de olhos.

– Para onde, madame?

Olhei para ele. Era a primeira vez que Leonard não tinha tropeçado no meu nome.

– Para a casa de Diana, Lenny – respondeu Sarah. – Para a verdadeira casa dela, não esse santuário excessivamente decorado.

– Sinto muito, mas a casa não está mais lá, senhora – disse Leonard, como se fosse o culpado pelo Grande Incêndio de Londres. Conhecendo Leonard, isso era inteiramente possível.

– Os vampiros não têm um pouco de imaginação? – disse Sarah sarcasticamente. – Leve-me para onde a casa *estava* antes.

– Ah. – Leonard arregalou os olhos para Gallowglass.

Gallowglass deu de ombros.

– Você ouviu a senhora – disse para o meu sobrinho.

Saímos em disparada rumo ao leste de Londres. Leonard passou por Temple Bar e, depois de virar para a Fleet Street, seguiu para o sul em direção ao rio.

– Este não é o caminho – eu disse.

– Ruas de mão única, madame – ele disse. – As coisas mudaram um pouco desde que a senhora passava por aqui. – Ele fez uma curva à esquerda em frente à estação de Blackfriars. Levei a mão à maçaneta da porta para sair e ouvi um clique, como o engate dos cintos de segurança para crianças.

– Fique no carro, titia – disse Gallowglass.

Leonard puxou o volante para a esquerda novamente e o carro saiu sacolejando pelo asfalto de ruas esburacadas.

– Blackfriars Lane. – Li uma placa que passava e sacudi a maçaneta da porta. – Deixe-me sair.

O carro parou abruptamente, bloqueando a entrada de uma plataforma de carga.

– Sua casa, madame – disse Leonard, soando como um guia de turismo e apontando para o prédio de tijolos vermelhos e creme acima de nós. Ele destravou as fechaduras das portas. – É seguro andar por aqui. Mas não esqueça que a pavimentação é desigual. Não quero ter que explicar para o padre H que a senhora quebrou a perna, não é?

Saí para uma calçada de pedra. Era mais firme de se andar do que a lama e o musgo da Water Lane, como a rua era chamada no passado. Fui automaticamente na direção da Catedral de St. Paul e de repente alguém me segurou pelo cotovelo.

– Você sabe como o tio se sente quando você perambula pela cidade desacompanhada. – Gallowglass fez uma reverência e, por um segundo, ele se afigurou de gibão e malha. – Ao seu serviço, madame Roydon.

– Onde estamos exatamente? – perguntou Sarah, vasculhando os becos próximos. – Esta não parece ser uma área residencial.

– Blackfriars. No passado centenas de pessoas viviam aqui. – Precisei apenas de alguns passos para chegar a uma rua estreita de paralelepípedos que antes levava aos recintos internos do antigo priorado de Blackfriars. Franzi a testa e apontei. – A antiga Cardinal's Hat não era lá? – Era um dos bares de Kit Marlowe.

— Boa memória, tia. Agora chamam de Playhouse Yard.

Nossa casa dava fundos para aquela parte do antigo monastério. Gallowglass e Sarah seguiram-me até um beco sem saída que um dia abrigou uma multidão de comerciantes, artesãos, donas de casa, aprendizes e crianças – sem mencionar carroças, cães e galinhas. Mas agora estava deserto.

— Devagar – disse Sarah aflita, sem saber se continuava.

Sem se importar com as mudanças do antigo bairro, o meu coração me direcionava e os meus pés seguiam rápidos e seguros. Em 1591, eu me veria cercada por um cortiço em ruínas e um complexo entretenimento que ocorria dentro do antigo convento. Agora, edifícios de escritórios, uma pequena residência para negócios de prósperos executivos, outros edifícios de escritórios e a sede dos boticários de Londres. Cruzei a Playhouse Yard e escorreguei por entre dois edifícios.

— Onde ela está indo agora? – perguntou Sarah ainda mais irritada para Gallowglass.

— Se o meu palpite não me engana, a tia está procurando o caminho de volta para o Castelo de Baynard.

Parei no começo de uma rua estreita chamada Church Entry para me orientar. Se me orientasse corretamente acabaria encontrando o caminho para a casa de Mary. Onde estava a tipografia dos Field? Fechei os olhos para não me distrair com a incongruência daqueles modernos edifícios.

— Logo ali. – Apontei. – Era onde ficava a tipografia. A casa do boticário situava-se após algumas casas ao longo da via. Este caminho seguia até as docas. – Girei o corpo traçando com os braços a linha de prédios que me surgiu à mente. – A porta da loja de monsieur Vallin ficava aqui. E o jardim se estendia a nossa volta a partir daqui. Ali estava o velho portão que atravessei para chegar ao Castelo de Baynard. – Entreguei-me por um momento à sensação familiar de minha antiga casa, e desejei abrir os olhos e me ver no solar da condessa de Pembroke. Mary teria entendido a minha situação atual e teria sido generosa com conselhos sobre questões dinásticas e políticas.

— Puta merda. – Sarah ficou sem fôlego.

Abri os olhos. A poucos metros de distância, uma porta de madeira transparente e uma parede de pedra também transparente em meio a escombros. Hipnotizada, fiz menção de caminhar naquela direção, mas os fios em azul e âmbar que rodopiavam firmes em torno de minhas pernas me detiveram.

— Não se mexa! – Sarah ficou em pânico.

— Por quê? – Eu a vi como se através da vitrine de uma loja elisabetana.

– Você lançou um feitiço anti-horário. Ele recua a imagens de tempos passados como num filme – disse Sarah, olhando-me através da janela da confeitaria de mestre Prior.

– Magia. – Gallowglass gemeu. – Era só o que nos faltava.

Uma mulher idosa usando um cardigã azul-marinho puro e um vestido azul-claro ao estilo do tempo presente saiu do prédio de apartamentos vizinho.

– Você vai descobrir que esta parte de Londres pode ser um pouco complicada no sentido mágico. – Ela falou no mesmo tom autoritário e alegre que só as mulheres britânicas de mais idade com status social conseguem falar. – É melhor tomar algumas precauções, se está pensando em fazer mais feitiços.

Quando a mulher se aproximou, uma sensação de *déjà vu* me deixou impressionada. Ela me lembrou uma das bruxas que eu tinha conhecido em 1591... uma bruxa de terra chamada Marjorie Cooper que me ajudou a tecer o meu primeiro feitiço.

– Sou Linda Crosby. – Ela sorriu e a semelhança com Marjorie tornou-se ainda mais pronunciada. – Bem-vinda ao lar, Diana Bishop. Estávamos a sua espera.

Olhei-a estupefata.

– Sou a tia de Diana – disse Sarah, quebrando o silêncio. – Sarah Bishop.

– Muito prazer – disse Linda calorosamente enquanto apertava a mão de Sarah. Ambas olharam para os meus pés. Durante as breves apresentações os fios do tempo em azul e âmbar afrouxaram e acabaram desaparecendo à medida que eram absorvidos pelo tecido de Blackfriars. Contudo, a porta de entrada de *monsieur* de Vallin ainda era bem visível.

– Eu daria mais alguns minutos. Afinal, você é uma viajante do tempo – disse Linda, empoleirando-se em um dos bancos curvos que circundavam um canteiro de tijolo, onde antes era ocupado por um poço no quintal da Cardinal's Hat.

– Você é da família de Hubbard? – perguntou Sarah, pondo a mão no bolso, de onde saíram os cigarros proibidos. Ela ofereceu um a Linda.

– Sou uma bruxa – disse Linda pegando o cigarro. – E vivo na cidade de Londres. Então, sim, sou um membro da família do padre Hubbard. Com muito orgulho.

Gallowglass acendeu os cigarros das bruxas e depois, o dele. Os três fumaram como chaminés, tomando cuidado para que a fumaça não escapasse em minha direção.

– Ainda não conheço Hubbard – disse Sarah. – Quase todos os vampiros que conheço não gostam muito dele.

— Sério? — Linda pareceu interessada. — Que estranho. Padre Hubbard é uma figura amada aqui. Protege os interesses de todos, sejam demônios, vampiros ou bruxas. São tantas criaturas que querem se mudar para o território dele que isso provoca uma crise de moradia. Ele já não consegue comprar imóveis com a rapidez necessária para atender a demanda.

— Ele continua sendo um babaca — sussurrou Gallowglass.

— Que linguajar! — disse Linda chocada.

— Quantas bruxas residem na cidade? — perguntou Sarah.

— Três dúzias — respondeu Linda. — Limitamos o número, claro, ou a Square Mile seria uma loucura.

— O conciliábulo de Madison é do mesmo tamanho — disse Sarah em aprovação. — Seguramente isso facilita a realização de reuniões.

— Nós nos reunimos uma vez por mês na cripta do padre Hubbard. Ele mora no que sobrou do priorado de Greyfriars, logo ali. — Linda apontou o cigarro para o norte da Playhouse Yard. — Hoje em dia a maioria das criaturas da própria cidade são vampiros... financiadores, gestores de fundos de cobertura etc. Eles não gostam de alugar as salas de reuniões para as bruxas. Sem querer ofender, senhor.

— Tudo bem — disse Gallowglass docilmente.

— Greyfriars? Lady Agnes se mudou? — perguntei surpreendida. As palhaçadas do fantasma eram o assunto da cidade quando morei aqui.

— Oh, não. Lady Agnes ainda está lá. Nós intermediamos um acordo entre ela e a rainha Isabel com ajuda do padre Hubbard. E agora parece que estão em termos amigáveis... isso é tudo que posso dizer sobre o fantasma de Elizabeth Barton. Ela está impossível desde que saiu aquele romance sobre Cromwell. — Linda observou a minha barriga com ar especulativo. — No nosso chá de Mabon deste ano Elizabeth Barton afirmou que você estava grávida de gêmeos.

— E estou. — Até os fantasmas de Londres sabiam de minha vida.

— É difícil saber qual profecia de Elizabeth deve ser levada a sério, quando todas são acompanhadas de gritos. E tudo é tão... vulgar. — Linda franziu os lábios em desaprovação, e Sarah acenou com simpatia.

— Hum, odeio dizer isso, mas acho que meu feitiço anti-horário expirou. — Eu já podia ver o meu próprio tornozelo (desde que levantasse a perna para cima, pois do contrário os bebês estariam no meu campo de visão) e a porta de monsieur Vallin desaparecerem de vista.

— Expirou? — Linda sorriu. — Você fala como se a sua magia tivesse prazo de validade.

– Certamente eu não disse nada para detê-la – resmunguei. Eu também não tinha dito nada para iniciá-la.

– Ela se deteve porque você não a lançou com força suficiente – disse Sarah. – Se você não capricha na manivela do anti-horário, a magia escoa pelo ralo.

– E recomenda-se que você não fique em cima do anti-horário quando lançar o feitiço – disse Linda, soando como uma professora de colégio. – Se quiser lançá-lo sem pestanejar, caia fora do feitiço no último instante.

– Erro meu – murmurei. – Posso sair agora?

Linda pesquisou a Playhouse Yard de sobrancelha franzida.

– Sim, acredito que agora seja seguro – proclamou.

Gemi e esfreguei as minhas costas. Eu estava dolorida de tanto ficar parada e os meus pés pareciam explodir. Apoiei um pé sobre o banco onde Sarah estava sentada com Linda e me inclinei para soltar os cadarços do tênis.

– O que é isso? – perguntei olhando através das ripas do banco. Abaixei e peguei um rolo de papel amarrado com fita vermelha. Os dedos de minha mão direita vibraram quando o toquei, e o pentagrama no meu pulso rodopiou colorido.

– É tradição as pessoas deixarem pedidos mágicos no quintal. Sempre houve uma concentração de poder associado a esta área. – Linda amenizou o tom. – A grande bruxa já viveu aqui, você sabe. Segundo a lenda, um dia ela voltará para nos lembrar de tudo que já fomos e que poderemos ser novamente. Não nos esquecemos dela e confiamos que ela não se esquecerá de nós.

Blackfriars era assombrada pelo meu próprio passado. Uma parte de mim morrera quando saímos de Londres. Era a parte que tinha feito malabarismos para ser esposa de Matthew e mãe de Annie e Jack, e ainda assistente alquímica de Mary Sidney e tecelã em treinamento. E outra parte de mim se juntara na sepultura quando me afastei de Matthew na montanha fora dos limites de New Haven. Enterrei a cabeça em minhas mãos.

– Fiz uma baita confusão – sussurrei.

– Não, você mergulhou no fundo do poço e acabou em cima da própria cabeça – retrucou Sarah. – Foi o que preocupou a mim e a Em quando você e Matthew se envolveram pela primeira vez. Ambos rápidos demais e nós sabíamos que vocês não tinham pensado nas consequências desse relacionamento.

– Nós sabíamos que enfrentaríamos muita oposição.

– Ora, vocês dois eram amantes proibidos e sei quão romântico devia ser vocês dois contra o mundo. – Sarah sorriu. – Afinal, eu e Em fomos amantes proibidas. Nos anos 1970, no norte de Nova York, nada era mais escandaloso que duas mulheres apaixonadas uma pela outra.

Ela assumiu um tom sério.

– Mas o sol sempre nasce na manhã seguinte. Os contos de fada não costumam descrever o que acontece aos amantes proibidos à luz do dia, mas de alguma forma vocês precisam descobrir como ser feliz.

– Nós éramos felizes aqui – eu disse calmamente. – Não éramos felizes, Gallowglass?

– Sim, tia, vocês eram... embora com a respiração do espião chefe na cola de Matthew e o país inteiro na caça às bruxas. – Gallowglass balançou a cabeça. – Nunca entendi como vocês conseguiam isso.

– Conseguiam porque nenhum dos dois tentava ser o que não era. Matthew não tentava ser civilizado, e você não tentava ser humana – disse Sarah. – Você não tentava ser a filha perfeita de Rebecca, nem a esposa perfeita de Matthew, assim como não tentava ser uma professora titular na Universidade de Yale.

Ela afagou as minhas mãos e revirou-as de modo que as duas palmas se tocassem. Os meus cordões de tecelã se acentuaram brilhantes contra a palidez da carne.

– Você é uma bruxa, Diana. Uma tecelã. Não negue o seu poder. Use-o. – Sarah olhou fixamente a minha mão esquerda. – Tudo isso.

O celular vibrou no bolso do meu casaco. Corri para pegá-lo, esperando de todo o coração que fosse alguma mensagem de Matthew. Ele tinha prometido que me informaria sobre o que faria. O visor registrava um texto enviado por ele e o abri ansiosamente.

Era uma mensagem sem palavras, apenas com a imagem de Jack, de modo que a Congregação não pudesse usá-la contra nós. Sentado numa varanda, o rosto de Jack cindido por um sorriso enquanto ouvia alguém que estava de costas para a câmera – só aparecia a ondulação de um cabelo preto ao redor de uma gola – e que aparentemente contava uma história como os sulistas contam. Marcus pousava a mão casualmente sobre o ombro de Jack mais atrás. Como Jack, ele também sorria.

Ambos pareciam dois jovens comuns que apreciam boas risadas no fim de semana. Jack se encaixara perfeitamente na família de Marcus, como se pertencesse a ele.

– Quem está com Marcus? – perguntou Sarah olhando por cima do meu ombro.

– Jack. – Toquei no rosto dele. – Não sei quem é o outro homem.

– É o Ransome. – Gallowglass o cheirou. – Filho mais velho de Marcus, que envergonha o próprio Lúcifer. Não é o melhor exemplo para o jovem Jack, mas Matthew sabe o que faz.

— Vejamos esse rapaz – disse Linda carinhosamente, erguendo-se para também olhar a imagem. – Nunca vi Jack tão feliz, a não ser quando contava histórias sobre Diana, é claro.

Os sinos da St. Paul badalaram a hora. Apertei o botão do celular, escurecendo o visor. Mais tarde observaria a foto sozinha.

— Viu, querida. Matthew está se saindo muito bem – disse Sarah em tom suave.

Mas sem ter visto os olhos, avaliado os ombros e ouvido o tom da voz dele, eu não podia ter certeza.

— Matthew está fazendo o trabalho dele – eu disse a mim mesma e levantei-me. – Preciso voltar para o meu.

— Isso significa que você está pronta para fazer o que for preciso para manter a família unida... como fez em 1591, mesmo que a alta magia esteja envolvida? – A sobrancelha de Sarah ergueu-se de modo claramente questionador.

— Sim. – Pareci mais convincente do que eu sentia.

— Alta magia? Deliciosamente trevosa. – Linda sorriu. – Posso ajudar?

— Não – respondi prontamente.

— Possivelmente – disse Sarah ao mesmo tempo.

— Bem, se precisar de nós, é só chamar. Leonard sabe como me encontrar – disse Linda. – O conciliábulo de Londres está à sua disposição. E se você comparecesse a uma de nossas reuniões, seria um bom impulso para o moral.

— Veremos – eu disse vagamente, sem querer fazer uma promessa que não poderia cumprir. – A situação é complicada, e eu não gostaria de levar problemas para ninguém.

— Os vampiros são sempre problemas – disse Linda, com um olhar de recatada desaprovação –, nutrindo rancores e arquitetando alguma vingança ou qualquer outra coisa. É realmente muito difícil. Mesmo assim, somos uma grande família, como sempre nos lembra padre Hubbard.

— Uma grande família. – Esquadrinhei o nosso velho bairro. – Talvez o padre Hubbard estivesse no caminho certo o tempo todo.

— Bem, pensamos assim. Considerem em comparecer ao nosso próximo encontro. Doris faz um bolo Battenberg divino.

Sarah e Linda trocaram números de telefone para o caso, e Gallowglass seguiu até o Apothecaries' Hall e soltou um assobio ensurdecedor para avisar a Leonard que era hora de trazer o carro. Aproveitei a oportunidade para tirar uma foto da Playhouse Yard e a enviei para Matthew, sem comentários ou legendas.

No fim das contas, magia era apenas desejo tornado real.

Uma brisa de outubro saiu do Tâmisa e carregou o meu silencioso desejo até o céu, onde teceu um feitiço para trazer Matthew de volta aos meus braços.

26

Uma fatia de bolo Battenberg com recheio quadriculado em tons de amarelo e rosa e uma cobertura amarelo-canário estava à minha frente sobre a nossa mesa separada em Wolseley, junto a um chá-preto contrabandeado. Levantei a tampa do bule e suspirei de felicidade ao sorver o seu aroma maltado. Eu estava ansiosa por chá e bolo desde o encontro inesperado com Linda Crosby em Blackfriars.

Hamish, que era um cliente regular do café da manhã, reservara uma grande mesa para a manhã inteira no restaurante da movimentada Piccadilly, e agia com o espaço – e os funcionários – como se estivesse em seu escritório. Até aquele momento ele tinha feito uma dezena de chamadas telefônicas, marcado diversos compromissos de almoço (três deles para o mesmo dia da semana seguinte, reparei alarmada) e lido todos os jornais de Londres. Ele também encomendara o bolo, que Deus o abençoe por isso, para o cozinheiro chefe da confeitaria algumas horas antes de ser servido normalmente, citando a minha condição como justificativa. A velocidade com que cumpriram o pedido ou era outra indicação da importância de Hamish ou um sinal de que o jovem confeiteiro fazia uma relação especial entre as mulheres grávidas e o açúcar.

— Isso está levando uma eternidade — resmungou Sarah. Ela já tinha atacado um ovo poché com palitos torrados e consumido um oceano de café preto enquanto dividia a atenção entre o relógio de pulso e a porta de entrada.

— Quando se trata de extorsão, vovó não gosta de se apressar. — Gallowglass sorriu afavelmente para as senhoras da mesa mais próxima que olhavam com admiração para os seus braços musculosos e tatuados.

— Se não chegarem logo, acabarei retornando a Westminster sob o meu próprio vapor graças a toda essa cafeína. — Hamish acenou para o gerente. — Outro cappuccino, Adam. É melhor descafeinado.

— Claro, senhor. Mais torradas e geleia?

– Por favor. – Hamish entregou a cesta vazia para Adam. – Morango. Você sabe que não resisto a morango.

– Por que é que não podíamos esperar por Granny e Phoebe em casa outra vez? – Gallowglass se remexeu na pequena cadeira que não era projetada para um homem do seu tamanho e sim para políticos, socialites, personalidades matinais da TV e outras figuras menores.

– Os vizinhos de Diana são ricos e paranoicos. Não houve qualquer atividade na casa por quase um ano. E de repente um monte de gente circulando e a Allens de Mayfair fazendo entregas diárias. – Hamish abriu espaço em cima da mesa para o cappuccino fresco. – Não queremos que pensem que vocês formam um cartel de drogas internacional e que chamem a polícia. A estação West End Central está repleta de bruxas, especialmente a Divisão de Investigação Criminal. E não se esqueçam de que vocês não estão sob a proteção de Hubbard fora dos limites da cidade.

– Humm. Você não está preocupado com os policiais. Você só não queria perder nada. – Gallowglass sacudiu um dedo para ele. – Estou de olho em você, Hamish.

– Lá está Fernando – disse Sarah, como se a sugerir que a libertação finalmente chegara.

Fernando tentou segurar a porta para Ysabeau, mas Adam se saiu melhor. Minha sogra parecia uma jovem estrela de cinema e todos os homens na sala viraram a cabeça quando ela entrou seguida por Phoebe. O casaco escuro de Fernando mais atrás fazia um pano de fundo perfeito para o conjunto cinza-claro de Ysabeau.

– Não é de admirar que Ysabeau prefira ficar em casa – comentei. Ela se destacava como um farol em dias nublados.

– Philippe sempre disse que era mais fácil aguentar um cerco que atravessar uma sala ao lado de Ysabeau. Ele tinha que afastar os admiradores com mais de uma vara, posso garantir. – Gallowglass se levantou quando ela se aproximou. – Olá, vovó. Eles aceitaram as suas demandas?

Ysabeau ofereceu a face para ser beijada.

– Claro.

– Em parte – disse Phoebe apressadamente.

– Algum problema? – perguntou Gallowglass para Fernando.

– Nada que valha a pena mencionar. – Fernando puxou uma cadeira, onde Ysabeau deslizou graciosamente, cruzando os tornozelos finos.

– Charles até que foi obsequioso se você considerar as muitas regras de boa conduta que eu esperava que ele violasse – disse Ysabeau recusando o cardápio estendido por Adam com uma leve careta de repulsa. – Champanhe, por favor.

– Aquele quadro hediondo que você tomou dele será mais do que compensador – disse Fernando enquanto acomodava Phoebe à mesa. – Por que o comprou, Ysabeau?

– Não é hediondo, embora o expressionismo abstrato seja um gosto adquirido – ela admitiu. – É uma pintura crua, misteriosa... sensual. Vou doá-la para o Louvre para forçar os parisienses a expandir a mente. Anote minhas palavras: no próximo ano Clyfford Still estará no topo da lista de desejos de cada museu.

– Espere um telefonema da Coutts – sussurrou Phoebe para Hamish. – Ela não vai pechinchar.

– Nem precisa se preocupar. Tanto a Sotheby's como a Coutts sabem que sou boa nisso. – Ysabeau puxou um pedaço de papel de sua elegante bolsa de couro e o estendeu para mim. – *Voilà*.

– T. J. Weston, Esquire. – Olhei por cima do papel. – Foi quem comprou a folha do Ashmole 782?

– Provavelmente – respondeu Phoebe laconicamente. – O arquivo continha apenas um recibo de vendas... ele pagou em dinheiro, e ainda seis envelopes de correspondência sem destinatário. Nenhum endereço de Weston está correto.

– Não deve ser tão difícil localizá-lo. Existem muitos T. J. Weston? – perguntei.

– Mais de trezentos – respondeu Phoebe. – Já chequei a lista telefônica nacional. E não pense que T. J. Weston é do sexo masculino. Não sabemos nem o sexo nem a nacionalidade do comprador. Um dos endereços é da Dinamarca.

– Não seja tão negativa, Phoebe. Vamos fazer contato. Use as conexões de Hamish. Leonard está lá fora e nos levará para onde precisarmos ir. – Ysabeau parecia despreocupada.

– Minhas conexões? – Hamish enterrou a cabeça entre as mãos gemendo. – Isso vai levar semanas. Eu passaria a viver em Wolseley de tanto café que teria que tomar com as pessoas.

– Não vai levar semanas, então você não precisa se preocupar com ingestão de cafeína. – Coloquei o papel no bolso, pendurei a mochila no ombro e quase derrubei a mesa quando me levantei.

– Que o Senhor nos abençoe, tia. Você fica maior a cada hora.

– Obrigada por perceber, Gallowglass. – Consegui me enfiar entre um porta-casacos, a parede e a minha cadeira. Ele pulou para me soltar.

— Como pode ter tanta certeza? — Sarah me fez a pergunta tão em dúvida quanto Phoebe.

Levantei as mãos sem dizer nada. Elas estavam multicoloridas e brilhantes.

— Ah. Vamos levar Diana para casa — disse Ysabeau. — Não acho que o proprietário gostaria de ter um dragão no restaurante, como também não gostei de ter um lá em casa.

— Ponha as mãos nos bolsos — sibilou Sarah. Elas realmente estavam muito brilhantes.

Eu ainda não estava na fase desengonçada da gravidez, mas o fato é que foi um desafio abrir caminho por entre as mesas próximas, principalmente porque tinha as mãos atoladas na capa de chuva.

— Por favor, abram caminho para minha nora — disse Ysabeau em tom imperial, pegando-me pelo cotovelo e puxando-me. Os homens se levantaram, arrastando as cadeiras e dizendo gracinhas enquanto ela passava.

— Madrasta do meu marido — sussurrei para uma mulher indignada que segurava o garfo como uma arma. Ela ficou perturbada com a ideia porque eu seria casada com um menino de doze anos que teria me engravidado. Note-se que Ysabeau era jovem demais para ter filhos mais velhos que essa idade. — Segundo casamento. Esposa mais jovem. Sabe como é.

— Que confusão — balbuciou Hamish. — Depois disso, cada criatura em W1 saberá que Ysabeau de Clermont está na cidade. Não tem como controlá-la, Gallowglass?

— Controlar a vovó? — Gallowglass caiu na gargalhada e bateu nas costas de Hamish.

— Isso é um pesadelo — disse Hamish enquanto outras cabeças viravam. Finalmente, ele conseguiu chegar à porta da frente. — Vejo você amanhã, Adam.

— Sua mesa de sempre para um, senhor? — perguntou Adam, entregando-lhe o guarda-chuva.

— Sim. Graças a Deus.

Hamish entrou no carro que o esperava e retornou ao seu escritório no centro de Londres. Leonard me fez entrar com Phoebe no banco de trás do Mercedes enquanto Ysabeau e Fernando sentavam-se no banco do passageiro. Gallowglass acendeu um cigarro e saiu caminhando pela calçada, soltando mais fumaça que um barco a vapor do Mississippi. Nós o perdemos de vista em frente ao Coach and Horses, antes ele indicou por meio de gestos silenciosos que ficaria para uma bebida.

— Covarde — disse Fernando, balançando a cabeça em negativa.

* * *

— E agora? – perguntou Sarah depois que chegamos à aconchegante sala de café da manhã da Clairmont House, o meu aposento favorito da casa, embora a sala de estar também fosse confortável e acolhedora. Na sala de café amontoavam-se móveis velhos entre os quais uma banqueta que certamente estivera em nossa casa na Blackfriars e que agora deixava o ambiente cheio de vida em vez de decorativo.

— Agora, sim, encontraremos T. J. Weston, Esquire, quem quer que ela ou ele possam ser. – Apoiei os pés na banqueta elisabetana enegrecida pelo tempo e soltei um gemido, o calor do fogo crepitante da lareira correndo pelos meus ossos doloridos.

— Será como encontrar uma agulha num palheiro – disse Phoebe, permitindo-se a sutil descortesia de um suspiro.

— Não se Diana usar a magia dela – disse Sarah confiante.

— Magia? – Ysabeau virou a cabeça, com um brilho nos olhos.

— Pensei que você não aprovava bruxas! – Minha sogra deixara claro o que sentia a respeito desde o início do meu relacionamento com Matthew.

— Ysabeau pode não gostar de bruxas, mas admira demais a magia – disse Fernando.

— Você estabeleceu um ótimo limite, Ysabeau – disse Sarah, com um aceno de cabeça.

— Que tipo de magia? – Gallowglass retornara sem ser notado e, de pé no corredor com o cabelo e o casaco gotejando suor, ele mais parecia Lobero após uma longa corrida pelo Fosso dos Cervos do imperador Rodolfo.

— O feitiço da vela pode funcionar quando se está em busca de um objeto perdido – disse Sarah pensativa. Ela era uma espécie de especialista em magias de vela, até porque Em ganhara fama por deixar coisas ao redor da casa em Madison.

— Lembro-me de uma bruxa que utilizou terra e uma peça de roupa atada – disse Ysabeau. Eu e Sarah nos viramos boquiabertas de espanto. Ela se aprumou e nos olhou com altivez. – Não precisam se mostrar tão surpresas. Conheci muitas bruxas ao longo dos anos.

Fernando ignorou-as e se dirigiu a Phoebe.

— Você disse que um dos endereços de T. J. Weston era na Dinamarca. E quanto aos outros?

— Todos no Reino Unido: quatro na Inglaterra e um na Irlanda do Norte – disse Phoebe. – Os endereços na Inglaterra são todos no sul... Devon, Cornwall, Essex, Wiltshire.

– Você realmente precisa mexer com magia, tia? – Gallowglass pareceu preocupado. – Deve haver um jeito de Nathaniel encontrar essa pessoa pelo computador. Você escreveu os endereços abaixo, Phoebe?

– Claro. – Ela mostrou um recibo amassado e todo rabiscado. Gallowglass o observou como quem duvidava. – Seria suspeito se eu tivesse um caderno de anotações na sala de arquivos.

– Muito inteligente – disse Ysabeau. – Enviarei os endereços para que Nathaniel comece a trabalhar com isso.

– Ainda acho que a magia seria mais rápida, se eu descobrisse que feitiço usar – eu disse. – Vou precisar de alguma imagem. Sou melhor com imagens do que com velas.

– Que tal um mapa? – sugeriu Gallowglass. – Deve haver um ou dois mapas na biblioteca de Matthew do andar de cima. Se não houver, posso dar um pulo na Hatchards para ver o que eles têm. – Embora tivesse acabado de voltar, ele estava ansioso para pegar uma chuva gelada ao ar livre. Supus que isso era o mais próximo do clima no meio do Atlântico que ele queria encontrar.

– Talvez um mapa funcione... caso seja grande o bastante – respondi. – Seria melhor ainda se o feitiço localizasse T. J. Weston em Wiltshire. – A questão era se Leonard me conduziria pelo condado inteiro com uma caixa de velas.

– Há uma adorável loja de mapas justamente em Shoreditch – disse Leonard, com ar orgulhoso, como se fosse pessoalmente responsável pela localização da loja. – Eles fazem grandes mapas para pendurar nas paredes. Vou telefonar para lá.

– O que mais vai precisar além do mapa? – perguntou Sarah. – Uma bússola?

– Pena que não tenho mais o instrumento matemático que ganhei do imperador Rodolfo – comentei. – O instrumento estava sempre zumbindo ao meu redor, como se tentando encontrar alguma coisa. – No começo achei que isso indicava que alguém estava à procura de mim e de Matthew. Com o tempo passei a me perguntar se o instrumento entrava em ação quando alguém procurava o *Livro da vida*.

Phoebe e Ysabeau se entreolharam.

– Desculpe-me. – Phoebe saiu da sala.

– É aquele dispositivo de bronze que Annie e Jack chamavam de relógio da bruxa? – Gallowglass deu uma risada. – Duvido que seria de muita ajuda, tia. Ele não calculava direito as horas, e as cartas de latitude de mestre Habermel eram um tanto... hum, fantasiosas. – Habermel se rendera ao meu pedido para incluir uma referência ao Novo Mundo e simplesmente pegou uma coordenada que pelo que entendi me situou na Terra do Fogo.

– Adivinhação é o caminho a ser percorrido – disse Sarah. – Colocamos velas nos quatro pontos cardeais, norte, leste, sul, oeste, e depois sentamos no centro com uma bacia d'água e vemos o que acontece.

– Se eu fosse adivinhar com água precisaria de mais espaço que isso. – A sala de café da manhã se entupiria com água de bruxa a uma velocidade alarmante.

– Poderíamos usar o jardim – sugeriu Ysabeau. – Ou o salão de baile do andar de cima. Nunca achei que a Guerra de Troia fosse um tema apropriado para os afrescos, de modo que não seria uma grande perda se fossem danificados.

– E também poderíamos sintonizar o seu terceiro olho antes de você começar – disse Sarah, olhando-me como se minha testa fosse um rádio.

Phoebe voltou com uma pequena caixa e entregou para Ysabeau.

– Antes talvez seja melhor ver se isto pode ajudar. – Ysabeau retirou o compêndio de mestre Habermel da embalagem de papelão. – Alain embalou algumas coisas suas de Sept-Tours. Achou que isto faria você se sentir mais em casa aqui.

O compêndio era um belo instrumento habilmente confeccionado em bronze, dourado e prateado para fazê-lo brilhar, e nele se introduzia um encaixe que armazenava papel, lápis, uma bússola, tabelas de latitude e um pequeno relógio. Naquele momento o instrumento parecia descontrolado porque os mostradores na face do compêndio giravam. Soava um zumbido intermitente das engrenagens.

Sarah o observou.

– Definitivamente encantador.

– Ele vai parar. – Gallowglass estendeu um dedo para deter os ponteiros do relógio.

– Não toque – disse Sarah rispidamente. – Nunca se pode prever a reação de um objeto enfeitiçado a uma interferência indesejada.

– Tia, você já o colocou perto da imagem do casamento alquímico? – perguntou Gallowglass. – Se você estiver certa, se o brinquedo de mestre Habermel entra mesmo em ação quando alguém procura o *Livro da vida*, a presença da página talvez possa acalmá-lo.

– Boa ideia. A imagem do casamento alquímico está na sala chinesa junto à imagem dos dragões. – Olhei para os meus pés inchados. – Estão sobre a escrivaninha.

Ysabeau saiu antes mesmo que eu pudesse me aprumar. E voltou com a mesma rapidez, segurando as duas folhas como se fossem de vidro e pudessem quebrar a qualquer momento. Assim que as coloquei em cima da mesa, a mão sobre o ponteiro do compêndio começou a balançar lentamente da esquerda para a direita em vez de girar em torno do seu pino central. Quando ergui as folhas, o compêndio voltou a girar... embora mais lentamente que antes.

— Não acho que o instrumento registre aqueles que procuram o *Livro da vida* – disse Fernando. – Pelo que parece ele próprio é que procura o livro. E agora ele percebe que algumas folhas estão por perto e estreita o foco.

— Que estranho. – Recoloquei as folhas na mesa e fiquei fascinada quando a mão desacelerou e retomou o balanço de um pêndulo.

— Você poderá usá-lo para encontrar a última folha perdida? – perguntou Ysabeau, observando o compêndio com igual fascínio.

— Só se eu atravessar a Inglaterra, o País de Gales e a Escócia com ele. – Enquanto me perguntava se acabaria danificando aquele delicado instrumento de valor inestimável que tinha ao colo, Gallowglass ou Leonard aceleravam até a M40.

— Talvez você possa inventar um feitiço de localização. Com um mapa e essa engenhoca você poderá triangular a posição da folha perdida – disse Sarah pensativa, com o dedo nos lábios.

— Que tipo de feitiço de localização você tem em mente? – Isso ia muito além de sinos, livros e velas ou de encantamentos escritos na vagem de uma lunária.

— Seria preciso experimentar para ver... e testá-los para descobrir o melhor. – Sarah pensou um pouco. – E depois seria preciso realizá-lo sob as condições certas, com muito apoio mágico para impedir a desintegração do feitiço.

— Onde é que você vai encontrar apoio mágico em Mayfair? – perguntou Fernando.

— Linda Crosby – dissemos eu e minha tia ao mesmo tempo.

Eu e Sarah passamos mais de uma semana testando feitiços novos no porão da casa em Mayfair, e também na pequena cozinha do apartamento de Linda em Blackfriars. Depois de ter quase afogado Tabitha e recebido o corpo de bombeiros duas vezes na Playhouse Yard, finalmente consegui manipular alguns nós e alguns itens magicamente significativos em um feitiço de localização que podia – apenas podia – funcionar.

O conciliábulo de Londres reunia-se em uma área da cripta medieval de Greyfriars que sobrevivera a uma série de desastres ao longo de sua longa história, a começar pela destruição dos mosteiros durante a Blitz. Sobre a cripta situava-se a casa de Andrew Hubbard: a antiga torre do sino da igreja, com doze andares e apenas um quarto espaçoso em cada andar. Na parte externa da torre, um agradável jardim em um dos cantos da velha igreja que resistira à renovação urbana.

– Que casa estranha – sussurrou Ysabeau.

– Andrew é um vampiro muito estranho – respondi arrepiada.

– Padre H gosta de espaços nobres, só isso. Ele diz que o fazem se sentir mais perto de Deus. – Leonard bateu na porta outra vez.

– Senti um fantasma passando – disse Sarah, acabando de fechar o casaco. Não havia dúvida quanto à sensação de frio.

– Não senti nada – disse Leonard, com o desprezo arrogante dos vampiros em relação a sensações como a do calor, voltando-se para a porta em seguida. – Vamos lá, luz do sol!

– Paciência, Leonard. Não somos todos vampiros de vinte anos de idade! – disse Linda Crosby irritada depois de ter atravessado a porta. – Há muitas escadas aqui.

Felizmente, só tivemos que descer do andar da entrada principal para chegar à sala que Hubbard reservara para o conciliábulo oficial da cidade de Londres.

– Bem-vindas ao nosso encontro! – disse Linda enquanto nos conduzia escada abaixo.

Parei na metade do caminho e suspirei.

– Isso é... você? – Sarah olhou espantada para as paredes.

Elas estavam cobertas de imagens minhas – tecendo o meu primeiro feitiço, fazendo uma evocação diante de uma sorveira-brava, observando Corra enquanto ela voava ao longo do Tâmisa, recebendo minhas primeiras lições de magia das bruxas que me tomaram sob suas asas. Lá também estava Goody Alsop, a mais velha do conciliábulo, com feições finas e ombros caídos; a parteira Susanna Norman e as três bruxas restantes, Catherine Streeter, Elizabeth Jackson e Marjorie Cooper.

Quanto ao artista, mesmo sem uma assinatura era óbvio que Jack tinha pintado aquelas imagens, untando as paredes com gesso molhado e adicionando linhas e cor para torná-las permanentes no prédio. Embora manchadas de fumaça e de umidade e rachadas pelo tempo, de alguma forma as pinturas preservavam a beleza original.

– Somos sortudas por ter um espaço como esse para trabalhar – disse Linda radiante. – As jornadas aqui são fonte de inspiração para as bruxas de Londres. Venha conhecer suas irmãs.

As três bruxas que esperavam no fundo da escada me observaram com interesse, seus olhares estalaram e crepitaram em minha pele. Talvez não tivessem o poder do grupo de Garlickhythe em 1591, mas não eram bruxas desprovidas de talento.

– Eis nossa Diana Bishop de volta para nós outra vez – disse Linda. – Junto a ela Sarah Bishop, sua tia, e também sua sogra, que acredito que não precisa de apresentações.

– Não de todo – disse a mais idosa das quatro bruxas. – Todas já ouvimos histórias de advertência sobre Mélisande de Clermont.

Linda me avisara que o conciliábulo tinha algumas dúvidas sobre os procedimentos daquela noite. Ela escolhera a dedo as bruxas que nos ajudariam: a bruxa de fogo Sybil Bonewits, a bruxa de água Tamsin Soothtell e a bruxa de vento Cassandra Kyteler. Os poderes de Linda contavam com o elemento terra. E também os de Sarah.

– Os tempos mudam – disse Ysabeau em tom seco. – Se quiserem que eu vá embora...

– Bobagem. – Linda lançou um olhar de advertência para suas amigas bruxas. – Diana pediu para que você estivesse aqui quando ela lançasse o feitiço. Todas nós estamos envolvidas de um jeito ou de outro. Não estamos, Cassandra?

A bruxa mais idosa fez um breve aceno de cabeça.

– Por favor, senhoras, abram alas para os mapas! – disse Leonard, com os braços cheios de tubos. Depois de jogá-los sobre uma mesa bamba revestida de cera, rapidamente bateu em retirada pela escada. – É só chamar se precisarem de alguma coisa. – A porta da cripta fechou-se atrás dele.

Linda dirigiu o posicionamento dos mapas, e depois de muito mexer descobrimos que os melhores resultados vinham de um grande mapa das Ilhas Britânicas, cercado por diversos mapas de condados. O mapa da Grã-Bretanha só abrangeu uma parte do piso de aproximadamente um metro e oitenta por um metro e quarenta.

– Isso parece um péssimo projeto de geografia elementar – sussurrou Sarah enquanto endireitava um mapa de Dorset.

– Pode não ser bonito, mas funciona – retruquei tirando o compêndio de mestre Habermel da bolsa. Fernando inventara uma luva protetora a partir de uma das meias de Gallowglass milagrosamente limpa e intacta. Também tirei o celular e bati algumas fotos dos murais na parede. Com aqueles murais me sentia mais perto de Jack – e de Matthew.

– Onde coloco as páginas do *Livro da vida*? – A Ysabeau se concedera a guarda das preciosas folhas de pergaminho.

– Entregue a da imagem do casamento alquímico para Sarah. E segure a dos dois dragões – respondi.

– Eu? – Ysabeau arregalou os olhos. Tinha sido uma decisão controversa, mas no final acabei prevalecendo sobre Sarah e Linda.

– Espero que não se importe. Recebi a imagem do casamento alquímico dos meus pais. E a dos dragões pertencia a Andrew Hubbard. Pensei em equilibrar o feitiço, mantendo-os nas mãos de bruxas e vampiros. – Todos os meus instintos me diziam que era uma decisão certa.

– Cla.... claro. – A língua de Ysabeau escorregou na conhecida palavra.

– Vai dar tudo certo. Prometo. Apertei carinhosamente o braço dela. – Sarah ficará em pé no lado oposto, e Linda e Tamsin, em ambos os lados.

– É melhor você se preocupar com o feitiço. Ysabeau pode cuidar de si mesma. – Sarah entregou-me um pote de tinta vermelha e uma caneta de pena branca com impressionantes listras em marrom e cinza.

– Senhoras, já é hora – disse Linda, com uma rápida salva de palmas. Em seguida distribuiu velas marrons para os outros membros do conciliábulo de Londres. O marrom era uma cor propícia para encontrar objetos perdidos e tinha a vantagem de aterrar o feitiço... isso me seria necessário por conta de minha inexperiência. Depois que as bruxas assumiram os seus lugares fora do círculo de mapas dos condados, elas sussurraram encantamentos enquanto acendiam as velas. As chamas tornaram-se insolitamente imensas e brilhantes... autênticas velas de bruxa.

Linda escoltou Ysabeau até um ponto abaixo da costa sul da Inglaterra. Sarah postou-se frente a ela, acima da costa norte da Escócia, como combinado. Linda caminhou três vezes no sentido horário, em torno das bruxas, da vampira e dos mapas cuidadosamente alinhados, espalhando sal para fazer um círculo protetor.

Já com todas no seu devido lugar, retirei a tampa do pote de tinta vermelha. O característico odor de resina da dracena encheu o ar. Entre os outros ingredientes da tinta estavam algumas gotas do meu próprio sangue. As narinas de Ysabeau arderam com aquele odor acobreado. Mergulhei a caneta de pena na tinta e pressionei a ponta de prata cinzelada em uma tira de pergaminho. Eu tinha levado dois dias para encontrar alguém que me fizesse uma caneta de pena de coruja de celeiro – um tempo bem maior do que levaria na Londres elisabetana.

Letra por letra, trabalhando de fora para o centro do pergaminho, escrevi o nome da pessoa procurada.

T, N, J, O, W, T, E, S

T J WESTON

Cuidadosamente, dobrei o pergaminho para ocultar o nome. Agora, era a minha vez de caminhar por fora do círculo sagrado e operar outra ligação. Depois de deslizar o compêndio de mestre Habermel junto com a tira de pergaminho para o bolso do meu casaco, iniciei uma perambulação circular a partir do ponto entre a bruxa de fogo e a bruxa de água. Passei por Tamsin e Ysabeau, Linda e Cassandra, Sarah e Sybil.

Quando retornei ao ponto de partida, uma linha cintilante escoou do sal e iluminou os rostos espantados das bruxas. Revirei a palma da mão esquerda e, por uma fração de segundo, emergiu um lampejo colorido do meu dedo indicador que desvaneceu antes que eu pudesse determinar o que era. Embora sem matiz, linhas de energia douradas, prateadas, pretas e brancas pulsaram sob a pele de minha mão. As estrias torcidas e entrelaçadas do décimo nó em forma de ouroboros circundaram as proeminentes veias azuis do meu pulso.

Atravessei uma abertura estreita na linha cintilante e fechei o círculo. Um poder rugiu em meio a isso, lamentando e clamando por liberdade. Corra também queria sair. Inquieta e agitada, ela se alongava dentro de mim.

– Paciência, Corra. – Falei enquanto pisava com cuidado sobre o sal e o mapa da Inglaterra. Cada passo me levava para mais perto do ponto que representava Londres. Finalmente, finquei os pés no centro da cidade. Corra liberou as asas com um estalo de pele e osso e um grito de frustração.

– Voe, Corra! – ordenei.

Enfim, livre, Corra precipitou-se ao redor da sala, expelindo faíscas das asas e línguas de fogo da boca. À medida que ganhava altitude e correntes de ar a levavam para onde ela queria ir, o bater das asas diminuiu. Corra viu seu retrato e murmurou em aprovação, chegando a bater a cauda na parede.

Puxei o compêndio do bolso e o segurei com a mão direita. O pergaminho dobrado deslizou para a mão esquerda. Esperei de braços esticados enquanto os fios que prendiam o mundo e enchiam a cripta de Greyfriars serpenteavam deslizantes por cima de mim à procura dos outros fios absorvidos por minhas mãos. Quando se encontraram, fios alongados e expandidos preencheram-me todo o corpo de poder. Ataram-se em torno de minhas articulações, produziram uma teia de proteção em volta do útero e do coração e percorreram as veias e os caminhos forjados pelos nervos e os tendões.

Recitei um encantamento:

> *Páginas que não estão cá*
> *Perdidas e achadas*
> *Weston, onde você está*
> *Aqui neste lugar?*

Em seguida, soprei no fragmento de pergaminho e o nome de Weston captou a luz e a tinta vermelha explodiu em chamas. Coloquei as palavras de fogo na palma de minha mão, onde continuaram a queimar e a brilhar. Acima de mim, Corra fazia a guarda em círculos por cima do mapa de olhos afiados e alertas.

As engrenagens do compêndio zumbiram e os ponteiros do mostrador principal moveram-se. Um rugido encheu os meus ouvidos quando um fio brilhante de ouro disparou para fora do compêndio. Ele girou para fora até se encontrar com as duas folhas do *Livro da vida*. Outro fio saiu da marcação dourada do compêndio e resvalou até um mapa ao pé de Linda.

Aos gritos de triunfo Corra fez um mergulho rasante em direção a esse ponto, como se tivesse pego alguma presa inocente. O nome de uma cidade iluminou-se, e uma explosão de fogo brilhante deixou os contornos das letras carbonizados.

Feitiço completado, o rugido arrefeceu. O poder recuou do meu corpo, soltando os fios atados. Mas eles não retornaram às minhas mãos. Ficaram onde estavam, correndo através de mim como se a formar um novo sistema corporal.

Quando o poder recuou de vez, oscilei ligeiramente. Ysabeau avançou.

– Não! – Sarah gritou. – Não quebre o círculo, Ysabeau.

Claro que minha sogra achou isso uma loucura. Sem Matthew presente ela assumia o lugar de superprotetora. Mas Sarah estava certa: ninguém mais poderia quebrar o círculo senão eu. Arrastando os pés, voltei para o mesmo lugar onde tinha começado a tecer o meu encanto. Sybil e Tamsin sorriram encorajadoramente quando os dedos de minha mão esquerda brilharam e enrolaram, liberando a pressão do círculo. O que restava a fazer era caminhar ao redor do círculo no sentido anti-horário para desfazer a magia.

Linda foi bem mais rápida, fazendo o seu próprio caminho no sentido inverso. No momento em que o completou, Ysabeau e Sarah correram em minha direção e as bruxas de Londres correram em direção ao mapa que revelava a localização de Weston.

— *Dieu*, eu não vejo magias assim há séculos. Matthew não mentiu quando disse que você era uma bruxa formidável — disse Ysabeau admirada.

— Ótimo feitiço, querida. — Sarah estava orgulhosa de mim. — Nenhuma dúvida e nenhum momento de hesitação.

— Será que funcionou? — Claro que eu esperava que sim. Outro feitiço de tal magnitude exigiria semanas de descanso. Juntei-me às bruxas na leitura do mapa. — Oxfordshire?

— Sim — disse Linda hesitante. — Mas talvez a gente não tenha feito uma pergunta suficientemente específica.

Lá no mapa se via o contorno escurecido de uma cidadezinha bem inglesa chamada Chipping Weston.

— As iniciais estavam no papel, mas não as incluí nas palavras mágicas. — Meu coração apertou.

— Ainda é cedo para admitir a derrota. — Ysabeau já estava digitando no celular. — Phoebe? Será que T. J. Weston reside em Chipping Weston?

A possibilidade de que T. J. Weston residisse em uma cidade chamada Weston não ocorrera a nenhuma de nós. Esperamos pela resposta de Phoebe.

De repente, o semblante de Ysabeau relaxou de alívio.

— Obrigada. Logo estaremos em casa. Diga a Marthe que Diana vai precisar de uma compressa para a cabeça e compressas frias para os pés.

Ambos doíam, e minhas pernas inchavam ainda mais a cada minuto que passava. Olhei para Ysabeau agradecida.

— Phoebe falou que há um T. J. Weston em Chipping Weston — disse Ysabeau. — Reside numa propriedade rural.

— Ora, muito bem. Ótimo feito, Diana. — Linda sorriu para mim. As outras bruxas de Londres aplaudiram, como se eu tivesse acabado de fazer um solo de piano particularmente difícil sem desafinar uma única nota.

— Será uma noite que não esqueceremos tão cedo — disse Tamsin, com a voz trêmula de emoção. — Isso porque esta noite uma tecelã voltou a Londres, unindo passado e futuro para que velhos mundos pudessem morrer e renascer.

— Essa profecia é de Mãe Shipton — comentei ao reconhecer as palavras.

— Ursula Shipton nasceu Ursula Soothtell. A tia dela, Alice Soothtell, era minha antepassada — disse Tamsin. — Era uma tecelã como você.

— *Você* é parente de Ursula Shipton! — exclamou Sarah.

— Sou — disse Tamsin. — As mulheres de minha família preservaram o conhecimento das tecelãs, embora só tenha nascido uma única outra tecelã na família em mais de quinhentos anos. Mas Ursula profetizou que o poder não estava perdido para sempre. Ela previu anos de trevas durante os quais as bruxas se esqueceriam das tecelãs e de tudo que elas representam: esperança, renascimento, mudança. E também previu esta noite.

– Como assim? – Entre as poucas frases da profecia de Mãe Shipton conhecida por mim, nenhuma se encaixava nos acontecimentos daquela noite.

– *"E os que sobreviverem jamais temerão / por muitos anos a cauda do dragão, / Mas o tempo apaga a memória. / Soa estranho. Mas assim será"* – recitou Tamsin, balançando a cabeça e logo acompanhada pelas outras bruxas em uníssono.

E antes que a raça recomece,
Uma serpente de prata aparece
E cospe homens de origem desconhecida
Para conviver na terra agora florescida
Fria de seu calor; e esses homens podem
Iluminar a mente do homem do futuro.

– O dragão e a serpente? – Tremi.

– Eles anunciam o advento de uma nova era de ouro para as criaturas – disse Linda. – Levou muito tempo para chegar, mas agora temos o prazer de viver para ver.

Era muita responsabilidade. Primeiro, os gêmeos, depois, a linhagem de Matthew, e agora o futuro da espécie? Cobri com a mão o monte onde nossos filhos cresciam. Eu me senti puxada para direções contrárias, minha parte bruxa lutando com as partes pesquisadora, esposa e mãe.

Olhei para as paredes. Em 1591, as diferentes partes de mim se encaixavam. Em 1591, eu era eu mesma.

– Não se preocupe – disse Sybil suavemente. – Logo você estará inteira de novo. Seu vampiro vai ajudá-la.

– Nós todas vamos ajudá-la – disse Cassandra.

27

— Pare aqui – ordenou Gallowglass. Leonard pisou no freio do Mercedes que seguiu silenciosamente até a guarita da Velha Cabana. Já que ninguém queria esperar pelas notícias da terceira folha em Londres, exceto Hamish, que estava ocupado em salvar o euro do colapso, o meu grupo todo estava junto. Fernando nos seguia em um Range Rover da inesgotável coleção de Matthew.

— Não. Aqui não. Vá para a casa – disse Leonard. A guarita me fez lembrar de Matthew. À medida que nos afastávamos da entrada, a Velha Cabana emergia do nevoeiro de Oxfordshire. Foi estranho vê-la novamente, sem os campos circundantes com ovelhas e pilhas de feno, apenas uma chaminé expelia uma fumaça fina para o céu. Encostei a testa na janela fria do carro. O enxaimel preto e branco e os vitrais em forma de diamante me fizeram lembrar de outros tempos mais felizes.

Recostei no banco de couro macio e peguei o celular. Nenhuma mensagem nova de Matthew. Consolei-me olhando de novo as duas fotos enviadas por ele anteriormente: Jack junto a Marcus e Jack sozinho de joelhos sobre um bloco de desenho, totalmente absorvido pelo que estava fazendo. Eu tinha recebido essa última foto depois de ter enviado fotos dos afrescos de Greyfriars para ele. Graças à magia da fotografia, eu tinha capturado o fantasma da rainha Isabel com uma expressão arrogante de desdém.

Os olhos de Sarah pousaram em mim. Ela e Gallowglass tinham insistido para que eu descansasse algumas horas ali antes de viajar para Chipping Weston. Mas protestei. Os feitiços de tecelagem sempre me deixavam oca e assegurei para eles que minha palidez e falta de apetite se deviam apenas à magia. Ambos me ignoraram.

— Aqui, madame? – Leonard desacelerou em frente a uma abertura na sebe de teixos situada entre o cascalho e o fosso. Em 1590 nós simplesmente cavalgaríamos direto até o pátio central da casa, mas o automóvel não poderia passar por sobre a estreita ponte de pedra.

Em vez disso, rodeamos o pequeno pátio atrás da casa usado para entrada de serviço quando eu morara ali. Um pequeno Fiat estava estacionado junto a um caminhão amassado certamente usado para tarefas em torno da propriedade. Amira Chavan, a amiga e locatária de Matthew, nos aguardava.

– Que bom vê-la de novo, Diana – disse Amira, com um olhar formigante. – Onde está Matthew?

– Em viagem de negócios – respondi saindo do carro.

Ela engasgou e se apressou para frente.

– Você está grávida – disse como se estivesse anunciando a descoberta de vida em Marte.

– Sete meses – eu disse arqueando as costas. – Talvez eu frequente as suas aulas de ioga. – Amira ministrava aulas extraordinárias na Velha Cabana, frequentadas por uma clientela mista de demônios, bruxas e vampiros.

– Não se contorça como um pretzel. – Gallowglass pegou-me delicadamente pelo cotovelo. – Tia, vá para dentro para descansar do feitiço. Coloque os pés em cima da mesa enquanto Fernando nos prepara alguma coisa para comer.

– Não mexerei em panelas... não com Amira aqui. – Fernando beijou-a na bochecha. – Algum incidente com que deva me preocupar, *shona*?

– Não vi nem senti nada. – Amira sorriu carinhosamente para Fernando. – Já faz muito tempo que não nos vemos.

– Prepare *akuri* com torradas para Diana que lhe perdoo – disse Fernando sorrindo. – Só o cheirinho vai me transportar para o céu.

Depois de uma rodada de apresentações me vi na pequena sala onde fazia as refeições familiares em 1590. Sem um mapa na parede, mas com um fogo que ardia alegremente e dissipava a umidade.

Amira colocou os pratos de ovos mexidos e torradas à nossa frente, junto com tigelinhas de arroz e lentilhas. O aroma era de pimenta, mostarda, limão e coentro. Fernando pairou por sobre os pratos, inalando o aromático vapor.

– Seu *kanda poha* me lembra o *chai* feito com leite de coco servido naquela pequena tenda onde paramos no meio do caminho para as cavernas de Gharapuri. – Ele respirou fundo.

– Talvez – disse Amira introduzindo uma colher nas lentilhas. – Ele usou uma receita de minha avó. Moí o arroz à maneira tradicional, almofariz e pilão de ferro, porque isso é muito bom para a gravidez de Diana.

Apesar de minha insistência de que não estava com fome, emanava algo alquímico no efeito que o cominho e a laranja exerciam sobre o meu apetite. Logo me vi olhando para um prato vazio.

– Esse é mais parecido – disse Gallowglass, com satisfação. – Por que não se acomoda naquele banco maior e fecha os olhos. Se não se sentir confortável lá, descanse na cama do antigo escritório de Pierre ou na sua própria cama, pense um pouco a respeito.

O banco maior era de carvalho, projetado e todo esculpido para desencorajar qualquer desperdício de uso. Já tinha estado na sala de estar em minha estada anterior na casa e, depois de deslocado de onde estava, agora proporcionava um assento debaixo da janela. A pilha de jornais na sua extremidade sugeria que era o lugar onde Amira sentava pela manhã para acompanhar as notícias.

Comecei a entender como Matthew tratava as suas casas. Ele vivia nelas, deixava-as e retornava décadas ou séculos mais tarde, sem mexer em nada a não ser para reorganizar um pouco a mobília. Ou seja, ele era proprietário de museus e não de casas propriamente ditas. Pensei nas lembranças que me esperavam no resto da casa – o grande salão onde conheci George Chapman e a viúva Beaton, a sala de estar onde Walter Raleigh discutira nossa situação difícil sob os olhos atentos de Henrique VIII e Elizabeth I, e o quarto de dormir onde Matthew e eu criáramos raízes no século XVI.

– O banco está ótimo – comentei apressada. Se Gallowglass se despojasse da jaqueta de couro e Fernando do casacão de lã, as rosas esculpidas no encosto não me espetariam tanto de lado. Para realizar o meu desejo, o amontoado de casacos ao lado da lareira se configurava como um colchão improvisado. Envolvida pelos aromas de laranja amarga, água do mar, lilás, tabaco e narciso, os meus olhos pesaram e caí no sono.

– Ninguém sequer teve um vislumbre dele – disse Amira baixinho ao me acordar do cochilo.

– Mesmo assim, você não deve dar aulas enquanto Benjamin representar um risco para a sua segurança. – Fernando soou estranhamente firme. – E se ele entrasse pela porta da frente?

– Toparia com duas dezenas de demônios, vampiros e bruxas furiosos, só isso – respondeu Amira. – Fernando, Matthew recomendou-me que parasse o trabalho, mas o que estou fazendo agora nunca me pareceu mais importante.

– E é. – Girei as pernas para fora do banco e sentei-me esfregando os olhos. Segundo o relógio, tinham passado quarenta e cinco minutos. Era impossível medir a passagem do tempo pela mudança de luz que continuava sepultada na névoa.

Sarah chamou Marthe, que apareceu com um chá de menta e rosa-mosqueta, sem nenhuma cafeína que me deixasse mais alerta, porém abençoadamente aquecida. Eu já tinha esquecido que os lares podiam ser muito frios no século XVI.

Gallowglass preparou um nicho perto do fogo para mim. Fiquei triste por toda essa preocupação dirigida a mim. Ele era tão digno de ser amado. Eu não queria que ele ficasse sozinho. Alguma coisa em meu rosto deixou transparecer o que se passava em minha mente.

– Sem piedade, tia. Os ventos nem sempre sopram como o navio deseja – ele murmurou enquanto me ajeitava na cadeira.

– Os ventos fazem aquilo que mando fazer.

– E eu traço o meu próprio caminho. Se não parar de se lamentar por mim, contarei a Matthew o que está fazendo e você terá que lidar com dois vampiros regiamente chateados e não apenas um.

Era um momento prudente para mudar de assunto.

– Matthew está constituindo a sua própria família, Amira – eu disse, voltando-me para a nossa anfitriã. – Uma família que abrigará todo tipo de criatura. Talvez a gente também possa deixar entrar alguns seres humanos. Se ele for bem-sucedido, vamos precisar do máximo de ioga possível. – Fiz uma pausa enquanto a minha mão direita formigava e pulsava em cor. Observei-a em silêncio e depois concluí que o portfólio de couro que Phoebe comprara para proteger as folhas do *Livro da vida* deveria ficar na mesa ali por perto e não do outro lado da sala. Apesar da sesta, eu ainda estava exausta.

O portfólio pousou na mesa próxima.

– Abracadabra – sussurrou Fernando.

– Já que vive nesta casa de Matthew, você merece explicações de por que viemos para cá – eu disse para Amira. – Você já ouviu alguma história sobre o primeiro grimório das bruxas?

Ela balançou a cabeça. Entreguei-lhe as duas folhas recuperadas.

– Estas vieram desse livro... o mesmo que os vampiros chamam de *Livro da vida*. Achamos que uma terceira folha esteja de posse de alguém chamado T. J. Weston, que vive em Chipping Weston. E agora que já estamos todos alimentados e hidratados, eu e Phoebe vamos procurá-lo para ver se ele quer vendê-la.

Foi quando Ysabeau e Phoebe apareceram. Phoebe estava branca como papel. Ysabeau parecia um tanto entediada.

– O que há de errado, Phoebe? – perguntei.

– Um Holbein. No banheiro. – Ela apertou as próprias bochechas. – Uma pequena pintura a óleo de Margaret, filha de Thomas More. Não devia estar pendurada no banheiro!

Comecei a entender por que Matthew se cansava tanto de minhas constantes objeções à maneira pela qual a família tratava os livros da biblioteca.

– Deixe de ser tão pudica – disse Ysabeau levemente irritada. – Margaret não era o tipo de mulher que se incomodava com um pouco de carne exposta.

– Acha mesmo que isso... – Phoebe gaguejou. – Não é o decoro da situação que me incomoda, mas o fato de que Margaret More pode cair na privada a qualquer momento!

– Eu entendo, Phoebe. – Mostrei-me simpática. – Ajudaria se eu dissesse que há outras obras maiores e mais importantes de Holbein na sala de estar?

– Lá em cima. E toda a santa família está em um dos sótãos. – Ysabeau apontou para o céu. – Thomas More era um jovem arrogante, e não se tornou mais humilde com a idade. Matthew não parecia se importar, mas Philippe e Thomas quase chegaram às vias de fato em diversas ocasiões. Se a filha dele se afogar no banheiro, bem feito para ele.

Amira começou a rir. Depois de um olhar chocado, Fernando acompanhou-a. E logo todos nós estávamos rindo, até mesmo Phoebe.

– O que significa essa barulheira toda? O que aconteceu agora? – Marthe nos olhou com desconfiança lá da porta.

– Phoebe está se adaptando para ser uma De Clermont – respondi, enxugando os olhos molhados de tanto rir.

– *Bonne chance* – disse Marthe. Isso só nos fez rir ainda mais.

Era um lembrete de boas-vindas. Já que por mais diferentes que fôssemos, constituíamos uma espécie de família – nem mais estranha nem mais idiossincrática do que milhares de outras anteriores a nós.

– E essas folhas que vocês trouxeram... também são das coleções de Matthew? – perguntou Amira, retomando a conversa de onde tínhamos parado.

– Não. Uma delas foi entregue aos meus pais, e a outra estava nas mãos de Andrew Hubbard, neto de Matthew.

– Hum. Quanto medo. – Os olhos de Amira perderam o foco. Ela era uma bruxa de visão significativa e com poderes empáticos.

– Amira? – Observei-a mais de perto.

– Sangue e medo. – Ela estremeceu sem me perceber. – Está no próprio pergaminho e não apenas nas palavras.

– Devo detê-la? – perguntei a Sarah. Na maioria das situações o melhor era deixar a segunda visão da bruxa se manifestar, mas a visão de Amira já tinha escorregado com muita rapidez para outro tempo e outro lugar. As bruxas podem vagar sem destino em emaranhados de imagens e sentimentos sem conseguir encontrar o caminho de volta.

– De jeito nenhum – disse Sarah. – Nós duas poderemos ajudá-la se ela se perder.

– Uma mulher... uma jovem mãe. Foi morta na frente dos filhos – balbuciou Amira. Meu estômago revirou. – O pai já estava morto. Foram bruxas que lhe entregaram o corpo do marido, deixando-o cair ao chão e forçando-a a olhar o que elas tinham feito com ele. Foi ela a primeira a amaldiçoar o livro. Tanto conhecimento perdido para sempre. – Os olhos de Amira se fecharam e, quando abriram, brilharam com lágrimas não derramadas. – Fizeram o pergaminho com a pele que se estendia ao longo das costelas dessa mulher.

Eu sabia que o *Livro da vida* era constituído de criaturas mortas, mas nunca imaginei que acabaria querendo saber mais sobre as tais criaturas do que sobre o que o DNA delas pudesse revelar. Fiquei com o estômago pesado e corri até a porta. Corra bateu as asas agitada na tentativa de estabilizar a própria posição, mas a volumosa presença dos gêmeos não lhe deixava espaço de manobra.

– Shh. Esse não será o seu destino. Prometo a você – disse Ysabeau, pegando-me com um abraço. Embora fria, sólida e bastante forte, ela possuía uma constituição graciosa.

– Será que estou fazendo a coisa certa ao tentar recompor esse livro? – perguntei depois que minhas entranhas conturbadas melhoraram. – E fazendo isso sem Matthew?

– Certo ou errado, isso tem que ser feito. – Ysabeau alisou as mechas do meu cabelo que obscureciam a minha vista. – Ligue para ele, Diana. Ele não quer que você sofra dessa maneira.

– Não. – Balancei a cabeça. – Matthew tem um trabalho a fazer. E eu tenho o meu.

– Então, vamos acabar logo com isso – disse Ysabeau.

Chipping Weston era uma típica e pitoresca vila inglesa onde geralmente os romancistas situam mistérios de assassinatos. Embora com aparência de cartão-postal ou de estúdio cinematográfico, era o lar de centenas de pessoas que viviam em casas de telhado de palha dispersas ao longo de um punhado de ruas estreitas. Era uma cidadezinha rural que restringia as provisões como punição aos cidadãos culpados de delitos e que possuía dois bares, de modo que se alguém tivesse um desentendimento com metade dos vizinhos, ainda assim teria um lugar onde poderia tomar uma cerveja à noite.

Não foi difícil encontrar a propriedade rural.

– Os portões estão abertos. – Gallowglass estalou os dedos.

– Qual é o seu plano, Gallowglass? Disparar até a porta da frente e esmurrá-la com as próprias mãos? – Saí do carro de Leonard. – Venha, Phoebe. Vamos tocar a campainha.

Gallowglass nos seguiu quando caminhamos em direção aos portões abertos, contornando uma pedra circular que talvez tivesse sido uma fonte antes de ser invadida pelo solo. Na metade do caminho, dois arbustos podados com formato de cães dachshund.

– Extraordinário – sussurrou Phoebe olhando as esculturas verdes.

A porta da herdade estava no meio de um enfileiramento de janelas baixas. Sem campainha, mas com uma peça de ferro – também forjada na forma de um dachshund – inadvertidamente afixada na sólida madeira da porta elisabetana. Antes que Phoebe pudesse me dar uma palestra sobre a preservação de casas antigas, levantei o cachorro e bati forte.

Silêncio.

Bati novamente, ainda mais forte.

– Nós estamos à plena vista da estrada. – Gallowglass rosnou. – Que muro mais ridículo aquele. Qualquer criança poderia pular por cima.

– Nem todos podem ter um fosso – retruquei. – Não acredito que Benjamin já tenha ouvido falar de Chipping Weston, e muito menos nos seguido até aqui.

Gallowglass não estava convencido e continuou olhando em volta como uma coruja ansiosa.

Eu estava prestes a bater de novo quando a porta se abriu. Um homem com óculos de aviador e um paraquedas pendurado nos ombros como uma capa surgiu à entrada. Cães juntaram-se ao redor dos pés dele, latindo agitados.

– Por onde você tem andado? – O estranho envolveu-me em um abraço enquanto eu tentava resolver o enigma daquela estranha pergunta. Os cães saltaram e brincaram animados para me cumprimentar depois que o dono me aprovou.

Depois de me soltar, ele ergueu os óculos. Seu olhar fixo me cutucou com o sentimento de um beijo de boas-vindas.

– Você é um demônio – comentei sem necessidade alguma.

– E você é uma bruxa. – Ele esquadrinhou Gallowglass com um olho verde e outro azul. – E ele é um vampiro. Não é o mesmo que estava com você antes, mas também é grande o bastante para trocar lâmpadas.

– Eu não troco lâmpadas – disse Gallowglass.

– Espere. Conheço você – eu disse, vasculhando rostos em minha memória. Era um dos demônios que eu tinha visto na Biblioteca Bodleiana no ano anterior, quando encontrei o Ashmole 782 pela primeira vez. Ele gostava de café com leite e de afastar os outros leitores dos microfilmes. Nunca tirava os fones de ouvido, nem mesmo quando desligados. – Timothy?

– O próprio. – Ele desviou os olhos para mim e ergueu os polegares e os outros dedos como se disparando seis tiros. Notei que ainda usava incompatíveis botas de caubói, só que agora uma era verde e a outra azul... podia-se presumir que era para combinar com os olhos. Ele estalou a língua contra os dentes. – Se quer saber, querida: você é única.

– Você é T. J. Weston? – perguntou Phoebe, tentando se fazer ouvir por cima dos latidos agitados dos cães.

Timothy levou os dedos à boca e aos ouvidos.

– Não consigo ouvi-la.

– Ora! – disse Gallowglass aos gritos. – Feche a boca dos seus monstrinhos.

Os latidos pararam instantaneamente. Os cães sentaram-se, com mandíbulas abertas e línguas pendidas, e olharam para Gallowglass em adoração. Timothy retirou o dedo de um dos ouvidos.

– Muito bem. – O demônio soltou um assobio de apreço e os cães começaram a latir novamente.

Gallowglass nos empurrou para dentro, resmungando com ar sombrio sobre linhas de visão, posições defensivas e possíveis danos de audição para Apple e Bean. Restaurada a paz, ele sentou-se no chão frente à lareira e se deixou envolver pelos cães que se engalfinharam por cima dele, lambendo-o e vasculhando-o como se o alfa da matilha tivesse retornado depois de uma longa ausência.

– Como eles se chamam? – perguntou Phoebe, tentando contar o número de caudas naquele amontoado retorcido.

– Hansel e Gretel, obviamente. – Timothy olhou para Phoebe como se ela fosse um caso perdido.

– E os outros quatro? – ela perguntou.

– Oscar. Molly. Rusty. E Pocinha. – Ele apontou para cada cão.

– Ela gosta de brincar na chuva?

– Não – disse Timothy. – Gosta de fazer xixi no assoalho. Ela se chamava Penélope, mas agora todos na aldeia a chamam de Pocinha.

Uma graciosa virada da conversa para o *Livro da vida* seria impossível, de modo que entrei de cara no assunto.

– Você comprou uma folha, uma iluminura de um manuscrito que estampa uma árvore?

– Sim. – Timothy pestanejou.

– Quer vendê-la para mim? – Não fazia sentido ser tímida.

– Não.

– Estamos dispostos a pagar caro por ela. – Phoebe podia não gostar da eventual indiferença dos De Clermont quanto a onde pendurar os quadros, mas começava a ver os benefícios do poder aquisitivo da família.

– Não está à venda. – Timothy afagou as orelhas de um dos cães que logo se voltou para a bota de Gallowglass e começou a roê-la.

– Posso vê-la? – Talvez Timothy pudesse me emprestá-la.

– Claro. – Ele tirou o paraquedas e saiu da sala. Fomos atrás dele.

Ele nos conduziu por várias salas que claramente tinham sido projetadas para outros fins que não os utilizados na ocasião. Na sala de jantar havia uma bateria completa para lá de usada, em cujo centro do bumbo se lia DEREK AND THE DERANGERS, enquanto outra sala teria a aparência de um cemitério eletrônico se não fosse pelos sofás de chita e o papel de parede estampado.

– Está por lá. Em algum lugar – disse Timothy, apontando para a sala seguinte.

– Santa Mãe de Deus – disse Gallowglass atônito.

"Lá" era uma ex-biblioteca. "Algum lugar" cobria uma multidão de possíveis esconderijos, incluindo caixotes por abrir e correspondências, caixas de papelão entupidas de partituras musicais da década de 1920, e pilhas e pilhas de jornais velhos. E ainda uma enorme coleção de relógios de todos os tipos e tamanhos e uma coleção de itens vintage.

E também manuscritos. Milhares de manuscritos.

– Acho que está dentro de uma pasta azul – disse Timothy, coçando o queixo. Era visível que ele tinha deixado a barba por fazer no início do dia pelos dois retalhos grisalhos que sobravam.

– Há quanto tempo você compra livros antigos? – perguntei, pegando o primeiro que veio à mão. Era um caderno de anotações de ciência de um estudante alemão do século XVIII, sem nenhum valor especial a não ser para um estudioso da educação no período iluminista.

– Desde que eu tinha treze anos. Foi quando minha avó morreu e deixou-me este lugar. Minha mãe se foi quando eu tinha cinco anos e meu pai Derek morreu de overdose quando fiz nove anos. Só restamos minha avó e eu. – Timothy olhou ao redor da sala com carinho. – Venho restaurando-a desde então. Quer ver minhas pinturas lá em cima?

– Talvez mais tarde – eu disse.

– Tudo bem. – Ele fechou a cara.

– Por que se interessa pelos manuscritos? – Para tentar obter respostas de demônios e estudantes, era melhor fazer perguntas genuinamente abertas.

– Eles são como a casa... me fazem lembrar daquilo que não devo esquecer – disse Timothy, como se isso explicasse tudo.

– Com alguma sorte um deles o fará se lembrar de onde enfiou a folha do seu livro – disse Gallowglass baixinho. – Caso contrário, levaremos semanas para vasculhar todo esse lixo.

Não dispúnhamos de semanas. Eu precisava retirar o Ashmole 782 da Bodleiana e recolocar as folhas no manuscrito para que Matthew pudesse voltar para casa. Sem o *Livro da vida* estaríamos vulneráveis à Congregação, a Benjamin e às ambições pessoais de Knox e Gerbert. Só depois que o manuscrito estivesse em nossa posse é que todos os outros teriam que lidar conosco segundo nossas condições – como herdeiros ou não. Arregacei as mangas.

– Timothy, tudo bem se eu fizer magia na sua biblioteca? – A pergunta pareceu-me educada.

– Vai fazer barulho? – ele perguntou. – Os cães não gostam de barulho.

– Não – respondi considerando as minhas opções. – Acho que vai ser bem silencioso.

– Então, tudo bem – ele disse aliviado, recolocando os óculos por via das dúvidas.

– Mais magia, tia? – Gallowglass arqueou as sobrancelhas. – Você a tem usado muito ultimamente.

– Espere até amanhã – balbuciei. Se eu me apossasse das três folhas perdidas iria direto para a Bodleiana. Era a vez das luvas.

Um turbilhão de papéis levantou do chão.

– Já começou? – perguntou Gallowglass alarmado.

– Não – respondi.

– Então, que tumulto é esse? – Gallowglass se moveu em direção a um amontoado agitado.

Uma cauda abanou por entre um fólio de capa de couro e uma caixa de canetas.

– Pocinha! – exclamou Timothy.

A cadelinha surgiu depois do rabo, puxando uma pasta azul.

– Que boazinha – cantarolou Gallowglass, agachando-se e estendendo uma das mãos. – Traga pra mim.

Pocinha estava com a folha perdida do Ashmole 782 entre os dentes, parecendo muito satisfeita consigo mesma, mas sem fazer qualquer menção de entregá-la para Gallowglass.

– Ela quer ser perseguida por você – explicou Timothy.

Gallowglass fez uma careta.

– Não vou correr atrás de cachorro nenhum.

No final, todos a perseguimos. Pocinha era a mais inteligente e mais rápida dachshund da face da terra, correndo debaixo dos móveis e driblando pela esquerda e pela direita e depois correndo de novo. Gallowglass era rápido, mas não era pequeno. Pocinha escapuliu algumas vezes por entre os dedos dele com radiante alegria.

Finalmente, a necessidade de Pocinha de fazer xixi levou-a a largar a pasta azul ligeiramente úmida frente a suas patas. Gallowglass aproveitou a oportunidade para pegá-la.

– Que menina mais boazinha! – Timothy pegou a agitada cachorrinha. – Você vai ganhar o Great Dachshund Games deste verão. Sem dúvida. – Uma tira de papel estava presa em uma das garras de Pocinha. – Olhe só, é minha fatura do conselho fiscal.

Gallowglass entregou-me a pasta.

– Phoebe deve fazer as honras da casa – eu disse. – Se não fosse por ela, não estaríamos aqui. – Entreguei a pasta para ela.

Phoebe quebrou o selo e abriu-a. Era uma imagem tão vívida que parecia ter sido pintada um dia antes, suas cores marcantes e os detalhes do tronco e das folhas intensificaram ainda mais a vibração que emanava da página. Havia poder nela. Isso era inconfundível.

– É linda. – Phoebe ergueu os olhos. – É a folha que vocês estão procurando?

– Sim – disse Gallowglass. – Ela mesma, tudo bem.

Phoebe colocou a folha em minhas mãos estendidas que brilharam assim que o pergaminho tocou-as, disparando pequenas faíscas coloridas pela sala. Filamentos de poder irromperam dos meus dedos, conectando-se ao pergaminho com um estalo de eletricidade quase audível.

– Essa folha tem muita energia. Nem toda do bem – disse Timothy, afastando-se. – Ela precisa voltar para aquele livro que você encontrou na Bodleiana.

– Sei que você não quer vendê-la – eu disse –, mas posso pegá-la emprestado? Só por um dia? – Eu seguiria até a Bodleiana e requisitaria o Ashmole 782, depois a traria de volta, desde que o *Livro da vida* me deixasse removê-la novamente depois que a tivesse encadernado.

– Não. – Timothy sacudiu a cabeça.

– Você não quer vendê-la, não quer emprestá-la – retruquei agora exasperada. – Você tem alguma ligação sentimental com ela?

– Claro que sim. Quer dizer, ele é meu antepassado.

Todos os olhos na sala se voltaram para a ilustração da árvore em minhas mãos. Até Pocinha olhou-a com interesse renovado, farejando o ar com seu longo e delicado focinho.

– Como sabe disso? – sussurrei.

– Eu vejo coisas... microchips, palavras cruzadas, você, a pessoa de cuja pele se confeccionou esse pergaminho. Eu sabia quem você era desde o momento em que entrou na Duke Humfrey. – Timothy pareceu triste. – Falei tudo que pude para você. Mas você não me ouviu e saiu com aquele vampirão. Você é única.

– Única, como assim? – Minha garganta fechou. As visões do demônio eram bizarras e surreais, mas podiam ser surpreendentemente precisas.

– Aquela que vai saber como tudo começou, o sangue, a morte, o medo. E aquela que poderá colocar um fim nisso de uma vez por todas. – Timothy suspirou. – Você não pode comprar o meu avô e também não pode pegá-lo emprestado. Mas se eu lhe der, por questão de segurança, você vai fazer com que a morte dele signifique alguma coisa?

– Não posso prometer isso, Timothy. – Eu não poderia jurar por algo tão grandioso e impreciso. – Ainda não sabemos o que o livro vai revelar. E certamente não posso garantir qualquer mudança.

– Você pode garantir que o nome dele não será esquecido depois que o conhecer? Os nomes são importantes, você sabe – ele disse.

Fui tomada por uma sensação de estranheza. Ysabeau tinha me dito a mesma coisa logo depois que a conheci. O meu terceiro olho vislumbrou Edward Kelley. "*Você também vai encontrar o seu nome no livro*", ele dissera aos gritos quando o imperador Rodolfo pediu que lhe entregasse o *Livro da vida*. Os arrepios em meu pescoço se intensificaram.

– Não vou esquecer o nome dele – prometi.

– Às vezes isso já basta – disse Timothy.

28

Já tinham se passado muitas horas da meia-noite, e eu já não tinha mais qualquer esperança de sono. O nevoeiro se levantava e o brilho da lua cheia penetrava nas mechas cinzentas ainda agarradas aos troncos de árvores e nos recônditos baixos do parque onde os cervos dormiam. Um ou dois animais do rebanho ainda pastavam na relva em busca de forragens remanescentes. Uma geada forte estava prestes a chegar. Senti isso porque estava sintonizada com os ritmos da terra e do céu como estivera na época em que o dia era organizado em função da altura do sol e não de relógios, e a estação do ano determinava tudo, desde o alimento que se comia ao remédio que se ingeria.

Eu estava no mesmo quarto de dormir onde passara a minha primeira noite com Matthew no século XVI. Somente algumas coisas haviam mudado: a energia elétrica que potencializava as lâmpadas, o cordão da campainha vitoriana próxima à lareira que chamava os criados para cuidar de alguma coisa ou para trazer o chá (se bem que nunca entendi a necessidade disso em uma família de vampiros) e o armário esculpido em um aposento adjacente.

Nosso retorno à Velha Cabana após a reunião com Timothy Weston acabara sendo inesperadamente tenso. Gallowglass se recusara a me levar para Oxford depois de localizada a última folha do *Livro da vida*, se bem que ainda não era hora de jantar e a Duke Humfrey só fechava às sete horas. Quando Leonard se ofereceu para dirigir, Gallowglass ameaçou matá-lo em termos perturbadoramente detalhados e gráficos. Fernando e Gallowglass então saíram, supostamente para conversar, e Gallowglass retornou com um corte no lábio, um olho levemente ferido e um pedido de desculpas balbuciado para Leonard.

– Você não vai – disse Fernando quando me dirigi para a porta. – Levo-a amanhã, não esta noite. Gallowglass está certo, você parece uma morta.

– Pare de me mimar – retruquei de dentes cerrados e com as mãos ainda lançando faíscas intermitentes.

– Vou mimá-la até que seu companheiro... e meu senhor... retorne – disse Fernando. – Matthew seria a única criatura na terra que me faria levá-la para Oxford. Sinta-se livre para chamá-lo. – Ele estendeu o telefone.

E assim terminou a discussão. Aceitei o ultimato de Fernando de má vontade, se bem que minha cabeça latejava e eu nunca tinha feito tanta magia como na semana anterior.

– Ainda bem que você está com essas três folhas e nenhuma outra criatura poderá possuir o livro – disse Amira, tentando me consolar. Um pobre consolo quando o livro estava tão perto.

Nem mesmo a visão das três folhas alinhadas na longa mesa do grande salão melhorou o meu humor. Eu antecipava e temia aquele momento desde que saíramos de Madison, mas com o livro por perto me senti estranhamente em anticlímax.

Phoebe arrumara as imagens, tomando o cuidado de não tocá-las. Nós tínhamos aprendido da maneira mais difícil que elas pareciam ter uma afinidade magnética. Quando cheguei em casa e as embalamos juntas antes de seguir para a Bodleiana, soou um suave lamento das páginas, seguido por uma vibração ouvida por todos – até mesmo por Phoebe.

– Você não pode simplesmente levar essas três folhas até a Bodleiana e enfiá-las de volta num livro enfeitiçado – disse Sarah. – É uma loucura. Haverá bruxas naquela sala. Elas chegarão correndo.

– Alguém sabe como o *Livro da vida* vai reagir? – Ysabeau cutucou a ilustração da árvore com o dedo. – E se ele gritar? Fantasmas podem ser liberados. E Diana pode desencadear uma chuva de fogo. – Depois de suas experiências em Londres, Ysabeau vinha fazendo algumas leituras. Já estava preparada para discutir uma ampla variedade de tópicos, tais como aparições espectrais e os fenômenos ocultos observados nas Ilhas Britânicas nos dois anos anteriores.

– Você terá que roubá-lo – disse Sarah.

– Eu sou professora titular na Universidade de Yale, Sarah! Eu não posso! Minha vida como acadêmica...

– Provavelmente estará acabada. – Sarah completou a minha frase.

– Espere aí, Sarah. – Fernando a repreendeu. – Isso é um pouco exagerado, até mesmo para você. Certamente deve haver uma forma de Diana investigar o Ashmole 782 e devolvê-lo em alguma data futura.

Eu tentei explicar que não se podia pegar emprestado livros da Bodleiana, mas sem sucesso. Com Ysabeau e Sarah responsáveis pela logística, e Fernando e Gallowglass, pela segurança, relegaram-me a uma posição onde só me restava aconselhar e avisar. Eles eram mais arrogantes que Matthew.

E assim lá estava eu às quatro da manhã, olhando pela janela à espera do sol nascer.

— O que devo fazer? — sussurrei com a testa contra a fria vidraça em forma de diamante.

Quando fiz a pergunta, a consciência queimou-me a pele, como se eu tivesse enfiado um dedo na tomada elétrica. Uma silhueta cintilante vestida de branco saiu da floresta, acompanhada de um cervo branco. O animal sobrenatural caminhava sem medo ao lado da mulher caçadora que tinha um arco e uma aljava de flechas na mão. *A deusa*.

Ela se deteve e olhou para a minha janela.

— Por que está tão triste, filha? — murmurou com uma voz prateada. — Perdeu o que você mais deseja?

Eu tinha aprendido a não responder às perguntas da deusa. Ela sorriu pela minha relutância.

— Junte-se a mim sob essa lua cheia. Talvez possa encontrá-lo mais uma vez. — Ela esperou com os dedos pousados nos chifres do cervo.

Escapuli para fora sem ser percebida. Meus pés amassaram os caminhos de cascalho salientes dos jardins, deixando rastros escuros na relva coberta de geada. Logo estava frente à deusa.

— Por que está aqui? — perguntei.

— Para ajudá-la. — Os olhos da deusa eram prateados e negros ao luar. — Você terá que abrir mão de alguma coisa, se quiser possuir o *Livro da vida*... alguma coisa preciosa para você.

— Já dei o suficiente — retruquei com voz trêmula. — Meus pais, meu primeiro filho e depois minha tia. Nem minha vida continua sendo minha. Já pertence à senhora.

— Nunca abandono aqueles que me servem. — A deusa retirou uma flecha da aljava. Uma flecha longa e prateada, com penas de coruja. E a estendeu para mim. — Leve-a.

— Não. — Balancei a cabeça em negativa. — Não sem saber a que preço.

— Ninguém me recusa. — A deusa colocou a flecha no arco e apontou. Só então percebi que a flecha não tinha uma ponta afiada. Sua mão recuou ao puxar a corda de prata.

Não tive tempo de reagir quando a deusa arremessou a flecha em direção ao meu peito. Senti uma dor lancinante e um puxão da corrente em torno do meu pescoço, e depois um formigamento ardente entre o ombro esquerdo e a espinha. Os elos de ouro que prendiam a flecha de Philippe deslizaram pelo meu corpo e caíram a meus pés. O tecido que cobria o meu peito umedeceu de sangue, mas não havia nada a não ser um pequeno orifício por onde a flecha passara.

— Você não pode fugir de minha flecha. Nenhuma criatura pode. E agora ela faz parte de você — disse a deusa. — Até mesmo os que nascem fortes devem portar armas.

Esquadrinhei o solo ao redor dos meus pés em busca da joia de Philippe. Quando me endireitei, senti que um ponto pressionava as minhas costelas. Encarei a deusa espantada.

— Minha flecha nunca erra o alvo — disse a deusa. — Não hesite quando precisar dela. E vise a verdade.

— Foram transferidos para *onde*? — Aquilo não podia estar acontecendo. Logo quando estávamos tão perto das respostas.

— Para a Biblioteca de Ciências Radcliffe. — Sean se desculpou, mas sua paciência se esgotava. — Não é o fim do mundo, Diana.

— Mas... isso é... — Relutei com a ficha de requisição do Ashmole 782 nos meus dedos.

— Você não lê os seus e-mails? Há meses que enviamos avisos sobre a remoção — disse Sean. — Fico feliz por solicitá-lo e colocá-lo no sistema, desde que você não se vá e não se ponha fora do alcance da internet. Mas nenhum dos manuscritos Ashmole está aqui, e você não pode requisitá-los para esta sala de leitura, a menos que tenha uma boa razão intelectual relacionada com os manuscritos e mapas que ainda estão aqui.

De todas as exigências previstas para aquela manhã — e eram muitas e variadas —, a decisão da Biblioteca Bodleiana de transferir os livros raros e os manuscritos da Duke Humfrey para a Biblioteca de Ciências Radcliffe não era uma delas. Sarah e Amira estavam em casa com Leonard, caso fosse necessário apoio mágico. Gallowglass e Fernando passeavam ao redor da estátua de William, filho de Mary Herbert, sendo fotografados pelas turistas do sexo feminino. Ysabeau ganhara acesso à biblioteca depois de seduzir o chefe de desenvolvimento com um presente que rivalizava com o orçamento anual de Liechtenstein. E agora ela fazia um passeio particular pelas instalações. Phoebe frequentara a faculdade Christ Church e por isso era a única que possuía um cartão da biblioteca para me acompanhar na Duke Humfrey, e agora ela esperava pacientemente em um banco de frente para os jardins da Exeter College.

– Que irritante. – Fossem quais fossem os livros raros e manuscritos preciosos realocados, eu estava totalmente convencida de que o Ashmole 782 continuava no mesmo lugar. Além do mais, papai não tinha amarrado o *Livro da vida* ao número de chamada do manuscrito e sim à biblioteca. Em 1850 a Biblioteca de Ciências Radcliffe ainda não existia.

Olhei para o relógio. Não passava das dez e meia. Um enxame de crianças em viagem escolar irrompeu com suas vozes agudas ecoando nas paredes de pedra do quadrilátero. Quanto tempo seria necessário para inventar uma desculpa que satisfizesse Sean? Eu e Phoebe precisávamos nos reagrupar. Tentei alcançar a parte inferior de minhas costas, onde a ponta da flecha da deusa estava alojada. A haste mantinha-me de postura ereta, e eu sentia uma pontada de advertência quando me largava um pouco mais.

– E não pense que vai ser fácil encontrar um bom argumento para pesquisar o seu manuscrito aqui. – Sean alertou-me ao ler a minha mente. Os seres humanos sempre ativam o sexto sentido geralmente adormecido nos momentos mais inoportunos. – Há semanas que seu amigo faz uma requisição atrás da outra, e a despeito de quantas vezes tenha pedido para ver os manuscritos aqui, os pedidos continuam sendo redirecionados para Parks Road.

– Casaco de tweed? Calça de veludo? – Se Peter Knox estivesse na Duke Humfrey, eu o estrangularia ali mesmo.

– Não. Aquele sujeito sentado perto dos catálogos de cartões. – Sean apontou para o Selden End.

Afastei-me cautelosamente do escritório de Sean frente ao velho balcão de solicitações e de repente senti o olhar entorpecente de um vampiro. *Gerbert?*

– Sra. Roydon.

Não era Gerbert.

Benjamin estava de braço estendido sobre os ombros de Phoebe, e havia manchas vermelhas na gola da blusa branca dela. Pela primeira vez desde que a conhecera, Phoebe parecia aterrorizada.

– *Herr* Fuchs. – Falei um pouco mais alto que o habitual. Felizmente, Ysabeau ou Gallowglass poderiam ouvir o nome dele, apesar da barulheira que as crianças faziam. Forcei os meus pés a se moverem em ritmo firme em direção a ele.

– Que surpresa vê-la aqui... e aparentemente... tão fértil. – Os olhos de Benjamin se desviaram lentamente para os meus seios e depois para o meu ventre, onde os gêmeos se enrolavam. Um deles chutou furiosamente, como se para fazer uma pausa para a liberdade. Corra também se retorcia e rosnava dentro de mim.

Nada de fogo ou chama. O juramento assumido quando recebi o meu primeiro cartão de leitor flutuou em minha mente.

– Eu esperava Matthew. Em vez disso encontro a companheira dele. E também o meu irmão. – Benjamin aproximou o nariz de uma veia sob a orelha de Phoebe. Roçou os dentes na carne dela. Ela mordeu o lábio para não gritar. – Marcus é um bom menino, sempre ao lado do pai. Fofinha, será que ele vai protegê-la depois que a tornei minha?

– Deixe-a ir, Benjamin. – Depois que as palavras saíram de minha boca, o lado lógico do meu cérebro registrou-as como inúteis. Não havia chance de Benjamin soltar Phoebe.

– Não se preocupe. Você não vai ficar de fora. – Ele acariciou o ponto do pescoço de Phoebe onde martelara com o pulso. – Também tenho grandes planos para você, sra. Roydon. Você é uma boa reprodutora. Isso é visível.

Onde estava Ysabeau?

A flecha ardeu em minha espinha, convidando-me a utilizá-la. Mas como poderia alvejar Benjamin sem atingir Phoebe? Ele a tinha ligeiramente à frente como escudo.

– Esta aqui sonha em ser um vampiro. – Benjamin abaixou a boca e roçou no pescoço de Phoebe. Ela choramingou. – Eu poderia tornar esse sonho realidade. Com alguma sorte poderia mandá-la de volta para Marcus com um sangue tão forte que o faria se prostrar de joelhos.

A voz de Philippe ecoou em minha mente: *pense – e continue viva*. Era a tarefa que ele me dera. Mas os meus pensamentos corriam em círculos desorganizados. Trechos de magias e meias advertências de Goody Alsop perseguiam as ameaças de Benjamin. Eu precisava me concentrar.

Os olhos de Phoebe me pediram que fizesse *algo*.

– Use o seu lamentável poder, bruxa. Posso não saber o que está no *Livro da vida...* até agora, mas aprendi que as bruxas não são páreo para os vampiros.

Hesitei. Benjamin sorriu. Encontrava-me na encruzilhada entre um estilo de vida sonhado – acadêmico, intelectual, sem a complicada desordem da magia – e um estilo de vida que se apresentava naquele instante. Se eu fizesse magia na Biblioteca Bodleiana, não haveria como voltar atrás.

– Algo errado? – ele disse vagarosamente.

Minhas costas ainda queimavam, e a dor se estendia para meu ombro. Ergui as mãos separadas, como se tivesse um arco, e apontei o dedo indicador esquerdo para Benjamin, como se estabelecendo um alvo.

Minha mão não era mais incolor. Um incêndio espesso e vivo de roxo percorreu toda a palma de minha mão. Gemi por dentro. Claro que minha magia decidira mudar *logo agora*. Pense. *Qual era o significado mágico do roxo?*

Senti como se uma corda áspera arranhasse o meu rosto. Torci os lábios e soprei o ar em direção a ela. *Sem distrações. Pense. Continue viva.* Desviei os olhos para as minhas mãos e lá estava uma curva – um arco real, tangível, de madeira ornamentada em ouro e prata. Senti um formigamento estranho que emergia da madeira, um formigamento que me era familiar. *Sorveira*. E também havia uma flecha entre os meus dedos; era de prata e tinha a ponta de ouro como a de Philippe. Será que atingiria o alvo como prometido pela deusa? Benjamin deslocou Phoebe de modo que ela o cobrisse por inteiro.

– Dê o seu melhor tiro, bruxa. Você vai matar a sangue-quente de Marcus, mas continuarei tendo tudo que quero ter aqui.

A imagem da violenta morte de Juliette me veio à mente. Fechei os olhos. Hesitei, incapaz de atirar. O arco e a flecha se dissolveram por entre os meus dedos. Eu tinha feito exatamente o que a deusa me instruíra a não fazer.

As páginas dos livros abertos nas mesas próximas soaram irritadas em uma brisa repentina. Os pelos de minha nuca se eriçaram. *Bruxa de vento*.

Talvez houvesse outra bruxa na biblioteca. Abri os olhos para ver quem era.

Era um vampiro.

Ysabeau mantinha uma das mãos em volta do pescoço de Benjamin e com a outra empurrava Phoebe em minha direção.

– Ysabeau. – Benjamin olhou-a com amargura.

– Esperando alguém? Matthew, talvez? – O dedo de Ysabeau se empapou com o sangue que jorrou de um pequeno ferimento de Benjamin. Foi uma pressão suficiente para mantê-lo onde estava. Fui tomada por uma onda de náuseas. – Ele está ocupado com outra coisa. Phoebe, querida, leve Diana até Gallowglass e Fernando. Agora mesmo. – Sem tirar os olhos de sua presa, Ysabeau apontou a mão em minha direção.

– Vamos. – Phoebe me puxou pelo braço.

Ysabeau tirou a mão do pescoço de Benjamin com um estalo audível. Ele apalpou o mesmo ponto.

– Ainda não terminamos, Ysabeau. Diga a Matthew que entrarei em contato. Em breve.

– Oh, direi. – Ela sorriu de um jeito assustador e cheio de dentes para ele. E depois de dar dois passos para trás, puxou-me pelo outro braço de modo a colocar-me de frente para a saída.

– Diana? – disse Benjamin.

Eu parei sem me virar.

– Tomara que seus filhos sejam duas meninas.

– Ninguém fala até que estejamos dentro do carro. – Gallowglass soltou um assobio cortante. – Feitiço de disfarce, tia.

Senti que o feitiço deslizara para fora de seu contorno, mas não consegui reunir energia para fazer muita coisa. A náusea piorava cada vez mais.

Leonard gritou para os portões da Hertford College.

– Eu hesitei. Como com Juliette. – Na ocasião isso quase levara a vida de Matthew. E agora Phoebe quase pagara pelo meu medo.

– Cuidado com a cabeça – disse Gallowglass ao me deixar no banco do passageiro.

– Graças a Deus pegamos este maldito carrão de Matthew – sussurrou Leonard para Fernando ao entrar no banco do motorista. – Voltamos para casa?

– Sim – respondi.

– Não – disse Ysabeau ao mesmo tempo, aparecendo no outro lado do carro. – Para o aeroporto. Vamos para Sept-Tours. Chame Baldwin, Gallowglass.

– Eu *não* vou para Sept-Tours – retruquei. Viver sob o domínio de Baldwin? Nunca.

– E Sarah? – perguntou Fernando do banco da frente.

– Diga a Amira para nos encontrar com Sarah em Londres. – Ysabeau bateu no ombro de Leonard. – Se você não acelerar agora mesmo, não serei responsabilizada pelos meus atos.

– Já estamos todos dentro do carro. Vá! – Quando Gallowglass fechou uma das portas traseiras, Leonard deu marcha a ré e quase atropelou um distinto acadêmico de bicicleta. – Maldição. Não tenho temperamento para o crime. – Gallowglass bufou levemente. – Mostre-nos o livro, tia.

– Diana não está com o livro. – As palavras de Ysabeau fizeram Fernando parar no meio de uma conversa e olhar para trás.

– Então, por que a pressa? – perguntou Gallowglass.

– Acabamos de encontrar o filho de Matthew. – Phoebe inclinou-se para frente e falou em voz alta para o celular de Fernando. – Sarah, Benjamin sabe que Diana está grávida. Nem você nem Amira estão seguras. Saiam daí. Agora mesmo.

– Benjamin? – A voz de Sarah soou inconfundivelmente horrorizada.

Uma enorme mão puxou Phoebe e virou-a de cabeça para o lado.

– Ele mordeu você. – O rosto de Gallowglass embranqueceu como papel. Ele agarrou-me e inspecionou cada centímetro de meu rosto e meu pescoço. – Cristo. Por que não pediram ajuda?

Graças ao completo desrespeito de Leonard às restrições do trânsito e aos limites da velocidade, já nos aproximávamos da M40.

– Ele estava com Phoebe. – Encolhi-me no banco a fim de estabilizar o meu estômago embrulhado e apertei os braços sobre os gêmeos.

– Onde a vovó estava? – perguntou Gallowglass.

– Vovó estava ouvindo o papo de uma mulher horrorosa de blusa magenta sobre as obras de construção da biblioteca enquanto sessenta crianças berravam no quadrilátero. – Ysabeau encarou Gallowglass. – E onde *você* estava?

– Parem com isso, vocês dois. Estávamos todos exatamente onde planejamos estar. – Como de costume, a voz de Phoebe era a única sensata. – E todos nós saímos vivos. Não vamos perder de vista o quadro geral.

Leonard entrou a toda na M40 rumo a Heathrow.

Mantive a mão fria em minha testa.

– Sinto muito, Phoebe. – Comprimi os lábios quando o carro oscilou. – Não consegui pensar.

– Perfeitamente compreensível – disse Phoebe de pronto. – Por favor, posso falar com Miriam?

– Miriam? – repetiu Fernando.

– Sim. Sei que não estou infectada com a ira do sangue porque não ingeri o sangue de Benjamin. Mas ele me mordeu e talvez ela queira uma amostra do meu sangue para ver se a saliva dele me afetou.

Todos olharam para ela boquiabertos.

– Depois – disse Gallowglass secamente. – Depois nos preocupamos com a ciência e esse manuscrito esquecido.

A paisagem campestre corria em borrões. Encostei a testa na janela desejando do fundo de coração que Matthew estivesse comigo e que o dia terminasse diferente e que Benjamin não soubesse que eu estava grávida de gêmeos.

As últimas palavras dele – e as perspectivas de futuro que delineavam – martelaram-me a cabeça à medida que nos aproximávamos do aeroporto.

Tomara que seus filhos sejam duas meninas.

– Diana! – A voz de Ysabeau interrompeu o meu sono conturbado. – Matthew ou Baldwin. Escolha. – O tom era feroz. – Um deles tem que ser avisado.

– Matthew não. – Estremeci e sentei-me ereta. A maldita flecha ainda me espetava o ombro. – Ele vai disparar até aqui e não há necessidade disso. Phoebe está certa. Estamos todos vivos.

Ysabeau praguejou como um marinheiro e pegou seu telefone vermelho. Antes que alguém pudesse detê-la, ela já estava conversando com Baldwin em rápido francês. Só captei a metade, mas pelo assentimento reverente Phoebe obviamente entendera mais.

– Oh, Cristo. – Gallowglass balançou a cabeça cabeluda.

– Baldwin quer falar com você. – Ysabeau estendeu o telefone em minha direção.

– Pelo que entendi, você viu Benjamin. – Baldwin se mostrou com a frieza e a compostura de Phoebe.

– Vi, sim.

– Ele ameaçou os gêmeos?

– Ameaçou.

– Sou seu irmão, Diana, não seu inimigo – disse Baldwin. – Ysabeau agiu certo ao me chamar.

– Se você diz que sim – retruquei. – *Sieur*.

– Você sabe onde Matthew está? – ele perguntou.

– Não, não exatamente. – De fato, eu não sabia. – Você sabe?

– Presumo que esteja enterrando Jack Blackfriars em algum lugar.

Seguiu-se um longo silêncio após as palavras de Baldwin.

– Você é um completo idiota, Baldwin de Clermont – eu disse com voz trêmula.

– Jack foi um acidente necessário de uma guerra perigosa e mortal... uma guerra que aliás você mesma começou. – Baldwin suspirou. – Venha para casa, irmã. Isso é uma ordem. Lamba as feridas e espere por Matthew. É o que todos já aprendemos a fazer quando ele sai para aliviar sua consciência culpada.

Baldwin desligou na minha cara antes que eu pudesse elaborar uma resposta.

– Ai, que ódio. Odeio esse cara. – Cuspi cada palavra.

– Eu também – disse Ysabeau pegando o telefone.

– Baldwin tem ciúmes de Matthew, isso é tudo – disse Phoebe, dessa vez com uma sensatez irritante.

Um jorro de energia atravessou o meu corpo.

– Não estou me sentindo bem. – Fiquei ainda mais ansiosa. – Alguma coisa errada? Alguém está nos seguindo?

Gallowglass empurrou a minha cabeça.

– Você parece agitada. A que distância estamos de Londres?

– Londres? – repetiu Leonard. – Você disse Heathrow. – Ele pisou no acelerador e tomou outra direção.

Meu estômago agiu como antes. Já estava me sentindo enjoada e tentei reprimir o vômito. Mas não foi possível.

– Diana? – disse Ysabeau, segurando o meu cabelo e limpando a minha boca com um lenço de seda. – O que foi?

– Acho que comi alguma coisa que não me fez bem – respondi reprimindo outra ânsia de vômito. – Estou me sentindo estranha nos últimos dias.

– Como estranha? – Gallowglass soou urgente. – Está com dor de cabeça, Diana? Está com dificuldade para respirar? Alguma dor no ombro?

Balancei a cabeça enquanto a bile subia.

– Phoebe, você disse que ela estava ansiosa?

– Claro que Diana estava ansiosa – retrucou Ysabeau, despejando o conteúdo de sua bolsa no banco e apoiando-a aberta debaixo do queixo. Não me imaginei vomitando naquela bolsa Chanel, mas naquele momento tudo era possível. – Ela estava prestes a travar uma batalha com Benjamin!

– A ansiedade é um sintoma de algum problema que não consigo pronunciar. Diana tem folhetos sobre isso em New Haven. Espere aí, titia! – Gallowglass soou frenético.

Perguntei-me vagamente por que ele parecia tão assustado antes de eu vomitar de novo na bolsa de Ysabeau.

– Hamish? Precisamos de um médico. Um médico vampiro. Alguma coisa está errada com Diana.

Sol em Escorpião

*Quando o Sol está no signo de Escorpião, espere
morte, medo e veneno. Durante esse tempo perigoso,
cuidado com as serpentes e com todas as outras criaturas venenosas.
Escorpião rege a concepção e o parto,
e as crianças nascidas sob esse signo são
abençoadas com muitos dons.*
— *Anonymous English Commonplace Book, c. 1590,
Gonçalves MS 4890, f. 9ʳ*

29

— Onde está Matthew? Ele tinha que estar aqui – sussurrou Fernando, pondo-se longe da vista de Diana ainda sentada na pequena e ensolarada sala onde passava grande parte do tempo depois que a colocaram em estrito regime de repouso.

Diana remoía o episódio na Bodleiana. Ainda não se perdoava por ter permitido que Benjamin ameaçasse Phoebe e por ter deixado escapar pelos dedos a oportunidade de matá-lo. Mas para Fernando talvez fosse a última vez que os nervos de Diana sucumbiriam perante o inimigo.

— Diana está bem. – Gallowglass cruzou os braços e encostou-se na parede do corredor em frente à porta. – O médico garantiu isso essa manhã. Além do mais, Matthew só poderá retornar depois que resolver o assunto de sua nova família.

Fazia algumas semanas que Gallowglass era a única ligação entre eles e Matthew. Fernando soltou um impropério e investiu contra Gallowglass, apertando-lhe a orelha com a boca, e a traqueia, com a mão.

— Você ainda não contou para Matthew – disse Fernando baixinho para que ninguém na casa ouvisse. – Ele tem o direito de saber o que aconteceu aqui: a magia, o encontro da folha do *Livro da vida*, a aparição de Benjamin, a condição de Diana... tudo.

— Se Matthew quisesse saber o que está acontecendo com a esposa, ele já estaria aqui e não com um bando de crianças recalcitrantes no calcanhar. – Gallowglass pegou Fernando pelo pulso.

— Se acredita mesmo nisso, por que então *você* está aqui? – Fernando soltou-se. – Você está mais perdido que a lua de inverno. Não importa onde Matthew esteja. Diana pertence a ele. Ela nunca será sua.

— Eu sei disso. – Os olhos azuis de Gallowglass não vacilaram.

— Matthew pode matá-lo por isso. – Não houve sequer um único toque histriônico no pronunciamento de Fernando.

– Há coisas piores que minha morte – disse Gallowglass em tom uniforme. – O médico disse que se houver estresse os bebês podem morrer. E Diana também. Enquanto tiver fôlego no meu corpo nem mesmo Matthew poderá prejudicá-los. Esse é meu trabalho... e faço isso muito bem.

– Quando me reencontrar com Philippe de Clermont... e sem dúvida alguma ele estará tostando os pés na fogueira do demônio, ele terá que me explicar por que pediu isso para você. – Fernando sabia que Philippe gostava de estabelecer decisões para outras pessoas. Mas no caso em questão ele deveria ter assumido uma atitude diferente.

– Eu teria feito isso de qualquer maneira. – Gallowglass afastou-se. – A mim não parece haver outra escolha.

– Você sempre tem outra escolha. E você merece uma chance de ser feliz. – Talvez houvesse alguma mulher lá fora que fizesse Gallowglass se esquecer de Diana Bishop, pensou Fernando consigo mesmo.

– Tenho? – A expressão de Gallowglass tornou-se melancólica.

– Tem, sim. E Diana também tem o direito de ser feliz. – As palavras de Fernando foram deliberadamente bruscas. – Os dois estiveram separados por muito tempo. Já é hora de Matthew voltar para casa.

– Não antes que ele tenha a ira do sangue sob controle. Ficar longe de Diana por muito tempo talvez o tenha deixado bastante instável. Se Matthew descobrir que a gravidez está colocando a vida de Diana em risco, só Deus sabe o que ele fará – disse Gallowglass de modo franco e brusco. – Baldwin está certo. O maior perigo que temos que enfrentar não é Benjamin nem a Congregação... é Matthew. Melhor cinquenta inimigos fora de casa do que um dentro.

– Então, agora Matthew é seu inimigo? – balbuciou Fernando. – E você acha que ele é o único que perdeu a razão?

Gallowglass não respondeu.

– Gallowglass, se você sabe mesmo o que é bom para você, o melhor é sair desta casa no minuto em que Matthew retornar. Para onde quer que você possa ir... e os confins da terra podem não ser suficientes para protegê-lo da ira de Matthew, aconselho-o a passar o tempo de joelhos implorando pela proteção de Deus.

O Domino Club, na Royal Street, não mudara muito desde que Matthew atravessara suas portas quase dois séculos antes. Fachada de três andares, paredes cinzentas, acabamento da pintura em preto e branco, tudo igual; a altura das janelas em arco ao nível da rua sugeria uma abertura para o mundo exterior desmentida pelas persianas pesadas e fechadas. Quando as persianas eram totalmente abertas às cinco horas, o público em geral era acolhido pelo brilho de um bonito bar que propiciava a música de diversos artistas locais.

Mas naquela noite Matthew não estava interessado em entretenimento. Ele olhava fixamente para uma grade de ferro ornamentada em torno da varanda do segundo andar que proporcionava abrigo aos pedestres abaixo. Tanto aquele andar como o de cima eram restritos aos membros. Uma parcela significativa dos membros assinara com o Domino Club na sua inauguração em 1839 – dois anos antes da abertura das portas do Boston Club, oficialmente o clube dos cavalheiros mais antigos de Nova Orleans. Os outros membros tinham sido selecionados criteriosamente, de acordo com aparência, educação e capacidade de perder grandes somas de dinheiro nas mesas de jogo.

Ransome Fayrweather – que além de filho mais velho de Marcus era o proprietário do clube – poderia estar no escritório do segundo andar com vista para a esquina. Matthew empurrou a porta preta e entrou no bar escuro e fresco. O lugar cheirava a bourbon e feromônios, o coquetel mais conhecido da cidade. As solas de seus sapatos estalaram suavemente contra o piso de mármore xadrez.

Eram quatro horas, e apenas Ransome e sua equipe estavam no local.

– Sr. Clairmont? – O vampiro atrás do balcão pareceu ter visto um fantasma e deu um passo em direção à caixa registradora. Um único olhar de Matthew o congelou.

– Estou aqui para ver Ransome. – Matthew caminhou até a escada. Ninguém o deteve.

A porta de Ransome estava fechada e Matthew abriu-a sem bater.

Um homem sentado de costas para a porta apoiava os pés no parapeito da janela. Ele vestia um terno preto e seu cabelo tinha o mesmo tom castanho da cadeira de mogno onde estava sentado.

– Ora, ora. O vovô voltou para casa – disse Ransome, com uma voz arrastada e melosa, sem se virar para ver quem entrava e mexendo uma peça de dominó de ébano e marfim por entre os dedos pálidos. – O que o traz à Royal Street?

– Presumo que você queira acertar as contas. – Matthew sentou-se no lado oposto, deixando a pesada mesa entre ele e o neto.

Ransome se virou lentamente. Seus olhos frios pareciam lascas verdes de vidro de outro rosto bonito e descontraído. Logo suas espessas pálpebras tombaram, disfarçando toda a sagacidade e sugerindo uma sonolência sensual que Matthew sabia que não passava de uma fachada.

– Como você já sabe, estou aqui para obter sua adesão. Seus irmãos e sua irmã já concordaram em me apoiar e à nova linhagem. – Matthew recostou-se na cadeira. – Você é o último a ser convencido, Ransome.

Os outros filhos de Marcus tinham se submetido rapidamente. Quando Matthew disse que todos carregavam o marcador genético para a ira do sangue, eles primeiro ficaram atordoados e depois, furiosos. E a isso se seguiu o medo. Eles tinham sido bem educados na lei dos vampiros e sabiam que estariam vulneráveis, pois poderiam enfrentar a morte imediata se qualquer outro vampiro descobrisse o tipo de linhagem a que pertenciam. Os filhos de Marcus precisavam de Matthew tanto quanto ele precisava deles. Sem Matthew, eles não sobreviveriam.

– Possuo uma memória melhor que a deles – disse Ransome. Ele abriu a gaveta da escrivaninha e tirou um velho livro de contabilidade.

Cada dia passado distante de Diana reduzia a sensatez de Matthew e aumentava a propensão para a violência. Era vital que ele tivesse a aliança de Ransome. Mas o fato é que naquele momento ele quis estrangular o neto. Todo aquele negócio de confessar e buscar expiação tomara muito mais tempo que o previsto e isso o mantinha longe de onde queria estar.

– Eu não tinha outra escolha senão matá-los, Ransome. – Foi preciso um grande esforço para Matthew manter um tom sereno. – Mesmo agora Baldwin prefere que eu mate Jack a correr o risco de expor o nosso segredo. Acontece que Marcus me convenceu de que eu tinha outras opções.

– Marcus disse o mesmo na última vez. E ainda assim você nos abateu um a um. O que mudou? – perguntou Ransome.

– Eu mudei.

– Matthew, nunca tente trapacear um trapaceiro – disse Ransome, com a mesma voz indolente. – Ainda vejo aquele mesmo olhar nos seus olhos avisando às criaturas que não cruzem o seu caminho. Se você tivesse perdido isso, seu cadáver seria posto para fora do meu bar. O barman teria sido avisado para atirar em você logo que o visse.

– Até que ele tentou pegar a espingarda perto da caixa registradora. – Matthew continuou de olho no rosto de Ransome. – Diga a ele para puxar a faca do cinto da próxima vez.

– Vou repassar essa dica para ele. – A peça de dominó parou por um instante entre o dedo médio e o anular de Ransome. – O que aconteceu com Juliette Durand?

O músculo na mandíbula de Matthew tremeu. Na sua última estada em Nova Orleans, ele tinha sido visto com Juliette Durand. E quando ambos deixaram a cidade, a família barulhenta de Marcus estava significativamente menor. Juliette era uma criatura de Gerbert e estava ansiosa para provar o que poderia fazer no momento em que Matthew já se cansava de ser aquele que resolvia os problemas da família De Clermont. Ela superara Matthew em se descartar dos vampiros em Nova Orleans.

– Minha esposa a matou. – Matthew não deu mais detalhes.

– Parece que você encontrou uma boa mulher – disse Ransome, abrindo o livro de contabilidade e tirando a tampa de uma caneta ao lado, a ponta parecia mastigada por um animal selvagem. – Pronto para um joguinho de azar comigo, Matthew?

Os olhos frios de Matthew se encontraram com os olhos brilhantes e verdes de Ransome. As pupilas de Matthew cresciam a cada segundo. Os lábios de Ransome se torciam em desdenhoso sorriso.

– Está com medo? – perguntou Ransome. – De mim? Fico lisonjeado.

– Se vou jogar ou não, isso vai depender das regras.

– Juro lealdade se você ganhar – disse Ransome, com um sorriso astuto.

– E se eu perder? – O tom de Matthew não era tão meloso e arrastado, mas nem por isso desarmado.

– É onde surge a oportunidade. – Ransome girou a peça de dominó no ar. Matthew pegou-a.

– Topo essa sua aposta.

– Você ainda não sabe qual é o jogo – disse Ransome.

Matthew olhou para ele impassível.

Os lábios de Ransome ergueram-se nos cantos.

– Se você não fosse um grande filho da puta, até que eu poderia gostar de você – ele observou.

– É recíproco – disse Matthew secamente. – O jogo?

Ransome puxou o livro de contabilidade para mais perto.

– Se você nomear cada irmã, irmão, sobrinha, sobrinho e filho meu que matou em Nova Orleans durante todos esses anos... e todos os outros vampiros que matou na cidade ao longo do caminho, junto-me aos outros.

Matthew esquadrinhou o neto.

– Teria sido melhor se você tivesse perguntado pelos termos mais cedo? – Ransome sorriu.

– Malachi Smith. Crispin Jones. Suzette Boudrot. Claude Le Breton. – Matthew fez uma pausa enquanto Ransome procurava as entradas dos nomes no livro. — Você deveria ter colocado em ordem cronológica e não alfabética. É assim que me lembro deles.

Ransome ergueu os olhos surpreso. O sorriso de Matthew era pequeno e lupino, o tipo de sorriso que fazia qualquer raposa correr para as montanhas.

Matthew ainda recitava os nomes quando o bar no andar térreo abriu para o público. Mas terminou a tempo de ver a chegada dos primeiros jogadores às nove horas. Ransome consumira um quinto do bourbon até então. Matthew ainda bebericava a primeira taça de Château Lafite 1775, que presenteara a Marcus em 1789, quando a Constituição entrou em vigor. Ransome a tinha guardado para o pai desde a inauguração do Domino Club.

— Acredito que isso encerra o assunto, Ransome. — Matthew levantou-se e colocou a peça de dominó sobre a mesa.

Ransome pareceu atordoado.

— Como foi possível lembrar de todos?

— Como eu poderia esquecer? — Matthew bebeu o último gole do vinho. — Você tem potencial, Ransome. Estou ansioso para fazer negócios com você no futuro. Obrigado pelo vinho.

— Filho da puta — balbuciou Ransome quando o senhor de seu clã foi embora.

Ao retornar para Garden District, Matthew estava cansado até os ossos e pronto para matar alguma coisa. Ele caminhou até lá a partir do Bairro Francês a fim de queimar o excesso de emoção. A interminável lista de nomes lhe despertara muitas lembranças desagradáveis. A culpa seguira o seu rastro.

Matthew pegou o telefone na esperança de que Diana tivesse enviado alguma foto. As que ela já tinha enviado eram como uma tábua de salvação. Embora ele tivesse ficado furioso quando uma das fotos o fez saber que Diana estava em Londres e não em Sept-Tours, os vislumbres da vida de sua mulher nas últimas semanas eram tudo que mantinha a sanidade dele.

— Olá, Matthew. — Para a surpresa de Matthew, Fernando o esperava sentado nos degraus da ampla frente da casa de Marcus. Chris Roberts estava empoleirado nas proximidades.

— Diana? — Isso foi parte do uivo, parte da acusação, e mais do que aterrorizante. A porta abriu-se atrás de Fernando.

— Fernando? Chris? — Marcus olhou assustado. — O que estão fazendo aqui?

— Esperando Matthew — respondeu Fernando.

— Vamos para dentro. Todos vocês – disse Marcus. – A srta. Davenport está bisbilhotando. – Os vizinhos eram velhos, ociosos e intrometidos.

Acontece que Matthew estava além do alcance da razão. Já tinha ido àquela casa diversas vezes, mas ficou desesperado com a súbita visão de Fernando e Chris. Marcus já sabia que Matthew tinha a ira do sangue e, portanto, entendia quando o pai se afastava sozinho para se recuperar de tal estado.

— Quem está com ela? – Matthew soou como o disparo de um mosquete; a princípio, um grunhido rasgado de advertência, e depois, uma denúncia detonada.

— Com Ysabeau, espero – disse Marcus. – Phoebe. Sarah. E Gallowglass, claro.

— Não se esqueça de Leonard – disse Jack, surgindo por trás de Marcus. – É o meu melhor amigo, Matthew. Ele nunca deixaria acontecer alguma coisa com Diana.

— Ouviu, Matthew? Diana está ótima. – Marcus já sabia por informação de Ransome que Matthew tinha saído da Royal Street depois de ter alcançado o seu objetivo de solidariedade familiar. Face a esse sucesso, não se podia então imaginar o que o colocara com um humor tão sombrio.

O braço de Matthew moveu-se com tanta rapidez e tanta potência que pulverizaria um osso humano. Mas em vez de escolher um alvo fácil, esmagou a própria mão em um dos pilares jônicos brancos que sustentavam a galeria superior da casa. Jack o afagou no outro braço.

— Se continuar assim, terei que voltar para o Marigny – disse Marcus suavemente, olhando para uma depressão do tamanho de uma bola de canhão próxima à porta da frente.

— Deixe-me ir – disse Matthew. A mão de Jack tombou ao lado e Matthew subiu a escada e caminhou no longo corredor até a parte de trás da casa. A porta bateu ao longe.

— Bem, isso foi melhor que o esperado – afirmou Fernando.

— Ele piorou desde que minha ma... – Jack mordeu o lábio e evitou o olhar de Marcus.

— Você deve ser o Jack – disse Fernando. Ele fez uma reverência como se Jack fosse da realeza e não um órfão sem um tostão com uma doença mortal. – É uma honra conhecê-lo. Madame sua mãe sempre fala de você, e com muito orgulho.

— Ela não é minha mãe – disse Jack, rápido como um relâmpago. – Foi um erro.

– Não foi um erro – retrucou Fernando. – Se o sangue fala mais alto, prefiro as histórias contadas pelo coração.

– Você disse madame? – Os pulmões de Marcus estavam apertados e a voz soou estranha. Ele não esperava tal altruísmo de Fernando, e também...

– Sim, milorde. – Fernando curvou-se novamente.

– Por que ele se curvou para você? – sussurrou Jack para Marcus. – E quem é milorde?

– Marcus é milorde porque é um dos filhos de Matthew – explicou Fernando. – E curvo-me a ambos porque é assim que os membros da família que não são de sangue tratam os que o são, com respeito e gratidão.

– Graças a Deus. Você juntou-se a nós. – O ar saiu dos pulmões de Marcus em uma lufada de alívio.

– Com toda certeza espero que haja bourbon suficiente nesta casa para lavar toda essa besteira – disse Chris. – Milorde, o cacete. E não vou fazer reverência para ninguém.

– Anotado – disse Marcus. – O que traz vocês dois a Nova Orleans?

– Foi a Miriam – disse Chris. – Estou com os resultados dos testes de Matthew e ela não queria enviá-los por via eletrônica. Além do mais, Fernando não sabia como encontrar Matthew. Ainda bem que eu e Jack ficamos em contato. – Ele sorriu para o jovem, que sorriu de volta.

– Quanto a mim, estou aqui para salvar o seu pai dele mesmo. – Fernando curvou-se novamente, dessa vez com um traço irônico. – Com sua permissão, milorde.

– Fique à vontade – disse Marcus, dando um passo para trás. – Mas se me chamar de milorde outra vez e fizer outra reverência, vou jogá-lo no pântano. E Chris vai me ajudar.

– Vou mostrar onde Matthew está – disse Jack ansioso para se juntar ao seu ídolo.

– E quanto a mim? Precisamos colocar a conversa em dia – disse Chris, pegando-o pelo braço. – Você tem desenhado, Jack?

– Meu bloco de desenho está lá em cima... – Jack olhou preocupado para os fundos do jardim. – Matthew não está se sentindo bem. Ele nunca me deixa quando estou assim. Eu deveria...

Fernando pôs as mãos nos ombros tensos do jovem.

– Você lembra Matthew quando ele era um jovem vampiro. – O coração de Fernando doeu ao perceber isso, mas era verdade.

– Mesmo? – Jack pareceu intimidado.

— Mesmo. A mesma compaixão. A mesma coragem. – Fernando olhou para Jack pensativo. – E você também tem a mesma esperança de Matthew de que se arcar com os encargos dos outros, eles o amarão, apesar da doença em suas veias.

Jack abaixou os olhos.

— Por acaso Matthew lhe disse que Hugh, o irmão dele, era meu companheiro? – perguntou Fernando.

— Não – sussurrou Jack.

— Há muito tempo Hugh disse algo muito importante para Matthew. Estou aqui para fazer com que ele se lembre disso. – Fernando esperou para olhar nos olhos de Jack.

— O quê? – Jack não conseguiu dissimular a curiosidade.

— Quando você realmente ama alguém, você ama aquilo que ele mais despreza em si mesmo. – A voz de Fernando embargou. – Da próxima vez que Matthew se esquecer disso, faça-o lembrar. E se você se esquecer, eu o farei lembrar. Só uma vez. Pois depois direi para Diana que você chafurdou no ódio por si mesmo. E sua mãe não é tão indulgente quanto eu.

Fernando encontrou Matthew no fundo estreito do jardim, sob a cobertura de um pequeno gazebo. A chuva que ameaçara a noite inteira finalmente começava a cair. Ele estava estranhamente preocupado com o telefone. A cada minuto mexia o polegar, seguido por um olhar fixo, e depois outro movimento do polegar.

— Você está tão mal quanto Diana, olhando para o celular o tempo todo, sem nunca enviar uma mensagem. – O riso de Fernando parou abruptamente. – É você. Você é que tem se comunicado com ela o tempo todo.

— Apenas fotos. Sem palavras. Com palavras, não confio em mim mesmo... nem na Congregação. – O polegar de Matthew se moveu.

Bem que Fernando tinha ouvido Diana dizer para Sarah, "ainda sem nenhuma palavra de Matthew". Literalmente falando, a bruxa não tinha mentido, isso impedia a família de saber o segredo dela. E enquanto Diana só enviasse imagens, não haveria jeitinho algum de Matthew saber que as coisas corriam mal em Oxford.

A respiração de Matthew tornou-se irregular. Ele recuperou o fôlego com um esforço visível e depois mexeu o polegar.

— Faça isso outra vez e o quebrarei. E não me refiro ao celular.

O que saiu da boca de Matthew era mais um rosnado que um riso, como se o lado humano tivesse desistido da luta e deixado a vitória para o lobo.

– O que acha que Hugh faria com um telefone celular? – Matthew embalou o aparelho com as duas mãos, como se ali estivesse o último elo precioso entre a sua mente convulsionada e o mundo externo.

– Não muito. Hugh não se lembraria de carregá-lo, para começar. Amei o seu irmão com todo o meu coração, Matthew, mas ele era um desastre quando se tratava da vida cotidiana.

Dessa vez a risada de Matthew não soou tanto como a de um animal selvagem.

– E então, o patriarcado tem sido mais difícil do que você esperava? – Fernando não invejava a necessidade de Matthew afirmar a própria liderança sobre aquele bando.

– De jeito nenhum. Os filhos de Marcus ainda me odeiam, e com muita razão. – Os dedos de Matthew rodearam o telefone, e logo os olhos se desviaram para a tela. – Acabei de ver o último deles. Ransome me fez contar cada morte dos vampiros que matei em Nova Orleans... até mesmo os que não tinham nada a ver com o expurgo da ira do sangue da cidade.

– Isso deve ter levado um tempão – balbuciou Fernando.

– Cinco horas. Ransome ficou surpreso porque lembrei de todos pelo nome – disse Matthew.

Fernando manteve-se calado.

– E agora todos os filhos de Marcus concordam em me apoiar e em ser incluídos na linhagem, mas não quero testar a devoção deles – continuou Matthew. – Minha família é construída sobre o medo... medo de Benjamin, da Congregação, de outros vampiros e até mesmo de mim. Não é baseada no amor e no respeito.

– Medo é fácil de enraizar. Amor e respeito demoram mais tempo – disse Fernando.

O silêncio estendeu-se e tornou-se chumbo.

– Não quer saber de sua mulher?

– Não. – Matthew olhou para um machado enterrado em um toco grosso rodeado por pilhas de toras de madeira cortadas. Ele se levantou e pegou outra tora. – Não até que me sinta bem o bastante para eu mesmo vê-la. Eu não poderei suportar, Fernando. Se não puder ampará-la... assistir a nossos filhos crescerem dentro dela... assegurar-me de que ela está segura, isso seria...

Só depois que o machado atingiu a madeira é que Fernando fez Matthew continuar.

– Seria o quê, *Mateus*?

Matthew puxou o machado. E o girou novamente.

Se Fernando não fosse vampiro, não teria ouvido a resposta.

– Seria como se tivesse o meu coração arrancado. – A lâmina do machado de Matthew abriu uma fenda gigantesca na madeira. – Cada minuto de cada dia.

Fernando calculou que Matthew se recuperaria da provação com Ransome em quarenta e oito horas. Confissões de pecados passados nunca eram fáceis, e Matthew estava particularmente propenso a estabelecer uma linhagem.

Fernando aproveitou esse tempo para se apresentar aos filhos e netos de Marcus. Fez com que eles entendessem as regras da família, e deixou claro que puniria aqueles que as desobedecessem porque se nomeara a si mesmo como ajudante – e executor – de Matthew. O ramo da família Bishop-Clairmont de Nova Orleans mostrou-se em seguida bastante moderado, e Fernando então decidiu que Matthew poderia voltar para casa. Fernando estava cada vez mais preocupado com Diana. Embora Ysabeau tivesse dito que a saúde de Diana mantinha-se inalterada, Sarah continuava preocupada. Algo não estava direito, ela disse para Fernando, suspeitando que apenas Matthew poderia consertar isso.

Fernando encontrou Matthew no jardim, ainda com os olhos negros e os pelos do pescoço eriçados. Ele ainda estava sob o domínio da ira do sangue. Infelizmente, não havia mais madeira para ser cortada em Orleans Parish.

– Aqui. – Fernando largou uma bolsa aos pés de Matthew.

Lá dentro estavam um pequeno machado, um formão, brocas de vários tamanhos, um quadro serra e duas preciosas plainas. Alain envolvera as plainas em pano oleado para protegê-las durante as viagens. Matthew olhou para as ferramentas desgastadas e depois para as próprias mãos.

– Essas mãos nem sempre fazem um trabalho sangrento. – Fernando fez Matthew lembrar. – Lembro-me de quando curavam, criavam e faziam música.

Matthew olhou para ele sem dizer nada.

– Vai fazê-los com as pernas retas ou com uma base curva para que possam ser balançados? – perguntou Fernando casualmente.

Matthew fez uma careta.

– Fazer o quê?

— Os berços. Para os gêmeos. — Fernando deixou que as palavras penetrassem. — Acho que o carvalho é mais sólido, mais forte, mas segundo Marcus a cerejeira é tradicional na América. Talvez Diana prefira isso.

Matthew pegou o cinzel, que ocupou toda a palma de sua mão.

— Sorveira. Farei de madeira de sorveira para proteção.

Fernando apertou o ombro de Matthew em aprovação e saiu fora.

Matthew recolocou o cinzel na bolsa. Pegou o telefone, hesitou e tirou uma foto. Depois, esperou.

A rápida resposta de Diana deixou-lhe com os ossos ocos de saudade. Sua esposa estava no banho. Ele reconheceu as curvas da banheira de cobre na casa de Mayfair. Mas não eram essas curvas que lhe interessavam.

Sua esposa — sua esposa inteligente e matreira — apoiara o telefone no esterno e tirara uma foto ao longo de seu corpo nu abaixo. Tudo o que se via era o montículo em seu ventre, a pele bastante esticada e a ponta dos dedos dos pés descansando na borda ondulada da banheira.

Se Matthew se concentrasse, talvez pudesse sentir o odor de Diana a exalar da água quente e a seda daquele cabelo por entre os dedos, e traçar as linhas fortes e longas daquelas coxas e daqueles ombros. Cristo, ele sentia falta da mulher.

— Fernando disse que você precisa de madeira. — Marcus colocou-se frente a ele de testa franzida.

Matthew arrastou os olhos para longe do telefone. Só Diana poderia proporcionar o que ele precisava.

— Fernando também disse que se alguém o acordasse nas próximas quarenta e oito horas, pagaria com o próprio inferno — disse Marcus, observando as pilhas de toras de madeira cortadas. Eles certamente não ficariam sem lenha naquele inverno. — Você sabe que Ransome adora desafios... sem mencionar os entreveros com o diabo, você então pode imaginar a resposta dele.

— Não me diga — disse Matthew, com uma risada seca. Fazia algum tempo que ele não ria, e a risada soou enferrujada e crua.

— Ransome já falou ao telefone com o Krewe das musas. Talvez a Ninth Ward Marching Band esteja aqui na hora do jantar. Vampiro ou não, eles vão despertar Fernando, com toda certeza. — Marcus olhou para a bolsa de ferramentas de couro do pai. — Você finalmente vai ensinar Jack a esculpir? — Desde que chegara, o rapaz implorava pelas aulas de Matthew.

Matthew balançou a cabeça.

— Pensei que talvez ele preferisse me ajudar a fazer os berços.

* * *

Matthew e Jack trabalharam nos berços durante quase uma semana. Cada corte de madeira, cada cauda de andorinha finamente talhada que se juntava à peça e cada passada de plaina ajudavam a aplacar a ira do sangue de Matthew. Trabalhar um presente para Diana o fazia se sentir ligado a ela novamente, e ele então começou a falar das crianças e de suas esperanças.

Jack era um bom aluno e suas habilidades de artista foram úteis quando eles começaram a esculpir formas decorativas nos berços. Enquanto os dois trabalhavam, as perguntas de Jack giravam em torno da infância de Matthew e de como ele tinha conhecido Diana na Bodleiana. Ninguém mais teria feito perguntas tão diretas e pessoais para Matthew, mas as regras sempre mudavam quando se tratava de Jack.

Quando terminaram, os berços eram verdadeiras obras de arte. Matthew e Jack os envolveram em cobertores macios para protegê-los na viagem de volta a Londres.

Só depois que os berços estavam acabados e prontos para partir é que Fernando contou para Matthew as condições de Diana.

Matthew reagiu como era esperado. Primeiro, quieto e silencioso. Depois, entrou em ação.

– Telefone para o piloto imediatamente. Não vou esperar até amanhã. Quero estar em Londres pela manhã – ele disse em tom cortante e resoluto. – Marcus!

– O que há de errado? – disse Marcus.

– Diana não está bem. – Matthew fez uma careta feroz para Fernando. – Deviam ter me avisado.

– Pensei que já tinham feito isso. – Fernando não precisava dizer mais nada.

Matthew se deu conta de quem estava por trás de tudo. Fernando suspeitou que Matthew também sabia por quê.

A expressão geralmente volátil de Matthew transformou-se em pedra, e os olhos normalmente expressivos embranqueceram.

– O que houve? – perguntou Marcus. Em seguida disse para Jack onde estava a maleta de médico e telefonou para Ransome.

– Diana encontrou a folha que faltava do Ashmole 782. – Fernando segurou Matthew pelos ombros. – Há mais. Ela viu Benjamin na Biblioteca Bodleiana. Ele sabe sobre a gravidez. Ele atacou Phoebe.

– Phoebe? – Marcus ficou transtornado. – Ela está bem?

– Benjamin? – Jack respirou fundo.

– Phoebe está bem. E Benjamin está longe de ser encontrado. – Fernando os tranquilizou. – Quanto a Diana, Hamish chamou Edward Garrett e Jane Sharp. Eles estão supervisionando o caso.

– Eles são uns dos melhores médicos da cidade, Matthew – disse Marcus. – Diana não poderia estar em melhores mãos.

– Poderia, sim – disse Matthew, pegando um berço e se dirigindo à porta. – Ela ficará em minhas mãos.

30

— Você não devia se preocupar com isso agora. – Falei para a jovem bruxa sentada à minha frente que, por sugestão de Linda Crosby, pediu-me para descobrir por que o feitiço de proteção que ela fazia não era eficaz.

Trabalhando fora de Clairmont House, acabara me tornando a diagnosticadora mágica de Londres, ouvindo relatos de exorcismos fracassados, feitiços que não davam certo e magias elementares descontroladas, e ainda ajudando as bruxas a encontrar soluções. Enxerguei o problema logo que Amanda descreveu o feitiço: quando ela recitava as palavras, os fios azuis e verdes que a rodeavam se enroscavam com um único fio vermelho que puxava os nós de seis cruzadas no centro do feitiço. A *gramarye* se complicava, as intenções do feitiço obscureciam e, em vez de protegê-la, tornavam-se o equivalente mágico de um chihuahua raivoso que rosnava e mordia tudo que estava por perto.

— Olá, Amanda – disse Sarah, esticando a cabeça para ver como estávamos nos saindo. – Já recebeu o que precisava?

— Diana foi brilhante, obrigada – disse Amanda.

— Maravilha. Vou mostrar a saída para você – disse Sarah.

Recostei nas almofadas e observei com tristeza a saída de Amanda. Isso porque os médicos de Harley Street haviam me receitado repouso na cama e as visitas eram raras.

A boa notícia é que eu não tinha desenvolvido pré-eclâmpsia, pelo menos não como geralmente se desenvolvia nos sangues-quentes. Eu não tinha proteína em minha urina e minha pressão arterial estava abaixo do normal. Contudo, o inchaço, a náusea e a dor no ombro não eram sintomas ignorados pelo jovial dr. Garrett e pela sua apta colega dra. Sharp – especialmente depois que Ysabeau explicou que eu era a companheira de Matthew Clairmont.

A má notícia é que eles me colocaram de repouso absoluto na cama, onde eu deveria permanecer até o nascimento dos gêmeos – o que na opinião da dra. Sharp não passaria de quatro semanas, mas seu olhar preocupado sugeria que era uma projeção otimista. Eu estava autorizada a fazer alongamentos suaves sob a supervisão de Amira e uma caminhada diária de dois a dez minutos ao redor do jardim. Subir escadas e andar eram movimentos terminantemente proibidos.

O telefone tocou na mesa ao lado. Peguei-o na esperança de ser uma mensagem de texto de Matthew.

Lá estava uma foto da porta da frente de Clairmont House.

Foi quando percebi que a casa estaria silenciosa não fosse pelo tique-taque dos muitos relógios lá dentro.

O rangido das dobradiças da porta da frente e a suave raspadura da madeira contra o mármore quebraram o silêncio. Levantei-me sem pensar e oscilei sobre as pernas enfraquecidas pela inatividade forçada.

E logo Matthew apareceu.

Naquele longo primeiro momento só nos restou usufruir a visão um do outro. O cabelo de Matthew estava desgrenhado e levemente ondulado pela umidade de Londres. Ele vestia um suéter cinza e uma calça jeans preta, e as linhas finas ao redor dos olhos mostravam o estresse que sofrera.

Ele caminhou em minha direção. Eu queria pular e correr para ele, mas alguma coisa na expressão dele me manteve colada no mesmo lugar.

Finalmente, Matthew alcançou-me, acariciou o meu pescoço com a ponta dos dedos e procurou os meus olhos. Seu polegar roçou os meus lábios, trazendo sangue à superfície. Percebi pequenas mudanças nele: firmeza da mandíbula, aperto incomum da boca, olhos velados.

Abri os lábios quando ele os roçou de novo com o polegar e fez minha boca formigar.

– Saudade, *mon coeur* – ele disse, com a voz rouca. Inclinou-se com a mesma determinação que atravessara a sala e beijou-me.

Minha cabeça girou. Matthew estava *ali*. Eu o agarrei pelo suéter, como se para impedi-lo de sumir. A aspereza no fundo da garganta dele que mais parecia um rosnado travou-me quando me preparava para erguer-me e abraçá-lo. Com a mão livre ele percorreu as minhas costas, o meu quadril e se deteve no meu ventre. Um dos bebês deu um chute forte de reprimenda. Ele sorriu contra a minha boca, e com o mesmo polegar que acariciara o meu lábio acariciou o meu pulso. Depois, registrou os livros, as flores e o fruto.

– Eu estou bem. Só estava um pouco enjoada e com dor no ombro, isso é tudo – eu disse rapidamente. Por sua formação médica ele logo arquitetaria todo tipo de diagnóstico terrível. – Minha pressão arterial está bem, e consequentemente também os bebês.

– Fernando me disse. Desculpe-me por minha ausência – ele sussurrou, massageando os músculos tensos do meu pescoço com os dedos. Pela primeira vez desde New Haven me permiti relaxar.

– Também senti saudade. – Meu coração inundado não me deixou dizer mais.

Matthew também dispensou outras palavras. E de repente me vi embalada em seus braços, com meus pés suspensos no ar.

Já no andar de cima, Matthew colocou-me na cama macia onde dormíramos algumas vidas antes em Blackfriars. Depois, despiu-me sem dizer nada, examinando cada centímetro da pele exposta, como se tivesse recebido um inesperado vislumbre de algo raro e precioso. Fez isso em completo silêncio, deixando que os olhos e a suavidade do toque falassem por si mesmos.

Ao longo das horas seguintes Matthew tratou de recuperar a esposa, seus dedos apagando todos os vestígios das outras criaturas que tinham estado comigo desde que ele partira. Em dado momento ele me deixou despi-lo, respondendo fisicamente ao meu toque com uma velocidade gratificante. Mas a dra. Sharp tinha sido clara a respeito dos riscos associados a qualquer contração dos músculos uterinos. Se para mim não haveria liberação da tensão sexual, se eu teria que negar as necessidades do meu corpo, isso não significava que Matthew teria de fazê-lo também. Mas quando fui pegá-lo, ele deteve a minha mão e beijou-me profundamente.

Juntos, ele disse sem palavras. *Juntos, ou nada.*

– Não me diga que não conseguiu encontrá-lo, Fernando – disse Matthew, sem tentar parecer razoável. Ele preparava ovos mexidos e torradas na cozinha da Clairmont House. Diana descansava no andar de cima, sem saber do diálogo que ocorria no andar térreo.

– Ainda acho que devemos perguntar para Jack – disse Fernando. – Ele pode nos ajudar a diminuir as opções, pelo menos.

– Não. Eu não quero envolvê-lo. – Matthew se voltou para Marcus. – Está tudo bem com Phoebe?

– Foi perigosamente perto, Matthew – disse Marcus, fechando a cara. – Sei que você não aprova o fato de Phoebe se tornar vampira, mas...

– Vocês têm a minha bênção. – Matthew o interrompeu. – Basta escolher alguém que faça isso de maneira adequada.

– Obrigado. Já tenho quem o faça. – Marcus hesitou. – Jack tem pedido para ver Diana.

– Mande-o esta noite. – Matthew despejou os ovos mexidos no prato. – Diga-lhe para trazer os berços. Ali pelas sete. Estaremos esperando por ele.

– Vou dizer – disse Marcus. – Algo mais?

– Sim – disse Matthew. – Alguém deve estar passando informações para Benjamin. Se você não pode encontrar Benjamin, você pode procurar por ele... ou por ela.

– E depois? – perguntou Fernando.

– Traga-os para mim – respondeu Matthew saindo da sala.

Ficamos trancados sozinhos na casa durante três dias, sempre entrelaçados e falando pouco, e nunca separados senão nos poucos momentos em que Matthew descia para me preparar uma refeição ou para pegar a refeição deixada pelo pessoal do Connaught. Aparentemente, o hotel mantinha um esquema de troca com Matthew: refeição por vinho. Diversas caixas de Château Latour 1961 saíram da casa em troca de alimentos requintados, como ovos cozidos de codorna em um ninho de algas e delicados raviólis recheados de cogumelos *cèpes* que o chef garantiu a Matthew que vinham de avião da França pela manhã.

No segundo dia nos dedicamos a conversar, e da mesma forma com pequenas porções de palavras mastigadas e digeridas juntamente com iguarias provenientes de ruas próximas. Matthew relatou os esforços de Jack para se autocontrolar em meio à turbulenta ninhada de Marcus. Falou com grande admiração da habilidade de Marcus ao lidar com os filhos e os netos, todos com nomes dignos de personagens de moedas do século XIX. E com certa relutância confidenciou-me os combates que travara com a ira do sangue, mas sempre com o desejo de voltar para mim.

– Eu teria enlouquecido sem aquelas fotos – confessou-me abraçado às minhas costas, com seu nariz longo e frio enterrado no meu pescoço. – As imagens dos lugares onde vivemos, as flores no jardim, os dedos dos pés na beira da banheira, tudo isso impediu que minha sanidade se fosse completamente.

Contei a minha própria história com uma lentidão digna de um vampiro, registrando as reações de Matthew e fazendo as pausas necessárias para que ele pudesse absorver o que eu tinha vivido em Londres e Oxford. Falei do encontro com Timothy e da folha perdida, e ainda do encontro com Amira e do retorno à Velha Cabana. Depois de mostrar o meu dedo roxo para Matthew, contei que a deusa só me deixaria possuir o *Livro da vida* se eu lhe oferecesse algo muito valioso para mim. E não poupei detalhes no relato do meu encontro com Benjamin – nem sobre os meus fracassos como bruxa, nem sobre o que ele tinha feito com Phoebe e a última ameaça que me fez ao se despedir de mim.

– Se eu não tivesse hesitado, Benjamin estaria morto. – Eu tinha repassado o acontecido centenas de vezes em minha mente e ainda não entendia por que os meus nervos não tinham aguentado. – Primeiro Juliette, e agora...

– Você não pode se culpar por ter optado por não matar alguém – disse Matthew, pressionando um dedo nos meus lábios. – A morte é um negócio difícil.

– Você acha que Benjamin ainda está aqui na Inglaterra? – perguntei.

– Não aqui – afirmou Matthew, rolando-me na cama para olhar nos meus olhos. – Nunca outra vez onde você estiver.

Nunca é muito tempo. A admoestação de Philippe me veio à mente com clareza.

Empurrei a preocupação para longe e puxei o meu marido para mais perto.

– Benjamin desapareceu completamente – disse Andrew Hubbard para Matthew. – Isso é o que ele faz.

– Isso não é de todo verdade. Addie afirma que o viu em Munique – disse Marcus. – Foi o que ela disse para os seus pares cavaleiros.

Durante a estada de Matthew no século XVI, Marcus permitira a entrada de mulheres na irmandade. Isso começou com Miriam, que acabou participando na escolha das outras mulheres. Matthew ainda não estava certo se isso era loucura ou genialidade, mas se isso o ajudasse a localizar Benjamin, ele estava preparado para permanecer como agnóstico. Matthew censurava as ideias progressistas que Marcus adquirira da antiga vizinha Catherine Macaulay, que desempenhou um papel importante em sua vida na época em que ele se tornou vampiro, enchendo-lhe os ouvidos com noções feministas.

– Poderíamos perguntar para Baldwin – disse Fernando. – Afinal, ele está em Berlim.

– Ainda não – disse Matthew.

– Será que Diana sabe que você está à procura de Benjamin? – perguntou Marcus.

– Não – disse Matthew enquanto saía para levar a refeição do Connaught para a esposa.

– Ainda não – sussurrou Andrew Hubbard.

Naquela noite era difícil determinar quem estava mais radiante com a reunião: Jack ou Lobero. A dupla se atrapalhou em meio a um emaranhado de pernas e pés, mas Jack acabou se desvencilhando do cachorro que por sua vez pulou com um latido triunfante sobre o almofadado de minha espreguiçadeira no quarto chinês.

– Desça, Lobero. Você vai destruir essa coisa. – Jack inclinou-se e beijou-me respeitosamente no rosto. – Vovó.

– Não se atreva! – Eu o peguei pela mão. – Guarde os seus carinhos de vovozinha para Ysabeau.

– Falei que ela não iria gostar – disse Matthew sorrindo. Ele estalou os dedos para Lobero e apontou para o chão. O cão deslizou as patas dianteiras para fora da espreguiçadeira e apoiou-se de costas em cima de mim. Outro estalar de dedos o fez deslizar o corpo todo.

– Madame Ysabeau disse que ela tem normas a serem mantidas, e que eu teria que fazer duas coisas extremamente perversas antes que ela me deixasse chamá-la de vovó – disse Jack.

– E mesmo assim você ainda a chama de madame Ysabeau? – Olhei para ele assombrada. – O que o impede de fazê-las? Você já passou alguns dias em Londres.

Jack abaixou os olhos e torceu os lábios com a perspectiva das deliciosas travessuras por vir. – Bem, estou me comportando da melhor maneira possível, *madame*.

– *Madame?* – gemi e joguei um travesseiro nele. – Isso é pior que me chamar de vovó.

Jack se deixou atingir pelo travesseiro no rosto.

– Direito de Fernando – disse Matthew. – Seu coração sabe como chamar Diana, mesmo que sua cabeça obtusa e seu decoro de vampiro estejam dizendo outra coisa. Agora, ajude-me a trazer o presente de sua mãe.

Sob a zelosa supervisão de Lobero, Matthew e Jack trouxeram o primeiro pacote e logo, o segundo, ambos envoltos em tecido. Eram altos e quase retangulares, aparentemente pequenas estantes. Matthew enviara uma foto de uma pilha de madeira junto a ferramentas. Eles deviam ter trabalhado juntos nisso. Sorri perante a imagem repentina de ambos, curvados sobre um projeto em comum.

Só quando Matthew e Jack desembrulharam os dois pacotes é que descobri que não eram estantes e sim dois lindos berços de madeira entalhada pintados de modo idêntico. Suas bases curvas penduradas dentro de resistentes suportes de madeira assentavam-se ao nível dos pés. Dessa forma, os berços poderiam ser balançados e também removidos dos suportes para serem empurrados no chão. Fiquei com os olhos em lágrimas.

– Foram feitos de madeira de sorveira-brava. Ransome não atinou em que diabo de lugar nós poderíamos encontrar madeira escocesa na Louisiana, mas obviamente ele não conhece Matthew. – Jack correu os dedos ao longo de uma beirada lisa.

– Os berços são de madeira de sorveira, mas o suporte é de carvalho... o forte carvalho branco americano. – Matthew olhou para mim um tanto ansioso. – Gostou deles?

– Amei. – Olhei para o meu marido de um modo a fazê-lo perceber que os tinha amado demais. Dito e feito, ele segurou ternamente o lado do meu rosto, com uma expressão de felicidade que não mostrava desde que retornara ao tempo presente.

– Matthew os desenhou. Ele disse que os berços eram feitos assim para que você pudesse tirá-los do chão e afastá-los do caminho das galinhas – disse Jack.

– E quem entalhou? – Uma árvore gravada na madeira ao pé de cada berço tinha raízes e galhos entrelaçados, com cuidadosas aplicações de prateado e dourado que acentuavam as folhas e a casca.

– Foi ideia de Jack. – Matthew pôs a mão no ombro do rapaz. – Ele se lembrou do desenho de sua caixa de magia e achou que o símbolo era apropriado para a cama de um bebê.

– Cada parte dos berços tem um sentido – disse Jack. – A sorveira-brava é uma árvore mágica, você sabe, e o carvalho branco simboliza força e imortalidade. Os arremates nos quatro cantos formam bolotas de carvalho... isso é para dar sorte, e as bagas de sorveira esculpidas nos apoios são para proteção. Corra também está sobre os berços. Os dragões guardam a sorveira-brava para impedir que os seres humanos comam os frutos.

Olhei mais de perto e percebi que a cauda curvilínea de um dragão de fogo fazia um arco para embalar os berços.

– Serão os dois bebês mais seguros do mundo, e os mais sortudos, porque vão dormir nessas camas lindas – comentei.

Com seus dons recebidos e reconhecidos com gratidão, Jack sentou-se no chão com Lobero e contou histórias sobre a vida animada em Nova Orleans. Matthew relaxou em uma confortável poltrona japonesa, observando a passagem dos minutos sem que Jack mostrasse qualquer sinal da ira do sangue.

Os relógios marcavam dez horas quando Jack saiu para Pickering Place, lugar descrito por ele como sempre lotado, mas acolhedor.

– Gallowglass está lá? – Eu não o via desde o retorno de Matthew.

– Ele partiu logo depois que chegamos a Londres. Disse que tinha um lugar para ir e que voltaria quando pudesse. – Jack deu de ombros.

Talvez os meus olhos tenham brilhado porque logo Matthew mostrou-se vigilante. Mas só disse alguma coisa depois que acompanhou Jack e Lobero até lá embaixo e os viu saindo em segurança.

– Talvez seja melhor assim – disse quando retornou. Acomodou-se na espreguiçadeira atrás de mim para me servir de encosto. Aninhei-me nele com um suspiro de satisfação quando ele me envolveu com os braços.

– Que nossa família e nossos amigos estejam na casa de Marcus? – bufei. – Claro que você acha melhor assim.

– Não. Que Gallowglass se afaste por um tempo. – Matthew apertou os lábios no meu cabelo. Empertiguei-me.

– Matthew... – Eu precisava falar de Gallowglass para ele.

– Eu sei, *mon coeur*. Faz algum tempo que suspeitava, mas só tive certeza quando o vi com você em New Haven. – Matthew balançou um dos berços com um dos dedos.

– Desde quando? – perguntei.

– Talvez desde o início. Certamente desde a noite em que Rodolfo tocou em você em Praga – ele respondeu. O imperador se comportara mal em Walpurgisnacht, na mesma noite em que tínhamos visto pela última vez o *Livro da vida* inteiro. – Mesmo assim, não foi uma surpresa, só confirmou o que eu já desconfiava.

– Gallowglass não fez nada de impróprio – eu disse rapidamente.

– Também sei disso. Gallowglass é filho de Hugh e seria incapaz de uma desonra. – A garganta de Matthew se mexeu quando ele limpou a emoção da voz. – Talvez ele seja capaz de seguir em frente depois do nascimento dos bebês. Eu gostaria que ele fosse feliz.

– Eu também – sussurrei enquanto me perguntava se seriam necessários muitos fios e nós para ajudar Gallowglass a encontrar uma companheira.

* * *

– Para onde foi Gallowglass? – Matthew encarou Fernando, embora ambos soubessem que Fernando não era culpado pelo súbito desaparecimento do sobrinho de Matthew.

– Seja lá onde ele estiver, certamente está melhor onde está do que esperando os seus filhos com Diana aqui – disse Fernando.

– Diana não pensa assim. – Matthew verificou os e-mails. Ele os tinha levado para lê-los no andar de baixo para que Diana não soubesse sobre o esquema de inteligência armado contra Benjamin. – Ela está perguntando por ele.

– Philippe errou em fazer Gallowglass vigiá-la. – Fernando bebeu um copo de vinho.

– Você acha? Eu também teria feito isso – disse Matthew.

– Pense, Matthew – disse o dr. Garrett impaciente. – Seus filhos têm sangue de vampiro e a despeito de como isso tenha sido possível, deixo isso entre você e Deus. Pelo menos isso significa que eles têm alguma imunidade de vampiro. Não seria melhor optar por sua mulher dar à luz em casa, como as mulheres fazem há séculos?

Já que Matthew estava de volta, esperava-se que ele desempenhasse um papel significativo na determinação de como os gêmeos seriam trazidos para o mundo. No que concernia a ele, o meu parto seria no hospital. Eu preferia dar à luz na Clairmont House, com o atendimento de Marcus.

– Há anos que Marcus não pratica a obstetrícia – resmungou Matthew.

– Que inferno, homem, você ensinou anatomia para ele. Você ensinou anatomia *para mim*, pense nisso! – A paciência do dr. Garrett estava visivelmente esgotada. – Você acha que de repente o útero se deslocou para outro lugar? Coloque um pouco de senso na cabeça dele, Jane.

– Edward está certo – disse a dra. Sharp. – Nós quatro somamos dezenas de graus em medicina e mais de dois milênios de experiência. Marthe provavelmente trouxe mais bebês ao mundo que qualquer outra pessoa ainda viva, e a tia de Diana tem certificado como parteira. Suspeito que vamos conseguir.

E eu suspeitava que ela estava certa. E no final Matthew se deu por vencido sobre o parto dos gêmeos, e estava ansioso para sair da sala quando Fernando chegou. Ambos desapareceram no andar de baixo. Geralmente eles se trancavam em algum lugar para conversar sobre os negócios da família.

– O que Matthew disse quando você lhe comunicou que tinha jurado fidelidade à família Bishop-Clairmont? – perguntei para Fernando quando ele chegou ao andar de cima e nos cumprimentamos.

– Disse que eu estava louco – ele respondeu com um brilho nos olhos. – Eu retruquei dizendo que em troca esperava ser padrinho do seu filho mais velho.

– Claro que isso pode ser arranjado – eu disse, mas já me preocupando com a quantidade de padrinhos que as crianças teriam.

– Espero que você possa administrar todas as promessas que tem feito – comentei com Matthew no final da tarde.

– Posso, sim – ele disse. – Chris quer ser padrinho do mais inteligente e Fernando do mais velho. Hamish quer o mais bonito. Marcus quer uma menina. Jack quer um irmão. Gallowglass quer ser padrinho de todos os bebês louros, antes de sairmos de New Haven. – Matthew assinalou nos dedos.

– Serão gêmeos e não uma ninhada de cachorros – comentei ainda zonza pelo número de partes interessadas. – Além do mais, não somos membros da realeza. E eu sou pagã! Os gêmeos não precisam de tantos padrinhos.

– Você quer que também haja madrinhas? – Matthew ergueu a sobrancelha.

– Miriam – eu disse de pronto, antes que me fosse sugerida uma daquelas mulheres terríveis da família dele. – Phoebe, claro. Marthe. Sophie. Amira. E também Vivian Harrison.

– Está vendo? Foi só você começar e elas já são muitas – disse Matthew sorrindo.

Isso nos deixava com seis padrinhos por criança. Se continuasse assim, nos afogaríamos em copos de prata de bebê e em ursos de pelúcia, caso as pilhas de roupinhas, botas e cobertores compradas por Ysabeau e Sarah indicassem alguma coisa.

Quase toda noite dois possíveis padrinhos dos gêmeos juntavam-se a nós para o jantar. Marcus e Phoebe estavam tão apaixonados que era impossível não se sentir romântico na presença deles. A atmosfera entre ambos vibrava retesada. Mas, como sempre, Phoebe se mostrava serena e segura de si. Ela não hesitou ao se referir sobre o estado dos afrescos no salão de baile para Mathew, acrescentando que Angelica Kauffmann ficaria chocada quando descobrisse que sua obra tinha sido negligenciada daquela maneira. Nem Phoebe pensava em deixar os tesouros da família De Clermont longe dos olhos do público por tempo indeterminado.

– Há maneiras de compartilhá-los sem alarde e por um determinado período de tempo – retrucou Matthew.

– Espero ver em breve o retrato de Margaret More que está no andar de cima da Velha Cabana em exposição na National Portrait Gallery. – Apertei a mão de Matthew encorajando-o.

– Por que ninguém me avisou que seria tão difícil ter historiadores na família? - ele perguntou para Marcus, aparentemente atordoado. – E como é que nós acabamos com duas?

– Bom gosto – disse Marcus, lançando um olhar ardente para Phoebe.

– De fato. – A boca de Matthew se contraiu em óbvio duplo sentido.

Quando estávamos os quatro reunidos, Matthew e Marcus conversavam por horas a fio sobre a nova linhagem, se bem que Marcus preferia chamá-la de "Clã de Matthew" por razões que tinham a ver com seu avô escocês e com sua aversão pela aplicação de termos botânicos e zoológicos nas famílias de vampiros.

– Os membros da linhagem Bishop-Clairmont... ou clã, se você insiste, terão que ter um cuidado especial quando se acasalarem ou se casarem – disse Matthew durante um dos jantares. – Os olhos de todos os vampiros estarão em cima de nós.

Marcus olhou para Matthew.

– Bishop-Clairmont?

– É claro. – Matthew franziu a testa. – Como espera que nos chamem? Diana não usa o meu nome, e nossos filhos terão o nome de ambos. É justo que uma família composta de bruxas e vampiros tenha um nome que reflita isso.

Fiquei comovida pela consideração. Matthew podia ser uma criatura patriarcal e superprotetora, mas não esquecia as tradições de minha família.

– Matthew de Clermont – disse Marcus, com um sorriso pausado. – Isso é francamente progressista para um dinossauro como você.

– Hum. – Matthew tomou um gole do vinho.

Soou o telefone de Marcus, e ele olhou para o visor.

– Hamish está aqui. Vou descer e fazê-lo entrar.

Uma conversa muda flutuou acima da escada. Matthew levantou-se.

– Phoebe, fique com Diana.

Eu e Phoebe nos entreolhamos preocupadas.

– Será bem mais conveniente quando eu também for um vampiro – ela disse enquanto tentava ouvir o que estava sendo dito lá embaixo sem sucesso. – Pelo menos saberíamos o que está acontecendo.

– E depois eles simplesmente saem para passear – comentei. – Preciso inventar um feitiço que amplifique as ondas sonoras. Talvez algo com ar e um pouco de água.

– Shh. – Phoebe inclinou a cabeça e resmungou impaciente. – Eles abaixaram as vozes agora. É de enlouquecer.

Quando Matthew e Marcus reapareceram com Hamish a reboque, eles expressavam no rosto que algo estava seriamente errado.

– Outra mensagem de Benjamin. – Matthew se agachou à minha frente, com os olhos ao nível dos meus. – Não quero esconder isso de você, Diana, mas você precisa manter a calma.

– Diga logo. – Fiquei com o coração na garganta.

– A bruxa capturada por Benjamin está morta. A criança morreu junto. – Ele olhou nos meus olhos já cheios de lágrimas. E não apenas pela jovem bruxa, mas também por mim e pelo meu fracasso. *Se eu não tivesse hesitado, a bruxa de Benjamin ainda estaria viva.*

– Por que é que não temos tempo para resolver as coisas e lidar com toda essa confusão armada por nós? E por que é que as pessoas continuam morrendo se fomos nós que o fizemos? – gritei.

– Não havia como evitar. – Matthew acariciou o meu cabelo e o tirou da testa. – Não desta vez.

– E da próxima vez? – perguntei.

Os três ficaram tristes e silenciosos.

– Ah, claro. – Puxei o fôlego com força e meus dedos formigaram. Corra irrompeu de minhas costelas aos gritos agitados e projetou-se para cima até pousar no lustre. – Você vai impedi-lo. Porque da próxima vez ele estará vindo atrás de mim.

Senti um estalo, um filete líquido.

Matthew olhou para a minha barriga arredondada em estado de choque.

Os bebês estavam a caminho.

31

— Não se atreva a me dizer para não empurrar. – Eu estava com a cara vermelha e suada e tudo o que queria era que aqueles bebês saíssem de dentro de mim o mais rápido possível.

– Não empurre – Marthe repetia. Ela e Sarah tinham me recomendado uma pequena caminhada para aliviar a dor nas costas e nas pernas. As contrações ainda ocorriam com intervalos de uns cinco minutos, mas uma dor insuportável se estendia da minha coluna até a barriga.

– Eu quero me deitar. – Depois de semanas de resistência ao repouso, agora eu só queria rastejar até aquela cama com colchão de borracha e lençóis esterilizados. A ironia não estava longe de mim, nem de qualquer outro naquele quarto.

– Você não vai deitar – disse Sarah.

– Oh, Deus. Aí vem outra. – Paralisei e agarrei as mãos dela. Foi uma longa contração. Eu começava a me aprumar e a respirar normalmente quando veio outra. – Eu quero Matthew!

– Estou bem aqui – ele disse, tomando o lugar de Marthe. Acenou com a cabeça para Sarah. – Essa foi rápida.

– Segundo o livro, o intervalo entre as contrações aos poucos vai diminuindo. – Pareci uma professora rabugenta.

– Querida, bebês não leem – disse Sarah. – Eles têm suas próprias ideias a respeito dessas coisas.

– E quando resolvem que vão nascer, eles criam suas próprias regras – disse a dra. Sharp entrando na sala com um sorriso. O dr. Garrett tinha sido chamado para outro parto no último minuto, de modo que dra. Sharp assumira o comando da equipe médica que me assistia. Ela pressionou o estetoscópio na minha barriga, mudou de posição e pressionou novamente. – Você está maravilhosamente bem, Diana. E os gêmeos também. Nenhum sinal de perigo. Recomendo que seja um parto normal.

— Eu quero me deitar – eu disse de dentes cerrados quando outra pontada de aço disparou de minha espinha e ameaçou me cortar ao meio. – Onde está Marcus?

— Ele está no corredor – disse Matthew. Lembrei-me vagamente de que o tinha expulsado do quarto quando as contrações se intensificaram.

— Se eu precisar de uma cesariana, Marcus estará aqui a tempo? – perguntei.

— Você chamou? – perguntou Marcus entrando no quarto com roupas cirúrgicas. Seu sorriso singular e sua atitude serena me acalmaram na mesma hora. E agora já nem me lembrava mais de por que o tinha expulsado do quarto.

— Quem tirou a maldita cama do lugar? – Caminhei ofegante em meio a outra contração. A cama estava no mesmo lugar, mas parecia uma ilusão porque demorei uma eternidade para alcançá-la.

— Foi Matthew – disse Sarah despreocupadamente.

— Eu não – disse Matthew.

— No trabalho de parto o marido é sempre culpado de tudo. Isso impede que a mãe desenvolva fantasias homicidas e lembra aos homens que eles não são o centro das atenções – explicou Sarah.

Sorri, esquecendo-me da onda crescente de dor que acompanhava a feroz contração que se seguiu.

— Puta... mer... porra. – Apertei os lábios com toda força.

— Você *não* passaria pelo principal evento da noite sem palavrões, Diana – disse Marcus.

— Não quero que um bando de palavrões sejam as primeiras palavras ouvidas pelos bebês. – Lembrei de por que tinha expulsado Marcus: ele insinuara que eu estava sendo muito fresca diante da dor.

— Matthew pode cantar... ele canta alto. Tenho certeza de que ele poderia abafar isso.

— Maldição, por Deus, como dói! – exclamei enquanto me dobrava. – Mova a porra dessa cama se quiser ser útil, mas pare de discutir comigo, seu idiota!

Fui recebida com um silêncio chocado.

— Vamos lá, garota – disse Marcus. – Eu sabia que você tinha isso em você. Vamos dar uma olhada.

Matthew ajudou-me enquanto ajeitava-me na cama, a essa altura despojada da inestimável colcha de seda e dos cortinados. Os dois berços esperavam pelos gêmeos em frente à lareira. Observei-os enquanto Marcus conduzia o exame.

Eu passava pelas quatro horas mais fisicamente intrusivas de minha vida. Eu tinha mais coisas encravadas dentro de mim e mais coisas a serem tiradas de dentro de mim do que me era possível pensar. Isso era estranhamente desumano, considerando que a mim cabia trazer uma nova vida ao mundo.

– Ainda vai levar algum tempo, mas as coisas estão acelerando muito bem – disse Marcus.

– Falar é fácil. – Eu teria batido nele, mas ele estava posicionado entre as minhas coxas e os bebês estavam a caminho.

– É sua última chance para uma epidural – disse Marcus. – Se quiser, faremos um corte em C, mas teremos que aplicar uma anestesia geral.

– Não há necessidade alguma de ser heroica, *ma lionne* – disse Matthew.

– Não estou sendo heroica – retruquei pela quarta ou quinta vez. – Não sabemos dos efeitos de uma epidural sobre os bebês. – Congelei de rosto amassado na tentativa de bloquear a dor.

– Você precisa continuar respirando, querida. – Sarah abriu caminho até chegar ao meu lado. – Ouviu, Matthew? Ela não quer uma epidural e não faz sentido discutir com ela sobre isso. Quanto à dor, o riso ajuda, Diana. E acontece o mesmo se você se concentrar em outra coisa.

– Prazer também ajuda – disse Marthe, ajeitando os meus pés no colchão de modo a relaxar as minhas costas.

– Prazer? – repeti confusa. Marthe assentiu. Olhei para ela horrorizada. – Você não pode estar querendo dizer *aquilo*.

– Ela está, sim – disse Sarah. – Isso pode fazer uma enorme diferença.

– Não. Como é que vocês podem sugerir uma coisa dessas? – Nunca me passaria pela cabeça uma dose de erotismo naquele momento. Caminhar parecia uma boa ideia e girei as pernas pela beira da cama. Foi o mais longe que cheguei antes de outra contração se apoderar de mim. Quando acabou, eu estava sozinha com Matthew.

– Nem pense nisso – eu disse quando ele me abraçou.

– Eu entendo um "não" em duas dezenas de línguas. – A firmeza dele era irritante.

– Não prefere gritar comigo ou *algo assim*? – perguntei.

Matthew considerou por um momento.

– Sim.

– Oh. – O que eu esperava era música e dança sobre a santidade das mulheres grávidas e que ele dissesse que faria qualquer coisa por mim. Sorri.

– Deite-se do lado esquerdo que vou esfregar suas costas. – Ele me puxou para o lado dele.

– É a única coisa que você vai esfregar – avisei.

– Já entendi. – Ele mostrou um controle ainda mais irritante. – Deite-se direitinho. Agora.

– Isso soa mais como você. Já estava começando a pensar que tinham aplicado a epidural por engano em você. – Girei o corpo e encaixei-me no corpo dele.

– Bruxa – ele disse, beliscando-me no ombro.

Ainda bem que eu estava deitada quando chegou outra contração.

– Não peço que você empurre porque não sei quanto tempo isso vai levar e os bebês ainda não estão prontos para nascer. Já se passaram quatro horas e dezoito minutos desde o início das contrações. Talvez haja outro dia pela frente. Você precisa descansar. Só por isso quero que você experimente o bloqueio do nervo. – Matthew massageou a parte inferior de minhas costas com os polegares.

– Só quatro horas e dezoito minutos? – Minha voz soou fraca.

– Sim, dezenove minutos agora. – Matthew me abraçou firme enquanto outra contração feroz me acossava. Depois que comecei a raciocinar direito, gemi baixinho e apertei-me de costas contra a mão de Matthew.

– O polegar está num ponto absolutamente divino. – Suspirei de alívio.

– E neste aqui? – O polegar de Matthew escorregou para mais baixo e mais perto de minha espinha.

– Celestial – comentei e consegui respirar um pouco melhor na contração seguinte.

– Sua pressão arterial continua normal, e parece que a massagem nas costas ajudou. Vamos fazê-la corretamente. – Matthew pediu para que Marcus pegasse na biblioteca a estranha cadeira acolchoada de couro com prateleira de leitura e a colocasse perto da janela, com um travesseiro sobre o apoio projetado como encosto de livro. Matthew ajudou-me enquanto montava-me em cima de frente para o travesseiro.

Minha barriga inchou e resvalou no encosto da cadeira.

– Para que raio de coisa esta cadeira realmente serve?

– Para observar rinhas e jogar baralho a noite inteira – respondeu Matthew. – A sua lombar ficará mais confortável se você se inclinar um pouco para frente e descansar a cabeça no travesseiro.

E foi mesmo. Ele começou a massagear os meus quadris e foi subindo até descontrair os músculos da nuca. Seguiram-se três outras contrações mais prolongadas durante a massagem, amenizadas pelas mãos frias e os dedos fortes de Matthew.

– Quantas mulheres grávidas você ajudou desse jeito? – perguntei levemente curiosa para saber onde ele adquirira tal habilidade. As mãos de Matthew pararam.

– Só você. – Ele continuou os movimentos suaves.

Girei a cabeça e ele me olhava sem nunca parar o movimento dos dedos.

– Ysabeau disse que fui a única a dormir neste quarto.

– Ninguém que conheci me pareceu digno dele. Mas imaginei você neste quarto... comigo, é claro, logo depois que nos conhecemos.

– Por que me ama tanto, Matthew? – Não me vi atraente especialmente quando estava redonda, de bruços e ofegando de dor.

Ele respondeu sem pestanejar.

– Para cada pergunta que já tive ou que nunca terei, a resposta é você.

Afastou meu cabelo do meu pescoço e beijou-me na carne macia por baixo da orelha.

– Já se sente capaz de se levantar um pouco?

Uma dor repentina e mais nítida percorreu as extremidades inferiores do meu corpo, impedindo-me de responder. Dessa vez, engasguei.

– Isso me pareceu uma dilatação de dez centímetros – sussurrou Matthew. – Marcus?

– Boa notícia, Diana – disse Marcus radiante ao entrar no quarto. – Pode empurrar agora!

Empurrei. Pelo que me pareceu dias.

Primeiro tentei a maneira moderna: deitada, com Matthew me apertando a mão com uma expressão de adoração.

Não funcionou bem.

– Isso não é necessariamente sinal de problema – disse a dra. Sharp, olhando para mim e para Matthew de uma perspectiva por entre as minhas coxas. – Gêmeos podem levar mais tempo para entrar em movimento durante essa fase do trabalho. Certo, Marthe?

– Ela precisa de uma banqueta – disse Marthe, fazendo uma careta.

– Eu trouxe a minha. Está no corredor – disse a dra. Sharp, virando a cabeça naquela direção.

E assim os bebês concebidos no século XVI optaram por recusar a convenção médica moderna para nascer à moda antiga: numa cadeira de madeira simples com assento em forma de ferradura.

Mas eu não estava rodeada por meia dúzia de estranhos que compartilhavam a experiência do nascimento e sim por seres amados: Matthew apoiando-me física e emocionalmente atrás de mim; Jane e Marthe parabenizando-me aos meus pés pelos filhos atenciosos que chegavam ao mundo de cabeça; Marcus sempre oferecendo uma sugestão gentil; Sarah ao meu lado, dizendo-me quando respirar e quando fazer força; Ysabeau ao pé da porta, transmitindo mensagens para Phoebe, que esperava no corredor e enviando um fluxo de mensagens de textos para Pickering Place, onde Fernando, Jack e Andrew aguardavam notícias.

Foi insuportável.

Levou uma eternidade.

Quando finalmente soou o primeiro grito indignado às 11:55 da noite, comecei a chorar e a rir. Um feroz sentimento de proteção criou raízes onde apenas um momento antes o meu filho me completara com um propósito.

– Está tudo bem? – perguntei, olhando para baixo.

– Ela é perfeita – disse Marthe, sorrindo orgulhosa para mim.

– Ela? – Matthew pareceu atordoado.

– É uma menina. Phoebe, diga a todos que madame deu à luz uma menina – disse Ysabeau emocionada.

Jane ergueu a pequena criatura azulada, enrugada e manchada de substâncias gosmentas sobre as quais já tinha lido, mas que não estava preparada para vê-las no meu próprio filho. Seu cabelo era pouco e da cor de azeviche.

– Por que ela está azul? O que há de errado com ela? Ela está morrendo? – Fiquei muito ansiosa.

– Logo ela estará vermelha como uma beterraba. – Marcus olhou para sua nova irmãzinha e estendeu uma tesoura e uma pinça para Matthew. – E certamente não há nada de errado com seus pulmões. Acho que você deve fazer as honras.

Matthew petrificou.

– Se você desmaiar, Matthew Clairmont, nunca mais o deixarei se esquecer disso – disse Sarah irritada. – Tire a bunda daí e venha cortar o cordão.

– Faça isso você, Sarah. – As mãos de Matthew tremeram nos meus ombros.

– Não. Eu quero que Matthew faça isso – eu disse. Se ele não o fizesse, ele se arrependeria mais tarde.

Minhas palavras despertaram Matthew, que logo se ajoelhou ao lado da dra. Sharp. Apesar da relutância inicial, ele agiu com presteza depois que recebeu o bebê e o equipamento médico adequado. E depois que ele pinçou e cortou o cordão umbilical, a dra. Sharp se apressou em enrolar nossa filhinha na manta e entregar o pacotinho para Matthew.

Ele levantou-se sem palavras e embalou o pequeno corpo em suas mãos enormes. Era um milagre aquela contraposição entre a força do pai e a vulnerabilidade da filha. Ela parou de chorar por um instante, bocejou e voltou a gritar em meio à frieza indigna da situação.

– Olá, pequena estranha – sussurrou Matthew. Ele olhou para mim admirado. – Ela é linda.

– Senhor, apenas a escute – disse Marcus. – Um consistente oito no teste de Apgar, não acha, Jane?

– Concordo. Por que não a pesa e a mede enquanto nos limpamos e nos preparamos para o próximo?

De repente, Matthew se deu conta de que meu trabalho ainda estava pela metade e entregou o bebê aos cuidados de Marcus. E depois me olhou longamente e me deu um beijo profundo e um aceno de cabeça.

– Pronta, *ma lionne*?

– Como nunca estive – respondi assolada por outra dor aguda.

Vinte minutos depois, à 00:15 da madrugada, o nosso filho nasceu. Era maior que a irmã, tanto em comprimento como em peso, mas abençoado com uma robusta e semelhante capacidade pulmonar. O que segundo me disseram era muito bom, se bem que me perguntei se doze horas depois continuaria assim. Ao contrário de nossa primogênita, nosso filho tinha cabelo louro-avermelhado.

Matthew pediu a Sarah para cortar o cordão porque estava totalmente absorvido em murmurar um fluxo de absurdos agradáveis no meu ouvido sobre como eu tinha sido bonita e forte, mantendo-me o tempo todo firme.

Só depois que o segundo bebê nasceu é que comecei a tremer da cabeça aos pés.

– O quê, algo errado? – perguntei batendo os dentes.

Matthew tirou-me do banco de parto e levou-me para a cama em um piscar de olhos.

– Tragam os bebês aqui – ordenou.

Marthe colocou um bebê em cima de mim, e Sarah, o outro. Os membros dos bebês estavam atrelados e os rostos, escuros de irritação. Minha tremedeira parou assim que senti o peso de meu filho e de minha filha.

– A única desvantagem de uma banqueta de parto é quando são gêmeos – disse a dra. Sharp radiante. – As mães podem ficar um pouco instáveis pelo vazio repentino, e não temos a chance de deixá-la se relacionar com o primeiro filho antes de você prestar cuidados ao segundo.

Marthe empurrou Matthew para o lado e envolveu os dois bebês em cobertores, sem perturbar a posição de ambos, um pouquinho de prestidigitação de vampiro que certamente estava além da capacidade da maioria das parteiras, mesmo as experientes. Enquanto Marthe cuidava dos bebês, Sarah massageava suavemente o meu estômago, até que a placenta irrompeu com uma última cãibra constritiva.

Matthew segurou os bebês por um instante enquanto Sarah limpava-me com toda delicadeza. Para o chuveiro, disse-me achando que eu já estava apta para levantar-me – o que para mim seria mais ou menos nunca.

Ela e Marthe substituíram os lençóis sem me forçar a me mexer. Em pouco tempo eu estava recostada nos travesseiros de penas e cercada de roupas de cama asseadas. Matthew recolocou os bebês nos meus braços. O quarto estava vazio.

– Não sei como vocês mulheres sobrevivem a isso – ele disse, comprimindo os lábios na minha testa.

– Ser virada do avesso? – Olhei para uma das carinhas e depois olhei para a outra. Também não sei. – Minha voz embargou. – Eu queria que mamãe e papai estivessem aqui. Philippe também.

– Se Philippe estivesse aqui, certamente estaria nas ruas aos gritos para despertar os vizinhos – disse Matthew.

– Quero chamá-lo de Philip pelo seu pai – eu disse suavemente. Ao ouvir as minhas palavras o nosso filho abriu um olhinho. – Tudo bem para você?

– Só se chamarmos a nossa filha de Rebecca – disse Matthew, engolfando a cabecinha escura da filha com a mão. Ela franziu o rostinho apertado.

– Não sei se ela aprova – comentei maravilhada com o fato de que aquela pequena menina pudesse ser tão teimosa.

– Rebecca terá muitos outros nomes para escolher se continuar a se opor – disse Matthew. – Quase tantos nomes quantos padrinhos, pelo visto.

– Teremos que fazer uma planilha para resolver isso. – Ergui Philip nos meus braços. – Ele é definitivamente pesado.

– Ambos têm uma estatura muito boa. E Philip tem quarenta e seis centímetros de comprimento. – Matthew olhou orgulhoso para o filho.

– Vai ser alto como o pai. – Ajeitei-me mais fundo nos travesseiros.

– E ruivo como a mãe e a avó – disse Matthew. Ele contornou a cama, acendeu a lareira e deitou apoiado no cotovelo ao meu lado.

– Passamos todo este tempo à procura de segredos antigos e de livros mágicos perdidos, e no fim os bebês são o verdadeiro casamento alquímico – comentei observando Matthew, que pousava o dedo na mãozinha de Philip. O bebê o agarrou com uma força surpreendente.

– É verdade. – Matthew balançou a mãozinha do filho de um lado para o outro. – Um pedacinho de você, um pedacinho de mim. Parte vampiro, parte bruxa.

– E todos nossos – eu disse em tom firme, selando-lhe a boca com um beijo.

– Eu tenho uma filha e um filho – disse Matthew para Baldwin. – Rebecca e Philip. Ambos estão saudáveis e muito bem.

– E a mãe? – perguntou Baldwin.

– Ela passou por tudo lindamente. – As mãos de Matthew tremiam cada vez que ele pensava no que Diana tinha passado.

– Parabéns, Matthew. – Baldwin não pareceu feliz.

– O que foi? – Matthew franziu a testa.

– A Congregação já sabe do nascimento.

– Como? – disse Matthew. Alguém devia estar vigiando a casa... ou um vampiro com olhos aguçados ou uma bruxa com uma segunda visão poderosa.

– Quem vai saber? – disse Baldwin, com ar cansado. – Eles estão dispostos a suspender as acusações contra você e Diana em troca de uma oportunidade para examinar os bebês.

– Nunca. – A ira de Matthew se insinuou levemente.

– A Congregação só quer saber o que os gêmeos são. – Baldwin foi sucinto.

– Meus. Philip e Rebecca são meus – retrucou Matthew.

– Aparentemente ninguém está afirmando que isso... seja impossível, embora teoricamente seja – disse Baldwin.

– Isso é obra de Gerbert. – Cada instinto de Matthew alardeou uma ligação crucial daquele vampiro com Benjamin e a busca do *Livro da vida*. Fazia alguns anos que Gerbert manipulava a política da Congregação, e muito provavelmente ele teria atraído Knox, Satu e Domenico para seus esquemas.

– Talvez. Nem todos os vampiros de Londres são criaturas de Hubbard – disse Baldwin. – Verin ainda pretende ir à Congregação no dia 6 de dezembro.

– O nascimento dos bebês não muda nada – disse Matthew, mas ele sabia que mudava.

– Cuide de minha irmã, Matthew – disse Baldwin calmamente.

Matthew teve a impressão de que captara uma nota de preocupação sincera no tom do irmão.

– Sempre – disse.

* * *

As avós chegaram antes de todos para visitar os bebês. O sorriso de Sarah se estendia de orelha a orelha, e o rosto de Ysabeau irradiava felicidade. Quando dissemos os nomes dos bebês, ambas se emocionaram com a ideia de que o legado do avô e da avó dos bebês seria passado para o futuro.

– Só vocês dois para terem gêmeos que nem sequer nasceram no mesmo dia – disse Sarah, trocando Rebecca por Philip, que olhava para a avó com uma carranca fascinada. – Veja se consegue fazê-la abrir os olhos, Ysabeau.

Ysabeau soprou suavemente no rosto de Rebecca, que arregalou os olhos e começou a berrar, agitando as mãozinhas enluvadas para a avó. – Pronto. Já podemos vê-la direitinho, minha belezinha.

– Eles também são de diferentes signos do zodíaco – comentou Sarah, embalando Philip nos braços. Ao contrário da irmã, Philip se manteve quietinho enquanto observava o entorno com seus olhos escuros arregalados.

– Quem? – Eu estava sonolenta e a conversa de Sarah parecia complicada para que a seguisse.

– Os bebês. Rebecca é Escorpião e Philip, Sagitário. A serpente e o arqueiro – respondeu Sarah.

Os De Clermont e os Bishop. O décimo nó e a deusa. As penas de coruja da flecha fizeram-me cócegas no ombro, e a cauda do dragão de fogo apertou-me os quadris doloridos. Um dedo premonitório seguiu pela minha espinha abaixo, formigando os meus nervos.

Matthew fez uma careta.

– Algo errado, *mon coeur*?

– Não. Apenas uma sensação estranha. – O sentimento de proteção enraizado no rescaldo do nascimento dos bebês se intensificou. Eu não queria Rebecca e Philip ligados a uma tecelagem maior, cujo desenho talvez nunca fosse entendido por alguém tão pequeno e insignificante como a mãe. Eles eram meus filhos... nossos filhos, e queria me assegurar de que seriam livres para encontrar o seu próprio caminho, sem seguir aquilo que a sina e o fado destinavam para eles.

– Olá, pai. Você está assistindo?

Matthew olhou para a tela do computador, com o telefone apoiado entre o ombro e o ouvido. Dessa vez Benjamin telefonara para entregar a mensagem. Ele queria ouvir as reações de Matthew ao que assistia na tela.

– Entendo que congratulações estejam em voga. – A voz de Benjamin soou beliscada de fadiga. Mais atrás, o corpo de uma bruxa jazia morto na mesa de cirurgia, um corte aberto pela vã tentativa de salvar a criança que ela carregava. – Uma menina. E um menino também.

– O que você quer? – Embora expressada serenamente, a pergunta de Matthew ferveu por dentro. Por que ninguém encontrava aquele filho dele esquecido por Deus?

– Claro que sua esposa e sua filha. – Os olhos de Benjamin endureceram. – Sua bruxa é fértil. Por quê, Matthew?

Matthew permaneceu em silêncio.

– Vou descobrir o que torna essa bruxa tão especial. – Benjamin inclinou-se para frente e sorriu. – Você sabe que vou. Se me disser agora o que quero saber, não vou ter que extrair dela mais tarde.

– Você nunca vai tocá-la. – A voz e o controle de Matthew quebraram. No andar de cima, um bebê chorou.

– Ora, claro que vou – disse Benjamin, com suavidade. – Uma vez e mais outra vez, até que Diana Bishop me dê o que quero.

Eu não tinha dormido mais de trinta ou quarenta minutos antes de ser acordada pelos gritos furiosos de Rebecca. Quando os meus olhos turvos se focaram, lá estava Matthew embalando-a no colo com palavras de carinho e conforto em frente à lareira.

– Eu sei. O mundo pode ser um lugar cruel, minha pequena. Com o tempo será mais fácil lidar com isso. Você pode ouvir o crepitar da lenha? Ver a brincadeira das luzes na parede? Isso é fogo, Rebecca. Você pode tê-lo em suas veias, como sua mãe. Shh. É apenas uma sombra. Nada além de uma sombra. – Matthew aninhou-a mais aconchegada e cantou uma canção francesa de ninar.

> *Chut! Plus de bruit,*
> *C'est la ronde de nuit,*
> *En diligence, faisons silence.*
> *Marchons sans bruit,*
> *C'est la ronde de nuit.*

Matthew de Clermont estava apaixonado. Sorri perante a expressão de adoração.

– A dra. Sharp falou que eles estariam com fome – eu disse, esfregando o sono dos olhos. Fiquei com os lábios suspensos entre os dentes. Ela também explicara que bebês prematuros podem ser difíceis de se alimentar porque não desenvolvem suficientemente os músculos necessários para mamar.

– Quer que eu chame Marthe? – perguntou Matthew por cima dos gritos insistentes de Rebecca. Ele sabia que eu estava nervosa em relação à amamentação.

– Vamos tentar por nossa conta – eu disse. Matthew posicionou um travesseiro no meu colo e entregou-me Rebecca. Depois, acordou Philip, que dormia profundamente. Sarah e Marthe haviam me martelado sobre a importância de amamentar os gêmeos ao mesmo tempo; caso contrário, quando acabasse de amamentar um deles, o outro estaria com fome.

– Philip vai ser o problemático – disse Matthew feliz enquanto o tirava do berço. Philip franziu o cenho para o pai, piscando com olhos enormes.

– Como você pode saber? – Ajeitei Rebecca para dar espaço a Philip.

– Ele é quietinho demais – disse Matthew sorrindo.

Foram necessárias muitas tentativas para que Philip pegasse o peito. Com Rebecca, foi impossível.

– Ela não vai parar de chorar a tempo de mamar – comentei frustrada.

Matthew colocou o dedo na boca de Rebecca, e ela obedeceu fechando-a em torno da ponta. – Vamos mudá-los de posição. Talvez o cheiro do colostro... e do irmão acabe a convencendo a tentar.

Fizemos os ajustes necessários. Philip gritou como um demônio quando Matthew o mudou de posição, e soluçou bufando sobre a outra mama só para fazer entender que tais interrupções não seriam toleradas no futuro. Em um momento de indecisão, Rebecca observou os arredores para ver se o alarido era com ela, e depois pegou de novo o meu peito com cautela. Após a primeira sugada, arregalou os olhos.

– Ah, agora você entendeu. Eu não disse para você, pequena? – sussurrou Matthew. – *Maman* é a resposta para tudo.

Sol em Sagitário

Sagitário rege a fé, a religião, os escritos, os livros e a interpretação dos sonhos. Os nascidos sob o signo do arqueiro devem operar prodígios e receber honras e alegrias. Enquanto Sagitário estiver regendo os céus, consulte advogados sobre negócios. É uma boa temporada para firmar juramentos e negociar pechinchas.
– Anonymous English Commonplace Book, c. 1590, Gonçalves MS 4890, f. 9ᵛ

32

— Os gêmeos ainda estão com dez dias. Você não acha que são jovens demais para se tornarem membros de uma ordem de cavalaria? — Saí bocejando com Rebecca no colo de um lado para o outro no corredor do segundo andar. Ela não estava nem um pouco satisfeita por ter sido removida do seu berço acolhedor perto da lareira.

— Todos os novos membros da família De Clermont tornaram-se cavaleiros o mais rapidamente possível — disse Matthew passando por mim com Philip no colo. — É tradição.

— Sim, mas a maioria dos novos De Clermont são homens e mulheres já crescidos! E temos que fazer isso em Sept-Tours? — Meu processo mental se reduzira a rastejar. Como prometera, Matthew tomava conta das crianças durante a noite, mas era eu que amamentava e por isso passava grande parte da noite acordada.

— Lá ou em Jerusalém — disse Matthew.

— Jerusalém, não. Em dezembro? Você está louco? — Ysabeau surgiu silenciosa como um fantasma no patamar da escada. — Aquilo fica lotado de peregrinos nessa época. Além do mais, os bebês devem ser batizados em casa, na igreja construída pelo pai, e não em Londres. As duas cerimônias podem ocorrer no mesmo dia.

— Por ora, Clairmont House é nossa casa, *maman*. — Matthew franziu a testa. Ele já estava cansado da constante interferência das avós. — E Andrew se ofereceu para batizá-los aqui, se fosse necessário.

Philip, que já mostrava uma incomum sensibilidade em relação aos humores mercuriais do pai, fez com seu rostinho uma imitação perfeita do franzir de testa de Matthew e ergueu um braço no ar, como se pedindo uma espada para que pudessem derrotar os inimigos juntos.

– Então, que seja em Sept-Tours – eu disse. Já que Andrew Hubbard era outro espinho constante ao meu lado, eu não tinha a mínima vontade de vê-lo assumir o papel de conselheiro espiritual das crianças.

– Se você quer assim – disse Matthew.

– Will Baldwin foi convidado? – Eu sabia que Matthew tinha comunicado o nascimento dos gêmeos para o irmão. Baldwin me enviara um buquê de flores e dois mordedores de prata e chifre para Rebecca e Philip. Claro que os mordedores eram um presente comum para os recém-nascidos, mas nesse caso certamente eram uma lembrança não muito sutil do sangue de vampiro que corria em suas veias.

– Provavelmente. Mas não vamos nos preocupar com isso agora. Acho que você devia dar uma caminhada com Ysabeau e Sarah... sair de casa por um tempo. Há muito leite estocado, caso os bebês fiquem agitados – sugeriu Matthew.

Fiz como Matthew sugeriu, se bem que com a desconfortável sensação de que os bebês e eu estávamos sendo posicionados em um grande tabuleiro de xadrez De Clermont por criaturas que jogavam esse jogo ao longo dos séculos.

Tal sentimento tornou-se mais forte a cada dia em que nos preparávamos para seguir para França. Eram muitas conversas sussurradas para a minha paz de espírito. Mas as minhas mãos estavam ocupadas com os gêmeos e naquele momento eu não tinha tempo para política familiar.

– É claro, convidei Baldwin – disse Marcus. – Ele terá que estar presente.

– E Gallowglass? – perguntou Matthew. Ele tinha mandado fotos dos gêmeos para o sobrinho, junto com os imponentes nomes completos. Sua expectativa é que Gallowglass respondesse quando soubesse que seria padrinho de Philip que carregava um dos nomes dele, uma esperança que não se concretizou.

– Dê-lhe tempo – disse Marcus.

Mas ultimamente o tempo não estava ao lado de Matthew, e ele então não tinha a menor esperança que viesse a estar.

– Sem nenhuma palavra a mais de Benjamin – disse Fernando. – Ele caiu no silêncio. Mais uma vez.

– Onde diabos ele está? – Matthew passou os dedos no cabelo.

– Nós estamos fazendo o nosso melhor, Matthew. Mesmo quando era sangue-quente, Benjamin era para lá de ardiloso.

– Tudo bem. Já que não conseguimos localizar Benjamin, vamos nos concentrar em Knox – disse Matthew. – Ele deve sair da toca antes de Gerbert, e ambos estão fornecendo informações para Benjamin. Tenho certeza disso. E quero a prova.

Matthew não descansaria antes de encontrar e destruir cada criatura que representava perigo para Diana ou para os gêmeos.

– Pronta para ir? – Marcus carinhosamente apertou o queixo de Rebecca, que abriu a boquinha em um perfeito O de felicidade. Ela adorava o irmão mais velho.

– Onde está Jack? – perguntei extenuada. Quando um dos filhos estava à vista, o outro estava distante. Simples despedidas eram agora pesadelos logísticos mais ou menos equivalentes ao envio de um batalhão para a guerra.

– Saiu para passear com a fera. Por falar nisso, onde está Corra? – perguntou Fernando.

– Em segurança, escondida. – Na verdade, ambas passávamos por um momento difícil. Ela andava irrequieta e temperamental desde o nascimento dos gêmeos, e não tinha gostado da ideia de ficar entalada dentro de mim durante a viagem até a França. Eu também não fiquei feliz com o arranjo. Era uma glória ser outra vez a única a possuir o meu próprio corpo.

Uma sequência de latidos altos e o súbito aparecimento do maior varredor de chão do mundo anunciaram o retorno de Jack.

– Vamos, Jack. Não nos deixe esperando – disse Marcus. Jack aproximou-se aos trotes e Marcus estendeu-lhe um molho de chaves. – Pense bem se consegue mesmo levar Sarah, Marthe e sua avó para a França!

– Claro que consigo. – Jack pegou o molho de chaves, apertou alguns botões do controle remoto da garagem e saiu com outro veículo de grande porte, agora equipado com cama de cachorro e não com assentos infantis.

– É emocionante estar de volta em casa. – Ysabeau segurou o cotovelo de Jack. – Lembro-me do tempo em que Philippe me pediu para assumir dezesseis carroças de Constantinopla até Antioquia. As estradas eram terríveis e assoladas por bandidos ao longo de toda a rota. Foi uma viagem difícil e repleta de perigos e ameaças de morte. Foi maravilhoso.

– Pelo que me lembro, você perdeu a maior parte das carroças – disse Matthew, com um olhar sombrio. – Os cavalos também.

– Sem mencionar uma boa soma de dinheiro de outras pessoas – acrescentou Fernando.

— Só foram perdidas dez carroças. As outras seis chegaram em perfeitas condições. Quanto ao dinheiro, foi simplesmente reinvestido – disse Ysabeau, com a voz pingando altivez. – Não preste atenção, Jack. Conto-lhe minhas aventuras durante nossa viagem. Isso desanuviará sua cabeça do tráfego.

Phoebe e Marcus instalaram-se em um carro esporte azul, a marca registrada dele – era britânico e dava a impressão de que a qualquer momento James Bond estaria ao volante. Comecei a apreciar o valor dos automóveis de dois lugares e sonhei em ter apenas Matthew como companhia nas nove horas seguintes.

Considerando a velocidade da viagem de Marcus e Phoebe e o fato de que não tiveram que fazer paradas para banheiros, troca de fraldas e refeições, não era de surpreender que estivessem a nossa espera quando chegamos em Sept-Tours. O casal estava no alto da escada de entrada da casa junto com Alain e Victoire para nos dar as boas-vindas.

— Segundo milorde Marcus, teremos casa cheia para as cerimônias, madame Ysabeau – disse Alain, cumprimentando a patroa. Sua esposa Victoire bailou entusiasmada quando viu os bebês e correu para dar uma mão.

— Será como nos velhos tempos, Alain. Montaremos camas de campanha no celeiro para os homens. Os que são vampiros não se importam com o frio, e os outros se acostumam. – Ysabeau soou despreocupada quando entregou as luvas para Marthe e se virou para ajudar com os bebês firmemente enrolados em cobertas que os protegiam de temperaturas geladas. – Milorde Philip e milady Rebecca não são as criaturas mais lindas que você já viu, Victoire?

Victoire não coube em si de tantos óóós e suspiros, mas aparentemente Ysabeau gostou da resposta.

— Posso ajudar com a bagagem dos bebês? – perguntou Alain, aproximando-se do bagageiro entupido.

— Seria ótimo, Alain. – Matthew apontou para malas, bolsas, carrinhos portáteis e pilhas de fraldas descartáveis.

Depois de pegar uma mochila porta-bebê em cada mão e de ouvir as advertências de Marthe, Sarah, Ysabeau e Victoire a respeito da escada gelada, Matthew subiu até a porta da frente. Lá dentro, a magnitude do lugar em que estava e a razão pela qual ali estava atingiram-no em cheio. Ele trazia de volta ao lar ancestral a mais recente linhagem De Clermont. Não importava se nossa família era apenas uma humilde descendência de uma linhagem ilustre. Para nossos filhos aquele lugar era e sempre seria um lugar mergulhado na tradição.

— Bem-vindo ao lar. – Eu o beijei.

Ele retribuiu o beijo e lançou-me um deslumbrante sorriso.

– Obrigado, *mon coeur*.

Voltar para Sept-Tours tinha sido a decisão certa. Felizmente, nenhum contratempo obscureceu o nosso agradável regresso a casa.

Nos dias que antecederam o batismo, parecia que meus desejos seriam realizados.

Sept-Tours estava tão ocupada com os preparativos para o batismo dos gêmeos que cheguei a pensar que Philippe entraria no quarto cantando e contando piadas. Mas era Marcus que trazia vida para a família, zanzando de um lado para o outro como se fosse o dono do lugar – o que tecnicamente suponho que fosse. Ele colocava todos em clima festivo. Pela primeira vez percebi por que Marcus fazia Fernando lembrar-se do pai de Matthew.

Quando Marcus ordenou que substituíssem os móveis do grande salão por mesas compridas e bancos capazes de acomodar as hordas esperadas, uma vertiginosa sensação de *déjà vu* me tomou à medida que Sept-Tours era levada de volta à sua identidade medieval. Somente os aposentos de Matthew permaneceram inalterados. Marcus os declarara de acesso proibido porque era onde os convidados de honra se hospedavam. Eu me retirava para a torre de Matthew em intervalos regulares para me alimentar, tomar banho e trocar as fraldas dos bebês – e para me esquivar do constante vaivém de empregados que limpavam, classificavam e realocavam os móveis.

– Obrigada, Marthe – eu disse depois de retornar de uma caminhada no jardim. Felizmente, ela trocara a cozinha lotada pelo seu dever de babá e pelos seus amados livros de suspense.

Afaguei as costas de Philip, que ainda dormia, e tirei Rebecca do berço. Franzi os lábios ao reparar que ela pesava menos que o irmão.

– Ela está com fome. – Os olhos escuros de Marthe encontraram os meus.

– Eu sei. – Rebecca sempre estava com fome e nunca estava satisfeita. Meus pensamentos escapuliram para longe das implicações. – Matthew disse que é muito cedo para preocupações. – Enterrei o nariz no pescoço de Rebecca e inspirei seu cheirinho doce de bebê.

– O que Matthew sabe? – Marthe bufou. – Você é a mãe dela.

– Ele não gostaria disso – avisei.

– Ele gostaria menos se ela morresse – disse Marthe sem rodeios.

Mesmo assim, hesitei. Se eu seguisse as amplas sugestões de Marthe sem consultá-lo, ele ficaria furioso. Mas se eu pedisse a opinião de Matthew, certamente ele me diria que Rebecca não estava em perigo imediato. Podia ser verdade, mas o fato é que ela não transbordava saúde e bem-estar. Seus gritos de frustração partiam o meu coração.

– Será que Matthew ainda está caçando? – Se eu fizesse o que queria fazer, teria que ser sem Matthew aflito por perto.

– Até onde sei, sim.

– Shh, está tudo bem. Mamãe vai dar um jeito nisso – sussurrei enquanto sentava-me perto da lareira e abria a blusa com uma das mãos. Ajeitei Rebecca em minha mama direita, ela agarrou-a prontamente e sugou-a com toda a força. O leite escorreu pelo canto de sua boca e seu gemido transformou-se em um prolongado lamento. Ela se sentira mais à vontade para se alimentar antes de meu leite verter, como se o colostro fosse mais tolerável para o sistema dela.

Foi quando comecei a me preocupar.

– Aqui. – Marthe estendeu uma faca fina e afiada.

– Não preciso disso. – Embalei Rebecca no meu ombro, dando tapinhas nas suas costas. Ela soltou um arroto gasoso, seguido pelo fluxo de um líquido branco.

– Ela não consegue digerir o leite – disse Marthe.

– Então, vamos ver como ela lida com isso. – Ajeitei Rebecca de cabeça no meu antebraço, toquei a ponta dos dedos na pele macia com cicatrizes do meu cotovelo esquerdo, onde tentara fazer com que o pai dela tomasse o meu sangue, e esperei enquanto o fluxo vermelho doador de vida pulsava nas veias.

Rebecca ficou atenta na mesma hora.

– É isso que você quer? – Curvei o braço e o pressionei contra a boquinha de Rebecca. Senti a mesma sensação de sucção que sentia quando ela sugava a minha mama, com a diferença de que agora ela não estava exigente e sim faminta.

Naquela casa de vampiros o livre fluxo de sangue nas veias não passaria despercebido. Em poucos segundos Ysabeau apareceu, seguida quase que instantaneamente por Fernando. Logo Matthew surgiu como um furacão, com o cabelo despenteado pelo vento.

– Todo mundo. Fora. – Ele apontou para a escada. Sem esperar para ver se eles haviam obedecido, caiu de joelhos diante de mim. – O que está fazendo?

– Alimentando sua filha. – Meus olhos se encheram de lágrimas.

A feliz deglutição de Rebecca tornou-se audível na silenciosa sala.

– Há meses todos se perguntam sobre a condição das crianças. Bem, aqui está, mistério resolvido: Rebecca precisa de sangue para se desenvolver. – Com muito jeito introduzi o mindinho na boquinha de minha filha para conter a sucção e diminuir o fluxo de sangue.

– E Philip? – perguntou Matthew de rosto congelado.

– Parece se satisfazer com meu leite – respondi. – Com o tempo talvez Rebecca precise de uma dieta mais variada. Mas por enquanto ela precisa de sangue e o terá.

– Há boas razões para não transformar crianças em vampiros – disse Matthew.

– Não *transformamos* Rebecca em coisa alguma. Ela chegou a nós dessa maneira. E ela não é uma vampira. É uma vampiruxa. Ou uma bruvamp. – Eu não estava tentando ser engraçada, embora os nomes convidassem ao riso.

– Os outros vão querer saber com que tipo de criaturas eles terão que lidar – disse Matthew.

– Bem, eles terão que esperar – rebati. – É muito cedo para dizer, e não permitirei que rotulem Rebecca para a conveniência de quem quer que seja.

– E quando os dentes dela saírem? O que faremos? – disse Matthew, elevando a voz. – Já se esqueceu de Jack?

Ah. Então, o que preocupava Matthew era a ira do sangue e não se eles eram vampiros ou bruxas. Entreguei-lhe Rebecca, que dormia profundamente, e abotoei a blusa. Ele aconchegou-a contra o próprio coração, aninhando-a de cabeça entre o queixo e o ombro dele. Fez isso de olhos fechados, como se para apagar o que tinha visto.

– Se Rebecca ou Philip são portadores da ira do sangue, nós teremos que lidar com isso... em conjunto, como uma família – eu disse, afastando uma mecha de cabelo que estava sobre a testa dele. – Procure não se preocupar tanto.

– Lidar com isso? Como? Você não pode argumentar com uma criança de dois anos em fúria de matança – disse Matthew.

– Então, terei que amarrá-la com um feitiço. – Não era algo que tínhamos discutido, mas eu faria isso sem hesitar. – Da mesma forma que enfeitiçaria Jack, se fosse a única maneira de protegê-lo.

– Diana, você não vai fazer com nossos filhos o que seus pais fizeram com você. Você nunca se perdoaria.

A flecha que descansava ao longo de minha espinha espetou o meu ombro, e o décimo nó se contorceu no meu pulso quando os fios estalaram dentro de mim atentos. Dessa vez não hesitei.

– Para salvar minha família, farei o que for preciso.

* * *

– Está feito – disse Matthew, pousando o telefone.

Era 6 de dezembro. Fazia um ano e um dia que Philippe tinha marcado Diana com seu voto de sangue. Em Isola della Stella, uma ilhota na lagoa de Veneza, um testamento juramentado do status dela como uma De Clermont jazia sobre a mesa de um funcionário da Congregação, à espera de ser introduzido na árvore genealógica da família.

– Então, enfim tia Verin chegou – disse Marcus.

– Talvez ela tenha se comunicado com Gallowglass. – Fernando não tinha perdido a esperança de que o filho de Hugh voltasse a tempo para o batismo.

– Baldwin fez isso. – Matthew recostou-se na cadeira e esfregou o rosto.

Alain surgiu com um pedido de desculpas pela interrupção, uma pilha de correspondência e um copo de vinho. Lançou um olhar preocupado para os três vampiros amontoados ao redor da lareira da cozinha e saiu sem comentários.

Fernando e Marcus se entreolharam, a consternação de ambos era evidente.

– Baldwin? Mas se Baldwin fez isso... – Marcus não terminou a frase.

– Ele está mais preocupado com a segurança de Diana do que com a reputação dos De Clermont. – Matthew terminou. – A questão é: o que ele sabe que nós não sabemos?

Sete de dezembro era o dia do nosso aniversário de casamento, e Sarah e Ysabeau encarregaram-se dos gêmeos para que eu e Matthew tivéssemos algumas horas a sós. Preparei algumas garrafas de leite para Philip, misturei um pouco de sangue no leite para Rebecca e levei os dois até a biblioteca da família, onde Ysabeau e Sarah tinham construído um paraíso de cobertores, brinquedos e móbiles para entretê-los. Elas estavam ansiosas pela noite que passariam com os netos.

Quando simplesmente insinuei que gostaria de ter um jantar tranquilo com Matthew na torre, para estar distante de alguma chamada se houvesse algum problema, Ysabeau entregou-me um molho de chaves.

– O jantar espera por você em Les Revenants – ela disse.

– Les Revenants? – Não era um lugar do qual eu já tinha ouvido falar.

– Philippe construiu o castelo para abrigar os cruzados que retornavam à terra natal depois de terem estado na Terra Santa – explicou Matthew. – Pertence à *maman*.

– E agora pertence a vocês. É um presente para vocês – disse Ysabeau. – Feliz aniversário.

– Você não pode nos dar uma casa. É demais, Ysabeau – protestei.

– Les Revenants é mais adequada para uma família que este lugar aqui. É realmente bastante acolhedora. – A expressão de Ysabeau foi tocada de melancolia. – E eu e Philippe fomos muito felizes lá.

– Tem certeza? – perguntou Matthew para a mãe.

– Sim. E você vai gostar, Diana – disse Ysabeau, erguendo as sobrancelhas. – Todos os quartos têm portas.

– Como se pode descrever isto como aconchegante? – comentei quando chegamos à casa na periferia de Limousin.

Les Revenants era menor que Sept-Tours, mas não muito. Só havia quatro torres, apontadas por Matthew, uma em cada canto de uma planta quadrada. O fosso que o rodeava era grande o bastante para ser classificado como lago, e o esplêndido, estável e complexo pátio colocava por terra todas as afirmações de que aquela era a mais modesta das residências oficiais dos De Clermont. Mas dentro do lugar o sentimento era de aconchego, apesar dos salões no piso térreo. Embora o castelo tivesse sido construído no século XII, ele tinha sido reformado e atualizado com as conveniências modernas, como banheiros, eletricidade e até mesmo aquecimento em alguns dos quartos. Apesar de tudo isso, comecei a arquitetar um argumento para rejeitar aquele presente e qualquer ideia de viver naquele lugar para sempre quando Matthew mostrou-me a biblioteca.

A sala neogótica de teto com vigas, madeira entalhada, grande lareira e escudos heráldicos decorativos ficava enfurnada no canto sudoeste do prédio principal. Uma grande fileira de janelas ficava de frente para o pátio interno enquanto outra janela menor enquadrava o campo de Limousin. Estantes alinhadas nas duas únicas paredes retas erguiam-se até o teto. Uma escada curva em nogueira levava a uma galeria que dava acesso às estantes superiores. Isso me fez lembrar da sala de leitura da Duke Humfrey com sua madeira escura e iluminação baixa.

– O que é tudo isso? – As prateleiras de madeira de nogueira estavam abarrotadas de caixas e livros dispostos de modo desorganizado.

– Documentos pessoais de Philippe – disse Matthew. – *Maman* os transferiu para cá depois da guerra. Tudo mais que tenha a ver com os negócios oficiais da família De Clermont ou com os Cavaleiros de Lázaro ainda está em Sept-Tours, é claro.

Aquilo devia ser o mais extenso arquivo pessoal no mundo. Fiquei pensativa, subitamente solidária ao comprometimento de Phoebe com todos os tesouros artísticos da família, e tapei a boca com a mão.

– Suponho que vai querer analisá-los, dra. Bishop – disse Matthew, plantando um beijo na minha cabeça.

– Claro que sim! Talvez nos digam alguma coisa sobre o *Livro da vida* e sobre a fundação da Congregação. Pode ser que haja cartas que se refiram a Benjamin e ao filho da bruxa de Jerusalém. – Minha mente girou com as possibilidades.

Matthew pareceu em dúvida.

– Acho mais provável que você encontre projetos de Philippe para mecanismos de cerco e instruções sobre os cuidados e alimentação de cavalos do que qualquer outra coisa a respeito de Benjamin.

O meu instinto de historiadora me disse que Matthew estava subestimando grosseiramente o significado daquele arquivo. Duas horas depois de termos entrado na sala, eu continuava fuçando as caixas enquanto Matthew tomava um vinho e me divertia, traduzindo os textos quando estavam cifrados ou em línguas desconhecidas por mim. Os pobres coitados do Alain e da Victoire acabaram servindo o romântico jantar de aniversário na mesa da biblioteca e não na sala de jantar do térreo.

Nós nos mudamos com as crianças para Les Revenants na manhã seguinte, sem minhas reclamações sobre o tamanho do lugar, as contas do aquecimento e o número de escadas que teríamos que subir para tomar um banho. De todo modo, a última preocupação ainda era discutível, uma vez que Philippe instalara um elevador a vapor na torre depois de uma visita à Rússia em 1811. Felizmente, o elevador passou a funcionar por eletricidade em 1896 e já não era necessária a força de um vampiro para girar a manivela.

Apenas Marthe nos acompanhou até Les Revenants, embora Alain e Victoire tivessem preferido se juntar a nós em Limousin, deixando a casa festiva de Marcus em outras mãos mais jovens. Marthe cozinhava e ajudava Matthew, e me instruía sobre as demandas logísticas de como cuidar de dois bebês. Como Sept-Tours estava apinhada de cavaleiros, Fernando e Sarah poderiam se juntar a nós – e também Jack, caso a presença de estranhos o incomodasse demais, mas até então estávamos sozinhos.

Embora aos trancos e barrancos em Les Revenants, acabamos tendo a chance de finalmente ser uma família. Rebecca passou a ganhar peso depois que descobrimos como nutrir o seu minúsculo corpo de maneira adequada. Philip resistia a cada mudança de rotina e de acomodação com sua habitual expressão pensativa, ora observando o movimento da luz nas paredes de pedra, ora ouvindo em quietude feliz o meu folhear de papéis na biblioteca.

Marthe cuidava das crianças sempre que pedíamos para ela, dando a mim e a Matthew a oportunidade de nos religarmos depois daquelas semanas de separação e das tensões e alegrias em torno do nascimento dos gêmeos. Durante esses momentos preciosos a sós, andávamos de mãos dadas ao longo do fosso enquanto fazíamos planos para a moradia como, por exemplo, em que lugar minha horta de bruxa tiraria melhor proveito do sol e em que árvore Matthew poderia construir uma casa para os gêmeos.

Mas a despeito do quão maravilhoso era estarmos a sós, passávamos todo o tempo que podíamos com as novas vidas que havíamos concebido. Sentávamos diante da lareira de nosso quarto e observávamos os malabarismos que Rebecca e Philip faziam para se aproximar e se entreolhar extasiados com as mãozinhas entrelaçadas. Ambos ficavam mais felizes quando se tocavam, como se os meses que passaram juntos no meu ventre os tivessem habituado a um constante contato. Logo eles estariam muito grandes para dormir no mesmo berço, mas até então fazíamos isso. Fosse qual fosse a posição em que os colocávamos, eles sempre arrumavam um jeito de se abraçar com seus braços minúsculos e de colar o rosto um no outro.

Todo dia Matthew e eu trabalhávamos na biblioteca, procurando pistas sobre o paradeiro de Benjamin, da misteriosa bruxa de Jerusalém e sua criança igualmente misteriosa e do *Livro da vida*. Philip e Rebecca logo se familiarizaram com o cheiro de papel e pergaminho. Eles giravam a cabeça para seguir a voz de Matthew quando ele lia em voz alta documentos escritos em grego, latim, occitano, francês antigo, inglês antigo, dialetos alemães antigos e o singular patoá de Philippe.

A idiossincrasia linguística de Philippe ecoava em qualquer esquema de organização que ele utilizava para armazenar arquivos pessoais e livros. Os esforços para localizar documentos da época das Cruzadas, por exemplo, trouxeram à luz uma notável carta do bispo Adhémar, onde ele justificava a Primeira Cruzada com motivos espirituais, e a isso acompanhava uma bizarra lista de compras da década de 1930 que enumerava os itens que Philippe pediu a Alain para enviar de Paris: sapatos novos de Berluti, um exemplar do livro *La Cuisine en Dix Minutes* e o terceiro volume de *A ciência da vida*, de H.G. Wells, Julian Huxley e G.P. Wells.

Aquele tempo em que nos reunimos como família parecia um milagre. Sobravam oportunidades para risos e músicas, para nos maravilharmos com a pequena perfeição de nossos bebês e para confessarmos a ansiedade que nos assolara a respeito da gravidez e de suas possíveis complicações.

Embora nunca tivéssemos vacilado nos sentimentos que nutríamos um pelo outro, o fato é que os reafirmamos naqueles dias tranquilos e perfeitos em Les Revenants, como também nos fortalecemos para os desafios que as semanas seguintes anunciavam.

– Estes são os cavaleiros que concordaram em participar. – Marcus entregou a lista de convidados para Matthew que logo correu os olhos pelos nomes.

– Giles. Russell. Excelente. – Matthew virou a folha. – Addie. Verin. Miriam. – Ele ergueu os olhos. – Quando você tornou Chris cavaleiro?

– Quando estávamos em Nova Orleans. Pareceu certo – disse Marcus, com um toque tímido.

– Bem pensado, Marcus. Considerando os que estarão presentes no batismo das crianças, não acredito que alguém da Congregação tenha a ousadia de causar problemas – disse Fernando sorrindo. – Acho que você pode relaxar, Matthew. Diana poderá aproveitar o dia como você esperava.

Acontece que Matthew não conseguia relaxar.

– Eu gostaria de que tivéssemos encontrado Knox. – Matthew observou a neve do outro lado da janela da cozinha. Como Benjamin, Knox desaparecera sem deixar vestígios. O que isso sugeria era aterrorizante demais para pôr em palavras.

– Devo interrogar Gerbert? – perguntou Fernando. Eles haviam discutido as possíveis repercussões se agissem de modo a sugerir que Gerbert era o traidor. Isso levaria os vampiros da metade do sul da França a um conflito aberto, pela primeira vez em mais de um milênio.

– Ainda não – disse Matthew, relutando em adicionar mais coisas aos seus problemas. – Continuarei procurando nos papéis de Philippe. Talvez encontre alguma pista de onde Benjamin está escondido.

– Jesus, Maria e José. É impossível que haja mais alguma coisa para levar em uma viagem de trinta minutos de carro até a casa de minha mãe. – Matthew fazia referências sacrílegas à Sagrada Família e àquelas viagens de dezembro desde a semana anterior, mas nesse dia do batizado dos gêmeos estavam ainda mais impressionantes. Algo o incomodava, mas ele se recusava a me dizer o que era.

– Preciso ter certeza de que Philip e Rebecca estarão bem confortáveis porque haverá muitos estranhos reunidos – retruquei enquanto balançava

Philip para fazê-lo arrotar, pois isso evitaria que ele regurgitasse no meio da viagem.

– O berço pode ficar? – perguntou Matthew esperançoso.

– Ainda temos muito espaço para levá-lo, e eles vão precisar de pelo menos um cochilo. Além do quê, fui informada de que esse é o maior veículo que existe em Limousin, sem contar com a carroça de feno de Claude Raynard. – A população local apelidara Matthew de Gaston Lagaffe, inspirada no personagem de quadrinhos adoravelmente inepto, e em tom de brincadeira referia-se ao Range Rover como a *grande guimbarde*, isso desde o dia em que ele disparou com o veículo até a padaria e conseguiu enfiá-lo entre um pequeno Citroën e um Renault menor ainda.

Matthew fechou a porta do bagageiro sem dizer mais nada.

– Deixe de ser carrancudo, Matthew – disse Sarah, juntando-se a nós na frente da casa. – Seus filhos vão crescer pensando que você é um urso.

– Você está linda – comentei. Sarah vestia um belo blazer verde-escuro e uma sedutora blusa de seda creme que lhe realçava o cabelo ruivo. Ela estava glamourosa e festiva.

– Agatha fez para mim. Ela conhece o seu ofício – disse Sarah, girando para que a admirássemos. – Ah, antes que me esqueça, Ysabeau telefonou. Matthew deve ultrapassar todos os carros estacionados ao longo do caminho de entrada e chegar à porta. Reservaram um lugar para vocês no pátio.

– Carros? Estacionados ao longo do caminho? – Olhei para Matthew em estado de choque.

– Marcus achou que era uma boa ideia ter alguns cavaleiros presentes – ele disse, com tato.

– Por quê? – Meu estômago deu uma cambalhota e meus instintos me avisavam que a coisa não era como parecia.

– Caso a Congregação decida se opor ao evento – respondeu Matthew, olhando-me com olhos frios e serenos como um mar de verão.

Apesar da advertência de Ysabeau, nada teria me preparado para o entusiástico acolhimento que recebemos. Marcus transformara Sept-Tours em uma nova Camelot, com bandeiras e faixas sob a dura brisa de dezembro, suas cores brilhantes acentuando a neve e o basalto escuro do lugar. No alto da torre quadrada daquela menagem, o estandarte em preto e prata da família De Clermont, os ouroboros agora cobertos por uma enorme bandeira quadrada com o grande selo dos Cavaleiros de Lázaro. As duas peças de seda agitavam-se no mesmo poste, estendendo-se pela torre em pouco mais de nove metros de altura.

– Bem, se a Congregação não sabia que estava acontecendo alguma coisa, agora eles já sabem – comentei, observando o espetáculo.

– Não pareceu fazer sentido tentar ser discreto – disse Matthew. – Vamos começar como planejamos. Isso significa que não vamos esconder as crianças da verdade... e do resto do mundo.

Balancei a cabeça e o peguei pela mão.

Quando Matthew entrou, o pátio estava abarrotado de convidados. Ele cautelosamente conduziu o carro por entre a multidão, com paradas ocasionais para apertar a mão de velhos amigos que nos felicitavam pela boa sorte. Mas pisou no freio com força quando avistou Chris Roberts que tinha um grande sorriso no rosto e uma caneca de prata na mão.

– Ei! – Chris bateu o caneco na janela. – Quero ver minha afilhada. Agora.

– Olá, Chris! Eu não sabia que você vinha – disse Sarah, descendo o vidro da janela e dando-lhe um beijo.

– Eu sou um cavaleiro. Eu tenho que estar aqui. – O sorriso de Chris se agigantou.

– Fiquei sabendo – disse Sarah.

Já tinha havido outros membros de sangue-quente antes de Chris, como Walter Raleigh e Henry Percy, para citar apenas dois, mas não me passara pela cabeça que o meu melhor amigo estava entre eles.

– Pois é. No próximo semestre vou obrigar os meus alunos a me chamarem de *sir* Christopher – disse Chris.

– Melhor que *São* Cristóvão – disse uma penetrante voz de soprano. Miriam sorriu de mãos nos quadris. A pose exibiu a camiseta que ela vestia sob um recatado blazer azul-marinho. A camiseta também era azul-marinho e estampava no peito a frase CIÊNCIA: ARRUINANDO TUDO DESDE 1543, junto a um unicórnio, representação aristotélica dos céus, e ao contorno de Deus e Adão da Capela Sistina, de Michelangelo. Uma sinistra barra vermelha obliterava cada imagem.

– Olá, Miriam! – Acenei.

– Estacione o carro para que a gente possa ver os bebês – ela disse.

Matthew obedeceu, mas logo se aglomerou uma multidão e ele alegou que os bebês não podiam pegar frio e bateu em retirada para a cozinha, armado com um saco de fraldas e com Philip como escudo.

– Quantas pessoas estão aqui? – perguntei para Fernando. Já tínhamos ultrapassado dezenas de carros estacionados.

– Pelo menos uma centena – ele respondeu. – Não parei para contar.

Pelos preparativos febris na cozinha, não eram poucos os sangues-quentes no atendimento. Um ganso recheado entrou no forno enquanto saía um porco pronto para ser regado com vinho e ervas. Fiquei de água na boca com os aromas.

Pouco antes das onze da manhã badalaram os sinos da igreja de Saint-Lucien. A essa altura eu e Sarah já tínhamos vestido os gêmeos com batas brancas de seda e rendas e com pequenas toucas costuradas por Marthe e Victoire. Eram típicos bebês do século XVI. Nós os abrigamos em mantas e nos dirigimos para o andar de baixo.

Foi quando a cerimônia tomou um rumo inesperado. Sarah entrou em um ATV da família com Ysabeau, e Marcus nos levou até o Range Rover. E depois não nos levou para a igreja e sim para o templo da deusa na montanha.

Meus olhos lacrimejaram com a visão dos convidados reunidos debaixo do carvalho e do cipreste. Apenas alguns rostos me eram familiares, ao contrário de Matthew que tinha muitos conhecidos. Avistei Sophie e Margaret, ladeadas por Nathaniel. Agatha Wilson também presente olhou-me vagamente, como se tentando me reconhecer, mas sem saber de onde. Amira e Hamish estavam juntos, ambos aparentemente sobrecarregados por toda a cerimônia. Mas as dezenas de vampiros desconhecidos foi o que mais me surpreendeu. Seus olhares eram frios e curiosos, mas sem más intenções.

– O que foi isso? – perguntei a Matthew quando ele abriu a minha porta.

– Achei que devíamos dividir a cerimônia em duas partes: a cerimônia pagã de nomeação aqui, e o batismo cristão na igreja – ele explicou. – Dessa maneira, Emily poderia participar do dia dos bebês.

A atenção de Matthew e seus esforços para enfatizar a lembrança de Em me deixaram temporariamente muda. Eu sabia que ele tinha arquitetado planos enquanto eu dormia. O que eu não sabia é que esse trabalho noturno incluía a supervisão das modalidades de batismo.

– Tudo bem, *mon coeur*? – ele perguntou aflito pelo meu silêncio. – Eu queria que fosse uma surpresa.

– Perfeito. – Recuperei a voz. – E isso vai significar muito para Sarah.

Os convidados fizeram um círculo ao redor do antigo altar dedicado à deusa. Sarah, Matthew e eu assumimos nossos lugares dentro dele. Minha tia argumentara que eu não poderia conhecer as palavras dos rituais de nomeação de bebê dos quais não presenciara nem participara, e que ela estava preparada para conduzir o ritual. A cerimônia era um momento simples, mas importante na vida de qualquer jovem bruxa porque era uma recepção formal na comunidade. Mas havia mais que isso, como Sarah sabia.

– Sejam bem-vindos, amigos e familiares de Diana e de Matthew – disse Sarah, com bochechas rosadas de frio e emoção. – Hoje estamos reunidos aqui para outorgar a essas crianças os nomes que levarão com elas em sua jornada no mundo. Para as bruxas, chamar alguma coisa pelo nome é reconhecer o seu poder, de modo que ao nomear essas crianças honramos a deusa que as confiou aos nossos cuidados e expressamos gratidão pelos dons concedidos a elas.

Eu e Matthew tínhamos utilizado uma fórmula para chegar aos nomes dos bebês – acabei vetando cinco nomes da tradição dos vampiros em favor de quatro nomes de elementais. Com um sobrenome hifenizado que parecia amplo. Cada um dos primeiros nomes dos bebês era inspirado em um avô ou uma avó. O segundo nome honrava a tradição De Clermont de conferir os nomes dos arcanjos a Matthew e aos membros da família. Também escolhemos o terceiro nome de outro avô. Selecionamos para o quarto e último nome alguém que tinha sido importante para a concepção e o nascimento dos bebês.

Até aquele momento ninguém conhecia os nomes completos dos bebês, exceto Matthew, Sarah e eu.

Sarah fez Matthew segurar Rebecca com o rostinho virado para o céu.

– Rebecca Arielle Emily Marthe – disse Sarah, sua voz soando pela clareira. – Nós a recebemos para o mundo e para os nossos corações. Siga em frente consciente de que todos aqui a reconhecerão por esse nome honrado e mantenha-se na vida sagrada.

Rebecca Arielle Emily Marthe, ecoaram as árvores e o vento. Não fui a única a ouvir. Amira arregalou os olhos, e Margaret Wilson sussurrou e agitou os braços em alegria.

Matthew abaixou Rebecca, com os olhos repletos de amor para a filha que se parecia tanto com ele. Em troca, Rebecca ergueu a mão e tocou o nariz do pai com seu delicado dedinho, um gesto de conexão que quase fez o meu coração explodir.

Quando chegou a minha vez, ergui Philip para o céu como uma oferenda à deusa e aos elementos do fogo, ar, terra e água.

– Philip Michael Addison Sorley – continuou Sarah. – Nós também o recebemos para o mundo e para os nossos corações. Siga em frente consciente de que todos aqui o reconhecerão por esse nome honrado e mantenha-se a na vida sagrada.

Os vampiros se entreolharam quando ouviram o último nome de Philip e procuraram Gallowglass na multidão. Addison era o nome do meio de meu pai, e Sorley pertencia ao ausente Gael. Seria tão bom se ele o tivesse ouvido a ecoar por entre as árvores.

– Que Rebecca e Philip carreguem os seus nomes com orgulho, cresçam em sua promessa na plenitude do tempo e confiem que serão amados e protegidos por todos aqueles que testemunharam o amor que receberam dos pais. Benditos sejam. – Os olhos de Sarah brilharam com lágrimas não derramadas.

Era impossível encontrar um olho seco naquela clareira ou saber quem tinha ficado mais comovido pela cerimônia. Até minha filhinha, geralmente propensa aos balbucios, pareceu impressionada com a ocasião e pensativamente sugou o lábio inferior.

Saímos da clareira em dirceção à igreja. Os vampiros saíram caminhando pela colina abaixo aos encontrões com todos que cruzavam pelo caminho. Os outros utilizaram ATVs e carros com tração nas quatro rodas. Isso fez Matthew se autocongratular pela sabedoria de sua preferência automotiva.

Na igreja, a multidão de testemunhas se avolumou, inclusive com os aldeões, e como no dia de nosso casamento, o padre nos aguardava à porta, ladeado pelos padrinhos.

– Será que toda cerimônia religiosa católica é feita ao ar livre? – perguntei, enrolando melhor a manta em torno de Philip.

– Algumas – respondeu Fernando. – Isso nunca fez sentido para mim, mas como sou um infiel...

– Shh! – exclamou Marcus, olhando para o padre com preocupação. – Padre Antoine é admiravelmente ecumênico e concordou em passar ligeiramente pelos ritos habituais, mas não vamos pressioná-lo. Alguém conhece as palavras da cerimônia?

– Eu conheço – disse Jack.

– Eu também – disse Miriam.

– Ótimo. Jack fica com Philip e Miriam se incumbe de Rebecca. Vocês dois falam. O resto de nós olha atento e acena quando parecer apropriado – disse Marcus, como um bonachão inabalável. Ele levantou o polegar afirmativamente para o sacerdote. – *Nous sommes prêts, père Antoine!*

Matthew me pegou pelo braço e me levou para dentro da igreja.

– Eles vão ficar bem? – sussurrei. Entre os padrinhos estavam uma solitária católica acompanhada por um converso, um batista, dois presbiterianos, um anglicano, três bruxas, um demônio e três vampiros de inclinação religiosa duvidosa.

– Imploro a Deus nesta casa de oração para protegê-los – balbuciou Matthew enquanto assumíamos os nossos lugares perto do altar. – Que Deus esteja ouvindo.

Mas nem nós – nem Deus – precisávamos nos preocupar. Jack e Miriam responderam a todas as perguntas do padre sobre a fé e sobre o estado das almas perfeitas das crianças em impecável latim. Philip riu quando o padre tocou-lhe o rosto para expulsar os possíveis maus espíritos e, com tenacidade, se opôs ao sal colocado em sua boquinha. Rebecca pareceu mais interessada nos longos cachos de Miriam, um dos quais lhe apertava o punho.

Os outros padrinhos também foram exemplares. Fernando, Marcus, Chris, Marthe e Sarah (no lugar de Vivian Harrison, que não poderia estar presente) apadrinharam Rebecca junto com Miriam. Hamish, Phoebe, Sophie, Amira e Ysabeau (que representava o seu neto ausente Gallowglass) prometeram junto com Jack guiar e cuidar de Philip. Mesmo para os não crentes como eu, as antigas palavras proferidas pelo padre me fizeram sentir que nossos bebês estavam fadados a serem cuidados e assistidos, a despeito do que pudesse acontecer.

A cerimônia chegava ao fim, e Matthew estava visivelmente relaxado. Padre Antoine nos pediu que pegássemos Rebecca e Philip dos braços dos padrinhos. Quando finalmente enfrentamos a Congregação, ocorreu uma ovação espontânea, seguida por outra.

– É o fim do pacto! – disse um vampiro desconhecido em voz alta. – E também dos tempos sangrentos.

– Muito bem, muito bem, Russell – sussurram muitos outros em resposta.

Soaram os sinos. Meu sorriso se transformou em risada à medida que éramos tomados pela felicidade do momento.

Foi quando tudo começou a dar errado, como sempre.

A porta sul se abriu e entrou uma rajada de ar frio, deixando a silhueta de um homem contra a luz. Olhei fixamente para distinguir os seus traços. De repente, os vampiros presentes desapareceram e reapareceram perto da nave, impedindo o recém-chegado de seguir pela igreja adentro.

Fiquei perto de Matthew, com Rebecca apertada nos meus braços. Os sinos emudeceram, se bem que o ar ainda ressoava os últimos ecos.

– Parabéns, irmã. – A voz profunda de Baldwin encheu o lugar. – Eu vim acolher seus filhos na família De Clermont.

Matthew ergueu-se em toda a sua estatura. Sem olhar para trás, entregou Philip para Jack e desceu do altar em direção ao irmão.

– Nossos filhos não são De Clermont – disse em tom frio. Levou a mão ao paletó e pôs um documento dobrado nas mãos de Baldwin. – Eles pertencem a mim.

33

As criaturas reunidas para o batismo soltaram um suspiro agoniado em uníssono. Ysabeau acenou para o padre Antoine, que rapidamente conduziu os aldeões para fora da igreja. Depois, ela e Fernando assumiram posições vigilantes ao lado de Jack e de mim.

– Certamente você não espera que eu reconheça um ramo corrupto e doente na família, e lhe dê minha bênção e meu respeito! – Baldwin amassou o documento que tinha à mão.

Os olhos de Jack enegreceram com o insulto.

– Matthew confiou Philip a você. Você é responsável pelo seu afilhado. – Ysabeau fez Jack lembrar. – Que as palavras de Baldwin não o façam ignorar os desejos do seu senhor.

Jack puxou uma respiração profunda, tremendo e balançando a cabeça. Philip balbuciou pela atenção de Jack e, quando a recebeu, recompensou o padrinho com uma carinha preocupada. Quando Jack reergueu os olhos, estavam de novo verdes e castanhos.

– Isso não me parece um comportamento amigável, tio Baldwin – disse Marcus calmamente. – Vamos esperar e discutir os negócios da família após a festa.

– Não, Marcus. Vamos discutir agora e acabar logo com isso – disse Matthew, ignorando o conselho do filho.

Em outro tempo e lugar, os cortesãos de Henrique VIII deram a notícia da infidelidade de sua quinta esposa na igreja, pois o rei pensaria duas vezes antes de matar o mensageiro. Pelo que parecia, Matthew também acreditava que Baldwin não o mataria.

Quando Matthew apareceu de repente atrás do irmão, e se pôs à frente com a mesma rapidez, percebi que sua decisão de permanecer naquele lugar era para proteger Baldwin. Tal como Henrique, Matthew não derramaria sangue em solo sagrado.

Mas isso não significava que ele seria inteiramente misericordioso. Ele deu uma chave de braço e uma gravata com seu longo braço em Baldwin, de modo que acabou agarrando seu próprio bíceps. Sua mão direita atingiu a omoplata de Baldwin com força suficiente para parti-la ao meio, com o semblante desprovido de emoção e os olhos uniformemente equilibrados entre o cinzento e o preto.

– Por isso nunca se deve deixar Matthew Clairmont às costas – sussurrou um vampiro para um amigo.

– Logo isso também vai virar um inferno – respondeu o amigo. – A menos que Baldwin apague antes.

Sem dizer uma só palavra, passei Rebecca para Miriam. Minhas mãos coçavam de poder, e as escondi nos bolsos do casaco. A flecha de prata pesou em minha espinha e Corra se pôs em alerta máximo, com as asas prontas para abrir. Depois de New Haven, o meu familiar confiava menos em Baldwin do que eu.

Ele quase conseguiu superar Matthew, ou pelo menos foi o que me pareceu. Antes que eu pudesse soltar um grito de aviso, ficou evidente que a vantagem aparente de Baldwin era apenas um truque inteligente de Matthew ao se mexer para mudar de posição. Feito isso, Matthew usou o próprio peso de Baldwin para lhe dar uma chave de perna, fazendo-o cair de joelhos com um grunhido estrangulado.

Era um lembrete vívido de que, apesar de Baldwin ser maior, Matthew era o assassino.

– Agora, *sieur*. – O braço de Matthew levantou um pouquinho, de modo a pôr mais pressão no pescoço do irmão suspenso pelo queixo. – Eu gostaria muito de que você reconsiderasse o meu respeitoso pedido para estabelecer uma descendência dos De Clermont.

– Nunca. – Baldwin borbulhou a resposta. Seus lábios azulavam pela falta de oxigênio.

– Minha mulher costuma dizer que a palavra "nunca" não deve ser usada no que se refere aos Bishop-Clairmont. – Matthew apertou o braço e os olhos de Baldwin quase rolaram para trás da cabeça. – Não vou deixar você apagar, aliás, nem matá-lo. Pois se estiver inconsciente ou morto, não poderá concordar com meu pedido. Então, se está mesmo determinado a continuar dizendo não, pode esperar por muitos momentos como esse à frente.

– Solte-me. – Baldwin se esforçou para enunciar cada sílaba. Matthew deixou o vampiro tomar o fôlego apenas para mantê-lo consciente, mas sem permitir que se recuperasse.

– Solte *você* a mim, Baldwin. Depois de todos esses anos quero ser algo mais do que a ovelha negra da família De Clermont – sussurrou Matthew.

– Não – disse Baldwin, com firmeza.

Matthew afrouxou o braço para que o irmão pudesse dizer mais que uma ou duas palavras de cada vez, se bem que isso não atenuou o azulado dos lábios de Baldwin. Matthew tomou a sábia precaução de espremer o tornozelo do irmão com o salto do sapato para impedi-lo de usar o oxigênio a mais para um revide. Baldwin uivou.

– Leve Rebecca e Philip de volta para Sept-Tours – eu disse para Miriam, arregaçando as mangas. Eu não queria que eles vissem o pai daquele jeito. Assim como não queria que vissem a mãe fazendo magia contra um membro da própria família.

O vento girou mais forte em torno dos meus pés, agitando a poeira da igreja com tornados em miniatura. As chamas do candelabro prepararam-se aos bailados para atender a minha vontade, e a água na pia batismal borbulhou.

– Liberte a mim e aos meus, Baldwin – disse Matthew. – De um jeito ou de outro, você não nos quer.

– Posso... precisar... de você. Meu... assassino... afinal – disse Baldwin.

Soaram na igreja exclamações chocadas e interações sussurradas quando se mencionou abertamente o segredo dos De Clermont, mas claro que alguns convidados sabiam que Matthew desempenhava aquele papel na família.

– Faça o seu próprio trabalho sujo para variar – retrucou Matthew. – Deus sabe que você é tão capaz de matar quanto eu.

– Você. Diferente. Gêmeos. Têm ira do sangue. Também? – Baldwin soltou a língua.

Os convidados calaram-se.

– Ira do sangue? – A voz de um vampiro cortou o silêncio, o sotaque era levemente irlandês, mas perceptível. – Do que ele está falando, Matthew?

Os vampiros na igreja trocaram olhares preocupados quando reiniciou o diálogo balbuciado. Era visível que a ira do sangue ultrapassava o que eles tinham negociado ao aceitar o convite de Marcus. Combater a Congregação e proteger as crianças metade vampiro e metade bruxa era uma coisa. Uma doença que as transformava em monstros sanguinários era outra coisa bem diferente.

– Baldwin lhe disse a verdade, Giles. Meu sangue está contaminado – respondeu Matthew, olhando nos meus olhos com as pupilas ligeiramente dilatadas. *Saia enquanto pode*, seus olhos pediram-me silenciosamente.

Mas dessa vez Matthew não estaria sozinho. Abri caminho por entre Ysabeau e Fernando e postei-me ao lado do meu marido.

— Isso significa que Marcus... — Giles não completou a frase. Seus olhos se estreitaram. — Nós não podemos permitir que os Cavaleiros de Lázaro sejam liderados por quem tem a ira do sangue. Isso é impossível.

— Não seja idiota — disse o vampiro ao lado de Giles com um sotaque britânico. — Matthew foi um exímio grão-mestre e nenhum de nós era mais sábio que ele. Na verdade, se a memória serve para algo, Matthew foi um bom e singular comandante da irmandade em diversas situações complicadas. Acredito que Marcus também seja uma promessa, apesar de ser rebelde e traidor. — O vampiro sorriu com um assentimento respeitoso para Marcus.

— Obrigado, Russell — disse Marcus. — Vindo de você, isso é um elogio.

— Miriam, lamento pelo deslize da irmandade — disse Russell, com uma piscadela. — Embora não seja médico, acredito que Matthew está prestes a colocar Baldwin inconsciente.

Matthew afrouxou um pouco o braço, e os globos oculares de Baldwin retomaram a posição normal.

— A ira do sangue do meu pai está sob controle. Não há razão alguma para agirmos movidos pelo medo e a superstição — disse Marcus, dirigindo-se a todos na igreja. — Os Cavaleiros de Lázaro foram fundados para proteger os mais vulneráveis. Cada membro da ordem fez um juramento de defender os companheiros cavaleiros até a morte. Não preciso lembrar a ninguém aqui que Matthew é um cavaleiro. Por isso, a partir deste momento os filhos dele também o são.

A necessidade de uma investidura infantil para Rebecca e Philip fazia sentido naquele momento.

— Então, o que você diz, tio? — Marcus caminhou pelo corredor e parou atrás de Baldwin e Matthew. — Você ainda é um cavaleiro, ou virou covarde na velhice?

Baldwin arroxeou, e não por falta de oxigênio.

— Cuidado, Marcus — disse Matthew. — Talvez eu tenha que soltá-lo.

— Cavaleiro. — Baldwin olhou para Marcus, com repugnância.

— Então, comece a agir como tal e trate o meu pai com o respeito que ele merece. — Marcus olhou ao redor da igreja. — Matthew e Diana querem estabelecer uma família, e terão o apoio dos Cavaleiros de Lázaro quando assim o fizerem. Quem discordar é bem-vindo para desafiar formalmente a minha liderança. Caso contrário, o assunto está fora de discussão.

Fez-se um silêncio absoluto na igreja.

Os lábios de Matthew abriram um sorriso.

– Obrigado.

– É cedo para me agradecer – disse Marcus. – Nós ainda temos que enfrentar a Congregação.

– Sim, uma tarefa desagradável, mas não incontrolável – disse Russell em tom seco. – Matthew, solte o Baldwin. Seu irmão nunca foi muito rápido, e Oliver está em seu cotovelo esquerdo. Faz tempo ele tem sonhado em ensinar uma lição para o Baldwin, desde que seu irmão partiu o coração da filha dele.

Diversos convidados riram e os ventos começaram a soprar a nosso favor. Lentamente, Matthew fez o que Russell pediu, sem nenhuma tentativa de se afastar do irmão ou de me proteger. Baldwin permaneceu de joelhos por algum tempo e em seguida levantou-se. Quando assim o fez, Matthew ajoelhou-se em frente a ele.

– Eu deposito a minha confiança em você, *sieur* – disse, inclinando a cabeça. – Peço a sua confiança em troca. Nem eu nem os meus desonraremos a família De Clermont.

– Você sabe que não posso, Matthew – disse Baldwin. – Um vampiro portador da ira do sangue nunca está no controle, não de todo. – Olhou para Jack com um brilho nos olhos, mas era em Benjamin que ele pensava... e em Matthew.

– E se outro vampiro puder? – perguntei.

– Diana, não é um momento para suposições. Sei que você e Matthew nutrem a esperança de uma cura, mas...

– Se eu lhe der minha palavra, como filha de Philippe por juramento de sangue, de que qualquer dos parentes de Matthew com ira do sangue pode ser posto sob controle, você o reconheceria como chefe da família? – Eu estava a centímetros de distância de Baldwin, e meu poder cantarolava. Comprovei a suspeita de que meu feitiço de disfarce se desfizera pelos olhares curiosos que recebi.

– Você não pode prometer isso – disse Baldwin.

– Diana, não... – Matthew começou a falar, mas o interrompi com um olhar.

– Não só posso como farei. Não precisamos esperar por uma solução da ciência quando dispomos de uma solução mágica. Se algum membro da família de Matthew estiver dominado pela ira do sangue, será amarrado por mim com um feitiço – afirmei. – De acordo?

Matthew olhou para mim chocado. E com razão. Até porque, um ano antes eu ainda me apegava à crença de que a ciência era superior à magia.

— Não – disse Baldwin, com um aceno de cabeça. – Sua palavra não é boa o bastante. Você teria que provar isso. E depois todos nós teríamos que esperar para ver se sua magia é tão eficaz quanto você pensa, bruxa.

— Muito bem – continuei prontamente. – Nossa experiência começa agora.

Baldwin estreitou os olhos. Matthew olhou para o irmão.

— Rainha dá xeque-mate no rei – disse Matthew suavemente.

— Não fique cheio de si, irmão. – Baldwin pôs Matthew de pé. – Nosso jogo está longe de terminar.

— Isto foi deixado no escritório de padre Antoine – disse Fernando algumas horas depois que os últimos convidados saíram da cama. – Ninguém viu quem o trouxe.

Matthew olhou para o natimorto preservado. Uma menina.

— Ele está mais insano do que eu pensava. – A palidez de Baldwin não se devia apenas ao que tinha acontecido na igreja.

Matthew leu novamente o bilhete.

"*Parabéns pelo nascimento dos seus filhos*", estava escrito. "*Eu queria que você ficasse com a minha filha, já que em breve ficarei com a sua.*" A nota simplesmente assinada: "*Seu filho.*"

— Alguém está relatando cada movimento seu para Benjamin – disse Baldwin.

— A questão é saber quem. – Fernando pousou a mão no braço de Matthew. – Não permitiremos que ele pegue Rebecca... ou Diana.

A perspectiva era tão assustadora que Matthew se limitou a balançar a cabeça.

Apesar das garantias de Fernando, ele não teria outro momento de paz até que Benjamin estivesse morto.

Após o drama do batismo, o feriado de inverno seguiu como um tranquilo caso de família. Os convidados se foram, mas a família Wilson se manteve em Sept-Tours para desfrutar o que Agatha Wilson descreveu como "um caos alegre". Chris e Miriam retornaram a Yale, ainda comprometidos em compreender melhor a ira do sangue e um possível tratamento. Baldwin partiu para Veneza na primeira oportunidade a fim de administrar a reação da Congregação, caso escapulissem notícias da França.

Envolvido com os preparativos para o Natal e determinado a banir possíveis pensamentos azedos após o batismo, Matthew se embrenhou no bosque do outro lado do fosso e retornou com um abeto de grande estatura e o colocou no salão. Ele o cobriu com luzinhas brancas que brilhavam como vaga-lumes.

Lembramos dos enfeites de Philippe em Yule e cortamos luas e estrelas de papel prateado e dourado. Combinei um feitiço de voo e um encanto de ligação e as fiz rodopiar no ar, até que se instalaram nos ramos de onde piscaram e brilharam sob a luz do fogo.

Matthew seguiu para Saint-Lucien para a missa da véspera de Natal. Ele e Jack eram os únicos vampiros no serviço, o que agradou padre Antoine. Depois do batismo, ele compreensivelmente relutara em ter muitas criaturas nos seus bancos.

As crianças já tinham sido alimentadas e dormiam profundamente quando Matthew retornou batendo a neve dos sapatos. Eu esperava sentada ao lado da lareira no salão, com uma garrafa do vinho favorito de Matthew e dois copos. Marcus me assegurara que um copo uma vez ou outra não afetaria os bebês, desde que os amamentasse duas horas depois.

– Paz, perfeita paz – disse Matthew, abaixando a cabeça para ver se os bebês estavam se mexendo.

– Noite feliz, noite feliz – acrescentei sorrindo, inclinando-me para desligar o monitor dos bebês. Tal como os aparelhos de pressão arterial e as ferramentas elétricas, esses equipamentos eram opcionais nas famílias de vampiros.

Eu brincava com os controles quando Matthew me agarrou. As semanas de separação e o entrevero com Baldwin haviam sufocado o meu lado brincalhão.

– Seu nariz está congelado – comentei sorrindo enquanto ele o roçava ao longo da pele morna do meu pescoço. Suspirei. – Suas mãos também.

– Por que acha que escolhi uma esposa sangue-quente? – Ele passou os dedos gelados debaixo de minha camisola.

– Será que uma bolsa de água quente traria menos problemas? – Eu o provoquei. Seus dedos encontraram o que procuravam, e o toque me fez arquear.

– Talvez. – Ele me beijou. – Mas não seria tão gostoso.

Com o vinho esquecido, passamos as horas até a meia-noite em batimentos cardíacos e não em minutos. Quando os sinos das igrejas próximas de Dournazac e Châlus badalaram para celebrar o nascimento de uma criança na distante Belém dos tempos de outrora, Matthew fez uma pausa para ouvir as solenes e exuberantes badaladas.

– O que estava pensando? – perguntei quando os sinos silenciaram.

– Lembrando de como a aldeia celebrava a Saturnália nos meus tempos de menino. Não havia muitos cristãos, além de meus pais e de outras famílias. No último dia do festival... o vigésimo terceiro dia de dezembro, Philippe ia a todas as casas pagãs e cristãs para saber das crianças o que elas desejavam para o novo ano. – O sorriso de Matthew era melancólico. – Quando eu acordava na manhã seguinte, lá estavam os nossos desejos concedidos.

– Isso parece mesmo o seu pai – observei. – O que você desejava?

– Geralmente mais alimentos – disse Matthew, com uma risada. – Segundo mamãe não se podia quantificar o que eu comia pelas minhas pernas sempre magricelas. Uma vez pedi uma espada. Cada menino da aldeia idolatrava Hugh e Baldwin. E todos nós queríamos ser como eles. Pelo que me lembro, ganhei uma espada de madeira que quebrou na primeira vez que a empunhei no ar.

– E agora? – sussurrei, beijando-lhe nos olhos, no rosto e na boca.

– Não quero mais nada senão envelhecer com você – ele respondeu.

A família chegou para passar o Natal conosco, salvando-nos de ter que embrulhar Rebecca e Philip em mantas novamente. Por conta das mudanças na rotina, os gêmeos se deram conta de que não era um dia comum. Fizeram pirraça para participar de tudo, e acabei os levando para a cozinha a fim de aquietá-los. Lá, armei um móbile mágico de frutas voadoras para distraí-los enquanto ajudava Marthe nos últimos toques de uma refeição que deixaria felizes tanto os vampiros quanto os sangues-quentes.

Matthew ocupava-se em beliscar um prato de nozes de uma receita de Em recriada por mim. Se aquilo durasse até o jantar, certamente seria um milagre de Natal.

– Só mais uma – ele chantageou, deslizando as mãos na minha cintura.

– Você já comeu meio quilo disso. Deixe um pouco para Marcus e Jack. – Eu não sabia se os níveis de açúcar dos vampiros podiam subir, mas não estava ansiosa para saber. – Ainda gosta daquele seu presente de Natal?

Eu tentava descobrir que presente dar para aquele homem que tinha tudo desde que as crianças tinham nascido, mas quando ele disse que só queria envelhecer comigo, fiquei sabendo exatamente que presente lhe daria.

– Adoro isto. – Ele tocou nas têmporas, onde alguns fios grisalhos se realçavam contra o preto.

– Você sempre disse que eu lhe daria cabelos brancos. – Sorri.

– E eu que pensava que era impossível. Isso antes de aprender que *impossible n'est pas*, Diana – disse Matthew, parafraseando Ysabeau. Ele pegou um punhado de nozes e se dirigiu aos bebês antes que eu pudesse reagir. – Olá, belezoca.

Rebecca balbuciou em resposta. Ela e Philip compartilhavam um complexo vocabulário de arrulhos, grunhidos e outros sons suaves que Matthew e eu ainda tentávamos entender.

– Definitivamente, esse é um dos seus ruídos felizes – eu disse, pondo uma bandeja de biscoitos no forno. Rebecca adorava o pai, especialmente quando ele cantava. Philip não tinha tanta certeza de que cantar era uma boa ideia.

– E você também está feliz, homenzinho? – Matthew tirou Philip do assento inflável, sem perceber a banana voadora que eu tinha lançado no móbile pouco antes. Foi como um cometa amarelo brilhante que cruzava com outra fruta em órbita. – Mas que menino de sorte é você por ter essa mamãe que sempre faz magia para você.

Como a maioria dos bebês da mesma idade, Philip ficou totalmente absorto no círculo de laranja e *grapefruit* que estava suspenso no ar.

– Nem sempre ele vai achar que a mamãe bruxa é assim tão maravilhosa. – Fui até a geladeira e peguei os legumes necessários para o gratinado. Fechei a porta e me deparei com Matthew atrás. Levei um susto.

– Você tem que começar a fazer barulho ou me dar outra pista para avisar quando está se movendo. – Reclamei apertando a mão no coração que batia descompassado.

Os lábios comprimidos de Matthew mostraram desassossego.

– Viu só essa mulher, Philip? – Ele apontou para mim, e Philip desviou a cabeça em minha direção. – É uma brilhante erudita e uma poderosa bruxa, embora não goste de admitir isso. E você tem a grande sorte de chamá-la de *maman*. Isso significa que você é uma das poucas criaturas que sempre saberá o mais querido segredo desta família. – Ele chegou mais perto e murmurou alguma coisa no ouvido de Philip.

Quando se afastou, o filho olhou para o pai – e sorriu. Era a primeira vez que um dos bebês fazia isso, mas eu já tinha visto essa mesma expressão de felicidade antes. Além de lenta e genuína acendia todo o rosto com uma luz que vinha de dentro.

Se Philip tinha o meu cabelo, o sorriso era de Matthew.

– Exatamente. – Matthew acenou para o filho com aprovação e o recolocou na cadeirinha. Rebecca olhou para o pai de testinha franzida e um tanto irritada porque tinha sido deixada de fora da conversa dos meninos. Matthew gentilmente também sussurrou no ouvido da filha e em seguida beijou-lhe a barriguinha. Os olhos e a boca de Rebecca arredondaram, como se as palavras do pai a tivessem impressionado, se bem que me passou a suspeita de que aquele beijo também tinha alguma coisa a ver com isso.

– Que absurdo disse a eles? – perguntei enquanto atacava uma batata com o descascador. Matthew tirou a batata e o descascador de minhas mãos.

– Não foi um absurdo – respondeu calmamente. Três segundos depois a batata já estava sem casca. Ele tirou outra da bacia.

– Diga-me.

– Chegue mais perto. – Ele acenou em minha direção com o descascador. Dei alguns passos. Ele acenou novamente. – Mais perto.

Coloquei-me a sua frente e ele inclinou o rosto até o meu.

– O segredo é que eu sou o chefe da família Bishop-Clairmont, mas você é o coração – ele sussurrou. – E nós três estamos em perfeito acordo: o coração é mais importante.

Matthew já tinha vasculhado diversas vezes a caixa que guardava a correspondência entre Philippe e Godfrey.

Foi por puro desespero que folheou as páginas.

"*Meu mais reverendo senhor e pai*", iniciava a carta de Godfrey.

> *O mais perigoso entre os dezesseis foi executado em Paris, conforme pedido seu. Como Matthew não estava disponível para o trabalho, Mayenne sentiu-se feliz em fazer o favor, e obrigado por sua ajuda na questão da família Gonzaga. E agora que o duque sente-se seguro, ele decidiu jogar dos dois lados, negociar com Henri de Navarre e com Filipe de Espanha ao mesmo tempo. Mas inteligência não é sabedoria, como o senhor costuma dizer.*

Até então a carta só apresentava referências às maquinações políticas de Philippe.

"*Quanto ao outro assunto*", continuou Godfrey,

> *Encontrei Benjamin Ben-Gabriel, como os judeus o chamam, ou Benjamin Fuchs, como o imperador o conhece, ou Benjamin o Bem-Aventurado, como ele prefere. Está no leste, como o senhor temia, deslocando-se entre a corte do imperador, a família Báthory,*

a Drăculeşti, e Sua Majestade Imperial, em Constantinopla. Circulam histórias preocupantes sobre a relação de Benjamin com a condessa Erzsébet, as quais se circularem mais amplamente resultarão em inquéritos da Congregação, prejudiciais para a família e para aqueles que nos são caros.

O prazo de Matthew na Congregação está perto do fim, uma vez que ele terá servido por meio século. Se o senhor não quiser envolvê-lo em negócios que dizem respeito diretamente a ele e a sua linhagem, imploro-lhe que trate disso pessoalmente ou envie uma pessoa de confiança para Hungria o mais rápido possível.

Além das histórias de excesso e assassinato em relação à condessa Erzsébet, os judeus de Praga também falam sobre o terror que Benjamin causou no distrito quando ameaçou um amado rabino e uma bruxa de Chelm. E agora correm histórias inverossímeis sobre uma criatura encantada de barro que perambula pelas ruas para proteger os judeus de quem quer que possa se deleitar com o sangue deles. Segundo os judeus, Benjamin também está à procura de outra bruxa, uma inglesa que eles afirmam ter sido vista pela última vez com o filho de Ysabeau. Mas isso não pode ser verdade, pois Matthew está na Inglaterra e jamais se rebaixaria a ponto de se associar com uma bruxa.

A respiração de Matthew sibilou por entre os lábios apertados.

Talvez eles estejam confundindo a bruxa inglesa com o demônio inglês, Edward Kelley, a quem Benjamin visitou no palácio do imperador em maio. De acordo com o seu amigo Joris Hoefnagel, mais tarde colocaram Kelley sob custódia de Benjamin por algumas semanas, depois que o acusaram de assassinar um dos servos do imperador. Benjamin o levou para um castelo de Křivoklát, onde Kelley tentou fugir e quase morreu.

Há outra informação que devo contar ao senhor, pai, embora hesite em fazê-lo porque isso pode ser apenas produto da fantasia e do medo. De acordo com meus informantes, Gerbert esteve na Hungria com a condessa e Benjamin. As bruxas e bruxos de Pozsony fizeram reclamações formais à Congregação a respeito das mulheres que tinham sido capturadas e torturadas por essas três infames criaturas. Uma bruxa escapou e antes que a morte a levasse só conseguiu dizer estas palavras: "Eles procuram o Livro da vida dentro de nós."

Matthew lembrou-se da imagem horripilante dos pais de Diana abertos da garganta à virilha.

Tais assuntos sombrios colocam a família em grande perigo. Não podemos permitir que Gerbert deixe Benjamin fascinado com o poder que as bruxas possuem, como ele tem feito. O filho de Matthew deve ser mantido à distância de Erzsébet Báthory, para que o segredo de seu companheiro não seja descoberto. E não podemos mais permitir que as bruxas continuem perseguindo o Livro da vida. O senhor saberá como alcançar melhor essas metas, ou vendo-as com os próprios olhos ou convocando a irmandade.

Permaneço seu humilde servo e confio sua alma a Deus na esperança de que Ele nos mantenha unidos e seguros para que possamos debater tais assuntos mais do que a sabedoria recomenda nas circunstâncias atuais.

Seu filho amoroso, Godfrey

De Confrérie, Paris, neste dia 20 de dezembro de 1591

Matthew dobrou a carta com cuidado.

Enfim, surgiu-lhe alguma ideia de onde encontrar Benjamin. Seguiria até a Europa Central para procurá-lo.

Mas primeiro diria a Diana o que acabara de saber. Ele tinha mantido as notícias de Benjamin distante da esposa o mais que pôde.

O primeiro Natal dos bebês acabou sendo tão amoroso e festivo quanto se poderia desejar. Uma festa animada com oito vampiros, duas bruxas, um humano à espera de virar vampiro e três cães de guarda.

Matthew mostrou a dúzia de fios de cabelos grisalhos que resultaram do meu feitiço de Natal e disse radiante que a cada ano ganharia mais. Eu tinha pedido uma torradeira para seis fatias já recebida, e ainda uma linda caneta antiga incrustada de prata e madrepérola.

Ysabeau criticou tais presentes como insuficientemente românticos para um casal recém-casado, mas eu não precisava mais de joias, nem estava interessada em roupas ou em viajar. Uma torradeira era mais do que suficiente.

Phoebe incentivara a família inteira a pensar em presentes feitos à mão ou usados que fossem significativos e práticos. Jack vestia um suéter tricotado por Marthe e as abotoaduras cedidas pela avó que haviam pertencido a Philippe. Phoebe usava um par de brilhantes e esmeraldas nas orelhas que segundo ela era um presente de Marcus, mas em dado momento ela ruborizou intensamente e disse que tinha ganhado algo artesanal e que o tinha deixado em Sept-Tours por razões de segurança. Ela ficou tão vermelha que não fiz mais perguntas. Sarah e Ysabeau estavam radiantes com os álbuns de fotos que documentavam o primeiro mês de vida dos gêmeos.

Então, os pôneis chegaram.

– Philip e Rebecca precisam montar, é claro – disse Ysabeau, como se isso fosse evidente por si mesmo. Ela supervisionou enquanto o cavalariço Georges tirava os dois pôneis do trailer. – Assim, eles poderão se acostumar com os cavalos antes de colocar a sela. – Suspeitei que nós duas talvez tivéssemos ideias diferentes sobre quando esse dia abençoado poderia ocorrer.

– São da raça Paso Fino – continuou Ysabeau. – Achei que um andaluz como o seu poderia ser demais para iniciantes. Phoebe me recomendou responsabilidade, mas nunca fui escrava de princípios.

Georges tirou um terceiro animal do trailer: Rakasa.

– Diana pediu um pônei desde que começou a falar. E agora finalmente ganha um – disse Sarah. Rakasa fuçou os bolsos de Sarah à procura de algo interessante, como maçãs ou balas de menta, mas ela deu um pulo para trás. – Cavalos não têm dentes grandes?

– Talvez Diana tenha mais sorte que eu quando ensinar boas maneiras para ela – disse Ysabeau.

– Aqui, eu me encarrego dela – disse Jack, tomando a rédea de Rakasa, que o seguiu como uma cordeirinha.

– Pensei que você fosse um garoto da cidade – exclamou Sarah atrás dele.

– Meu primeiro trabalho... bem, meu primeiro trabalho honesto foi cuidar dos cavalos dos cavalheiros na Cardinal's Hat – disse Jack. – Você se esquece, vovó Sarah, que antes as cidades eram cheias de cavalos. E também de porcos. E a mer...

– Onde há animais, há isso – disse Marcus antes que Jack terminasse a frase. A jovem Paso Fino que ele segurou provou a afirmação. – Você pega o outro, querida?

Phoebe assentiu com a cabeça, bem à vontade com a sua carga equina. Ela e Marcus seguiram Jack em direção aos estábulos.

– A pequena égua Rosita se impôs como chefe da manada – disse Ysabeau. – Eu também teria trazido Balthasar, mas o deixei porque Rosita estava despertando o lado amoroso dele em Sept-Tours... por enquanto. – A ideia de que o grande garanhão de Matthew tentaria seguir o seu impulso com uma égua tão pequena como Rosita era inconcebível.

Estávamos sentados na biblioteca após o jantar, rodeados pelas reminiscências da longa vida de Philippe de Clermont enquanto o fogo crepitava na lareira de pedra, quando Jack se levantou e se dirigiu a Matthew.

– Isto é para você. Bem, na verdade para todos nós. *Grand-mère* disse que toda família devia ter um. – Jack entregou um pedaço de papel para Matthew. – Se você gostar, eu e Fernando poderemos reproduzi-lo para um estandarte aqui na torre de Les Revenants.

Matthew olhou para o papel.

– Se não gostar... – Jack estendeu o braço para recuperar o presente.

O braço de Matthew foi mais rápido e pegou Jack pelo pulso.

– Acho perfeito. – Matthew olhou para o rapaz que sempre seria como nosso filho primogênito, se bem que eu não tinha nada a ver com o nascimento dele como sangue-quente, assim como Matthew não era o responsável pelo renascimento dele. – Mostre para sua mãe. Veja o que ela acha.

Em vez de monogramas ou brasões heráldicos, a imagem criada por Jack para simbolizar a nossa família me impressionou. Era um novo ouroboros que não representava uma única serpente com a cauda na boca e sim duas criaturas unidas em um círculo sem começo nem fim. Uma era a serpente De Clermont. E a outra era um dragão de fogo de asas estendidas e com duas pernas dobradas contra o próprio corpo. Uma coroa descansava na cabeça do dragão de fogo.

– *Grand-mère* disse que o dragão de fogo deve usar uma coroa porque você é uma verdadeira De Clermont e vai superar o resto de nós – disse Jack enfaticamente, revirando o bolso de sua calça jeans com nervosismo. – Posso tirar a coroa. E diminuir as asas.

– Matthew está certo. É um desenho perfeito. – Estiquei-me e o puxei pela mão para lhe dar um beijo. – Obrigada, Jack.

Todos admiravam o emblema oficial da família Bishop-Clairmont quando Ysabeau disse que seriam providenciadas novas pratarias e louças e também uma bandeira.

– Que dia lindo – comentei com um braço em torno de Matthew e o outro acenando para a família que partia. De repente, o meu polegar esquerdo formigou em súbito aviso.

– Não me importa o quão razoável possa ser o seu plano. Diana não vai deixá-lo viajar para a Hungria e a Polônia sem ela – disse Fernando. – Já se esqueceu do que aconteceu quando você a deixou e partiu para Nova Orleans?

Após a meia-noite Fernando, Marcus e Matthew tinham passado grande parte da madrugada discutindo sobre a carta de Godfrey e sobre o que fariam.

– Diana deve ir para Oxford. Só ela pode encontrar o *Livro da vida* – disse Matthew. – Se algo der errado e eu não puder encontrar Benjamin, vou precisar do manuscrito para afugentá-lo de seu esconderijo.

– E quando encontrá-lo? – perguntou Marcus abruptamente.

– Seu trabalho é cuidar de Diana e de meus filhos – respondeu Matthew em tom igualmente abrupto. – E eu fico com Benjamin.

Observei o céu em busca de augúrios enquanto puxava os fios que pareciam fora do lugar na tentativa de prever e corrigir o mal que segundo o meu polegar já estava presente.

Mas o problema não galopava sobre a montanha como um cavaleiro apocalíptico, assim como não atravessava o caminho de entrada ou telefonava.

O problema estava na casa – e isso fazia algum tempo.

Certa tarde, alguns dias após o Natal, encontrei Matthew na biblioteca com um monte de folhas de papel espalhadas à frente. Minhas mãos assumiram as cores do arco-íris, e meu coração apertou.

– O que é isso? – perguntei.

– Uma carta de Godfrey. – Ele deslizou a carta em minha direção. Observei-a, mas estava escrita em francês antigo.

– Leia para mim. – Sentei-me ao lado dele.

A verdade era muito pior do que me permitira imaginar. Segundo a carta, a farra assassina de Benjamin já se estendia por séculos. Ele caçava as bruxas e muito provavelmente as tecelãs. Era quase certo que Gerbert estivesse envolvido. E a frase *"Eles procuram o* Livro da vida *dentro de nós"* ferveu o meu sangue e o congelou.

– Precisamos detê-lo, Matthew. Se ele descobrir que já temos uma filha... – Paralisei. As últimas palavras que tinha ouvido de Benjamin na Bodleiana ainda me assombravam. Quando pensei no que ele poderia tentar fazer com Rebecca, o poder chicoteou as minhas veias.

— Ele já sabe. — Matthew olhou no fundo dos meus olhos e a raiva estampada em seus olhos me fez engasgar.

— Desde quando?

— Desde pouco antes do batismo — disse Matthew. — Vou procurá-lo, Diana.

— Como vai encontrá-lo? — perguntei.

— Sem usar computadores e sem tentar encontrar o IP dele. Ele é muito inteligente para isso. Vou encontrá-lo do meu jeito: rastreando-o, farejando-o, encurralando-o — disse Matthew. — E quando encontrá-lo, vou rasgá-lo membro a membro. Se eu falhar...

— Você não pode falhar — retruquei sem rodeios.

— Posso, sim. — Matthew olhou nos meus olhos. Precisava de mim para ouvi-lo, não para tranquilizá-lo.

— Tudo bem. — Mostrei uma calma que não sentia. — E se você não conseguir?

— Você vai precisar do *Livro da vida*. Só isso poderá tirar Benjamin de seu esconderijo para que a gente possa destruí-lo... de uma vez por todas.

— Só isso além de mim — eu disse.

Os olhos de Matthew escureceram e me fizeram entender que me usar como isca para pegar Benjamin não era uma opção.

— Partirei amanhã para Oxford. A biblioteca fica fechada durante os feriados do Natal. Não haverá funcionários, a não ser o pessoal da segurança — eu disse.

Para minha surpresa, Matthew concordou. Ele me deixaria ajudar.

— Você vai ficar sozinho? — Eu não queria provocá-lo, mas precisava saber. Ele já tinha sofrido com uma separação.

Matthew balançou a cabeça em assentimento.

— O que faremos com as crianças? — perguntou.

— Ficam aqui com Sarah e Ysabeau, e com um estoque do meu leite e do meu sangue para alimentá-las até o meu retorno. Levarei Fernando comigo... ninguém mais. Se alguém estiver nos observando e informando para Benjamin, teremos que fazer alguma coisa para que ele pense que ainda estamos aqui e que tudo continua na mesma.

— Não resta a menor dúvida de que alguém está nos observando. — Matthew passou os dedos no cabelo. — A questão é se é alguém ligado a Benjamin ou a Gerbert. O papel desse bastardo astuto em tudo isso talvez tenha sido maior do que pensávamos.

– Se ele e seu filho estiveram ligados durante todo esse tempo, não haverá como dizer o quanto eles sabem – eu disse.

– Então, nossa única esperança é possuir informações que eles ainda não possuem. Pegue o livro. Traga-o para aqui e veja se você pode corrigi-lo, reinserindo as folhas removidas por Kelley – disse Matthew. – Enquanto isso eu tratarei de encontrar Benjamin e fazer o que deveria ter feito há muito tempo.

– Quando vai partir? – perguntei.

– Amanhã. Depois que você sair, para me certificar de que você não está sendo seguida. – Ele levantou-se.

Observei em silêncio enquanto os aspectos de Matthew que eu conhecia e amava – o poeta e o cientista, o guerreiro e o espião, o príncipe renascentista e o pai – se dissipavam. Por fim, sobrou apenas o lado mais escuro e mais proibitivo, de modo que agora ele era apenas o assassino.

Mas ainda era o homem que eu amava.

Matthew me pegou pelos ombros e esperou que os meus olhos encontrassem os dele.

– Trate de se manter segura.

Foram palavras enfáticas e poderosas. Ele segurou o meu rosto e o esquadrinhou em cada centímetro, como se para memorizá-lo.

– Eu quis dizer exatamente aquilo que disse no dia de Natal. Se eu não regressar, a família sobreviverá. Outros poderão servir como líder aqui. Mas você é o coração desta família.

Quando abri a boca para protestar, Matthew pôs os dedos nos meus lábios e minhas palavras não saíram.

– Não faz sentido algum discutir comigo. Sei disso por experiência – ele disse. – Antes eu era apenas pó e sombras. Você me trouxe vida. E não posso sobreviver sem você.

Sol em Capricórnio

*A décima casa do zodíaco é Capricórnio.
Ela significa mães, avós e antepassados do
sexo feminino. É o sinal da ressurreição e do renascimento.
Neste mês plantam-se sementes para o futuro.*
— Anonymous English Commonplace Book, c. 1590,
Gonçalves MS 4890, f. 9ᵛ

34.

Andrew Hubbard e Linda Crosby nos aguardavam na Velha Cabana. Apesar dos meus esforços para persuadir Sarah a ficar em Les Revenants, ela insistiu em acompanhar a mim e a Fernando.

– Você não fará isso sozinha, Diana – ela disse, com um tom que desencorajava qualquer argumento. – Pouco importa se você é uma tecelã ou se tem Corra para ajudá-la. Magia nessa escala requer três bruxas. E não apenas qualquer bruxa. Você vai precisar de lançadoras de feitiços.

Linda Crosby apareceu com o grimório oficial de Londres – um antigo tomo que chcirava sombriamente a beladona e acônito. Trocamos um olá enquanto Fernando relatava para Andrew como Jack e Lobero estavam se saindo.

– Você tem certeza de que quer se envolver nisso? – perguntei para Linda.

– Absoluta certeza. O conciliábulo de Londres não se envolve com nada tão emocionante desde que nos chamaram para ajudar a impedir a tentativa de roubo das joias da coroa em 1971. – Linda esfregou as mãos de contentamento.

Andrew tinha obtido plantas detalhadas do labirinto de túneis e escadas que constituíam as instalações que armazenavam os livros da Biblioteca Bodleiana por meio de contatos com o submundo de Londres, de coveiros a engenheiros e montadores de tubulação. Ele as desenrolou sobre a comprida mesa do refeitório no grande salão.

– Por conta do feriado de Natal não haverá alunos ou funcionários da biblioteca no local – disse. – Mas há construtores em toda parte. – Apontou para as plantas. – Eles estão convertendo o antigo armazenamento subterrâneo de livros em espaço de trabalho para os leitores.

– Primeiro eles mudaram os livros raros para a Biblioteca de Ciências Radcliffe, e agora isso. – Olhei para os mapas. – A que horas as equipes de trabalho encerram o expediente?

— Eles não encerram – disse Andrew. – Eles estão trabalhando contra o relógio para minimizar as interrupções durante o período acadêmico.

— E se fôssemos para a sala de leitura e você providenciasse um pedido, como nos dias normais da Bodleiana? – sugeriu Linda. – É só preencher a ficha, enfiá-la no tubo de Lamson e esperar pelo melhor. Nós esperaríamos o tubo perto da esteira transportadora. Talvez a biblioteca seja automatizada e atenda o seu pedido, mesmo sem a equipe. – Linda fungou perante a minha surpresa pelo seu conhecimento dos procedimentos da Bodleiana. – Estudei na St. Hilda, garota.

— Fecharam o sistema de transporte pneumático de tubos em julho passado. E desmantelaram a esteira transportadora em agosto deste ano. – Andrew ergueu as mãos. – Não me culpem, senhoras. Não sou bibliotecário da Bodley.

— Se o feitiço de Stephen for bom o bastante, não precisam se preocupar com o equipamento... só que Diana precisa pedir algo realmente necessário – disse Sarah.

— O único jeito de saber com certeza é ir para a Bodleiana, evitar os operários e encontrar um caminho para a antiga biblioteca. – Suspirei.

Andrew assentiu.

— Stan está na equipe de escavação. Ele cavou a vida inteira. Se vocês puderem esperar até o anoitecer, ele os deixará entrar. Ficará em apuros, é claro, mas não será a primeira vez e nenhuma prisão construída consegue segurá-lo.

— Bom homem, Stanley Cripplegate – disse Linda, com um meneio de cabeça afirmativo. – Sempre à disposição para ajudar no outono quando você precisa de bulbos de narciso plantados.

Stanley Cripplegate era um homenzinho esquálido com prognatismo acentuado e aparência de quem era desnutrido desde o nascimento. Com o sangue de vampiro ganhara longevidade e força, mas pouco fez para alongar a ossatura. Ele distribuiu capacetes de segurança amarelos brilhantes para nós quatro.

— Não vamos ficar... hum, muito visíveis com isso? – perguntou Sarah.

— Só por vocês serem o que são, senhora, vocês já são visíveis – disse Stan, com ar sombrio. Ele assobiou. – Ei! Dickie!

— Quieto – eu disse entre dentes. Aquilo já estava se tornando o mais escandaloso e mais conspícuo roubo de livro da história.

— Tudo bem. Conheço Dickie há muito tempo. – Stan voltou-se para o companheiro. – Dickie, leve esse pessoal até o primeiro andar.

Dickie nos deixou de capacete e tudo na Arts End da sala de leitura Duke Humfrey, entre o busto do rei Carlos I e o busto de sir Thomas Bodley.

– É impressão minha ou eles estão nos observando? – perguntou Linda de mãos nos quadris, franzindo o cenho para o infeliz monarca.

O rei Carlos piscou.

– As bruxas participam da equipe de segurança desde meados do século XIX. Stan nos advertiu para que não fizéssemos qualquer coisa repreensível perto dos quadros, estátuas e gárgulas. – Dickie estremeceu. – Não me importo com a maioria. Fazem companhia em noites escuras, mas esse em questão é um velho assustador e sodomita.

– Você deveria ter conhecido o pai dele – comentou Fernando. Ele tirou o chapéu e curvou-se perante o monarca que piscava os olhos. – Vossa Majestade.

Em cada biblioteca alguém se incumbia dos pesadelos – e você era observado secretamente cada vez que fazia alguma coisa proibida. No caso da Bodleiana, os leitores tinham boas razões para se preocupar. O centro nervoso de um sistema de segurança mágico ocultava-se atrás dos globos oculares de Thomas Bodley e do rei Carlos.

– Desculpe, Carlinhos. – Lancei o meu capacete amarelo ao ar e ele pousou na cabeça do rei. Mexi os dedos e a borda do capacete inclinou-se por sobre os olhos do busto. – Sem testemunhas para os eventos desta noite. – Fernando entregou-me o capacete dele.

– Use-o para o caso de algum tropeção. Por favor.

Depois que obscureci a visão de sir Thomas, comecei a arrancar e ajustar os fios que prendiam as estatuetas ao resto da biblioteca. Os nós mágicos não eram complicados – apenas três e quatro laçadas cruzadas. Muitos estavam empilhados em cima uns dos outros como um painel elétrico severamente sobrecarregado. Finalmente, descobri o nó principal no qual todos os outros nós estavam enroscados e o desamarrei com muito cuidado. A sensação estranha de que estávamos sendo observados desapareceu.

– Assim é melhor – sussurrou Linda. – E agora?

– Prometi telefonar para Matthew depois que tivéssemos entrado – eu disse, pegando o celular. – Só um minuto.

Passei pela barricada de treliças e caminhei em silêncio, fazendo ecoar a alameda principal da biblioteca Duke Humfrey. Matthew atendeu ao primeiro toque.

– Tudo bem, *mon coeur*? – Ele soou tenso, e rapidamente relatei o nosso progresso até aquele instante.

– Como ficaram Rebecca e Philip depois que saí? – perguntei ao final de minha narrativa.

– Inquietos.

– E você? – Suavizei a voz.

– Ainda mais inquieto.

– Onde você está? – perguntei. Matthew tinha esperado que me dirigisse para a Inglaterra, e depois seguiu para o norte e o leste rumo à Europa Central.

– Acabei de sair da Alemanha. – Ele não me daria mais detalhes, já que eu poderia me deparar com alguma bruxa curiosa.

– Tome cuidado. Lembre-se do aviso que a deusa deu. – O aviso de que eu teria que desistir de alguma coisa se quisesse possuir o Ashmole 782 ainda me assombrava.

– Pode deixar. – Ele fez uma pausa. – Quero que você também se lembre de uma coisa.

– O quê?

– Não se quebra um coração, Diana. Só o amor nos torna realmente imortais. Não se esqueça, *ma lionne*. Não importa o que aconteça. – Ele desligou.

Essas palavras provocaram um arrepio de medo pela minha espinha e a flecha de prata da deusa chocalhou. Repeti as palavras do encantamento que tinha tecido para mantê-lo seguro e sentir o familiar puxão da corrente que nos unia.

– Está tudo bem? – perguntou Fernando em voz baixa.

– Conforme o esperado. – Enfiei o celular no bolso. – Vamos começar.

Nós tínhamos combinado que a primeira coisa que tentaríamos seria simplesmente repetir os passos pelos quais o Ashmole 782 chegara em minhas mãos pela primeira vez. Com Sarah, Linda e Fernando observando, preenchi a ficha de requisição. Assinei, registrei o número de inscrição de leitora no campo apropriado e levei a ficha até o Arts End, onde ficava o tubo pneumático.

– O tubo está aqui. – Retirei o receptáculo oco. – Talvez Andrew tenha se enganado e o sistema de entrega ainda esteja funcionando. – Abri o tubo, que estava cheio de pó. Tossi.

– E de um jeito ou de outro talvez isso não tenha importância – disse Sarah um tanto impaciente. – Coloque a ficha dentro e vamos ver o que acontece.

Coloquei a ficha dentro do tubo e o fechei de um modo seguro, e depois o recoloquei no compartimento.

– E agora? – perguntou Sarah algum tempo depois.

O tubo estava exatamente onde eu o tinha deixado.

– Vamos dar uma boa porrada nisso. – Linda deu uma pancada na extremidade do compartimento, e os suportes de madeira que sustentavam o mecanismo e a galeria acima estremeceram de forma alarmante. Um assobio audível fez o tubo sumir.

– Bom trabalho, Linda – disse Sarah, com visível admiração.

– Isso é um truque de bruxa? – perguntou Fernando de lábios retorcidos.

– Não, mas sempre melhora o sinal da Radio 4 do meu aparelho de som – respondeu Linda de um modo brilhante.

Duas horas depois ainda estávamos próximos à esteira transportadora e nada de o manuscrito chegar.

Sarah suspirou.

– Plano B.

Sem dizer nada, Fernando desabotoou o paletó escuro e o jogou nos ombros. E depois puxou de dentro de uma fronha costurada no forro das costas do paletó as três folhas que Edward Kelley retirara do *Livro da vida* e que estavam protegidas por entre dois pedaços de papelão.

– Aqui está – ele disse, entregando o pacote de valor inestimável.

– Onde você quer fazer isso? – perguntou Sarah.

– O lugar mais espaçoso é ali. – Apontei para um ponto entre a esplêndida janela de vitrais e a cabine do guarda. – Não... não toque nisso! – Minha voz foi um grito sussurrado.

– Por que não? – perguntou Fernando prestes a agarrar o corrimão de madeira de uma escada de rodinhas que bloqueava o caminho.

– É a escada de rodinhas mais antiga do mundo. É quase tão antiga quanto a biblioteca. – Pressionei as folhas do manuscrito contra o meu coração. – Ninguém toca. Jamais.

– Mova logo essa escada maldita, Fernando – disse Sarah. – Tenho certeza de que Ysabeau tem uma substituta se essa for danificada. Empurre aquela cadeira para fora do caminho enquanto está com a mão na massa.

Depois de um momento de aflição, abri uma caixa de sal que Linda carregava dentro de uma sacola de compras. Sussurrei preces à deusa, pedindo-lhe ajuda para encontrar o objeto perdido, enquanto delineava um triângulo com os cristais brancos de sal. Quando terminei, distribuí as folhas do *Livro da vida*, e depois Sara, Linda e eu nos posicionamos em cada lado do triângulo. Nós direcionamos as ilustrações para o centro, e repeti o feitiço que tinha escrito anteriormente:

Páginas ausentes
Perdidas e depois encontradas,
Revelem-me onde o livro está amarrado.

– Ainda acho que precisamos de um espelho – sussurrou Sarah após uma hora de expectativa silenciosa. – Como é que a biblioteca vai nos mostrar alguma coisa se não lhe damos um lugar para projetar uma aparição?

– Será que Diana deveria ter dito *"revelem-nos* onde o livro está amarrado" e não *"revelem-me"*? – Linda olhou para Sarah. – Afinal, somos três.

Saí do triângulo e coloquei a ilustração do casamento alquímico sobre a mesa do guarda.

– Não está funcionando. Não sinto *nada*. Não sinto o livro, não sinto o poder, não sinto a magia. É como se toda a biblioteca estivesse morta.

– Bem, não surpreende saber que a biblioteca está se sentindo mal – retrucou Linda, com simpatia. – Coitadinha. Tantas pessoas cutucando-a nas entranhas todo dia.

– Não há nada para isso, querida – disse Sarah. – Vamos ao plano C.

– Antes talvez seja melhor tentar revisar o feitiço. – Qualquer coisa era melhor que o plano C. Violava os fragmentos remanescentes do juramento que eu tinha prestado à biblioteca nos meus tempos de estudante, e representava um perigo real para o prédio, os livros e as faculdades dos arredores.

Mas era mais que isso. Eu hesitava pelas mesmas razões que me fizeram hesitar diante de Benjamin naquele mesmo lugar. Se usasse os meus plenos poderes na Bodleiana, se dissipariam os últimos elos de minha vida enquanto acadêmica.

– Não há nada a temer – disse Sarah. – Corra vai ficar bem.

– Ela é um dragão de fogo, Sarah – retruquei. – Quando voa sempre solta faíscas. Olhe para este lugar.

– Um barril de pólvora – disse Linda. – Mesmo assim, não vejo outro jeito.

– Tem que haver um jeito. – Cutuquei o terceiro olho com o dedo indicador na esperança de despertá-lo.

– Vamos, Diana. Deixe de se preocupar com o seu precioso cartão da biblioteca. É hora de chutar alguns traseiros mágicos.

– Antes preciso de um pouco de ar. – Girei o corpo e segui até a escada. O ar fresco me acalmaria os nervos e me ajudaria a pensar. Depois de descer os degraus de madeira colocados sobre a pedra, empurrei as portas de vidro e cheguei ao pátio central, onde respirei o ar frio e puro de dezembro, com Fernando em meus calcanhares.

– Olá, tia.

Gallowglass emergiu das sombras.

Sua simples presença me disse que tinha acontecido alguma coisa terrível.

Suas palavras serenas seguintes confirmaram o que eu sentia.

– Benjamin pegou Matthew.

– Não pode ser. Acabei de falar com ele. – A corrente de prata dentro de mim oscilou.

– Isso foi há cinco horas – disse Fernando, consultando o relógio. – Quando vocês conversaram, Matthew disse onde estava?

– Só disse que estava deixando a Alemanha – sussurrei entorpecida. Stan e Dickie se aproximaram de testa franzida.

– Gallowglass – disse Stan, com um aceno de cabeça.

– Stan – disse Gallowglass.

– Problema? – perguntou Stan.

– Matthew está fora de alcance – explicou Gallowglass. – Foi pego por Benjamin.

– Ah. – Stan pareceu preocupado. – Esse Benjamin sempre foi um filho da puta. Não deve ter melhorado ao longo dos anos.

Pensei no meu Matthew nas mãos daquele monstro.

Lembrei que Benjamin tinha a esperança de que eu desse à luz uma menina.

A imagem do minúsculo e frágil dedinho de minha filha tocando na ponta do nariz de Matthew passou pela minha cabeça.

– Não se pode melhorar o que ele não tem dentro de si – comentei.

A raiva ardeu em minhas veias, seguida por uma avassaladora onda de poder de fogo, ar, terra e água que varreu tudo à frente. Senti uma ausência estranha, um vazio que me indicava a perda de algo vital.

Por um momento me perguntei se esse algo era Matthew. Mas eu ainda sentia a corrente que nos unia. Senti-la dentro de mim acabou sendo fundamental para o meu bem-estar.

Logo me dei conta de que não tinha perdido algo essencial e sim algo *habitual*, um fardo carregado por muito tempo, um peso que já era um hábito dentro de mim.

E agora essa coisa acalentada por tanto tempo estava para sair fora de mim – exatamente como previsto pela deusa.

Girei o corpo e às cegas procurei a entrada da biblioteca em meio à escuridão.

– Aonde está indo, tia? – perguntou Gallowglass, mantendo a porta fechada para que eu não pudesse passar. – Não me ouviu? Precisamos procurar Matthew. Não há tempo a perder.

Os grossos painéis de vidro tornaram-se areia reluzente, e tanto as dobradiças de bronze como as alças ressoaram contra o batente de pedra. Passei por cima dos escombros e não sei se corri ou voei até a escada da Duke Humfrey.

– Tia! – gritou Gallowglass. – Você perdeu o juízo?

– Não! – gritei de volta. – E se eu fizer magia também não perderei Matthew.

– Perder Matthew? – disse Sarah enquanto eu deslizava em direção à Duke Humfrey, acompanhada de Gallowglass e Fernando.

– A deusa. Ela me disse que eu teria que dar alguma coisa se quisesse o Ashmole 782 – expliquei. – Mas não era o Matthew.

Ao sentimento de ausência seguiu-se uma sensação de floração de poder que baniu qualquer preocupação restante.

– Voe, Corra! – Abri os braços e o meu dragão de fogo saiu aos gritos pelo recinto, voando em torno das galerias e no longo corredor que ligava o Arts End ao Selden End.

– O que foi isso? – perguntou Linda enquanto observava a cauda de Corra que batia no capacete de Thomas Bodley.

– Medo.

Minha mãe me alertara sobre o poder do medo, mas eu ainda era menina e não pude entender. Achei que precisava me precaver do medo dos outros e não do meu próprio terror. Com esse mal-entendido o medo se enraizou dentro de mim a ponto de nublar meus pensamentos e minha visão de mundo.

O medo também sufocou o meu desejo de fazer magia. Acabou por se tornar muleta e capa, impedindo-me de exercer o meu poder. O medo me abrigava da curiosidade dos outros e me propiciava uma masmorra, onde me esquecia daquilo que eu era de verdade: uma bruxa. Alguns meses antes, ao saber que era uma tecelã, eu cheguei a pensar que tinha deixado o medo para trás, mas sem me dar conta de que ainda me apegava aos seus últimos vestígios.

Não mais.

Corra fez um voo rasante por uma corrente de ar, estendendo as garras para frente e batendo as asas para desacelerar. Peguei as folhas do *Livro da vida* e as levei ao nariz dela. Ela cheirou.

O rugido de indignação do dragão de fogo encheu a sala e agitou os vitrais. Embora tivesse optado por raramente comunicar-se comigo a partir do nosso primeiro encontro na casa de Goody Alsop, preferindo fazer isso por meio de sons e gestos, Corra resolveu falar.

– A morte pesa nessas folhas. Teclagem e magia de sangue também. – Ela sacudiu a cabeça, como se para soltar o fedor das narinas.

– Ela disse magia de sangue? – A curiosidade de Sarah era evidente.

– Depois faremos perguntas para essa ferinha – disse Gallowglass em tom sombrio.

– Essas folhas são de um livro que está em algum lugar nesta biblioteca. Preciso encontrá-lo. – Concentrei-me em Corra e deixei de lado as conversas de fundo. – Minha única esperança de trazer Matthew de volta pode estar dentro desse livro.

– E se eu lhe trouxer este livro terrível? – Corra piscou os olhos em prata e preto. Lembrei-me da deusa e do olhar raivoso de Jack.

– Você quer me deixar. – Fui tomada por uma compreensão repentina. Corra era uma prisioneira, da mesma forma que eu tinha sido uma prisioneira enfeitiçada sem nenhum meio de fuga.

– Tal como seu medo, não posso ir embora a menos que você me liberte – disse Corra. – Sou seu familiar. Com minha ajuda você aprendeu a fiar o que era, a tecer o que é, e a amarrar o que deve ser. Você já não precisa de mim.

Mas fazia alguns meses que Corra estava comigo e, tal como meu medo, já tinha minha confiança. – E se eu não conseguir encontrar Matthew sem sua ajuda?

– Meu poder nunca deixará você. – As escamas de Corra irradiaram um brilho iridescente em plena escuridão da biblioteca. Pensei na sombra que ela fazia na parte inferior de minhas costas e balancei a cabeça em assentimento. Tal como a flecha da deusa e os meus fios de tecelã, a afinidade de Corra com o fogo e a água estaria sempre dentro de mim.

– Para onde vai? – perguntei.

– Para antigos lugares esquecidos, onde estarei à espera daqueles que chegarão quando seus tecelões os libertarem. Você trouxe a magia de volta, como estava previsto. E agora deixarei de ser a última de minha espécie para ser a primeira. – O vapor da respiração de Corra inundou o ar em volta.

– Traga-me o livro, depois vá com a minha bênção. – Olhei no fundo dos olhos do dragão de fogo e lá estava o desejo de ser uma criatura por conta própria. – Obrigada, Corra. Se eu trouxe a magia de volta, você deu asas a ela.

– E agora é hora de usá-las – disse Corra. Com três batidas de suas membranas abertas ela chegou ao teto.

– Por que Corra está voando lá em cima? – disse Sarah aos sibilos. – Faça-a descer até o eixo da esteira transportadora e as salas subterrâneas com os arquivos da biblioteca. É lá que o livro está.

– Pare de tentar moldar a magia, Sarah. – Goody Alsop me ensinara os perigos de pensar que somos mais espertos que nosso próprio poder. – Corra sabe o que está fazendo.

– Tomara que sim, pelo bem de Matthew – disse Gallowglass.

Corra entoou algumas notas de água e de fogo, e uma vibração quase silenciosa encheu o ar.

– O *Livro da vida*. Estão ouvindo? – perguntei, olhando em volta para localizar a fonte do som. Não eram as folhas sobre a mesa do guarda, se bem que já começavam a murmurar.

Sarah balançou a cabeça em negativa.

Corra circulou pela parte mais antiga da Duke Humfrey. Os murmúrios tornavam-se mais altos a cada batida de asas.

– Estou ouvindo – disse Linda, animada. – Um zumbido falado. Está vindo daquela direção.

Fernando pulou por cima da barreira de treliças em direção ao corredor principal da Duke Humfrey. Segui atrás dele.

– O *Livro da vida* não pode estar aqui em cima – disse Sarah. – Alguém teria notado.

– Não se estiver fora de vista – retruquei enquanto puxava livros inestimáveis de uma prateleira próxima e os abria para examinar o conteúdo. E depois os recolocava no lugar e pegava outro livro. As vozes agora gritavam, chamando-me e pedindo-me para encontrá-las.

– Tia? Acho que Corra encontrou o seu livro. – Gallowglass apontou.

Corra estava empoleirada na gaiola onde trancavam os manuscritos para os pesquisadores que voltariam no dia seguinte. Ela estava de cabeça inclinada, como se para ouvir a vibração intermitente das vozes, e respondia com balbucios e estalos enquanto balançava a cabeça para cima e para baixo.

Fernando seguira o som até o mesmo lugar e estava de pé atrás da mesa de pedidos onde Sean trabalhava diariamente. Observava uma das prateleiras que tinha, ao lado de uma lista telefônica da Universidade de Oxford, uma caixa comum de papelão cinza que parecia implorar para não ser notada – mas uma luz que emanava de seus cantos a tornava atraente. Em cima estava escrito uma nota: "*Encaixotado. Retornar para as pilhas após inspeção.*"

– Não pode ser. – Mas cada instinto me disse que era.

Ergui os braços e a caixa levitou e pousou na palma de minhas mãos. Abaixei as mãos com cuidado até a mesa. Quando as retirei, a tampa explodiu e projetou-se a alguns metros de distância. Dentro da caixa, fechos de metal mantinham o livro fechado.

Consciente das muitas criaturas que lá estavam, retirei o Ashmole 782 da caixa que o protegia e o coloquei sobre a superfície de madeira. Levei a palma da mão até a capa. O burburinho cessou.

Escolha, disseram muitas vozes em uníssono.

– Escolho você – sussurrei para o livro, soltando os fechos do Ashmole 782. O metal pareceu quente e reconfortante ao toque. *Papai*, eu pensei comigo.

Linda empurrou as folhas que pertenciam ao *Livro da vida* em minha direção.

Abri o livro lentamente.

Virei o papel áspero inserido na encadernação para proteger o conteúdo e a folha de pergaminho cujo título estava escrito à mão por Elias Ashmole, com um acréscimo a lápis do meu pai. A primeira das ilustrações alquímicas do Ashmole 782 – um bebê do sexo feminino de cabelo preto – olhou-me da folha seguinte.

Eu tinha ficado surpresa com a forma pela qual a imagem daquela criança filosofal contrariava o padrão imagético alquímico na primeira vez que a tinha visto. E agora não podia me passar despercebido que aquele bebê se parecia com minha própria filha. Ela segurava uma rosa de prata com uma das mãos e uma rosa de ouro com a outra, como se proclamasse ao mundo que era filha de uma bruxa e de um vampiro.

Mas a criança alquímica não estava destinada a servir como primeira iluminura do *Livro da vida*. A ela se seguiria a do casamento alquímico. E depois de séculos de separação, era hora de recolocar as três folhas que Edward Kelley removera do precioso livro.

O espaço vazio da folha arrancada era visível no vale da lombada do *Livro da vida*. Encaixei e pressionei a ilustração do casamento alquímico na abertura e folha e livro uniram-se diante dos meus olhos, seus fios cortados juntando-se mais uma vez.

Linhas de texto corriam por toda a página.

Peguei a iluminura onde o sangue derramado pelo ouroboros e o dragão de fogo criava uma nova vida e recoloquei-a no lugar.

Soou um estranho lamento do livro. Corra agitou-se em advertência.

Sem hesitar nem temer, deslizei a última folha para o Ashmole 782. O *Livro da vida* estava de novo inteiro e completo.

Um uivo horripilante rasgou o que restava da noite ao meio. Um vento emergiu dos meus pés pelo meu corpo acima e levantou os meus cabelos para longe do rosto e dos ombros como fios de fogo.

A força do ar folheou as páginas do livro cada vez mais rápido e mais rápido. Pressionei os dedos contra o velino para deter o movimento e ler as palavras que surgiam do centro do palimpsesto enquanto as ilustrações alquímicas desbotavam. Mas aquilo ultrapassava a compreensão. O aluno de Chris estava certo. O *Livro da vida* não era simplesmente um texto.

Era um vasto repositório de conhecimento: nomes de criaturas e suas histórias, nascimentos e mortes, maldições e feitiços, milagres operados por magia e por sangue.

Era a história das tecelãs e dos vampiros que carregavam a ira do sangue nas veias e dos extraordinários filhos que concebiam.

O *Livro da vida* não remontava apenas aos antepassados mais próximos, mas também a inúmeras gerações. E revelava que criações milagrosas eram possíveis.

Lutei para absorver as histórias que eram narradas à medida que as páginas eram viradas.

Aqui começa a linhagem da antiga tribo conhecida como os Nascidos Brilhantes. Seu pai era a Eternidade e sua mãe era a Mudança, e o Espírito os alimentou em seu ventre...

Minha mente correu na tentativa de identificar o texto alquímico que lhe era tão similar.

... pois quando os três se tornaram um, o seu poder era sem limites como a noite...

E aconteceu que a ausência de crianças era um fardo para o Athanatoi. Eles procuraram as filhas...

Quais filhas? Tentei deter as páginas, mas era impossível.

... descobriram que o mistério da magia de sangue era conhecido pelos Sábios.

O que era magia de sangue?

As palavras corriam incessantemente, se entrelaçavam, se retorciam. As palavras se dividiam ao meio, formavam outras palavras, se transmutavam e se reproduziam em um ritmo furioso.

Apareciam nomes, rostos e lugares arrancados de pesadelos e tecidos para o mais doce dos sonhos.

O amor deles começou com ausência e desejo, dois corações se tornaram um...

Eu ouvia um sussurro de saudade, um grito de prazer, à medida que as páginas viravam.

> *... quando o medo os venceu, a cidade banhou-se de sangue dos Nascidos Brilhantes.*

Soou um grito de terror da página, seguido pelo gemido de medo de uma criança.

> *... as bruxas e bruxos descobriram que alguém entre eles tinha ficado com o Athanatoi...*

Eu tapei os ouvidos a fim de bloquear a ladainha de nomes e mais nomes.

Perdido...
   Esquecido...
      Temido...
         Banido...
            Proibido...

À medida que as páginas voavam diante dos meus olhos, tanto a tecelagem intrincada da qual o livro tinha sido feito como os laços que ligavam cada página a linhagens enraizadas no passado distante tornavam-se visíveis.
A última página folheada estava em branco.
E logo começaram a surgir novas palavras, como se mãos invisíveis ainda estivessem escrevendo, como se o trabalho ainda estivesse inacabado.

> *E assim os Nascidos Brilhantes tornaram-se os Filhos da Noite.*

Quem acabará com a sua errância?, escreveu a mão invisível.

> *Quem portará o sangue do leão e do lobo?*
> *Procure o portador do décimo nó, pois o último mais uma vez deve ser o primeiro.*

Fiquei atordoada com a vaga lembrança das palavras ditas por Louisa de Clermont e Bridget Bishop, dos trechos da poesia alquímica do *Aurora Consurgens* e da intermitência de informações que saíam do *Livro da vida*.

Uma nova página emergiu da lombada do livro, estendendo-se como as asas de Corra e desfraldando-se como as folhas dos galhos de uma árvore. Sarah engasgou.

Iluminura, cores brilhantes de prata, ouro e pedras preciosas pigmentadas floresceram da página.

– O emblema de Jack! – gritou Sarah.

Era o décimo nó formado a partir de um dragão de fogo e de um ouroboros eternamente unidos. A paisagem que os cercava era fértil de flores e a vegetação era tão exuberante quanto teria sido a do paraíso.

A página virou e outras palavras fluíram de uma fonte escondida.

Aqui continua a linhagem dos mais antigos Nascidos Brilhantes.

A mão invisível fez uma pausa, como se para mergulhar a caneta em tinta fresca.

Rebecca Arielle Emily Marthe Bishop-Clairmont, filha de Diana Bishop, última de sua linha, e Matthew Gabriel Philippe Bertrand Sébastien de Clermont, o primeiro de sua linha. Nascida sob a regência da serpente.
Philip Michael Addison Sorley Bishop-Clairmont, filho dos mesmos Diana e Matthew. Nascido sob a proteção do arqueiro.

Antes que a tinta pudesse secar, as páginas folhearam enlouquecidas de volta ao começo.

Enquanto observávamos, um novo ramo brotou do tronco da árvore ao centro da primeira imagem. Folhas, flores e frutos irromperam ao longo de sua extensão.

O *Livro da vida* fechou-se abruptamente, os fechos encaixaram-se. Fim da tagarelice. Fez-se completo silêncio na biblioteca. Senti a energia oscilar dentro de mim, elevando-se a níveis sem precedentes.

– Espere. – Fiz de tudo para abrir o livro novamente a fim de estudar a nova imagem mais de perto. A princípio, o *Livro da vida* resistiu, mas abriu-se de tanto que tentei abri-lo.

Ele estava vazio. Em branco. Fui tomada pelo pânico.

– Aonde é que tudo foi parar? – Folheei freneticamente as páginas. – Preciso do livro para trazer Matthew de volta! – Olhei para Sarah. – O que fiz de errado?

– Oh, Cristo. – Gallowglass estava branco como a neve. – Os olhos dela.

Olhei para trás por cima do meu ombro para ver se algum bibliotecário espectral me observava.

– Não há nada atrás de você, querida. E o livro não sumiu. – Sarah engoliu em seco. – Ele está dentro de você.

Eu era o Livro da vida.

35

– Você é tão pateticamente previsível. – A voz de Benjamin penetrou no baço nevoeiro que dominava o cérebro de Matthew. – Só posso rezar para que sua esposa seja igualmente fácil de manipular.

Incapaz de se conter, Matthew gritou com uma dor lancinante no braço. A reação incentivou ainda mais Benjamin. Matthew mordeu os lábios, determinado a não dar mais satisfação ao filho.

Um martelo atingiu o ferro – um som familiar e caseiro que lhe trouxe a lembrança da infância. O anel metálico reverberou na medula dos ossos de Matthew.

– Pronto. Isso deve segurá-lo. – Dedos frios pegaram o seu queixo. – Abra os olhos, pai. Se tiver que abri-los para você, acho que não vai gostar.

Matthew se esforçou para abrir as pálpebras. O inescrutável rosto de Benjamin estava a centímetros de distância. O filho emitiu um débil ruído de arrependimento.

– Que pena! Cheguei a achar que você resistiria a mim. Mas este é apenas o primeiro ato. – Benjamin virou a cabeça de Matthew para baixo.

Enfiou uma comprida lança de ferro em brasa no antebraço direito de Matthew que se estendeu até a madeira da cadeira abaixo. Depois que a lança esfriou, o fedor de carne e osso queimados se dissipou aos poucos. O outro braço também tinha sofrido um tratamento similar.

– Sorria. Não queremos que a família lá em casa perca um minuto de nosso reencontro. – Benjamin o agarrou pelos cabelos e puxou-lhe a cabeça para cima. Matthew ouviu o zumbido de uma câmera.

– Algumas advertências: primeira, esta lança está posicionada cuidadosamente entre o cúbito e o rádio. O metal quente se fundirá com os ossos ao redor o suficiente para fragmentá-los, caso você resista. Sou levado a crer que isso seja muito doloroso. – Benjamin chutou a perna da cadeira, e a mandíbula de Matthew fechou-se quando uma dor terrível atingiu-lhe a mão. – Viu só? Segunda, não tenho interesse em matá-lo. Nada que você possa fazer ou dizer me fará lhe entregar nas mãos suaves da morte. Quero me banquetear com sua agonia e saboreá-la.

Matthew sabia que Benjamin esperava que ele fizesse uma determinada pergunta, mas a pesada língua não obedecia o comando do cérebro. Mesmo assim, ele persistiu. Tudo dependia disso.

– Onde... está... Diana?

– Peter Knox me disse que ela está em Oxford. Ele pode não ser o bruxo mais poderoso que já existiu, mas sabe como rastreá-la. Você poderia conversar diretamente com ele, mas isso estragaria o drama para os nossos telespectadores lá em casa. Aliás, eles não podem ouvi-lo. Ainda. Estou guardando esse detalhe para o momento em que você quebrar e implorar. – Benjamin estava posicionado de costas para a câmera. Dessa maneira, os lábios não podiam ser lidos. Mas o rosto de Matthew era visível.

– Diana. Não. Aqui? – Ele articulou cada sílaba de propósito. Assim, quem estivesse assistindo saberia que sua esposa ainda estava livre.

– Essa Diana que você viu foi uma miragem, Matthew. – Benjamin soltou uma gargalhada. – Knox lançou um feitiço que projetou uma imagem da sua mulher naquela sala vazia do andar de cima. Se você tivesse assistido a um pouco mais, teria visto a imagem voltar como um filme.

Matthew sabia que era uma ilusão. Na imagem Diana estava loura porque Knox não a via desde que eles tinham retornado do passado. Mesmo se a cor do cabelo de Diana estivesse certa, Matthew teria sabido que não era ela porque nenhuma faísca afetiva de calor o atraiu para ela. O fato é que ele tinha entrado na residência de Benjamin com a intenção de ser pego. Era o único jeito de forçar Benjamin a fazer um movimento e de acabar com aquele jogo pervertido.

– Se você fosse imune ao amor, poderia ter sido um grande homem. E não seria governado por essa emoção inútil. – Benjamin aproximou-se de cabeça baixa e Matthew pôde sentir o cheiro de sangue em seus lábios. – Essa é a sua grande fraqueza, meu pai.

Matthew apertou a mão pelo insulto e o antebraço pagou o preço, o cúbito se fraturou como uma árida argila debaixo de um sol escaldante.

– Isso foi uma burrice, não foi? Você não realizou nada. E agora seu corpo está sofrendo uma enorme tensão e sua mente está ansiosa em relação à mulher e aos filhos. Nessas condições levará o dobro do tempo para se recuperar. – Benjamin abriu a mandíbula de Matthew e observou as gengivas e a língua.

– Você está sedento. E faminto. Tenho uma criança lá embaixo... uma menina de três ou quatro anos. Quando estiver pronto para se alimentar dela, é só me dizer. Estou tentando determinar se o sangue das virgens é mais restaurador que o sangue das putas. Os dados ainda são inconclusivos. – Benjamin fez uma anotação em um prontuário preso numa prancheta.

– Nunca.

– Nunca é muito tempo. Philippe me ensinou isso – retrucou Benjamin. – Veremos como você vai se sentir mais tarde. Seja qual for sua decisão, suas reações me ajudarão a obter uma resposta a outra pergunta da pesquisa: quanto tempo dura a piedade de um vampiro antes que ele morra de fome e deixe de acreditar que Deus irá salvá-lo?

Muito tempo, pensou Matthew.

– Os seus sinais vitais ainda se mostram surpreendentemente fortes, considerando as drogas que injetei no seu organismo. Agradam-me a desorientação e a lentidão que geram. Com as reações e os instintos entorpecidos muitas presas experimentam uma ansiedade aguda. Vejo algumas evidências disso em você, mas não o bastante para os meus propósitos. Vou ter que aumentar a dose. – Benjamin jogou a prancheta sobre um pequeno armário de metal com rodinhas que parecia ser da época da Segunda Guerra Mundial. Matthew reparou na cadeira de metal ao lado do gabinete. O paletó que estava em cima lhe pareceu familiar.

Suas narinas se abriram.

Peter Knox. Ele não estava ali, mas estava por perto. Benjamin não havia mentido sobre isso.

– Eu gostaria de conhecê-lo melhor, pai. A observação só me ajuda a descobrir verdades superficiais. Até vampiros comuns guardam muitos segredos. E você, meu senhor, é tudo menos comum. – Benjamin investiu contra Matthew. Rasgou-lhe a camisa aberta, deixando expostos o pescoço e os ombros. – Ao longo dos anos aprendi a maximizar informações recolhidas do sangue de criaturas. Tudo tem a ver com o ritmo, sabia? Não se deve ter pressa. Nem voracidade demais.

– Não. – Matthew sabia que teria a mente violada por Benjamin, mas era impossível não reagir instintivamente à intrusão. Ele se remexeu na cadeira. Um antebraço estalou. Depois, o outro.

– Se você continuar quebrando os mesmos ossos, eles nunca mais cicatrizarão. Pense nisso, Matthew, antes de tentar escapar de mim novamente. É idiotice. E posso fincar lanças entre a tíbia e a fíbula para provar isso.

A unha afiada de Benjamin rasgou a pele de Matthew. O sangue jorrou frio e úmido à superfície.

– Matthew, antes mesmo de terminar, saberei tudo sobre você e sua bruxa. Dispondo de tempo suficiente, e nós vampiros sempre temos tempo de sobra, poderei testemunhar cada toque seu nela. Saberei exatamente o que dá prazer e dor a ela. Conhecerei o poder que ela exerce e os segredos que ela tem no corpo. As vulnerabilidades da alma de Diana estarão expostas para mim, como se ela fosse um livro aberto. – Benjamin acariciou o pescoço de Matthew, aumentando gradualmente a circulação sanguínea na área. – Claro que pude farejar o medo na Bodleiana, mas agora quero entendê-lo. Ao mesmo tempo medrosa e corajosa. Será emocionante quebrá-la.

Não se quebra um coração, Matthew lembrou para si mesmo. E só conseguiu balbuciar uma palavra.

– Por quê?

– Por quê? – A voz de Benjamin crepitou furiosa. – Porque você não teve a coragem de me matar logo. Preferiu me destruir dia após dia, uma gota de sangue de cada vez. Em vez de confessar para Philippe que tinha falhado e revelado os planos secretos dos De Clermont para Outremer, você me tornou vampiro e me jogou nas ruas de uma cidade repleta de sangues-quentes. Lembra-se do que é sentir uma sede de sangue que o corta ao meio de tanta ânsia e desejo? Lembra-se do quão forte é a ira do sangue quando se é transformado pela primeira vez?

Matthew lembrava. E esperava... não. Que Deus o perdoe, pois Matthew *rezara* para que Benjamin fosse amaldiçoado com a ira do sangue.

– Você estava mais preocupado em ser bem recebido por Philippe do que de cuidar do próprio filho. – A voz de Benjamin estremeceu de raiva, e os olhos escureceram como a noite. – Desde aquele momento em que você me fez vampiro, passei a viver para destruir você, Philippe e todos os De Clermont. A vingança me deu um propósito, e o tempo tem sido meu amigo. Esperei. Planejei. Fiz meus próprios filhos e os ensinei a sobreviver tal como tinha aprendido: estuprando e matando. Foi o único caminho que você me deixou.

Matthew fechou os olhos para apagar não apenas o rosto de Benjamin, mas também o reconhecimento dos próprios fracassos como filho e como pai. Mas Benjamin não permitiria isso.

– Abra os olhos. – Ele rosnou. – Logo, logo você não terá mais segredos para mim.

Matthew abriu os olhos em alarme.

– Vou conhecê-lo melhor quando conhecer sua companheira – continuou Benjamin. – A melhor maneira de conhecer um homem é conhecer a mulher dele. Também aprendi isso com Philippe.

As engrenagens do cérebro de Matthew se ativaram. Alguma verdade terrível lutava para se tornar conhecida.

– Philippe lhe contou sobre o tempo que passamos juntos durante a guerra? Isso não saiu de acordo com os meus planos. Philippe estragou os meus quando visitou a bruxa no acampamento... uma velha bruxa cigana – explicou Benjamin. – Ele ficou sabendo de minha presença e, como sempre, tomou o assunto em suas próprias mãos. A bruxa roubou a maioria dos pensamentos de Philippe, misturou o resto como se fossem ovos e depois se enforcou. Foi um revés, sem dúvida. Ele sempre teve uma mente tão ordenada. Eu estava ansioso para explorá-la em toda a sua complexa beleza.

O rugido de protesto de Matthew saiu resmungado, mas os gritos na cabeça não cessavam. Ele não esperava por isso.

Benjamin – o seu próprio filho – é quem havia torturado Philippe durante a guerra e não um oficial nazista.

Benjamin deu um soco na cara de Matthew, fraturando um osso.

– Quieto. Estou contando uma história de ninar. – Benjamin pressionou os dedos no osso quebrado do rosto de Matthew, tocando-o como um instrumento cuja única música era a dor. – Já era tarde demais quando o comandante de Auschwitz colocou Philippe sob a minha custódia. Depois de ter estado com a bruxa só restou uma coisa coerente naquela mente outrora brilhante: Ysabeau. Acabei descobrindo que, apesar de fria, ela podia ser surpreendentemente sensual.

Por mais que Matthew quisesse se impedir de ouvir as palavras, isso não era possível.

– Philippe odiou a sua própria fraqueza, mas não conseguiu tirar Ysabeau de sua memória – disse Benjamin. – Mesmo em meio à loucura, chorando como um bebê, ele só pensava em Ysabeau... mesmo sabendo o tempo todo que eu compartilhava esse prazer. – Benjamin sorriu e deixou os dentes afiados à vista. – Mas por ora chega de histórias de família. Prepare-se, Matthew. Vai doer.

36

No avião de volta para casa, Gallowglass avisara a Marcus que tinha acontecido algo inesperado comigo na Bodleiana.

– Você vai encontrar Diana... alterada – ele disse cauteloso ao telefone.

Alterada. Era uma descrição apropriada para uma criatura composta de nós, fios, correntes, asas, selos, armas, e agora, palavras e uma árvore. Eu já não sabia do que era feita, mas estava longe do que eu era antes.

Apesar de ter sido avisado sobre a mudança, Marcus saiu do carro em Sept-Tours em estado de choque. Phoebe aceitou a minha metamorfose com equanimidade, como quase sempre lhe era peculiar

– Sem perguntas, Marcus – disse Hamish, pegando-me pelo cotovelo. Ele tinha percebido no avião o efeito que as perguntas geravam em mim. Nenhum feitiço de disfarce poderia esconder a forma pela qual os meus olhos embranqueciam leitosos e exibiam letras e símbolos a qualquer sinal de pergunta, além das letras que apareciam nos meus braços e no dorso de minhas mãos.

Eu agradecia silenciosamente pelo fato de que meus filhos não tinham me conhecido de outro jeito e, portanto, eles achariam normal ter um palimpsesto como mãe.

– Sem perguntas – Marcus concordou de pronto.

– As crianças estão no estúdio de Matthew com Marthe. Ficaram inquietas nas últimas horas, como se soubessem que você estava chegando – disse Phoebe seguindo-me para dentro de casa.

– Primeiro verei Becca e Philip. – Em vez de andar, saí voando até a escada. Parecia não fazer sentido fazer qualquer outra coisa.

O tempo que passei com as crianças foi de tremer a alma. Por um lado, com elas me senti mais perto de Matthew. Mas com ele em perigo, eu não podia deixar de notar que os olhos azuis de Philip se assemelhavam aos do pai. E mesmo sendo um bebê, apresentava a mesma teimosia marcada no queixo. E a coloração de Becca era estranhamente igual à de Matthew – o cabelo era escuro como as asas de um corvo, os olhos não tinham o azul esperado e sim um brilhante cinza-esverdeado, e a pele era leitosa. Enquanto os abraçava sussurrava promessas em seus ouvidos sobre o que o pai faria para eles quando voltasse para casa.

Depois de passar o máximo de tempo que me atrevi a passar com meus filhos, retornei para o térreo, dessa vez caminhando lentamente, e pedi para assistir à transmissão das imagens ao vivo de Benjamin.

– Ysabeau está assistindo na biblioteca da família. – A palpável preocupação de Miriam fez o meu sangue gelar mais do que qualquer outra coisa desde a materialização de Gallowglass na Bodleiana.

Preparei-me para as imagens, mas Ysabeau fechou o laptop assim que entrei no aposento.

– Miriam, eu lhe disse para não trazê-la aqui.

– Diana tem o direito de saber – ela retrucou.

– Miriam está certa, vovó. – Gallowglass deu um rápido beijo de saudação na avó. – Além do mais, a tia não vai obedecer as suas ordens, como você também não obedeceu as de Baldwin quando ele tentou impedi-la de ver Philippe até que ele se recuperasse dos ferimentos. – Ele tirou o laptop das mãos de Ysabeau e abriu a tampa.

Soltei um ganido estrangulado de horror diante da imagem. Se não fosse pelos inconfundíveis olhos cinza-esverdeados e o cabelo preto de Matthew, eu não o teria reconhecido.

– Diana. – Baldwin entrou na sala, com ares cuidadosamente estudados para não mostrar qualquer reação quanto à minha aparência. Mas ele era um soldado e sabia que fingir não eliminaria um fato ocorrido. Ele estendeu a mão com surpreendente delicadeza e tocou na minha testa à altura dos cabelos. – Isso dói?

– Não. – Uma árvore se introduzira no meu corpo junto com o *Livro da vida*. O tronco cobria a minha nuca e alinhava-se perfeitamente com a minha espinha. As raízes espalhavam-se pelos meus ombros. Os ramos da árvore dispersavam-se pelo meu cabelo e cobriam todo o couro cabeludo, estendendo-se por trás das orelhas e rodeando o rosto. Tal como a árvore na minha caixa de magia, as raízes e os ramos entrelaçavam-se estranhamente ao longo das laterais do meu pescoço, com um padrão semelhante ao do nó celta.

– Por que você está aqui? – perguntei. Eu não ouvia falar de Baldwin desde o batismo.

– Baldwin foi o primeiro a ver a mensagem de Benjamin – explicou Gallowglass. – Antes ele entrou em contato comigo e depois passou a notícia para Marcus.

– Nathaniel me avisou. Ele rastreou a última comunicação de Matthew via celular... uma chamada para você, e a localizou na Polônia – disse Baldwin.

– Addie viu Matthew em Dresden, a caminho de Berlim – relatou Miriam. – Matthew pediu informações sobre Benjamin a ela. E enquanto estava com ela recebeu uma mensagem de texto. Partiu na mesma hora.

– Verin juntou-se a Addie. Já rastrearam Matthew. Um dos cavaleiros de Marcus o viu saindo de Breslau, como costumamos chamar. – Baldwin olhou para Ysabeau. – Matthew viajava rumo sudeste. Devia estar se encaminhando para uma armadilha.

– Até então ele seguia para o norte. Por que mudou de direção? – Marcus franziu a testa.

– Matthew pode ter ido para a Hungria – respondi, tentando visualizar tudo no mapa. – Nós encontramos uma carta de Godfrey que mencionava as conexões de Benjamin naquela região.

Soou o telefone de Marcus.

– O que você tem? – Ele ouviu por um momento e caminhou até um dos laptops que estavam sobre a mesa da biblioteca. Depois que a tela se iluminou, ele digitou o endereço de um site. Surgiram cenas de um vídeo, aumentadas para deixar as imagens mais claras. Um delas de uma prancheta. A outra, o pedaço de um tecido sobre uma cadeira. E a terceira, uma janela. Marcus largou o celular e ligou o alto-falante.

– Explique, Nathaniel. – Sua ordem soou como a de um comandante e não como a de um amigo de Nathaniel.

– O lugar está praticamente vazio... não apresenta muitas pistas que possam nos ajudar a obter uma coordenada da localização de Matthew. Esses itens parecem mais promissores.

– Você pode dar um zoom na prancheta?

Do outro lado do mundo, Nathaniel manipulou a imagem.

– É do tipo que usamos para prontuários. Penduram nas grades das camas em todas as alas dos hospitais. – Marcus abaixou a cabeça. – É para controle clínico. Benjamin fez o que qualquer médico faria... checou a altura, o peso, a pressão arterial e a frequência cardíaca de Matthew. – Marcus deu uma pausa. – E indicou os medicamentos para Matthew.

– Matthew não toma qualquer medicamento – eu disse.

– Mas agora toma – disse Marcus sucintamente.

– Mas os vampiros só podem sentir os efeitos dos remédios se... – Parei de falar.

– Se eles os ingerirem de um sangue-quente. Benjamin o está alimentando... ou o obrigando a se alimentar, e recorrendo a lanças para fazê-lo sangrar. – Marcus apoiou os braços na mesa e soltou um palavrão. – E as drogas em questão não são exatamente paliativas para um vampiro.

– O que ele está tomando? – Fiquei mentalmente dormente, e as únicas partes do meu organismo que pareciam estar vivas eram os fios que se estendiam pelo meu corpo como raízes e ramos.

– Um coquetel de cetamina, opiáceos, cocaína e psilocibina. – O tom de Marcus era regular e impassível, mas sua pálpebra direita tremia.

– Psilocibina? – Eu só estava familiarizada com os outros.

– Um alucinógeno derivado de cogumelos.

– Essa combinação vai enlouquecer Matthew – disse Hamish.

– Matar Matthew seria demasiado rápido para os fins de Benjamin – disse Ysabeau. – E esse tecido? – Ela apontou para a tela.

– Acho que é uma manta. A tela só pega uma parte, mas pelo menos a inclui – disse Nathaniel.

– Não aparecem pontos de referência do exterior da casa – observou Baldwin. – Só aparecem neve e árvores. Uma paisagem que pode ser de mil lugares na Europa Central nesta época do ano.

No meio da tela, a cabeça de Matthew girou ligeiramente.

– Está acontecendo alguma coisa. – Puxei o laptop para mim.

Benjamin entrou na sala acompanhado de uma menina de uns quatro anos que vestia uma camisola branca, com laço na gola e nos punhos. A roupa estava manchada de sangue.

A menina estava atordoada e tinha o polegar na boca.

– Phoebe, leve Diana para a outra sala. – A ordem de Baldwin foi imediata.

– Não. Vou ficar aqui. Matthew não vai se alimentar dessa menina. De jeito nenhum. – Sacudi a cabeça em negativa.

– Ele está fora de si por causa da dor, da perda de sangue e das drogas – disse Marcus, com tato. – Matthew já não é mais responsável pelos seus atos.

– Meu marido não vai se alimentar de uma criança – falei com absoluta convicção.

Benjamin colocou a menina no colo de Matthew e acariciou o pescoço dela. A pele estava rasgada e o sangue do ferimento, endurecido.

As narinas de Matthew abriram-se em reconhecimento instintivo de alimento próximo. Ele pôs a cabeça de costas para a menina intencionalmente.

Baldwin fixou os olhos na tela. Observou o irmão com cautela e depois com espanto. À medida que os segundos passavam, ele assumia um ar respeitoso.

– Olhem esse controle – sussurrou Hamish. – Cada instinto dele deve estar gritando por sangue e sobrevivência.

– Ainda acha que Matthew não tem o que é preciso para liderar a própria família? – perguntei para Baldwin.

Benjamin estava de costas para nós, de modo que não pudemos ver como reagiu, mas a frustração do vampiro tornou-se evidente com o violento soco que ele deu na cara de Matthew. Não era de espantar que as feições do meu marido não me parecessem familiares. Em seguida Benjamin segurou a menina de modo a deixá-la com o pescoço sob o nariz de Matthew. Era um vídeo sem som, mas o rosto da menina se contorceu quando ela gritou de terror.

Os lábios de Matthew se mexeram e a cabeça da menina se virou e os soluços se aquietaram levemente. Ysabeau começou a cantar ao meu lado.

– *Der Mond ist aufgegangen / Die goldnen Sternlein prangen / Am Himmel hell und klar.* – Ela entoou as palavras simultaneamente ao movimento da boca de Matthew.

– Não, Ysabeau – disse Baldwin.

– Que música é essa? – perguntei, esticando-me para tocar no rosto do meu marido na tela. Mesmo em meio ao tormento, ele continuava chocantemente inexpressivo.

– É um hino alemão. Alguns versos tornaram-se uma popular canção de ninar. Philippe sempre a cantava... depois que ele voltou para casa. – Por um segundo a expressão de Baldwin foi devastada pela tristeza e a culpa.

– É uma canção sobre o juízo final de Deus – disse Ysabeau.

As mãos de Benjamin se moveram e, quando pararam, a menina estava com o corpo pendurado e a cabeça inclinada para trás em um ângulo impossível. Embora não tivesse matado a criança, Matthew também não pôde salvá-la. Era outra morte que Matthew levaria consigo para sempre. A raiva queimou clara e brilhante em minhas veias.

– Basta. Isso vai acabar. Esta noite. – Peguei um molho de chaves largado em cima da mesa. Eu estava pouco me lixando para saber de quem era o carro, embora torcendo para que fosse de Marcus, porque seria mais rápido. – Digam para Verin que estou a caminho.

– Não! – O grito angustiado de Ysabeau me detém. – A janela. Pode ampliar essa parte da foto para mim, Nathaniel?

– Não há nada lá fora além de neve e árvores – disse Hamish, franzindo a testa.

– A parede ao lado da janela. Foque nela. – Ysabeau apontou para uma parede encardida na tela, como se Nathaniel pudesse vê-la. Mas mesmo sem vê-la, Nathaniel gentilmente ampliou a imagem.

Quando isso ocorreu, não pude imaginar o que Ysabeau teria visto. Era uma parede manchada pela umidade e aparentemente fazia tempo que não era pintada. Talvez um dia tivesse sido branca como os ladrilhos, mas agora era acinzentada. A imagem na tela tornava-se mais definida à medida que Nathaniel a burilava. Umas poucas manchas encardidas acabaram por se tornar uma sequência de números pela parede abaixo.

– Que filho esperto – disse Ysabeau. Seus olhos estavam vermelhos de sangue e dor. Ela levantou-se de pernas trêmulas. – Aquele monstro. Vou rasgá-lo em pedaços.

– O que é, Ysabeau? – perguntei.

– A canção era uma pista. Matthew sabe que o estamos observando – ela disse.

– O que é, *grand-mère*? – repetiu Marcus, olhando para a imagem. – São os números?

– Um número. O número de Philippe. – Ysabeau apontou para o último número da sequência.

– O número de Philippe? – disse Sarah.

– Era o número dele em Auschwitz-Birkenau. Os nazistas o mandaram para lá depois que o capturaram na tentativa de libertar Ravensbrück – disse Ysabeau.

Aqueles eram os nomes dos pesadelos e dos lugares que seriam um sinônimo da selvageria humana para sempre.

– Os nazistas os tatuaram em Philippe... inúmeras vezes. – Ysabeau soou com uma fúria crescente, como um sinal de alerta. – Foi quando descobriram que ele era diferente.

– O que está dizendo? – Eu não podia acreditar, mas...

– Foi Benjamin quem torturou Philippe – disse Ysabeau.

A imagem de Philippe nadou à minha frente – a cavidade ocular vazia onde Benjamin o cegara, as horríveis cicatrizes no rosto. Lembrei-me da caligrafia tremida na carta que me deixara, o corpo estava destruído demais para que ele pudesse controlar o movimento de uma caneta.

E agora aquela mesma criatura que tinha acabado com Philippe estava com o meu marido nas mãos.

– Saia da minha frente. – Empurrei Baldwin quando saí correndo para a porta. Mas ele me segurou firme.

– Você não vai cometer o mesmo erro e se dirigir para a mesma armadilha, Diana – disse Baldwin. – Isso é exatamente o que Benjamin quer.

– Estou indo para Auschwitz. Matthew não vai morrer no mesmo lugar onde tantos morreram – retruquei, retorcendo-me para soltar-me de Baldwin.

– Matthew não está em Auschwitz. Capturaram Philippe e imediatamente o transferiram para Majdanek, nos arredores de Lublin. Foi onde encontramos nosso pai. Vasculhei cada centímetro do campo em busca de outros sobreviventes. Não havia lá um espaço como esse.

– Então, levaram Philippe para outro lugar antes de mandá-lo para Majdanek... para outro campo de trabalhos forçados. Um campo comandado por Benjamin. Foi ele quem torturou Philippe. Eu tenho certeza disso – insistiu Ysabeau.

– Como Benjamin poderia estar no comando de um campo? – Eu nunca tinha ouvido falar de nada igual. Os campos de concentração nazistas eram comandados pela SS.

– Havia dezenas de milhares por toda a Alemanha e a Polônia... campos de trabalhos forçados, bordéis, centros de pesquisa, fazendas – explicou Baldwin. – Se Ysabeau estiver certa, Matthew pode estar em qualquer lugar.

Ysabeau se voltou para Baldwin.

– Você pode ficar se perguntando aqui pelo paradeiro do seu irmão, mas estou indo para a Polônia com Diana. Nós duas encontraremos Matthew.

– Ninguém vai a lugar nenhum. – Marcus socou a mesa. – Não sem um plano. Onde exatamente fica Majdanek?

– Vou consultar no mapa. – Phoebe estendeu a mão até o computador.

Segurei a mão dela. Havia alguma coisa perturbadoramente familiar naquela manta... era um tweed marrom-escuro tramado de um modo distinto.

– Isso é um botão? – Olhei mais de perto. – Não é uma manta. É um paletó. Continuei olhando fixamente. – Peter Knox usava um paletó assim. Lembro-me do tecido desde Oxford.

– Nenhum vampiro será capaz de libertar Matthew, se Benjamin estiver cercado de bruxos como Knox! – exclamou Sarah.

– Isso é como estar em 1944 novamente – disse Ysabeau serena. – Benjamin está brincando com Matthew e com a gente.

– Se assim for, a captura de Matthew não era o objetivo dele. – Baldwin cruzou os braços e estreitou os olhos para a tela. – Benjamin preparou uma armadilha para capturar outra pessoa.

— Ele quer a tia – disse Gallowglass. – Ele quer descobrir por que ela consegue dar à luz o filho de um vampiro.

Benjamin quer que eu engravide dele, pensei comigo.

— Bem, não será experimentando com Diana que ele vai descobrir isso – disse Marcus enfaticamente. – Matthew morreria onde está para não deixar isso acontecer.

— Não há necessidade de experiências. Já sei por que as tecelãs podem conceber filhos com vampiros portadores da ira do sangue. – A resposta subiu pelos meus braços em letras e símbolos de línguas mortas ou nunca faladas, a não ser pelas bruxas que realizam feitiços. Os fios do meu corpo giraram em hélices tingidas de brilho amarelo e branco, vermelho e preto, verde e prata.

— Portanto, a resposta estava no *Livro da vida* – disse Sarah –, como os vampiros afirmavam.

— E tudo começou com uma descoberta das bruxas. – Mordi os lábios para não revelar mais nada. – Marcus está certo. Se formos atrás de Benjamin sem um plano e o apoio de outras criaturas, ele vai ganhar. E Matthew vai morrer.

— Estou enviando agora um mapa rodoviário do sul e do leste da Polônia – disse Nathaniel ao microfone. Abriu-se outra janela na tela. – Aqui é Auschwitz. – Surgiu uma bandeira roxa. – E aqui, Majdanek. – Uma bandeira vermelha marcava um lugar nos arredores de uma distante cidade ao leste, quase dentro da Ucrânia. No meio, quilômetros e quilômetros de terra polonesa.

— Por onde vamos começar? – perguntei. – Por Auschwitz e depois seguimos para o leste?

— Não. Benjamin não estará longe de Lublin – insistiu Ysabeau. – As bruxas que interrogamos quando encontraram o corpo de Philippe disseram que a criatura que o tinha torturado mantinha laços de longa data com a região. Achamos que elas se referem a um recruta nazista da região.

— E o que mais disseram as bruxas? – perguntei.

— Apenas que o capturador de Philippe torturara as bruxas de Chelm antes de se voltar para o meu marido – disse Ysabeau. – Elas o chamavam de "o Diabo".

Chelm. Achei a cidade em questão de segundos. Ficava bem ao leste de Lublin. Meu sexto sentido de bruxa avisou-me que Benjamin estaria lá ou nos arredores.

— É por aí que devemos começar a procurar. – Coloquei o dedo sobre a cidade no mapa, como se Matthew pudesse senti-lo. O vídeo atualizou e vimos que ele estava sozinho com a menina morta. Ainda mexia os lábios, ainda cantava... para uma menina que nunca mais ouviria.

— Por que está tão certa? — perguntou Hamish.

— Porque conheci um bruxo em Praga no século XVI que nasceu nesse lugar. Era um bruxo tecelão... como eu. — Quando passei a discorrer nomes e linhagens familiares apareceram em minhas mãos e meus braços marcas escuras como as de uma tatuagem. Apareceram por um momento e desapareceram, mas eu sabia o que indicavam: Abraham ben Elijah talvez não tivesse sido o primeiro nem o último tecelão na cidade. Chelm era onde Benjamin tinha feito suas loucas tentativas para procriar uma criança.

Na tela, Matthew olhou para sua mão direita. Apresentava espasmos, o dedo indicador batia de um modo irregular no braço da cadeira.

— Parece que os nervos da mão estão danificados — disse Marcus, observando os dedos do pai que se contorciam.

— Isso não é movimento involuntário. — Gallowglass inclinou-se a ponto de o queixo quase pousar no teclado. — Isso é código Morse.

— O que ele está dizendo? — Fiquei desesperada só de pensar que podíamos ter perdido parte da mensagem.

— D. Quatro. D. Cinco. C. Quatro. — Gallowglass enunciou uma letra de cada vez.

— Cristo. Matthew não está fazendo sentido algum. D. X...

— C4 — disse Hamish, elevando a voz. — DXC4 — ele gritou de emoção.

— Matthew não caiu em armadilha nenhuma. Entrou nela deliberadamente.

— Não entendi — eu disse.

— D4 e D5 são os dois primeiros movimentos do Gambito da Rainha... uma das aberturas clássicas no jogo de xadrez. — Hamish foi até a lareira, onde um pesado tabuleiro de xadrez estava sobre a mesa. Mexeu dois peões, um branco e depois, um preto. — O próximo movimento do branco força o preto a colocar suas peças-chaves em risco e ganhar maior liberdade ou então a jogar sem se arriscar e limitar a própria capacidade de manobra. — Hamish moveu outro peão branco para o lado do primeiro.

— Mas quando Matthew está com as brancas, ele nunca inicia com o Gambito da Rainha, e quando está com as pretas, ele recusa esse movimento. Matthew sempre joga sem se arriscar e protege sua rainha — disse Baldwin, cruzando os braços. — Ele a defende a todo custo.

— Eu sei. Por isso ele perde. Mas não desta vez. — Hamish pegou o peão preto e derrubou o peão branco que estava na diagonal a ele no centro do tabuleiro. — DXC4. Gambito da Rainha aceito.

– Pensei que Diana fosse a rainha branca – disse Sarah, estudando o tabuleiro. – Mas você está fazendo parecer que Matthew está jogando com as peças pretas.

– E está – disse Hamish. – Acho que ele está nos dizendo que a menina era o peão branco de Benjamin... Ele sacrificou essa peça acreditando que isso lhe daria uma vantagem sobre Matthew. Sobre nós.

– Será que deu? – perguntei.

– Isso depende do que faremos a seguir – disse Hamish. – No xadrez, o preto ou continuaria atacando os peões para ganhar uma vantagem no final do jogo, ou então seria mais agressivo e moveria os seus cavalos.

– Que movimento Matthew faria? – perguntou Marcus.

– Não sei – disse Hamish. – Como disse Baldwin, Matthew nunca inicia com o Gambito da Rainha.

– Não importa. Ele não estava tentando ditar o nosso próximo movimento. Ele estava nos dizendo para não proteger sua rainha. – Baldwin girou a cabeça e se dirigiu diretamente a mim. – Você está pronta para o que vem a seguir?

– Estou.

– Você já hesitou uma vez – disse Baldwin. – Marcus me contou o que aconteceu naquela vez que você enfrentou Benjamin na biblioteca. Desta vez, a vida de Matthew depende de você.

– Isso não vai acontecer de novo. – Eu o encarei e ele se deu por convencido.

– Você será capaz de rastrear Matthew, Ysabeau? – perguntou Baldwin.

– Melhor que Verin – ela respondeu.

– Então, vamos partir de uma vez – disse Baldwin. – Marcus, chame os seus cavaleiros às armas. Diga-lhes para se encontrarem comigo em Varsóvia.

– Kuźma está lá – disse Marcus. – Ele vai arregimentar os cavaleiros até a minha chegada.

– Você não pode ir, Marcus – disse Gallowglass. – Você tem que ficar aqui com os bebês.

– Não! – disse Marcus. – Ele é meu pai. Posso farejá-lo tão facilmente quanto Ysabeau. Vamos precisar de todas as vantagens.

– Você não vai, Marcus. Nem Diana. – Baldwin apoiou os braços sobre a mesa e olhou fixamente para mim e para Marcus. – Até agora tudo tem sido uma escaramuça... um preâmbulo para este momento. Benjamin teve quase mil anos para planejar sua vingança. Só temos horas. Todos nós devemos estar onde somos mais necessários... não onde nossos corações mandam.

– Meu *marido* precisa de mim – eu disse, com firmeza.

– Seu marido precisa ser encontrado. Outros podem fazer isso, da mesma forma que outros podem lutar – retrucou Baldwin. – Marcus deve ficar aqui porque Sept-Tours só tem o estatuto legal de santuário se o grão-mestre estiver dentro de suas paredes.

– E nós vimos o quanto isso nos valeu contra Gerbert e Knox – disse Sarah, com amargura.

– Morreu uma pessoa. – A voz de Baldwin soou fria e clara, como um pingente de gelo. – Foi lamentável e uma trágica perda, mas se Marcus não estivesse aqui, Gerbert e Domenico teriam invadido o local com seus filhos e vocês estariam todos mortos.

– Você não sabe de nada – disse Marcus.

– Sei, sim. Domenico se gabava dos planos deles. Marcus, você vai ficar aqui para proteger Sarah e as crianças e para Diana poder fazer o trabalho dela.

– Meu trabalho? – Ergui as sobrancelhas.

– Você, minha irmã, irá para Veneza.

Uma pesada chave de ferro voou pelo ar. Ergui o braço e a chave aterrissou na palma de minha mão. Era pesada e ornamentada, com um arco requintado forjado na forma do ouroboros dos De Clermont, uma longa haste e um segredo um tanto complicado em forma de estrela. Eu possuía uma casa naquela cidade, lembrei vagamente. Talvez fosse a chave da casa?

Todos os vampiros na sala olharam para a minha mão em estado de choque. Revirei-a de todos os jeitos, mas não havia nada de estranho com ela senão as cores habituais do arco-íris, as marcas no pulso e os fragmentos estranhos de letras. Gallowglass foi o primeiro a recuperar a fala.

– Você não pode mandar a tia para lá – disse, com um toque desafiador em Baldwin. – O que está pensando, homem?

– Que ela é uma De Clermont... e que serei mais útil se rastrear Matthew com Ysabeau e Verin do que discutindo os termos do pacto sentado na câmara do conselho. – Baldwin se voltou com olhos brilhantes para mim. Deu de ombros. – Talvez Diana possa mudar o pensamento deles.

– Espere. – Era a minha vez de mostrar espanto. – Você não pode...

– Você quer se sentar no banco dos De Clermont na mesa da Congregação? – Os lábios de Baldwin se curvaram. – Ah, eu sento, irmã.

– Eu não sou um vampiro!

– Não há nada que a obrigue a ser. O pai só aceitou o pacto com a condição de que sempre haveria um De Clermont entre os membros da Congregação. O conselho não pode se reunir sem um de nós presente. Mas dei uma olhada no tratado original. Ele não estipula que o representante da família precisa ser vampiro. – Baldwin balançou a cabeça. – Se eu tivesse pensado um pouco mais, chegaria à conclusão de que Philippe previu este dia e planejou tudo.

– O que espera que a tia faça? – Gallowglass interferiu. – Ela pode ser tecelã, mas não é milagreira.

– Diana precisa fazer a Congregação lembrar que esta não é a primeira vez que ocorrem reclamações sobre um vampiro em Chelm – disse Baldwin.

– A Congregação soube de Benjamin e *nada fez*? – Eu não podia acreditar.

– Eles não sabiam que as queixas diziam respeito a Benjamin, mas sabiam que alguma coisa estava errada lá – respondeu Baldwin. – Nem mesmo as bruxas se importaram a ponto de investigar. Knox pode não ser o único bruxo que está cooperando com Benjamin.

– Se assim for, não chegaremos muito longe em Chelm sem o apoio da Congregação – disse Hamish.

– E se as bruxas têm sido vítimas de Benjamin, um grupo de vampiros terá que obter a bênção do conciliábulo de Chelm e o apoio da Congregação, se nós quisermos ter sucesso – acrescentou Baldwin.

– Isso significa persuadir Satu Järvinen a passar para o nosso lado, sem mencionar Gerbert e Domenico – disse Sarah.

– É impossível, Baldwin. Há muito sangue entre os De Clermont e as bruxas – acrescentou Ysabeau. – Elas nunca nos ajudarão a salvar Matthew.

– *Impossible n'est pas français.* – Eu a fiz lembrar. – Lidarei com Satu. Quando me juntar a vocês, Baldwin, vocês terão total apoio das bruxas da Congregação. E dos demônios também. Mas não posso prometer o mesmo quanto a Gerbert e Domenico.

– Essa é uma tarefa difícil – advertiu Gallowglass.

– Eu quero o meu marido de volta. – Voltei-me para Baldwin. – E agora?

– Vamos direto para a casa de Matthew em Veneza. A Congregação exigiu que você e Matthew aparecessem diante deles. Se dois de nós chegassem juntos, isso seria visto como um assentimento à vontade deles – ele disse.

– Será que ela estará em perigo lá? – perguntou Marcus.

– A Congregação quer um processo formal. Nós seremos vigiados... de perto, mas ninguém vai querer começar uma guerra. De qualquer forma, não antes do término da reunião. Irei com Diana no máximo até Isola della Stella, onde está localizada a sede da Congregação, Celestina. Depois disso, ela pode ser acompanhada por dois assistentes até o claustro. Gallowglass? Fernando? – Baldwin virou-se para o sobrinho e para o companheiro do irmão.

– Com prazer – respondeu Fernando. – Não compareço a reuniões da Congregação desde que Hugh estava vivo.

– É claro que irei para Veneza. – Gallowglass rosnou. – Se você pensa que a tia irá sem mim, você é um verdadeiro idiota.

– Foi o que pensei. Lembre-se, Diana: eles não podem começar a reunião sem você. A porta da câmara do conselho não vai desbloquear sem a chave dos De Clermont – explicou Baldwin.

– Ora. É por isso que a chave está encantada – comentei.

– Encantada? – perguntou Baldwin.

– Sim. Forjaram um feitiço de proteção na chave quando a fizeram. – As bruxas que tinham feito isso eram hábeis. Mesmo com o passar dos séculos a magia da *gramarye* não enfraquecera.

– A Congregação se mudou para Isola della Stella em 1454. Fizeram as chaves nessa época e as usam desde então – disse Baldwin.

– Ah. Isso explica tudo. Lançaram o feitiço para que vocês não fizessem duplicatas da chave. Se tentassem, ela se destruiria. – Girei a chave na palma de minha mão. – Muito inteligente.

– Tem certeza disso, Diana? – Baldwin me observou mais de perto. – Não há vergonha alguma em admitir que você não está pronta para enfrentar Gerbert e Satu novamente. Podemos elaborar outro plano.

Girei o corpo e olhei nos olhos de Baldwin sem vacilar.

– Tenho certeza absoluta.

– Ótimo. – Ele pegou uma folha de papel em cima da mesa. Depois de pressionar o sinete do ouroboros dos De Clermont em um disco de cera preto na parte inferior, assinou com letra firme. Entregou-me. – Apresente isso ao bibliotecário quando chegar.

Era o reconhecimento formal de Baldwin da linhagem Bishop-Clairmont.

– Não precisei ver Matthew com aquela menina para saber que ele estava pronto para liderar a sua própria família – ele disse em resposta à minha expressão de espanto.

– Então, quando soube? – perguntei.

– No momento em que ele deixou você intervir em nossa discussão na igreja... sem sucumbir à ira do sangue – respondeu Baldwin. – Vou encontrá-lo, Diana. E vou trazê-lo para casa.

– Obrigada. – Hesitei. E depois disse a palavra que não saiu apenas da minha boca, mas também do meu coração. – Irmão.

37

O mar e o céu refletiam chumbo e o vento soprava feroz quando o avião dos De Clermont aterrissou no aeroporto de Veneza.

– Já vi tudo, o bom clima veneziano. – Gallowglass bufou atrás de mim enquanto descíamos a escada do avião atrás de Baldwin e Fernando.

– Pelo menos não está chovendo – disse Baldwin, observando a pista.

Entre as muitas coisas que me alertavam, o fato de que a casa poderia estar com o piso térreo alagado era a menor de minhas preocupações. Às vezes os vampiros tinham uma péssima percepção do que era realmente importante.

– Podemos ir? – Saí andando em direção ao carro que nos esperava.

– Isso não vai adiantar o horário em cinco horas – observou Baldwin enquanto me seguia. – Eles se recusam a mudar o horário da reunião. É tra...

– Tradição. Eu sei. – Entrei no carro.

Fizemos um trajeto curto até uma doca no aeroporto, onde Gallowglass ajudou-me a entrar numa lancha. O reluzente leme e as janelas da cabine ostentavam a insígnia dos De Clermont. Logo estávamos em outro cais que flutuava em frente a um palácio do século XV na curva do Grande Canal.

Ca' Chiaromonte era uma moradia adequada para um tipo como Matthew que ao longo dos séculos desempenhara um papel central nos negócios e na vida política de Veneza. Seus três andares, sua fachada gótica e as janelas cintilantes alardeavam riqueza e status. Se eu estivesse ali por outra razão que não a de salvar Matthew, a beleza do lugar me deixaria extasiada, mas naquele momento me pareceu tão sombrio quanto o clima. Éramos aguardados por um grandalhão de cabelos escuros e nariz proeminente cujos óculos redondos de lentes grossas acentuavam uma cara de sofredor.

– *Benvegnùa*, madame – disse com uma reverência. – É uma honra recebê-la na sua casa. E é sempre um prazer vê-lo novamente, *Ser* Baldovino.

– Você é um terrível mentiroso, Santoro. Precisamos de café. E algo mais forte para Gallowglass. – Baldwin entregou as luvas e o casaco ao homem, e guiou-me em direção à porta aberta do *palazzo*. Estava instalada dentro de um pequeno pórtico que como previsto situava-se a poucos centímetros debaixo d'água, apesar dos sacos de areia organizados em pilhas nas proximidades. No interior, piso de terracota e azulejos brancos até a porta na outra extremidade. Os painéis escuros de madeira eram iluminados por velas dispostas em castiçais de fundo espelhado que ampliavam a luz. Depois de tirar o capuz de minha capa de chuva pesada, desenrolei a echarpe e esquadrinhei o entorno.

– *D'accordo, Ser* Baldovino. – Santoro soou tão sincero quanto Ysabeau. – E quanto à senhora, madame Chiaromonte? Milorde Matteo tem bom gosto para os vinhos. Um copo de Barolo, talvez?

Balancei a cabeça.

– É *Ser* Matteo agora – disse Baldwin no final do corredor. O queixo de Santoro caiu. – Não me diga que está surpreso, seu bode velho. Há séculos você encoraja Matthew a rebelar-se. – Baldwin subiu a escadaria.

Atrapalhei-me com os botões de minha capa úmida. Embora não estivesse chovendo, o ar pesava com a umidade. Eu já sabia que Veneza era principalmente água, corajosamente (senão em vão) unida a tijolos e argamassa. Enquanto tentava tirar a capa observei ligeiramente o rico mobiliário do saguão de entrada. Fernando percebeu a minha admiração atenta.

– Os venezianos entendem duas línguas, Diana: riqueza e poder. E os De Clermont falam fluentemente... as duas – ele disse. – Alem do quê, a cidade já teria afundado no mar não fosse por Matthew e Baldwin, e os venezianos sabem disso. Nenhum dos dois tem motivos para se esconder aqui. – Fernando tirou o meu casaco e o entregou para Santoro. – Venha, vamos lá para cima.

O quarto preparado para mim era decorado em tons de vermelho e ouro, o fogo ardia na lareira de azulejos, se bem que as chamas e as cores brilhantes não me aqueciam. Cinco minutos depois que a porta se fechou atrás de Fernando, retornei para o andar de baixo.

Afundei no banco acolchoado perto de uma das janelas de sacada que se projetava sobre o Grande Canal. O fogo crepitava em uma das lareiras daquela cavernosa casa. Um lema conhecido – O QUE ME NUTRE ME DESTRÓI – estava esculpido em cima da lareira de madeira. Isso me lembrou Matthew, o nosso tempo em Londres e as ações passadas que ainda ameaçavam a minha família.

– Por favor, tia. Você precisa descansar – sussurrou Gallowglass preocupado quando me viu. – Ainda falta muito tempo para a Congregação ouvir o seu caso.

Contudo, recusei-me a sair do lugar. Sentei-me entre as janelas de vitrais que capturavam um panorama fragmentado da cidade, ouvindo os sinos que marcavam a lenta passagem das horas.

– Está na hora. – Baldwin pôs a mão no meu ombro.

Levantei e o encarei. Eu estava com um casaco elisabetano belamente bordado que usava em casa no passado junto com uma blusa de gola alta e calça de lã, ambas pretas. Já estava vestida para Chelm, de modo que estaria pronta para partir no momento em que a reunião terminasse.

– Está com a chave? – perguntou Baldwin.

Puxei-a do bolso. Felizmente, era um casaco projetado para guardar os apetrechos de uma dona de casa elisabetana. Mesmo assim, a chave da câmara da Congregação era tão grande que ficava apertada no bolso.

– Então, vamos – disse Baldwin.

Gallowglass e Fernando nos esperavam lá embaixo, ambos envoltos em capas pretas. Gallowglass ajeitou uma capa antiga e pesada de veludo preto sobre os meus ombros. Tracei com os dedos a insígnia de Matthew nas dobras do tecido que cobria o meu braço direito.

O vento forte era persistente e agarrei a barra da capa para que ela não se abrisse. Fernando e Gallowglass correram até a lancha que oscilava para cima e para baixo com o movimento das ondas no canal.

Baldwin segurou-me firme pelo cotovelo enquanto caminhávamos na superfície escorregadia. Pulei a bordo quando o convés inclinou-se abruptamente para o cais, auxiliada pelo súbito apoio da bota de Gallowglass que se equilibrou sobre um grampo de metal na lateral da lancha. Entrei na cabine enquanto Gallowglass subia a bordo atrás de mim.

Aceleramos ao longo da boca do Grande Canal, navegamos pela extensão de água em frente a San Marco, atravessamos um canal menor que corta o distrito de Castello e retornamos para a lagoa ao norte da cidade. Passamos pela ilha San Michele com seus muros altos e cercas de ciprestes que blindavam as lápides. Enquanto isso meus dedos retorcidos teciam fios pretos e azuis dentro de mim e meus lábios balbuciavam palavras para lembrar os mortos.

Enquanto atravessávamos a lagoa, passamos por ilhas habitadas como Murano e Burano, e por ilhas onde só se viam ruínas e árvores frutíferas adormecidas. Fiquei com a pele formigando quando as rígidas paredes que protegiam a Isola della Stella surgiram à vista. Segundo Baldwin, para os venezianos era um lugar amaldiçoado. Isso não surpreendia. O poder ali concentrado era de magia elemental e de resíduos dos feitiços que ao longo dos séculos mantinham o lugar seguro e desviavam os curiosos olhos humanos.

– A ilha não vai gostar de me ver entrando por uma porta de vampiro – comentei para Baldwin. A essa altura eu ouvia os espíritos das bruxas ligados ao lugar que varriam o perímetro para protegê-lo. Quem quer que fosse o protetor de Isola della Stella e Celestina, era bem mais sofisticado que a bruxa que instalara o sistema de vigilância mágico desmontado por mim na Bodleiana.

– Apressemo-nos, então. As regras da Congregação não permitem a expulsão daqueles que chegam ao claustro situado no centro de Celestina. Se você tem a chave, você tem direito de entrar com dois acompanhantes. Sempre foi assim – disse Baldwin calmamente.

Santoro desligou os motores e a lancha deslizou suavemente até o protegido cais. Quando passamos por baixo do arco, lá estavam os tênues contornos do ouroboros dos De Clermont sobre a pedra angular. O tempo, o sal e o ar tinham esmaecido a insígnia cinzelada e, para os observadores casuais, ela se afigurava como uma sombra.

Lá dentro, os degraus que levavam para o alto do ancoradouro de mármore estavam repletos de algas. Um vampiro se arriscaria a subir, mas não uma bruxa. Antes que eu pudesse achar uma solução, Gallowglass pulou da lancha e chegou ao patamar. Santoro lançou uma corda e Gallowglass amarrou a lancha no mourão com uma velocidade incrível. Baldwin deu as instruções de última hora.

– Quando chegar à câmara do conselho, sente-se sem se envolver em conversas. É uma prática comum entre os membros conversar interminavelmente antes do início dos trabalhos, mas essa não é uma reunião ordinária. Quem preside é sempre um membro dos De Clermont. Declare a sessão aberta o mais rápido que puder.

– Certo. – Foi o momento do dia que menos apreciei. – Importa onde me sento?

– Sente-se em frente à porta entre Gerbert e Domenico. – Dito isso, Baldwin beijou-me no rosto. – *Buona fortuna*, Diana.

– Traga-o para casa, Baldwin. – Foi o último sinal de fraqueza que me permiti quando o agarrei pela manga por um segundo.

– Vou trazê-lo. Benjamin sabia que seria procurado pelo pai, e ele acredita que você vai correr atrás do seu marido – disse Baldwin. – Ele não estará me esperando.

Os sinos badalaram lá no alto.

– Temos que ir – disse Fernando.

– Cuide de minha irmã – disse Baldwin para ele.

– Já estou cuidando da companheira do meu senhor – disse Fernando. – Portanto, não precisa se preocupar. Vou protegê-la com a minha vida.

Fernando pegou-me pela cintura e ergueu-me, Gallowglass estendeu a mão e agarrou-me pelo braço. Em dois segundos eu estava de pé no patamar, com Fernando ao lado. Baldwin passou para uma lancha menor e, depois de uma saudação, manobrou a nova embarcação até a boca de um declive. Ficaria esperando naquele lugar até que os sinos badalassem cinco horas, sinalizando o início da reunião.

A porta entre em mim e a Congregação era pesada e enegrecida pelo tempo e umidade. A fechadura insolitamente brilhante em comparação ao estado da porta parecia recém-polida. Suspeitei que o brilho se devia à magia e, com um simples toque de dedos, confirmei a suspeita. Mas a magia em questão era apenas um feitiço benigno de proteção contra os danos causados pelas intempéries. Considerando o que avistara das janelas de Ca' Chiaromonte, uma bruxa veneziana com tino empreendedor faria uma fortuna se enfeitiçasse a argamassa e os tijolos da cidade contra a erosão.

A chave esquentou quando a peguei no bolso. Depois de puxá-la, encaixei a extremidade da haste e o segredo na fechadura e a girei. O mecanismo da fechadura ativou-se rapidamente e sem reclamar.

Segurei a argola pesada e abri a porta. À frente, um corredor escuro com piso de mármore rajado. Em meio à escuridão só consegui enxergar um pátio à frente.

– Mostrarei o caminho – disse Fernando, pegando-me pelo braço.

Depois de atravessar a escuridão do corredor, me vi temporariamente às cegas até que alcancei a tênue luminosidade do claustro. Fixei os olhos e lá estavam arcadas arredondadas apoiadas por graciosos pares de colunas. No centro do espaço um poço de mármore lembrava que a construção do claustro era anterior às conveniências modernas como eletricidade e água corrente. Nos dias em que as viagens eram difíceis e perigosas, a Congregação reunia-se por meses a fio naquela ilha até concluir os negócios.

O burburinho se deteve. Enrolei-me na capa na tentativa de ocultar os possíveis sinais de poder visíveis em minha pele. As pregas espessas também ocultavam a sacola pendurada no meu ombro. Rapidamente esquadrinhei todos os presentes. Satu estava sozinha. Evitou o meu olhar, mas foi evidente o desconforto que sentiu por me ver novamente. Mais que isso, a bruxa parecia... de alguma forma errada. Fiquei com o estômago embrulhado, uma versão atenuada da repulsa que sentia quando outra bruxa mentia para mim. Satu usava um feitiço de disfarce, mas não adiantou nada. Logo me dei conta de que ela escondia alguma coisa.

As outras criaturas presentes amontoavam-se em grupos de acordo com cada espécie. Agatha Wilson era ladeada por dois colegas demônios. Domenico e Gerbert se entreolharam surpreendidos. Avistei outras duas bruxas da Congregação. Uma era carrancuda e tinha um coque apertado por uma trança de cabelos castanhos e grisalhos. Usava o vestido mais feio que eu já tinha visto, acentuado por uma gargantilha de ouro cujo centro era adornado por um retrato em miniatura – um antepassado, sem dúvida. O rosto da outra bruxa era graciosamente redondo, com bochechas rosadas e cabelos brancos. Sua pele extremamente lisa dificultava a percepção de sua idade. Alguma coisa naquela bruxa me atraiu, mas não consegui saber o que era. Fiquei com os pelos dos braços arrepiados, sinal de que o *Livro da vida* guardava uma resposta às minhas perguntas não ditas. Mas naquele momento não sobrava tempo para decifrá-lo.

– Fico feliz por ver que os De Clermont se dobraram ao pedido da Congregação para ver essa bruxa. – Gerbert apareceu diante de mim. Eu não o tinha visto desde La Pierre. – Nós nos encontramos novamente, Diana Bishop.

– Gerbert. – Eu o encarei com determinação, embora ele tenha feito a minha carne se encolher ao torcer os lábios.

– Vejo que você ainda é a mesma criatura orgulhosa de antes. – Gerbert se virou para Gallowglass. – Triste ver quanta confusão e ruína uma garota pode trazer para uma linhagem tão nobre quanto a dos De Clermont!

– Costumavam dizer algo semelhante a respeito de vovó – disse Gallowglass. – Se conseguimos sobreviver a Ysabeau poderemos sobreviver a essa "garota".

– Você pensará de forma diferente depois que conhecer a extensão dos crimes da bruxa – retrucou Gerbert.

– Onde está Baldwin? – Domenico juntou-se a nós, com a cara amarrada como uma carranca.

Engrenagens zumbiram e ressoaram no alto.

– Salvo pelo sino – disse Gallowglass. – Fique de fora, Domenico.

– A mudança do representante dos De Clermont em hora tardia, e sem notificação, é bastante irregular, Gallowglass – disse Gerbert.

– O que está esperando, Gallowglass? Abra a porta – ordenou Domenico.

– Não sou eu quem está com a chave – disse Gallowglass em tom suave. – Vem, tia. Você tem uma reunião para assistir.

– Você não está com a chave? – perguntou Gerbert, com a voz tão afiada que cortou o som do carrilhão encantado mais acima. – Você é o único De Clermont presente.

– Não é bem assim. Há semanas Baldwin reconheceu Diana Bishop como filha jurada pelo sangue de Philippe de Clermont. – Gallowglass lançou um sorriso de escárnio para Gerbert.

Do outro lado do claustro uma das bruxas engasgou e sussurrou para a vizinha.

– Isso é impossível – disse Domenico. – Philippe de Clermont está morto há mais de meio século. Como...

– Diana Bishop é uma viajante do tempo. – Gerbert olhou-me cheio de ódio. Do outro lado do pátio as covinhas da bruxa de cabelos brancos se tornaram profundas. – Eu devia ter adivinhado. Isso tudo faz parte de um encantamento maior, isso é obra dela. Eu avisei que esta bruxa devia ser contida. Agora, vamos pagar o preço pelo seu fracasso por não ter agido de forma adequada. – Ele apontou um dedo acusador para Satu.

Soou a primeira badalada das horas.

– Hora de ir – eu disse apressada. – Não queremos nos atrasar e atrapalhar as tradições da Congregação. – A falta de acordo para uma reunião mais cedo ainda me irritava.

Quando me aproximei da porta, a chave pesou na palma de minha mão. Havia nove fechaduras, cada qual com uma chave, exceto uma. Enfiei a chave no buraco da fechadura restante e girei com um movimento de pulso. Os mecanismos da fechadura zumbiram e clicaram. Depois, a porta se abriu.

– Primeiro vocês. – Eu dei um passo para o lado para que os outros pudessem passar. Minha primeira reunião na Congregação estava prestes a começar.

A esplêndida câmara do conselho era decorada com afrescos e brilhantes mosaicos iluminados pela luz de tochas e de centenas de velas. O teto abobadado parecia quilômetros acima, e uma galeria circundava a sala três ou quatro andares acima. Era o espaço onde eram mantidos os registros da Congregação. Milhares de anos de registros, concluí com uma olhadela ligeira nos inventários das prateleiras. Além de livros e manuscritos, havia antigas técnicas de escrita, incluindo rolos e quadros de vidro que preservavam fragmentos de papiro. Os bancos de gavetas rasas indicavam a possível presença de tábuas de argila lá em cima.

Esquadrinhei a sala de reuniões dominada por uma grande mesa oval rodeada por cadeiras de espaldar alto. Tal como as fechaduras e as chaves que as abriam, cada cadeira tinha a inscrição de um símbolo. A minha estava exatamente onde Baldwin disse que estaria: do outro lado da sala, em frente à porta.

Lá dentro, uma jovem humana entregava uma pasta de couro a cada membro da Congregação que entrava. A princípio pensei que as pastas contivessem a agenda da reunião. Depois notei que todas tinham espessuras diferentes, como se tivessem itens solicitados das prateleiras acima segundo instruções específicas dos membros.

Entrei por último na sala e a porta se fechou atrás de mim.

– Madame de Clermont – disse a mulher, com um brilho de inteligência em seus olhos escuros. – Eu sou Rima Jaén, bibliotecária da Congregação. Aqui estão os documentos que *sieur* Baldwin solicitou para a reunião. Se a senhora precisar de alguma coisa a mais, basta me fazer saber.

– Obrigada. – Estiquei a mão para pegar o material nas mãos dela.

Ela hesitou.

– Perdoe-me a presunção, madame, mas já nos conhecemos? A senhora me parece tão familiar. Sei que a senhora é uma acadêmica. Por acaso já visitou o arquivo Gonçalves em Sevilha?

– Não, nunca pesquisei naquele lugar – eu disse, acrescentando –, mas se bem me lembro conheço o proprietário.

– O *señor* Gonçalves indicou-me para este trabalho depois que me despediram – disse Rima. – O ex-bibliotecário da Congregação aposentou-se inesperadamente em julho, depois de sofrer um infarto. Os bibliotecários são, por tradição, humanos. *Sieur* Baldwin assumiu a tarefa de encontrar um substituto.

O ataque cardíaco do bibliotecário – e a nomeação de Rima – haviam ocorrido algumas semanas depois que Baldwin soube do meu voto de sangue. Suspeitei que meu novo irmão armara todo aquele negócio. O rei dos De Clermont tornava-se mais interessante a cada hora.

– Você está nos fazendo esperar, professora Bishop – disse Gerbert irritado, mas pelo zumbido de conversa entre os delegados ele era a única criatura que se importava com isso.

— Dê um tempo para a professora Bishop se orientar. É a primeira reunião dela – disse a bruxa de covinhas no rosto, com um marcante sotaque escocês. – Você ainda se lembra da sua, Gerbert, ou já perdeu esse dia feliz na bruma dos tempos?

— Dê uma chance a essa bruxa e ela vai acabar enfeitiçando todos nós – disse Gerbert. – Não a subestime, Janet. Temo que a avaliação de Knox a respeito do poder e potencial dessa bruxa na infância foi grosseiramente enganosa.

— Muito obrigada, mas não acredito que seja eu quem precise de aviso – disse Janet, com um brilho cintilante em seus olhos cinzentos.

Rima entregou-me a pasta e entreguei-lhe o documento dobrado que oficializava a família Bishop-Clairmont no mundo dos vampiros.

— Pode arquivar isso, por favor? – solicitei.

— Com todo prazer, madame de Clermont – disse Rima. – O bibliotecário da Congregação também é o secretário. Enquanto a senhora estiver na reunião agilizarei tudo que o documento requer.

Depois de entregar o documento que estabelecia formalmente a linhagem Bishop-Clairmont, eu circundei a mesa com minha capa negra esvoaçando ao redor dos meus pés.

— Belas tatuagens – sussurrou Agatha quando passei por ela, apontando para sua própria fronte. – Bela capa também.

Sorri sem dizer nada e continuei o trajeto. Quando cheguei à minha cadeira, lutei com a capa úmida porque não quis abrir mão da sacola para tirar a capa. Finalmente, consegui tirá-la e a pendurei no espaldar da cadeira.

— Há ganchos perto da porta – disse Gerbert.

Eu me virei e o encarei. Ele arregalou os olhos. As mangas compridas do meu casaco escondiam o texto do *Livro da vida*, mas os meus olhos estavam totalmente à vista. E deliberadamente puxei o cabelo de volta a uma longa trança avermelhada, onde se via a extremidade dos ramos que cobriam meu couro cabeludo.

— Meu poder está instável agora e minha aparência deixa algumas pessoas desconfortáveis – eu disse. – Prefiro manter a capa perto de mim. Ou talvez possa usar um feitiço de disfarce como Satu. Mas ocultar-se à vista de todos é uma mentira tão grande quanto qualquer forma de falar enganosa.

Em seguida olhei para cada criatura da Congregação, desafiando-as a reagir às letras e símbolos que passavam à frente dos meus olhos.

Satu desviou o olhar, mas sem a rapidez necessária para mascarar os seus olhos assustados. Ao súbito movimento estendeu-se uma pobre desculpa pelo feitiço de disfarce. Procurei a assinatura do feitiço em vão. O feitiço de disfarce de Satu não tinha sido lançado. Ela mesma o tecera – e sem muita habilidade.

Eu sei o seu segredo, irmã, comentei silenciosamente.

E eu há muito suspeito do seu, retrucou Satu em tom amargo como a artemísia.

Oh, peguei um pouco mais ao longo do caminho, eu disse.

Depois de minha olhadela minuciosa pelo recinto, apenas Agatha arriscou uma pergunta.

– O que houve com você? – ela sussurrou.

– Escolhi o meu próprio caminho. – Larguei a sacola na mesa e abaixei-me à altura da cadeira. A sacola estava tão fortemente presa a mim que mesmo a curta distância eu pude sentir um puxão.

– O que é isso? – perguntou Domenico desconfiado.

– Uma sacola da Biblioteca Bodleiana. – Eu a pegara na loja da biblioteca quando recuperamos o *Livro da vida*, se bem que deixei uma nota de vinte libras sob um copo com lápis perto do caixa. Apropriadamente, a sacola de lona estampava o juramento da biblioteca em letras vermelhas e pretas.

Domenico abriu a boca para fazer outra pergunta, mas o silenciei com um olhar. Eu já tinha esperado o suficiente para que se desse início à reunião do dia. Domenico só poderia me fazer perguntas depois que Matthew estivesse livre.

– Eu declaro aberta a sessão. Sou Diana Bishop, filha de Philippe de Clermont por juramento de sangue e representante dos De Clermont. – Olhei para Domenico. Ele cruzou os braços e recusou-se a falar.

Continuei.

– Este é Domenico Michele, e Gerbert de Aurillac está à minha esquerda. Conheço Agatha Wilson de Oxford e passei algum tempo com Satu Järvinen na França. – Minhas costas arderam com a lembrança do fogo dela. – Acho que os outros terão que se apresentar.

– Sou Osamu Watanabe – disse um jovem demônio sentado ao lado de Agatha. – Você parece um personagem de mangá. Posso desenhá-la mais tarde?

– Claro – respondi, torcendo para que o personagem em questão não fosse uma vilã.

– Tatiana Alkaev – disse uma demônia loura platinada, com olhos azuis sonhadores. Ela só precisava de um trenó puxado por cavalos brancos para ser uma heroína perfeita de um conto de fadas russo. – Você está cheia de respostas, mas não tenho pergunta alguma neste momento.

– Excelente. – Virei-me e olhei para a bruxa de expressão proibitiva e gosto execrável por roupas. – E você?

– Eu sou Sidonie von Borcke – ela disse, pondo óculos de leitura e abrindo sua pasta de couro com um piscar de olhos. – E não tenho conhecimento desse suposto voto de sangue.

– Está no relatório da bibliotecária. Página 2, embaixo, no adendo, terceira linha – disse Osamu solícito, chamando o olhar de Sidonie. – Lembro que começa em "Acréscimo às linhagens de vampiro (por ordem alfabética): Almasi, Bettingcourt, De Clermont, Díaz..."

– Sim, vejo agora, sr. Watanabe – disse Sidonie.

– Acho que é minha vez de ser apresentada, querida Sidonie. – A bruxa de cabelos brancos abriu um sorriso bondoso. – Eu sou Janet Gowdie, e conhecê-la é um prazer aguardado há muito. Conheci seu pai e sua mãe. Eles eram um grande tesouro para o nosso povo, e ainda sinto profundamente a perda deles.

– Obrigada. – Fiquei comovida pela singela homenagem da mulher.

– Fomos informados de que os De Clermont tinham uma proposta para considerarmos? – Janet gentilmente conduziu a reunião de volta aos trilhos.

Lancei-lhe um olhar de agradecimento.

– Os De Clermont solicitam formalmente a assistência da Congregação no rastreamento de um membro da linhagem Bishop-Clairmont, Benjamin Fox, ou Fuchs. O sr. Fox contraiu a ira do sangue de seu pai, meu marido, Matthew Clairmont, e por séculos tem sequestrado e estuprado bruxas na tentativa de engravidá-las, principalmente nos arredores da cidade polonesa de Chelm. Alguns de vocês devem se lembrar das queixas feitas pelo conciliábulo de Chelm que a Congregação simplesmente ignorou. Até o momento o desejo de Benjamin de criar um filho bruxo-vampiro tem se frustrado, em grande parte porque ele desconhece uma descoberta feita pelas bruxas nos tempos de outrora; ou seja, que os vampiros com ira do sangue podem se reproduzir biologicamente, mas apenas com um determinado tipo de bruxa chamada de tecelã.

A sala emudeceu de lado a lado. Respirei fundo e continuei.

– Na tentativa de atrair Benjamin para fora do esconderijo, meu marido entrou na Polônia, onde desapareceu. Acreditamos que Benjamin o capturou e o mantém prisioneiro em uma instalação que servia como campo de trabalho nazista ou laboratório de pesquisa durante a Segunda Guerra Mundial. Os Cavaleiros de Lázaro já se comprometeram a trazer o meu marido de volta, mas os De Clermont precisam que as bruxas e os demônios também nos ajudem. Benjamin deve ser detido.

Olhei ao redor da sala outra vez. Todos, exceto Janet Gowdie, estavam de queixo caído de espanto.

– Discussão? Ou passamos direto à votação? – perguntei, ansiosa para escapar de um longo debate.

Após um longo silêncio, irrompeu na câmara da Congregação um indignado clamor à medida que seus representantes gritavam perguntas para mim e acusações de uns para os outros.

– Então, discussão – eu disse.

38

– Você deve comer alguma coisa – insistiu Gallowglass, forçando um sanduíche em minha mão.

– Preciso voltar. Logo se fará a segunda votação. – Empurrei o sanduíche para o lado. Baldwin, entre suas muitas outras instruções, me falara dos elaborados procedimentos de votação da Congregação: três votações para qualquer moção, com direito à discussão. Geralmente os votos oscilavam descontroladamente de uma posição para outra à medida que os membros da Congregação consideravam – ou fingiam considerar – visões opostas.

Perdi a primeira votação, oito votos a um – o meu. Alguns votaram contra mim por razões processuais, uma vez que eu Matthew tínhamos violado o pacto e a Congregação já tinha votado em defesa da antiga aliança. Outros votaram contra porque o flagelo da ira do sangue ameaçava a saúde e a segurança de todos os sangues-quentes, demônios, humanos e bruxas. Foram apresentadas e lidas em voz alta as reportagens jornalísticas a respeito dos vampiros assassinos. Tatiana se negou a resgatar as bruxas de Chelm, alegando chorosa que elas haviam lançado um feitiço que provocou a irrupção de furúnculos na sua avó em férias. Nenhuma explicação conseguiu convencer Tatiana de que a região mencionada por ela era na verdade Cheboksary, por mais que Rima tenha apresentado fotos aéreas que provavam que Chelm não ficava à beira do Volga.

– Alguma notícia de Baldwin ou de Verin? – perguntei. Isola della Stella carecia de boa recepção de telefonia celular, e entre as paredes de Celestina a única maneira de pegar um sinal era se pôr no centro do claustro exposto a constante aguaceiro.

– Nenhuma. – Gallowglass colocou uma caneca de chá em minha mão e me fez fechar os dedos em torno dela. – Beba.

A preocupação com Matthew e a impaciência com as regras e as normas bizantinas da Congregação fizeram o meu estômago embrulhar. Devolvi a caneca para Gallowglass.

– Não leve a decisão da Congregação para o coração, tia. Meu pai sempre disse que na primeira votação todo mundo quer marcar posição e que geralmente a segunda anula a primeira.

Peguei a sacola da Bodleiana, fiz um meneio de cabeça e retornei à câmara do conselho. Os olhares hostis que recebi de Gerbert e Domenico quando entrei me fizeram pensar se Hugh era otimista em relação à política da Congregação.

– Ira do sangue! – disse Gerbert sibilando e pegando-me pelo braço. – Como é que os De Clermont ocultaram isso de nós?

– Não sei, Gerbert – respondi, repelindo o apertão. – Ysabeau viveu sob o seu teto durante semanas e você não descobriu nada.

– São dez e meia. – Sidonie von Borcke entrou na sala. – Vamos adiar até meia-noite. Vamos concluir esse negócio sórdido e passar para assuntos mais importantes... nossa investigação da violação do pacto por parte da família Bishop, por exemplo.

Não havia nada mais urgente do que livrar o mundo de Benjamin, mas mordi a língua e assumi a minha cadeira, pondo a sacola em cima da mesa. Domenico se esticou ainda curioso sobre o conteúdo da sacola.

– Não. Olhei para ele. Pelo visto os meus olhos estamparam alguns textos, pois ele retirou a mão rapidamente.

– Então, Sidonie, eu devo entender que você está convocando uma votação imediata? – perguntei abruptamente. Apesar da chamada para uma resolução rápida, ela deixava transparecer que era um grande empecilho para as deliberações ao se interpor com detalhes irrelevantes a cada troca de palavras, isso até que me fizesse retrucar aos gritos.

– Nada disso – ela bufou. – Eu simplesmente desejo que consideremos o assunto com adequada eficiência.

– Continuo me opondo quanto a intervir no que é claramente um problema de família – disse Gerbert. – A proposta de madame de Clermont procura abrir um assunto infeliz para um grande escrutínio. Os Cavaleiros de Lázaro já estão em cena à procura do marido dela. É melhor deixar as coisas seguirem o seu curso.

– E a ira do sangue? – Era a primeira vez que Satu dizia alguma coisa na primeira votação que não fosse um "não".

– A ira do sangue é uma questão que cabe aos vampiros. Vamos disciplinar a família De Clermont pelo sério lapso de avaliação, com medidas adequadas que identifiquem e exterminem todos os que estejam infectados. – Gerbert uniu as mãos e olhou em volta da mesa. – Todos vocês podem ficar tranquilos quanto a isso.

– Concordo com Gerbert. Além do quê, não se pode estabelecer linhagem alguma de um pai doente – disse Domenico. – É inconcebível. Matthew Clairmont deve ser condenado à morte, e todos os seus filhos com ele. – Os olhos do vampiro brilharam.

Osamu ergueu a mão e esperou ser visto.

– Sim, sr. Watanabe? – Olhei para ele.

– O que é uma tecelã? – ele perguntou. – E o que elas têm em comum com os vampiros portadores da ira do sangue?

– O que o faz pensar que elas têm alguma coisa em comum com eles? – retrucou Sidonie.

– É lógico que os vampiros com a ira do sangue e as bruxas tecelãs têm algo em comum. De outra forma, como Diana e Matthew poderiam ter filhos? – Agatha olhou-me com expectativa. Antes que eu pudesse responder, Gerbert levantou-se e seu olhar pairou em cima de mim.

– Foi isso que Matthew descobriu no *Livro da vida*? – ele perguntou. – Por acaso você desenterrou um feitiço que une as duas espécies?

– Sente-se, Gerbert. – Janet tricotava há horas, erguendo os olhos uma vez ou outra por cima das agulhas para fazer um comentário judicioso ou sorrir com benevolência.

– A bruxa deve responder! – exclamou Gerbert. – Que tipo de feitiço está atuando aqui e como você o lançou?

– A resposta está no *Livro da vida*. – Puxei a sacola e tirei o volume que estivera escondido por tanto tempo na Biblioteca Bodleiana.

Espalharam-se exclamações de espanto ao redor da mesa.

– Isso é um truque – pronunciou Sidonie. Ela se levantou e abriu caminho em torno da mesa. – Se isso é o livro de feitiços perdido das bruxas, faço questão de examiná-lo.

– É a história perdida dos vampiros. – Domenico rosnou quando ela passou por sua cadeira.

– Aqui. – Entreguei o *Livro da vida* para Sidonie.

A bruxa tentou soltar os fechos de metal, empurrando-os e puxando-os, mas o livro recusou-se a cooperar com ela. Estendi as mãos e o livro sobrevoou o espaço entre nós, ansioso para voltar ao lugar a que pertencia. Sidonie e Gerbert trocaram um longo olhar.

— Você deve abri-lo, Diana — disse Agatha, com os olhos arredondados de espanto. Lembrei que alguns meses antes ela dissera em Oxford que o Ashmole 782 pertencia aos demônios, às bruxas e aos vampiros. De alguma forma, ela adivinhara o sentido do manuscrito.

Coloquei o *Livro da vida* sobre a mesa e a Congregação agrupou-se a minha volta. Os fechos prontamente se abriram ao meu toque. Sussurros e suspiros encheram o ar, seguidos pelos rastros sobrenaturais dos espíritos das criaturas que estavam presas às páginas.

— Magia não é permitida em Isola della Stella. — Domenico protestou com um pânico quase imperceptível na voz. — Diga a ela, Gerbert!

— Se eu estivesse fazendo magia, Domenico, você certamente saberia — retruquei.

Domenico empalideceu quando os fantasmas se tornaram mais visíveis, assumindo uma forma humana alongada com olhos ocos e escuros.

Folheei o livro aberto. Todos se inclinaram para frente a fim de olhar mais de perto.

— Não há nada aí — disse Gerbert, com o rosto retorcido de fúria. — É um livro em branco. O que você fez com o livro de nossas origens?

— Este livro tem um cheiro... estranho — disse Domenico, dando uma cheirada desconfiada. — Como de animais mortos.

— Não, ele tem cheiro de criaturas mortas. — Sacudi as páginas para fazer o cheiro emanar. — Demônios. Vampiros. Bruxas. Estão todos aí.

— Você quer dizer... — Tatiana olhou horrorizada.

— Exatamente — assenti com a cabeça. — É um pergaminho feito com pele de criaturas. As folhas também são costuradas com cabelos de criaturas.

— Mas onde está o texto? — perguntou Gerbert, elevando a voz. — O que se supõe é que o *Livro da vida* é a chave de muitos mistérios. É o nosso texto sagrado... a história dos vampiros.

— Aqui está o seu texto sagrado. — Arregacei as mangas. Letras e símbolos rodopiaram e escorreram sob a minha pele, e como bolhas chegaram à superfície de uma lagoa e se dissolveram. Eu não fazia ideia do que os meus olhos faziam, mas suspeitava que também estavam repletos de caracteres. Satu afastou-se de mim.

— Você o enfeitiçou — disse Gerbert rosnando.

— O *Livro da vida* foi enfeitiçado há muito tempo — retruquei. — Tudo que fiz foi abri-lo.

– E ele escolheu você. – Osamu estendeu um dedo para tocar nas letras que estavam no meu braço. Algumas se reuniram em torno do ponto onde nossas peles se encontraram, e depois voltaram a dançar.

– Por que o livro escolheu Diana Bishop? – perguntou Domenico.

– Porque sou uma tecelã... uma fabricante de feitiços. Restaram poucas de nós. – Olhei para Satu e seus lábios estavam cerrados e seus olhos me imploravam para que me calasse. – Isso porque tínhamos muito poder criativo e nossas companheiras bruxas nos mataram.

– O mesmo poder que a faz criar novos feitiços também a faz criar novas vidas – disse Agatha, com visível empolgação.

– É uma bênção especial que a deusa confere aos tecelões do sexo feminino – respondi. – Claro que nem todos os tecelões são mulheres. Meu pai também era tecelão.

– É impossível – disse Domenico rosnando. – Isso é outra armação da bruxa. Nunca ouvi falar de tecelões, o antigo flagelo da ira do sangue sofreu mutações para formas ainda mais perigosas. E quanto às crianças nascidas de bruxas e vampiros, nós não podemos permitir que esse mal se enraíze. Seriam monstros irracionais e sem controle.

– Eu devo divergir de você sobre esse ponto, Domenico – disse Janet.

– Baseada em quais fundamentos? – ele disse, com um toque de impaciência.

– Pelo fato de que sou uma criatura e não sou nem mal nem monstro.

Pela primeira vez desde a minha chegada a atenção da sala direcionou-se para outro canto.

– Minha avó era filha de uma tecelã com um vampiro. – Os olhos cinzentos de Janet cravaram nos meus. – Todo mundo das Highlands o chamava de Nickie-Ben.

– Benjamin – murmurei.

– Sim – disse Janet. – Avisavam às bruxas jovens para que tivessem cuidado em noites sem lua porque Nickie-Ben poderia pegá-las. Minha bisavó Isobel Gowdie não deu ouvidos às advertências. Eles tiveram um caso louco de amor. Segundo as lendas ele a mordeu no ombro. E depois Nickie-Ben se foi e deixou algo para trás sem saber: uma filha. Meu nome é inspirado nela.

Olhei para os meus braços. Como uma espécie de palavras mágicas cruzadas, as letras emergiram e se organizaram em um nome: JANET GOWDIE, FILHA DE ISOBEL GOWDIE E BENJAMIN FOX. A avó de Janet tinha sido uma dos Nascidos Brilhantes.

– Quando sua avó foi concebida? – O relato da vida de uma Nascida Brilhante poderia me dizer algo sobre o futuro dos meus próprios filhos.

– Em 1662 – disse Janet. – Vovó Janet faleceu em 1912, abençoada seja, com a idade de duzentos e cinquenta anos. Ela manteve a beleza intacta até o final; enfim, ao contrário de mim, vovó Janet era mais vampira que bruxa. E se orgulhava de ter inspirado as lendas de *baobhan sith* que atraía muitos homens para a cama apenas para causar morte e ruína a eles. E dava medo testemunhar o temperamento de vovó Janet quando a contrariavam.

– Mas com isso você... – Arregalei os olhos.

– Vou fazer cento e setenta anos no ano que vem – disse Janet. Ela balbuciou umas poucas palavras e seu cabelo branco se tornou preto. Outro feitiço balbuciado tornou sua pele branca perolada e luminosa.

Janet Gowdie parecia não ter mais que trinta anos. A vida dos meus filhos começou a tomar forma em minha imaginação.

– E sua mãe? – perguntei.

– Mamãe viveu por duzentos anos. A cada geração que passa nossas vidas ficam mais curtas.

– Como é que consegue esconder dos humanos o que você é? – perguntou Osamu.

– Do mesmo jeito que os vampiros fazem, suponho. Um pouco de sorte. Um pouco de ajuda dos colegas bruxos e bruxas. Um pouco da tendência dos humanos de repelir a verdade – respondeu Janet.

– Isso é uma cifra absurda – disse Sidonie calorosamente. – Você é uma bruxa famosa, Janet. Com reconhecida capacidade de dar forma aos feitiços. E você vem de uma distinta linhagem de bruxas. Por que quer manchar a reputação de sua família com uma história que está além do meu entendimento?

– E aí está – eu disse, com voz suave.

– Aí está o quê? – Sidonie soou como uma professora irritada.

– O desgosto. O temor. A aversão de quem não se conforma e tem simplórias expectativas do mundo e de como ele funciona.

– Ouça-me, Diana Bishop...

Acontece que eu entendia muito bem tanto Sidonie como todos os outros que usavam o pacto como escudo para esconder a sua própria escuridão interior.

– Não. Ouça-me, você – eu disse. – Meus pais eram bruxos. E sou filha de um vampiro por juramento de sangue. Meu marido e pai dos meus filhos é vampiro. Janet também é descendente de uma bruxa e um vampiro. Quando será que você vai parar de fingir que há um sangue puro e ideal de bruxa no mundo?

Sidonie endureceu.

– Esse ideal *existe*. E graças a isso a nossa energia tem se preservado.

– Pelo contrário. Isso fez o nosso poder morrer – retruquei. – Se mantivermos o respeito ao pacto, em poucas gerações já não terá restado mais qualquer poder. O propósito desse acordo era evitar que as espécies se misturassem e se reproduzissem.

– Outro absurdo! – gritou Sidonie. – O objetivo do pacto é antes e acima de tudo nos manter seguros.

– Errado. O pacto foi elaborado para evitar o nascimento de crianças poderosas e de vida longa, como Janet. Nem bruxa, nem vampiro nem demônio e sim algo intermediário – continuei. – É o que temem todas as criaturas. É o que Benjamin quer controlar. Não podemos deixá-lo fazer isso.

– Intermediário? – Janet arqueou as sobrancelhas que apareceram visivelmente negras como a noite. – É essa a resposta, então?

– Resposta a quê? – perguntou Domenico.

Mas eu não estava pronta para compartilhar o segredo do *Livro da vida*. Isso até que Miriam e Chris encontrassem provas científicas daquilo que o manuscrito revelava. De novo fui salva pelo badalar dos sinos de Celestina.

– É quase meia-noite. Precisamos fechar esta reunião – disse Agatha Wilson, com um brilho nos olhos. – Eu levanto a questão. A Congregação deve apoiar os De Clermont em seus esforços para livrar o mundo de Benjamin Fox?

Todos voltaram aos seus lugares ao redor da mesa e votaram um por um. Dessa vez, uma votação mais animadora: quatro a favor e cinco contra.

Eu tinha feito progressos na segunda votação ao ganhar o apoio de Agatha, Osamu e Janet, mas isso não garantiria o resultado quando ocorresse a terceira e última votação no dia seguinte. Sobretudo porque os meus velhos inimigos Gerbert, Domenico e Satu estavam entre os oponentes.

– A reunião será retomada às cinco horas da tarde de amanhã. – Considerando os minutos que Matthew perderia sob a custódia de Benjamin, argumentei mais uma vez que poderíamos antecipar a reunião em uma hora. E mais uma vez negaram o meu pedido.

Cansada, juntei minha pasta de couro ainda fechada ao *Livro da vida*. As últimas sete horas tinham sido estafantes. Eu não parava de pensar na força que Matthew estaria fazendo para resistir enquanto a Congregação hesitava. E também estava preocupada com os meus filhos sem os pais por perto. Esperei a sala esvaziar. Janet Gowdie e Gerbert foram os últimos a sair.

– Gerbert? – eu o chamei.

Ele parou de costas para mim antes de sair pela porta.

– Não esqueci do que aconteceu em maio. – Falei com o poder ardendo brilhante em minhas mãos. – Um dia você vai se ver comigo pela morte de Emily Mather.

Gerbert virou a cabeça.

– Peter disse que você e Matthew estavam escondendo alguma coisa. Eu tinha que dar ouvidos a ele.

– Benjamin já o descartou em relação ao que as bruxas descobriram? – perguntei.

Mas Gerbert não tinha vivido tanto tempo para ser pego tão facilmente. Seus lábios se curvaram.

– Até amanhã à noitinha – disse, fazendo uma ligeira reverência formal para mim e para Janet.

– Nós deveríamos chamá-lo de Nickie-Bertie – comentou Janet. – Ele e Benjamin seriam um par perfeito de demônios.

– E na verdade o foram – respondi inquieta.

– Você está livre amanhã para o almoço? – perguntou Janet Gowdie enquanto saíamos da câmara do conselho em direção ao claustro, a musicalidade de sua voz escocesa me fazendo lembrar de Gallowglass.

– Eu? – Fiquei surpresa por ela não se importar em ser vista com uma De Clermont depois de tudo que tinha acontecido naquela noite.

– Nenhum de nós se adapta às regrinhas da Congregação, Diana – disse Janet, e sua pele lisa armou divertidas covinhas.

Gallowglass e Fernando me esperavam sob a arcada do claustro. Gallowglass franziu a testa quando me viu ao lado de uma bruxa.

– Tudo bem, tia? – perguntou preocupado. – Devemos ir. Está ficando tarde.

– Preciso ter uma palavra rápida com Janet antes de sairmos. – Observei o rosto de Janet para me certificar se ela estava tentando ganhar a minha amizade para algum propósito nefasto, mas só vi preocupação. – Por que está me ajudando? – perguntei sem rodeios.

– Prometi a Philippe que a ajudaria – ela respondeu. Largou a sacola de tricô aos pés e arregaçou a manga da blusa. – Você não é a única cuja pele conta uma história, Diana Bishop.

Havia um número tatuado no braço dela. Gallowglass soltou um palavrão. Engasguei.

– Você esteve com Philippe em Auschwitz? – Fiquei com o coração na boca.

– Não. Fiquei em Ravensbrück – ela disse. – Eu estava trabalhando para a Resistência francesa quando me capturaram. Philippe estava tentando libertar o campo. Conseguiu tirar alguns antes de ser pego pelos nazistas.

– Sabe onde Philippe ficou preso depois de Auschwitz? – perguntei em tom de urgência.

– Não, embora o tivéssemos procurado. Foi Nickie-Ben quem o prendeu? – Os olhos de Janet escureceram solidários.

– Sim – respondi. – Achamos que ele está em algum lugar perto de Chelm.

– Nessa época algumas bruxas também trabalhavam para Benjamin. Lembro que vagamos sem rumo porque tudo a oitenta quilômetros de Chelm estava debaixo de denso nevoeiro. Por mais que tentássemos, não conseguíamos encontrar o caminho em meio à neblina. – Os olhos de Janet se encheram de lágrimas. – Lamento por termos falhado com Philippe. Desta vez faremos o melhor. Isso é uma questão de honra para a família Bishop-Clairmont. E afinal sou parente de Matthew de Clermont.

– Tatiana será a mais fácil de balançar – eu disse.

– Tatiana, não – disse Janet balançando a cabeça em negativa. – Ela está apaixonada por Domenico. Aquele suéter só serve para aumentar ainda mais a figura dela. Mas também serve para esconder as mordidas de Domenico. Precisamos convencer Satu.

– Satu Järvinen nunca vai me ajudar – retruquei, lembrando-me do que tínhamos passado juntas em La Pierre.

– Ora, acho que vai, sim – disse Janet. – Vai ajudar logo que explicarmos que vamos lhe oferecer Benjamin em troca de Matthew. Afinal, Satu é uma tecelã como você. Talvez as tecelãs finlandesas sejam mais férteis que as de Chelm.

Satu estava hospedada num pequeno e sereno estabelecimento do lado oposto do Grande Canal de Ca' Chiaromonte. Por fora, o lugar parecia perfeitamente normal. As jardineiras floridas e os adesivos nas vitrines o classificavam entre os outros estabelecimentos (quatro estrelas) da área, sem falar nos cartões de crédito que o estabelecimento aceitava (todos eles).

Por dentro, no entanto, o verniz da normalidade revelou-se fino.

A proprietária Laura Malipiero estava sentada atrás de uma mesa no saguão de entrada. Envolta em veludo roxo e preto, manuseava um baralho de tarô. Seu cabelo selvagem e encaracolado tinha raias brancas e pretas. Uma guirlanda de morcegos de papel preto estendia-se sobre as caixas de correio, e o aroma de incenso de sálvia e dracena pairava no ar.

– Já estamos lotados – ela disse sem tirar os olhos das cartas e com um cigarro no canto da boca. Um cigarro roxo e preto como as vestes que usava. A princípio, achei que não estivesse aceso. Até porque a *signorina* Malipiero estava sentada debaixo de um cartaz que dizia VIETATO FUMARE. Mas logo a bruxa deu uma tragada profunda. Sem fumaça, embora com um brilho na ponta.

– Dizem que ela é a bruxa mais rica de Veneza. Fez fortuna vendendo cigarros encantados. – Janet olhou-a com desaprovação. Ela vestia um novo feitiço de disfarce e, para os observadores casuais, parecia uma frágil nonagenária e não mais uma delgada mulher de trinta e poucos anos.

– Sinto muito, irmãs, a Regata da Befana acontece esta semana e já não há mais quartos disponíveis nesta parte de Veneza. – A *signorina* Malipiero manteve-se concentrada nas cartas.

Eu tinha visto avisos por toda a cidade anunciando a tradicional corrida de gôndolas anual entre San Tomà e Rialto. Aliás, duas corridas: a regata oficial pela manhã e outra mais longa, mais emocionante e mais perigosa à meia-noite. Esta última não envolvia apenas a força bruta, mas também a magia.

– Não estamos interessadas em quartos, *signorina* Malipiero. Sou Janet Gowdie, e esta é Diana Bishop. Estamos aqui para conversar com Satu Järvinen sobre um assunto da Congregação, quer dizer, caso ela não esteja treinando para a corrida de gôndola.

A bruxa veneziana arregalou seus grandes olhos escuros em estado de choque. O cigarro desequilibrou.

– Quarto 17, é esse? Não precisa se incomodar. Nós mesmas nos anunciamos lá em cima. – Janet sorriu para a bruxa atordoada e me conduziu em direção à escada.

– Você, Janet Gowdie, é um trator – comentei sem fôlego enquanto ela me empurrava pelo corredor. – Sem mencionar que é uma leitora de mente. – Era um talento mágico útil.

– Que coisa bonita de dizer, Diana. – Janet bateu na porta. – *Cameriera!*

Não houve resposta. E eu estava cansada demais para esperar depois da maratona na reunião da Congregação do dia anterior. Passei os dedos ao redor da maçaneta e murmurei um feitiço de abertura. A porta se abriu. Satu Järvinen nos esperava lá dentro, com as duas mãos prontas para fazer magia.

Enlacei os fios que a cercavam e os apertei bem firmes, amarrando-lhe os braços aos flancos. Ela engasgou.

– O que sabe sobre as tecelãs? – perguntei em tom de exigência.

– Não tanto quanto você – respondeu Satu.

– Por isso me tratou tão mal em La Pierre? – perguntei.

A expressão de Satu era de aço. Isso queria dizer que suas ações tinham sido tomadas por autopreservação. Ela não sentia remorso algum.

– Não vou deixar que você revele meu segredo. Eles nos matarão uma por uma quando descobrirem o que as tecelãs podem fazer – ela disse.

– Eles me matarão de qualquer maneira pelo meu amor por Matthew. O que tenho a perder?

– Seus filhos – ela respondeu.

Aquilo estava indo longe demais.

– Você não pode possuir os dons de uma bruxa. Amarro-a, Satu Järvinen, entregando-a nas mãos da deusa sem poder ou ofício. – Com o dedo indicador da mão esquerda puxei os fios um centímetro mais e os atei firmes. Meu dedo ardeu em roxo escuro. A cor da justiça, como já tinha sabido.

O poder de Satu deixou-a em meio a um sopro de vento.

– Você não pode atar-me com mágicas! – ela gritou. – É proibido!

– Faça uma denúncia contra mim à Congregação – eu disse. – Mas antes de fazê-la, saiba do seguinte: ninguém será capaz de romper o nó que a amarra... só eu. E de que forma vai servir para a Congregação nesse estado? Se quiser manter o seu assento, terá que manter o seu silêncio... e espero que Sidonie von Borcke não perceba.

– Você vai pagar por isso, Diana Bishop! – ela prometeu.

– Já paguei – retruquei. – Ou já se esqueceu do que fez comigo em nome da solidariedade fraternal?

Avancei lentamente em direção a ela.

– Ser enfeitiçada é nada comparado com o que Benjamin fará com você, quando descobrir que é uma tecelã. Você não vai conseguir se defender e estará inteiramente à mercê dele. Já vi o que Benjamin faz com as bruxas que ele tenta engravidar. Nem você merece isso.

Os olhos de Satu piscaram de medo.

– Vote a favor da moção De Clermont esta tarde. – Soltei os braços de Satu, mas não o feitiço que limitava o seu poder. – Para o seu próprio bem, se não for pelo de Matthew.

Satu tentou fazer a magia contra mim, mas sem êxito.

– Seu poder desapareceu. Eu não estava mentindo, irmã. – Girei o corpo e saí caminhando. Ao chegar ao umbral da porta me detive e me virei. – E nunca mais ouse ameaçar os meus filhos. Se fizer isso, você se verá me implorando para jogá-la num buraco e esquecer de você.

* * *

Gerbert tentou adiar a votação final alegando razões processuais, argumentando que o estatuto atual do conselho não cumpria os critérios estabelecidos nos documentos fundamentais datados do período dos cruzados, os quais estipulavam a presença de três vampiros, três bruxas e três demônios.

Janet impediu-me de estrangular a criatura, explicando rapidamente que nós duas éramos metade vampiro e metade bruxa, e que por isso a Congregação estava igualmente equilibrada. Enquanto ela argumentava sobre os percentuais, examinei os célebres documentos fundamentais de Gerbert, onde se destacavam palavras como "inalienável" que decididamente eram do século XVIII no tom. Apresentado a uma lista de anacronismos linguísticos do suposto documento cruzado, Gerbert fez uma careta para Domenico e alegou que obviamente eram transcrições posteriores de originais perdidos.

Ninguém acreditou nele.

Eu e Janet vencemos a votação: seis a três. Satu votou de acordo com as ordens recebidas de nós, uma atitude de submissão e derrota. Até Tatiana entrou para nossas fileiras, graças a Osamu, que de manhã se dedicou a mapear a localização precisa não apenas de Chelm, mas também de cada cidade russa que começava com *Ch*. Isso para provar que as bruxas da cidade polonesa não tinham nada a ver com os furúnculos que haviam pipocado na pele da avó dela. Quando ambos entraram de mãos dadas na câmara do conselho, me dei conta de que ela poderia não só mudar de lado como também de namorado.

Com a votação computada e registrada, em vez de comemorar saí com Gallowglass, Janet e Fernando e entramos na lancha dos De Clermont, que atravessou a lagoa em direção ao aeroporto.

Como planejado, enviei uma mensagem de texto de três letras para Hamish com o resultado da votação: **GRA**. Letras que significavam Gambito da Rainha Aceito. Era um código que indicava que a Congregação fora persuadida a apoiar a operação de resgate de Matthew. Não sabíamos se alguém monitorava as nossas comunicações, mas por via das dúvidas decidimos ser cautelosos.

Ele respondeu de imediato.

Parabéns. Esperando pela chegada de vocês.

Também liguei para Marcus, que me informou que os gêmeos estavam sempre famintos e monopolizavam completamente a atenção de Phoebe. Quanto a Jack, ele disse que estava bem como o esperado.

Depois de conversar com Marcus, enviei uma mensagem de texto para Ysabeau.

Preocupada com o par de bispos.

Era outra referência do xadrez. Nós tínhamos apelidado Gerbert, que era ex-bispo de Roma, e seu assistente Domenico como "par de bispos". Isso porque sempre trabalhavam em dupla. Após a última derrota eles recorreriam à retaliação. Talvez Gerbert já tivesse avisado a Knox que tínhamos ganhado a votação e estávamos a caminho.

Ysabeau levou mais tempo do que Marcus para responder.

O par de bispos não pode dar xeque-mate em nosso rei, a menos que a rainha e suas torres permitam.

Fez uma longa pausa e depois enviou outra mensagem.

E eu morreria antes.

39

O ar perfurava a minha capa grossa, fazendo com que eu me protegesse da explosão de vento que ameaçava me dividir ao meio. Eu nunca tinha experimentado um frio como aquele e me perguntava como é que alguém poderia sobreviver a um inverno em Chelm.

– Ali. – Baldwin apontou para um amontoado de edificações baixas no vale abaixo.

– Benjamin está pelo menos com uma dúzia de seus filhos. – Verin colocou-se ao meu lado com binóculos à mão. Estendeu-os para mim porque talvez os meus olhos de sangue-quente não pudessem ver onde meu marido era mantido prisioneiro, mas recusei a oferta.

Eu sabia exatamente onde Matthew estava. Quanto mais me aproximava dele, mais o meu poder se agitava, saltando à superfície da pele na tentativa de escapar. Meu terceiro olho de bruxa compensava as deficiências dos sangues-quentes.

– Vamos esperar até o crepúsculo. É quando os filhos de Benjamin saem à caça. – Baldwin soou sombrio. – Eles estão caçando em Chelm e Lublin, trazendo os sem-teto e os fracos para o pai se alimentar.

– Esperar? – Fazia três dias que não tinha feito nada além de esperar. – Eu não vou esperar mais um momento sequer!

– Ele ainda está vivo, Diana. – A palavra de Ysabeau era para me trazer conforto, mas o gelo ao redor do meu coração engrossou com o pensamento de que Matthew continuaria sofrendo durante as seis horas seguintes enquanto esperávamos pela escuridão.

– Não podemos atacar o complexo no momento em que está com força total – disse Baldwin. – Diana, nós temos que ser estratégicos e não emocionais em relação a isso.

Pense... e continue viva. Com relutância afastei o sonho de ver Matthew libertado o mais rápido possível e concentrei-me nos desafios à frente.

— Janet disse que Knox colocou proteções em torno do prédio principal. Baldwin concordou com a cabeça.

— Estávamos esperando por você para desarmá-las.

— Como é que os cavaleiros poderão se colocar em posição sem que Benjamin saiba? – perguntei.

— Hoje à noite os Cavaleiros de Lázaro usarão os túneis para entrar no complexo de Benjamin por baixo. – A expressão de Fernando era calculista. – Vinte, talvez trinta devem ser suficientes.

— Veja, a cidade de Chelm foi construída sobre o calcário e o solo abaixo é como um favo de mel cheio de túneis – explicou Hamish, desenrolando um pequeno mapa toscamente desenhado. – Os nazistas destruíram alguns, mas Benjamin manteve estes abertos. Eles ligam o complexo à cidade, propiciando um caminho por onde ele e seus filhos caçam na cidade, sem nunca aparecer na superfície.

— Não é de admirar que Benjamin fosse tão difícil de rastrear – murmurou Gallowglass, olhando para o labirinto subterrâneo.

— Onde estão os cavaleiros agora? – Eu queria ver a aglomeração de tropas que, segundo me disseram, estavam em Chelm.

— De prontidão – respondeu Hamish.

— Fernando decidirá quando enviá-los para dentro dos túneis. É o marechal de Marcus e a decisão cabe a ele – disse Baldwin, com um aceno de cabeça para Fernando.

— Na verdade, é minha – disse Marcus, aparecendo subitamente contra a neve.

— Marcus! – Empurrei o meu capuz para trás tomada pelo terror. – O que aconteceu com Rebecca e Philip? Onde eles estão?

— Não aconteceu nada. Os gêmeos estão em Sept-Tours com Sarah, Phoebe e três dezenas de cavaleiros, todos escolhidos a dedo pela lealdade aos De Clermont e por antipatizarem com Gerbert e a Congregação. Miriam e Chris também estão lá. – Marcus segurou as minhas mãos com firmeza. – Eu não podia ficar sentado na França à espera de notícias. Não quando devia estar ajudando a libertar o meu pai. Sem falar que Matthew também pode precisar de minha ajuda.

Marcus estava certo. Seria necessário um médico para Matthew – um médico que entendesse de vampiros e de como curá-los.

— E Jack? – Foi tudo o que consegui dizer, embora as palavras de Marcus tivessem reduzido meus batimentos cardíacos para algo em torno do normal.

— Ele também está bem – disse Marcus em tom firme. – Jack teve uma crise na noite passada quando soube que não poderia vir comigo, porém Marthe vira um verdadeiro demônio quando provocada. Ela ameaçou impedir Jack de ver Philip e o fez cair na real. Jack nunca deixa o bebê fora de vista. Diz que é sua obrigação proteger seu afilhado não importa do quê. – Marcus se voltou para Fernando. – Conte-me tudo a respeito do seu plano.

Fernando descreveu a operação em detalhes: onde os cavaleiros estariam posicionados, quando entrariam em ação no complexo e os papéis que Gallowglass, Baldwin, Hamish e agora Marcus desempenhariam.

Mesmo com um plano aparentemente impecável, continuei preocupada.

– O que está acontecendo, Diana? – perguntou Marcus, percebendo a minha inquietude.

– Grande parte de nossa estratégia se baseia no elemento surpresa – respondi. – E se Gerbert já avisou a Knox e a Benjamin? Ou a Domenico? Até mesmo Satu pode decidir que estará a salvo de Benjamin se puder conquistar a confiança de Knox.

– Não se preocupe, tia – assegurou-me Gallowglass. Seus olhos azuis assumiram um tom de tempestade. – Gerbert, Domenico e Satu estão todos imobilizados em Isola della Stella. Os Cavaleiros de Lázaro os cercaram. Não há jeito algum de saírem da ilha.

As palavras de Gallowglass pouco adiantaram para aplacar a minha preocupação. Apenas a libertação de Matthew e o fim das maquinações de Benjamin poderiam me ajudar – de uma vez por todas.

– Pronta para examinar o terreno? – perguntou Baldwin, sabendo que uma tarefa me ajudaria a conter a ansiedade.

Depois de trocar a minha capa preta altamente visível por outra de cor cinza esmaecida que se misturava à neve, fui introduzida por Baldwin e Gallowglass no gigantesco complexo de Benjamin. Fiz um balanço silencioso do sistema de proteção do lugar. Havia alguns feitiços de alarme, um feitiço de gatilho cujo provável objetivo era gerar algum tipo de conflagração elemental ou uma tempestade, e um punhado de recursos diversionistas projetados apenas para atrasar possíveis adversários antes da montagem de uma defesa adequada. Knox empregara magias complicadas, mas que também eram obsoletas e batidas. Em pouco tempo poderíamos desfazer os nós e sair daquele subterrâneo.

– Vou precisar de duas horas e de Janet – sussurrei para Baldwin quando nos retiramos.

Juntas, eu e Janet libertamos o complexo do seu invisível perímetro de arame farpado. Contudo, tivemos que deixar intacto um feitiço de alarme em particular. Era ligado diretamente a Knox e uma simples mexida nos nós poderia alertá-lo de nossa presença.

— Ele é um pilantra esperto — disse Janet, passando a mão nos olhos cansados.

— Um presunçoso, isso sim. Seus feitiços são preguiçosos — retruquei. — Cruzamentos demais, quantidade de fios insuficiente.

— Quando tudo isso acabar, teremos muitas noites em frente à lareira para você me explicar o que acabou de dizer — Janet alertou.

— Quando tudo isso acabar, Matthew estará em casa e ficarei feliz em frente à lareira pelo resto de minha vida — eu disse.

A presença de Gallowglass me lembrou que o tempo estava passando.

— Hora de ir — eu disse apressada, meneando a cabeça para o silencioso Gael.

Gallowglass insistiu que tínhamos que comer alguma coisa e nos levou a um café em Chelm, onde engoli um pouquinho de chá e dei duas mordidas no bolo caseiro enquanto o calor de um barulhento aquecedor descongelava as minhas juntas.

À medida que os minutos passavam o ruído metálico e regular do sistema de aquecimento do café soava como sinos de alerta. Finalmente, Gallowglass anunciou que já era hora de nos encontrarmos com o exército de Marcus.

Ele nos levou até uma casa para os preparativos de guerra nos arredores da cidade. Seu proprietário sentiu-se feliz em entregar as chaves e seguir para climas mais quentes em troca de um polpudo fundo de caixa para as férias, e com a promessa de que encontraria as goteiras do telhado consertadas quando retornasse.

Os vampiros cavaleiros reunidos no porão me eram em sua maioria desconhecidos, se bem que reconheci alguns rostos que haviam comparecido ao batismo dos gêmeos. Enquanto os olhava alinhados e silenciosamente prontos para o que vinha à frente naqueles túneis, pensei comigo impressionada que eles eram guerreiros que tinham combatido tanto em guerras e revoluções mundiais modernas como nas Cruzadas medievais. Eram alguns dos melhores soldados anônimos e, como todos os soldados, estavam dispostos a sacrificar a própria vida em prol de algo maior que eles mesmos.

Fernando deu as ordens finais enquanto Gallowglass abria uma porta improvisada. Depois dela, uma pequena plataforma e uma escada bamba pela escuridão abaixo.

— Vá com Deus — sussurrou Gallowglass quando o primeiro dos vampiros sumiu de vista e pousou silencioso em solo subterrâneo.

Esperamos enquanto os cavaleiros escolhidos para destruir o grupo de caça de Benjamin faziam o seu trabalho. Olhei fixamente para a terra aos meus pés ainda preocupada com o fato de que alguém poderia alertá-lo sobre a nossa presença e que Benjamin poderia reagir tirando a vida de Matthew.

Foi insuportável. Sem poder receber relatórios de progresso. Até onde eu sabia, os cavaleiros de Marcus poderiam topar com uma inesperada resistência. Benjamin poderia ter mandado mais filhos à caça. E talvez não tivesse mandado ninguém.

– Este é o inferno da guerra – disse Gallowglass. – Não é a luta nem mesmo a morte que destrói você. É a incerteza.

Não mais do que uma hora depois, que pareceu dias, Giles empurrou a porta e abriu-a. Sua camisa estava manchada de sangue. Não havia como saber se o sangue era dele ou dos filhos de Benjamin a essa altura mortos. Ele nos disse que podíamos seguir em frente.

– Está tudo limpo – disse para Gallowglass. – Mas tenham cuidado. Os túneis fazem eco. Prestem atenção em cada passo.

Gallowglass ajudou Janet a descer e depois, a mim, sem utilizar a escada com degraus de metal enferrujado de onde poderíamos cair. Estava tão escuro no túnel que eu não podia ver o rosto dos vampiros que nos escoltavam, mas podia sentir o cheiro da batalha neles.

Seguimos ao longo do túnel com a velocidade que a necessidade de silêncio permitia. Fiquei feliz em meio à escuridão por ter um vampiro em cada braço para me orientar nas curvas, pois certamente teria caído várias vezes sem a ajuda de olhos aguçados e reflexos rápidos.

Baldwin e Fernando nos aguardavam na intersecção de três túneis. Dois montículos empapados de sangue e cobertos com lonas e o pó de uma substância branca que brilhava debilmente marcavam o lugar onde os filhos de Benjamin tinham encontrado a morte.

– Cobrimos as cabeças e os corpos com cal viva para disfarçar o cheiro – disse Fernando. – Isso não vai eliminá-lo completamente, mas vai nos dar um tempo de vantagem.

– Quantos? – perguntou Gallowglass.

– Nove – respondeu Baldwin. Uma de suas mãos estava limpa e segurava uma espada, a outra estava coberta por substâncias que preferi não identificar. O contraste fez o meu estômago embrulhar.

– Quantos ainda estão lá dentro? – sussurrou Janet.

– Pelo menos outros nove, provavelmente mais. – Baldwin não pareceu preocupado com a perspectiva. – Se os outros são como esses, você pode esperar que sejam presunçosos e espertos.

– Combatentes sujos também – acrescentou Fernando.

– Conforme o esperado – disse Gallowglass em tom tranquilo e descontraído. – Estaremos esperando por um sinal de vocês para entrarmos em ação no complexo. Boa sorte, tia.

Baldwin retirou-me antes que eu pudesse dizer uma palavra de despedida para Gallowglass e Fernando. Talvez tenha sido melhor assim porque a única espiadela que dei no meu ombro captou rostos marcados de exaustão.

O túnel que Baldwin nos fez atravessar levava às portas externas do complexo de Benjamin, onde Ysabeau e Hamish estavam à nossa espera. Com todo o terreno subterrâneo livre sobrava apenas o portão que levava diretamente a Knox, sendo que o único risco era que os olhos afiados de um vampiro pudessem nos detectar.

Janet reduziu essa possibilidade com um abrangente feitiço de disfarce que ocultou não apenas a mim, como também a todos que nos cercavam.

– Onde está Marcus? – Eu esperava vê-lo ali.

Hamish apontou.

Marcus estava no perímetro, posicionado na forquilha do tronco de uma árvore com um rifle apontando para uma janela. Ele deve ter vencido o muro de pedra do complexo pulando de galho em galho. Sem precisar se preocupar com sistemas de segurança porque não passara pelo portão, Marcus aproveitara a pausa na ação e agora fazia a nossa cobertura à medida que passávamos e entrávamos pelo portão da frente.

– Um exímio atirador – comentou Baldwin.

– Marcus aprendeu a manejar armas quando era sangue-quente. Caçava esquilos quando criança – acrescentou Ysabeau. – Menores e mais rápidos que vampiros, segundo me disseram.

Marcus não identificou nossa presença, mas sabia que estávamos ali. Eu e Janet começamos a trabalhar nos últimos nós que prendiam o feitiço de alarme ligado a Knox. Enquanto Janet lançava um feitiço de ancoragem, do mesmo tipo usado pelas bruxas para reforçar as fundações de suas casas ou impedir a saída de seus filhos para a rua, eu desatava o sistema de proteção e redirecionava a energia em direção a Janet. Nós esperávamos que o feitiço não percebesse que o objeto pesado que ele protegia agora era uma pedra de granito e não um enorme portão de ferro.

Nossa estratégia funcionou.

Nós teríamos entrado na casa em alguns segundos não fosse a inconveniente interrupção de um dos filhos de Benjamin que saiu para fumar um cigarro e acabou descobrindo que o portão da frente estava aberto. Ele arregalou os olhos.

E ganhou um pequeno buraco na testa.

Um olho desapareceu. E depois, o outro.

O filho de Benjamin agarrou a própria garganta. O sangue jorrou por entre os dedos e ele emitiu um estranho silvo.

– Olá, *salaud*. Sou sua avó. – Ysabeau enfiou um punhal no coração do homem.

A perda simultânea de sangue que vertia de todo o corpo facilitou a tarefa de Baldwin que agarrou a cabeça do vampiro e torceu-a, quebrando-lhe o pescoço e matando-o instantaneamente. Ele a torceu novamente e a cabeça desgarrou-se dos ombros.

Levou cerca de quarenta e cinco segundos desde o momento em que Marcus fez o primeiro disparo até o momento em que Baldwin colocou a cabeça do vampiro na neve.

Em seguida os cães começaram a latir.

– *Merde* – sussurrou Ysabeau.

– Agora. Vá. – Baldwin pegou o meu braço e Ysabeau encarregou-se de Janet. Marcus jogou o rifle para Hamish, que o pegou facilmente. Ele deu um assobio agudo.

– Atire em tudo que sair por aquela porta – ordenou Marcus. – Eu vou atrás dos cães.

Sem saber se o assobio era para chamar os cães ferozes ou os Cavaleiros de Lázaro que esperavam, corri até o prédio principal do complexo. Lá dentro não estava mais quente do que lá fora. Um rato magricela disparou pelo corredor cheio de portas idênticas.

– Knox sabe que estamos aqui – eu disse. Já não há necessidade de silêncio ou de feitiço de disfarce.

– E Benjamin também – disse Ysabeau.

Como planejado, nos separamos. Ysabeau saiu em busca de Matthew. Baldwin, Janet e eu atrás de Benjamin e Knox. Com sorte encontraríamos todos no mesmo lugar e cairíamos em cima deles, apoiados pelos Cavaleiros de Lázaro que a essa altura tinham desbravado os níveis mais baixos do complexo e chegado lá em cima.

Um grito abafado nos atraiu para uma das portas fechadas. Baldwin abriu-a.

Era a sala das gravações de vídeos: os azulejos encardidos, o ralo no piso, as janelas com vista para a neve, os números escritos com lápis de cera nas paredes e até a cadeira com um paletó de tweed dependurado no encosto.

Matthew estava sentado em outra cadeira, com os olhos escuros e a boca aberta em um grito silencioso. No seu peito aberto por um dispositivo metálico o coração batia devagar, com a mesma regularidade que me trazia um imenso conforto quando ele me puxava para mais perto.

Baldwin correu em direção a ele, amaldiçoando Benjamin.

– Não é o Matthew – eu disse.

O grito distante de Ysabeau indicou que ela topara com uma cena semelhante.

– Não é o Matthew – repeti mais alto. Fui até a porta ao lado e girei a maçaneta.

Lá estava Matthew sentado na mesma cadeira. Suas mãos – suas belas e fortes mãos que me tocavam com tanto amor e ternura – estavam machucadas nos pulsos e mergulhadas em uma bacia cirúrgica no seu colo.

Fosse qual fosse a porta que abríssemos, encontrávamos Matthew em diferentes e terríveis formas de dor e tormento. Cada cena ilusória tinha sido montada especialmente para mim.

Depois de minhas esperanças terem aumentado e diminuído uma dúzia de vezes, libertei todas as portas da casa de suas dobradiças com uma única palavra. Sequer me dei ao trabalho de olhar para dentro de qualquer dos cômodos abertos. As aparições podem ser bastante convincentes e as de Knox eram muito boas. Mas não eram de carne e osso. Elas não eram o meu Matthew e eu não seria enganada por elas, mesmo sabendo que aquelas que tinham sido vistas me acompanhariam para sempre.

– Matthew está onde Benjamin está. Encontre-o. – Saí sem esperar pelo assentimento de Baldwin ou de Janet. – Onde está você, sr. Knox?

– Dra. Bishop. – Knox esperava por mim quando dobrei o corredor. – Venha. Tome uma bebida comigo. Você não vai sair daqui e pode ser a sua última chance de desfrutar o conforto de uma sala aconchegante... quer dizer, até conceber o filho de Benjamin.

Criei um muro impenetrável de fogo e água atrás de mim, para que ninguém pudesse me seguir.

E depois criei outro muro atrás de Knox, encaixotando-nos naquele pequeno espaço do corredor.

– Um trabalho muito bem-feito. Estou vendo que seus talentos de lançar feitiços se manifestaram – disse Knox.

– Você vai me encontrar... alterada – eu disse, lembrando da frase de Gallowglass. A magia esperava dentro de mim, implorava para voar. Mas a mantive sob controle e o poder me obedeceu. Eu a senti firme e vigilante.

– Onde você estava? – perguntou Knox.

– Em muitos lugares. Londres. Praga. França. – Senti o formigamento da magia na ponta dos meus dedos. – Você também esteve na França.

– Fui à procura do seu marido e do filho dele. Encontrei uma carta, como pode ver. Em Praga. – Os olhos de Knox brilharam. – Imagine a minha surpresa quando topei com Emily Mather, que até então não era uma bruxa terrivelmente marcante, amarrando o espírito de sua mãe dentro de um círculo de pedra.

Knox estava tentando me distrair.

– Isso me fez lembrar do círculo de pedra que ergui na Nigéria para prender os seus pais. Talvez fosse essa a intenção de Emily.

Palavras serpenteavam sob minha pele com respostas às perguntas silenciosas que as palavras de Knox engendravam.

– Eu nunca deveria ter deixado Satu fazer as honras da casa, quando você estava em casa, minha querida. Sempre suspeitei que você era diferente – ele disse. – Se eu tivesse aberto você em outubro do ano passado, como fiz com sua mãe e seu pai alguns anos atrás, você teria sido poupada de tanta dor.

Mas o que tinha acontecido nos últimos catorze meses era aflição de espírito. E também era alegria inesperada. Agarrei-me a isso naquele momento, ancorei-me nisso com toda força, como se Janet estivesse operando sua magia.

– Você está muito calada, dra. Bishop. Não tem nada a dizer?

– Na verdade, não. Ultimamente tenho preferido ações a palavras. Economizam tempo.

Finalmente, liberei a magia enrolada fortemente dentro de mim. A rede que tinha feito para capturar Knox era preta e roxa, tecida em fios brancos, prateados e dourados. Ela espalhou-se em asas que saíram dos meus ombros e me fizeram lembrar da ausência de Corra, cujo poder, como ela prometera, ainda era meu.

– Com o nó de um, o feitiço começa. – Minhas asas-redes abriram-se ainda mais.

– Um trabalho muito impressionante e um tanto ilusório, dra. Bishop. – O tom de Knox foi condescendente. – Um simples feitiço de banimento faria...

– Com o nó de dois, o feitiço se realiza. – Os fios de prata e de ouro cintilaram fortes em minha rede, equilibrando os poderes das trevas e da luz que marcavam o cruzamento de magias mais elevadas.

– Que pena que Emily não tivesse o seu dom – disse Knox. – Ela podia ter obtido mais do espírito amarrado de sua mãe do que as besteiras que encontrei quando roubei os pensamentos dela em Sept-Tours.

– Com o nó de três, o feitiço está livre. – As asas gigantescas bateram e precipitaram um suave turbilhão de ar através da caixa mágica construída por mim. Logo se separaram delicadamente do meu corpo, alçaram voo e pairaram em cima de Knox. Ele olhou para o alto e retomou o falatório.

– Os balbucios de sua mãe para Emily eram sobre caos e criatividade, e ela repetia as palavras proféticas daquela charlatã Ursula Shipton: *o mundo velho morre e o novo nasce*. Isso também foi tudo que consegui de Rebecca na Nigéria. A companhia de seu pai enfraqueceu as habilidades dela. Ela precisava de um marido que a desafiasse.

– Com o nó de quatro, a energia é armazenada. – Uma potente espiral escura desenrolou-se lentamente onde as duas asas estavam unidas.

– Será que devo abri-la para saber se você é mais parecida com sua mãe ou com seu pai? – Knox fez um gesto displicente com a mão, e a magia dele cortou um lancinante caminho no meu peito.

– Com o nó de cinco, o feitiço vai prosperar. – Os fios roxos da rede apertaram-se ao redor da espiral. – Com o nó de seis, a magia encaixa. – Os fios dourados cintilaram. Uma escovada casual de minha mão curou o ferimento no meu peito.

– Benjamin ficou muito interessado a respeito do que eu disse sobre sua mãe e seu pai. Ele tem planos para você, Diana. Você vai gerar os filhos de Benjamin, e eles se tornarão como as antigas bruxas: poderosas, sábias, de vida longa. Depois, não haverá mais essa coisa de se esconder nas sombras. Governaremos os sangues-quentes, como planejado.

– Com o nó de sete, o feitiço vai despertar. – Um lamento baixinho encheu o ar, uma lembrança do som que o *Livro da vida* fizera na Bodleiana. Antes tinha sido um grito de dor e terror. E agora soava como um chamado de vingança.

Pela primeira vez Knox pareceu preocupado.

– Você não poderá escapar de Benjamin, assim como Emily não poderia escapar de mim em Sept-Tours. Ela tentou, é claro, mas prevaleci. Tudo o que eu queria era o livro de feitiços da bruxa. Benjamin disse que Matthew o teve nas mãos uma vez. – Os olhos de Knox ganharam um brilho febril. – Quando possuí-lo também terei ascendência sobre os vampiros. E depois até mesmo Gerbert se dobrará para mim.

– Com o nó de oito, o feitiço vai esperar. – Girei a rede e ela assumiu uma forma trançada que representava o infinito. Enquanto manipulava os fios, a sombra do meu pai apareceu.

– Stephen. – Knox lambeu os lábios. – Isso também é uma ilusão.

Papai ignorou, cruzou os braços e olhou-me de modo incisivo.

– Está pronta para terminar isso, amendoim?

– Estou, papai.

– Você não tem o poder de acabar comigo – Knox rosnou. – Emily descobriu isso quando tentou impedir-me de ter o conhecimento do livro perdido de feitiços. Eu tirei os pensamentos dela e o coração dela parou. Se ao menos ela tivesse cooperado...

– Com o nó de nove, o feitiço é meu.

O lamento elevou-se a um grito quando todo o caos contido no *Livro da vida* e toda a energia criativa que amarrava as criaturas juntas no mesmo lugar explodiram da rede mágica e engoliram Peter Knox. As mãos de papai estavam entre aquelas que se estenderam do vazio escuro e o agarraram enquanto ele se debatia, entregando-o a um vórtice que rodopiou de poder e o comeu vivo.

Knox gritava de terror à medida que a magia lhe drenava a vida. Ele se desvendou aos meus olhos quando os espíritos de todos os tecelões que me antecederam, incluindo o meu pai, desenlaçaram os fios que compunham aquela destroçada criatura, reduzindo-a a uma casca sem vida.

Um dia eu pagaria um preço pelo que tinha feito com um companheiro bruxo. Contudo, eu tinha vingado Emily, cuja vida fora tomada por nenhuma outra razão senão a do sonho de poder.

Eu tinha vingado a minha mãe e o meu pai, que amavam a filha a ponto de morrer por ela.

Puxei a flecha da deusa guardada em minha espinha. Um arco feito de sorveira-brava com acabamento em prata e ouro surgiu em minha mão esquerda.

Eu tinha conseguido a minha vingança. E agora era a vez da justiça da deusa.

Olhei para o meu pai com uma pergunta nos olhos.

– Ele está lá em cima. Terceiro andar. Sexta porta à esquerda. – Papai sorriu. – Seja qual for o preço que a deusa tenha exigido de você, Matthew vale a pena. Assim como você também valeu.

– Ele vale tudo. – Falei enquanto abaixava os muros mágicos que construíra, deixando os mortos para trás a fim de encontrar os vivos.

Como qualquer outro recurso, a magia não é infinita em seus suprimentos. O feitiço usado para eliminar Knox me drenara uma quantidade significativa de energia. Mas era um risco assumido porque eu sabia que sem Knox só restavam ao arsenal de Benjamin força física e crueldade.

Eu só tinha amor e mais nada a perder.

Mesmo sem a flecha da deusa, estaríamos mano a mano.

E agora a casa estava com menos cômodos porque as ilusões de Knox tinham sumido. Em vez de mostrar uma série interminável de portas idênticas, a casa agora mostrava a sua verdadeira face: suja e entupida dos odores da morte e do medo, um lugar de horror.

Subi correndo os degraus. Já não podia poupar um pingo de magia. Eu não sabia onde os outros estavam. Mas sabia onde encontrar Matthew. Abri a porta.

— Aí está você. Nós estávamos esperando por você. — Benjamin estava atrás de uma cadeira.

Desta vez, a criatura sentada na cadeira era inegavelmente o meu amado. Seus olhos estavam negros e repletos de ira do sangue e de dor, mas piscaram ao me reconhecerem.

— Gambito da Rainha completado — eu disse a ele.

Matthew fechou os olhos de alívio.

— Espero que saiba fazer coisa melhor que atirar essa flecha — disse Benjamin. — Caso não seja tão bem versada em anatomia quanto é em química, saiba que Matthew morrerá instantaneamente se minha mão não estiver aqui para segurar isso.

O *isso* era uma grande lança de ferro no pescoço de Matthew.

— Lembra-se de quando Ysabeau enfiou o dedo em mim na Bodleiana? Ele criou um selo. Foi o que fiz aqui. — Benjamin balançou ligeiramente a lança, fazendo Matthew uivar e verter algumas gotas de sangue. — Não sobrou muito sangue no meu pai. Faz dois dias que o alimento apenas com alguns poucos copos e ele está sangrando lentamente por dentro.

Foi quando notei uma pilha de crianças mortas no canto.

— Refeições anteriores — disse Benjamin em resposta ao meu olhar. — Foi um desafio encontrar formas de atormentar Matthew. Isso porque era preciso garantir que ele tivesse olhos para me ver possuindo você e ouvidos para ouvir os gritos que você soltaria. Mas encontrei uma maneira.

— Você é um monstro, Benjamin.

— Matthew me fez assim. E agora não desperdice mais a sua energia. Logo Ysabeau e Baldwin estarão aqui. Foi nesta sala que mantive Philippe, e que deixei um rastro de migalhas de pão para que minha avó pudesse segui-las. Baldwin ficará surpreso quando souber quem foi que matou o pai dele, não acha? Vi tudo nos pensamentos de Matthew. Quanto a você... bem, você pode imaginar as coisas que Matthew gostaria de fazer com você na privacidade da cama de vocês. Algumas me fizeram corar, e olhe que não sou exatamente um pudico.

Senti a presença de Ysabeau atrás de mim. Caiu uma chuva de fotos no chão. Fotos de Philippe. Naquele lugar. Em agonia. Lancei um olhar furioso para Benjamin.

– Eu não gostaria de nada menos que cortá-lo em pedaços com minhas próprias mãos, mas não privaria a filha de Philippe de tal prazer. – A voz de Ysabeau soou gelada e serrilhada. Raspou nos meus ouvidos de maneira quase dolorosa.

– Oh, ela terá prazer comigo, Ysabeau. Asseguro-lhe isso. – Benjamin sussurrou no ouvido de Matthew, e a mão do meu marido se contorceu, como se para esmurrar o filho, mas os ossos quebrados e os músculos rasgados o impossibilitaram. – Eis Baldwin. Há quanto tempo, tio. Eu tenho algo a dizer para você... um segredo de Matthew. Sei que ele guarda muitos segredos, mas este é suculento, prometo. – Benjamin fez uma pausa de efeito. – Não fui eu quem matou Philippe. Foi Matthew quem o matou.

Baldwin olhou para ele impassível.

– Quer dar um tiro nele antes que meus filhos o mandem de encontro ao seu pai no inferno? – disse Benjamin.

– Seus filhos não me mandarão para lugar nenhum. E se você acha que estou surpreso por este suposto segredo, você é ainda mais delirante do que eu temia – disse Baldwin. – Sei reconhecer um trabalho de Matthew quando o vejo. Ele é muito bom no que faz.

– Largue isso. – A voz de Benjamin estalou como um chicote quando ele pousou seus olhos frios e insondáveis na minha mão esquerda.

Eu tinha aproveitado a oportunidade para erguer o meu arco enquanto os dois travavam a discussão.

– Largue isso agora ou ele morre. – Benjamin retirou a lança o suficiente para fazer o sangue fluir.

Larguei o arco que caiu com um baque.

– Menina esperta – ele disse recolocando a lança no lugar. Matthew gemeu. – Gostei de você antes mesmo de saber que era uma tecelã. É isso então que a torna especial? Matthew tem sido vergonhosamente relutante para determinar os limites do seu poder, mas não tema. Vou tratar de saber exatamente o quão longe as suas habilidades podem ir.

Sim, eu era uma menina esperta. Mais esperta do que Benjamin sabia. E conhecia os limites do meu poder como ninguém mais conhecia. Quanto ao arco e à flecha da deusa, já não me eram necessários. O que eu precisava para destruir Benjamin ainda estava na minha outra mão.

Ergui ligeiramente o dedo mindinho e o rocei na coxa de Ysabeau em advertência.

– Com o nó de dez, isto começa de novo.

As palavras saíram como um sopro insubstancial e fácil de ser ignorado. Até porque o décimo nó aparentemente simples era uma laçada. Enquanto as minhas palavras serpenteavam pela sala, o meu feitiço assumia o peso e o poder de uma coisa viva. Estendi o braço esquerdo em linha reta, como se ainda segurasse o arco da deusa. Meu dedo indicador esquerdo ardeu em roxo brilhante.

Minha mão direita recuou com um movimento rápido, meus dedos se fecharam frouxamente em torno das penas brancas na haste dourada da flecha. Coloquei-me diretamente na encruzilhada entre a vida e a morte.

E não hesitei.

– Justiça – proclamei, abrindo os dedos.

Benjamin arregalou os olhos.

A flecha disparou de minha mão por entre o centro do feitiço e tornou-se ainda mais dinâmica enquanto voava. Atingiu o peito de Benjamin com uma violência audível, abrindo-lhe o peito e estourando-lhe o coração. Uma onda ofuscante de poder engolfou a sala. Fios de prata e ouro precipitaram-se em todos os lados, acompanhados por fios roxos e verdes. *O rei sol. A rainha lua. Justiça. A deusa.*

Com um grito sobrenatural de angústia e frustração, Benjamin afrouxou os dedos e a lança coberta de sangue escorregou.

Rapidamente torci os fios que rodeavam Matthew em uma corda que pegou a extremidade da lança. Depois de puxá-la, mantive-a equilibrada enquanto o sangue de Benjamin vertia aos fluxos abundantes até fazê-lo tombar pesadamente no chão.

As poucas lâmpadas na sala piscaram e depois apagaram. Eu tinha extraído cada gota de energia do lugar para matar Knox e Benjamin. E o que restava agora era o poder da deusa: a corda cintilante suspensa no meio da sala, as palavras movendo-se debaixo de minha pele, o poder estalando na ponta dos meus dedos.

Estava acabado.

Benjamin jazia morto e não poderia mais atormentar ninguém.

E embora quebrado, Matthew estava vivo.

Após a queda de Benjamin tudo pareceu acontecer ao mesmo tempo. Ysabeau afastou o corpo do vampiro. Baldwin postou-se ao lado de Matthew e disse a Marcus para examinar os ferimentos. Verin, Gallowglass e Hamish irromperam na sala. E Fernando chegou em seguida.

Fiquei na frente de Matthew e apoiei a cabeça dele no meu coração, embalando-a e protegendo-a de outros danos. Com uma das mãos ergui a lança de ferro que o sustentava vivo. Matthew soltou um suspiro exausto e se apertou levemente em mim.

– Está tudo bem agora. Eu estou aqui. Você está a salvo – murmurei na tentativa de dar a ele o máximo de conforto possível. – Você está vivo.

– Eu não podia morrer. – A voz de Matthew soou tão fraca que nem sequer poderia ser qualificada como sussurro. – Não sem dizer adeus.

Em Madison, eu tinha feito Matthew prometer que ele não me deixaria sem uma despedida adequada. Fiquei com os olhos cheios de lágrimas enquanto pensava em tudo que ele tinha passado para honrar sua palavra.

– Você manteve sua promessa – eu disse. – Agora, descanse.

– Precisamos tirá-lo daqui, Diana. – A voz serena de Marcus não conseguiu disfarçar a agonia. Ele pegou a lança, pronto para tomar o meu lugar.

– Não deixe Diana assistir. – A voz de Matthew soou crua e gutural. Sua mão esquelética se contraiu no braço da cadeira em protesto, mas ele não foi capaz de fazer mais. – Eu imploro.

Com quase cada centímetro do corpo de Matthew ferido restavam pouquíssimos pontos preciosos onde pudesse tocá-lo sem agravar a dor. Localizei alguns centímetros de carne sem danos na ponta do nariz que brilhavam sob a luz projetada pelo *Livro da vida* e os beijei suavemente.

Sem saber se ele podia me ouvir e sabendo que os olhos dele estavam inchados e fechados, respirei nele para banhá-lo do meu cheiro. As narinas de Matthew se abriram quase nada, registrando a minha proximidade. Até mesmo esse mínimo movimento o fez estremecer, e tive que me segurar para não gritar o que Benjamin tinha feito a ele.

– Você não pode se esconder de mim, meu amor – eu disse, sem gritar. – Eu vejo você, Matthew. E você vai ser sempre perfeito aos meus olhos.

A respiração de Matthew saiu em um suspiro irregular, os pulmões não se expandiam bem por conta da pressão exercida pelas costelas quebradas. Com um esforço hercúleo ele abriu um olho. O sangue formara uma membrana e o fechara, a pupila se agigantara pela ira do sangue e o trauma.

– Está escuro. – A voz de Matthew resvalava no frenesi, como se temendo a escuridão que prenunciava a morte. – Por que está tão escuro?

– Está tudo bem. Olhe. – Soprei o meu dedo e uma estrela em azul e ouro surgiu na extremidade. – Olhe. Isso vai iluminar o nosso caminho.

Era um risco, eu sabia. Se ele não visse a pequena bola de fogo, o meu pânico aumentaria. Ele olhou para o meu dedo e se encolheu quando a luz entrou em foco. Sua pupila se estreitou levemente em resposta, o que tomei como um bom sinal.

À medida que a ansiedade de Matthew diminuía, a respiração tornava-se menos áspera.

— Ele precisa de sangue – disse Baldwin, mantendo a voz baixa e nivelada.

Arregacei a manga sem abaixar o meu dedo reluzente para onde Matthew olhava fixamente.

— Não o seu – disse Ysabeau, aquietando os meus esforços. – O meu.

A agitação de Matthew ressuscitou. Era como se assistíssemos à luta de Jack para conter as próprias emoções.

— Não aqui – ele disse. – Não com Diana assistindo.

— Não aqui – repetiu Gallowglass, como se para devolver o controle ao meu marido.

— Que os irmãos e o filho cuidem dele, Diana. – Baldwin abaixou a minha mão.

E assim deixei que Gallowglass, Fernando, Baldwin e Hamish unissem os braços como tipoias, enquanto Marcus mantinha a lança de ferro no lugar.

— Meu sangue é forte, Diana. – Ysabeau pegou-me pela mão com firmeza. – Ele vai curá-lo.

Assenti com a cabeça. Mas eu tinha dito a verdade para Matthew: ele sempre seria perfeito aos meus olhos. Os ferimentos externos não me importavam. Eram os ferimentos do coração, da mente e da alma que me preocupavam porque nenhuma quantidade de sangue de vampiro poderia curá-los.

— Amor e tempo – murmurei, como se tateando para descobrir os itens de um feitiço, e olhei a distância enquanto colocavam Matthew inconsciente no bagageiro de um dos carros que nos esperavam. – Isso é tudo de que ele precisa.

Janet aproximou-se e me reconfortou com a mão no meu ombro.

— Matthew Clairmont é um vampiro antigo – disse. – E ele tem você. Então, acho que amor e tempo vão operar a magia.

Sol em Aquário

*Quando o Sol passa pelo signo do aguadeiro,
prenuncia grande fortuna, amigos fiéis e
ajuda de príncipes. Portanto, não tema as mudanças que
ocorrem quando Aquário governa a Terra.*
— Anonymous English Commonplace Book, c. 1590,
Gonçalves MS 4890, f. 10^r

40

Durante o voo, Matthew disse apenas uma palavra: "Casa."
Chegamos à França seis dias após os acontecimentos em Chelm. Matthew ainda não conseguia andar. Também não conseguia usar as mãos. Nada permanecia no estômago por mais de trinta minutos. O sangue de Ysabeau, como prometido, lentamente remendava os ossos esmagados, os tecidos danificados e as lesões nos órgãos internos de Matthew. Após a primeira perda de consciência devido à combinação de drogas, dor e exaustão, ele agora se recusava a fechar os olhos para descansar.

E quase nunca falava. Quando o fazia era geralmente para recusar alguma coisa.

– Não – disse quando seguimos em direção a Sept-Tours. – Nossa casa.

Frente a um leque de opções, pedi a Marcus que nos levasse para Les Revenants. Era um nome estranhamente apropriado às atuais condições do proprietário porque depois do que Benjamin tinha feito, Matthew retornava para casa mais fantasma e menos homem.

Ninguém poderia imaginar que Matthew iria preferir Les Revenants a Sept-Tours, de modo que a casa estava fria e sem vida quando chegamos. Ele ficou no saguão de entrada com Marcus enquanto eu e Baldwin nos apressávamos a entrar na casa para acender as lareiras e arrumar a cama. Eu e Baldwin ainda resolvíamos a respeito de qual seria o melhor aposento para as atuais limitações físicas de Matthew quando um comboio de carros vindos de Sept-Tours lotou o pátio. Nem mesmo os vampiros conseguiram vencer Sarah à entrada da porta, ela estava ansiosa demais para nos ver. Ajoelhou-se na frente de Matthew, exprimindo ternura, compaixão e preocupação.

– Parece que você veio do inferno – disse.

– Já estive pior. – A bela voz de Matthew de outrora soou dura e áspera, mas guardei cada palavra concisa como um tesouro.

– Se Marcus aprovar, aplicarei uma pomada na pele que irá ajudá-lo a curar – disse Sarah, tocando-lhe no antebraço em carne viva.

O berro furioso de um bebê faminto cortou o ar.

– Becca. – Meu coração disparou com a perspectiva de ver os gêmeos novamente. Contudo, Matthew não me pareceu feliz.

– Não. – Os olhos dele se mostraram selvagens, e ele tremeu dos pés à cabeça. – Não. Não agora. Não desse jeito.

Como Benjamin assumira o controle da mente e do corpo de Matthew, eu insisti que Matthew agora devia ser livre para definir os termos de sua vida cotidiana e até mesmo do tratamento médico. Mas isso eu não permitiria. Retirei Rebecca dos braços de Ysabeau e, depois de beijá-la suavemente na face, ajeitei-a na dobra do cotovelo de Matthew.

Becca parou de chorar assim que viu o rosto do pai.

E Matthew parou de tremer assim que a filha chegou aos seus braços, exatamente como eu naquela noite em que ela nasceu. Meus olhos lacrimejaram pela expressão boquiaberta de susto do meu marido.

– Bem pensado – sussurrou Sarah, com uma olhadela significativa para mim. – Você também parece que veio do inferno.

– Mãezinha – disse Jack, beijando-me no rosto. Ele tentou passar Philip para o meu colo, mas o bebê se torceu e girou o rosto, negando-se a ir para o meu colo.

– O que é isso, meu pequeno? – Encostei a ponta dos dedos no rosto de Philip. Minhas mãos irradiaram poder e as letras que aguardavam sob a minha pele emergiram e organizaram-se em histórias que ainda precisavam ser contadas. Fiz um meneio de cabeça e beijei a testa do meu filho, o formigamento nos meus lábios confirmava o que o *Livro da vida* me revelara. Philip tinha poder... muito poder. – Leve-o para Matthew, Jack.

Jack conhecia muito bem os horrores que Benjamin era capaz de perpetrar. Ele preparou-se para as evidências disso antes de girar o corpo. Era como se Matthew estivesse nos olhos de Jack: o herói esquálido e ferido de volta ao lar após a batalha. Jack pigarreou aos rosnados e isso me preocupou.

– Não deixe Philip fora da reunião, papai. – Jack acomodou Philip na dobra do outro braço de Matthew.

Os olhos de Matthew piscaram de surpresa com a saudação. Foi só uma palavrinha – *papai*. Mas Jack nunca o chamara de outra coisa senão de mestre Roydon e Matthew. Embora Andrew Hubbard tivesse insistido que o verdadeiro pai de Jack era Matthew, e que Jack tivesse sido rápido ao me chamar de "mãe", Jack se mostrava estranhamente relutante em conceder uma honra semelhante ao homem que ele adorava.

– Philip fica zangado quando Becca recebe toda a atenção. – A voz de Jack soou áspera, com uma nota de raiva reprimida, e deliberadamente as palavras seguintes soaram brincalhonas e leves. – Vovó Sarah tem todo tipo de conselho sobre como tratar irmãos e irmãs mais novos. Quase tudo gira em torno de sorvetes e visitas ao zoológico. – As brincadeiras de Jack não enganaram Matthew.

– Olhe para mim. – A voz de Matthew ainda estava fraca e rouca, mas a ordem era inconfundível.

Jack o encarou.

– Benjamin está morto – disse Matthew.

– Eu sei. – Jack desviou os olhos, mexendo-se inquieto de um pé para o outro.

– Benjamin não pode feri-lo. Não mais.

– Ele o feriu. E teria ferido mamãe. – Jack me olhou com olhos de escuridão.

Temendo que a ira do sangue o engolisse, caminhei em direção a ele, mas me detive para que Matthew cuidasse disso.

– Olhe para mim, Jack.

A pele de Matthew acinzentou pelo esforço. Depois da chegada de Jack, ele já tinha dito mais palavras do que tinha dito em uma semana. Jack se voltou para o líder do seu clã.

– Pegue Rebecca. Entregue-a para Diana. E depois volte.

Jack fez como solicitado, enquanto o resto de nós assistia a tudo com cautela porque ambos poderiam perder o controle.

Com Becca em segurança nos meus braços, beijei-a e disse-lhe baixinho que ela era uma boa menina porque não tinha esperneado ao sair do colo do pai.

Becca franziu a testa, como se estivesse cumprindo esse papel sob protesto.

De volta para o lado de Matthew, Jack estendeu a mão para pegar Philip.

– Não. Ficarei com ele. – Os olhos de Matthew também assumiram um tom sinistro e escuro. – Leve Ysabeau para casa, Jack. E os outros também.

– Mas, *Matthieu*. – Ysabeau protestou. Fernando sussurrou alguma coisa no ouvido dela. Com relutância, ela assentiu com a cabeça. – Venha, Jack. Contarei uma história no caminho para Sept-Tours sobre certa vez em que Baldwin tentou me banir de Jerusalém. Muitos homens morreram.

Depois da advertência velada, Ysabeau tirou Jack do quarto.

– Obrigado, *maman* – balbuciou Matthew, e seus braços tremiam de modo alarmante ainda sob o peso de Philip.

– Chame se precisar de mim – sussurrou Marcus enquanto se dirigia para a porta.

Estávamos apenas nós quatro na casa quando retirei Philip do colo de Matthew e coloquei os dois bebês no berço ao lado da lareira.

– Muito pesado – disse Matthew extenuado quando tentei levantá-lo da cadeira. – Fique aqui.

– Você não vai ficar aqui. – Estudei a situação e pensei na solução. Condensei o ar para que pudesse aguentar um feitiço de levitação tecido às pressas. – Espere, farei uma tentativa de magia.

Matthew soltou o que pareceu uma tentativa de risada.

– Não. Para mim está ótimo aqui no primeiro andar – disse. Suas palavras enrolavam de exaustão.

– Em nosso quarto é melhor – retruquei em tom firme enquanto deslizávamos acima do chão até o elevador.

Em nossa primeira semana em Les Revenants Matthew permitiu a visita de Ysabeau para alimentá-lo. Aos poucos recuperou a força e a mobilidade. Ainda não podia andar, mas se levantava com ajuda, os braços pendurando-se frouxos nos flancos.

– Você está progredindo rapidamente – comentei com vivacidade, como se tudo no mundo estivesse cor-de-rosa.

Contudo, o mundo estava muito escuro em minha cabeça. Lá dentro o meu grito era de raiva, medo e frustração enquanto o meu amado se esforçava para encontrar um caminho através das sombras do passado que o tinham abatido em Chelm.

Sol em Peixes

Quando o Sol estiver em Peixes, espere cansaço e tristeza. Aquele que puder banir o medo vai vivenciar o perdão e a compreensão. Você vai ser chamado para trabalhar em lugares distantes.

– Anonymous English Commonplace Book, c. 1590, Gonçalves MS 4890, f. 10^r

— Quero alguns dos meus livros — disse Matthew, fingindo descontração. Ele desfiou uma lista de títulos. — Hamish saberá onde encontrá-los. — Hamish retornara rapidamente para Londres e depois retornara para a França. E desde então estava hospedado nos aposentos de Matthew em Sept-Tours. Passava os dias tentando impedir que os burocratas arruinassem a economia mundial, e as noites, esgotando a adega de Baldwin.

Hamish chegou a Les Revenants com os livros, e Matthew o convidou para sentar e tomar uma taça de champanhe. Hamish pareceu entender que essa tentativa de normalidade era um momento decisivo na recuperação de Matthew.

— Por que não? Nenhum homem pode viver só de vinho. — Com uma olhadela sutil para mim, Hamish indicou que cuidaria de Matthew.

Fazia três horas que os dois jogavam xadrez. E meus joelhos bambearam com a inesperada visão de Matthew sentado no lado branco do tabuleiro e considerando as opções. Já que as mãos de Matthew ainda estavam inúteis e que a engenharia anatômica das mãos era terrivelmente complicada, Hamish movimentava as peças de acordo com os comandos codificados de Matthew.

— E4 — disse Matthew.

— A Variação Central? Como você está ousado. — Hamish moveu um dos peões brancos de Matthew.

— Você aceitou o Gambito da Rainha — disse Matthew serenamente. — O que esperava?

— Que você confundisse as coisas. Antigamente você se recusava a pôr sua rainha em risco. Agora faz isso em todas as partidas. — Hamish franziu a testa. — É uma péssima estratégia.

— A rainha foi ótima da última vez — sussurrei no ouvido de Matthew e o fiz sorrir.

Depois que Hamish saiu, Matthew pediu-me que lesse para ele. Já era um ritual nos sentarmos em frente à lareira enquanto a neve caía do outro lado das janelas. Em minhas mãos, os livros amados de Matthew: Abelardo, Marlowe, Darwin, Thoreau, Shelley, Rilke. Muitas vezes os lábios de Matthew se moviam junto com as palavras lidas por mim. Isso mostrava a mim — e, mais importante, a ele — que ele estava com a mente nítida e inteira como sempre.

— *Eu sou a filha da Terra e da Água, / E a lactente do Céu* — eu li no seu velho exemplar de *Prometeu libertado*.

— *Eu passo pelos poros dos oceanos e das praias* — sussurrou Matthew. — *Eu mudo, mas não posso morrer.*

Após a chegada de Hamish o nosso convívio social em Les Revenants expandiu-se gradualmente, como certa vez em que Jack e seu violoncelo foram convidados a se juntar a Matthew. Jack tocou Beethoven por horas a fio, e a música além de operar efeitos positivos no meu marido infalivelmente também colocou a minha filha para dormir como um anjo.

Matthew convalescia, mas ainda tinha um longo caminho a percorrer. Quando descansava, eu cochilava ao lado e torcia para que os bebês continuassem quietinhos no berço. Ele me deixava ajudá-lo a tomar banho e a vestir-se, embora odiando a si mesmo – e a mim. Cada vez que eu pensava que não aguentaria mais testemunhar a luta de Matthew mais um momento sequer, concentrava-me em algum fragmento de pele recuperado. Tal como as sombras de Chelm, as cicatrizes nunca desapareceriam totalmente.

Sarah chegou para vê-lo visivelmente preocupada. Mas não era com Matthew que se preocupava.

– Quanto de magia você está usando para se manter de pé? – Acostumada a conviver com vampiros de orelhas de morcego, ela só fez a pergunta quando eu a acompanhei até o carro.

– Estou bem – respondi, abrindo a porta do carro para ela.

– Não foi isso que perguntei. Posso ver que você está bem. E isso é o que me preocupa – disse Sarah. – Por que você não está com o pé na cova?

– Isso não importa – respondi, descartando a pergunta.

– Você vai desabar quando entrar em colapso – retrucou Sarah. – Você não pode se manter assim animada.

– Sarah, você esquece que a família Bishop-Clairmont é especializada no impossível. – Fechei a porta do carro para abafar os protestos em curso.

Eu deveria saber que minha tia não silenciaria tão facilmente. Baldwin apareceu vinte e quatro horas depois que ela saiu – sem ser convidado e sem aviso prévio.

– Você tem esse mau hábito – comentei pensando em outro momento em que ele retornou a Sept-Tours e arrancou os lençóis de nossa cama. – Surpreenda-nos de novo e instalarei um sistema de proteção mágica sobre esta casa para repelir os Quatro Cavaleiros do Apocalipse.

– Eles não foram vistos em Limousin desde que Hugh morreu. – Baldwin beijou-me em cada face e em meio a isso fez uma lenta avaliação do meu cheiro.

– Matthew não está recebendo visitas hoje – eu disse afastando-me. – Ele teve uma noite difícil.

– Eu não estou aqui para ver Matthew. – Baldwin fixou os seus olhos de águia em mim. – Estou aqui para avisar-lhe que se você não começar a cuidar de si mesma, assumirei o comando aqui.

– Você não tem...

– Ah, mas faço isso. Você é minha irmã. No momento o seu marido está impossibilitado de cuidar do seu bem-estar. Cuide de si ou aceite as consequências. – A voz de Baldwin soou implacável.

Nós nos enfrentamos em silêncio por alguns instantes. Ele suspirou quando me recusei a desviar os olhos.

– É realmente muito simples, Diana. Se você entrar em colapso, e baseando-me no seu cheiro posso afirmar que você tem uma semana no máximo antes que isso aconteça, os instintos de Matthew o levarão a tentar proteger a companheira. Isso vai distraí-lo do mais importante, curar-se.

Baldwin tinha razão.

– A melhor maneira de lidar com um companheiro vampiro, especialmente um com ira do sangue como Matthew, é não lhe dar razão alguma para pensar que você precisa de proteção. Cuide-se... antes e sempre – acrescentou Baldwin. – Matthew só vai se recuperar mental e fisicamente se a vir saudável e feliz, muito mais que o sangue de quem o criou ou a música de Jack. Estamos entendidos?

– Sim.

– Fico feliz. – A boca de Baldwin abriu um sorriso. – Enquanto isso responda aos e-mails. Enviei-lhe mensagens. Você não responde. É preocupante.

Assenti com a cabeça, temendo que se abrisse a boca lhe daria instruções detalhadas sobre o que fazer com os e-mails que ele mandava.

Baldwin olhou para Matthew no grande salão e o considerou como totalmente inútil. Isso porque Matthew não podia se envolver em lutas corporais, nem em guerras ou outras atividades próprias entre irmãos. Depois, felizmente se foi.

Obediente, abri o laptop.

Centenas de mensagens me aguardavam, a maioria da Congregação com exigências de explicações e de Baldwin com ordens para mim.

Fechei o laptop e retornei para Matthew e meus filhos.

Algumas noites após a visita de Baldwin, eu acordei com a sensação de que um dedo frio apertava a minha espinha ao mesmo tempo em que traçava o tronco de uma árvore no meu pescoço.

O ritmo irregular do dedo chegou aos meus ombros e encontrou o contorno deixado pela flecha da deusa e a estrela deixada por Satu Järvinen.

Lentamente, o dedo seguiu até o dragão que rodeava os meus quadris.

As mãos de Matthew estão trabalhando novamente.

– Eu queria que você fosse a primeira coisa a ser tocada por mim – ele disse quando percebeu que tinha me acordado.

Eu mal conseguia respirar e as minhas possíveis respostas estavam fora de questão. Mas apesar de tudo as minhas palavras não ditas queriam se libertar. A magia reverberou dentro de mim, as letras formaram frases sob a minha pele.

– O preço do poder. – A mão de Matthew circundava o meu braço, o polegar acariciando as palavras à medida que apareciam. A princípio, era um movimento rude e irregular, mas se tornava mais suave e mais firme a cada passagem pela minha pele. Embora tivesse observado as mudanças infundidas em mim depois que me tornara o *Livro da vida*, ele ainda não as tinha mencionado.

– Tanta coisa a dizer. – Ao sussurro seguiram-se os lábios que roçaram o meu pescoço. Os dedos de Matthew mergulharam, separaram a minha carne e tocaram no meu centro.

Engoli em seco. Já fazia muito tempo, mas aquele toque ainda me era familiar. E os dedos infalivelmente chegaram aos lugares que me traziam mais prazer.

– Mas você não precisa de palavras para me dizer o que sente – disse Matthew. – Eu vejo você, mesmo quando se esconde do resto do mundo. Eu a escuto, mesmo quando está calada.

Era uma definição pura de amor. Magicamente, as letras que se acumulavam nos meus braços desapareceram quando Matthew despiu a minha alma e conduziu o meu corpo para um lugar onde as palavras eram realmente desnecessárias. Minha libertação me fez estremecer, e embora o toque de Matthew se tornasse leve como uma pluma, os dedos não paravam de se mover.

– Mais uma vez – ele disse quando o meu pulso acelerou mais uma vez.

– Não é possível – eu disse. Logo ele fez algo que me fez suspirar.

– *Impossible n'est pas français* – ele retrucou, dando-me um beliscão na orelha. – E da próxima vez que o seu irmão aparecer, diga-lhe para não se preocupar. Sou perfeitamente capaz de cuidar da minha mulher.

Sol em Áries

O signo do carneiro significa domínio e sabedoria. Quando o Sol está em Áries, você testemunha o crescimento em todos seus trabalhos. É um tempo de novos começos.
– Anonymous English Commonplace Book, c. 1590,
Gonçalves MS 4890, f. 7ᵛ

– Responda a porra dos seus e-mails!

Aparentemente Baldwin estava tendo um dia ruim. Como Matthew, eu começava a apreciar os meios tecnológicos modernos que nos permitiam manter os outros vampiros da família à distância do comprimento do braço.

– Eu os mandarei para a lixeira assim que puder. – Baldwin me encarou na tela do computador, a cidade de Berlim era visível do outro lado das grandes janelas. – Você vai para Veneza, Diana.

– Não, não vou. – Já fazia algumas semanas que tínhamos algumas versões dessa mesma conversa.

– Você vai, sim. – Matthew inclinou-se sobre o meu ombro. Ele já estava andando lentamente, mas silenciosamente como sempre. – Diana vai se reunir com a Congregação, Baldwin. Mas se falar assim com ela de novo, corto a sua língua.

– Duas semanas – disse Baldwin, sem se perturbar com a ameaça do irmão. – Eles concordaram em dar a ela mais duas semanas.

– É muito cedo. – Os efeitos físicos da tortura de Benjamin se dissipavam, mas agora o controle de Matthew sobre a ira do sangue era cortante como o fio da navalha e seu humor agudo como tal.

– Ela estará lá. – Ele fechou a tampa do laptop, obviamente fechando o irmão e a exigência final.

– É muito cedo – repeti.

– Sim... é muito cedo para que eu viaje a Veneza e enfrente Gerbert e Satu. – As mãos de Matthew pousaram pesadas nos meus ombros. – Se quisermos que o pacto seja formalmente revogado... um de nós deve levar o caso para a Congregação.

– E as crianças? – Eu queria encontrar um pretexto.

– Nós três sentiremos a sua falta, mas vamos aguentar. Se me mostrar inepto para Ysabeau e Sarah, não terei que trocar uma única fralda enquanto você estiver fora. – Os dedos de Matthew apertaram ainda mais, e também a responsabilidade que pesou sobre os meus ombros. – Você deve fazer isso. Por mim. Por nós. Para cada membro de nossa família prejudicado pelo pacto: Emily, Rebecca, Stephen e até Philippe. E pelos nossos filhos, para que possam crescer em um ambiente de amor e não de medo.

Depois disso, não havia como me recusar a ir para Veneza.

A família Bishop-Clairmont entrou em ação, ansiosa para acelerar o nosso caso com a Congregação. Foi um esforço colaborativo de muitas espécies que começou com o aprimoramento de nosso argumento até chegar ao núcleo essencial. Por mais difícil que fosse esquecer as injúrias e os insultos grandes e pequenos por nós sofridos, o sucesso dependia de fazer o nosso pedido não parecer uma vingança pessoal.

No final, acabou sendo impressionantemente simples – pelo menos depois que Hamish assumiu o comando. O que precisávamos fazer, ele disse, era estabelecer sem sombra de dúvida que a motivação da aliança era o temor da miscigenação. E o desejo de manter as linhagens artificialmente puras para preservar o equilíbrio do poder entre as criaturas.

Como a maioria dos argumentos simples, o nosso exigiu horas de trabalho e de entorpecimento mental. Nós todos contribuímos com os nossos talentos para o projeto. Como uma talentosa pesquisadora, Phoebe procurou nos arquivos de Sept-Tours os documentos referentes ao início do pacto e às primeiras reuniões e debates da Congregação. Ela solicitou a ajuda de Rima, que se emocionou porque faria algo diferente do trabalho de secretariado ao pesquisar documentos na biblioteca da Congregação em Isola della Stella.

Esses documentos nos ajudaram a montar um cenário coerente do que os fundadores da Congregação realmente temiam: as relações entre as criaturas resultariam em crianças que não seriam nem demônios nem vampiros nem bruxas, e sim uma terrível mistura que supostamente turvaria as antigas e puras linhagens das criaturas. Uma preocupação justificada em razão do nível de compreensão da biologia do século XII e do valor colocado na herança e na linhagem à época. E Philippe de Clermont tinha tido a perspicácia política para suspeitar de que os filhos de tais uniões poderiam ser poderosos a ponto de governar o mundo, se assim quisessem.

O mais difícil, para não dizer o mais perigoso, seria demonstrar que o temor em questão realmente contribuíra para o declínio do mundo das criaturas sobrenaturais. Séculos de endogamia implicavam a dificuldade dos vampiros para reproduzir novos vampiros, a perda de poder das bruxas e a crescente propensão dos demônios à loucura. Para fazer nossa parte, os Bishop-Clairmont teriam que expor tanto a ira do sangue quanto os tecelões da família.

Escrevi a história dos tecelões baseada nas informações do *Livro da vida*. Expliquei que era difícil controlar o poder criativo dos tecelões e que com isso eles se tornavam vulneráveis à animosidade de seus companheiros bruxos e bruxas. Ao longo do tempo bruxas e bruxos se tornaram complacentes e passaram a fazer menos uso de novos feitiços e encantamentos. Os antigos funcionavam e os tecelões passaram de membros valiosos de suas comunidades a párias caçados. Eu e Sarah nos sentamos e em parceria redigimos um relato da vida dos meus pais em pormenores dolorosos até chegarmos ao seguinte ponto: as tentativas desesperadas de meu pai para esconder os próprios talentos, os esforços de Knox para descobri-los, as terríveis mortes dos meus pais.

Matthew e Ysabeau registraram uma história igualmente difícil, uma história da loucura e do poder destrutivo da raiva. Fernando e Gallowglass vasculharam os documentos privados de Philippe que evidenciaram que ele protegera a companheira do extermínio e a decisão de ambos para proteger Matthew a despeito dos sinais da doença que ele mostrava. Ambos, Philippe e Ysabeau, acreditavam que uma educação cuidadosa e um controle duramente conquistado seriam um contrapeso para qualquer doença que estivesse presente no sangue de Matthew – um exemplo clássico de inato *versus* adquirido. E Matthew confessou que seus próprios fracassos com Benjamin demonstravam o quão perigoso a ira do sangue poderia ser quando deixada à deriva e sem controle.

Janet chegou a Les Revenants com o grimório de Gowdie e uma cópia da transcrição do julgamento de sua bisavó Isobel. Os registros do julgamento descreviam a relação amorosa de Isobel com um diabo conhecido como Nickie-Ben, incluindo a nefasta mordida que ela recebeu. O grimório provava que Isobel era uma tecelã de feitiços, ela orgulhosamente identificava as suas criações como singulares e mágicas e cobrava um preço para compartilhá-las com suas irmãs de Highlands. Isobel também identificou o seu amante como Benjamin Fox – filho de Matthew. Benjamin realmente assinara o próprio nome no registro de família encontrado na capa do livro.

– Ainda não é suficiente – disse Matthew preocupado, observando os documentos. – Ainda não podemos explicar *por que* os tecelões e os vampiros portadores da ira do sangue, como eu e você, podem conceber filhos.

Eu poderia explicar isso. O *Livro da vida* compartilhara esse segredo comigo. Mas não queria dizer nada até que Miriam e Chris entregassem as provas científicas.

Eu começava a pensar que teria que levar o nosso caso à Congregação sem a ajuda deles quando um carro estacionou no pátio.

Matthew franziu a testa.

– Quem será? – perguntou, pousando a caneta na mesa e se dirigindo à janela. – Miriam e Chris estão aqui. Algo deve estar errado no laboratório de Yale.

Depois que os dois entraram na casa e Matthew recebeu garantias de que a equipe de pesquisa que ficara em New Haven estava prosperando, Chris entregou-me um envelope grosso.

– Você estava certa – disse. – Bom trabalho, professora Bishop.

Abracei o pacote contra o peito, indizivelmente aliviada. Depois o entreguei para Matthew.

Enquanto rasgava o envelope, ele corria os olhos pelas linhas de texto e pelos ideogramas em preto e branco que as acompanhavam. Ergueu os olhos, boquiaberto de espanto.

– Também fiquei surpresa – admitiu Miriam. – Enquanto abordávamos demônios, vampiros e bruxas como espécies separadas com relações longínquas com os seres humanos, todos distintos uns dos outros, a verdade nos escapava das mãos.

– Até que Diana nos disse que o *Livro da vida* dizia respeito ao que nos une como um todo e não ao que nos separa – continuou Chris. – Ela nos pediu para comparar o genoma dela com o genoma dos demônios e de outras bruxas.

– Estava tudo lá no cromossomo das criaturas – disse Miriam –, escondendo-se da vista de todos.

– Não entendi – disse Sarah, olhando em branco.

– Diana pôde conceber um filho de Matthew porque ambos possuem sangue de demônios – explicou Chris. – É muito cedo para saber ao certo, mas a hipótese é que os tecelões são descendentes de antigas uniões entre bruxas e demônios. Vampiros portadores da ira do sangue, como Matthew, são gerados quando um vampiro com o gene da ira do sangue cria outro vampiro de um ser humano portador do DNA de um demônio.

– Não havia muita presença demoníaca na amostra genética de Ysabeau e de Marcus – acrescentou Miriam. – Isso explica por que ambos nunca manifestaram a doença como Matthew ou Benjamin.

– Mas a mãe de Stephen Proctor era humana – disse Sarah. – Era uma chata total, desculpe, Diana, e definitivamente não tinha nada demoníaco.

– A relação não tem que ser imediata – disse Miriam. – Só é necessário haver na mistura DNA de demônio suficiente para engatilhar os genes do tecelão e da ira do sangue. Pode ter sido um dos antepassados distantes de Stephen. Como disse Chris, esses resultados ainda são provisórios. Vamos precisar de décadas para entendê-los em toda a extensão.

– Só mais uma coisa: o bebê Margaret também é tecelã. – Chris apontou para os papéis nas mãos de Matthew. – Página trinta. Não há dúvida sobre isso.

– Eu me pergunto se é por isso que Em era tão inflexível em não querer que Margaret caísse nas mãos de Knox – ponderou Sarah. – Talvez ela tenha descoberto a verdade.

– Isso vai abalar as bases da Congregação – eu disse.

– Fará mais que isso. A ciência torna o pacto completamente irrelevante – acrescentou Matthew. – Nós não somos espécies separadas.

– Então, somos apenas raças diferentes? – perguntei. – Isso fortalece ainda mais o nosso argumento sobre a miscigenação.

– É preciso atualizar as suas leituras, professora Bishop – disse Chris sorrindo. – A identidade racial não tem base biológica, pelo menos para a maioria dos cientistas. – Matthew já tinha dito algo parecido em Oxford para mim.

– Mas isso significa que... – interrompi a frase.

– Você não é um monstro, afinal. Não existe essa coisa de demônios, vampiros e bruxas. Não no sentido biológico. Todos são apenas seres humanos com diferenças entre si. – Chris sorriu. – Essa é para a Congregação engolir e digerir.

Eu não usei exatamente essas palavras no meu argumento de abertura do enorme dossiê que enviamos para Veneza antes da reunião da Congregação, mas o que disse significava a mesma coisa.

Os dias do pacto estavam contados.

E se a Congregação quisesse continuar com alguma função, ela teria que encontrar algo melhor para fazer com o tempo do que policiar fronteiras entre demônios, vampiros, bruxas e humanos.

Contudo, ao me dirigir à biblioteca na manhã que antecedeu a minha partida para Veneza, achei que alguma coisa estava de fora do arquivo.

Enquanto fazíamos a pesquisa, era impossível ignorar os vestígios pegajosos dos dedos de Gerbert. Ele parecia se esconder nas margens de cada documento e de cada fragmento de evidência. Era difícil atribuir muito a ele diretamente, mas a prova circunstancial era clara: fazia muito tempo que Gerbert de Aurillac conhecia os dons especiais das tecelãs. Ele mesmo se tornara prisioneiro de uma delas: a bruxa Meridiana, que o amaldiçoara quando morreu. E durante séculos ele alimentara Benjamin Fuchs com informações sobre os De Clermont. Philippe o confrontara pouco antes de partir em sua missão final na Alemanha nazista.

– Por que não há informações sobre a ida de Gerbert para Veneza? – perguntei para Matthew quando finalmente o encontrei na cozinha enquanto preparava o meu chá. Ysabeau brincava ao lado com Philip e Becca.

– Porque é melhor que o resto da Congregação não saiba sobre o envolvimento de Gerbert – ele respondeu.

– Melhor para quem? – perguntei bruscamente. – Eu quero essa criatura desmascarada e punida.

– As punições da Congregação são bastante insatisfatórias – disse Ysabeau, com um brilho nos olhos. – Conversa demais e pouca dor. Se você quer punição, deixe-me fazer isso. – Ela tamborilou as unhas na bancada e me fez tremer.

– Você já fez o suficiente, *maman* – disse Matthew, lançando-lhe um proibitivo piscar de olhos.

– Ah, isso. – Ysabeau balançou a mão com desdém. – Gerbert tem sido um menino muito travesso. Mas amanhã vai cooperar com Diana por causa disso. Você vai topar com um Gerbert de Aurillac inteiramente solidário, filha.

Caí pesadamente sentada no banco da cozinha.

– Enquanto Ysabeau era mantida na casa de Gerbert, ela e Nathaniel praticaram um pouco de espionagem – explicou Matthew. – Eles estão monitorando os e-mails e as atividades de Gerbert na internet desde então.

– Sabia que nada que você vê na internet morre, Diana? A informação vive para sempre, assim como os vampiros. – Ysabeau pareceu genuinamente fascinada pela comparação.

– E? – Eu ainda não fazia ideia para onde tudo aquilo estava levando.

– Gerbert não é apenas um amante de bruxas – disse Ysabeau. – Ele também teve inúmeras amantes demônias. Uma delas ainda vive na Via della Scala, em Roma, num conjunto palaciano e arejado de apartamentos que ele comprou para ela no século XVII.

– Espere. Século XVII? – Eu tentei pensar em linha reta, se bem que isso era difícil com Ysabeau parecendo Tabitha depois de devorar um camundongo.

– Gerbert "consorciou-se" com demônias e fez uma delas virar vampira. Isso é estritamente proibido, não pelo pacto, mas pela lei dos vampiros. Por uma boa razão, agora sabemos o que gera a ira do sangue – disse Matthew. – Nem mesmo Philippe sabia dessa demônia, embora soubesse de algumas outras amantes demônias de Gerbert.

– Nós então o estamos chantageando? – perguntei.

– Chantagem é uma palavra muito feia – respondeu Ysabeau. – Prefiro pensar que Gallowglass foi excepcionalmente persuasivo quando esteve em Les Anges Déchus na noite passada para desejar uma boa viagem para Gerbert.

– Eu não quero nenhuma operação secreta dos De Clermont contra Gerbert. Eu quero que o mundo conheça a cobra que esse sujeito é – eu disse. – Eu quero vencê-lo em batalha aberta e justa.

– Não se preocupe. O mundo inteiro vai saber. Um dia. Uma guerra de cada vez, *ma lionne*. – Matthew suavizou o tom de comando da observação com um beijo e uma xícara de chá.

– Philippe preferia caçar a guerrear. – Ysabeau abaixou a voz, como se não querendo que Becca e Philip ouvissem as próximas palavras. – Veja bem, quando você caça, você brinca com a presa antes de destruí-la. Isso é o que estamos fazendo com Gerbert.

– Oh. – Na verdade, havia algo interessante nessa perspectiva.

– Eu tinha certeza de que você entenderia. Afinal, seu nome é inspirado na deusa da caça. Feliz caçada em Veneza, minha querida – disse Ysabeau, acariciando a minha mão.

Sol em Touro

O Touro rege dinheiro, crédito, dívidas e presentes. Enquanto o Sol estiver em Touro, trate dos negócios inacabados. Resolva seus assuntos para que não o incomodem mais tarde. Se receber uma recompensa inesperada, invista no futuro.

– Anonymous English Commonplace Book, c. 1590,
Gonçalves MS 4890, f. 7ᵛ

Aos meus olhos, Veneza em maio era uma coisa e em janeiro era outra, e não apenas porque o céu estava azul e a lagoa serena.

Quando Matthew ainda estava sob as garras de Benjamin, a cidade me pareceu fria e inóspita. Era um lugar de onde queria sair o mais rápido possível. E quando saí, jamais esperei retornar.

Mas a justiça da deusa não estaria completa até que se desfizesse o pacto.

E então me vi de volta a Ca' Chiaromonte, sentada no banco do jardim dos fundos e não no banco com vista para o Grande Canal, esperando mais uma vez pelo início da reunião da Congregação.

Dessa vez Janet Gowdie esperou comigo. Juntas, discutimos o nosso caso pela última vez, imaginando os possíveis argumentos que usariam contra nós enquanto as preciosas tartarugas de estimação de Matthew escorregavam nos caminhos de cascalho em busca de um mosquito para o lanche.

– Hora de ir – anunciou Marcus pouco antes de os sinos badalarem quatro horas. Ele e Fernando nos acompanhariam até Isola della Stella. Janet e eu tínhamos tentado assegurar ao resto da família que estaríamos bem sozinhas, se bem que Matthew não nos deu ouvidos.

Os membros da Congregação eram os mesmos que estiveram presentes na reunião de janeiro. Agatha, Tatiana e Osamu me lançaram sorrisos de incentivo, mas a recepção que recebi de Sidonie von Borcke e dos vampiros acabou sendo gelada. Satu entrou no claustro no último instante, como se para não ser notada. Já não era mais a bruxa autoconfiante que me sequestrara da horta em Sept-Tours. O olhar analítico de Sidonie sugeria que a transformação de Satu não passara despercebida, e com isso suspeitei que haveria mudanças nas representantes das bruxas.

Atravessei o claustro para juntar-me a dois vampiros.

– Domenico. Gerbert. – Apontei para um de cada vez.

– Bruxa. – Gerbert ironizou.

– E também uma De Clermont. – Curvei-me e aproximei os lábios do ouvido de Gerbert. – Não fique muito cheio de si, Gerbert. A deusa pode ter deixado você por último, mas não se engane. O dia de seu julgamento está chegando. – Afastei-me com uma pontada de prazer pela centelha de medo que apareceu nos olhos dele.

Girei a chave De Clermont na fechadura da câmara do conselho tomada por uma sensação de *déjà vu*. As portas se abriram e o estranho sentimento se intensificou. Fixei os olhos no ouroboros – o décimo nó – esculpido na parte de trás da cadeira De Clermont e fios de prata e de ouro chicotearam poder na sala.

Todas as bruxas são ensinadas a acreditar em sinais. Felizmente, o significado desse sinal era claro, sem necessidade de magias ou interpretações complicadas: *Este é o seu lugar. O lugar a que você pertence.*

– Declaro aberta a sessão – proclamei batendo na mesa e assumindo a minha cadeira.

Meu dedo esquerdo tinha uma grossa fita violeta. A flecha da deusa desaparecera depois que a utilizei para matar Benjamin, mas permanecera uma vívida marca roxa – a cor da justiça.

Esquadrinhei a sala – a grande mesa, os registros do meu povo, os ancestrais dos meus filhos e as nove criaturas reunidas cuja decisão mudaria a vida de milhares como elas em todo o mundo. No alto, os espíritos daqueles que vieram antes; seus olhares congelavam, cutucavam e formigavam.

– *Dê-nos justiça* – eles disseram em uníssono – *e lembre-se de nossos nomes.*

– Vencemos – disse eu aos membros das famílias De Clermont e Bishop-Clairmont reunidos no salão para nos saudar quando retornamos de Veneza. – O pacto foi revogado.

Seguiram-se aplausos, abraços e congratulações. Baldwin ergueu uma taça de vinho em minha direção, em demonstração menos efusiva de aprovação.

Procurei os olhos de Matthew.

– Não é surpresa alguma – ele disse. Seguiu-se um silêncio que pesou com palavras não ditas, mas ouvidas por mim. Ele abaixou para pegar a filha. – Viu, Rebecca? Sua mãe consertou tudo mais uma vez.

Becca descobria o puro prazer de mastigar os próprios dedos. Ainda bem que os dentes de leite de vampiro não tinham nascido. Matthew tirou a mão de Becca da boca e a acenou em minha direção, distraindo a filha da birra que ela planejava.

– *Bonjour, maman.*

Jack balançava Philip no joelho. Philip parecia ao mesmo tempo intrigado e concentrado.

– Bom trabalho, mãezinha.

– Eu tive muita ajuda. – Fiquei com a garganta apertada quando olhei não apenas para Jack e Philip, mas também para Sarah e Agatha, que fofocavam sobre a reunião da Congregação, e para Fernando, que divertia Sophie e Nathaniel com histórias sobre a rigidez de Gerbert e a fúria de Domenico, e para

Phoebe e Marcus, que trocavam um intenso beijo de reencontro. Baldwin estava com Matthew e Becca e me aproximei deles.

– Isto pertence a você, irmão. – A chave De Clermont descansava pesada na palma de minha mão estendida.

– Fique com ela. – Baldwin apalpou o metal frio.

A conversa silenciou no salão.

– O que você disse? – perguntei sussurrando.

– Eu disse para você ficar com ela – repetiu Baldwin.

– Você não quer dizer...

– Quero. Todos na família De Clermont têm um emprego. Você sabe disso. – Os olhos castanhos de Baldwin brilharam. – A partir de hoje é seu trabalho supervisionar a Congregação.

– Eu não posso. Eu sou uma professora! – protestei.

– Defina um cronograma de reuniões da Congregação compatível com suas aulas. Contanto que responda aos e-mails – disse Baldwin em tom de gravidade simulada –, você não terá problema algum em administrar suas responsabilidades. Já negligenciei os assuntos de família o suficiente. Além do quê, sou um guerreiro e não um político.

Olhei para Matthew em apelo mudo, mas ele não tinha a menor intenção de me resgatar daquela situação em particular. Ele se encheu de orgulho, não de protecionismo.

– E quanto a suas irmãs? – perguntei com minha cabeça a mil. – Certamente Verin vai se opor.

– Foi sugestão de Verin – disse Baldwin. – E afinal você também é minha irmã.

– Então, está tudo resolvido. Diana vai servir na Congregação até que se canse do trabalho. – Ysabeau beijou-me nas duas faces. – Só pense no quanto isso vai perturbar Gerbert quando ele descobrir o que Baldwin fez.

Ainda atordoada, deslizei a chave de volta ao bolso.

– E acabou que o dia ficou lindo – disse Ysabeau olhando para os raios de sol. – Vamos dar um passeio no jardim antes do jantar. Alain e Marthe prepararam um banquete, sem a ajuda de Fernando. Marthe está com um imenso bom humor por causa disso.

Risos e tagarelices acompanharam a família pela porta afora. Matthew entregou Becca para Sarah.

– Não demorem muito, vocês dois – disse Sarah.

Já sozinhos, Matthew beijou-me com uma fome aguda que aos poucos se tornou algo mais profundo e menos desesperado. Foi um lembrete de que a ira do sangue ainda não estava totalmente sob controle e de que minha ausência causara dano.

– Correu tudo bem em Veneza, *mon coeur*? – ele perguntou quando recuperou o equilíbrio.

– Contarei tudo mais tarde – respondi. – Mas aviso desde já: Gerbert não se comportou bem. Ele tentou me dificultar o tempo todo.

– O que esperava? – Matthew me puxou em direção ao resto da família. – Não se preocupe com Gerbert. Vamos descobrir qual é o jogo dele, não tenha medo.

Algo inesperado chamou a minha atenção. Parei no meio do caminho.

– Diana? – Matthew olhou para mim e franziu a testa. – Você vem?

– Só um minuto.

Ele lançou-me um olhar de estranheza, mas depois saiu.

Eu sabia que você seria a primeira a me ver. A voz de Philippe era sussurrada, e a mobília horrível de Ysabeau era visível através dele. Nada disso importava. Ele estava perfeito – inteiro, sorrindo, um brilho divertido e terno nos olhos.

– Por que eu? – perguntei.

Você já tem o Livro da vida. *Não precisa mais de minha ajuda.* Philippe cravou os olhos nos meus olhos.

– O pacto... – comecei a dizer.

Eu ouvi. Eu ouço a maioria das coisas. Philippe abriu um largo sorriso. *Estou orgulhoso de que tenha sido um dos meus filhos que o destruiu. Você fez um bom trabalho.*

– Você está vendo a minha recompensa? – Lutei contra as lágrimas.

Uma delas, disse Philippe. *Com o tempo você terá outras.*

– Emily. – Tão logo pronunciei o nome dela, a silhueta de Philippe começou a desvanecer.

– Não! Não vá. Eu não vou fazer perguntas. Só diga a ela que a amo.

Ela sabe disso. O mesmo acontece com sua mãe. Philippe deu uma piscadela. *Estou totalmente cercado de bruxas. Não diga para Ysabeau. Ela não vai gostar.*

Dei uma risada.

E aí está a minha recompensa por anos de bom comportamento. Agora não quero mais lágrimas, entendeu? Ele ergueu o dedo. *Estou farto de lágrimas.*

– E o que você quer em vez de lágrimas? – Enxuguei os olhos.

Mais risos. Mais danças. Ele assumiu um ar travesso. *E mais netos.*

– Eu tive que perguntar. – Dei outra risada.

Mas o futuro não será só de risos. Philippe assumiu um ar sóbrio. *Seu trabalho não acabou, filha. A deusa pediu-me para devolver isso a você.* Ele estendeu a mesma flecha de ouro e de prata que eu tinha arremessado no coração de Benjamin.

– Eu não quero isso. – Levantei a mão para repelir aquele indesejado presente.

Eu também não a quis, mas alguém tem que fazer com que a justiça seja feita. Ele estendeu o braço ainda mais.

– Diana? – Matthew chamou à distância.

Eu não teria ouvido a voz do meu marido se não fosse pela flecha da deusa.

– Já vou! – gritei de volta.

Os olhos de Philippe encheram-se de simpatia e compreensão. Toquei na ponta de ouro hesitante. A flecha desapareceu tão logo a minha carne encostou nela. E mais uma vez senti um peso em minhas costas.

Eu sabia que você era a pessoa certa desde o primeiro momento em que nos conhecemos, disse Philippe. Essas palavras eram um estranho eco do que eu tinha ouvido de Timothy Weston na Bodleiana no ano anterior, e mais uma vez na casa de Philippe.

Com um último sorriso o fantasma de Philippe desvaneceu de vez.

– Espere! – gritei. – Pessoa certa para quê?

Você era a única que podia suportar os meus fardos e não se quebrar, a voz de Philippe sussurrou no meu ouvido. Senti uma pressão sutil de lábios em minha face. *Você não estará sozinha quando os carregar. Lembre-se disso, filha.*

Engoli um soluço quando ele partiu.

– Diana? – Matthew me chamou novamente, dessa vez da porta. – O que houve? Parece que viu um fantasma.

E tinha visto, mas não era hora de contar para Matthew. Senti vontade de chorar, mas Philippe queria alegria e não tristeza.

– Dance comigo – pedi, antes que uma lágrima pudesse cair.

Matthew me tomou nos braços. Conduziu os pés pelo piso do saguão adiante rumo ao grande salão. Ele não fez perguntas, embora as respostas estivessem nos meus olhos.

Pisei no dedão dele.

– Desculpe.

– Está tentando conduzir de novo. – Ele beijou-me nos lábios e girou o meu corpo. – No momento o seu trabalho é seguir.

– Esqueci. – Dei uma risada.

– Então, vou ter que lembrá-la mais amiúde. – Ele apertou o meu corpo contra o dele. Seu beijo foi impetuoso como um aviso e doce como uma promessa.

Philippe estava certo, pensei enquanto caminhávamos para o jardim.

Conduzindo ou seguindo, eu nunca estaria sozinha no mundo com Matthew ao lado.

Sol em Gêmeos

O signo de Gêmeos tem a ver com parceria
entre marido e mulher, e com todas as questões que
dependam da mesma forma de fé. O homem nascido sob este signo
tem um coração bom e honesto, e um bom humor que o levará
a aprender muitas coisas. A raiva nele é rápida, passa logo.
Ele é destemido com as palavras, mesmo na frente de príncipes.
É um grande dissimulador, um disseminador
de fantasias e mentiras inteligentes. Ver-se-á
enredado em problemas, em razão de sua esposa,
mas prevalecerá contra os inimigos.
– *Anonymous English Commonplace Book, c. 1590,
Gonçalves MS 4890, f. 8^r*

41

— Desculpe-me incomodá-la, professora Bishop.

Olhei por cima do manuscrito. A sala de leitura da Royal Society estava banhada pela luz do sol de verão. Ela atravessava as altas janelas e se derramava generosa nas mesas de leitura.

— Um dos colegas me pediu para dar isso a você. — O bibliotecário estendeu um envelope com as insígnias da Royal Society. O meu nome estava escrito por toda a extensão do envelope em letra escura e peculiar. Fiz um meneio de cabeça em agradecimento.

Dentro do envelope havia uma antiga moeda de prata de Philippe – a que ele enviava para se certificar se alguém tinha voltado para casa ou obedecido a suas ordens. Eu tinha encontrado um novo uso para a moeda que ajudava Matthew a administrar a ira do sangue depois que retornei para uma vida mais ativa. Após o calvário que passara com Benjamin, o meu marido se recuperava a olhos vistos, mas o humor continuava volátil e a raiva o tomava rapidamente. A recuperação completa levaria mais tempo. Quando Matthew sentia que a necessidade de minha presença se elevava a níveis perigosos, enviava-me a moeda e eu me juntava a ele imediatamente.

Eu devolvi os manuscritos encadernados de minha pesquisa para o atendente e agradeci pela ajuda. Era o fim de minha primeira semana de volta aos arquivos – um teste para ver como a minha magia reagia ao contato repetido com tantos textos antigos e brilhantes, ainda que de intelectos mortos. Matthew não era o único a lutar por controle, acabei tendo alguns momentos complicados quando me pareceu impossível retomar o trabalho que eu amava, mas a cada dia que passava essa meta se tornava mais viável.

Depois do confronto com a Congregação em abril, comecei a me compreender como uma tecelagem complicada e não apenas como um palimpsesto ambulante. Meu corpo era uma tapeçaria de bruxa, demônio e vampiro. Alguns fios que me teciam eram de puro poder, simbolizado pelo aspecto sombrio de Corra. Outros eram retirados da habilidade que meus cordões de tecelã representavam. E outros mais eram tecidos a partir do conhecimento contido no *Livro da vida*. Cada laçada me fortalecia para usar a flecha da justiça da deusa sem recorrer à vingança ou ao poder.

Matthew me esperava no saguão de entrada quando desci a escadaria até o primeiro andar da biblioteca. Como de costume, gelou-me a pele e aqueceu-me o sangue com um olhar. Coloquei a moeda na palma da mão estendida.

– Tudo bem, *mon coeur*? – ele me perguntou depois de um beijo de saudação.

– Tudo na mais perfeita ordem. – Eu o puxei pela lapela do paletó preto, um pequeno gesto possessivo. Ele vestia o traje do professor ilustre, calça cinza-grafite, camisa branca e paletó de lã fina. Eu é que tinha escolhido a gravata, presenteada por Hamish no Natal anterior, e o padrão verde e cinza contrastava com as cores mutáveis dos olhos dele. – Como foi com você?

– Um debate interessante. Chris foi brilhante, claro – disse Matthew, concedendo modestamente o centro do palco ao amigo.

Chris, Matthew, Miriam e Marcus estavam apresentando as descobertas da pesquisa que expandia os limites do considerado "humano". Eles demonstraram como a evolução do *Homo sapiens* incluía o DNA de outras criaturas, como os neandertais, tidas até então como de espécies diferentes. Durante anos Matthew cultivara solitário grande parte das provas. Chris dizia que Matthew era tão ruim quanto Isaac Newton em compartilhar pesquisas com os outros.

– Marcus e Miriam fizeram sua habitual rotina encantadora e rabugenta – disse Matthew, enfim me soltando.

– E como os outros *fellows* reagiram a essas informações? – Eu despreguei o crachá com o nome de Matthew e coloquei no bolso dele. PROFESSOR MATTHEW CLAIRMONT, estava escrito, FELLOW DA ROYAL SOCIETY, ALL SOULS (OXFORD), UNIVERSIDADE DE YALE (EUA). Matthew aceitara uma nomeação como pesquisador visitante para trabalhar um ano no laboratório de pesquisa de Chris. Eles haviam recebido uma verba consistente para estudar o DNA não codificante. A pesquisa lançaria as bases para futuras revelações sobre outras criaturas hominídeas que não estavam extintas como os neandertais, mas que viviam longe da vista dos seres humanos. No outono partiríamos para New Haven novamente.

– Eles ficaram surpresos – disse Matthew. – Mas depois que ouviram a explanação de Chris, a surpresa se tornou inveja. Ele realmente foi impressionante.

– Onde está Chris agora? – perguntei, procurando o amigo por cima do meu ombro enquanto Matthew me conduzia para a saída.

– Ele e Miriam foram para Pickering Place – disse Matthew. – Marcus queria pegar Phoebe para que todos fossem para um bar de ostras perto de Trafalgar Square.

– Quer se juntar a eles? – perguntei.

– Não. – Matthew pôs a mão na minha cintura. – Vou levá-la para jantar fora, lembra?

Leonard estava nos esperando no meio-fio.

– Boa-tarde, *sieur*. Madame.

– Professor Clairmont, Leonard – disse Matthew apressado enquanto apontava o banco traseiro do carro para mim.

– Beleza – disse Leonard, com um sorriso alegre. – Clairmont House?

– Por favor – disse Matthew, entrando no carro comigo.

Era um belo dia de junho e provavelmente nos teria exigido menos tempo se tivéssemos ido a pé do centro até Mayfair, mas Matthew insistiu que o carro era mais seguro. Não tínhamos evidência alguma da sobrevivência de filhos de Benjamin à batalha em Chelm, e Gerbert e Domenico não deram mais motivos para preocupações após a dolorosa derrota que tinham sofrido em Veneza. Ainda assim, Matthew não queria arriscar.

– Oi, Marthe! – Liguei para casa quando nos aproximamos da porta. – Como está tudo?

– *Bien* – ela disse. – Milorde Philip e milady Rebecca acabaram de acordar da soneca deles.

– Pedi para Linda Crosby vir um pouco mais tarde para dar uma mãozinha – disse Matthew.

– Já estou aqui! – Linda nos seguiu pela porta adentro, carregando duas sacolas da Marks & Spencer. Entregou uma delas para Marthe. – Eu trouxe o novo livro da série sobre aquela adorável mulher detetive e sua bela... Gemma e Duncan. E aqui está o padrão de tricô de que lhe falei.

Linda e Marthe agora eram grandes amigas em parte porque tinham interesses quase idênticos em romances policiais, tricô e crochê, cozinha, jardinagem e fofocas. As duas tinham feito uma pungente campanha para que as crianças sempre fossem cuidadas por membros da família ou, se não fosse o caso, um vampiro ou uma bruxa serviriam como babás. Linda argumentou que era uma sábia precaução, isso porque ainda não entendíamos os talentos e tendências dos bebês – embora a preferência de Rebecca por sangue e sua tendência a não dormir sugerissem que ela era mais vampira que bruxa, assim como Philip parecia mais bruxo que vampiro pela satisfação que mostrava quando eu planava um elefante sobre o berço dele.

– Nós podemos ficar em casa esta noite – sugeri. Os planos de Matthew envolviam um vestido de noite, um smoking e só a deusa sabia mais o quê.

– Não. – Matthew continuava feliz com a promessa. – Quero levar a minha mulher para jantar fora. – O tom indicou que o tema não estava aberto para discussão.

Jack desceu correndo pela escada.

– Oi, mãe! Coloquei sua correspondência no andar de cima. A do pai também. Tenho que correr. Jantar com padre H esta noite.

– Volte para o café da manhã, por favor – disse Matthew enquanto Jack saía como um raio pela porta aberta.

– Não se preocupe, pai. Estarei com Ransome depois do jantar – disse Jack batendo a porta. O ramo de Nova Orleans do clã Bishop-Clairmont chegara em Londres dois dias antes para apreciar os pontos turísticos e visitar Marcus.

– Saber que ele está fora com Ransome não alivia as minhas preocupações – disse Matthew suspirando. – Vou ver as crianças e me vestir. Você vem?

– Já vou indo. Primeiro quero ir ao salão de baile para ver como os fornecedores estão se saindo com os preparativos para sua festa de aniversário.

Matthew resmungou.

– Deixe de ser um velho resmungão – eu disse.

Subimos a escada. O segundo andar, que geralmente era frio e silencioso, estava agitado de atividades. Matthew seguiu-me até as portas largas e altas. Os fornecedores tinham colocado as mesas perto das paredes para deixar um espaço mais amplo para a dança. No canto, os músicos ensaiavam para a noite do dia seguinte.

– Eu nasci em novembro, não em junho – murmurou Matthew com a cara amarrada. – No Dia de Finados. E por que é que temos que convidar tanta gente?

– Você pode reclamar e procurar defeitos o quanto quiser. Isso não vai mudar o fato de que amanhã é o dia em que você renasceu como vampiro e que sua família quer comemorar com você. – Examinei um dos arranjos florais. Matthew tinha feito uma seleção ímpar de plantas que incluía ramos de salgueiro e madressilvas, e ainda uma vasta seleção de músicas de diferentes épocas a serem tocadas pela banda. – Se não quiser tantos convidados, pense duas vezes antes de fazer mais filhos.

– Mas gosto de fazer filhos com você. – Matthew deslizou a mão pelo meu quadril e parou no meu ventre.

– Então, pode esperar uma repetição anual deste evento – eu disse, beijando-lhe. – E mesas a mais a cada ano que passar.

– E por falar em filhos – ele disse enquanto inclinava a cabeça a fim de ouvir um som inaudível para os sangues-quentes –, sua filha está com fome.

– *Sua* filha está *sempre* com fome. – Dei um peteleco na bochecha dele.

O antigo quarto de Matthew era agora uma creche e uma zona especial dos gêmeos – um zoológico repleto de bichos de pelúcia e apetrechos que equipariam um exército de bebês, com duas tiranas a dominá-lo.

Philip virou a cabeça para a porta quando entramos. Olhou triunfante quando se levantou e segurou a grade do berço. Espiou o berço da irmã. Rebecca se arrastou para uma posição sentada e olhou para Philip com interesse, como se tentando descobrir como é que ele conseguia crescer com tanta rapidez.

– Bom Deus. Ele está em pé. – Matthew pareceu atordoado. – Mas não tem nem sete meses de idade.

Olhei para os braços e as pernas fortes do meu bebê e me perguntei por que o pai estava tão surpreso.

– O que você tem feito? – eu disse enquanto tirava Philip do berço e o abraçava.

Um fluxo de sons ininteligíveis borbulhou da boquinha de Philip e as letras sob a minha pele emergiram para lhe prestar assistência enquanto Matthew respondia à minha pergunta.

– Sério? Então, teve um dia muito animado – retruquei entregando Philip para Matthew.

– Acredito que você vai ser tão agitado quanto o seu homônimo – disse Matthew carinhosamente, com o dedo preso no aperto feroz de Philip.

Ambos trocamos as fraldas e alimentamos os bebês enquanto conversávamos sobre as minhas pesquisas do dia nos documentos de Robert Boyle e sobre as apresentações na Royal Society que levavam Matthew a uma nova compreensão dos genomas das criaturas.

– Só um minuto. Preciso verificar os e-mails. – Eu os recebia cada vez mais depois que Baldwin me nomeara representante oficial dos De Clermont para que ele pudesse dedicar mais do seu tempo a ganhar dinheiro e estar com a família.

– A Congregação já não a incomodou o bastante esta semana? – perguntou Matthew, com visível mau humor. Eu passava muitas noites redigindo declarações de políticas sobre a igualdade e a abertura na tentativa de desembaraçar a complicada lógica demoníaca.

– Desconfio de que não haja fim à vista – respondi enquanto levava Philip para a sala chinesa que era agora o meu escritório na casa. Liguei o computador, apoiei Philip no joelho e chequei as mensagens.

– Uma foto de Sarah e Agatha – gritei. Elas estavam em alguma praia de algum lugar na Austrália. – Vem ver.

– Elas parecem felizes – disse Matthew olhando por cima do meu ombro com Rebecca nos braços. Rebecca soltou onomatopeias de alegria com a visão da avó.

– É difícil acreditar que faz mais de um ano desde a morte de Em – comentei.

– É bom ver Sarah sorrindo de novo.

– Alguma notícia de Gallowglass? – perguntou Matthew. Gallowglass partira para lugares desconhecidos e não respondera ao nosso convite para a festa de Matthew.

– Nenhuma. Talvez Fernando saiba onde ele está. – Eu perguntaria isso a ele no dia seguinte.

– E o que Baldwin quer? – perguntou Matthew, olhando o nome do irmão na lista de remetentes.

– Ele chega amanhã. – Fiquei feliz pela presença de Baldwin no aniversário de Matthew. Ele daria um peso a mais à ocasião e apagaria os falsos rumores de que não apoiava plenamente o irmão ou a nova linhagem Bishop-Clairmont. – Chegará acompanhado de Verin e Ernst. E fique sabendo que Freyja também vem.

Eu ainda não conhecia a irmã do meio de Matthew. Mas passei a procurá-la depois que Janet Gowdie me regalara com as façanhas realizadas por ela no passado.

– Cristo, Freyja também, não. – Matthew gemeu. – Preciso de uma bebida. Quer alguma coisa?

– Só um pouco de vinho – respondi distraidamente enquanto percorria a lista de mensagens de Baldwin, de Rima Jaén em Veneza e de outros membros da Congregação e ainda do chefe do meu departamento na Universidade de Yale. Eu estava mais ocupada do que nunca. E também feliz.

Quando cheguei ao estúdio de Matthew, ele não estava providenciando as bebidas. Olhava curioso para a parede acima da lareira com Rebecca equilibrada no quadril. Olhei para o mesmo ponto e entendi tudo.

O retrato de Ysabeau e Philippe não estava mais pendurado naquele lugar. Uma pequena tarjeta presa à parede. RETRATO DE SIR JOSHUA REYNOLDS DE UM CASAL DESCONHECIDO, REMOVIDO TEMPORARIAMENTE PARA A EXPOSIÇÃO *SIR JOSHUA REYNOLDS E SEU MUNDO* NA ROYAL GREENWICH PICTURE GALLERY.

– Phoebe Taylor ataca novamente – sussurrei. Ela ainda não era vampira, mas já era bem conhecida nos círculos dos vampiros porque identificava as obras de arte que eles possuíam e conseguia isenção fiscal para eles doando-as para a nação. Baldwin adorava Phoebe.

Mas o súbito desaparecimento do retrato dos pais não era o que deixava Matthew petrificado.

Outra tela ocupava o lugar da tela de Reynolds: eu junto a Matthew. Claro que era um retrato de Jack porque combinava a atenção aos detalhes do século XVII com a sensibilidade moderna à cor e às linhas. Isso era confirmado pela pequena placa apoiada sobre a lareira, onde estava rabiscado: *"Feliz aniversário, papai."*

– Pensei que ele estava pintando o seu retrato. Era para ser uma surpresa. – Lembrei dos pedidos sussurrados do nosso filho para que distraísse Matthew enquanto ele traçava alguns esboços.

– Jack me disse que era um retrato *seu* – retrucou Matthew.

Jack nos retratou ao lado de uma das grandes janelas da casa na sala de pintura. Eu estava sentada numa poltrona elisabetana, uma relíquia de nossa casa em Blackfriars. Matthew atrás de mim olhava com olhos claros e brilhantes para o espectador. Os meus olhos pareciam olhar para outro mundo através do espectador. Isso sugeria que eu não era um ser humano comum.

Matthew estava debruçado por cima do meu ombro com uma das mãos entrelaçada na minha mão esquerda levantada. Eu mexia a cabeça em direção a ele enquanto ele inclinava levemente a cabeça para baixo, como se interrompidos no meio de uma conversa.

Na pose o ouroboros circundava o meu pulso esquerdo.

O símbolo da família Bishop-Clairmont era uma mensagem de força e solidariedade. Uma família iniciada com o surpreendente amor entre Matthew e mim. Um amor amadurecido por uma ligação estreita e uma resistência ao ódio e ao medo dos outros. Um amor permanente porque sustentado pela descoberta, como a das bruxas de séculos anteriores, de que o desejo de transformação é o segredo da sobrevivência.

Mais que isso, o ouroboros simbolizava a nossa parceria. Eu e Matthew representávamos o casamento alquímico entre vampiro e bruxa, morte e vida, sol e lua. Uma combinação de opostos gerava algo mais sutil e mais precioso do que se poderia obter sozinho.

    Nós éramos o décimo nó.

    Inquebrantável.

    Sem começo nem fim.

Agradecimentos

Os meus sinceros agradecimentos...

... aos meus gentis leitores pela reciprocidade: Fran, Jill, Karen, Lisa e Olive.

... a Wolf Gruner, Steve Kay, Jake Soll e Susanna Wang, todos generosos com seus conhecimentos e delicados com suas críticas.

... a Lucy Marks, que reuniu opiniões de especialistas sobre o peso que uma folha de velino pode ter.

... a Hedgebrook, por sua radical (e muito necessária) hospitalidade quando mais precisei.

... a Sam Stoloff e Rich Green, por defender a trilogia do começo ao fim.

... a Carole DeSanti e o resto da equipe da Viking Penguin que trabalhou na trilogia pelo apoio a este livro, e aos dois anteriores, durante todas as etapas do processo de publicação.

... aos editores estrangeiros que trouxeram a história de Diana e Matthew para os leitores de todo o mundo.

... a Lisa Halttunen pela edição e preparação do manuscrito para a publicação.

... aos meus assistentes Jill Hough e Emma Divine, por tornar a minha vida possível.

... aos meus amigos pela firmeza.

... a minha família por fazer a vida valer a pena ser vivida: meus pais, Olive e Jack, Karen, John, Lexie, Jake, Lisa.

... aos meus leitores por deixarem os Bishop e os De Clermont entrarem em seus corações e em suas vidas.

Impressão e Acabamento:
BMF Gráfica e Editora.